我的宠物是个人

Amy Lilwall

THE BIGGERERS

[英] 艾米·利尔沃 著

韩冬 刘玮琦 译

中信出版集团 | 北京

图书在版编目（CIP）数据

我的宠物是个人 /（英）艾米·利尔沃著；韩冬，
刘玮琦译. -- 北京：中信出版社，2019.7
书名原文：THE BIGGERERS
ISBN 978-7-5217-0605-5

Ⅰ. ①我… Ⅱ. ①艾… ②韩… ③刘… Ⅲ. ①科学幻
想小说－英国－现代 Ⅳ. ①I561.45

中国版本图书馆CIP数据核字（2019）第093413号

我的宠物是个人

著　　者：[英] 艾米·利尔沃
译　　者：韩　冬　刘玮琦
出版发行：中信出版集团股份有限公司
（北京市朝阳区惠新东街甲4号富盛大厦2座　邮编　100029）
承 印 者：中国电影出版社印刷厂

开　　本：880mm×1230mm　1/32　　印　　张：14　　字　　数：452千字
版　　次：2019年7月第1版　　印　　次：2019年7月第1次印刷
京权图字：01-2019-2209　　广告经营许可证：京朝工商广字第8087号
书　　号：ISBN 978-7-5217-0605-5
定　　价：58.00元

服务热线：400-600-8099
投稿邮箱：author@citicpub.com

contents

目 录

1 / 001

2 / 019

3 / 041

“澄清一下，克隆人是非法的。”

“很大程度上说是非法的，没错。当然，我们可以克隆人体器官用做移植。这是一个常见惯例，有无可指摘的医学功用。但那些只是器官，是物体。”

“让我们来讨论一下。您能否解释一下该系统是如何运作的呢？”

4 / 065

5 / 089

“你相信灵魂吗？”

“最近挺流行这种看法，不是吗？对死亡的普遍恐惧，在某种程度上是我们这一代人的特征。”

“谁知道呢，我们可能是最后一代……带着这种恐惧的人。”

“是的。”她对他眨了眨眼，“死亡可能会在我们这一代终结。”

6 / 113

她笑了。“他比你大一百多岁，对吗？”

这个数字令他震惊——比他大一百岁？“那就意味着他出生在……”

“1982 年，”她微笑着说。“就在隔壁的房子里，跟我只隔一间。”她盯着茫然无物的空气，有些悲伤。“是的……”她把心底的想法说了出来。

“哇，”哈米什兴高采烈地说，“那好早……比平板电脑还要早了。”

c o n t e n t s

目 录

7 / 137

8 / 157

“布兰克妮不见了！”邦邦猛地冲到外面大叫道。奇普斯把金克丝压在餐厅门沿上，一边啃着她的脸。他们听见邦邦的尖叫，赶紧把对方拉开，看向她。
“你们两个在干什么？”
奇普斯低下头看着自己的脚。
“接吻。”金克丝叉着腰说。

9 / 183

10 / 199

“从那时起我才开始怀疑，所有的小人在离开售卖中心前，都曾被注射某种抑制记忆的东西。我让他告诉我他能记起的一切。他告诉我有一个小玻璃罐，和他的篮子差不多大小，高度能让他在里面跳起来。他告诉我他记得自己感觉很热，环顾四周发现他躺在一堆小人身上，所有小人都裸着身体睡着了。”

11 / 217

她让自己别再去想克隆，失去亲人的家庭消失无踪，倒在那条船里。
他告诉她不要担心，她告诉他的一切都是保密的，他不会让她有任何事。
她坐在那条船里，让这句话拂过她的脸庞，吹起她的头发，用温柔的大拇指抚摸她的脸颊。

12 / 239

她想象黑夜再次来临，她一遍又一遍地读着“亲爱的”，在那个天竺葵味道的花园里，神秘幽暗的黑色花朵摇曳着，鱼用水制造音乐，风舔舐着它们头顶的花瓣。“亲爱的。”金克丝对着她的耳朵说，用一个男人的声音。水撞击着她的脚，水面上升，她的脑袋向后仰去，消失在水面下。

contents

目录

13 / 251

14 / 271

天色暗下来，他们收拾回家，拖着装有瓶子和餐具的袋子，袋子发出刀叉碰撞的叮咚声，沃蒂和德鲁戴着用蒲公英和雏菊做成的花冠，伊莎贝尔头上竖着一朵巨大的蒲公英。他们打开野餐剩下来的食物，打算在花园里喝一杯单一麦芽威士忌，然后看看夕阳，隔壁的猫在贾斯珀的前爪之中做了一个窝。“这样很好，”伊莎贝尔裹着一块茶巾低声说，“我们明天应该再去一次。”

15 / 291

16 / 303

17 / 323

18 / 335

“吃吧，”他说，“把它咬碎！很好吃的。”

她捡起药丸，把它放进嘴里。她的嘴里充满了一种她难以辨别的味道。它和麦片不同，麦片完全不是这样的。它的味道如此不同，以至于她都不再想吃麦片了，她只想要更多的药丸。她吮吸着，非常用力。橙子的味道在她的舌头上跳跃，然后延伸到她的脖子，她的肩膀，她的背，她的胸，她的肚子……就像是在寒冷的天气里穿上了她的外套。她颤抖着。

19 / 355

为什么一个吸毒成瘾，不希望怀孕的青少年能被允许养育自己的孩子，而一个在可能比子宫更安全的环境中创造人类儿童的基因工程师却要终止他的养育？他想拯救生命，让我提醒你们。

20 / 367

contents

目录

21 / 383

莫伊拉笑了。听到这个小人说她的名字真是太有趣了。这种感觉似乎十分私密，就像如果她的宠物猫叫她的名字，甚至她的牙医也这么叫，而不是说“克罗夫特夫人”。如果他叫莫伊拉的话，她会在他把手放进她的嘴里时感觉好一点。

22 / 401

苏珊走近一个盒子。里面站着一个秃顶的小人，身上有很多肿块，当他走到盒子的前面时，他用手抬着屁股上长出来的一大块东西。他举起胳膊时，她畏缩了，一块红色的肿块露了出来，肿块压在胳膊和身体之间的地方都被感染了。一块凸出的皮肤像贝雷帽一样长在他的一只眼睛上。

来自金克斯的话 / 431

有时候，记忆不是文字或图片，而是悲伤或愤怒，我们会生气！但不是和彼此生气，而是和这个世界。

1
CHAPTER

邦邦第一个坐起身来，从篮子里向外张望。有什么东西扯住了她的胳膊。

“手放开，金克丝。”

“你再回来躺一会儿。”

“不行，该起床了。”

“求你了，邦邦。”金克丝的声音在打战，她的牙齿发出一种杂音，像石子日那天石子落在瓷砖上发出的声音。

邦邦一只腿搭在篮子边缘晃荡，然后从篮子里出来去看她们的碗，两个碗都是满的。她先从金克丝的碗里吃了三口，才开始吃自己碗里的。

她们花了一早上的时间收集地上散落的线。到了午餐时间，等着她来把她们的碗再次填满。

她没有来。

她们爬过真空活板门到了外面。院子里铺着阿斯特罗人工草皮，草皮延伸至一堵灰色的混凝土围墙处，墙上插着灰色的闩，金克丝和邦邦看不见花园顶部的任何地方；只有一处例外。她们只能轮流站在那里，紧靠着滑动门的最右边，才能踮起脚尖站到那一小块凸起上。金克丝径直走向那里。

邦邦在收集人工草皮上散落的线。

奇普斯来了。

“你今晚就要做到吗？”

“对啊。”

“好吧，那也得等他们有这个心情。”

“他们什么时候没有心情，金克丝？”

“偶尔，邦邦，他们没这个心情。”

“偶尔？这个愚蠢的词到底是什么意思，金克丝？它到底*什么意思*？奇普斯！你知道这个词是什么意思吗？”

“不知道。”

“偶尔的意思是有时候。”

邦邦朝金克丝斜睨了一眼，然后背过身去，看着奇普斯。

金克丝转身回到真空活板门旁边。

“是的，我们今晚就要做到。”

“它是什么样的？邦邦，它好吗？”

“奇普斯，我希望你也能试试。”

接下来的整个下午，邦邦把捡来的线放置在篮子周围。“金克丝，你做得不对，你为什么不能做对呢？”

金克丝走向厕所盒子，坐到里面，听见前门打开的声音后，她爬到盒子边缘，探出脑袋。

邦邦踩着瓷砖朝厨房门口跑去。她在敞开的那一侧停下来站定，睫毛扑闪着。金克丝拖着脚步跟出来，一边走一边踢着瓷砖的边缘。邦邦有时就是这么让人讨厌，金克丝抱怨着，她为什么非得惹人讨厌？而且她从来也不会道歉。

她站在邦邦旁边，抬起头扑闪着睫毛。

女主人朝她们说着什么。她弯下身子抚摸着邦邦的头，然后是金克丝，这时候，她们才听清她到底在说什么。

“可爱的小家伙们……”随后她直起身体，脑袋又回到原来半空中的位置。

她给她们的碗盛满了食物，然后待在厨房制作那种散发出独特味道的东西。她和一个男人坐下吃掉那些东西，接着回到大房间中。

他们这会儿心情不错。

邦邦走过去完成了任务。

然后是金克丝。

过后她们回到篮子里。

第二天早晨她们收集了纸和人工草皮放在篮子里。金克丝忍住了指出今天是纸张日而不是草皮日的欲望。完成后她们停下来打了个盹儿。

前门缓缓打开。邦邦醒来后慢慢爬出篮子。

金克丝起身跟在后面。

她们扑闪着睫毛在厨房门口等候。她进来了，呼唤着她们。弯下腰拍拍她们的脑袋然后把碗装满。

男人回来后，他们吃了厨房里做出来的东西，然后去了大房间。

他们心情不错。

邦邦完成了任务。

然后是金克丝。

过后她们回到篮子里。

邦邦第一个苏醒。她坐起来看着篮子外面。

“回来再待几分钟吧，邦邦。”

“不行，金克丝。”邦邦说，她从篮子里出来，看着她们的碗。两只碗都是空的。她默默爬回到篮子里。“今天是星期六。”她说。星期六碗总是空的，哪个星期六都是如此……多睡一会儿再起来碗就是满的了。她闭上眼睛，靠着金克丝。

金克丝露出微笑，闭上了眼睛，学着邦邦的样子蜷起了身体。

“邦邦？”

“怎么了？”

“我们可以把人工草皮拿出篮子吗？”

邦邦被激怒，又来了！“不行。”

“但是它很多刺。”

“那是什么词，金克丝？”邦邦坐起来，“是什么意思？”

"邦邦，我上次跟你解释过了。为什么就是不听我说呢？"

"因为这是个愚蠢的词，金克丝，没有任何意义。"邦邦从篮子里出来，走到碗旁边。

"你对我太坏了，邦邦。"金克丝在身后对她喊道。

愚蠢的金克丝。除了想着愚蠢的自己，别的什么也不考虑。

自私鬼。

碗是空的。邦邦踢开一个碗，然后跑回篮子里。

她听着动静。

什么也没发生。

"再来一次，邦邦。"

"闭嘴，金克丝。"

邦邦跑到她的碗旁边，用力踢了一脚，然后跑回篮子边仔细听着。

她听到头上砰的一声重响。

"快点，金克丝！"她跳回篮子里，紧贴着金克丝的背，闭上了眼睛。

时间：11:57。噢天哪，他回来晚了。他告诉过苏珊早上回来，但实际上，他将近中午才回来。不过，今天是星期日，中午时分仍然可以被看作是早上，因为万事都被推迟了一点点。有趣的是，宗教已经被废弃了这么多年，礼拜日仍保持着它的礼拜日特性。可能是因为一年之中有两次钟表会在星期日改变时间，让这一天沾染上总要为什么事情迟到的恐慌，例如工作，不过在星期日早上还掺杂着意识到不用工作的欢愉，因为这可是星期日。钟表走得再快也不能把一整个星期日消磨掉。

这是个很好的观点，钟什么时候往前调呢？

蒙蒂舅舅的照片在他脑海深处挥之不去。照片上他正在和一个辅助机器人假装掰手腕，而那个机器人的功能其实是挑出有机土豆农场里面腐烂的土豆。这个辅助机器人甚至穿着一件彩色的制服，衣服是刺眼的绿色，左侧胸膛处的图案是两片绿叶从金色的土豆里长出来。这件制服与蒙蒂舅舅身上的制服很搭。照片里有一行字写着："赢回工作周：机器被放逐到周末，就业率上升。"从那时起，星期日染上了一点无政府主义的色彩。这些日子是反抗性质的，几乎是狂欢一般的氛围：一周一次提醒着人们战胜了政府。“但我们是傻瓜，”蒙蒂舅舅会这么说，“如果这一切是由政府*批准*而得来的话，我们其实没有赢得任何东西。”

汽车在红绿灯处停下，一个年轻人推着老式购物车穿过马路，另一个年轻人坐在购物车里。他们对着哈米什举起半空的啤酒瓶子。

哈米什对他们点点头，然后看着仪表盘上显示的时间。12:01。关于“星期日”的想法从清晨到下午一直占据着他的脑袋，他甚至都没有意识到。很好。压力消失了，他眼睁睁看着下午到来却无可奈何。就好像与人谈话时，天上一架飞机飞过。

他清了清嗓子。“钟表什么时候调整？”

“十月二十五号凌晨一点，时间会往回倒一个小时。还有两周时间。”

他的心里泛起一阵恐慌，像有细小的飞蛾在肚子里扑腾着翅膀：他几乎是立刻就对钟表前调这件事感到惊惧——毕竟，钟表几乎等于时间本身啊。

红绿灯变色了，汽车往前开去。

噢，不对，等等！行路者智能导航说钟表会往回走！哈！它们当然会了！好吧，这样一来，就完全没什么好恐慌的了。在床上多待一个小时吧，留在家里。家……家是个不错的地方。距离上次见到她已经过去整整一周了。他确定她正在悉心准备以赢回他的认可。她倒真的不该那么做……她不必从他这里赢回任何东西；他们在一起这个事实一直没有变过，不需要姜饼和巧克力翻糖饼干之类有的没的东西……说到这里，他该去趟牧羊人超市吗？他可以去买山羊奶酪和法式面包让旅途持续到周日晚上。12:04。算了，还是回家吧。毕竟他还得把车清空，不费这一番无用的思考功夫，他就无法轻松下来。

“嗨。”

“你在这里吗？”

她瞪大眼睛环视着“这里”。“是的，我在。”她慢吞吞回答道。

混蛋。他也表现得太激动了吧。好像见着她就开心到无以复加。有她在，这地方总有点怪异，她在这里也一直表现得不太对劲。面对一个失业者该是什么反应？想到他失去了工作，她这种反应完全正当。但现在他必须保持这种“失业状态”，这样她就不会认为，是因为她，他才会紧锁眉头，用尖锐而带着浓重鼻息的声音回答她的“嗨”。

“不，只是……”他咧嘴笑了，是真的露齿而笑，他只知道他笑了是因为她那算不上是回应的笑容，还因为她瞟了一眼他露出来的牙齿，似乎那是一个裂开的伤口。“伦敦的商店真多啊！”他告诉她，话音结尾处声调轻快起来，还轻轻耸了耸肩。“我为什么非得在这里撞上我的病人呢？”心里有个声音说道。“恶人就不能休息吗？”那个声音又说道。噢天哪，他把那玩意儿搞砸了。对吗？她挠了挠下巴，一只脚晃着往后挪了一步，她什么时候往后挪脚的？噢不，她想逃走……不太妙，哈米什，这不太妙。

“我的意思是……”

“我断章取义了，不是吗？”她的语气如此温和，让他一时语塞。真是一针见血……

一股急促的气流在他胸膛中腾地蹿起。他换上一副官方面孔。“是有一些。我承认……”

“没关系。我得走了。”

“哦？”

“有人在家里等我。”

“啊。”是男朋友吗？还是有约会？他朝下扫了一眼她的购物袋。

“就当什么都没发生过吧！”她说，转过脸去。

“不，不是这样……”这完全不是他想要的结局。

“下周见？”她回头说。

“好。”他开始重复她的话。“下周。”混蛋！他停了下来。转身进了商店，然后又回头，想再看到她。要跟着她吗？跟着她？真是哈米什的做派……

她俯身进了一辆白色的小车；后视镜有什么东西晃了一下，但是没有人从驾驶座探过脑袋来吻她。汽车启动了。他晃着肩膀进了商店，拖着两条腿。

* * *

“在月光下，叶子下面安卧着一颗蛋……”德鲁吸了一口气，然后翻页继续把没讲完的故事讲完，同时瞥了几眼小孩子那方便面一样的卷发。一只手搭在书页的一角，随着翻页的动作机械地抬起。手指关节处圆乎乎的，同包裹住指甲的圆润指尖一样肉嘟嘟的。

“哈！多好啊，那只宝宝虫……现在它只需要吃掉樱桃派、淋着红粉果酱的意大利香肠、一块巧克力蛋糕、一支冰激凌、一根棒棒糖……然后，它就造起了一间小房子叫作……”

“茧。”

“茧，蛹努力地冲破茧……然后……”

“就是一只美丽的蝴蝶！”小孩子跟他一起说道。

“这真的会发生吗？”

“是的，”德鲁说，“蝴蝶就是从那里来的。”

男孩张大嘴巴，盯着右边，似乎在思索这件事。“那就是他需要的，那些漂亮的绿叶，是吗？”

“是的。”他点点头。

“然后他就真的想要开始建造了，对吗？”

德鲁笑了。“他一定会这么做的。”

“抱歉，我迟到了！”一个女人大踏步走进来，一根手指勾着一个书袋和一个午餐盒。“下班晚了所以迟到了。”

德鲁站起来。“没关系，我们一起看书呢。”

女人偏着头高声对德鲁说“谢谢”。“洛马克斯，你表现好吗？德鲁今天教了你什么？”

“嗯……”洛马克斯伸出一根手指贴在下巴上开始思索。

“来吧……给我看看。”

洛马克斯直起身子，走向排练室的另一边，打开双脚。然后边跑边数，“一，二，三……”但他踏了四大步，已经不合节拍了。他跳起来，尽可能张开双腿，然后落地，又开始跨步。“一，二，三。”他说。“得把后腿挺直。”他说。

“做得很好，洛马克斯。”德鲁说。

“谁是妈妈的舞蹈明星呀？”

“我。”洛马克斯说。

“下周的课还是这个时间？”女人问德鲁。

“其实，下周是最后一节课了。”德鲁说。

“放假前吗？是啊，当然……”

“不，以后也是，对我来说是这样，很不幸……”

女人对着洛马克斯皱了皱眉。

“我被换掉了，不过别担心，只是我白天有自己的正职，嗯……加起来有点多。”

女人的脑袋很快重新抬起来。“噢亲爱的，太可惜了！你不会永远放弃跳舞的，对吗？”

德鲁点点头。“只是暂时要让我的舞鞋休息了。”

女人摆出一张难过的脸，环视了一眼排练室。“好吧，洛马克斯，我们得给德鲁准备一个告别礼物。对吗？你认为呢？”

洛马克斯扯着芭蕾舞鞋上的松紧带，没有回答。

“不，不！不用麻烦……我爱人要做个大蛋糕，让我在课程结束的时候和班上所有的学生好好告别，如果你也方便的话就一起来。洛马克斯不对什么东西过敏吧，对吗？”

德鲁在雨中跑步穿过停车场，双手抱着文件夹和书，一个腊肠形状的帆布包撞击着臀部一侧。沃蒂斜靠在副驾驶座上打开车门。德鲁上了车，脸红红的，起雾的镜片闪着光。

“谢谢你帮我。”

“帮你什么？”沃蒂回应着，将腊肠包塞在前排座椅的缝隙中。

“开门。”

“噢。”沃蒂俯身过来亲吻德鲁，“不是谢我接你吗？”

“好啦。”德鲁用手指在眼睛下方划拉了几下，四处寻找哪里可以擦干雨滴。“谢谢你接我，还要谢谢你载我回实验室，好让我把每一个细节再检查一遍。”

“噢天哪，真的要每一件吗？”

“我会很快的，说真的。但是我必须检查一件事。”

* * *

苏珊坐在沙发扶手上，这个位置能看见前门。他很快就回来，现在是什么时间了呢？正午。他说过是早上，他会在早上回来……

或许他是早上才出发？

这也没那么重要；最令人难过的是，他见到她也不会开心……唉！一点也不会。这才是这种状况下最让人伤心、最悲剧的部分了；花了几个小时，甚至是几天，期待着与某个人在一起，但实际上，他根本不在乎你在不在这里。不在也无所谓……

话又说回来……分开了整整一周，他见到她怎么能不激动呢？真那样的话就不正常了；实际上，那算是打破协议了吗？是……这当然算。那她也可以打破协议；其实现在就是打破协议的好时机。他们分开了一周，她过得还不错。她有一周时间没和他在一起——那一辈子不和他在一起又有什么不可以呢？这样一来，直接放出这句话就不会显得那么奇怪了：我要离开你。我要离开你。好像她已经有了空间；整整一周的……空间。

她拍了拍两腿之间凸起的沙发，抿着嘴巴，盯着前门侧边的磨砂窗户。

她会跪在衣柜前，把衣服塞进袋子里；不！仔仔细细叠起来，她得控制住节奏，就像执行蓄谋已久的计划一样。她把易碎的灯具和一些瓷器啪的一声一并放下，塞进她准备好的泡沫衬垫箱里。楼下还有一些泡沫包装纸……“你在那儿干吗呢？”他会问。“我要离开你，”她会这么回答，“我在收拾东西，马上要走了。”他会瞥一眼泡沫衬垫箱然后思索：噢……泡沫。她没在开玩笑；她真要这么做。她可不是去旅馆待一晚上，噢不！她要永远离开这所房子，带着她所有易碎的小物件；没人会把这些带去旅馆的……在一起的整整五年时光在他们内心重叠，反反复复，直到变成他脑海深处的牡蛎壳；他会跪在它旁边，拉扯它，砸碎它。“没关系——它是空的。”她会这样说。现在他唯一的珍宝将要做出重大转变，大踏步离开他的生活。

她盯着门口。她会喜欢那珍贵时光的最后一小部分。

一个模糊的身影靠近磨砂窗户，渐渐变得饱满，她停止敲击沙发。身影缩小，又后退了，然后消失不见。当然会消失，那不可能是哈米什……既然他已经晚了这么多，为什么要赶在我绝望前回来呢？

噢……她又在折磨自己了。全是她自找的。是她，是她，是她。必须是这样！正常人不会这样。她如此通情达理的一个人因此失去了重心。

不，都怪他。绝对都是因为他。

但也许是因为她自己。她会一连好几个小时处于痛苦之中，徘徊在多雨的伦敦，在屋后的小巷，望着硕大的粉色花朵在厚重的围墙之中隐现，幻想着越过这堵墙。但是她心里清楚，第二天她依然会在家里。

就是她，绝对是因为她。

多浪费时间啊。

也许他一点钟会回来——最迟也是两点。这就意味着他是早上出发的。“我会在早上回来。”他说。是的，这就是说他还在路上，不意味着他已经回来了。

12:13。啊。等待，等待。等待被忽视……然后陷入失望。

停下来。别想了。

她跃过沙发扶手去了厨房。

她还有些好玩的事要做。现在这样只是浪费……等等……那是什么？面包碎屑。天哪，那里有多少？撒得到处都是，还是只撒在料理台前面？嗯……她可以在早上轻轻松松就把面包碎屑撒得到处都是，整个房间都是……

对了。真空吸尘器。

啊！那些小家伙。得先警告她们一下。

她环视着厨房。“邦邦？金克丝？”

没有。也许在客厅。“邦邦？金克丝？”

也不在那儿。还是看看厨房？“邦邦？金克丝？终于找到你们了。”

厕所盒子门口找到了一个。另一个在地板上，就在她穿着袜子的脚旁边。天哪，她们在打架。“你是不是欺负金克丝了？有没有？”她朝邦邦弯下腰，“现在你知道要对可怜的金克丝温柔一点吗？她可是很敏感的。”

邦邦舔了舔她的鼻子下方、上唇中间的小尖。

那个小尖叫什么来着？

金克丝从厕所盒子里爬出来。

“我要用这个了。”她给她们看了一眼吸尘器。她们瞪大眼睛，然后跑到盆栽那里开始往盆子里爬。“不，别这样！”那是一株原始植物，值三千英镑，抵得上半个月房租了。吸尘器不能进到里面，所以她们喜欢它。但是还有别的原因；苏珊可以肯定，她们相信盆栽在保护她们。当吸尘器靠近时，她们会仰望着它那柔软的叶子，弯下来的叶子像触手一般垂在她们头顶，仿佛一种恳求。她对此确信无疑。否则她们为什么不跳回篮子里或是躲进厕所盒子呢？哈！这一定会让哈米什觉得很有趣的。他喜欢她们这些好玩的举动，她会告诉他，她们又这样做了，她们又跳进了那个盆栽里。“吸尘器盆栽”，哈米什给它起了个绰号。

是的，她一定会告诉他这件事的……

爱神丘比特之弓。那就是它的别称，上唇峰那个小尖。她看着邦邦和金克丝。“好，你们可以待在这儿。但是不要踢里面的土。”她们一只手扶着植物的躯干，看着真空吸尘器从厨房家具的间隙之间穿梭而过。厕所盒子的马达里一定被什么晶体堵住了，因为它的声音听起来格外刺耳。

实际上，正确的名称是“人中”，不是吗？不对。人中是鼻子和上唇之间的凹槽。爱神丘比特之弓是形容上唇间的轮廓线；那很像是弓箭的形状……噢好吧。谁在乎呢？你已经在收拾东西离开，准备到别处开展新生活了，谁又会在意这种事情呢？

她转身看着钟，时间：12:30。也许他根本不会注意到地板是否干净，但他不喜欢阅读时被吸尘器嗡嗡的声音打扰。他会说“你不能晚点再弄吗”，有时候是这样。所以最好现在就打扫卫生。

这样的生活可以忍受吗？是这样吗？他是不是认为，她在这世界上要做的全部事情就是等他，然后一个人待在这所房子里的时候，就可以打扫该死的卫生？

她打开冰箱，然后咬了一下嘴唇。“你在干什么？”他会问。针织套衫肯定是第一个要带的，现在是十月份，她会需要它们的。她关上冰箱。里面有食物；如果他饿了，那里有食物。还有，针织套衫很大，一旦拿走，衣柜里就会有一块很大的空白……我要离开你了，她会说。拿的东西越多，就越难回头。也越容易离开。相框很容易打包，只需要塞进其他东西的空隙里就好了……还有家具，完蛋！她的镶花五斗柜怎么办？它太重了。她得雇一个搬家工才能拿得动这个大家伙。对，就该这么做！

时间：12:42。他一定很快就回来了。对了，她可以做姜饼！这会让房间里有一股好闻的味道，他喜欢这样……她从橱柜里拿了一个碗。

这可不是为了他这个混蛋——尽管他真的，真的，表现得像个混蛋——还有更令人生气的呢。如果她对他的性格推断准确的话，他一定认为她在这里不是为了服侍他，她是在服侍她自己，她用真空吸尘器打扫只是因为这让她自己开心。因此，他会告诉她别等他在房子里的时候打扫，他想有一个安静的环境。她从烘焙抽屉里取出面粉、糖、蜂蜜和香料。你所做的一切都是为了使自己开心，这才是事物应该有的样子；从冰箱里拿出黄油和鸡蛋。你该为自己而活，而不是从他人的赞扬里获得肯定。她对着蜂蜜皱起了眉毛，呃，又是从实验室里那些可怜的畸形蜜蜂身上搜刮来的……不要从任何人那里期待任何事，做自己，做自己……一盎司的糖是平平的一大勺；盎司这个单位可真古老。

“顺便说一下，房子已经用吸尘器打扫过了。”她会这样说。

他会从书页间抬起头，透过眼镜镜片看着她。“抱歉……你是想要为此获得奖赏吗？”

混蛋……他就是个混蛋，因为她在某种程度上就是想要奖励。

黄油、面粉、蜂蜜和黑糖在她指缝间被搓成条状扭动着；大多时候呈“M”型，现在变成了“E”，从来也不会变成“W”。还有小指头，那只不过，有点像是用手在面团中熟练地龙飞凤舞时拖着的小尾巴……糟糕！烤箱，她总是忘了预热烤箱。

钥匙在门里转动。她屏住了呼吸。是他，他走进屋，苏珊听到他正在脱鞋，却没有打招呼。怎么办？就站在这儿揉面吗？

不。

怎么说也得在半路撞上他，在厨房门口。但她继续搓着姜饼面团。她不想无所事事地等他。他不在的时候她总得做些什么。

“嗨！”

她的声音像飘浮的面纱一样落在他身上。他低着头，仍在与卡进鞋子后面的一根手指顽强斗争。该死，他其实根本不用把鞋脱掉，他还得去车上拿箱子呢。他张嘴说了句“我不用脱鞋，还得去车上……卸东西”，然后才意识到另一只鞋已经脱在底层的台阶上了。

“嗨。”他只得打了个招呼。

他什么时候把那只鞋脱掉的？

算了。

“你还好吗？”

“嗯哼。”

嗯哼。她讨厌嗯哼。

她点头微笑。两只沾满姜饼面团的手像生病的鸡爪。她等待着。可她究竟在等什么玩意儿？她不打算去纠结他所有的嗯和哼里面到底反映出他有什么问题。一个吻！才是她在等待的，一个吻！哈哈，当然不是吧？但她仍然在等！他甚至都没有看她一眼！好吧，别看我了，也别想着要看我，你只是在让我走得更安心而已。但他真的没有看她一眼！整整一周没见面！她转身进了厨房……上帝啊！但她是可爱的，她是如此活泼又可爱。他——完全没有意识到！

他抬头冲她咧嘴笑了一下，她却不见了。

好吧，所以……还是继续跟另一只鞋缠斗。然后去车那里。他那些箱子要放到哪儿呢？可能把它们放在楼梯下的橱柜里，但是……“打开车尾行李箱。”他说。不对！“打开后备箱！”汽车后备箱咔嗒一声弹开。他先抱了一个箱子出来。得先把它们叠起来再一一检查。苏珊会喜欢这样；不觉激起了一些旧日回忆。他用手肘顶开门，把箱子放在地板上。

两个小人儿在客厅门口盯着他。他冲她们眨了眨眼睛。

金克丝蹦蹦跳跳着挥了挥胳膊。

邦邦绷着脸。

苏珊听着走廊里的动静。他又带进来一个箱子。看在上帝的分儿上。他又去了储物间。“如果我们在月底把它清空，就能少付一份账单。”所以为什么不把这些杂物扔到垃圾场去呢？或者送到二手商店？她开始揉捏另一个面团。从他们四年前搬到这儿到现在，里面大部分东西连看都没有看过一眼。又搬进来更多的箱子；他不知道用装满东西的箱子来填满人生是很可悲的事情吗？

其中也有一些箱子是她的——有这么多东西要搬走，到底要如何离开呢？

也许她应该在进入走廊之前洗洗手……或许穿一双高跟鞋，或许修一下眉毛，而不是做着手上该死的姜饼。

她拿起一大块面团，把它揉成一个球。

有人曾揭示过亲密关系的秘密：“不要问他们是否令你开心，而要常常扪心自问：我有没有让他们感到开心？”

她又拿起一个面团。

他总是这样痛苦。

他走进厨房，把几个箱子叠放在台面上，然后转身出去拿其他箱子。她知道他又去拿箱子了，因为前门还没关。你为什么要留我在这里呢？她又揉了一个面团，尽量不去抬眼看他。她用手掌把球形面团压成一个个小圆饼。

虽然她嘴唇没有动，却有一个微型小精灵版苏珊在窃窃私语：“快点！你知道他现在只想着把箱子从门廊里搬进来。搬完之后他才会轻轻拍着口袋，盯着门口一秒钟。只有那时候他才会坐下来爱你。我们知道这正是他要做的。我们知道。”

真正的苏珊眨了眨眼。然后摇了摇头。

不太妙。苏珊小精灵。如果真有这么简单的话她就不会这么难受了。她只是想要一个恰如其分的“你好吗”，而不是这该死的“嗨”……

“哈！当你收到了想要的问候，又会想要一个吻；当你得到一个吻，又会想要鲜花。什么时候才是个头啊？有些人注定得不到幸福。”

也许在那些箱子里有很多有用的东西已经被他遗忘了，往外走的路上他思忖着。他抱起另一个箱子，开始嘲笑邻居的花园。他们有一个传送带，从屋子的一个洞里一直到快车道的中间，有时那里停着一辆后备箱开着等候的车。不过他发现今天没有；那里并没有一辆车在等候。他再次用肘部把门顶开，因为嘲弄了邻居心里有些过意不去。旁边那户人家的居住者年纪已经很大了。他把箱子放下再次往外走，站在房前的车道上，从另一个角度看着那条传送带。那个男主人现在起码得有一百一十岁了……是吗？那位女士看起来稍微年轻点，他对此确信无疑……该不会有一百三十岁吧，这个念头在脑海里一闪而过——这可是最大的年龄。恐怕没有几个人能挺过这个大坎。他拿起另一个箱子，箱子的底部突然开了。该死。他把箱子倒过来。翻转到正确的位置，然后把——东西放回去。喔，一,二,三,四！四个手机……这些手机起码得有二十年了吧！一些面团分切机——是苏珊的——她现在不会需要这些东西了，她有了新的昂贵的激光塑形烤箱。一袋子瓶盖。瓶盖？好吧。蜡烛，噢！严重违犯法律，还有，这是什么？一份博物馆规划书？标题写着“Pop-Up Books”（立体书），两个字母o中间有两个小点，让它们看起来像一对眼睛。他从封底的小图片上认出那个长满斑点的怪物，想起曾经有一次，他盯着同样的一只怪兽，必须用全力盯着才能不让双唇发抖。从第一次约会算起整整五年，他想着，又把它放回盒子里。

好吧。这次他同时抱起两个箱子，“关上后备箱！”然后用手肘推开厨房门，把箱子放在台面上，进入走廊，关上前门，用脚尖踢掉另一只脚上的鞋，大踏步回到厨房，拍掉大衣上的灰尘。

她又在按压姜饼面团，一个接着一个，她不得不用抹刀把它们刮起来，因为按得太用劲了。她把圆饼倒入树脂托盘，塞入烤箱，然后砰的一声关上门。几分钟之后就好了，他就可以热乎乎地吃上一枚，再配上一杯咖啡。哈米什肯定会喜欢，她想着，擦了擦烤箱手柄。她的脸有点抽痛，天哪我多么可爱啊！她把用过的餐具收拾起来放进水槽里。

她听见凳子脚摩擦地板瓷砖的声音，还有坐在垫子上的“扑通”一声。

她背对着他，但她知道他在那儿。他也知道她知道。

“那个，你好呀，陌生人。”他对穿着一件羊毛套头衫的背影说道。

她的皮肤上立刻噘起了成千上万个小小的嘴唇。“你好。”她对着水龙头说。

仿佛一层薄纱飘落在他身上，他穿着大衣，坐在椅子上，这层薄纱让他的皮肤感到很舒适。

“旅途怎么样？”

“挺好的。”他的态度和善。他总是这样。好吧，现在和善也晚了。她已经要走了。“我给你买了一个礼物。”她对着水龙头说。

“嚯，那我真是太幸运了！”

她擦干双手转向他。他仍然穿着大衣，眉毛的两端末尾处翘起来。他对着他的苏珊笑了一下，然后看见她的眼睛转向礼物那边，很快又转回来看着他。“在桌子上的礼品袋里。”她对着礼品袋说。

他把袋子拿过来往里面张望。“不，不可能！”他说。这一定是假的……

她整个人焕发出光芒。“当然是真的了。”

“鹅肝酱，”他低声说，“但是……你知道。”他含糊过去，朝她眨了眨眼。

她笑了。他是多么可爱啊！“对啊，所以你最好保密。”她低声说。现在他赢回她了。只需要眨一眨眼睛，他就拥有了她。她在荒芜破败的房子里走到了最深最深的尽头，一路上下着雨，她正把一条腿跨出外墙，要走到那施了魔法一般开满康乃馨的土地上去，这时他扯住她的脚踝，把她拉下来，他撑起一把伞，又拉着她的手把她带回家。混蛋。

她走过的那条潮湿而阴暗的路又有什么意义呢？

多么具有反叛性。他喜欢这样！不是所有人都敢走私买卖鹅肝酱的……他把那死肉颜色的罐子举起来对着灯光，照亮里面的黄色脂肪。

“也没有那么令人激动，我觉得。”

他看着一大块桃色的肝脏。是真的鹅肝酱！真的，绝对是真家伙！

“还剩几个农民仍然受遗产法保护……”

他记得有个书商告诉他，他在牧羊人超市那里问起鹅肝酱时，经理被叫出来。“我必须向您说清楚，先生：我们不售卖这种产品，这是违法的。作为重要顾客，我们理解……我们感激您没有把我们店的名字和这个产品联系在一起。”然后让他签了份什么文件。居然签了一份文件！

“……从他们那里买，再把产品带回来是完全合法的。”

哈米什转头看着苏珊。

“很明显。”

“当然。”呵！这绝对不可能。这严重违犯法律。很明显，她是在某个鹅农那里偷买来的，甚至没有意识到这是走私。“不行。”他说。

她直起身子。“什么‘不行’？”她看见了自己，在那条潮湿的小巷里行走，没有打伞。

“不行，我想你会明白这绝对是不合法的。”那个书商在牧羊人超市遇到的情况就发生在今年早些时候……这才刚到十月，法律不可能那么快就改了。绝对是违法的。肯定是走私。

该死，他为什么要这样做？“好吧，不是的，这没有违法，证据就在那儿呢。”她朝着罐子的方向挥舞了一下手掌。

“你申报了吗？”

“什么？”

他知道她听得一清二楚，她只不过是没有申报。“过海关的时候你申报了吗？”

“没有。”

“好吧，那就很明确了。”

“哈米什，普通的旅客和行李箱要被X射线检查四遍，才能把一个小脚趾伸进候机室。”

她是有道理的……但是这有问题！他不会让步的。他记得告诉过她书商遭遇的事情。他耸耸肩。“有可能是果酱。”

“果酱？就那破玩意儿？你知道一道X射线花费多少吗？你真的以为机场安检会花费四道X射线检查一个行李箱，然后把鹅肝酱和该死的果酱搞混吗？”她仿佛感觉到自己已经转身离开，大踏步走过那条泥泞的小巷。

他把罐子放回桌上，双手支在身前，透过眼镜看着她。“你为什么发这么大脾气？”他本应该在后面加一个爱称“苏茜”，但一时间没想起来。

“你总认为你是正确的，即使你不是，还有，我甚至连一丁点儿对的可能性都没有，尽管我才是那个经历了全部事情经过的人，而你仅仅是道听途说，就觉得自己什么都知道。”现在她已经在奔跑了，回到墙那里，回到康乃馨花丛中去，抓起针织套衫和相框，还有泡沫包装纸，一起塞进箱子里……

啊。她还没有忘记那个故事。

但是他反复确认过这个消息。她不知道他确认过，但她现在应该知道，他只有在百分百确定的时候，才会坚持自己的观点。“你不知道那些。”

"知道什么？"

"你不知道我是从哪里得来的消息。"他说，一只手摩挲着桌面，仿佛在给最后一句话画下划线，他的眼睛紧紧盯着那条想象中的线。

这不公平！她的脸开始发热，两颊抽痛。她有权利持有正确看法，但从来没有人认可她是对的，于是她大发雷霆，叫喊，而他只会透过眼镜看着她。"但我怎么不是一个可靠的消息来源呢？"

已经爬上墙的她感到脚踝被人拉住了。"你让我感觉自己还不如别人。"她哭着对他说。

她的自信。一周以来她都对自己信心满满，但现在她在自己家里，感觉灰心丧气。低人一等，没错。"不是可靠的消息来源"。即使关于鹅肝酱的事他是对的，情况也只会越来越糟。他本可以让她赢一次的……她仍然抓着那块擦拭杯盘用的湿抹布，对着它哭泣，仿佛那是在她手中死去的生命。他把抹布从她手里拿走，她双手像石头一样冰凉！她的手总是这么冷。他把她拉进自己的大衣里，用衣服裹住她。她萎靡不振的样子像是被大猩猩叼住的一片蔫生菜叶子。正是她这双冰凉的手，把点心做得这么好，比他在牧羊人超市那里买到的任何东西都要好。"你就是绝佳的调味料，苏茜，"他说，"鲜嫩美味。"

嗯……又是一个漂亮的双关小游戏，他把下巴靠在她的脑袋上，暗自思索。这一定能让她露出一个微笑。他们就这样站着，直到所有带着呼吸声的啜泣都从喉咙里滚滚涌出，流经她的舌头。"一个苏茜味儿的香辛料。"她哑着嗓子说。

"哈，很不错！苏茜香辛料。"他说。

"苏氏酱料。"她回道。

"苏酱！"他赢了。不过这明显是模仿她的……不过他"鲜嫩美味"的评价才是最完美的。他抱紧她，在她停止哭泣之后，仍然发出"嘘、嘘、嘘"的声音安抚她。

2
CHAPTER

德鲁拿着通行证，对着扫描器扫了一下条形码，然后推开十字转门走向电梯。电梯门开了，赫克托博士走出来，正在跟他一个学生低声说着什么。德鲁直起身子，双手紧握着通行证。

“德鲁——对你来说有点晚了，不是吗？”赫克托说。

“又……忘了点东西。”

“好吧。”博士背对着那个学生，扫了一眼德鲁的通行证，又移开了视线。

那个学生伸长了脖子望向窗户那边，又看了眼赫克托，做了个割喉的手势。

“我们明天做审查，别忘了。”

“我知道。”德鲁说，目光随着那个学生凝视的窗户方向转过去，然后猛地回到博士身上。

博士也看向他。“有人在等你吗？你最好动作快点……把你忘的东西都拿回去……”

“是，我得离开了。”德鲁呼出一口气，紧绷的肩膀松了下来。那个学生结结巴巴地跟赫克托说再见。

“我还没说完呢。”博士越过他，“拿个笔。记下来。”

德鲁走到他们前面，跨进了电梯，希望实验室不是四小时前的样子。“明天见。”也许有人已经在里面，只为确保面对审查时一切完美。德鲁沿着走廊前进，他的双脚略微有些外翻。推开实验室的门后，他瞥了一眼入口两侧的巨大冰柜，在月光下，他们的几百个富余的后代躺在里面。房间后面是三个大的孵化器。“嗨，姑娘们。”德鲁盯着每一个玻璃容器，检查温度，没问题，缓慢地眨眼，好的，按压下巴，扣紧双手……其他人从来没有走到这一步。关于孵化器的阴暗想法像藤蔓一般生长起来。不，不是这次。德鲁明晚还会来，下一晚也会来，还有许多个清晨可以在空荡荡的巴士上猜测哪一个或许会死掉。但这一切过后，也就是这样了。就算它们都死去，他们也会继续生活下去。舞蹈课下周结束，沃蒂可以去任何地方做蛋糕。

德鲁长时间凝视一处，视线已经有些模糊了。每一个蛋上都有一个光斑在慢慢变大，然后眨眼间就消失了。但是有一个蛋上面仍然闪着琥珀色的光——真的吗？德鲁眨了眨眼睛。琥珀色暗下去了。

“你去哪里了？今天可是毛发日。”

“我知道。”

“好，那你开始寻找毛发了吗？”

“没有，邦邦，我还没开始呢。”

“你还没开始寻找毛发？那你去哪儿了？”

“去了大房间。”

“但是他们也在那儿。”

“我知道。所以我才去的。”

“为什么？你为什么现在就要见他们？现在还不是见他们的时候。你见他们有什么目的？”

“我不知道为什么，我只是……”

“什么？”

“我只是需要去。”

“你只是需要。噢金克丝……你为什么要这样做？你简直太软弱了。现在去见他们太早了，你不知道现在有多早吗？”

“是的，我知道，但是他们那时候好像真的很喜欢我。”

“噢不。你真的这样以为吗？”

“是的！”

“——”

“噢亲爱的……”

“怎么了？”

“现在我得去见他们了！”

“好啊，那你去吧！”

“但现在还太早了！”

“但是也许他们想见你，因为他们刚刚才见了我……他们这会儿心情也不错呢。”

“真见鬼。这就意味着我得现在去，不是吗？现在还太……好吧……今天是毛发日，金克丝！”

“我会去寻找毛发的。”

“就算你不去，我现在也得去，不是吗？”

“我会去的，邦邦，我会去。”

“好。我一会儿就回来。”

邦邦穿过地板朝着大房间走去，每走三步都要跳过瓷砖的间隙；她不想再把脚卡进去了。金克丝为什么这么早就得去见他们呢？蠢货。她从来也不想想自己在做什么，也不考虑一下后果。太自私了。

愚蠢又自私的金克丝。

并且现在天气慢慢变冷了。一般在夜里完成任务是因为天暖的时候白日里太热，天冷的时候需要在一天中最冷的时候取暖。还有，晚上他们总是有情绪。好吧，至少她们是这样。布兰克妮说过她的主人夜里就从不起来，她们都在中午完成任务。还有奇普斯，哈！奇普斯甚至不知道那是什么！多么怪异啊。不过这对他来说并不是件容易的事……

因为他有那个东西。

至少奇普斯在天气还很暖和的时候就得到了他的大衣。那是在许多年前了。之后冷天气也持续了好多年，但她们还是没有自己的大衣……

等等……那是什么？噢真该死……“你为什么跟着我？”

一片寂静。

“金克丝？我知道你在那儿。”

“我——我想看。”

“你想什么？你想看？你为什么想看？”

“噢求求你了。我自己一个人很孤独。”

“那轮到你的时候我有看你吗？有吗？”

“求求你了，邦邦。”

“不行！”

金克丝把一只脚搭在另一只脚上，低头看着。

天哪。又来了。她又在这样做了。“你看你，请你不要这样做了。你知道这会让我的耳朵变热。”

“我——我控制不住，邦邦。”金克丝用力吸了一口气，“有——有时候你对我太凶了。”

“但是，我根本不知道你在做什么！这到底是什么，金克丝？该死的耳朵……停下来。现在就停下来！”

“就是……太……凶了。”

“不，金克丝……别这样；快停下来……看着我，金克丝。快点，看着我好吗？现在好多了。是因为你不够凶。一直以来你都太怪异了。大家都这样觉得。”

她吸了吸鼻子。

“听着。我不想让你看，但是如果你愿意的话，可以在门外等着，然后我们就回去小睡一会儿。”

“真的吗？”

“是的。”

“一起打个盹儿吗？”

上帝啊，这又是什么词？她一直用的这些该死的词到底是什么？“随便吧。都行。”

“好的，邦邦。我就在这里等着。”

“但是你最好转过身去。”

"好的。"

"还有，你一定不能往里面看。"

"当然，没问题的。我不会往里面看。"

金克丝转动身体面向自己的左侧，现在她的后方就是原来的右侧，之前她背对的那边现在成了新的左侧。就是这么回事儿，每一个特定的空间都应该有特定的命名，这样就没人会对这一切感到疑惑。她知道这些方位的名称。邦邦不知道这些；每当她听到金克丝把它们说出来，就会大喊大叫。

邦邦跨过最后三块瓷砖到了门口。

门咔嗒一声打开了。

邦邦扑闪着睫毛。但是里面一个人也没有。

这一定就是所谓的"穿过"了。他们总是在讨论着那个令人烦恼的词——穿过，它可以打开所有的门，经常发生在有人到达或者离开时。邦邦朝身后那道前门看了一眼，然后眨了眨眼睛。

但是那里一个人也没有。除了金克丝。金克丝也朝着邦邦眨了眨眼睛。

"金——克丝！"邦邦弯下腰，双手捧着她的脸抱怨道，"我跟你说了要转过身去！"

"你在监视我吗？小家伙。"邦邦转身面向门。这不像是她还需要它。她甚至已经不再需要了。但待会儿他们可能又没心情，所以……她最好现在就去做。她在木地板上走过去跑过来，想要引起注意。她成功地引起了注意。邦邦停在咖啡桌下面，从一条桌腿后面向外张望。她眨了眨眼睛。

又有人说话了，这次是男主人，噢好吧。她跑到他的鞋边，横躺在鞋尖上，胸膛朝上拱起身子，她的胸部摇晃着，几乎与下巴持平。他把她拿在手里，然后放在膝盖上。理了理她头顶的头发。他开始用指尖抚摸她的后颈。她俯卧在他大腿上，他的指尖从她背部滑过，又回到脖子。

他和她说着话。她闭上了眼睛。

这样持续了几分钟之后他停下来，手悬在她的身体上方，于是她像往常一样用脚后跟踢了下他的手指，然后他又开始抚摸她。

"你已经得到了吗？有点早吧？"

“是啊。都怪金克丝。”

“这不是我的错，邦邦。你总是责备我。我孤单的时候控制不了自己。”

“这是什么词，那个该死的词到底是什么？你知道那是什么意思吗？奇普斯。”

“不知道。”

“她总是说太多这类愚蠢的词。一点意义也没有。”

“他们是有意义的，邦邦。确实有！意思是我一个人的时候会很难过。”

“一个人？你从来没有一个人！这是不可能的。不是一直有碗，有厕所盒子，还有别的东西。”

“不！我说的是其他有生命的东西，活着的，你懂吗，那种会动的。”

奇普斯和邦邦对她眨了眨眼睛。

“所以你已经拿到了？”奇普斯又问。

“是啊。”

“它怎么样？”

“奇普斯，我希望你可以试试。不试的话你永远也不知道它是什么样的。”

“是的，但是可怜的奇普斯有那个东西，不是吗？”

“嘘！金克丝。真该死。”邦邦发出嘘声，在金克丝肩膀上拍了一下，然后恶狠狠地看着她。

“什么东西，我有什么东西？”

“别理她，奇普斯。”

“金克丝，我有什么东西？”

金克丝朝奇普斯两腿之间瞥了一眼。

“说实话，奇普斯，你穿着大衣的时候是看不见的。”

“什……什么？你是说……我的……”

“呜！你真幸运，有自己的大衣。现在已经快到冷的时候了，我很冷。”

奇普斯脱下他的大衣。“但是这为什么意味着我也不能拥有它呢？”

“好吧，我们没有那些东西，奇普斯。瞧……”

“你能闭嘴吗？金克丝。”

“我只是说，如果他试过了，他那东西会被压扁的。”

“闭——嘴，金克丝。你当然可以拥有它，奇普斯。你只用提出来，让他们给你就是了，这才是唯一的问题……我不知道你要怎样去做。”

“呜……太冷了。”奇普斯解开扣子重新把衣服套上。金克丝和邦邦靠近了一点。“我不敢相信他们就让你们那样走来走去。”他说话的时候，金克丝把奇普斯的胳膊抬起来，放在自己的肩膀上。

邦邦揉了揉眼睛。“我不知道她有什么毛病；她太，太……我找不到词来说。”

“黏人，邦邦，我很黏人。”她把奇普斯的胳膊从肩膀上移开，任它落下。“我只是很冷。”

他们站在那里，向对方眨了眨眼睛。

“这样不好。我必须回到里面了。”

“好的。”

他们同时转过身去，然后离开了。

八点钟天已经黑了。他们沉默着回来，径直去了厨房，他打开冰箱，她去检查小家伙们的碗。金克丝的已经空了。她等着他用完冰箱。

“你现在就要吃那个吗？我以为我们可以留到明天再吃。”

他换了一样吃的，关上冰箱门，离开了。

她打开冰箱上的碗橱，然后拿出满满三杯干麦片。

“我们该考虑给它们穿上衣服了。”他在走廊里说。

她把麦片倒进金克丝的碗里，然后走到她们的篮子旁边。噢她们又在这样做了！她们又在这样做了！“快点，快来看；她们又在这样做了！”

金克丝和邦邦躺着，一个在另一个身后，四肢缠绕交叠在一起，像慵懒的白色鼻涕虫。

“她们太可爱了。看，快点！快来看。”

“那是因为她们觉得冷，”他嘴里塞着一口食物说道，“我们应该把衣服给她们穿上。”

“你也许是对的，”她说。

“我去把它们拿过来。”

“不！别把她们吵醒……我一直想着给她们准备新的。”

“你都说了好几个星期了。”他说。然后他离开了。

她蹲下来，用指尖抬起邦邦的脚又放下来。然后也离开了。

金克丝睁开眼睛，听见女主人的脚步远去。她能感觉到邦邦一只手搭在她肚子上，另一只放在她前臂上，她的膝盖在自己的膝盖后面，她的胸部抵着自己的背。每隔一秒，在她的耳朵和脖子之间的凹陷处，就能感受到邦邦的呼吸。

金克丝微笑着闭上了眼睛。

邦邦先醒过来。她坐起身看着篮子外面。

“再回来待几分钟吧。”

邦邦回头看着金克丝的胳膊在空中伸展，像是想要递给她什么东西的样子。她弯下腰，嗅了嗅黄色的手指甲。麦片。她的舌头在嘴巴里滑动，吃饭时间到啦。“现在不行，金克丝。”她从篮子里爬出来，先吃了几口金克丝的麦片，然后把自己的全吃光了。

她们花了一早上时间在垫子上跳来跳去，好让羽毛飘出来。然后她们把羽毛收集起来，回到厨房把它们放进篮子里。

到了午饭时间，她们等着她回来把碗装满。

她没有来。

邦邦爬着穿过真空活板门。金克丝在哪儿，那个蠢蛋去哪了？嗯……人工草皮上也没有羽毛……她去了那个可以看到篱笆外面的地方。

篱笆外面是灰色的。羽毛日这天总是很漫长，因为人工草皮上从来也不会有一片羽毛。她只能站在那里看着那片灰色。

那个蠢蛋去哪了？

“你现在拿到了吗？邦邦。”

“目前还没有，奇普斯。还太早了。”

金克丝从真空活板门退出来，抱住自己的双臂。她跑到那个可以看到篱笆外面的地方。邦邦已经站在那儿了。她开始一边摩擦自己的胳膊和肩膀，一边单脚跳着，两只脚轮换着来。

“但是你昨天不是拿到了吗？”

“是……都是因为该死的金克丝。”

“但它很好，不是吗？”

“奇普斯，我只是希望你也能试试。”

“那如果它是好的，金克丝那样做为什么就不好呢？”

金克丝停止了摩擦和蹦跳。邦邦也不再看着那片灰色。她们盯着奇普斯。

“现在还太早了。”邦邦说。

金克丝对着奇普斯眨了眨眼睛。

“但是你已经拿到了，不是吗？那总比没拿到要好，邦邦。”

邦邦回头继续望着那片灰色。“在晚上比较好一些。晚上更冷。但金克丝非要在下午。我不知道为什么。”

“她很……黏人。”他回答道。

她俩又同时盯着奇普斯。

金克丝伸出一只手触碰奇普斯的衣服。

邦邦回到真空活板门旁。“外面没有羽毛了。垫子上羽毛更多一些。走吧，金克丝。”

金克丝转身跟着邦邦。

接下来的一小时里金克丝都在垫子上跳来跳去。邦邦把羽毛收集起来。

“不是放鞋子的这一个，金克丝。这里面什么也不会出来。”

“但是它很有弹性。”

邦邦弯腰捡起一片羽毛。为什么她总是制造出一堆烂摊子，对任何人都没有一点帮助呢？这就意味着邦邦总是得叫她闭嘴，为什么她要不断让金克丝闭嘴，而金克丝仍旧固执地做她想做的事呢？

“无论如何，它不是由鞋子制成的，而是用一种塑料做成的。”

蠢货。为什么她就是不能把嘴闭上呢？她难道不知道现在轮到她闭上该死的嘴了吗？奇普斯认为她对金克丝总是很凶，但这都要怪愚蠢的金克丝！

“鞋子闻起来是一种味道。皮革闻起来是另一种味道。”

奇普斯不知道她究竟是什么样的。奇普斯不必和她睡在同一个篮子里。奇普斯每天无事可做，除了回忆她那些奇怪的蠢话。

“皮革有自己的味道。一旦你了解了那种味道，就永远不会忘记。我现在知道皮革的味道了，邦邦。我永远也不会忘记。你也永远没法忘记皮革的味道，邦邦。”

“我不在乎，金克丝！那里没有羽毛！那、里、没、有、羽毛！”

金克丝停止了蹦跳。

“你真是一个自私鬼，金克丝。我甚至不知道那些词是什么意思。没有人知道那些词是什么意思。”

“邦邦！”金克丝用双手捂住太阳穴。

“那里没有羽毛，金克丝！今天是羽毛日！是羽——毛——日！”

金克丝蹲下来用手捂住脸，埋进膝盖里。邦邦生气了，怒火中烧，如果金克丝做了那件会让她耳朵发热的事，只会让她更生气。她最好马上离开，自己做自己的。金克丝从垫子上滑下来向门口跑去，跑的时候仍然弯着腰，尽可能贴近膝盖。她必须离开，然后藏起来等邦邦消消气。她会找到一个比厕所盒子更隐蔽的藏身处，把自己藏好，连邦邦也不会知道她到底去了哪儿，是的！然后她就会来找她——等她感觉好一点的时候。

她跑出房间，跳过瓷砖的缝隙。

“金克丝！”她听到背后传来邦邦的声音。她停住了。

“是，邦邦？”

“回来，金克丝！”

听起来她没有那么生气了。但是只要金克丝还做那件事。邦邦会再一次大喊大叫。“我——我只是到那边待一会儿。”金克丝用力吸了一口气。

邦邦花了一整个下午在篮子里摆放羽毛，而金克丝蹲在餐厅的椅子腿和巨大的玻璃门之间。餐厅里很舒服，因为有地毯，她可以跳着穿过地毯，一只脚拖在后面，在餐厅里转几个大圈。然而今天不是时候，今天应该藏起来，这是一个绝佳的藏身之地。平时她们几乎不会来餐厅。她从露台门向外张望。这里离可以看到栅栏外面的地方很近。她从里面看不到栅栏外面。只有灰色的砖。并且没有羽毛。

她在这里待了有几个世纪那么久。

邦邦还是没有来找她。或许她只是找不到她。或许她轻轻咳嗽一声，邦邦就会过来……不！她会在这里等着邦邦来找她的。好吧……也许她可以等一会儿；如果邦邦还是没来，她就咳嗽。但是如果邦邦有事要忙，就不会来，不是吗？今天又是羽毛日。

那是什么？一片羽毛？但是外面没有羽毛了……是的，就是羽毛！是真的吗？是的！还有奇普斯！奇普斯在外面，手里拿着一片羽毛！还有一片！还有另一片！好多片羽毛！“邦邦！”

邦邦坐在篮子里，看着篮子的另外一端。

“奇普斯拿到了羽毛！”她喊道，跑进真空活板门又爬出来。“奇普斯！”她可以看见他在和什么东西谈话。“奇普斯！这些你都是在哪儿发现的？”

“在这边的地上。这里有一个东西。”

金克丝往前走去，发现邦邦跑到了她前面。

“但是外面没有羽毛——他是怎么拿到——”邦邦停下来，和奇普斯往同一方向望去。“但是……它们到处都是！”她向那个绿色的盒子跑去，跑到了盒子后面。

金克丝快步跟在她后面。“什么，邦邦？那是什么？”绕到盒子的另一侧时，她看见了它。在一圈羽毛的中央，躺着一个硕大、柔软的头颅，上面长着一个长长的灰色的喙，还有一个闪闪发亮的眼睛，看起来寂静而诡异。金克丝弯下腰看着那只眼睛。“你好？”她说，“你好？”

那只眼睛盯着她。

“你在睡觉吗？这样睡觉可真有意思。”她把一只手放在它的脸颊上。没有动静。“它为什么一动不动呢？奇普斯？它应该会动，不是吗？”

“____”

“它是从哪里来的？”

“____”

金克丝转过身。奇普斯把捡来的所有羽毛都丢掉了，正盯着自己左手的手背看。然后他用另一只手擦干眼睛，又看着那只手的手背。他的手上有一小块皮肤被打湿了，脸上也是。这就是经常发生在金克丝身上的事，那件事让她变得很奇怪……那件事也会让邦邦的耳朵发热。但是……她看着奇普斯的眼睛，然后又回到那只不会动的眼睛——发现它动了！“它在动，奇普斯，它在动！”但不是眼睛在动，而是头部在动。它的头正在向后摇晃。金克丝看着它的头，然后顺着它的身体看见了邦邦。“邦邦！住手！”邦邦正用手从它身上揪羽毛，揪下来一片，又揪一片，那股力量让它整个身子摇晃起来。“邦邦！住手！停下来！”金克丝用胳膊环着它的脖子，然后抱住它，闭上了眼睛。“邦邦！邦邦！”

“闭嘴，金克丝！”邦邦喊道，仍然不停地从它身上拔羽毛。

“你在伤害它！你在伤害它！”

“我没有伤害它，金克丝！”

“你有！”

“如果我伤害了它，它会说出来的。”

“它已经在说话了；它在努力想跟我说点什么！”奇普斯大声叫道。邦邦和金克丝停止了吼叫，朝奇普斯望去。

“看见了？邦邦。它在说话！它真的说出了什么东西！快看看它——”

“闭嘴，金克丝。它说了什么？”

“我——我听不懂……”

邦邦揉了揉眼睛。这到底是怎么回事？奇普斯怎么了？“别这样做，我的耳朵又会发热。我觉得让别人的耳朵变成这样简直太糟了。”邦邦看着金克丝，她又在这样做。该死的耳朵又在发热。“我没有伤害它。”

那个东西的脑袋被金克丝抱在怀里无法动弹，眼睛还是死死盯住邦邦。

邦邦弯下腰捡起她的羽毛。她没有伤害它。今天是羽毛日。她回到真空活板门那里。“我没有伤害它，”她摇了摇头，“我没有。”她回到厨房，心里有种奇怪的感觉。噢天哪，她多希望自己能对刚刚发生的事情感到释怀，尤其是羽毛的事情。也许现在应该去看看他们是否有心情。那会让她好受点。她去了大房间，希望她收集羽毛的时候女主人已经回家了。房间里空无一人。她正要转身离开的时候，男主人出现在门口。

“你是来寻找关爱的吗？”他问道，她正横躺在他的鞋子上。他扑通一声陷进沙发，然后身体前倾把邦邦抱起来。

其实今晚她更想要女主人。她不知道为什么。也许是因为刚刚发生的事情，女主人更好一些。算了吧，没有关系。她可以在他的肚子上打滚，让他的手指拂过她的后背。

“每次我都告诉你，你在这里说的一切都会保密。”他说话的时候没有任何动作。动作是会流露情感的，更确切地说，细微的动作将人的个性一点一滴地流露出来。没有动作不代表中立。个性不是中立的。

“我知道。”

“所以呢？你为什么一直问？”他的镜框刚好横在瞳孔中间，所以他并没有直视她，而是维持着这个障碍。也不算是障碍，而是一个过滤器，好吧，过滤掉的正是他凝视的目光。

障碍确实存在。但不在他的办公室里。

“我真的不知道……”

“不，你知道。”

她鼓起双颊，然后慢慢呼出一口气。“因为我担心有些东西是不合法的。”

他点点头，“对。”

“那会改变一些事情，对吗？”

“如果政府要知道某些事情的话，我必须告诉他们。”

“好吧。”

“但是当时你是知道的，不是吗？”

“嗯……我知道。”

“所以，你对此有何感想？”

“我还没有认真想过。”

“内疚？”他的眉毛微微上扬。

“嗯。是的。我的意思是，我不赞成……他们做事的方式。所以我变得有点像一个反抗者，我是说，如果他们对我该扮演的角色起疑的话，我就会有大麻烦了。”

“政府会找你麻烦？”

“不！”她咧嘴笑了，“不，抱歉……只是跟我的雇主之间有麻烦。不过这可是大麻烦。事实上，是最棘手的麻烦。”

“为什么？”

“这个……我接触到了一些非常机密的材料，但从某种程度上说，我滥用了这个特权……”

“那就是最终极的惩罚吗？雇主来找你麻烦？”

“我需要他们来完成我要做的事。但我只是不再确定，我的行为是对是错。从道德的观点来说，是的。”

“你感觉自己有责任。”

“——”她的头像鸭子游泳一样微微前倾，然后看向旁边。一个横向摇头。再在水平线上点头，其实是把脖子伸出来——但这是一个保护性动作。也有可能她只是腼腆？这绝对又是一个有隐藏含义的动作。是因为有他在，她才一直做出这些令人费解的动作吗？想想看，这是第八次还是第九次她做出含糊的动作？他过后会检查自己的笔记……他敢确定这是第九次。

他把那个鸭子点头的动作视为对是否感觉内疚的肯定回答，然后摇了摇头。“你不该。”该死。是他的意见。还有摇头！该死，该死，该死。再试一次吧。“我想知道你为什么……为什么会这样？告诉我。”没有动作。集中注意力，哈米什，看在上帝的分儿上。

“就像我刚说的……嗯……我利用了自己的职位。”

“我知道，你说过这个，但是……”他的手在空中晃了几下，然后张开，似乎是放出了一个他并没有准备好的问题。他挠了挠耳朵，然后把手放在桌面上。“你为什么不直接坦白呢？接受一切可能的后果？”

她摇了摇头。挂在耳朵上的一串彩色小珠子发出噼噼啪啪的响声。“这样做不会有任何好处，尤其是对我来说。我成了对抗体制的个人，像那些故事里的一样。”

是的，不会有任何好处。她毫无疑问是正确的。最好不要踏上那条路。“有些人可能会说你陷入了绝境，这样从道德上来讲你就是……自由的。”

“不，我过去觉得自己在道德上是正确的，并且有自由。但现在我开始相信我并没有真正帮助到任何人。”

他刚想叹气又咽回肚子里。有许多只看不见的小手从他身体里曲曲折折地探出来，向四面八方伸去；有一些伸向她的脚底和身子下面，将她从椅子上举起来；还有一些伸向窗外，把毛毯一样的云拉进屋内，将她裹住，把她的脚裹进柔软的云里，然后轻轻摇晃这一整块云，直到她进入梦乡。

噢上帝啊！这个想法占据他的大脑有多久了？这不是他正常的思维过程，他知道自己通常的思维过程，他了解自己。他瞥了一眼她的脸，皱着眉头，心事重重，像孩子一样。就是这样！她向他发出关怀的信号。他的鼻孔仿佛在燃烧，他吸入两束空气。她喜欢他。

他经历过这种事情——当然了——他的许多病人都会这样。这种感觉就像他是一个通道。本质上来说，是把病人自己灵魂的讯息传递给他。灵魂会向他倾诉肉身对他的感情，但这些感情从未使他屈服。但这一次，埃玛给他的感觉，是不一样的……就像那些追踪鬼魂的纪录片，那些追踪者在和幽灵对话的过程中突然留下眼泪，“不要让我体会你的感受，”他们会对鬼魂说，“告诉我你的故事。”

他和埃玛之间迟早会有一个类似的对话。但不是现在。

“你认为你卷入的那件事情——很可能是跟丧亲的人有关——我说的对吗？”

她像一般人通常做的那样点了点头，而不是像小鸭游泳一样。

“在道德上……是错误的——尽管你一开始认为那是对的——现在你感觉自责，害怕自己被发现。我说的对吗？”

她呼出一口气，笑了。“我想是的。”

他的脸颊发烫。啊，这就意味着她也一样。至少看起来是这样，他谈起了一些事情。现在，这其实是一种投射，必须谈起……除非她的感受是受到安慰……听起来她的回答像是松了一口气，但是，他却没有感到轻松。是吗？如果她刚刚成功卸下一些忧虑的重负，那也许他也会……

必须谈谈这个。

“为什么？”他继续说，“我刚说的话里有哪一部分你不同意吗？”

“我一直以为，我不在乎被我的雇主发现。我一开始，嗯，做那些我要做的事情，是为了弥补他们犯下的罪恶。”

“弥补……在谁的眼里？你的吗？”

“在世人的眼里。”

“你认为你做了对世界有害的事情？”

“有一点吧……我做过的事情中，只有一件事令我不时感到有些恐慌。它让我开始怀疑……所有其他的，嗯……事情。”她的手猛地搭在手腕上，“我确定这不会有任何结果。”

一个垂手的动作。一次拒绝。哈米什如果允许自己这样做，一定会怒容满面。相反，他身体前倾。

“如果你能够确定没人会发现……你做的事情，不管是什么事情，你会有什么感觉呢？”

她叹了一口气。“如释重负。”

“所以只有你被发现的时候，才会真的对这个世界有害，对吗？”

“哈！”她把双腿放平又重新交叠起来。“这似乎更有可能，你知道的，由于我做的事情太过火……到了那时候，可能我所做的一切都会反转，这些人都会被加倍伤害，但他们一开始甚至没有意识到自己被伤害了……”

他的目光毫不掩饰地看着对面那双一直盯着他肩膀的眼睛，他会让她说出一切“继续。”

她半笑着说：“我可能没办法说下去了。我已经习惯了对一切保密。”

他咽了一下口水，然后收起了目光。“我可以帮你吗？”

“你愿意的话可以试试。”

“你和那些失去亲人的人是怎么说的？”

“细胞。”

“细胞。好吧。那这些细胞最后怎么样了呢？”

“——”

“它们被用于研究吗？”

“没有。”

“它们被冷冻起来了吗？”

“有时候是。”

“所以他们被储存起来是为了……也许之后会有什么用途，就像，像精子被存在精子银行里。”

她的脸涨红了，还没有吸入一口空气，笑容刚想展开就凝固在脸上。接着她点了点头。

“是的”。

那确认了这一点。她因为“精子”这个词窃笑——噢天哪。为什么要感叹“天哪”？为什么这会让他沮丧呢？这是一个令人尴尬的窃笑；如果她真的在乎他，在他面前就该对这些尴尬格外敏感才是。也许他应该跳上桌子，然后正对着她的脸大叫：“精子！精子！精子！”上帝啊，这种念头到底是从哪儿来的？他脑子里欢快的小矮人发出了窃笑。上次这个小矮人现身是多久以前了？在谈话咨询过程中他从来没有笑的必要……下一次也不例外。接下来的咨询中他们必须要谈论这个意外了。尽管现在还不太合适……他看了一眼时间，时间已经到了。

她看见他在看时间，自己也看了一眼，然后伸手去拿包。“时间已经到了。”

“是的。”

“下次再聊。”

“好的，下次聊。谢谢你，埃玛。”

“谢谢你。需要我关门吗？”

“不用，开着就行。”

他看着她一路往过道尽头走去，裙裾舔舐着她的脚踝。

布兰克妮！

她坐在花园的正中央，躲在自己的衣服里面。

她的衣服十分精致；是由许许多多个灰猫尾巴缝制而成的，她头上也有一个类似猫尾巴的东西，但只有这一个是蜷曲起来的，似乎在睡觉。

金克丝浑身发抖。她讨厌灰猫。很久以前有一只灰猫曾经追着她，从厕所盒子一直到真空活板门。要不是邦邦抓住它的尾巴使劲一拽，它就抓住金克丝了。它发出令人毛骨悚然的尖叫，对着邦邦亮出一口利齿，正要用它毛茸茸的爪子朝邦邦猛力一击，这时邦邦朝它眼睛里扔了一把小石子。

邦邦太勇敢了。

幸好今天是小石子日——要是今天是羽毛日呢？

金克丝又开始发抖了。

布兰克妮重新整理了一下自己，金克丝正从餐厅往外看。

“金克丝！”

邦邦！“我在，邦邦！”

“你在干什么？今天是毛发日！”

金克丝起身慢吞吞向厨房挪去，一只脚往前一拽，另一只脚跟在后面，然后再换一只脚，往前移一步。等她到了门口，转身望着自己留下的痕迹，一串长长的脚印。像男主人的那幅画，到处白茫茫一片，他的脚印又平又长。“滑雪。”她说。那些是滑雪的脚印。

噢！这真是有趣。当她看着某样东西，她不知道那是什么，大脑深处有一个微小的声音在低语，而她确定，那个单词就是她正在看着的那样东西的名字……像灰猫出现那天。“你看见了吗？那只猫差点用爪子打了你！邦邦，它真的差一点打到你！真的！”

“那只什么？金克丝，那只什么差点用爪子打了我？”

还有就是死亡日。死亡日是所有日子中最可怕的。邦邦也经历过。她是第一个看见的，因为她知道拔掉它的羽毛不会伤害它。奇普斯也看见了，因为他开始做那件让邦邦的耳朵变红的事情。金克丝是最后一个看见的，但当她发现的时候，那个微弱的声音说了“死亡”，但那是在说出“鸟”之后很久很久。

“你是对的，邦邦，”金克丝后来承认道，“你没有伤害它。”

“我知道，金克丝，”她回答，“我不知道为什么，但我觉得没有什么能伤害它。它已经伤得太严重了。”

金克丝知道为什么。

滑雪脚印的另一边，还有玻璃门的另一侧，布兰克妮和邦邦站在一起，看着布兰克妮的脚。喔，为什么会这样呢？金克丝从走廊里跑出来，穿过厨房，爬出真空活板门，来到“外面”的正中央。

“金克丝，金克丝！快看我拿到了什么。”布兰克妮一条腿从衣服里伸出来，先是转过来，然后又换了一个方向。

金克丝跑过来，看着那条腿。“噢！”她说。

“还有另一只。”布兰克妮拨开一小撮灰猫尾巴毛，这样金克丝就能看见另外那侧的脚。她是对的；那只脚上有另外一个一模一样的。它们都是灰色的，就像她的大衣还有她头顶蜷曲的尾巴一样。

“像她们一样！”金克丝摇晃着脑袋，“就像他们穿的一样！”

“你能走路吗？”邦邦问。

布兰克妮使劲点了点头，然后把膝盖抬到臀部的高度，向前跨了一大步，把脚重重踏在地上。她又抬起另一条腿照做一次，然后一直重复这个动作，在“外面”的中央踱步。

“噢。”邦邦说。

“这可不是正常的走法！”金克丝笑着说。

布兰克妮露出了牙齿。“当然是。”

“闭嘴，金克丝！”邦邦说，“别听她的，布兰克妮。”

“邦邦，为什么*我们*没有鞋子呢？我们连衣服也没有。”

邦邦眨了眨眼睛。

“女主人把我的衣服留在我的房间里，所以我想什么时候穿都可以。”布兰克妮双手叉着腰，朝邦邦努了努嘴。

邦邦僵住了。布兰克妮的房间。幸运的布兰克妮还有自己的房间和死猫毛鞋子。还有她那愚蠢的死猫毛制成的衣服，居然还蠢到把嘴噘起来，简直像吃过植物的金克丝的屁眼。邦邦打着哆嗦。她极度渴望拥有自己的衣服。就算不是像布兰克妮的那样用毛茸茸的长条联结而成。为什么她能拥有这些东西？布兰克妮从来也不去寻找石子、毛发、羽毛或者是线。因为她那该死的房间里有更好的东西。她有垫子，就像羽毛日那天她们在上面跳的那个垫子一样，但是她的垫子很小，是为她的篮子定制的。她说她有很多垫子。她还说她的篮子里有别的东西，材料和衣服的原料一样，但她从来也不穿；只是睡在上面保证夜里不会冷。还有一样东西，每当她想吃麦片，只要用脚在上面踏，就会有麦片洒落。所以即使是半夜，她也能吃到麦片。

现在她又有了这些该死的鞋子。

金克丝把头侧过来。“布兰克妮，我们可以看看你的房间吗？”

邦邦看着她。她真是越来越奇怪了。“说的这是什么蠢话。”

“奇普斯和布兰克妮总是到我们的‘外面’。”

邦邦挠了挠胳膊肘，这让她又开始发抖。奇普斯和布兰克妮的确总是会去那里。她抬头看着栅栏的顶部。最顶端那个地方似乎一直在摇晃。不……不。事情不该是这样。不管怎样，她是真的不想看布兰克妮那该死的房间。金克丝为什么会有这么奇怪的想法？“我们从来没有去过我们的‘外面’的外面。”

邦邦张开嘴刚想要回答，又合上嘴巴。她们从来没有试过……但是……这很蠢，她到底在想什么呢，要听金克丝的吗？为什么金克丝如此愚蠢，手叉着腰那样站着？“不！”邦邦说，“我们不去‘外面’的外面。”她离开后又掉转头回来。“布兰克妮和奇普斯从来、从来也没有踏进我们的房子，金克丝！所以你也不能去他们的房间！”她已经在大声喊叫了。

“我只是不明白，邦邦。”金克丝吸了一口气，“你为什么脾气这么坏呢？”

布兰克妮抚摸着她的“猫尾巴”，注视着她们。“但是如果你不出来的话，”她说，“你们不到外面的话，怎么能来看我的房间呢？”

“说得对，”邦邦说，“我们怎么去呢？金克丝。”

金克丝揉了揉眼睛，然后舔了一下从鼻子流到上唇的一条闪着光的长条状液体。

邦邦把手捂在了耳朵上。“我要回去了。”然后她转身离开。

金克丝又深吸一口气。她们从来没有试过要走到外面，这才是她们没有出来的唯一原因。她的下唇突然往前一凸，她任由它颤抖着。她们从来不曾走出，只是因为她们从来没有尝试。事情就是这样……但是好像只有她会想到这些事情，并且，好像她不能停止不去想；其他人不会想这些事情。一个单词突然在她脑海中跳出来。

“我在哭泣，布兰克妮。”

“啊。”布兰克妮说。

布兰克妮看见了。金克丝知道她看见了，因为布兰克妮看着她，那种眼神就像邦邦发怒的时候，金克丝看邦邦的眼神一样，有些害怕。她伸出一只手，轻抚着金克丝的脸，低声说道：“呜……呜……”好像她也在哭泣一样。

“我要走了，我很冷。”金克丝把布兰克妮的手从脸上拿开，摸了摸她的手，

“我真的很喜欢你的鞋子。”然后转身离开了。

邦邦正在完成当天的任务。金克丝没心情去，所以直接回到床上。愚蠢的邦邦。

过了一会儿她醒过来，感觉到邦邦在她身边。天色很暗，但不至于看不清，安静躺着的邦邦长着金色头发的脑袋。金克丝翻了个身，靠着她的背睡着了。

就在金克丝翻身的时候，有什么东西弯下腰靠近篮子的边缘，他不想被看见。当他确定她已再次熟睡，又从篮子边上开始偷看，继续注视着她。她一只胳膊举起来放在脑袋后面，所有的头发也都被压在里面；他知道她的头发都聚集在她胳膊周围，因为她的脸没有被头发盖住；他随着她脸部起伏的轮廓看下来，经过眉毛和颧骨，一直到下巴，都没有一缕头发遮挡。然后那条轮廓线从肩膀重新开始，流淌到搭在肚子上的一条手臂；她的手指消失在腰部的曲线后面。那天晚上他第三次伸出手指，但又一次及时想起，抽回自己的手，藏在另一只胳膊底下。

可怜的金克丝。邦邦有时候对她太冷酷了。她会气得脸通红。金克丝只是有些黏人而已。总的来说就是这样……他说出那句话的时候金克丝碰了碰他的胳膊。她喜欢他这样说。

他擦了擦自己的嘴，目光再次上移，看着他最喜欢的那两个小点——她的胸部。尽管每次她看见他时都没有穿衣服，不知道为什么，他不满足于只是盯着它们，这让他感觉……不舒服。可能只是因为他没有吧。

当她那样说起他的那玩意儿的时候，他感觉很奇怪。他不喜欢谈论彼此之间不一样的地方，同时暗地里又忍不住去想。然后看着它们。金克丝可不能知道他喜欢这样。至于为什么不能让她知道，他也说不准，但就是不能。他眨了眨眼睛。有时候他装食物和水的碗空了，他就会把它们倒扣过来，想着金克丝的胸部。可是现在真正看见她的胸部，他才意识到那是不一样的。金克丝的胸部更像是……更像是什么呢？他自己的屁股，对！他以前可从来没这样想过！他摆好姿势，跪在地上，然后坐到脚后跟上。他坐直身体，把手伸到后面开始抚摸自己的臀部。他闭上了眼睛……是的，金克丝的胸部就是这样。

“奇普斯……”

他猛地停下来睁开眼睛，这时金克丝已经闭上了眼，她叹了一口气，把脸扭向另一边。

奇普斯呆住了，手还放在臀部上。他大气也不敢出地屏息盯着金克丝。直到实在忍不住呼吸，才意识到自己该走了。他摇晃着，重新让脚底着地，直起身子，爬出了真空活板门。

3
CHAPTER

“特里什被换掉了，我不知道发生了什么。”

他透过镜片看着她，射出两道闪亮的目光。“特里什是谁？”

“一起工作的同事。”

“*她*知道为什么吗？”

“我不知道。我联系不上她。”她笑了一下，“我从来也没见过她。如果不是新来的特里什邮件里有太多拼写错误，我也不会知道她走了。”

“新来的女人也叫特里什吗？”

“那是工作名字。”

“——”

“我工作的时候也不叫‘埃玛’。我有一个工作名字。”

“那个替代你的人……也会叫这个工作名字吗？”

“正是。”她叹了一口气，“我只是好奇她是自己辞职还是被迫离开。”

“可能她年龄大退休了呢。”

她几乎要笑出声来。“我倒是没想过这一点！”他们都笑了，彼此凝视的目光向前飞奔着直至相撞，像两个快乐的孩子。她的目光扫了一眼钟，然后收回来，脸上的笑容消失了。

邦邦先醒过来。她坐起来，看着篮子外面。两个碗都是满的。

她站起来伸了一个懒腰。

“回来再待一分钟吧，邦邦。”

“——”

“求你了，你不在我觉得很冷。”

邦邦的下巴在发抖，牙齿也发出打战的声音。“碗都是满的，金克丝。”她把一条腿挂在篮子一侧晃荡——噢这些瓷砖太凉了！“今天是线日。”她踮着脚尖朝两只碗走去，先从金克丝的碗里吃了三口，然后开始吃自己碗里的，但她的肩膀抖得太厉害，无法正常嚼东西。麦片也不像从前那样美味了；今天这些麦片好像都太大了，塞不进嘴巴里。她咀嚼的时候，嘴巴和牙齿都在打战，颤抖似乎占据了咀嚼麦片需要的所有空间。她试着吃了一小口。还是不行。餐厅应该很暖和。她可以躺在餐厅的地毯上，就这么做。她摇摇晃晃地从厨房走到餐厅门口前停下来，单脚站着，然后又换了一只脚。该死，门是关着的。通常餐厅里会有特别多线。她抱住了自己。

“邦邦，怎么不吃你的麦片呢？”金克丝揉着一只眼睛，站在厨房门口说。

“太冷了。”

“太冷了所以吃不了东西？”

邦邦没理她，继续抱着自己。

金克丝看着她，手几乎要碰到她的肩膀。“我觉得今天没有昨天冷。看着我，邦邦，我没有像你冷得这么厉害，是吗？”

“——”

“我知道！你想躺在垫子上吗？”

她点点头。

“那来吧。”金克丝伸出手。“跟我一起到大房间去。我会给你找个舒舒服服的垫子躺上去的。”

“不要放鞋子的那一个。”邦邦颤抖着说。

“好，不要放鞋子的那一个。”

客厅里，金克丝摸着下巴在沙发和一排靠垫下面来回踱步，每次走到沙发尽头，她就会转身，慢慢地走回来。嗯……要心形的那个？香肠形状的？羊毛？丝绒？棉布？塑料？不，不要塑料……

“哪一个？金克丝。”邦邦颤抖着说。

要那个羊毛的，必须是纯羊毛的那一个。但是她不知道该用什么词表达。她起身抓住垫子的一个角，金克丝的脑海里闪过一只蹦蹦跳跳的毛茸茸的兔子。垫子翻了个跟头掉在地上，金克丝脑子里的兔子消失了。“这个，邦邦。马海毛这个。”

邦邦靠在这个垫子上面，闭上了眼睛。“我不知道那个词是什么意思，金克丝。”

金克丝扶着邦邦摇摇晃晃地挪到垫子中央，然后趴在上面躺平。“好些了吗？”

“我想要我的衣服。”邦邦回答道，她的臀部抽搐着。

金克丝环视着房间四周，想找什么东西盖住邦邦。但一无所获。怎么会什么也找不到呢？再拿一个垫子？不行，那样就太重了。她的目光停留在一个小桌子中央的花瓶上。不如……对！她跑到沙发旁边爬上去，从那儿跳到小桌子上面，朝花瓶走去，她双手呈杯状捧着一朵玫瑰，慢慢举起来，小心翼翼地不去碰到那个绿色的长长的柄。那个尖儿真的很危险。她把玫瑰扔在地板上，紧随其后爬了下来。“我来了，邦邦！”她边说边从底部扯下一把花瓣。那只死去的鸟正从她脑海深处看着她的一举一动。她浑身战栗，扯下花瓣的动作变得轻柔，一片一片地拔，然后仔细堆成一叠放在旁边。“你知道吗，邦邦，我们应该有一个花瓣日。”

“我不知道……那个词……金克丝。”

金克丝胳膊底下夹着花瓣爬上了垫子。邦邦依然趴着，一半脸埋在马海毛垫子里，金克丝能看到她的另一只眼睛蒙在阴影里，已经闭上了。金克丝把花瓣盖在邦邦身上；这些花瓣差不多能盖足足三层呢！她现在一定暖和多了。

“嗯……”邦邦喃喃道。

金克丝跪在邦邦旁边，双手叉腰，神情愉悦。

“这些花不够……要一个花瓣日……”邦邦的声音非常微弱，金克丝把头发拨在耳朵后面才能听见。

“是的。也许你是对的。但它们很可爱，也很软，不是吗？”

“——”

“这是个好主意，对吗？邦邦。”

“——”

金克丝环顾四周，依然叉着腰。“嘟——滴——嘟，”她说，“我知道！我去拿些麦片来放在你身边，免得你饿了没吃的。”她从垫子上爬下来，“我一分钟之后就回来，别担心。我拿了就直接回来，好吗？”

邦邦也有这么亲切的时候。可能是因为她身体不舒服。每当她让金克丝为她做些什么的时候都会格外亲切，因为金克丝能做许多事情，不过即使邦邦没有不舒服，金克丝也只能照着邦邦的想法去做。金克丝穿过走廊，几乎是一步越过一个瓷砖，想一次跳过一整块。所以今天不是线日！万岁！除非……除非她已经收集了足够多的线，这样邦邦就会对她很满意了。在连续跳过整整两块瓷砖之后，她进了厨房，每跳一步还要加上一次旋转。跳跃，旋转！这样邦邦就会明白她也有擅长的事情了，这样邦邦就会让她做更多事情了……跳跃，旋转！像那个花瓣日的想法一样。邦邦喜欢那个想法。“没有足够的花来要一个花瓣日。”她说。这意味着她喜欢那个主意。跳跃，旋转！可能别的地方有更多的花呢。只要金克丝能找到。跳跃，旋转！金克丝正好停在麦片前面。

邦邦怎么知道花瓣是从花朵身上来的呢?

金克丝想。

她说她不知道那个词是什么意思……

金克丝朝花瓣弯下腰，闻到一股浓重的咸味。

邦邦一定也闻到了，意识到了那是什么！就是它。它们闻起来真香啊。

她用勺子舀了一把，开始朝大房间走去。

或许，她可能已经睁开了眼睛，很快的一下，只是为了看看金克丝用什么东西盖住了她。

是的，一定是这样，她边想边跳跃着穿过走廊。

整个上午，金克丝花了一半的时间进入餐厅。首先，她想跳起来去够门把手。但是够不到。她又想爬上门框。这起了一点作用，但她只是爬高了一点点，并且脚很快就累了。门上有一个又长又尖的东西。那个东西叫什么来着？就是末端有一个尖柄的那个。她看着它约莫有一分钟。好吧，那个词还是想不起来。有时与事物对应的词会自动跳出来，有时不会。不管怎么样，那个东西能帮他忙够到门把手。金克丝够着那个东西了，然后用胳膊环着它。这次它是干的，有时候它是湿的，金克丝会把那个尖端聚集起来的水珠喝掉。她拉着它，整个尖端都往前移了一点。她又拉了一下，那个东西整个移动了，太好了！她很快又拉了几下。那个东西整个开始摇晃，她想把它固定住但是它劲太大了，从摇晃变成了摆动。她放开手，那个东西向后掉进了一排鞋子里。

“金克丝？”

邦邦！“我在，邦邦？”金克丝跑到大房间的门口，然后看着那块大垫子，还有一叠花瓣，平平整整地放着，安适宁静，除了一端凸出来的小小的金发脑袋。

“那是什么？”那个脑袋用沙哑的嗓音问。

邦邦的声音听起来非常虚弱。

“嗯，是有一个尖柄的东西。”

“噢。”

“它掉下来了。”

“噢。”邦邦把脑袋转了回去，然后又稍稍抬起。“你还好吗？”

金克丝笑了，跑到垫子旁边。“特别好，邦邦！”她在邦邦面前转了个圈，“你看，邦邦，我很好！”

“那就好。”那颗小脑袋又低下来。“你不该玩儿那个雨伞的。它要是倒下来，你会受伤的。”

玩儿？她可不是在玩儿！“我没有！我只是……”她把手撑在屁股上。“必须得有人去餐厅拿线，够到把手的唯一方法就是爬上那把雨，雨，那把雨……”金克丝顿住了，“你怎么知道那个词的？”

“我们都知道那个词。”

“不！不，我们不知道！”

“我们当然知道。”

“我从来都不知道那个词。”

“噢，金克丝。现在先离开一会儿吧。我太累了……想一个人待着。”

金克丝盯着邦邦。她的嘴角开始下垂。有时候她真的很冷酷。她吸了一口气，朝门口走去。

太冷酷了。

早上剩下的一半时间金克丝都待在厕所盒子里。

到了午饭时间，她等着他们回家把食碗填满。邦邦的碗里还是满的，但金克丝不肯碰邦邦那碗，一片麦片也不吃。她被激怒了，这真是太傻了。她们总是等她到午饭时间回家，而她从来也没按时回来过。她们刚来的时候她会在午饭时回来，但从那之后就很少了。但是不管怎样，她们还是在等她。实际上她们做的那些事情简直是微不足道。比如收集东西。所有那些线、纸、羽毛、毛发、石头——她们收集起来到底是为了什么呢？是为了她们的篮子吗？实际上篮子底部有一小块柔软的地方，远胜过所有那些她们放在上面的脏兮兮的东西，但是那个女主人有时会来，把她们收集来的东西又重新拿走。金克丝不知道她都用这些东西做了什么，有时她们夜里回到篮子里，所有的东西都不见了，篮子闻起来香香的，就像大房间里的花瓣一样。金克丝真的很喜欢睡在那样的篮子里。邦邦会变得很安静，至少两天都很少说话。

那是什么？

金克丝听见前门处有响动。她跳起来眨了眨眼睛。女主人出现了。真的是她！

“你好，金克丝！”她说，弯下腰抚摸着金克丝的脑袋。

金克丝闭上了眼睛，脑袋抵着她的手掌。

“还有一个小家伙去哪了？”苏珊把麦片从冰箱上面拿下来，给金克丝的碗加满。

啊对了！邦邦！她必须得去看看邦邦，这样她才能知道她不舒服。金克丝张了张嘴，一言不发。

“嗯？她在哪儿？金克丝。”她拿了一张纤维织物擦拭着金克丝的碗边缘，并没有看她。

金克丝站着，做了几个口型却没有发出任何声音，她走向前捏了一下女主人的腿肚子。

“啊！”她低头一看。

金克丝伸长胳膊指着大房间。

“邦邦在那里吗？”

她想点头却做不到，所以又指了指那边。

女主人放下碗，大踏步朝大房间走去。“噢我的玫瑰！”她看见垫子的时候叫道。“这可不是能随便摘的便宜货，你们俩……”她弯下腰，捡起那些花瓣。邦邦的牙齿在打战。“噢不！噢不，我的邦邦！”苏珊的眉头紧皱在一起。金克丝看着这一幕，后退了一步。“可怜的小家伙，你都冻成什么样了。”

来条围巾，苏珊想，一条大围巾刚好合适。她打开过道里的柜子。说真的，怎么能让她们这么长时间不穿衣服呢，她边想边从衣架上解下一条围巾。可怜的小东西，她转身打算离开，又停住给金克丝也取了一条围巾。

她回到客厅的时候，邦邦已经缩成了一个球，金克丝把花瓣堆在她后面。苏珊笑了。“好吧，金克丝，我们把这些拿开吧。”她边说边把一片花瓣移开。金克丝怒气冲冲地瞪着她，朝她的手踢了一脚，使了不小的劲儿。苏珊把手缩回来，张大嘴巴愣了一秒钟。金克丝从来没有表现出任何攻击性的迹象。一定是因为邦邦。她担心邦邦。“好吧，我们就把花瓣放这里吧，我只是想把她用这个裹起来。”她拿出围巾，然后用它裹住邦邦——还有花瓣，一起包在里面。金克丝看着她的举动，身体朝前探去，抚摸着她刚刚踢到的她手上那一块儿。

“噢，我的小傻瓜，”苏珊说，“瞧，”她把手伸向身后，“我给你也拿了一条。”她把另一条围巾在金克丝面前举起来，然后将她裹住，一端盖住她的脑袋和脸。金克丝的头顶露在外面，像一只蛋壳里的雏鸟。她哆嗦着，嗯，这个长长的毛线做的东西可真好啊。她再也不想把它脱下来了，可能她也没想到自己会这么冷！她闭上眼睛，但是不像邦邦那么冷，她的手指在毛料的小洞里穿来穿去。

醒了，邦邦醒了。周围是一片白色，还有奇怪的声音和一种味道……像是厕所盒子混着瓷砖的味道。有什么东西不太一样，是什么呢？她感觉，有一些……安静。她停止颤抖了。她用一只手握住另一只手，是暖的。然后用两只手摸摸肚子，还是很暖和。

“是的，可能另一个没有那么活跃。这样她就不会消耗太多体力，也许还更胖点。”

“所以更不容易生病，像金克丝那样。”

“正是。但是她们九月份都该穿上衣服了，真的。”

苏珊皱起眉头，看着邦邦的小小身影躺在她和医生之间桌上的简易小床上，盖着两条毯子，一条白色，一条绿色。

“你有没有……你养了她们很久了吗？”

“17个月。”

“去年你给她们穿外衣了吗？”

“有的，我给她们穿了。只是，那些衣服有点破，所以今年我想给她们穿新大衣，不过，时间一久我给忘了……并且我最近才发现她们会去外面！事实证明她们经常从真空活板门爬出去。她们会收集东西后带回来……我应该意识到的……我真是个糟糕的女主人。”

医生注视着苏珊笑了，嘴角的弧度跟挂在她下巴上的口罩一模一样。“天啊，我见过比这种情况更糟糕的。”她将右手叠放在左手腕上，“如果说这份工作教会了我一件事情的话，那就是人究竟可以有多卑劣。我见过因为‘理发’失败而割掉耳朵的，还有被猫或狗咬坏四肢的，因为所有的‘宠物’都养在一个房间里——你能想象吗？还有的在他们臀部穿上一条很深的环——这种情况实际上很常见——那些人去工作时就把他们绑在厕所里。我处理过一些很可怕的情况，你的这种实在算不了什么。”她朝邦邦做了个手势。

苏珊目瞪口呆。“所以，那些曾经被虐待的，他们来到这里后怎么样了？他们从自己的主人那里被带走了吗？”

“视情况而定，有时候是的。”她抬手揉着太阳穴，看着邦邦皱了皱眉。“嗯……”她说。

“怎么了？”苏珊也看向邦邦，眉头紧锁。

“这只耳朵可以打一颗钉。”

“真的吗？”

“嗯。”医生确认道。

“哪一只？”

“左边这只。”她把手放在小床上，用一只手指轻推邦邦的脸，让她转过去朝着右边。“看见了吗？”

苏珊点了点头紧接着又摇摇头。“不，没看见。”

“这个点很微妙。不过会破坏她的平衡感。”她收回手指，邦邦的脸立刻弹回中间。邦邦龇着牙齿。“她走路是不是有点晃？”

苏珊露出困惑的笑容，望向邦邦摇了摇头。“没有。”她说。

“走路慢吗？我的意思是，有没有不太灵活。”

“没有。”

“行动笨拙吗？”

“不会。实际上，她非常敏捷。”

“脾气暴躁吗？”

苏珊的瞳孔立刻回神，盯紧医生。“是的！她脾气非常暴躁。”

“啊。”医生伸手指向那只突出来的耳朵，“就是因为这个。”

“真的吗？”

“是的，”她点点头，“对你来说可能不重要，不过——”她从前侧口袋里取出一把尺子，凑近那只耳朵，“但是对这位小姐来说影响就很大了。你能想象持续不稳定是种什么样的感觉吗？”

苏珊看着邦邦的耳朵皱了皱眉。“我们能做些什么吗？”

“当然！”医生说，“需要十分钟，喷点麻醉剂，不用切开，只需要缝几针。”

邦邦打了个喷嚏。

医生把她的口罩拉上来盖住嘴巴，按了一下墙上的按钮，“请给我的病人再拿一床毯子。”

苏珊跳到一边，她身后有扇门嗖地一声打开。一个女人拿着小毯子走进来，俯下身对着邦邦露出微笑，然后把毯子放在桌上离开了。医生用毯子盖住邦邦然后帮她掖好。“你真的很冷，是吗？”然后她站起身来，望着苏珊。

“耳朵植入钉子的话，她什么时候能恢复？”

“我得和我的助手商量一下。”

“她必须在这里过夜吗？”

“一般来说不用。但是考虑到她的情况……我们还是不要冒险，以免发生感染。”

“好的，当然。”

“你要选择做这个手术吗？”

"如果对她来说是最好的选择的话……"

* * *

"告诉我，这是什么？我快等不及了！"

沃蒂笑了，把一个圆帽箱拖进门框。

"这是什么？"

另一个人哼了一声，"一个烤箱。"

德鲁注视着箱子，皱起眉头。

沃蒂半睁着眼睛叹了一口气，然后一字一顿地说："你为什么不来听听呢？"

"听听？"德鲁从摆在壁炉前地板上的大三角形懒人沙发里跳起来，弄掉了一些文件，露出一个毛茸茸的护膝；像一个剥去树皮的树干，沃蒂想。"噢，是的！"这么一个小小的动作，虽然很急，也不该发出任何声响——除了一只缠了绷带的脚窸窣作响，另一只脚穿着短袜——杜鲁放轻脚步走过那只箱子。像是受物理法则支配的操纵装置，沃蒂看着杜鲁甩掉那只松松垮垮的袜子，心想。即使是在甩掉松袜子时，肩膀的晃动就像机械叶片一样触发能量，带动肩膀微小的运动，这一系列运动就像一匹飞马在装置内部急速奔驰，带动轮子旋转；是的！就是这样！肩膀颤动着一上一下，像在缓慢运动，像小人们把单薄的肩膀不断耸高，直到达到最高点，然后再垮下来。德鲁伸出一只手拉开工作室的隔断窗帘。"小人们"重复着动作，向上耸高，然后又垮下来，喊着号子把各自负责的部分往上推，定音鼓在轰鸣，尾音随着拉窗帘的动作被卷了进去，长笛的呜呜伴着这双手回到原来的位置。一切静止下来，沃蒂轻轻拍着裤子口袋，胸前口袋，还有袖子上的小口袋，瞥了一眼地板。所有这些稍后将被记录下来，尤其是小人们和肩膀的部分。

"你把脚抬起来，就不会沾上碎片了。"

"穿着袜子就不会。"为了证明确实如此，德鲁很灵巧地单脚转了个圈儿，音乐像波纹般扩散开来……

"你根本没穿袜子。你只是绑着绷带，还把另一只袜子踢掉了。"

德鲁抬起没缠绷带那只脚，把它举过头顶，然后用那只缠着绷带的脚旋转起来，脚跟着地，又蜷成圆弧，这样往复几次，大笑起来。

“你把膝盖弯成那样，一定要小心了……我觉得你还没准备好收礼物，”沃蒂说，“要是你再这样乱来的话，就追不上它了。”

该死。不知是猫还是狗的鼻子已经探出了袋子。

“我什么也听不到。”

“也许它能听见你，正在默默担忧自己的未来呢。”

德鲁突然瞪大眼睛。“难道你不担忧？”

“跟我说，贾斯——珀。”沃蒂大声说道。

“贾斯珀？”杜鲁问道。

“汪！”帽盒响了。

“噢！噢！”德鲁向后一跳，手拍着胸口。“你真的做到了！你给我买了一只小狗！”杜鲁瞪大眼睛，“我简直不敢相信！”他一把揭掉帽盒的盖子。

一只淡褐色短毛小狗在盒子里转过身来，光照到的皮毛闪耀着金色的光芒，阴影处呈褐色。它跳了一下，又跳了一下踩翻了盒子。它向德鲁跑过来，舌头伸着垂在黑边嘴唇上，肉垫小爪搭在德鲁的护膝上。

“它真可爱！真好看！是啊，贾斯珀，你这么可爱，干吗这样大惊小怪的，是不是？对啊，你是……”德鲁抬起头，“它真的属于我了吗？”

沃蒂蹲下来。“我认为他已经决定，你现在属于他了。”

德鲁躺在地上，好让贾斯珀在他身边跑来跑去玩闹；它的尾巴似乎变成了三条，它嗅了嗅他的大腿后侧，又嗅了嗅他脸颊凹陷的地方。叫了一声，又叫了一声。

德鲁抬起头，沃蒂正在摆弄一只塑料管子，他打开管子，拉出一条湿漉漉的棒子，末端有一个粘糊糊的圆环。沃蒂吹了一口气。五六个气泡，一个比一个小，晃晃悠悠从圆环鱼贯而出，像一群同窝生的小鸭子。

四条淡褐色的腿追着小鸭子一样的气泡跑着，这些气泡漂在空中不知何处落脚，小狗怎么也抓不到。越来越多的泡泡出现了。终于它咬到一个大的泡泡，让它一屁股坐在地上，舔舔自己的鼻子，过了一会儿才又叫着想要更多的泡泡。

德鲁笑起来，打了几个滚过来看着它，小狗的脑袋在肩膀上颤动，像两只吹风机夹着一个乒乓球。

沃蒂深吸一口气。“你想要养它……”

“它不能吃掉这些泡泡，它会胃痛的……”

“即使这意味着你需要做一个负责任的大人，带它散步，捡起它的便便……”

德鲁捡起掉在地上的袜子给小狗擦擦嘴。“让它留下来。你发脾气对我不好的时候，它会陪在我身边。”

沃蒂在他面前蹲下。“你先别生气。”

“为什么？”

“我觉得我们会幸福的，我们三个。我认为我们应该一直是三个人。”

“——”

“德鲁？”

袜子每次碰到贾斯珀，它都要龇牙咧嘴。

“我不能让你养它，我会告诉你我*为什么*把它买回来。最好是一开始就坦言——”

“噢！”德鲁说，轻轻点着小狗的黑色鼻子，然后挠挠它眉毛下的凹陷处。“问题是，我不能放弃伊莎贝尔。不能在她发展的阶段这样做。”

他们坐了一会儿，看向隔壁房间，一个豆子形状的东西悬浮在它的人造子宫里。

“你认真考虑过吗？”

“不说别的，我该怎样与她相处呢？”

沃蒂的眉毛轻弹了一下。

“我们经历过这么多。”德鲁两只手各抓住一只小狗金色绒毛的耳朵，“我不能这样。”

“好吧。”

“别再那样问我了，真的……”

“好的。”沃蒂伸出手，轻轻摇着贾斯珀的爪子。

“我只是需要一点儿帮助，”德鲁说，“我知道我做了什么，也知道这件事情有多严重……但我不确定。”

“我知道，”沃蒂说，“我懂的。”然后补充道：“别担心，我在这呢。”

* * *

金克丝醒了。睁眼之前她伸了伸胳膊。她们没办法随心所欲地伸胳膊，因为女主人把她们裹在温暖舒适的围巾里。从她被裹起来之后，还没有动过一下呢。

她坐直身子，手往后够挠了挠肩膀；眼睛还是没有睁开，又回到那副无精打采的样子，像一只圆滚滚的企鹅。

邦邦！她的眼睛突然睁开，望向那块马海毛垫子。

花瓣不见了。也没有一颗金发碧眼的脑袋睡在那头。“邦邦？”她喊。没有回答，也许她还睡着？或者被带去了另一个房间？金克丝被温暖的围巾包裹着，起身朝着马海毛垫走过去，沿路发出沙沙的声响。

空无一人。

她转身望着门口。“厨房！”她大喊一声，然后拖着脚步走向大房间的门口，穿过走廊。如果她在厨房，就一定会在篮子里。哎呀！金克丝被围巾的一角绊倒了，她活动了一下脚又继续前进。如果她在篮子里，可能会被某个长长的东西包裹着，就像金克丝这样。啊对了！餐厅！金克丝停在餐厅门口。门开着。之前门可不是打开的。她会在里面吗？那里一直都是个很舒服的地方，还有块漂亮的毯子，很暖和。她走进去。“邦邦！”她喊道。没有回应。“邦邦！”她大声喊道。仍是一片寂静。

金克丝感到嘴巴很干，困意完全消失了。邦邦绝对在厨房，一定是的，她边想着边急匆匆朝厨房门口奔去。“邦邦！”她跑过放食物的碗，大喊，“邦邦！快起床！”靠近篮子时，她从篮子边缘看了一眼。空的。还是空的！那她到底在哪里呢？她环顾四周。对了！厕所盒子！她嗖的一下蹿过去朝里面张望。一无所获。她会在哪里呢？一定是在餐厅吧。她睡着后只有那里的门打开了。也许他们把她放在桌子上了？

金克丝开始往回走。她感觉脑袋很沉，脚好像踩在棉花上，但这种柔软并不让人觉得轻快。每当她往前迈出一只脚，她都在想自己能否支撑下去。也许桌子上有一些东西。那些东西能让邦邦感觉好点，让她能更好地待在桌子上。有那些东西陪着她。

金克丝的耳朵里传来砰砰砰的重击声，眼睛因为紧盯着四处寻找而变得干涩。

当她终于到达餐厅门口，已经忘记了自己要去哪，也不记得自己要去桌子旁边，但她依然在那里大喊："邦邦！"没有回答。"邦邦！"没有回答。"邦邦！"桌子今天是黑色的。他们把透明的桌子变成了黑色。她从桌底窸窸窣窣跑过去，决定从一张椅子爬到桌上去，她选了一张稍微突出来一些的椅子，似乎是有人曾坐在那里还没有把它推回原位。金克丝放下围巾，从里面走出来，用力爬上椅子，然后闭上眼睛。求你了，一定要在这里，一定要在这里，一定要在这里……

她从桌子的边缘处眯着眼睛偷瞄，因为害怕不敢完全睁开眼睛。眯着眼看桌子有些模糊。

但是邦邦不在那里。

"不！"她大喊着，"不！"她颓然倒下，又变回一只鸽子的姿态，只是没有围巾裹着。她是一只赤身裸体的鸽子，浑身颤抖。她的脸很疼。一定不能那样做。这会让邦邦的耳朵发热。可是邦邦都不在这里，怎么会耳朵发热呢？金克丝向前倒下去，把脸埋在膝盖里哭泣。

过了好久，金克丝的身体依然蜷缩成一个之字形；睁着一只通红的眼睛，已经不再流泪。另一只眼睛闭着埋在膝盖里。她的呼吸渐渐慢下来，嘴里无声呼喊着邦邦的名字。她感觉得到椅面上的材质在她双腿前一列列排开她还在发抖，想着自己真的应该下来了。但是下来干什么呢？下面什么也没有……她只需要睁着一只眼睛盯着窗户。

围巾确实很漂亮。

但是如果她真的很冷的话，他们会不会把她送到邦邦去的地方？

那只死去的鸟儿躺在她的脑海里，她让自己正视它，也许用另一只闭着的眼睛。眼睛闭上的时候，就是在向内看。她靠近它，用胳膊环抱住它的脖子，像上次一样，嘴巴凑到它的脑袋上。

"一个吻。"在她脑海深处的世界之外，她真正的嘴巴说道。

有什么东西轻轻拍打着玻璃门的边缘。那是什么？邦邦！

她坐起来。她出现了！是衣服的颜色！女主人给邦邦穿了她的衣服！邦邦！她爬上椅子，跑到窗户边。"邦邦！"她大声喊道，一下撞在玻璃上。

衣服朝窗户边移动。顶部出现的是奇普斯的脑袋。

“奇普斯！”金克丝喊道。她转身从地毯上跑过去，经过走廊瓷砖、厨房瓷砖，穿过真空活板门。“奇普斯！”她喊。

“金克丝！”奇普斯的脑袋嗖的转过来面向她，“你的腿怎么了？”

金克丝低头瞥了一眼自己的腿。“椅子弄的，”她说，“邦邦在哪里？”

奇普斯张着嘴巴，摇了摇头。

“她不在里面。”

“噢。”奇普斯朝外面扫视了一圈，“她也不在这里。”

“我把邦邦……弄丢了。”金克丝吸了一口气。

“怎么会？”奇普斯说。

金克丝皱起眉头。他们对视了一会儿。

“是这样，她觉得很冷，特别特别冷。然后女主人来了，用一条围巾把她裹起来……”

“一个什么？”

“一个能让她暖和的东西。”

“噢。”

“她给我也裹了一个……还有……实在很舒服，我就睡着了，醒来之后邦邦就不见了。”

“啊，”奇普斯说，“她在厨房吗？”

金克丝摇了摇头。

“那里呢？”奇普斯戳了戳玻璃门。

“没有。”

“啊，”他盯着金克丝，然后看着绿盒子，“绿盒子后面呢？我还没去过那里。”

金克丝扬起眉毛，看着绿盒子，然后小心翼翼地跨着大步穿过扎人的人工草皮。“来，奇普斯！”她喊道。然后绕着绿盒子转了一圈，邦邦不在这一侧，也不在那一边……但是……

奇普斯靠近绿盒子面向他的那一侧时，听见金克丝尖叫了一声。他立刻跑到她身边，正对着那一堆羽毛，死去的鸟儿静静躺着，用空洞干瘪的眼眶盯着他们，它的脸已经变黑，渗出油来；嘴巴张开仿佛在呼喊，细小的蠕虫从它的嘴巴里爬进去，又从眼睛里爬出来。

金克丝转向奇普斯。她没穿衣服，浑身颤抖，下唇往前突出来。这是多么可怕又可怖的一天啊。奇普斯也转过身，他们面向同一个方向。“不知道为什么，我不想看着它。”他说。

金克丝张着嘴巴，整个人开始摇晃。奇普斯站到她前面，向后伸出手拉住她的胳膊，朝绿盒子的另一侧走去。

“你整个人都站不稳了。”他转过身来对着她，看着她颤抖的嘴唇说。

“——”

金克丝握住自己的手，缩回手指，一只脚踩在另一只脚上面。奇普斯的嘴唇也开始往外突，不停颤抖着。他脱掉衣服围在她身上，没等她把胳膊从袖洞里伸出来，就把前面的扣子扣上了。寒冷使他后背发痒，毛孔紧缩。“他们怎么能让你这样走在外面呢？”

金克丝凝视着衣服纽扣一个个从衣服上的缝隙里钻出来，大衣内还留着奇普斯的余温，温暖刺激着她身上寒冷的部位，刺痛而欢愉。奇普斯太好了。他是最好的小人，除了邦邦。但是……邦邦永远也不会这样帮她扣扣子——会吗？

是的，她会。她当然会这么做。

奇普斯比邦邦还要好吗？

邦邦……她的胃开始翻腾。死去的鸟儿又浮现在她脑海里。她不想像上次一样亲吻它……因为它现在已经变样了。

奇普斯扣上最后一粒扣子，正好扣到金克丝的嘴巴下方；他的牙齿在打战，手指也开始发抖。他真是太好了……金克丝想做些感谢的举动，比如用胳膊环抱住他，这样会让他暖和起来。但是她被束缚在大衣里。

“你像邦邦一样冷。”她说。

他点点头。

她张嘴想说点什么，却发现他胸前有两个尖尖的东西突出来。那是什么？她往下打量他的身体。在他胸前，略带蓝色的皮肤遍布在隆起的线条和凹痕之上。她胸前也有那些线状分布的东西。但只有她躺下时才能感受到；她从来没有见过它们像这样，像她曾经看到的一只睡着的蜘蛛，所有的腿都向自己的身体蜷缩着。“不是睡着，”她脑海深处有个声音说，“是死去。”她努起嘴巴。他的肚子干瘪凹陷，可以把她整个脑袋都放进去，塞进他的……他的……“肋骨”下面，她脑海里的声音响起。

“你在看什么？”奇普斯双腿交叉，把他的那个东西藏了起来。

“你看起来很奇怪，”金克丝说。奇普斯的脸红了，目光转向地板。哎呀！“我是说，”她试着找补，“你看起来很冷，像邦邦一样。”这是真的，但是她说这个的目的是想把那句“你很奇怪”给带过去。现在她又把一切都搞砸了……他要离开，她又只剩一个人了。她看向他的眼睛。

他回头望去，瞥了一眼栅栏里那个洞，双脚不停轮替着支撑身体。

金克丝有了主意：“你要来我的房间吗？”

奇普斯睁大眼睛。“要。”

“那就来吧！”她咧嘴笑了，开始朝房子里走去，边走边扭着腰，扭，扭，扭，让大衣空空的袖子来回拍打着她的身体。奇普斯蹦跳着跟在她后面，抱着自己的胳膊。

一穿过真空活板门，奇普斯就停止了跳跃，四处张望着。以前里面总是很暗，但现在是白天，一切都不一样了。他是被邀请进来的，是光明正大请进来的。

金克丝让他在篮子边缘坐下来。这有一点奇怪，邦邦会怎么说呢？邦邦……她的胃开始翻腾，悬着一颗心——也许邦邦会发脾气的。或者……也许金克丝可以没那么听话，甚至不用告诉邦邦。这个想法让她脸上浮起微笑。她看见奇普斯正望着冰箱，他歪着脑袋，想看到冰箱的顶部。奇普斯在她房间里了！

她该怎么招待他呢？“你想来点麦片吗？”

“麦片？”奇普斯停住了脚步。

“把这些扣子解开，我去给你拿点。”

他照做了。她晃动身体，脱下衣服，去给他拿了一碗麦片。

他嘴巴大张着，整个人几乎掉进碗里，发出很响的咀嚼声，他的手还在不停地把小捧的麦片划拉自己的脸前。

金克丝在一旁看着，他舔着空碗，这副吃相可不算好看，金克丝想。她把邦邦的麦片也拿过来，他全吃掉了。她弯下身子坐在他旁边，要是能抚摸他的背或者他的腿之类的就好了……他看着她，腮帮子鼓鼓的，眼睛眯成两道黑线，怀里还抱着碗。

金克丝退回来坐在瓷砖上，拨弄着卡在篮子和地板中间的东西。一片羽毛，一把梳子，一个厕所盒子里的晶体。

“你为什么这么饿呢？”等他吃完金克丝问。

奇普斯擦了擦嘴。

她看着他的头顶，思考了足足有一分钟。

“我可以帮你梳头发吗？”

他点点头。

她跪在他后面，抓住他脑袋后面闪耀着橘黄色光芒的头发开始梳理。她褐色的眼睛里泛起水光，一大片耀眼的橘色光芒在其中闪现。那是什么？她朝各个方向梳理着他的头发，奇普斯的肘部放在膝盖上，那光芒不停地闪耀着，一直到奇普斯在把脸埋在手臂里睡着了。

“陪我再待一会儿，可以吗？奇普斯。”她边说边捻起他前额的卷发，绕在梳齿上转动。

“好的。”他闭上眼睛说。

半夜金克丝醒来。一种轰隆轰隆的噪声从她头顶的方向传过来。听起来像是那个讨厌的真空吸尘器——开开关关，周而复始……是的，确实像真空吸尘器，但更像是它被卡在角落里的时候，或者夹在两样东西之间。有什么东西顶着她的脸，它有温度而且皮包骨头——这就是说，它有皮肤。还有蜘蛛腿一样的肋骨。当然它是瘦得皮包骨头啦，哈！是奇普斯！但是……这话当然不能对他说出来。他不喜欢她说这种事情。她感觉到咚咚咚的声音，像是有个小人在他的胸膛里敲击。“你想出来吗？”她对着那个敲击的小人低语道，越过肩膀和脖子弯曲的弧线，金克丝看着屋内的暗影。

“心脏。”她的脑海中冒出一个词。不……那是不对的！心是那些垫子中的一个的形状。不是那样的……

金克丝闭上眼睛。这样和奇普斯待在一起真好啊——有他陪在身边。她习惯了抱着邦邦的背。那也很好。但是邦邦的背不会发出这么多的声音，既没有真空吸尘器被卡住，也没有咚咚咚的声音。或者是嘴巴张开、吞咽的声音，还有胸膛和腹部鼓起又空瘪，两个人的肚子和胸膛紧挨着，以及脸颊靠在肩膀上的热度。所有这些温暖和声音都是为她而存在的。

奇普斯太美好了。

“心脏。”脑海里那声音仍在说。嗯……有时候她的脑袋会把事情弄错。

奇普斯吞咽了一下，真空吸尘器的噪声停住。然后又平稳地开始了。金克丝咯咯笑起来，又屏住呼吸，怕自己把他吵醒。她希望奇普斯明天也待在这里，要是邦邦还不回来的话。噢但是……要是邦邦早上回来了呢？她会发现他们现在这样子。要是大人们发现他们这样待在一起呢？他们会不会带着邦邦回来，然后三个人同时发现她和奇普斯？金克丝的舌头发干，脑袋感到一阵刺痛。他们会站在篮子周围，怒气冲冲地看着她，然后把奇普斯提起来扔到外面去。

她想。

奇普斯一直在发出奇怪的噪声，不管是什么声音——金克丝还是想不起那个词。

她又开始想办法。

明天她早点起床让他回家。对！她要在所有人醒来之前让奇普斯离开，这样就不会有人知道。哈！真是太容易了！

她把鼻子靠在奇普斯的脖子上，打了个哈欠，眼睛慢慢闭上了。

现在几点了？苏珊盯着墙上那个巨大的蓝色数字投影：03:50。那个噪声！天哪，简直震耳欲聋！她感到自己的脑袋正在被碾压，脖子好像是被一个沉睡的人用手按下了贪睡按钮。她想伸展开，但被什么东西挡住了。如果她已经醒过来，可能她会知道那是什么……但她还在睡眠状态。她应该是睡着了，她想。哈米什的胳膊压在她枕头的正中间。又来了，他知道自己不能平躺着睡的。她跟他说过多少次了，他要么睡在自己那边，要么拿止鼾贴纸撑开鼻孔。他太自私了！如果是她这样，他肯定是无法接受的，这才是更令人恼火的地方。她使用厕所里的疏通工具，或是不小心把时钟的数字调成迪斯科模式，那些数字闪来闪去，凌晨两点在卧室里旋转时，他就会勃然变色，大发雷霆。虽然那不会发出一点噪声，她只不过是在枕头被他的胳膊压住时才会不小心碰到那些按钮的。她把那只胳膊往上推，它又弹回来。这太不公平了。仅仅因为她个子小而他个子大。要是她躺下来发出那种濒死的噪声或是猪叫声，他会从她的身上碾过去。

闭上该死的嘴吧！

她在蓝色的微光中眨了眨眼睛，想着那种噪声穿过空气的过程。也许是涟漪一样从源头扩散开，像火箭从底座上颤抖着发射……有一瞬间，她周围闪耀着几百个小小的火箭型鼾声，和时钟的光是同一种蓝色。嗯，她的想象力还真是令人迷醉。

她闭上了眼睛。

他每次发出的噪声都不一样。先是到达高峰，然后慢慢减弱，再突然爆炸，她的大脑试图预测下一次爆炸的节点。到这里会声音渐增吗？这次是长还是短呢？然后是吞咽还是一阵抽搐，或是别的声音，她的大脑会想：这下该停了吧？几秒种后他会停止呼吸，她则拍手叫好：他死了。但慢慢地，慢慢地，那个声音再一次响起。

真该死！

她用肘部强撑着坐起来又砰地一声躺倒。

那个噪声消失了。哈！

但是胳膊还在那儿。

她把胳膊举在半空中，然后朝他扔过去。在那只胳膊重新弹回她身上之前他突然醒了。哈！太好了！他一把收回自己的胳膊，朝自己那边翻了个身。整个床发出弹簧被压的噪声。

现在他们两个都醒了，怒气冲冲地躺在床上。

都是他的错。是他把负能量播撒在这所房子里。

她把腿伸出床外，起身下床。

“你去哪……”他说。

“厕所。”她低声回答。

她下楼了。她之前录的那个纪录片——叫什么名字来着？*AISD*？不对，它的拼法像“SAID”但是结尾有一个S。AIDS（艾滋病）。只有这样她才记得住，上次提到这个词还是在学校学到的……还有其他纪录片。《小型人类现象》，那个看起来应该轻松得多，也和自己的生活更贴近，不像那个历史上著名的古怪疾病。睡着的金克丝裹在围巾里一起一伏的身影浮现在她脑海里。她去了厨房门口。可怜的小金克丝，只能一个人待着。把她裹起来留在客厅之后，她一直忘了去看看她怎么样。但那个噪声到底是什么？它是……它是从里面传来的吗？是的，就是那里！听起来像……鼾声。她用拇指划过手腕上的皮肤，它发出亮光，一路照着她去篮子边，她只能勉强辨认出金克丝黑色的卷发，在她白色的背部映衬下显得更黑了……旁边怎么还有一个身影？那到底是什么？她蹑手蹑脚靠过去。一个男孩，那是一个男孩！哈！这个小荡妇。那个男孩眯着眼睛，眉头紧锁，从金克丝的怀抱里溜出来，爬上篮子的一边。

“噢不！”苏珊说。“抱歉，请别离开。我不是有意……”

灰色的眼睛撬开一条小缝。他的目光朝她一闪，然后转身朝真空活板门狂奔而去。

苏珊掩嘴偷笑，从指缝里看着金克丝，她先是颤抖了一下，然后用胳膊抱住自己的膝盖，眼睛闭着，显然还在睡觉。

苏珊转身回到门口。上帝保佑小金克丝。这次她本可以让她睡在卧室的，但她把她留在这儿就走了，她只好找了个流浪儿来作伴。那个苍白的小家伙，看起来瘦得皮包骨头。苏珊把他从温暖的床铺里吓走了。她扑通一声陷进沙发里，看着地板上的马海毛垫。要是金克丝从他那儿染上什么东西可怎么办？他们互相之间会感染疾病吗？她只是抱着他——她也只能做到这一步了。他们的程序设定里没有性的吸引，不是吗？他们没有性活动，因为他们原本的功能被*设定*为陪伴孩子。无论如何，他们绝对不可能繁殖后代。她斜倚在咖啡桌上轻轻敲了两下。发出的这种声音苏珊在脑海中破译为：**Z-J-W-E-E-M**，她想象字母像音符一般从杂音中开辟一条道路。她轻击“电视”图标，然后点“回放”，选择《小型人类现象》。壁炉上的镜子闪着微光：全息投影？不，不。那会把她吓坏的。

“定制节目故事？”

不用，谢谢。

“本节目不适合 12 岁以下儿童观看，定制节目内容？”

不，直接“播放”。

“本纪录片由比尔布里奇—明克萨斯公司赞助。”

好的。

“十年前，比尔布里奇—明克萨斯公司继二十年前上一代袖珍模型‘小人’失败之后，创造出堪称完美的‘小人’原型，在消费市场中大放异彩。比尔布里奇—明克萨斯公司在2103年买进这一创意的版权，自此以后不断为这个快乐的大家庭添置新成员。”

这不是一个真正的纪录片，而是公司赞助的广告片之类的玩意儿。她应该告诉哈米什，他会喜欢这个的。她凑过去按下咖啡桌上一个冒着热气的杯子图标。“巧克力。”她说。沙发末端的咖啡机嗡嗡作响，吐出白沫，报告说她这个月回收利用了七十八个杯子。

她从旁边伸出来的长长的玻璃舌头中取出杯子。一个月？哇，这中间她还有整整一周不在家……

“我们相信，在将小人重新人性化的过程中，先驱者的失败留下了潜在的致命失误，公司名称也因此停止使用。在个人主义至上的危险社会中重新培育同理心，是一件极其重要的事情，不能轻言放弃。因此，前领养中介比尔布里奇—明克萨斯公司将肾脏直接回收，到2104年，‘微小的爱’项目携第八代模型启动。第八代一出世即获热捧。当然彼时其功能还有很多限制——有一些基因设定是我们不能改变的，例如抗衰老，外貌差异……以及小人们都是女性的事实。”

天哪，2104年？关于这家旧公司铺天盖地的新闻似乎仅仅出现在三四年前。她舔了一下杯子里的巧克力泡沫，看着从第八代到第二十一代的图像标注从屏幕上划过。“一个多么美妙的旅途，”旁白依然滔滔不绝，“在每一个家庭中盛行，爱在平衡中走向顶峰。”一个标注出现在屏幕右下角。“标注！”她含着一口巧克力说道。

影像定格。“标注已选取，”电视回答道。影像发生了改变。一个男人拿着麦克风出现在采访室里，另一个男人双腿交叉坐在他的对面，用食指拨弄着上唇。

“有请佩茨·韦尔特博士，比尔布里奇—明克萨斯公司基因工程代理负责人，今天他将为我们阐明对于一个极具争议的话题，他的几个想法，”拿麦克风的男人说道，“佩茨·韦尔特博士，关于这些迷人的小生物的起源，人们有过许多猜想。很明显，那些阴谋论者第一个提及的词就是克——”

佩茨·韦尔特博士突然把食指从上唇拿下来。“是的，天哪，不要把那个词说出来！我认为我们最好完全避免那个词。”他的嘴唇弯出一个微笑的弧度。

“澄清一下，克隆人是非法的。”

“很大程度上说是非法的，没错。当然，我们可以克隆人体器官用做移植。这是一个常见惯例，有无可指摘的医学功用。但那些只是器官，是物体。”

“让我们来讨论一下。您能否解释一下该系统是如何运作的呢？”

“好的，这个过程约起源于七十五年前，特定身体器官出问题的话，需要培育一个替代器官。这不仅是一个巨大的突破，请容我这样说，它使某些无药可救的病例得到治愈，并且不用担心病后的调养问题，排斥移植身体器官的危险也完全被避免。不管怎样，最终这一系统发生了改变，实际上，人们不是被动等待疾病出现时才开始培育替代器官，卫生局收集了能够预测个人未来健康风险的筛选工程。简单来说，人们有了‘备用’的身体器官，以预防可能出现的疾病。”

采访者靠近了一点，“所以呢，这其中的关键是什么？”

“我马上要说到了。”他咳嗽了一声，“每个人都至少有一个身体器官被克隆。但是在研究的第一个二十五年间，只有百分之二十六的参与者最终需要他们被克隆的身体器官。”

“那真是个大数字。”

“这一点毋庸置疑。没有人问过自己这一切是否真的值得，这个项目已经改变了数百万人的生活。”

“但是这一切都停止了。为什么？”

“四十亿人参加了最初的筛选。每个人至少有一个身体部位被克隆，但只有四分之一的人最终用到它们。”佩茨·韦尔特博士扬起眉毛看着采访者，等他反应过来。采访者什么也没说。“一言以蔽之，在第一次筛选工程之后，国际医疗保健公司还剩将近七十五亿多余的身体器官。还不用说后续筛选工程带来的那部分，以及那些正在培育中的器官。没有人知道该拿它们怎么办。”

“对。”采访者舔了舔嘴唇，“它们不能被丢弃吗？”

“你知道，这是目前的议题。尤其是某些特定行为，例如精子和卵子的储存最近被明令禁止。可是第一批被扫描检查的病人已经通过，他们的身体器官要怎么处置呢？把人的一部分器官储存起来以防万一是个不错的想法，但成本高昂，而且耗费空间。诚然，不像精子、卵子或者胚胎，身体器官不能独立存活，这潜在地涉及到伦理问题，这又是一个世纪热门话题——它们有可能挽救生命吗？是的。它们有可能存活吗？是的。就目前我们所知，保存这些器官有可能伤害生命吗？不会。除非全世界改变想法，克隆完整的生命变为合法，人们开始要求我们用这些身体器官来克隆他们死去的亲人……当然，最大的问题是，我们将如何处置它们？毕竟，它们是人类的‘遗骸’。”

“观众们可以放心，当局可以说是非常重视这个问题。”

“克隆是整个人类都不能轻视的问题。”佩茨·韦尔特博士鼻孔收缩。

“关掉。”苏珊说，她已经想打哈欠了。电视闪着光，重新变回镜面，接着碎成瓷砖上的雪花，最后变得空无一物。她张开嘴巴打了个大大的呵欠，在她想象中似乎脑袋的四分之三随着一个铰链转动，向后竖立起来。该睡觉了。她把杯子放回玻璃舌头上，看着它消失在那个嘴巴里，心里想着第一批“去世”的筛选参与者。死亡。是的，这就是问题所在。实际上，这是唯一的问题。他们知道该怎么办，克隆。但是，如果哈米什死去，有没有人会想要重造一个他……尽管他是个讨厌的家伙，但苏珊还真的想请人，重新造一个他。怎么样？意识到这一点，她面前的舒适生活仿佛遭到猛烈炮击……巧克力浮起的泡沫中，哈米什会用鼾声，或是搭在她枕头上的胳膊惹她生气，但是，在那层泡沫之外，不管怎样生活都会继续，她会和他一起疾驰在这宏大而强劲的生活之中。因为人们不会独自奔跑……奔跑的时候也没人会在意打呼这类细节。然后她的大脑和最初的想法联系起来了：如果哈米什死去，没有人会为我重塑一个他。她站起来，慢慢穿过客厅。*所有那些胳膊搭在枕头上之类的事情在巧克力泡沫中渐渐飘远了，我试图抓住它们，将它们重新拼凑在一起。醒来后，我希望感受到枕头上另一个人的胳膊。我不想在强劲的空阔中孤身一人。*她停在厨房门口，让手腕发出微光；金克丝形单影只地躺着。她转身带了一下门，门几乎要被关上。她看着自己的脚踏上被手腕光芒照亮的一节台阶。嗯……关于泡沫的想法不错，还有生活她甩掉拖鞋，鞋子滚落到一边。苏珊爬上床，身旁是她仍在世间的哈米什，她用胳膊环抱住他，从他熟睡着的身下寻找缝隙，好把胳膊从中穿过，结结实实地抱住他。

“你便秘吗，”他嘟哝着说道，“还是掉进厕所里了？”

她笑了起来，亲吻了一下他的头发。“你真傻。”她说。

4

CHAPTER

邦邦明白了一切，除了“钉子”这个词。其实她是否明白并不重要，因为她昏昏欲睡，那些词只是左耳进右耳出。但她记得一些画面，比如女主人和另一个女人聊天，那个人把她的脸推向一边，然后给她盖上毯子……夜半醒来，厕所盒子和干净瓷砖的味道让她想起那些画面。她还在“那里”，但她不明白为什么，也不知道“那里”是哪里。邦邦睁开眼睛坐起来。然后闭上眼睛，再次睁开。她伸出一只手在面前挥舞着。发现眼睛睁开还是闭上区别不大。

有什么东西在发出极其可怕的声音。

她脑袋的一侧仿佛贴在那东西上。

她直起身子，跪坐着细细地听。

“啊！”那个声音让邦邦的胃开始翻腾，“带我回家！”

不知道那声音的来源，它又开始发出急促的呼吸声。邦邦的耳朵开始发热。“带我回家。噢，带我回到我的女主人身边。带我回到我的女主人那儿。啊！”邦邦用手捂住了耳朵。可怖的声音刺透阴沉的夜幕在她耳边盘旋。“啊！啊！”那到底是来自什么地方的声音？

一束白光惊得邦邦闭上了眼睛。听到一阵沙沙的声音，她又忍不住睁开眼，意识到自己正面对着一堵墙。

“割草机？”其中一个声音说，“人们现在还有草坪？好吧，钱普，我知道了，知道了……”

“你给他打了一针吗？”

“我正在注射呢。”

邦邦转过头，眯起眼睛朝那两个声音的方向望过去。两个大个子穿着白衣服站着。她能看见他们的头顶，这很奇怪。她抬起头往上看，发现如果她愿意，轻轻松松就能摸到天花板……她确定如果自己现在是睡在箱子一样的东西里，她能触碰到箱子的两端——脚趾顶到头，手举起来摸到尾。不过箱子的前面是打开的。要是她想，可以径直从里面爬出来，但是她不想。邦邦屏住呼吸，挪动身体，转向头顶那一方。

“他们买得起天然草坪却不想为小人的截肢付钱。”其中一个人对另一个说道。他举起一个管状的东西，注视着桌子上的东西，轻轻拍了两下，然后放下来……噢！邦邦重新转回身体面对着墙壁，双手捂住了眼睛。

“他们给他/她买保险了吗？”

“呵呵。”

“好吧。”

邦邦仍用双手捂着眼睛，缓慢地把身体扭过来。

“自私至极！”

“他们在候诊室里。我想我会和他们再谈一次，真是受够了。”

“我和你一起去。没事的，宝贝儿。我们一会儿就回来。”

“谁会在凌晨两点给草坪割草呢？”

“可不是嘛……”

邦邦看见她们对桌子上躺着的东西做了些什么——抚摸了一下或是戳了戳它，她不确定。她的目光锁定在她们肩膀的位置，直到她们离开房间，肩膀消失不见……灯依然亮着。那个东西还在发出噪声。邦邦迅速垂下眼睛。那个东西盯着她，他的嘴巴急促而用力地呼吸着。他的眼睛也非常奇怪；睁得大大的，有种不安的感觉。邦邦侧着身子向前移动，撞到了面前的玻璃，噢不！那是一扇门！她被关在里面了！邦邦用手在玻璃门四周摸索，想知道这个东西是不是四周都被封死了。确实是这样，不过……那个东西在看着她。她停下来与他对视。她的目光往下扫过他的身体，每多看一眼，其惨状都会令她多一分惊骇。邦邦从来没有见过这样大片凝固结痂的血，甚至已经变成了黑色。她不明白肚子怎么可以像那样被切开，然后随意翻折，和那些断腿残肢、甚至臀部团在一起，任由它们变干结痂……从远处看起来像是粉色，其实是鲜红的血液和骨头的白色混在一起。她不知道自己看到的是什么，直到发现一根腿骨从两头冒出来。那种粉色让她想到金克丝的嘴巴里面，或是她两腿之间的部位……死去的鸟儿俯卧的姿态出现在她脑海里，每拔去一把羽毛，那块新露出的粉色皮肉就又增大一点。那只死鸟真是太奇怪了……但眼前这种异象更令人触目惊心。邦邦的胃里开始翻江倒海，一股热流涌到了嗓子眼，最终喷了出来，顺着她的下巴、胸部和肚子，一直流到大腿上。那股味道充斥她的鼻腔，翻腾又开始了！她蹲下来，把脑袋埋起来朝着一个地方呕吐。但是很快她感到头晕目眩，那股翻涌而上的异物仿佛在灼烧她的鼻腔。她坐起来，擦了擦下巴。桌子上的那个东西用一只胳膊撑着自己，直起身来看着她，就像金克丝曾经看着她那样。

“你生病了吗？你看起来病得不轻。你还好吗？”他说。

他的话令邦邦吃了一惊，她扬起眉毛，头往后缩了一下，看着他那张和金克丝一样的脸，以及他血淋淋的身体。她想，你看起来更不好。你才不应该问我是不是还好。

“你的胃很难受吗？”他说，“是不是有点不舒服？”他说，“你好？”他又说，“你好吗？”他继续说，“你——”

但他没能继续说下去。那两个穿白大褂的大个子回到房间里了。

“是因为他们不想要一个只剩一条腿的。”

“但是我们可以为他再造一条腿。我不明白他们的意思。”

“我猜是那个小女孩故意把他弄坏的。新的型号明年夏天就能出来，她那时候就能设计一个属于自己的了。”

“跟我想的一样。这是不是让你有点难受？”

“他是第几代的？”

“嗯……他是比较老的了，第十一代。”

“第十一代？”

“是的。”

“哇！你以前见过第十一代的吗？”

“昨天我们接收了一个第八代的。”

“你开玩笑的吧？”

“没骗你，她就在上面。”他朝房间另一端抬了抬下巴，“去看一眼。”

“你觉得呢……”

“他失血太多了。你还好吗？钱普，还很疼吗？”

“我们应该给他截肢。”

“我倒是希望我们回来的时候，这一切已经结束了。”

“天哪，我可不希望这样！要填更多表格。”

“反正他已经完全被毁了。得啦，钱普。我们得在你血液流尽之前给你截肢。”

金克丝看着钱普的眼睛慢慢闭上。其中一个大个子白大褂把他放在一张细长的、带轮子的床上。另一个则把门关上了。

“多萝西！”钱普说。两个大个子看着他。“多萝西！”他又叫了一声。

“该死。”其中一个人骂道。他们匆匆推着手推车出去了。

邦邦的下巴都要掉下来了，他在他们面前喊了“多萝西”。他为什么这样做呢？他们已经听见了，他说的时候他们都看着他。但那个词是什么意思呢？

“多萝西，”邦邦喃喃自语，“多萝西。”她盯着门口。“多萝西”有什么意义？呕吐物在她膝盖上结成块，她伸手一挠就有碎屑飘下来。或许她也该试试说“多萝西”……

迷迷糊糊间门打开了，邦邦醒过来。她的四肢困乏而僵硬——她是睁着眼睛睡着的吗？以前她可从来没有这样过。“啊！”又是一个同样可怖的噪声。声音是另一个小人发出的。邦邦捂住耳朵。她的脑袋有一侧疼得厉害，那一侧好像卡了一个软软的东西，她用手捏住这个东西。又进来两个新的大个子，一男一女推开门。邦邦的目光在那个穿着白大褂的背上寻觅，那个背影遮住了小人。“啊——啊！”她又发出尖叫，她为什么要叫呢？

“好了，这位小女士，”一个大个子说，“我最讨厌他们的尖叫声，听起来太反常了。”

“这次是怎么回事？”

“我简直没法说，快要气疯了。”

“告诉我吧。”

“是一场手术。”

“啊？”

“一个孩子在扮演医生。”

“真的吗？在什么时候？”

“今晚早些时候。”

“真见鬼。孩子的父母去哪了？”

另一个人耸耸肩。“那个孩子把她藏在橱柜的角落里。一定是事后感到羞愧了。”

“有保险吗？”

“没有。他们打算自己。”

“分期付款吗？”

“不是。”

“所以，他们又要把她带回去了。”

另一个男人打开门，推进来一个带轮子的床。“我们准备好了。”

他们把那个尖叫的小人带走的时候，床底的轮子发出吱吱嘎嘎的声音。“乔舒亚。”她说。

两个大人都低下头盯着她。

“噢你可不能这样，”其中一个大人说，“你可是今天唯一一个能带来收入的小人，小姐。”

“乔舒亚。”这位小姐说。他们把她推了出去。

邦邦又开始盯着门看。那些词在她脑袋里变得尖锐又渐渐模糊。手术。孩子。保险。乔舒亚。“乔舒亚”是什么？她怎么能对那些人说这种话呢？他们是怎么听见她的？要是邦邦也试图说话，他们能听见吗？也许她也会被带到那个有轮子的东西上去。也许正是因为有那个带轮子的东西，他们才能听见她说什么。他们都是躺在那个东西上的时候才被听见的，一定是这样……

门再一次打开了。邦邦的眼睛睁开又闭上，她把脑袋转过去。刚才看到的那个东西已经残破不堪了……她半睁着眼睛回头看。它看起来，就像一堆玫瑰花瓣一样。像女主人放在大房间里的那一摞。桃红色的花瓣上带着粉色的纹路。

玫瑰花瓣很美，但是这个看起来像一摞花瓣的东西却不大对劲。

这次没有人说话也没有人尖叫。两个穿着白大褂的大人看起来像带着钱普进来的那两个。

“油炸食品。”

“怎么又是油炸？”

“对啊。”

“真有意思。人们什么时候才能开始健康饮食呢？”

“对……天哪，她看起来糟糕透了。”

“他们会付账吗？”

“应该不会。”

“投保了吗？”

“不知道。”

“好吧，甜心。跟我们待在一块吧，我们只是在等一个空房间。”

门打开了，但是开门的人站在外面，邦邦看着门外面的人好像正在和什么人说话。另外两个人盯着门看了几秒钟，才开口。

“准备好了吗？护士。”门弹回来合上了，把下一句话关在门外，两个大人和护士留在了外面。

这位甜心的眼睑上有四个乳白色的泡，她的眼睛都睁不开了。一条闪光的银线从两个内眼角流到脱皮的嘴唇边，它的嘴巴只张开一条小缝，勉强吐出一个音节，“妈。”那个声音说。邦邦眨了眨眼睛。“妈。”她又说，整张脸拧在一起，变得更红了。“啊！”甜心哭喊道，她那玫瑰花瓣一般的脸皱在一起，开始流血。

她没有再说“妈”。穿白大褂的大人回来把她带走了。

邦邦想着这个词。“妈”。她张开嘴巴模仿这个音节：“妈，妈，妈……”但这让她的眼睛有点酸，耳朵也开始发热，想打喷嚏。她低头看着自己的手指，挨个数了一遍。然后数了一遍脚趾。“妈。”她又说了一句。

“我注意到上次我们进来的时候。她吐得全身都是，瞧。”

她的玻璃舱门被打开了，一只带着橡胶手套的手伸进来把她抓了出去。邦邦试图尖叫但发不出声音。她转身咬了那人的一根手指。

那只带着橡胶手套的手把她扔下来。

“她咬我。”

“啊……她之前这样做过吗？”

“在这里还没有咬过人。”

邦邦站起来想跑，却因为呕吐物而打滑，脸朝下摔倒在地上。她坐在地上往后挪，一步一步退到冰冷的墙边。有四只大大的眼睛盯着她。

“有攻击性？”

“不知道。她是哪一代的？”

“嗯……”一个大人用手指戳了一下玻璃门。“那里，”他又戳了一下，“自己看。”

“第二十代。是个新型啊。”

“最新的一代。”

“应该没有攻击性。”

“当然。”

“你觉得她是不是因为害怕？”

另一个大人又戳了戳门。“第二十代已经排除了恐惧这个特性。”

“孩子们之前会抱怨，没办法和他们玩，因为他们总是躲起来。”

“我记得好像就是这个原因。”

“所以我们要把她作为异常案例上报吗？”

那个大人看着自己被咬的手指。“没有流血，”他说，“我觉得她只是害怕了。你能想象第一次看到这些的感受吗？而且还被一只大手从笼子里拽出来？我才不管恐惧有没有从我身体里被排除出去，是我的话一定会疯掉的。”

“也许她就是因为这个才吐的。”

“或许吧。”

“嗨，甜心。过来吧，我们不会伤害你。我们只是想帮你清理一下。”

邦邦坐在角落里，浑身发抖。她的名字不叫甜心。

又有一只手伸进来，横放在她旁边的地板上。“来吧。”她没有动，但是没有排斥那只手靠近，把她拉到笼子前面。

“你看，她在发抖。她肯定是吓坏了。”

“我知道。但她不该这样啊，这不符合她的构造。我们应该盯着点以防万一。”那只手把她举出笼子时说道。“她吓呆了！”他摇了摇头，“所谓排除一种特性说到底……都是为了商业宣传的一派胡言。你知道吗，第十七代还宣称是‘无攻击性’呢，结果第十七代出了什么事？”

“密歇根那个咬脚趾的小人吗？那是‘无攻击性’的一代？他们已经把这事压下去了。”

“他们当然得保密。”他再次把手伸进玻璃门，放在邦邦的脑袋后面。她的目光紧跟着这只手。手上的纹路闪耀着绿色的光。“你看，无论如何肯定有‘恐惧’的部分，我不想让她有麻烦。”

有什么东西在邦邦的眼睛侧边移动。她歪着脑袋去看那到底是什么。有更多的玻璃门出现了。她又把脑袋侧过去，眼睛一直往上看，直到看见二十扇玻璃门和二十张小小的脸盯着外面。也许不止二十个……还有比二十大的数字吗？她全部手指头和脚趾头加起来也数不清那么多……每一个小人都眨着眼睛向她望去，有一个白色的小垫子一样的东西卡在他们脑袋的同一侧。她把手放在自己的耳朵上，那个东西还在。她皱起眉头轻轻拍了拍它。

那个男人看着她笑了起来。他的嘴巴看起来像植物根部覆盖的褐色物体。“攻击人可不是什么好事，甜心。相信我，你来这可不是为了这个的，我们都不喜欢攻击人，是吗？马克。”

“一点也不喜欢。”马克说，一边说一边摇头。

“应该庆幸另一个人在休假，”马克旁边的那个人说。“你有莉莉医生，她是一个有良知的人。”他打开大门，“另一个——叫什么名字来着？头发是那种……她更喜欢有利可图的手术。”

“上个月是胸部缩小手术。”马克说。

“是啊。在那之前是肋骨移除。”

“还会再来的。”

“一直是这样。”

“告诉他我一点钟有空——他什么时候回来都行。”

“好的，哈米什。”

“谢谢你。”

他咔嗒一声合起桌上的平板电脑，转过脸对着书架。

他的书架。

最新的一个书架，这个最新款还包裹着闪闪发光的塑料外壳，和一旁皮革包边儿的同伴比起来，显得十分年轻。还有一个是在牧羊人超市里遇到的书商那儿弄来的——当时只有他们两个站在缠着塑料管子的玻璃盖酒桶前面，对着装满甜瓜味白兰地的聚苯乙烯管皱眉头，随后他们就开始了攀谈。

他按下一个按钮，玻璃屏幕开始嗡嗡鸣响，散发出一股旧纸张的味道。他的小腿有些刺痛，所以他把腿放松伸直。三十六本书！不管什么时候他的同事有意无意顺便来访，他们都会越过他的肩膀看见后面的书架。

他在桌子上摊开一张塑料皮，然后用力扯着自己的乳胶手套。“滤光！”他喊道，灯光褪成暗黄色。

现在，如果一点钟有客户要来，他就有两个小时的阅读时间。小腿仍然有些刺痛，他扭动脚趾头，打开一本书。

“噢……你这里太暗了。”

哈米什抬起头。“埃玛！”

“抱歉我迟到了。”

他摸索着找到平板电脑上的开机键。“我记得我们没有……灯光！我记得我们今天没有预约？”

灯光转成白色，她眯起眼睛。“是的。我改了计划……周五我有别的事，所以改成今天过来了。”

“哦？”

“您感觉到了吗？您的平板电脑启动速度比安装拥抱病毒防护前快了132%。”啊……是的，他感觉到了。他看着屏幕点击“感谢”按钮，然后双击“日程”。一个空白矩形从上午11:00被拖到下午2:00。不管了，他又不想让她离开。“所以你改变计划了。好的，快进来吧。”他合上书，转过去把它放回书架里。

她露出一丝微笑。“平板电脑。真够复古的。”

他转过来眨眨眼睛，想着摆出什么表情合适，以及该怎样回应她。他的嘴巴张了张，又合上。她为什么会在这里？为什么没有人告诉他她要来？“噢，嗯……是的。实际上，这是为了保密。你知道……这样你就不能看见我的……你知道的，我的日程。”他努起嘴巴吸了一口气。“我也在用新产品。”他拍了拍桌子的中心位置。透明的蓝色和绿色的像素向上成群汇集起来，刚好在她身前形成一张脸。人脸还没张开嘴巴说话就变得支离破碎，重新融回桌子里消失了。哈米什把它关掉，这没什么可炫耀的。

“你有这么多书，我以前从没注意到。”

“是吗？”他扫了一眼书架。为什么这句话让他有点失望呢？

她摇了摇头。耳环和上次来时带着的一模一样。哦天哪！这次她只有戴一只耳环，另一个肯定是掉了——“你，嗯……”算了。如果她只是想戴一只耳环的话，根本不关他的事。“请坐，埃玛。”她坐下来，弯腰把袋子放下。它在流血，她的一只耳朵在流血！“噢天哪……你的耳朵在流血。”她伸手摸了摸那只耳朵，他递给她一张纤维纸。“我的意思是——你带耳环那个地方，不是整个耳朵。”他伸出一根手指画着圈指出她耳朵上那个点，然后把手缩回来，双手握拳放在桌面上。

她用纤维纸揉了揉耳垂。“噢——我知道他把耳环拽出来了，但没意识到有在流血。”

“你还好吗？”他不带任何手势说道。

“没事！他……我有一只……猫——其实还是幼崽——并且，好吧……”她用空出来那只手指着自己的耳朵。

他想说猫也是非常“复古”的宠物。但他只说了句，“啊。”

“对。”她附和道。

他想说这种事情也是养宠物计划的一部分。但他开口只说：“好吧……”

“是的。”她笑起来，垂下眼睛，她的眼睑上画了棕色的眼影。

这次他没有提及上上次他想的那个问题。这个房间里已经承载了太多事情，以至于无人想再提起它。它激起的星点火花在空气中闪耀，令人头晕目眩，所以现在最好别提那件事。他想再次让自己的瞳孔聚焦在某样东西上，而不是被面前闪烁的无数碎片弄得眼花缭乱，但是他的眼睛在她身上来回探究，耳朵甚至因此开始嗡嗡鸣响。他想，这是某种特定反应之前的“警觉状态”。但这到底是何种反应呢？是她先有所反应，他再予以回应吗？然后她再回应他？这种情况可能在整个谈话咨询期间持续下去……光用眼睛看起不了一点作用。必须得有一个“滤镜”。他决定记笔记，用比空气中的闪烁更快的速度打字，每记下几句就问自己，此刻是现实生活吗……他真的活在当下吗？每一次他这样问自己，打字的双手就会抖得更厉害，因此他加快打字速度。

咨询结束时，他已经大汗淋漓。

他把她说的每一个字都记下来了。

金克丝先醒过来，她翻了个身。噢！邦邦已经起来了！真奇怪……通常金克丝和邦邦会同时醒来。她坐起来把胳膊举得高高的伸了个懒腰，耳朵都碰到了骨节突出的肩膀，然后她爬回篮子边缘。只有一个碗是满的。邦邦肯定已经把她的那份吃光了……

噢，但是……邦邦并不在这里。篮子底部在她旁边撑开，空空荡荡的篮子里满是褶皱；羽毛和人工草皮堆在角落里。起初又大又蓬松的绒毛现在已经失去了光泽，耷拉在地上。她揉了揉一只眼睛。奇普斯曾经在这里，现在他离开了。邦邦也不在这里。

她颓然倒在篮子里，用线缠住自己的大拇指。正常情况下她应该在吃东西，而不是在绕线。然后她会对邦邦说：“今天是什么日子？”邦邦会说：“今天是……是……”噢天哪。没有邦邦，金克丝甚至不记得今天是什么日子了。

她的嘴角垂下来。现在一点东西也不想吃。

她朝着厨房门口的方向眨了眨眼睛，女主人来把她的碗填满时，奇普斯离开了吗？金克丝坐起来。如果是在奇普斯离开之前……那女主人一定看见了奇普斯，在金克丝睡觉的时候把他吓跑了。

金克丝跳起来，爬到篮子外面，朝真空活板门跑去。

* * *

“老天！你怎么了？你想吃一块饼干吗？这就是你一直想要的吗？”德鲁没精打采地靠在工作台上。“你会变成一个小肥猪的，贾先生。”

贾斯珀躺在地板上，头弯向一侧。它的耳朵像被风填满的大三角帆一样竖起又垂下来，在空气里搜寻美妙的音节。

德鲁弯下腰，看见橱柜里沾了污渍的特百惠餐具，落满灰尘的纸杯蛋糕盒子，一个插满外卖筷子的啤酒杯，一个20世纪70年代的颜色像池塘一样的火锅套组，这些东西被清除后，才有地方放沃蒂、德鲁和贾斯珀一起制作的点心。“好吧，我看看能不能给你找点小狗能吃的东西。”

小狗举起前爪挥舞着，从喉咙里挤出一声又尖又细的呜咽。

“噢不。也不是这个！你看见这个了吗？贾斯珀。这是我最喜欢的品牌之一。”

贾斯珀叫了几声，盯着他手中舞动的蓝色小袋子。

“恐怕你得等等。我知道你想来一包但是……”

德鲁站着，电话贴着耳朵，嘴里对小狗说“嘘”。“喂你好，我在看你们的全麦有机小熊饼干，想了解一下氢化植物油是什么意思？嗯，对……是的，我知道氢化是什么意思，抱歉，我应该说清楚一点。你们用的是什么植物油？对。嗯，棕榈油？是棕榈油吗还是别的东西？是棕榈油。好的，我也是这么想的。好吧……谢谢你。再见。”

德鲁按下手机上的红色按钮。“真是让人生气，贾先生你看看这个可爱的包装，看看那些银色的小熊盯着那些该死的雪山，”他又把蓝色的包装袋挥舞了几下，然后夹在胳膊底下。“看起来这么梦幻但是……他们用的是便宜的、有毒的油，”他一屁股坐在工作台上，茫然地盯着半空，“我爱小熊饼干。”

贾斯珀又一次举起前爪发出呜咽声，紧盯着德鲁的腋下。

“心爱的小熊饼干。”德鲁无精打采地靠在工作台上，想了一会儿才把饼干放下，然后走开了。

贾斯珀看着德鲁离工作台越来越远，跳起来叫了一声。

“噢好吧，”他转过身子，“抱歉，贾先生。我看看能不能给你找点更适合小狗吃的东西。”

一阵尖锐的喧闹声划破空气。德鲁和贾斯珀转过身望去。

“德鲁，这个东西在发出嘟嘟嘟的声音！德鲁！”

德鲁飞跃着穿过厨房，透过一扇开着的门能看见沃蒂的身影，他站在一个巨大的孵化器上面，孵化器里面有一枚透明的硕大的蛋。德鲁嗖的一声跨进门站在沃蒂和孵化器之间。

“那是什么？德鲁，她有什么问题吗？”

蛋形容器的中间有一个小小的人形在液体中上下浮动，一根红色的管子将她与蛋壁连接起来。另外一些导管和电线像海葵一般从她身体的不同部位延伸出来。“我在想……我觉得她是不是已经准备好要出来了？”

“噢！”该死！沃蒂的脑袋飞快地四下转动着，他在试图寻求帮助时就会有这种反应，或者是要逃跑的时候，也可能是心里希望没人看到的条件反射。贾斯珀在门口看着，尾巴翘起来一半，在半空吊着。“但是下周三才是她应该孵化出来的日子呢！”

“我知道！”

“是那种像烤箱一样发出的嘟嘟声，提醒我们她准备好了吗？”

“是的。”

“可是她怎么知道呢？”

“她不知道。子宫知道。”

“你怎么不知道？”

“我以为我知道的。我都计划好下周三让她孵化的！”

他们对彼此眨了眨眼睛，嘟嘟声依然在他们周围轰鸣着。脚下的地板突然传来一声巨响。

“是贝弗利老太太的扫帚，”德鲁说。

“是的。”沃蒂突然转开了视线，“我能做什么呢？”

“嗯……”

“你能把那个嘟嘟声关掉吗？”

“现在还不能，我可以……我……”两只有力的手划过空气，像垂落的乳白色星星，悬挂在德鲁脑袋两侧。“每一个环节都不能操之过急。”

“好吧……要不我现在去跟贝弗利老太太说我们遇到了一点问题……我会想个借口。”

“对……你去吧……赶在她打电话报警之前。记得把门锁好。”

醒来后，邦邦睁开眼睛望着箱子顶部。灯光很明亮，一切无所遁形，不像普通的照明灯。她仍然在“那里”，无法分辨白天黑夜。她饿吗？她咽了一下口水感受着自己的胃。它发出嘶嘶声，又缩下去一点。不，不饿。现在可能还是晚上。

“你好，甜心！”

她转过脑袋。是女主人！噢！是女主人站在门口！她一下跳起来向门口扑过去。女主人看到其他笼子时脸立即皱在了一起。

“我们会把她带出来交给你的。你不能进来。”在邦邦看不到的地方传来另一个女人的声音。

“待会儿见。”女主人挥挥手，对着邦邦摆动手指，然后打开门走了出去。

邦邦盯着那道门。一只手出现在她的玻璃仓里，那只手打开舱门抓住她，把她拿出来，浸在齐脖深的温暖液体里面，那液体有股瓷砖的味道，然后她被毯子裹了起来。“有脏东西……该死，这条不行。”她身上的毯子被打开，又换了一条更凉的。巨大的食指和拇指一起把她的眼睑掀起来，朝每只眼睛里面照了一束光，然后对着她那只“好”耳朵照了照。一把梳子在她的头发里来回梳了三下，然后被告知：“好的，孩子，你可以走了。”接着他们离开了房间。

邦邦回头看着周围那些小小的面孔，她的目光跳到最顶层角落里那一个。“右边”角落——金克丝准会这么说。或者左边。一定是左边。左边这个词更好一些……那个脑袋上的头发是白色的，皮肤也很异常，松松垮垮的，布满线条……非常病态。一只绿色的眼睛和一只褐色的眼睛从那些线中间往外盯着。那个脑袋冲她点了点头，就消失了。不！邦邦试图发出声音，她从毯子里伸出手，转过身去朝着房间努力想要抓住什么，却只抓住了空气。

“邦邦！噢我的邦邦。”

她转过来。是女主人！她抓住那个试图拦住她的手指，向那个人的肩膀撞过去，咬住她的头发，呼吸里全是那个女人的味道……“我想有人见到你太开心了。”

那个声音，就是昨天她来到这里听见的第一个声音，她用力抓着那些手指，抓得更紧了。

“正如我所说，巴奇时尚是我最常去的一家店。”

“他们有实体店吗？还是需要我在网上预订？”

“当然有，他们有一个地址。”

“哇，这倒很少见。”

“告诉我吧！上周我就想去，因为我的肥料供应商把地址作为秘密保守了好多年……”

“就像银行一样？”

“是的，就像银行一样，但他们做得更过分！就在最近，他们把邮件里的联系电话去掉了。”

“所以你不能给他们打电话了？”

“对，我没法给他们打电话。”

“就算你有……肥料供应危机？”

“对。一样联系不上他们。”

苏珊脸上挂着讪讪的笑容：“银行我可以理解，但是……”

“我知道，很过分吧？”

他们对视了片刻，点头大笑起来。

“所以你常去巴奇时尚。”

医生的脸再次变得严肃。“通常是的。”

“不是小而美吗？”

“小而美也好，但我通常去巴奇时尚。”医生慢条斯理地点点头，闭上了眼睛。

啊。当然了……“暗中诋毁”向来会对她这样的人起作用。“你应该让他们其中一家给你赞助，这样你就不会纠结该推荐哪一家了。”她抚摸着邦邦的头，向医生建议道。

“我们和供应商之间有合约，”医生说，“他们的竞争者也很棒，但很可惜，他们不制作衣服。”

“*现在*还没有。”

“我不方便透露这一点。”

苏珊吸了一口气，咽下刚要露出的笑容。“好吧。”她抓起自己的包，“谢谢你所做的一切，医生。”

“非常乐意效劳。”

她会很高兴告诉哈米什有关医生“不方便透露”这件事，苏珊边给邦邦系上安全带边想。他会咆哮着发出低沉的窃笑，就像他听到一个荤段子时那样。“噢邦邦……”她看着邦邦脑袋一侧的白色绷带。“我真的很抱歉。”邦邦用一只手抓住苏珊手镯上的小珠子，把它和另一个小珠子互相摩擦。“这样好了，”苏珊低头对着她微笑，“我们去巴奇时尚吧，医生说它比小而美好一些。”她绕车转了一圈，坐进前座系上安全带。“巴奇时尚，”她对着导航说，“因为小而美简直糟糕透了。”她笑着说。

邦邦竖起了耳朵。她的眼神雀跃着，目光在苏珊身上流转。

“首站目的地：巴奇时尚商店。二十区，定位。”导航发出声音。噢天哪。她讨厌二十区。全是一堆超高层建筑，没有室外活动空间。就像一个停车场覆盖在整个街区上空，张牙舞爪向高处远处伸展，到处灰蒙蒙一片，像大象的脚一样沉重的灰色。“第二站目的地：因为小而美简直糟糕透了。继续搜索？”

“不。”苏珊说。

汽车启动，上路出发了。

很快她们被分流到了高速公路带上。“高速公路带，”导航继续道，“引擎将会在三秒钟之内熄灭。”三秒钟之后她们就在一片寂静中向前滑行，随着车轮下的一个路段抬起旋转，将她们送往一模一样的下一个路段，高速公路带发出细微的咔嚓声，她们被缓缓送到第三车道。苏珊弯下腰，从脚边的手提袋里拿出一个振动器。邦邦拍起了手。

“好好好，给你吧。”她转向邦邦那侧，她接过振动器开始摇晃，然后把它倒过来放在嘴巴上面。两片麦片掉在她的舌头上。她闭上眼睛吮吸着麦片。“我知道你饿了。”苏珊把头靠在一只手上，从后视镜里看着邦邦。真有意思，她看见振动器居然会拍手——其实没有看到食物——只是振动器，这种情况倒很少见。也许这个是第四阶段……《小人建议指南》里面说过，他们可以被“抚养”到能理解基本语言的程度，但是一个“完全的人类”和“小人”之间的交流是阻断的，这是为了保持预期中的既定角色。动物不能用语言交流，手册解释说，这是人和动物之间的主要区别。“小人”绝不会被视作动物，但是要把一个有语言能力的存在降级为“宠物”角色，也是不道德的。苏珊想，她们确实想要说话。有好几次她看见她们俩或者其他小人张开嘴巴，但最终什么也没说出来。苏珊凝视着邦邦看了一会儿。

“我们要去巴奇时尚，邦邦。”

邦邦停止摇晃振动器，对着苏珊眨了眨眼睛。

“巴奇时尚是一家售卖小人精美用品的商店。”

邦邦眯起眼睛。商店？售卖？巴奇时尚？这些词她都一无所知。

“我们要去巴奇时尚给邦邦买一件衣服。就是给你。”苏珊的手指指向了邦邦。

邦邦睁大眼睛，舔了舔上唇。布兰克妮的衣服躺在地板上的情景浮现在她脑海里。她想象自己穿上它，然后用衣服的一角摩擦着她的脸和下巴。“邦邦的衣服。”苏珊说，然后开始鼓掌。

邦邦放下振动器开始鼓掌。

“邦邦的衣服？”苏珊重复了一遍，这次她没有鼓掌。

邦邦又开始鼓掌。

苏珊也鼓掌作为回应，只拍了一下。

邦邦看着她，然后也拍了一下。

苏珊鼓掌了三下。

邦邦也照做，拍了三下。

苏珊拍出慢、慢、快、快、慢的节奏。

慢、慢、快、快、慢。

苏珊咧嘴笑了。她们在交流！她把两个大拇指都竖起来。

邦邦看着她的大拇指一秒钟，然后原样照做了。

耶！是真的！她们确实在交流！

“十秒钟后离开高速公路带。”

导航的屏幕上出现了巨大的紫色数字开始倒数。

“引擎启动。”倒计时五秒时导航说道。

到啦，苏珊想，巴奇时尚在一栋高耸入云的超级建筑里。掌权的那些人什么时候才会把这些愚蠢的建筑拆掉？灰色，混凝土，喷出令人厌恶的烟雾……这些和老师在绿色实践课上教给孩子们的完全相悖。汽车装进一个玻璃电梯里时，苏珊沉下脸，听到电梯说“五十九楼”又翻了个白眼。拍掌声穿过空气，她转过身去。

随着电梯上升，城市底部的景色闪烁不定，邦邦指着窗外。苏珊眨了眨眼睛，在她用了不过三十秒来教会邦邦拍手后，邦邦就知道用拍手来引起她的注意了。

苏珊凝视着邦邦的脸。“你想要一件衣服吗？邦邦。”

邦邦拍拍手。

苏珊点了点头，然后拍了一下。

邦邦眯起眼睛。

“你想要一件衣服吗？邦邦。”

邦邦疯狂地拍手。

“是。”苏珊点点头拍了一下。“或者不是。”她拍了两下。

邦邦眨了眨眼睛，然后开始疯狂地拍手。

“目的地到达”导航说，她们驶进了停车区。

“好的。我们去给你弄一件衣服吧，邦邦。”

邦邦任由自己从座位上被抱起来。整个鼓掌的事情真的……是从来没有过的。她以前从未对着女主人拍手。但现在她很困惑：她是不是要给自己买一件新的衣服？她希望自己的衣服像布兰克妮的一样……但是刚刚结束的时候她说了“是”该怎么鼓掌，“不是”该怎么鼓掌……这意味着她不会给她买衣服了吗？嗯，这一切都不确定。她坐在车顶上，苏珊的臀部在下方晃动，上半身不断四处张望寻找着。也许她该把振动器捡起来……“是”要这样鼓掌，“不是”则要这样，“是”这样鼓掌，“不是”那样鼓掌……来回摆动的臀部……“混蛋，它一定是掉进座位中间了。”这个念头一字一句在她脑海里浮现。要是邦邦能领会到鼓掌所代表的话语，当她想用的时候就能用了吧。“是”这样鼓掌，“不是”那样鼓掌，“是”这样鼓掌……不！这是“不是”的鼓掌方式。她的意思原来是这样。她想告诉邦邦怎样用鼓掌表达“是”或“不是”。邦邦眼睛一眨也不眨地盯着苏珊的臀部：这就是说，她肯定会给自己买一件衣服啦。

“想起来了！”苏珊说，她的脑海里终于回忆起振动器被扔进手提袋的一幕。

在巴奇时尚入口，门一打开，草莓味的空气混着热浪扑面而来。在刚刚还是正常的空气上方出现一个屏幕，穿着黑色衣服的女人出现了。“欢迎来到巴奇时尚，”她说话的时候，黑色外衣变成了灰色，又变成了闪亮的白色，还带着一个奇怪的领子，“助手很快会来帮您。”

邦邦大口大口呼吸着浮动的草莓味空气。

“邦邦，快看那儿！”

她跳起来转过身。那边有三个小人，和她很像——简直一模一样，没有残缺，也不会像她前一天晚上看到的那些小人一样发出噪声。每一个小人都被置于一个……什么东西之上？一个桌子？没有什么东西用来支撑，但它确实又立着。它似乎在旋转，和邦邦很像的那个小人站在它的中心位置，随着它一起旋转。三个小人都有自己的旋转台。

“你觉得那个怎么样？邦邦。”苏珊对着右边那个点点头。

邦邦望向女主人看的那一个。它很奇怪，只是站在那里，不停地旋转。它的脸也很奇怪，从来没有任何变化。邦邦等着那张脸转过来，然后对着它露出牙齿。但是它丝毫不理会。

“你想要一件那样的衣服吗？”

邦邦看着那件外衣。它很漂亮……是黑色的，就像她家里那件。她脑海里已经浮现出自己穿着布兰克妮那件灰色的衣服走来走去的样子。

“我们已经有那款卡其色的了。”她们旁边另一个小人的女主人说。邦邦抓着苏珊的外衣凝视着。

“我觉得这件和我去年买的那件一样。我想找一件更加，时髦一点儿的。”

“明白了。这位小姐的主人是一个孩子吗？”那个女人对着邦邦点点头。

“不是，为什么这样问呢？你们有儿童套装还是什么，像那些玩偶的衣服一样？”

那个女人，到目前为止一直把胳膊背在身后，她熟练地晃动双臂，展开了一对看起来很重的蝙蝠翅膀。苏珊的目光扫了一圈，然后重新看着那个女人的脸。“当然不是，”那个女人说，她的一只翅膀在空中展开；手里握着一个类似遥控器的东西。“小人们不是玩偶。”另一只手对邦邦做出一个手势。“其实这才是我问您的原因。我们必须监察小人的健康状况。”她收起面前的蝙蝠翅膀。“安全源于主人的态度。”

“我从来没有把邦邦当成玩偶一样对待。”

那个女人皱着的脸松弛下来，然后把自己的翅膀收回去放好。“邦邦是一个小人。小人不穿衣服，因为他们不是人。但是他们必须披一件外衣，因为她们不是动物。我能理解您想买一件时髦点的款式，但是我必须保证这是为了她好，而不是仅仅因为您想这么做。”

“好吧……你们有什么更好的款式在出售吗？”

“啊哈。这是个好问题。实际上有很多因素，但最主要的是皮肤的敏感性。您知道……还有过敏原。”

“过敏原？”

“是的，这么说吧，每一个款式都是为一种特定的皮肤类型设计的。这是一个经过深思熟虑的精密系统。”

“但是你们也提供同款式的不同颜色？”

“是的，主要是为了避免在家里和别的衣服搞混，”那个女人说，“但是也有其他原因：黑色不容易弄脏，白色有利于散热，卡其色便于保护自己。”

噢，哈米什一定会喜欢这些的。“非常实用，”苏珊回答说，“那我让邦邦自己选怎么样？”

“我们正是这么建议的。当然，只有在她有选择能力的情况下才可以。我把刚提到的那款卡其色拿给你看看。”她展开一只翅膀，朝着遥控器上的一个按钮按下去。一个展示台朝着她们嗖嗖地飞过来，停靠在刚刚那三个模型旁边。“就是这个——你觉得这个怎么样？邦邦小姐。”

邦邦眨了眨眼睛。是的，这件很漂亮……

“她都目不转睛盯着它啦。她喜欢。”那个女人笑着说。

“真的吗？邦邦，这件怎么样？”

又是那件黑色的。

邦邦眨了眨眼睛。是的，这件很漂亮……

“还有这件呢？”

另一件黑色的。她凑近了看，伸出手摸了摸那件，是用鞋子的那种材料做成的。不。她不喜欢那件。

“她摸了那一件，”女人说，“这是个积极的表现。”

“她摸了，是吗？”苏珊转过身，看了看那件不同形状的浮动展示台，然后又转向邦邦摸过的那一件外衣。“我们可能会选这一件，对吗，邦邦？你喜欢这件吗？”

邦邦看着苏珊，目光飞速移到那件鞋子外衣上，又弹回苏珊那里。不，她不想要那一件。

“它是用什么做的？”

“皮革。”

“啊。皮革是在哪里加工的？”

“苏格兰。”

“好的。很抱歉……”

“没关系的。很多顾客都会问。的确有几个地方把工厂外包出去。仔细一点不为过。”那个女人开始把外衣从展示台上拿下来。

不，邦邦心想。不要，她不想要那一件！那一件穿上太可怕了。不管怎么说，那个和她很像的小人穿着那件衣服是穿在那个和她很像的小人身上，衣服就是属于那个小人的，这还有错吗？但是她究竟怎么了？为什么她们把衣服拿下来的时候，她一动也不动呢？她为什么没有乳头呢？邦邦靠过去摸了摸她的肚子。她的肚子冰冷又坚硬。

“噢，看看她？是的，没错，这就是给你的，邦邦小姐。她等不及了，不是吗？”

“看起来是的。”苏珊笑了。

不！她不想要这一件！邦邦拍拍手。两个女人都转过身望着她。

“啊，来了，你看见了吗？只有她特别特别想要某件东西的时候才会这么做。”苏珊说。

但她一点也不想要。一，点，也，不。她又拍了拍手。

那个女人把手指弯成钩状贴在嘴唇上，思考着邦邦的举动。“要我给您包起来吗？”她说，伸直手指指着那件皮革外衣。

不，不，不！邦邦想。拍手两下。

苏珊看着她。

又是拍手两下。

“她说了‘不’！”

啪——啪。

“她是在说‘不’。一下代表‘是’，两下代表‘不是’。她学会了！她能理解！”

“有意思……”那个女人说。

“邦邦，你想要这件外衣吗？”

啪——啪。

“看见了吗？你看见她的动作没有？邦邦，你想要另一件外衣吗？”

邦邦思索片刻然后拍了一下手。

“啊！”苏珊叫道，“你看见了吗？”

那个女人张大嘴巴站在那里。“看见了。”她对邦邦投去一道锋利的眼神。“你想要点麦片吗？”

邦邦正对着她。拍了一下手。

那个女人闭上嘴巴，咽了一下口水，转身大步走向漂浮在“付款处”标志下面的东西。

“我必须报告这件事情。如果真是我想的那样……”那个女人从那个漂浮物中某个角落里拿起电话听筒，声音渐渐变小了。

“什么？”苏珊说。

“小人们不应该和人交流。它们不是人。我有义务报告任何异常情况。”

“噢……但是……这会牵扯到什么吗？”苏珊不假思索地脱口而出。

“喂，您好？是的，巴奇时尚……是这样，我想上报一起交流成功的案例。什么？不，不是通过语言是通过拍手……嗯哼。”那个女人用目光牢牢锁定苏珊。“噢真的吗？对。十分钟？好的。我会告诉这位小人的主人让她等待。谢谢您，祝您今天愉快。”她挂断电话，“您必须在这里等待。”

“什么？”

“嗯……也不是必须，但是强烈建议您留下。”

“真的不行。我只想买完就走，现在就走。”

“我向您保证，不会很久的，您最好在这里等一下。”

苏珊向后退了一步。“告诉那边的人我真的不可以。”她转身大踏步走出店门。

“不会耽误您很长时间的，女士……”

两扇门分开，草莓味的空气吹拂着她，一直跟随她到停车场。她给邦邦系好安全带。“那个女人真奇怪。”苏珊说。

“啪”，邦邦回应了。

“你听得懂‘奇怪’这个词吗？”

邦邦拍了一下手。

苏珊看着后视镜里的她笑了，然后凝神思索片刻。与小人交流这件事到底有什么大不了的？类人猿、黑猩猩和大猩猩都可以交流，也没人去干涉……苏珊身体前倾按下车子的启动按钮。还有海豚呢，还有鹦鹉……“小而美。”她对车载导航说。他们可能只是想问几个问题。也许只是想看看她是不是正常，自从密歇根出现了小人咬“脚趾头事件”，现在他们可不敢冒一点险。

“首站目的地：小而美。”导航发出回应。

“好吧，邦邦，我们再试一次，这次换一个地方。”

5

CHAPTER

“我二十二岁的时候失去了弟弟。”

“失去？”哈米什适时止住了笑容。二十区的购物广场。苏珊也曾经在那里失去一个姐妹。

“他死了。”

他的眉毛一下竖了起来。

“当时他才十九岁。”

十九岁？真的有人会在十九岁去世吗？“我很抱歉……我真的完全没有想到。”他说话的音调很高，听起来很奇怪。十九岁。十九岁！但现在又不是2017年！人们几乎可以治愈一切，用接种疫苗对抗一切疾病，数小时内就能起死回生，可以任意更换身体器官……

“被烧得只剩一副骨架。他们没办法把他救回来，没有可用的身体。”

哈米什喘不过气来，想悲叹一句“怎么会这样？”，但还是换了一句话，“你想说说发生了什么吗？”

“他喝醉了，掉进一堆篝火。当时他和一个朋友一起在南方的悬崖上露营。那个朋友也晕过去了……但是没有掉进篝火。”

哈米什捂住嘴巴。她太冷静了……可以说是“冷酷”。他想象着连接起她脑中这些想法的神经网络，已经被“死亡”这个无可辩驳的事实打磨得更加强韧。他只能通过阅读才能明白失去一个人是什么感觉。他的目光向上略过，凝视着她身后嵌入式窗户的倒影。外面的世界在窗框中闪烁，超级建筑，无人机和广告使云彩黯然失色；一排又一排的行人走上自动扶梯，穿过马路，坐入车中，对自己莫测的前路毫无知觉。

“我对死亡很敏感。”她补充道，好像再说她对寒冷很敏感似的。

金克丝花了很长时间梳理头发，发丝散落在她的肩膀上。她用餐厅的门当镜子照着梳头。蓝色的鸟儿拖着长而尖的尾羽从她脑海里悠闲地掠过。

她闭上眼睛，看着那些鸟儿足足一分钟。

她用摆弄头发打发时间，这样肩膀现在也稍微暖和了一点。她好像已经在外面站了几个小时，身上其他部位都起了鸡皮疙瘩，禁不住颤抖起来。

“奇普斯，”她看着栅栏又叫了一声，“快回来，奇普斯。”

没有回应。除了有更多蓝色的鸟儿在她脑海里来回踱步。

她转过身，费尽力气看着玻璃门上的倒影。自从她那样挨着奇普斯睡觉之后，内心深处产生了某种奇异的变化。每次她想起他，她都会——稍微忘记寒冷，她的肚子里也开始冒泡泡。这样很好，因为想起他就忘掉了寒冷。但是她的脑海深处出现了比蓝色鸟儿和肚子里冒泡泡更加奇异的事情。她脑海里忍不住回放那一晚的细节，她躺在他的下巴下方，到处暖融融的，满是奇普斯的味道，突然间，他用胳膊把她搂紧，她的脸颊贴着他的胸膛，她的胸部顶着他肚子上方，他的肚子挨着她的肚子上方，他的那个东西抵着她的肚脐，他们的腿交叉缠绕在一起，一直到脚趾。金克丝喜欢那样。她可以一整天保持这个姿势不变，温暖又亲切。她的思绪不断重温那晚的一点一滴，从他把她搂紧的那一刻直到她睡着。

她听见身后传来一阵噪声，转过身来问：“奇普斯？是你吗？”不是的。但她只能等待，尽管等待非常艰难，她也会等待……直到他来，就像他过去每天都会来一样。

至少她的肩膀是温暖的，她想。接着她想起她的肩部曾经枕在他的胳膊上，那时她睡着了，他的胳膊就环绕着她，然后她就会想着奇普斯，她的胃就开始冒泡泡，寒冷也消失了，她被这个念头填满，身体却开始浑身颤抖，金克丝在心里对自己说：至少她的肩膀是温暖的。

然后她又开始想奇普斯。

过了一会儿，她的脑海里停止回放那个大大的拥抱，开始想象那些从未发生过的事情。在她脑海深处，在奇普斯的拥抱里安睡的时候，她吻了奇普斯的胸膛。在她脑海深处，他们一同醒来，谈论着那个大大的拥抱。而且一致认为它令人愉快，决定再来一次。所以他们又拥抱了一次，这次他们是醒着的，听得见彼此的呼吸声。在她脑海深处，金克丝又一次亲吻了奇普斯的胸膛，奇普斯吻了她的额头。但是幻想过后她感到失落，“这样的事情并没有发生。”她对自己说。她好想知道奇普斯会不会来。

他当然会来，他每天都会来！

但是如果他太害怕了呢？如果他被吓跑了呢？不……他一定会回到她身边……一定会谈论那个大大的拥抱。她相信他也十分乐意谈论那个。

她又站了几分钟，看着自己的头发。想着奇普斯，感到很温暖，想到与他谈论那个大大的拥抱，又感到落莫，想知道他是否会来，金克丝在花园一角徘徊，在那里她可以看见栅栏外面，再想一遍奇普斯。

等等！她把一缕头发绕着鼻子扭了一圈，脑子里浮现出一个有史以来最绝妙的主意；要是她去外面的外面，去寻找他呢？这让她的肚子里又开始冒泡泡，邦邦会说什么？哈！这还是她早上醒来第一次想到邦邦……邦邦不在这里……

不过她肯定会大发雷霆的。

可是她不在这里。不管怎样，也许比起邦邦，金克丝更想看到奇普斯呢。

也许……

她大步走向栅栏上奇普斯穿过的那一带，不论何时他离开花园都会从那里经过。

不。

她又转身往回走。

但是……他曾经在他们的房子里……

再说，要是邦邦今晚没回来，她就得一个人住了吗？

那个念头让她浑身发抖。她又转过身朝篱笆走过去。有意思的是，那道长长的篱笆上面并没有任何洞，标记或者抓痕。一块暗影吸引了她的目光，一块石头。她走向那块石头，心想也许她得把它搬起来？可是她搬不动，只能往前推。她咬紧牙关使劲推。石头后面是栅栏和地面之间的一条间隙。

金克丝蹲下来。奇普斯确实很瘦，但也没瘦到这个地步。她把脸贴在地面上，从那道沟看过去。如果她试试的话，也许她能把头和肩膀钻过去。

她试了一下。

钻不过去。

她站起身来，拖着手沿墙根一直走到尽头。在最尽头处，她可以看见他们的外面的外面，她发现两面本应该紧挨着的墙中间有一道间隙。噢，这道间隙可要好走多了。她很轻松就可以贴着墙过去。

金克丝双脚轮换着跳了片刻，朝那道间隙跳过去，可又跳了回来。她脑海中浮现出自己孤身一人躺在黑夜的篮子中，身旁是压碎的绒毛和石头。她闭上眼睛，沿着那条间隙向前走去。这条沟渠很长……很低。“隧道。”她脑子里有个声音说。是的，就是这样：一个隧道。她弯下腰开始前进，前方有一小块亮光，她逐渐靠近时意识到左侧有一个洞。她把脑袋从洞里伸出去。

又是一个外面，和他们的外面一样，一直延伸到一个房子那里，这栋房子和她们的房子很像，又很不一样。她们的房子是灰色的，这一栋是白色的，她们的房子有一个绿色的盒子，这一栋有一个喷水的东西，她们的房子外面有一只死去的鸟，这一栋有一盆花。餐厅的门都一样，除了门上的把手，这一栋的门把手是黑色的，带有波形纹理。她们的餐厅门没有把手。

金克丝站在那里，身体一半在隧道里，一半在隧道外面。“奇普斯！”她大叫道，“奇普斯！你在这里吗？”她等了一会儿又再次大叫，“奇普斯！”

“金克丝！”

金克丝朝声音传来的方向眨了眨眼睛。“是谁？”她说。

“你在这里做什么？”布兰克妮穿着灰色的衣服从喷泉后面袅娜地走出来。她头上别着一朵鲜亮的粉色花朵。

“花孔雀。”金克丝脑子里的声音说，这时又有四只蓝色的鸟儿从她的左边跑到了右边。

“噢！”金克丝喘了一口气。

“怎么啦？”

金克丝不知道自己为什么会像那样喘气，她盯着那朵花，想象自己头上也戴着一朵。

“你可从来没出来过呢。”布兰克妮说。

金克丝咧嘴笑了。“我在找奇普斯。”

“哦？为什么？”

“因为他昨天晚上待在我那里。”

布兰克妮的眼睛瞪得更大了。“为什么？他为什么要跟你待在一块儿？”

“因为邦邦不在。”

布兰克妮皱起一张脸，胳膊交叉在胸前。

“这是你的房子吗？”金克丝问。

“嗯。”

“这个房子真好。”她走出隧道指着自己的脚趾头说。呵……真够凉的。她把头发披散在肩膀周围，布兰克妮看着她。这样至少她的肩膀会暖和起来……“你知道奇普斯在哪儿吗？”

“这很奇怪。”布兰克妮说。

“什么很奇怪？”

“我不想告诉你。”

“为什么？”

“因为我一直想让奇普斯来我的房间待着。”

金克丝眨了眨眼睛。“好吧，你和他说啊！我就是这么做的。”

布兰克妮盯着金克丝的肚脐。不。那还是很奇怪，但她不知道为什么。

“请告诉我他在哪里，布兰克妮。你愿意的话我会问问他……问他愿不愿意待在你的房子里。”

这似乎更奇怪了。

“我只是不想一个人待着，邦邦又不在这里，还有……求你了，布兰克妮。”

布兰克妮放下胳膊，眉心上扬。一只手捋着一条灰猫尾巴，她用大拇指抚摸着尾巴尖。噢天哪，她想。可怜的金克丝。她只是不想一个人待着…… “你必须穿过那条东西，一直到尽头。”

“隧道？”金克丝说。

布兰克妮眯起眼睛，“是的，隧道。一直到尽头。”

“好。”金克丝转身重新向那个洞爬回去。

“邦邦在哪里？”布兰克妮问道。

“不知道，”金克丝回答说，“再见，布兰克妮。”她已经离开了。

“一直走到尽头，”金克丝对自己说，“一直走到尽头。”这并不是很远。“噢！”她径直向尽头走去时还没有意识到……到了，这栋房子不一样，一点也不一样。一切都是深灰色的：地板，墙壁，栅栏。墙壁似乎很高，灯光都无法照到地板上，她站在黑暗中，既没有标记、线、绿盒子，也没有花或者带花纹的把手。这里没有餐厅门，屋子中间只有一扇小窗户，像一个闪亮的黑眼睛看着她。到处弥漫着一股奇怪的味道，像是玫瑰花脚下的水放了很长时间。

金克丝看着地板上的一小块光亮，她踮着脚尖走过去。“奇普斯！”她低声喊道，“奇普斯？”

没有回应。

“奇普斯？”她的声音大了一点。

仍然没有回应。

她站在那一小块阳光中间，看着光斑边缘慢慢变成深沉的灰色，这阴沉的灰色向着她移动，爬上她的脚和腿，直到她浑身冰冷，陷入一片黑暗。

这里一点也不好。

沿着隧道她就能走回家，回到自己的篮子里。

可是独自一人……

“啊，”她突然发现，回身望着房子外面。啊！就是那里！有和她们的房子外面一样的东西。她走向真空活板门然后穿过去，爬进房子里停下来。在她面前，水流源头周围的地板上，是一堆大人用过的碗。其中一些看起来还算正常，另外几个里面长了绿色绒毛一样的像是花瓣。她弯腰朝其中嗅了嗅，立刻皱起脸跳开了。

在她的房子里，大人的碗从来不会放在地上。

“水槽，”她脑子里的声音说。“水是从那里来的。”

有一扇圆圆的窗户，她的女主人有时会把篮子底部铺的东西放进去，再拿出来的时候就变得香香的，然而这扇窗户外面有一摞大人用的东西，五颜六色的。它们也许等着被放进去，然后变得香喷喷的再出来。

金克丝捂住了鼻子。这些可不怎么好闻。啊！她的一只脚踩到了湿滑黏腻的东西，另一只脚卡在一两片绿色的面包和沾着黄色粘液的卫生纸中间。她费了很大劲把腿拔出来，身体向一旁摔去倒在面包上，那团绿色的东西在她面前升腾起来，她禁不住咳嗽了两声，掸掸身上的灰尘。她面前的地板上有一大摞灰色的绒毛。看起来很漂亮。要是在篮子里邦邦会很喜欢，它太大了。也许她应该把它带回家；绒毛很容易捏成一小团。她靠近那团绒毛时才发现里面有面包渣。邦邦讨厌篮子里有面包渣。但是金克丝不会介意……啊！她弯下腰。又是那些绿色的小东西在等着她，可恶的小东西。她感到喉咙发痒，于是努力咬紧牙关克制住。喔……现在可别咳嗽，会被听见的。都怪那团绿色的灰尘飘进了她的嘴巴里……她还是忍不住咳嗽起来。金克丝努力屏住呼吸。

“金克丝？”

是奇普斯！“奇普斯！你在哪里？”她站起来，认出了眼前那个东西赶紧又弯下了腰。

“你在我的房子里吗？”

“来帮帮我！这儿有一个真空吸尘器。”

“我可帮不了你。”

噢不。“好吧……你要我怎么做？”

“别担心，金克丝，它一直在睡觉，不会追着你跑的。”

“真的吗？”

“是的！”

金克丝站起来看着真空吸尘器。它正躺着睡觉，闪烁的红色眼睛现在熄灭呈黑色，看起来似乎需要好好洗个澡。她希望自己脑子里的声音能判断说“它死了”，但是它并没有。

“你在哪里？”她喊道。

“我在这里！我在这里！”

她朝声音的方向走去。

厨房一角立着一个小小的柜子，门上有一个锯齿状的洞，奇普斯设法把脑袋从那个洞里钻出来。

他的脸上挂着微笑。

金克丝跑过去，正好站在奇普斯的脑袋下面。“你能从那出来吗？奇普斯。”

“不能。”

“为什么？”

“男主人说他不在的时候……我必须待在这里。”

“她为什么要这么做？”

“他。”

“他。”

“因为我的衣服。”

“你的衣服怎么了？”

“我把它落在你的房间了。他不想我冻坏了。”

“你为什么要离开我的房间？”

“你的女主人夜里发现我了。”

“她把你放到外面了吗？”

“不是，我自己逃跑了。”

金克丝皱着脸踮起脚尖。

“里面待着舒服吗？”

“还行，挺舒服的。”

金克丝抬头对着奇普斯微笑了一下，又叹了一口气。要是他能出来就好了，她想着那个大大的拥抱……然后环视着橱柜寻找把手。有两个巨大的银色圆环叠放着，绕着门上两个银色的巨大凸起物。金克丝踮起脚尖用手去够最低处那一个。“钉子。”她脑子里的声音说。要是她能找到什么东西垫着就好了……她环视四周。

“我能把你弄出来！”金克丝伸展身体，对着奇普斯勉强地说。

“不！”

金克丝拉着“钉子”向后退了一步。就在那时他大叫了一声。金克丝回头瞥了一眼真空吸尘器——，它没有醒过来。“为什么不呢？”

奇普斯把头缩回去藏起来。“不知道。”

“奇普斯？”她两只胳膊扭在一起，脸也发烫起来，“你喜欢那个大大的拥抱吗？”

“——”

金克丝盯着那个洞。他为什么不回答呢？他把脑袋藏进柜子里，他更想待在那里面。她把一只脚搭在另一只脚面上，垂着下巴，交叉着双臂，双手向上搂住自己的肩膀。他为什么表现如此怪异呢？

“喜欢。”奇普斯说。

金克丝猛地抬起头。“真的吗？”

“我一直在想那个拥抱。”

她张开胳膊，双臂伸到最长，开始旋转起来。

“我听见你在笑。你笑什么呢？”

“我很开心！”金克丝说。她停止旋转瞥了一眼吸尘器，还在睡觉。“可是，你为什么不出来呢？”

“我不确定。”

金克丝点点头。有时她总会捉摸不透……她绞尽脑汁也想不出奇普斯为什么要待在柜子里。

“是因为你的男主人吗？是因为他不想让你出来吗？”

“——”

“你知道，我还可以把你再关进去的……过一会儿之后……”

“是的。你必须把我再关进来。”

“嗯，那就好了！”她开始沿着柜子侧边向上爬。

“不！”奇普斯说。

“怎么了？我可以把你再关进去，我真的可以。”

回答她的是一片沉默。然后她听到奇普斯说：“我拉了大便。”

金克丝跳下来，手撑着腰。“什么？”

“——”

“该死。”她脑袋里有个声音说。金克丝开始大笑起来。

“你笑什么？别笑了。我不喜欢这样。”

“可是奇普斯，谁会在意呢？我也会大便啊。邦邦也是，还有布兰克妮——”

“不，”奇普斯说，“布兰克妮不会大便。”

“她会的。每个人都会。”

“除了布兰克妮。”金克丝收起笑容，一股怒火冲上来。虽然她也不知道为什么自己会这样。布兰克妮站在孔雀背上的形象浮现在她脑海里。“我想让奇普斯和我在一起。”她面无表情地说。

“金克丝，要是你能从这个孔里递一个东西给我把它盖住，就可以进来了。”

“把什么盖住？”

“我的……大便。”

“噢。”金克丝四下寻找着。然后跑去那团卫生纸旁边把它捡起来。呃，她把大拇指伸进了那团黄色的粘液里。她把纸团丢在地上，然后把沾有粘液的一面朝里叠起来，踮起脚尖把它从那个洞里塞进去。“这个可以吗？”

“可以，等我一分钟。”

金克丝向四周张望寻找可以站上去的地方，她会用什么呢？也许是面包。不，那个粉末飘进她嘴巴里会让她很难受。那盘子怎么样？或者是一个碗？她跑到水槽边，发现地板上有一个小碗，她把碗侧着立起来，滚到柜子旁边。真空吸尘器一点也没有动。

“我要进来了。”

“好的。”

门晃悠悠地打开。她进来了。奇普斯站在柜子的另一端眯着眼睛。“奇普斯！”她说，跳跃着向他跑过去，然后捂住了鼻子。她停下来，四处看看柜子里面。“这是你的房间吗？”

“是的。”

柜子的墙壁满是缺口，覆盖着黑色的补丁。一块皱巴巴的布躺在角落里，上面沾着褐色的云朵形状的污渍。地板的其他地方星星点点分布着污渍。两个碗倒扣着，底下沾满了和麦片颜色一样的残渣。金克丝朝着角落里的布飞速扫了一眼，又看向别处。一条末端带环的长链条吊在柜顶上摇晃。

“那是什么？”

“是我的引绳。我的男主人把门打开又不想让我出去的时候就会用这根绳子。”

“噢，是怎么用的？”

奇普斯拿起那道环，金克丝以为只能套上他的脑袋，但是奇普斯走进去，把它拉到膝盖上，继续往上一直提到臀部，然后套在腰上。“就是这样。”他说。

“但是你可以出去！”她看着他的肚子说。

“他觉得我出不去，只有他会把那个绳子给我戴上。”他把环拉下来，从里面走出来。“他不在家，我自己可以控制绳子，那时候我就会去你们房子的外面。”他把环踢到柜子后面，用一只手拍了拍自己的肚子。“我第一次把它套在身上的时候，还太紧了所以出不来。”

金克丝看了看食碗，然后望着奇普斯。“你不渴么？”她说。

“我很渴。”

“你的水呢？”

“全喝光了。”

“噢，”她眯起眼睛，“你的男主人对你不好吗？”

“不会。”奇普斯摇了摇头，“一点也没有。我有自己的衣服。你没有属于自己的衣服。但是我有。”

这倒是千真万确，同时也很奇怪。那他为什么连水也没有呢？给你衣服，却不给食物和水，确实有点奇怪……她站在他的那块布前面望着奇普斯，旁边墙上有一块巨大的污渍，他一只脚盖在另一只脚上，她无法分辨他的脚是因为寒冷还是仅仅因为弄脏了而呈现蓝色。奇普斯交叉双臂抱着肚子，仍然在不住地摇头。

“他对我挺好。他永远也不会对我不好的。”

她朝他走过去，握住他的双手，然后亲吻了一下他的脸颊，正如她在梦中所做的那样。这所房子很可怕。可她珍爱的奇普斯就住在其中。“来和我一起住吧。”

“我做不到，”他说，“他很快就回来了。”

“真的吗？”

“是的。”

金克丝放开他的手，“噢。”

“你为什么放开我的手？别这样。”他抓起她的双手握在手中，她整个人一下焕发出光彩。“他今晚又会离开。他离开之后总是会很难过，我知道他心情低落也不会好受的……”

“你为什么会难过呢？”

奇普斯耸耸肩，看着他们的四只手握在一起，骨节突出，紧紧相连。“你今晚会再来吗？”

金克丝头朝后一仰大笑起来。“是的，奇普斯。我会再来的。”

好。最好把他的衣服带着……她可能会在路上把它穿上。这是带过来最简单的办法了，也能让她保暖。还有呢？嗯……还有麦片。她要带一碗麦片。金克丝双手叉腰站着，盯着厨房看。那是什么？冰箱和碗柜中间伸出来的那个东西。她看到过许多次但从来没有拿过。她把它拽出来往上举，发现它很轻！另一端很宽，刚好用来装进一大份麦片，但是金克丝又被她放了回去。因为她意识到自己拿着装满麦片的东西，就不方便行动了。

这不是拿麦片最简单的办法，但如果她足够小心的话，可以确保拿到奇普斯房间里的一路上半点都不会撒。金克丝大踏步穿过花园，这让她想起了布兰克妮穿着新鞋子走路的姿势，禁不住咯咯笑起来。一些麦片抖落下来，消失在人工草皮之中。她于是把嘴巴闭得紧紧的。一边责怪自己的愚蠢……

“勺子。”她脑子里的声音说。

“勺子。”她大声说了出来，“愚蠢的勺子。”

到达隧道口的时候，她已经弄撒了一小部分麦片。风也刮的不是时候。该死的风。麦片被吹到她的脸上，在她身旁飞舞，像小小的黄色蝴蝶。她朝这些麦片吹气以防它们飘进眼睛，然后继续穿越隧道。“快到了，奇普斯。”她对着隧道说。等等……那是什么？一根笔直的塑料管子矗立在隧道一侧。她之前过来时还没有注意到。它就在靠近奇普斯家花园入口那侧的隧道末端。隧道现在看起来似乎更加光明了，虽然天色已晚……这很奇怪。金克丝把头探出去。奇普斯房子的花园里有一束灯光，但是这束光异常明亮。她弯下腰重新躲进隧道，眨眨眼睛试图赶走那些在她面前浮动的白色光斑。那个管子一样的东西有一个类似于盖子的东西，仿佛这是某种类型的小盒子。用它来装麦片会好得多。她把勺子放下，又有少量麦片撒落在地板上。该死！把勺子带上真是蠢透了。她打开管子的顶端，猛地将里面卷起的塑料拉出来，然后用麦片装满。她先从勺子里的麦片装起，然后捡起勺子周围撒落的麦片，意识到管子里还有富余的空间，就原路折回去，把她目之所及的麦片都捡起来，丰富她那小小的收成。她想象着管子就是奇普斯那死蜘蛛一样的肚子，每一片麦片都能让它鼓起来一点，然后慢慢变好，这个想法激励她回到隧道，来到她的“外面”，她的手指穿过泥土然后避开人工草皮。她离绿盒子越来越近了，她重复着捡起又放进管子的动作，灯光也越来越亮，直到……

“我问她你在哪里，她说她不知道。”

布兰克妮。

金克丝站起来，朝绿盒子一侧附近张望着。

是布兰克妮，外面的灯泡从她背后射出光芒，她和另外一个穿着一模一样衣服的小人站在一起。那个小人长着金黄色的卷发，上面有一朵粉色的花，不！那个才是布兰克妮。

所以，旁边那个是谁？金克丝朝她们走过去。另一个小人开口讲话了。

“那她现在在哪里呢？”

邦邦！是她吗？不……金克丝愣住了，然后摇了摇头看着地面。接着抬起头又确认一次，是的，邦邦就在那里，但是……她……她不可能真的在那儿，不是吗？她闭上眼睛又摇了摇头，再次睁开眼。邦邦还在那里。就是她的邦邦。

“在奇普斯家，我猜。”布兰克妮说。

“邦邦！”金克丝的肚子仿佛胀满了快乐的泡泡，她朝那两个穿着衣服的影子奔过去时，双腿都在颤抖。邦邦在这里！“邦邦，噢邦邦！”

“金克丝！”邦邦转过身，衣服的裙摆晃动着，像大房间的天花板上盖在灯泡上的那层东西。“你去哪了？”

金克丝停下来。邦邦的声音有一点不高兴……她肚子里那些小泡泡变成了鹅卵石顺着她的腿掉在脚边。噢不，她为什么一定要做出那副样子？她去了哪里又有什么要紧的？她们已经整整分开了两天！这种事可是头一回发生。她为什么总是要这么刻薄又令人不快呢！“噢亲爱的……”金克丝试图缓和，低头看着自己的脚。

邦邦用僵直的眼神盯住她，嘴巴抿成一条短短的直线，手在大衣两侧早已拧成了拳头。

“你见到我不开心吗？”金克丝本不想这么生气，这个愤怒的声音把自己也吓了一跳。

她们瞪着彼此。邦邦的眼睛瞪得大大的，拳头握得更紧了。嘴巴抿成的那条直线也开始微微晃动。金克丝想，这可不像平时的邦邦，邦邦的嘴巴从来不会颤抖。

“我……”邦邦先开口了，但颤抖得太厉害她甚至没能说完一句话。

金克丝不想看到颤抖的嘴唇，一点也不想，这让她的耳朵感觉很热……她目光向下躲闪着，看见皮毛柔和的边缘像数不清的微小手指朝她挥舞着。她穿上新大衣真是好看啊，浅到近乎白色的金发披散在大衣四周。“你看起来真的太美了，邦邦。”她情不自禁地说。

她们之间只隔了三步，邦邦朝她走过去，发出窸窸窣窣的声音，她用胳膊环住金克丝。

金克丝大声抱怨着，邦邦抱着她的时候嘴巴还是噘得老高。“我是担心你，金克丝。”

金克丝又笑了。“我没事，邦邦。”接着又说：“我也担心你！她们把你带到哪儿去了？”

邦邦沉思片刻。那有什么重要的呢？现在她已经回家了。这才是唯一重要的事。“别管了。”

邦邦看着金克丝衣服上的纽扣眨了眨眼睛。上次邦邦见到她时还没穿这件衣服呢……衣服的味道真有点奇怪。噢……一切都变了！一切。要多长时间才能回到原来的状态呢。

金克丝张张嘴又闭上了。接着重新开口道：“你不想看看奇普斯的房子吗？”

不。不！显然，邦邦已经回来了，金克丝再也不会去那里了。邦邦皱着眉摇摇头说：“这不重要。你已经回来了。”

“但是我得去奇普斯的房子。就在今晚，我已经答应他了。”

邦邦的嘴巴猛地张大。“不！”她在说什么呢？没有人非得去哪不可！

金克丝抬起肩膀贴着耳朵，冲邦邦眨眨眼睛。

邦邦的眼神来回扫视着地面，她能说什么才能让金克丝留下来？金克丝想知道她去了哪里…但现在她回来了，一切都变得那么不重要了。她紧紧地闭上眼睛，苦苦思索，她能告诉金克丝什么？她能告诉她什么呢？她脑海中闪现出一个画面：她伸出胳膊用指尖去够，皱巴巴的脸上有一只绿色和一只褐色的眼睛，还有一头灰白的头发。白色的皮肤皱巴巴的，两只眼睛显得很滑稽，怎么会变成这样的？因为邦邦确定以前不是这样。想到这件事就让她想回去，回到那个有瓷砖味道的地方。她必须回去看看白色皮肤长满褶皱的是谁。“有一个……”她开始说，然后深深地吸了一口气……哦，那样不对！她用鼻子哼了一声。她脑袋里有很多事情正在上演，可嘴里说不出来。

就像有一次邦邦在她们的“外面”把羽毛整整齐齐码成一堆，却被风吹散在天空中，每当她想捡回来放好，却又被风刮走，吹得四面八方都是。现在她未说出口的词语就是这样。她试图组织语言：“有一个……”却再一次像羽毛飘散在空气中。

布兰克妮开始抚摸邦邦的外衣侧边，嘴里发出滑稽的声音，就像上次金克丝哭泣的时候一样。邦邦肯定不会……她的邦邦才不会……愤怒且坚强的邦邦。“没事的，我会留下来，邦邦。别难过，我会留下来。”

邦邦用手指擤了一下鼻子。“真的吗？金克丝。”

“你刚才想说什么，邦邦？有一个……什么？那里有什么？”

邦邦再次搂住金克丝，试图越过金克丝的肩膀对她说些什么。

“你相信灵魂吗？”

“最近挺流行这种看法，不是吗？对死亡的普遍恐惧，在某种程度上是我们这一代人的特征。”

“是的，但你相信吗？”

哈米什一想到这个就倒吸一口气。“我喜欢那个我们仍然可以选择去相信或者怀疑某些观点的状态。”

“这从来不是我的选择。它一直是真实的……就像我的脸一样真实。”她脸上露出笑容，把手指架在眉骨上，“从某种程度上说，我默许自己被它牵着走。”

“谁知道呢，我们可能是最后一代……带着这种恐惧的人。”

“是的。”她对他眨了眨眼，“死亡可能会在我们这一代终结。”

金克丝转过身，向两侧展开双臂，踮起一只脚。猫尾巴由数以百万计的微小指尖一样的绒毛组成，如果她把手平放在上面的话，那感觉就像空气在逗弄她让她发痒。“你真是太幸运了，邦邦。”大衣内里也是丝滑柔顺。金克丝又转了一个圈。“你是从哪里得来的？”

“小而美。”

“噢。”金克丝答道，似乎很受冲击。然后望向左侧，皱起了脸。小而美是什么？“是女主人给你买的吗？”她终于开口问道。

“是的。”

“所以，那是一家商店吗？”

邦邦皱起眉头。

“小而美，是一家商店吗？”

“是的，是一家商店。”

金克丝一只手握住一个尾巴尖儿。“我从来没有去过商店……”

“别说这么可笑的话了，我们就是从商店里来的。”

金克丝甩掉了尾巴。“什么？”

“记得吗，我们遇见她之前在哪里？就是在一家商店。”

但是……不……不，邦邦。我们从未在别的地方生活过，除了这里。”金克丝紧紧地闭上眼睛，只想在自己的脑中搜寻答案。记忆的影像在闪烁褪色，地上的玻璃盒子和滑稽的羊毛，碗里的水和厕所盒子的气味。一堆小人挤在一起，睡在一个角落里。“不……”金克丝摇摇头，“我们为什么要从一家商店来，邦邦？你这样很奇怪，你知道吗。你以前从来没有说过这种话。怎么会说出住在商店里这种胡话……”金克丝双手紧紧搂着肩膀往后退了一步。噢，天哪，她又变得让人有点儿讨厌。她说邦邦荒谬又愚蠢，这肯定会让她生气的。邦邦会说：“让我自己待一会吧，金克丝，你让我觉得很累。”或者是：“我？我奇怪？你才是个怪胎，金克丝。

从来没有人像你一样奇怪。”

金克丝屏住呼吸。

邦邦什么也没说。

“你为什么认为我们是从一家商店来的，邦邦？”她尽量和颜悦色地问。“为什么？”

“我不知道。”她把双手背在后面，那个白皮肤长满皱纹的人再一次浮现在她脑海中。她对金克丝笑了一下，微微弯下腰。“我也想知道，但是，但是我……我做不到。”

“我们是从这里来的。我们一直都在这里。你怎么了？”可当她说完这句话，却仿佛感受到玻璃盒子角落里那一堆身体散发的热量，麦片和厕所盒子的气味在她鼻腔里变得愈发浓重。不可能的……难道是真的吗？

邦邦看着金克丝。“我们现在可以睡觉了吗？”

“你为什么要问我？一般都是你决定我们什么时候上床睡觉。”

“我——我只是想睡觉。”

金克丝弯下腰看着邦邦的眼睛。也许邦邦还在生病。“你生病了吗？”她问，“你的胃很难受吗？是不是有点不舒服？”

邦邦很吃惊。钱普也对她说过这些话。他有张跟金克丝一样的脸，他的腿…两条腿都…很不好。钱普曾经看着她，就像金克丝现在这样……邦邦的眼睛开始发热，好像眼泪随时会淌下来，也许她确实已经流下泪了，两只眼睛都很模糊。“不，金克丝，”她用嘶哑的声音说，“我没事。”

金克丝张着嘴巴。她向左看看，然后向右看看，目光又回到了邦邦身上。邦邦以前从来不会哭，从来也不会。“我去叫女主人。”

“不！”邦邦想起了汽车、公路和那些摩天大楼，那是一个可怖的地方，里面全是些可怕的东西。可怕的皮鞋制成的大衣和那个古怪的女店员。如果女主人认为她有什么不对劲，可能会把她带回去的……“别去，金克丝。我们能上床睡觉吗？”

“好，邦邦。”金克丝回答，把一缕金发从邦邦湿润的眼前拨开，夹在邦邦的耳朵后面……一个很大的白色枕头一样的东西贴在邦邦的耳朵上，中间有一个棕色的斑点。金克丝瞪大了眼睛，“邦邦，你有……”

“我不知道那是什么。”邦邦呜咽着说。

“别担心，邦邦，”金克丝盯着那个东西说。让我们好好睡一觉。睡一个香甜的、温暖的觉。”

“嗯，”她用鼻子吸了一口气说，“是的，我们去睡觉吧。”

她答应过他。她答应过他的。

也许当她放开他的手时就意味着……嗯，意味着什么呢？这是一件令他不快的事。他不喜欢这样。就好像她和邦邦说话的时候偶尔会把手叉在腰上。就像那种事一样。

虽然，当她说邦邦不在的时候，他感到很高兴。她需要做更多这样的事情。

邦邦。邦邦已经回来了。也许这就是金克丝违背承诺的原因。必须是这样。他们都讨论过那个大大的拥抱。他们都认为那样真的非常美好…

奇普斯看着金克丝的乳头。她的头倚在手臂上，所以一个乳头被牵引到靠近她下巴的位置，而另一个则离下巴稍远。离下巴近的乳头正好在她的胸前，就像天空中的一颗星星。另一个挂在乳房的末端，像一个袋子底部打了一个结。

他无法抉择最想舔的是哪一个。哦！他把手捂在脸上，多么可怕的想法！他刚刚想的是把乳头放进嘴巴里吗？他垂下手，从眼皮底下偷看了一眼金克丝。他的金克丝，他想拥抱她想得快发疯了。“对不起。”他低下头来说。“对不起。”他又说道。

一定是因为邦邦在那里，所以她才不来他的房间。昨天夜里他们去盒子后面找邦邦的时候，金克丝担惊受怕的……他们又看到了那只死去的鸟儿。

金克丝总是对邦邦很好。简直有点太好了。

奇普斯觉得他整个脸都在朝地板上耷拉。没关系，他可以早上去看她。没关系的……

他摇晃着把重心放回脚后跟，站了起来，穿上他那件旧衣服，那是他在一个盒子里找到的。衣服袖子比他的手臂还长。保护小人皮肤的专项功能也没有了，闻起来……真的很糟糕。他必须在看到金克丝之前再把它脱下来。现在他的男主人出门了，只要他愿意，随时可以去看她。

他回头看了她一眼，金克丝枕着自己的手臂睡得正香，嘴巴紧贴着胳膊，好像她在吻它似的。“再见。”他想着她的手臂说。

幸运的手臂。

“啊！”他听到一个声音突然僵住了。那是从哪里来的？听起来好像是从远处传来的。

也许是布兰克妮。会不会是布兰克妮又在跟着他？

一阵笑声传来。

他的眼睛瞥了一眼大厅的门。那个声音从房子的内部传来。她现在在嘲笑他吗？他瞥了一眼金克丝，她仍然毫无察觉地在睡觉，吻着自己的手臂。她一个不小心，就会把大家吵醒的！愚蠢的布兰克妮，他边想边小心翼翼迈着大步朝走廊的门走过去。

“你在这里干什么？”他低声对着黑暗说。

没有回应。

他把头伸在黑暗中，当天花板传来一声声的重击时，又迅速缩了回来。

那是什么？

声音又砰砰地响了起来。

又一次。

又一次。

现在声音越来越快了。他脑子里很快就没有时间说“又一次”了。

“停下来。不，让我转过身来，让我……让我转过身来……”

应该是金克丝的女主人。她的声音气喘吁吁，似乎在发抖，但并不让人感觉害怕。那种声音还让奇普斯感到一股暖流，他的腿在颤抖。

但这种感觉并不令人害怕。

奇普斯舔了舔嘴唇，蹑手蹑脚地爬到预想中楼梯的位置。对！和他想的一样——这里的楼梯和他家的在同一个地方。但是，这里的地板不是黏糊糊又凹凸不平的，而是柔软的,令人想去触碰。他把脸贴在第一级台阶的顶部，闭上了眼睛

……

“啊！”

他的眼睛睁得大大的，他把自己拉扯到第二级台阶上，第三级……“啊……”

第四级，第五级……“嗯……”然后是第六级，第七级，第八级……那声音牵引着他已经僵疼的手臂继续往上爬，不是作用于他的胳膊，而是作用于他肚子下面一小块发热的地方。每往上爬一级台阶，那令人想抚摸的柔软轻拂着他的身体，激励着他再爬一级台阶，全身心去感受它，为什么会这样？“啊……嗯……”第九级，第十级，第十一级台阶。那个声音变得很怪异，像他用手拍打自己的腿发出的声音。他爬上最后一级台阶，看见另外一个房间。某个类似夜灯的光源仿佛在诱惑他透过窗户窥视。窥视什么？那个东西到底是什么？交替发出呼吸声和撞击声的东西。那种怪异的场景使他挪不开眼睛。他匍匐在地上朝它靠近，逐渐看清了它的轮廓……四条腿和……“让我翻个身……”奇普斯急忙躲闪，他看见两只胳膊压着一个脑袋，一个人压在另一个人的背上，那个被压在下面的人翻过身，露出肚子，还有两条张得很开的腿，还有……那是什么？那是一个，一个东西，但是它为什么长成那样？

奇普斯把手放在自己的那个东西上。他的可不是那个样子。

男主人低下身伏在下面的身体上，过了一两秒，女主人又发出了“嗯”的声音。那个双头、四只胳膊、两个肚子的东西又开始动作，越来越快，“嗯嗯”声变成了“唔唔”然后变成“啊……”。奇普斯张大嘴巴看着。他的手还是放在自己那个东西上，但它似乎已经不属于他了。他用手捏着它，挤压了一下又一下，另一只手塞进嘴巴里。它到底怎么了？变得像……像……金克丝的男主人那个一样。但是为什么呢？奇普斯转身跑出去，跑过楼梯平台，那个东西弹跳着，碰到了他的肚子。他匆忙爬下楼梯，意识到他随时会压坏它……或者是因为它被绊倒……它涨得这么大，变成了一条腿，怎么办？它不会变成腿吧，不会吧？要是它真的变成腿，大家就会知道他看见过什么，知道他在偷窥了。

他双脚一步一寸地从台阶挪到走廊地板上，手握着那个东西，免得它碍手碍脚，不过……它已经恢复正常了，变得又小又软。

哈！

他站着听了一会儿。噪声已经停止了。他把手拢在耳朵上以确保听清楚。

是的。声音完全没了。

噢！呼……一切似乎又恢复正常了。他仅仅是站在这里，对着楼梯，等上一分钟，直到他确信一切正常。一条腿，当然，它不会变成腿……这时，他中间那条在膝盖上方的腿，开始感到一阵刺痛，奇普斯忍不住“哎哟！”了一声，仿佛是受这疼痛刺激从腹底发出的一声叹息。他闭上嘴巴，环顾四周，然后握着中间那条“腿”，蹑手蹑脚地穿过大厅和厨房。金克丝平躺着，双手伸过头顶，两只乳头像天空中的星星。金克丝的女主人浮现在他脑海里，就是刚才她双腿张开的那副样子。刺痛的感觉消失了。奇普斯蹲在金克丝面前，想象着她是女主人，而他是男主人，他会伏在她身上，让她发出“嗯嗯”的声音。

他这么想着，那个东西又怪异地竖起来了，顶着他的衣服。他的手往下滑，然后抓住它……噢不！又来了！噢不！

他站起来朝真空活板门跑过去。

如果这次不缩回去怎么办？要是上次只是他运气好呢？哎呀！他跑过金克丝和邦邦的“外面”时绊倒了，但还是没有停下奔跑的脚步。噢上帝啊！如果这样的事总是发生在他身上怎么办？他不应该窥探那些大人们。愚蠢的奇普斯……他不该上那些楼梯……他能去哪里，他能回家吗？但一切似乎都很奇怪。他不想把这种怪异的感觉带回家。这会让他在夜里睡不着觉，让他害怕。必须要让这种怪事彻底消失！

他走到绿色盒子那里，藏在后面。然后背靠绿盒子坐着，双手捂在耳朵上。这样感觉好多了，他就在这儿坐几分钟，一切都会很快恢复正常。他就在这里等着，用手捂住耳朵，听自己的呼吸。吸气，呼气……吸气，呼气……直到一切恢复正常。

布兰克妮看起来很可爱。比其他人好看得多……

她凝视着玻璃门，整个身体都转过来，但是头没动，直到脑袋不得不配合身体时才转一下头。她很快又把头扭过来，继续望着门口。

布兰克妮用自己的头发作消遣。先是把头发卷在脑袋后面靠上方的位置，然后用一枝花的绿色根茎穿过去插在头发上，这样头发就不会散开来。她一头金色卷发像一片云，盘踞在头顶上。

她使劲摇摇头，看它会不会再掉下来。

掉下来了。噢该死……她又得重新戴上去，但这次她非常小心地把花茎插在适当的位置。

她把奇普斯的衣服放进她的主人给她的灰色袋子里，然后把一片玫瑰花瓣放进去，让它闻起来很香。她把那个蓝色的脏东西踢到厨房的一个柜子下面……肮脏的东西！但后来她意识到装麦片没有比它更合适的，于是只得脱掉了衣服和鞋子，爬到柜子下面把它捡回来。

她到底要说什么？一个字一个字地说，金克丝是这样说的。必须记住这一点，一字不差。“一字不差，”布兰克妮大声重复道，“一字不差。”也许她会到她家拿些美味的新麦片。布兰克妮才不会把那种东西随便送出去，就算是奇普斯也不行，奇普斯告诉过她自己饿急了时尝过自己的大便。从那之后他就变得很滑稽，不断摇着头，嘴里一直念叨：“我不是故意要说那些的，不该对你说那样的事情。”布兰克妮一度觉得很恶心，直到她在夏末看到没穿衣服的奇普斯才明白。怪不得他总是饿成那样。

她爬到橱柜底部时头发上插的花茎被挂了下来，该死，该死，该死，她又得重新戴一遍，然后把那个蓝色的东西洗一下晾干，装上麦片。

她经常在想，其他小人似乎从来也不会提起清洗这回事。连洗澡都没说过，更不用说洗随身物品了。布兰克妮已经习惯了每两周洗一个香喷喷的澡，那些小人却在暗中收集石头和羽毛，或者其他脏兮兮的东西……

她侧过身子又开始观察玻璃门中的自己。好吧，橱柜把她的头发拉下来其实也不赖，因为这一次她把头发整理得更好看了。

她钻进衣服里。“一字不差。”她又重复了一遍。

她喜欢“偷溜”这个单词。她不记得是在哪里学到的。但她很喜欢这个词。她喜欢奇普斯偷偷溜出去的样子。有一次她撞见奇普斯偷偷溜进金克丝的房间。夜很深了，她也是偷偷摸摸的。“你在干什么？”她站在她的房子“外面”喊他。

“不知道。”他回答说。然后他偷偷溜走，消失不见了！就像那样。

“一字不差。”

他们明知自己身上很脏，为什么还放任自己那样生活呢？

然后她穿上鞋子。

她们不是动物。她的女主人总是告诉她，她是一位小小的女士，应该经常洗澡。

她把装着奇普斯外套的袋子捡起来。是的。奇普斯还可以原谅，但金克丝和邦邦一点也没有女士该有的样子。啊，麦片，千万别忘了，她一边把蓝色盒子捆起来夹在胳膊下面一边想。麦片要给她最喜欢的人，那个人总喜欢偷偷溜出去。她还用卧室里那把漂亮的软毛刷子把他的外套刷了一下。她用那把刷子把她所有的灰猫尾巴刷得闪闪发亮。用来扫去奇普斯外套上的绒毛和人工草皮也很合适。是的，她为他把衣服收拾得体面干净，还给了他更多的麦片。也许她会先告诉他自己所做的一切，然后再给他转达消息。“一字不差，一字不差。”

她按下墙上铬合金按铃中间粉色宝石一样的按钮，玻璃门向后滑动，给她让出一条路。她穿过花园消失在隧道里。

6

CHAPTER

天已经很晚了。金克丝闭着一只眼睛，睁开另一只眼睛。然后又反过来做了一遍。她重复了一次，又一次，直到嘴里呼出一大口空气，她的手指开始在篮子的底部敲击起来。

“走吧，”她小声地自言自语道，“在邦邦起床发现之前就回来。”她把头往旁边扭，看了一会儿邦邦。

邦邦背对着金克丝睡着了。她们的身体没有一个地方挨着，站起来溜走是很容易的事情。

可怜的奇普斯。他可能已经等了很久了……金克丝的心开始怦怦乱跳，如果他的男主人不让他从柜子里出来怎么办？她坐了起来。如果布兰克妮没去怎么办？

她的肩膀稍稍放松了一下。她当然会去。

但是如果她没有去呢？

她说过她会的。她答应过了。

金克丝回头看着邦邦。要是布兰克妮没有履行诺言怎么办？

嗯……她小心翼翼地起身，动作放得很慢，踮着脚尖朝真空活板门跑过去，然后弯腰爬了出去。

一切似乎又恢复正常，他徘徊在隧道里时心底暗想。到了明天，在阳光下，等他好好睡一觉，可能会觉得此刻的恐慌有点傻气。

外面的灯光刺得他眯起眼睛，他穿过外面，走进自己的房子。那股难闻的气味立刻扑面而来。天哪，这房子跟金克丝的房子太不一样了。每次他从她那里回来的时候，对这种差异就多了一点认识。他最开始搬来的时候还没觉得有那么糟糕，不是吗？他停下来，弯腰闻了闻洒落碗底的灰黑色斑点。看起来就像有人把他的下巴由里朝外翻过来了一样。他揉了揉下巴。可怜的男主人。有时会有其他大人来帮他把这里收拾干净……他的目光从真空吸尘器跳到颜色发绿的面包和橱柜上，接着，噢！一只脚！有一只脚从他的柜子里伸出来！

那是谁的脚？它不可能是……他走的时候她还在睡觉……同样安睡的还有她那星星一般的乳房……它不可能是……嗨？他对那只脚大声喊道。

“奇普斯！”金克丝把头从柜子里伸了出来，整个身子也跟着出来。她跑向奇普斯，嘴里喊着他的名字，“奇普斯，奇普斯，奇普斯！她跑进他怀里，紧贴着他的外套，亲吻他的脸。然后她搂着他的脖子，把头靠在他胸膛和肩膀相接的地方。“邦邦今天回来了。”

“我知道。”他说，感觉自己简直高兴得发抖。

“噢，”她说，“你的外套太难闻了。”

该死。他轻轻地把金克丝从他身上推开。“我要把它脱下来。”然后扭动了一下，外套就掉下来，他让金克丝重新靠在自己肩上。“它是旧的…我把旧的拿回来穿，因为另一个还在你家里。”他说，“但是衣服坏了。”

“哦。”金克丝说。他的衣服坏了也没关系。他们拥抱在一起就很温暖。暖烘烘的。嗯……这是最好的办法了，让邦邦睡觉，这样她就可以来看奇普斯了。她闻到了他肩膀的味道，闻起来又可爱，又热切，就像昨晚她醒来时在肩膀中间呼吸一样。是的，是的，这是最令人高兴的事情了……但是……等等……先别着急……她抬起头来问：“布兰克妮把你的外套带给你了吗？”

奇普斯皱起眉毛。“什么？”

他们对视了片刻。

“我告诉过她，我让她捎个口信给你。还让她带点麦片……她没来你这里吗？”

奇普斯皱起脸。接着他的眉毛又恢复了原状，他正要说，当他在金克丝家的时候，布兰克妮可能已经过来了，但是……哎哟！他又皱起了脸，他不能告诉她，对吗？当他想到之前发生了什么事，他的那玩意儿，以及他对金克丝产生的念头和……哦……

他紧紧地闭上眼睛。哦，这只是他头脑里的一种滑稽的感觉，现在她真的在这里，站在他面前，那些想法就不能再有了！他觉得很可怕，不，很恶心……他不知道那个词是从哪里来的，但这正是他所感受到的：厌恶自己。“唉……”他叹息着，把眼睛闭起来。

“什么？怎么了？你为什么变得这么奇怪？’

他眯起的眼睛张开一条缝，偷偷向外看。金克丝蹲下来，这样就可以抬头看清他的眼睛，感觉就像是在仰头看他的鼻子。

“不，”他说，“不，她没来过这里。”他对着她的鼻子说。

“真的吗？”金克丝说着，站直了身体，双手叉腰，“她答应我她会过来的。”

奇普斯抿起嘴巴，看着自己的脚。他应该说他没见过她，不是说她没来过这里。但不管怎样，这并不重要，只是一件小事。虽然金克丝会对布兰克妮生气但至少她不会知道……那件事。这很滑稽——他可以说点什么的，只要说起那些，金克丝就不会再问问题了，因为，好吧，因为她不知道那个东西还会变样。

“没关系，”金克丝说着，重新环抱着奇普斯，“我们明天可以把你的衣服从她那里拿回来。”

奇普斯点了点头，接着他的眉毛又竖了起来——他们不能去见她。布兰克妮会告诉他们她来过这里但找不到奇普斯。“不！”他说。

金克丝咯咯地笑着问他：“为什么？”

他的目光一直躲闪，四处打量着厨房。“也许她来过，把东西留在什么地方了。”

“哦，对哦！”金克丝回答，也环顾四周。“但是你没有见过她吗？”’

“我……嗯……睡着了，睡了很长时间……嗯……今天晚上。”他回答。

“嗯，也许她当时真的把东西放在什么地方了。”金克丝开始在房间里四处搜寻，蹲下来看看地上，然后踮起脚尖看看高处。

奇普斯看着她，开始厌恶自己，真恶心。让她平白无故受这份累，根本没有理由。

但是话说回来……也许布兰克妮真的把东西留在这儿了。一切就顺理成章了，金克丝这么辛苦就没有白费力气。也许她真的来了，把东西放在某个地方。对！他开始在橱柜和碗底寻找，是的！然后他可以说他一直躲起来了在睡觉呢。

如果布兰克妮来了，他在睡觉没看见。如果布兰克妮没有来，他也是一直在睡觉。他去过金克丝的房子吗？没有！因为他一直在睡觉。这能圆上所有的谎！一切都会没问题的。他打量着冰箱后方，暗自下决心以后再也不说有漏洞的话，永远不会再发生这样的事了。

"撒谎，"他脑子里的声音说，"骗子。"那个声音令人厌烦，他的腿中间也感到一阵刺痛。

他尽力不去管腿间的刺痛。这次一切都会好起来的，他努力这么想着，看向另一个碗柜下面，突然愣住了。在一根蓝色的管子旁边，他的衣服领子从一个灰色的袋子里露出来。还有一朵粉红色的花躺在地板上。他用一只手捂住嘴，但是手抖得太厉害了，他不得不放下。他张开嘴巴想喊出金克丝的名字……

"我觉得这里没有。"他还没来得及开口，就听见金克丝说道："我们别再找了，好吗？"

奇普斯试图回答，但嘴巴却紧紧闭着。他的身体变得很奇怪，开始发热颤抖，想着如果他告诉她真实情况会发生什么，还有……他不得不说自己一直在睡觉。他必须再次说谎，明天见到布兰克妮还得再说一遍。金克丝女主人的样子出现在他的脑海里。她像之前那样张开双腿躺着。她对着奇普斯闭上眼睛。他用力闭上双眼，从碗橱下面退出来。

"奇普斯？奇普斯？你在哪里……"

"我们现在就停下来吧，"他说，从碗橱下面出来后直起身子，"我们不如先别找了。"

金克丝跳到他跟前，抓住他的手摇晃着。"来吧！"她喊道，"我们到哪儿去……"她停下来摇他的手，把一只脚搭在另一只脚上。"我们可以在哪里做那个大大的拥抱呢？"

奇普斯挠了挠后脑勺，然后看看冰箱、天花板，又看看橱柜、地板……看向身边的一切就是不看金克丝的脸，直到他不得不直视她的脸不可。她站在那里，对着他眨眨眼，胳膊扭在背后，胸脯挺得高高的。

那个大大的拥抱永远不会像前一天晚上一样了。既然……既然现在他已经对她说了谎，尤其是他想象着自己那样趴在她身上，他的那玩意儿会变成那个样子……哦不！他又紧紧闭上眼睛，以至于身体开始颤抖。

“你为什么老是那样闭着眼睛？”

他睁开一只眼睛偷瞄了她一眼。也许他应该告诉她。他都告诉过她自己拉了大便，就肯定能把这件事也告诉她。

“因为我违背了承诺，你生气了吗？”金克丝收回胳膊放在肚子前面。

奇普斯瞪大双眼。“不！”一点也不，他无法想象自己会对金克丝生气。“不，金克丝，我没有生气，只是……这里有点脏，”他说，“你的房子更舒服些”，“你的房子”这个词从他嘴里说出来感觉很笨拙。他把舌头卷起来，放在牙齿中间。

金克丝咧嘴笑了。“没关系！我们在哪里拥抱都可以啊。”她环顾四周，“就在这儿怎么样？”

奇普斯咽了一下口水。“好吧。”

他们看着对方。

金克丝理了理头发。“所以……我们应该先躺下然后再拥抱或者……”

“好。我们先躺下再拥抱吧。”

他们俩双臂伸得直直的，各自躺在一边。过了一会儿，金克丝朝侧面翻了个身面向奇普斯。奇普斯也照做了。金克丝咯咯地笑着，身体靠近奇普斯，头抵着他的下巴，紧紧贴住他，同时把他的胳膊举起来，越过自己的肩膀，让他环抱着她的后背。“嗯，”她说，“这样很舒服。”

“嗯。”奇普斯说，这感觉很好。

他听到身后的门嘎吱一声开了，他的头猛地扬起。门不该被打开，只有当男主人回家的时候才会这样。为什么会……布兰克妮！他坐了起来。一定是布兰克妮！她显然是在四处找他。

门打开时，一个穿着大靴子的脚尖砰地一声落下来。奇普斯爬了起来，想开口告诉金克丝快离开，但他发不出声音。于是他拉着她的胳膊把她拽起来，向真空活板门跑去。

金克丝皱着一张脸，想问他为什么要拉着自己的胳膊把她拽起来，他们不是还在享受那个大大的拥抱吗，但是，噢不！一个大人的影子笼罩在他们上方。那个男人正朝他们走过来，他的其中一条腿似乎要比另一条走得更慢些。“这是怎么回事？”

金克丝转身跑起来。

奇普斯站着，盯着他的男主人看。他在那里干什么呢？他不应该回家的呀。

“好啊，小奇普斯，现在你似乎是一位淑女的骑士了，不是吗？”他笑了，“至少现在，我知道我没回来的时候你在干什么了。”他向奇普斯的柜子弯下腰。“那就来吧。回到里面去。这次我可能会把你的绳子收紧点了。”奇普斯爬进了柜子，他的男主人在摆弄绳子上的结。“哎呀我的小家伙，”他伸出一根手指抚摸着奇普斯的胸膛一侧，“你都瘦得皮包骨头了，噢亲爱的，这样可不行。”他把绳子放下，慢吞吞走到另一个橱柜旁边。奇普斯跳下来往刚刚发现布兰克妮袋子的地方跑去，把衣服拿出来塞回柜子里。“恐怕没剩多少了，”男主人把剩下的麦片倒进奇普斯的碗里，然后把盒子放在地上，“你拿的是什么？”他从上衣口袋里掏出一副只剩一根镜腿的眼镜，卡在鼻子上。“你找到了吗？”他咧嘴笑了，摸摸奇普斯的脑袋，“好孩子。现在我们可以把那件臭哄哄的丢掉了，”他戳了戳奇普斯的肚子，“但是我们得注意点体重，先生。”奇普斯都瘦成什么样子了？他捡起空麦片盒子看了看里面，想要再去橱柜里看看，胳膊肘猛地撞到了橱柜的门，砰！噢天哪，他把盒子放下，门要从铰链上掉下来了吗？不。不。好在没有……他在干吗，啊对了……啊不行……不……这样下去可不是办法。他想不起来了……有什么东西在召唤着他上楼。是的！蒂尔达！蒂尔达还在楼上等他呢。“对不住，老伙计，我得走了。”他感觉到肘部隐隐作痛，四下张望着想看看是什么碰疼了他。橱柜门半悬着张开，他把门关上……他的胳膊肘为什么感到一阵一阵的痛？可能是下楼梯时撞到了。好吧，他得走了。他又看了奇普斯一眼，试图回忆他刚刚在做的事。食物？是的，已经搞定了。水呢？他瞥了一眼空水碗，脑子里却还在想着食碗，于是又对自己说“是的，已经搞定了”。“好啦，那就再见啦。我告诉过你我明天要出门吗？”

奇普斯看着他，是的。他昨天说过。

“纳迪亚会来接我，过几天我就回家。”他边往外走边说。

奇普斯低头看着自己的绳子。不管什么时候男主人提起纳迪亚，眼睛总会闪闪发光，眯缝在一起，似乎眼里藏着星星，而星星的棱角硌得他睁不开眼。不过纳迪亚倒是很少来这里……奇普斯感到自己的眼睛湿了，禁不住难过起来。他的男主人在经历了这一切之后还是没有把他拴起来。可能是因为他想到了其他事情，忘记要把他拴起来了。或许只是因为奇普斯找回了自己的衣服。通常情况下，奇普斯给他看衣服的时候，他就不会用绳子把奇普斯绑起来。奇普斯想明白了，绳子是为了防止他外出受凉。哈，那是什么？他把衣服穿上，一片薄薄的、粉色的东西掉了出来。他蹲在那个东西面前闻了闻。是那种长在花朵上的带颜色的东西。他用两手把它揉皱塞进嘴巴里，然后转过身，把头埋在碗里大嚼特嚼起来，鼻子发出呼哧呼哧的声音，直到麦片被消灭光，他脸朝下趴在地上，喘着粗气，眼睛还望着蓝色的管子。他把管子打开，稍稍倾斜，把麦片倒进碗里，捧起一大捧，麦片不断掉落下来，他赶紧往嘴里塞。

过了一会儿他才想起金克丝。

他的金克丝。

他们要享受那个大大的拥抱的。

不管了，他想，打了个呵欠，感觉穿着衣服真暖和，肚子也是饱的。他今天有一大堆事情要想，必须先冷静一点，然后一切才会恢复正常。明天她还会在那儿的，他又打了个呵欠，如果一切恢复正常的话就好办多了……是的，他明天再去看她，他的眼睛慢慢闭上了……明天醒来第一件事情就是去找她。

今天早上她心情糟透了。

哈米什揉了揉眼睛，在脑子里又回想了一遍前因后果，反思究竟是不是他的错。

但他知道答案是肯定的。

昨天是周六。她把邦邦从兽医——抱歉，医生那里带回来，然后去了一家小人物品的专卖店，给邦邦买一件新的衣服。也差不多是该给她买一件新的了。回家的时候苏珊心情还不错，因为……好吧，因为在专卖店遇到的戏剧性事件没有真的导致什么状况，但着实让她很激动。

他开了瓶上好的波尔多葡萄酒。

她瘫倒在沙发上："呦，看来是有好事啊！"

啊，她以为他有什么事要庆祝才喝酒。"没什么特别的事，我不过是想来一杯。"他说。

她心情很好，笑了起来："你真有意思。"然后向右靠在沙发一角，打了个哈欠。"说真的，还是很谢谢你。回家后来点小小的调剂也不错。"她朝着那瓶酒点了点头。

啊。好吧，他想说的并不是这个。但他还是往桌上唯一的杯子里倒了一些酒，决定今晚打一手好牌。"我去拿些橄榄过来。"他去了回来的时候又拿了一个杯子。

她没有注意到。她有许多事情要对他讲，关于那个兽医——医生——在推荐商店时的谨慎态度，还有那个一时疏忽的店员告诉苏珊她必须等待时，那种大惊小怪的态度，可实际上她根本不需要也不用做什么！她学会了和邦邦交流，然后告诉邦邦她们不能在公共场合交流，在另一个专卖店里大家要冷静得多，她可能都有点妄想症了。这个狗咬狗的世界会让那些偏执狂一次又一次发作，不是一件很疯狂的事情么?

是这样的。实际上所有这些事情都变得十分有趣。当她心情好的时候，特别是有话要讲的时候，有种东西点燃了她内在的火焰，她变得生气勃勃，双手在空中随意舞动。她双手扣在一起，嘴里说着"狗咬狗"，然后用手做出咬另一只手的动作，他爱极了她这副样子。

不过话说回来，他对这一切作何感想呢?他认可存在交流这回事吗?他回答，她听着，然后他注意到每次她听他讲话的时候，她的眼睛都会直直地盯着他下面……最后她脱下一只鞋子，一条腿搭在他的腿上。他截断话头说道："你知道吗，这让我想到我们刚在一起的时候，我跟你说话的时候，必须得关注点别的东西，才不会让自己的身体一直颤抖。"

"真的吗？"她惊讶地说，"比如说更多的话？"

情况就是从那时开始发生变化的。

他俩背对背躺在床上，一丝不挂，她说，刚才很好，他知道自己也应该说点好听的，维持当下的好气氛，尽管他眼睛已经闭上了。噢，他做不到……所以他翻过身，一只手钻过她胳膊底下，放在她胸前，亲吻她的肋骨、脖颈、腋窝和其它地方……

“你觉得刚才好吗？”

他听见了，带着回声，似乎是从很远的地方传来的声音。但他知道这一次他必须得回应了。

他可以说点什么的，说什么都好。或者干脆保持沉默！没有什么比当下更好了。相反，他的手从她的乳房滑到她的小腹上，他用手掌轻轻地摩挲，说：“我的假日小肚子。”

噢不。太晚了。他已经说出口了。哈米什睁开眼睛。

她沉默了有一分钟，现在回想起来，那应该是种充满怀疑的沉默。

“什么？”她终于开口。

“噢苏珊。”他以一副“你知道我不是这个意思”的语气说道。他本可以当场撤回这句话。可以躺在这个假日小肚子上，假装要吃掉它，让她尖叫着笑起来。他可以抚摸她的全身，嘴里说着“我的假日小胳膊，我的假日小腿……”他甚至可以说点别的：“我可不允许你减掉它。这是你身上最性感的部位了……”

可是他说：“这很正常，苏珊，几周后就会过去的。”

他不能道歉。他会变得局促不安，羞于承认这样一个事实，那就是她假日里积累的脂肪，他们彼此心知肚明，却只能闭口不谈。

所以……他告诉她他爱她，又吻了她的肋骨，然后假装睡着。

是的，他可能有些轻微的过错。实际上，他知道这都是因为他的退缩逃避。

所以现在，尽管她声称自己不喜欢牧羊人超市，因为他太爱去那里了，每次他说要过去，她都会长吁短叹甚至大发雷霆，他则拎着大号购物袋偷偷溜出去。从车道走向车里的时候一直盯着速记屏幕看……冰淇淋，山羊奶酪，寿司，她会喜欢寿司的。他必须得掌握好平衡……如果都是绿豆和芹菜，她会以为他想让她减肥。那样不行……买冰淇淋和奶酪才是对的。实际上，这是一种委婉的道歉方式，不是吗？是在表明：“我没有觉得你胖。”

还有花。他应该买些花……仅仅是为了以防万一。

“你本来就很可爱。”才是他真正想说的。她会意识到这一点。她会对自己说：“去牧羊人超市只是他表达爱意的一种方式。”接着她会微微翻个白眼，因为“男人总是用自己的独特方式爱你；你不能指望他们创造出什么新方式”。她会把他放进写着“阅男经验”的盒子里——那里面还有她对她父亲的看法，然后用一根社会刻板印象的缎带把盒子绑上，哈米什则会无视这一切。到了这时候，他会把她带进餐厅，因为这个计划并没有止步于奶酪、冰淇淋和寿司……天哪！他计划把上周找到的蜡烛掏出来，把桌子布置得像餐馆一样。

掏出蜡烛，摆好寿司！哈！超棒。

“你好。”

哈米什抬起头来。一位瘦小的妇人从相邻的车道上朝他走过来，分隔的篱笆盖住了她的双腿。她的眼睛在秋叶般的皮肤后面对着他笑，嘴角的弧度却暴露了她的真实想法。

“你好。”他漠不关心地说。

通常她会停下来，双手叉腰稍微向后仰着，望向车道尽头，然后说“要出去？”之类的话。

这一次，她直接行走到篱笆旁，把手搭在上面。篱笆似乎有点摇晃，她一只手里还拿着一块手帕。沉默。她有些犹豫，似乎有求于他。

“那个……你好。”她不知道怎么开口。

他把速记屏幕夹在腋下，透过他的镜片看过去。他可以打破沉默。“有什么需要帮助吗？”眉间稍稍显露出一些感情。

“呃……我在想……你要去超市吗？”

“是的，我要去牧羊人超市，”他回答，像往常一样，惊讶于她衰老的面容，“你知道那里吗？”

“是的，”她热情地说，“这家是杰里最喜欢的。”她向旁边看去，同时抿起嘴巴舔着嘴唇。“问题是，杰里住院了，而且……我真的不能出去。我想知道……如果你不介意的话……”

哈米什打断她，大踏步朝着篱笆走去，这时他的脸上写满了关切。“是的，当然！他说，“当然可以。”

她露出笑容，轻轻抓了一下篱笆，然后抬起手托着下巴。“哦，你人真好！”她笑道。“我把我需要的东西记下来给你？”

哈米什很惊讶，“哦，你不想让我捎你去吗？”’

“是这样！”她一只手指朝向空中，边说边指向她的房子，“我本来是很愿意和你一起去的，但是……”她从一侧看着他，“我的小布兰克妮整个上午都不在家，我想在这里等她回家。真傻气，是吧？”

哈米什惊讶地张大了嘴。“布兰克妮？”

“啊，”她说，“我的宠物小人。”

“哦，对！”他说。金克丝和一个他不认识的小人并肩站着的画面浮现在他脑海里。那是记忆吗？还是他大脑的幻想？

“你最后一次见到她是什么时候？”

“昨天晚上。”她握着手帕的那只手把另一只袖子捋起来，挠了挠胳膊，露出另一只底部绣着鸟类花纹的手帕。“先是杰里，现在又是布兰克妮……”

“当然。”哈米什又说。他朝后抓了下篱笆。“是不是……将来，呃……他们认为他会很快回家吗？”

她直视着他。“他一百三十四岁了。”

哈米什抓着篱笆的手顿住，惊讶地张大了嘴。

她笑了。“他比你大一百多岁，对吗？’

这个数字令他震惊——比他大一百岁？“那就意味着他出生在……”

“1982 年，”她微笑着说。“就在隔壁的房子里，跟我只隔一间。”她盯着茫然无物的空气，有些悲伤。“是的……”她把心底的想法说了出来。

“哇，”哈米什兴高采烈地说，“那好早……比平板电脑还要早了。”

她又大笑起来。“比什么都要早。那时候还没有个人电脑，家里没有互联网，没有无线网，哦，是的！当然比 Wi-Fi（无线宽带）出现还早。”

哈米什的脸颊抽搐了一下。他知道这件事，但却无法想象出来。他无法想象没有 Wi-Fi 的世界，完全没有概念。众所周知，没有人能活在没有 Wi-Fi 的世界。

“世事变迁啊！”她又咯咯地笑了起来。

“我当然可以想象。”

他们沉默了一会儿。“不管怎样，”她说，“这么说吧，我觉得他不会很快回家。”

“那你怎么办呢？”

“我这周去我女儿家……在那里住一阵子。我应该今天出发的，但是，”她环顾四周道，“我的小人怎么会就这样离开……”

“嗯，记得有我们在这里。需要什么就说，别客气。”他看着自己的手腕。“联系人，”他对它说。他面前浮现出一张名单。“卢卡斯。”他说。卢卡斯夫妇在名单上被划亮——请求命令？“名片，”他说。名片发送。屏幕渐渐消失，变回一张滴答运行的钟面。“我刚把我们的网络号码给你了，如果你需要我们的话，联系就行。”他停了下来，“抱歉，你知道那个怎么用吗？”

她下巴一沉，眉毛高扬着。“网络吗？”她问。

“不……”他脸红了，讪讪地笑着。她在打趣他。“不好意思。”

“网络变得随处可见的时候，也就可以为常了。”

“嗯。”他应了一声。现在很少有人说“网络”了。听到这个词就像听到竖琴上演奏的和弦。

“我去拿一张纸，记下我需要的东西。”

“纸？”他微笑着说。很多上年纪的人都习惯说“纸”。他想起他胳膊下的东西。“哦，但是……我的速记屏幕在这里，如果你觉得方便的话可以用我的。”

而她已经拖着脚步向门廊走去。

哈米什抬头看了看自家房子。苏珊一个人在楼上，试穿一条她十五岁那会儿的白色牛仔裤。他的目光漫游到卧室的窗口。一百年……他自言自语。令他吃惊的是，她刚好扭过头看到他。她的脸在茶色窗户后面，显得苍白而浮肿，脸色还有一点发灰。

他把手举到嘴巴旁边，决定做一件他从未做过的事，他也不知道为什么……只是想尝试一下，也许……只是为了做一次……也许因为他为卢卡斯太太做了件好事而感觉很好……他吻了一下指尖，朝她吹了一口气，想象这个吻像一条水母在水中漂浮。在窗子后面，她的脸泛起红晕，和闪着微光的牙齿形成了鲜明对比。她咧开嘴笑了，脸颊的肉向上堆挤着，眯缝着的眼睛露出一丝闪光。她打开窗子，摊开手掌伸出去，在那只“水母”附近悄然合上。

他后退了一步，以便更好地看着这个可爱的苏珊，他的苏珊，真正的苏珊。在那一刻，他把她变回了从前的样子。这真是再简单不过了！

他决定继续这个实验，把脸颊朝窗户凑过去，用一根手指敲了两下自己的脸。她笑了，吻了自己的手掌很长一段时间，事实上，她甚至闭上了眼睛。然后，她握拳把手伸出窗外，打开了拳头，手心向上，微微朝他倾斜……她轻轻晃了晃自己的手，好像在放飞一只小鸟。

他从口袋里伸出一只手接住这个吻。听到车道上的脚步声，他笑了笑，向苏珊点了点头，都没反应过来自己是如何使原本灰暗的一天变得明亮起来的。

“好啦。”卢卡斯夫人双手扶住篱笆，食指和拇指之间夹着什么东西。她站稳后把它递给了他。

一股像是烧焦的木头的味道爬上他的鼻子，又爬了出来，越过他的脸和肩膀，蔓延至两臂，他的胳膊瞬间起了鸡皮疙瘩。就好像她给了他一个装满蚂蚁的敞口罐子。

“你从哪儿弄来的？”他低声说，紧张地向左右瞄着。

她笑了。“从我的笔记本上。”

“你有一整本这样的纸吗？”

“亲爱的……我有一整个橱柜，里面塞满了这样的笔记本。”她伸出胳膊上下比划着，想表示笔记本真的很多。

“嘘！”他叫她不要声张，左顾右盼的样子让她又笑了起来。

她，伸出手搭在他手上轻抚了一下。“你回来的时候，我送你一本。”

哈米什屏住呼吸，任由这个他还不太熟的人触碰他的手。

她很快地把手缩回去，抱起了胳膊。

“我不能接受……我的意思是……你知道这有多罕见吗？”他低头看着那张纸，她挥挥手打消了她的疑虑。“真的，你知道有多么稀罕……”他停下来看着那张纸——无花果果酱，无盐黄油，脱脂牛奶，鸡蛋面，熟干酪，胡萝卜…“谁写的这个？”

“谁写了什么？”她看起来很困惑。

“这些字。”他用右手指着夹在左手上的那张纸。黑色的圆圈和尖角深深浅浅印在纸上的不同地方，像一株衰老的藤蔓蜷伏在墙上。

“我写的。”她的困惑消除了。“但是，你知道怎么写，不是吗？”

“不是这样的。”他摇摇头，一只手指放在嘴唇上，凝视着黑色笔画的平坦线条。

有时他抽空培养爱好，就会练习写字。他有一个应用程序，找出一封信，然后用同样的方法在上面写出来，他不得不自己动手。这有点棘手，但他现在对写过的十二封信相当自信。“这些字……花了你很长时间吗？”

“哈！”她嗤笑了一声，“你都看见了啊！”

“就在刚刚？在走廊里？”

“是的！”她点点头，“你想要可以留着。”

“真的吗？”

“当然可以。”

当他告诉导航把他带到牧羊人超市的时候，他发誓自己要，不，是必须开始学习写字了。牧羊人超市开着，生意很忙，今天甚至派了泊车员去停车场。因为是星期日，而这里只有一台机器。当他往前开并打算右转时，辅助机器人却指向左边。不！他不想那样走。他想右拐。他不理睬这台机器，掉头开往她通常停车的地方。他不可能撞见她，他星期日从没在这里见过她……哦！星期日赠品；他伸长脖子想看看牧羊人超市入口处的机器在分发什么。黄色的小塑料袋。嗯……可能是奶酪。一辆白色轿车引起了他的注意。不，外型太方了。他越过其他停在车位里的车辆。红色，蓝色，银色……白色！太大了。红色，红色，黑色，粉色，黑色，白色！不，一辆货车。又是白色！是这辆吗？不，装饰太多了。

他叹了口气，很轻很轻。不仅仅是因为今天是星期日，他根本没有在这里见到她。事实上他每一次来，叹气声都会越来越轻。今天他脑海里涌现出许多其他的东西，比如水母似的吻、纸、性和寿司。她只占了一小部分，也许仅仅是一平方厘米，那只是因为他到了这里。

接着思念再次袭上心头，他迫切想见到她，于是开始右转。

这种行为是不正常的，属于跟踪。但说真的，这样做又碍着谁了呢？说到底，他只不过是在找她的车。

他按下“停车”键，汽车开始往车位中倒，他思索着这之间的联系。条件反射一般。每每次他右转，甚至还没看见她，就变得兴奋起来。他刚才把那张纸放去了哪里呢？上衣口袋！好极了！从上衣口袋里掏出一张纸可真够拉风的！不，*某个人*从上衣口袋里掏出一张纸可真够拉风的！

他下车朝门口走去，想到切德干酪忍不住要流口水。嗯……“欢迎来到牧羊人超市！请挑选一份赠品。”

“好，谢谢你，我从你这里拿一份，”他转向另一台机器，“还有你这里，先生，还有……”他又转向第一台机器。

“欢迎来到牧羊人超市！请……”

“还有你这里也要拿一个。哈哈！”他把塑料包装的长方形盒子扔到空中，又用手背接住。在对面的机器前，一个一头红发戴着手镯的女人停下来，两个购物袋滑到一只手腕上，然后拿起一个赠品。

“切德干酪……好吃。”埃玛说。

是埃玛吗？他见过她离去的背影那么多次，为什么他不记得呢？他眨了眨眼。是她吗？他不能肯定…是的，是的，是她！或许是……该死！要是她能转身就好了，让他能看到一点她的侧脸……

“不好意思。”

“哎呀！抱歉。”他挡住了入口，一只手抓着奶酪，另一只手握着清单。他把两样东西都塞进口袋，转过身去看她，但她不见了。他踮起脚尖张望，不知出于什么原因，朝停车场走去，脑袋东张西望，但是不可以——该死——他情不自禁的，该死！这不是他来这里的目的。没有理由，他没有看见她……本来只想瞥一眼，现在他却在追她……

他转过身来，双手插在口袋里，回到门口。

欢迎来到牧羊人超市！欢迎品尝……

他穿过门进来了，并没有回头看。没去想是否应该为后面的人留着门，也没想过实际上这是一个滑动门，所以不用帮后面的人推着。当他把手从口袋里掏出来时，甚至没检查是否有东西掉落。

他看了看清单。嗯，至少他确定清单没掉。当他把清单捋平整重读一遍时，又感觉好像有一罐蚂蚁爬满了他全身，只是那感觉稍微减缓了一些。他重新打开脑袋里储存着关于埃玛的记忆空间，那个原本被死亡和空虚占据，现在密密麻麻爬满烧焦的蚂蚁的洞穴。

“无花果果酱，”他自言自语，“无盐黄油，鸡蛋面，胡萝卜……”

“他们过去叫我胡萝卜头。”

“好吧。”

“我想他们的意思是那个喜剧演员‘胡萝卜头’吧。后来我再也没听到过任何人说……你听到过吗？”

“我不知道这是什么意思。”他双手紧紧在面前握着，两只眼睛在镜片背后看起来清清楚楚，一览无遗。

“是吗？好吧，那是因为我的红头发。”

“对。”一排胡萝卜从她的脑袋上升起来，一个接一个地倒下来，叹息着，在她脸上晃来晃去。他想抓起一把她那胡萝卜似的头发，咬它。“那个绰号让你感觉如何？”他小心翼翼保持语气中立，不让人看出他已经猜到答案。他知道她会笑，因为她不在乎…

她笑了。“我不在乎。我那时候……那时候……才七岁。”

“没别的感觉吗？“他问道，这么说是为了阻止自己说出“你当然不在乎”之类的话。

她想了一会儿，因为他把话题转移到了她头发上，而她中了他的圈套。

“很有趣。我总是和别人有点不同，我倾向于把它归咎于我的头发。

“为什么？”

“嗯……还是那套老掉牙的东西，说红头发的人有易激动的性格……所以……嗯……”她对着自己的膝盖傻笑，“我真的不知道我想说什么。”

她还没有注意到。“我总是穿着与众不同的衣服，经常。我的意思是，即使在学校，我也会做一些傻事，哦，我不知道……就像我在外套上缝上翅膀一样。天啊，是吗？我完全忘了那个……还有一次我穿了双奇怪的鞋子——一只是绿色一只是黑色。我记得，是的……总有点什么：我头发上的花，或者蕾丝手套……有时我会戴两条领带，挨在一起打两个节……我一直是有点……古怪的。”

“对。”现在的她坐在他面前，背上有一对翅膀，头发上别着一朵花，牡丹，他觉得那是她全身上下最得体的装饰了，蕾丝手套像文身一样从她的手臂延伸到胳膊肘，没有别的……那只大领结比她的胸膛还要宽，突出的尖端蹭着她的肚脐。

“是的，”她点头说，“怪怪的。”

混蛋。他又思绪飘忽了。他不得不停止这该死的走神。他点了点头，沉默了一会儿。这是没有用的，他怒心让整个“飘忽不定”的沉默看起来是有意的。他在心里默默为他们的谈话增加了一分钟，迫使她说些别的。

“你认为我性格比较叛逆，不是吗？我知道这是怎么回事。”

“你是这样认为的吗？”他反问道。

“嗯，”她眯起眼睛，从他身边向窗外望去。然后把头扭过来，努起嘴巴，让嘴唇变成了一只丰满的草莓，她直视着他，用愉快的声调说：“有时候。”她扬起一只眉毛。

好像有人轻轻地拨弄了一下他的眉心，灵光一现！这是一场恶作剧。那个动作是给他看的，还有那个表情。她在和他调情。他知道是这样。他知道这一切并不是他自己在瞎想，而是确实有点什么。他克制自己——屏住呼吸。呼吸！但是他看过那个表情之后还怎么正常呼吸呢？

她在对他调情。

或者……

但是……

不……事实上……

她不是。她继续说着；那副调情的样子不是真的调情，它只是触发了接下来的事情。这根本不是有意对他做出的。她现在讲的是自己叛逆的故事；在公共汽车候车亭里吸氦气球……不！那太蹩脚了！这是一个“专家交流”的故事。是那种她可以说给老板听而不用讲违背原则的话就能活跃气氛的东西。这个故事不值一提。噢……失望使他的耳朵嗡嗡作响，她的声音渐渐淡出了。她本想装出一副厚脸皮的样子，期待着对方看到这个的表情。她没有把这幅表情隐藏起来，而是用它去挑逗他。

“很有趣。”他的姿态变为防守。“你还有什么没告诉我？”’

“什么？”她露出一半笑容。

“你认为这是你做过的最叛逆的事吗？”

“不，”她说，“你知道我还有。”

“嗯……继续吧。”

但她没有。她看着他们之间的距离。话显然已经到了嘴边，挤在她喉咙里成了一个球。

“这些都是会保密的。”

“我知道。”

“这是一个安全的空间，你的安全空间。”

“是的。”她说，然后又沉默了，好像她需要时间从喉咙里挑捡出下一个词。

“试着从头开始。”

“——”

他允许她沉默一分钟，然后再问另一个问题。

“你对告诉我的一切都感到内疚吗？这本身就是一种叛逆行为吗？”

当他还在说“叛逆行为”时，她做出了回答。

“这一切都是从我收到一个笔记本开始的。”她说，“哦，对不起，你刚才说？”她竖起一只耳朵，等他把话说完。

“不用管我说的，请继续吧。一个笔记本？”

“是的。嗯，这更像是一本日记，真的。我小时候就收到了——尽管它是绝密的，”她低声说，咧嘴笑着，“它激励了我太多，以至于我决定从事这项工作，只是我弟弟在我还在上学的时候死去。这改变了我对未来职业的看法，它可能是愚蠢的。”

“继续。”

“我帮助了很多家庭，”她无意中抬高嗓门说，“因为那本笔记。”

令人激动，他想。他决定往前靠，缩小两人之间的距离，缩小空间以做判断。

他们在同一水平上，他们是平等的……两个人在交谈。

“帮助家庭？告诉我那是什么意思。”他轻声说着，音调在合适的地方尽量欢快，好像在逗一个婴儿笑。

“帮助家庭是我的工作。但我不是有意的。这被认为是一种不好的做法，上帝啊……”她摇了摇头，脚尖点着地，双膝抬起。“但我一直认为这是对的。我认为让相爱的人团聚是没有错的。”她快喘不过气来，“彼此相爱过的人。”她停下来喘了口气。“你知道，死亡是唯一阻碍我们前进的东西，不是吗？”她的目光从桌子的角落移到桌子中间，又回到墙上来。“一开始并没什么坏处，但后来感觉就像……我在扮演上帝。有一次，一个女人带着一盒脚趾甲的碎屑在街上走近我，哭着喊道：‘你能把他带回来吗？’我害怕人们知道我做了什么，她怀着这种目的接近我。我想我得躲起来或是什么……但我意识到她不知道我是谁，她只是被这件事冲昏头脑，和其他人一样，你知道……那件事真的能把我们抓进去。真的。”

哈米什的眼神在跳动。她的话没有逻辑。“跟我谈谈这些家庭，他们是谁？”

“我不知道……我吗？”她哼了一声，皱起眉头，挤出一个笑容但看上去像是要哭出来。

“你？”

“——”

“埃玛？

她垂下眼睛。“忘了那些事吧。”她低声说，然后又换上一种全新的、清晰自然的语调。“我想，我已经忘乎所以了，只顾着做一个不切实际的老好人。我在新闻里看到一个悲惨的男人，车祸夺去了他妻子的性命。他难以抑制内心的悲痛，甚至变得有些疯狂，人们只好将他带走……我为他感到十分伤心。”她顿了一会儿，“总之，我让他住在隔壁……当然是等那个男人恢复到可以回家的时候。”

“你让谁住在隔壁？”他情不自禁地问。

“他已经有一个了，没有理由再以他为目标……但我只是在想，哪怕能让他们离对方更近一些呢……”

谁？哈米什想问，两个什么？两个妻子？但他把话咽进肚子里：“继续说吧。”

她傻笑着。“我一定是疯了。”

“你为什么这么想？”他等着她继续说下去，但她没有。安慰她，他想。他有抚慰她的强烈冲动，但他极力摆脱这种令人不安的烦乱。这是正常的冲动。或许他可以再次尝试用他哄婴儿般的声音，让刺激减缓一点……但切忌不可流露太多，她和其他病人不一样，他告诉自己。她像个孩子一样，这都是反移情作用，触动了他父爱的按钮。想象她是个孩子……

“看着我。”他说。

她没有看。

“看着我！”

她抬起头看着他。

他原本想说：“唯一的区别是，你的内心将被释放，我们正在一起努力实现这件事。没有什么坏事会发生在你身上。”但实际上，他用温和到近乎耳语的声音说：“唯一的区别是，你的内心将被释放，我们正在一起努力实现这件事。我永远不会让你出事的。”

她紧紧地盯着他。

这让他的脸紧张地皱作一团，双手似乎要把那句话塞回肚子里去，而他肚子里又抑制不住地升腾起狂喊，牙齿紧紧咬住，双唇却忍不住要迸出来，肩膀快要耸起——他必须打败所有这些冲动，让自己的身体保持原样，因为她正在盯着他的眼睛深处。她已经吃透了他最后那句话的意思，没有漏下一丁点儿信息。他接住她的目光。“相信我，”他从脑海深处对她说，“相信你所了解的关于我的一切，到那句话为止，让信任把那个愚蠢的句子抵消掉。”

“你准备好继续下去了吗？”他不得不开口。

她眯起眼睛，略微眨了眨，有那么一会儿她想问他，那句话到底意味着什么。他把食指蜷在嘴唇上，等着她开口。她深吸了一口气。

“当这些细胞被取出时，我会找到原来的家族。我把他们找出来，他们认为这是不可能的，但当然不是！一切都被编码、标记、记录——所有东西都有可追溯性。但是在我的级别不行。我的级别不能拥有、也不需要追溯产品家族的跟踪能力——但我还是这样做了。我跟着细胞的进程，同时用所有我偷学到的技术来追溯这个家族。它让我感到难以言明的兴奋。我好像骗过了死亡，就像灵魂的牧羊犬一样。”她笑了，“我把成群的人聚拢起来引导他们回家。老实说，那很容易。只要我让那些家庭成员走进陈列室的门，只要他们眼睛看到了那个产品，就会立刻被吸引……即使面前有好多个选择，他们总是会选择那个……我说清楚了吗？”

哈米什张口：“当然！”他的话没有一点说服力。她只是把他吓住了。“我认为现在的关键是都说出来，这样我们就能捋出一条线索。”该死。这样说可真蹩脚。“确切来说你是在什么时候停下的呢？”上帝保佑。这是个再简单不过的问题。

她的眼睛掠过他，突然惊慌失措起来。“时间到了吗？”她望着桌上的钟表投影。

“什么？哦，不……别担心。我们可以延长一点会儿。没关系的。”

“我……我不敢相信自己会把这一切告诉你。”

“你做得很好，埃玛。没关系，你可以继续。”

她停顿了一下，好像在寻找自己在故事中的位置。“我……”然后她说，“我想我们还是下次再谈比较好。”

哈米什咽下嘴边的话。如果她能再跟他多待一分钟，他甚至愿意把他的全部藏书送给她。但他不得不让她走。“对。所以……谢谢你，埃玛。你找桑德拉登记你的下一次预约。”他指着走廊尽头，桑德拉的工位在那个凹进去的地方。

“好的。”她站了起来，“谢谢你。”

他点点头，试图从她的脸上看出她是不是已经忘了他那句不该说的话。

“相信我们很快就会见面的。”然后她走了出来。

我们很快会见面吗？相信，我们，就会，很快，见面。

他颠来倒去地想着最后一句话，揉着额头，试图弄明白这几个字的意思。

“我们很快就会见面的。”

他轻轻触碰桌子，把它变成了一个屏幕。“桑德拉？”

“我在，哈米什先生。”

“我最后一个病人……”

“埃玛·霍华兹女士？”

“对……她下星期安排的哪天？”

"她没有停下来续下一次约。"

哦天哪，她在哪里？哦，天哪……她在哪里？

她在哪里。她在哪里。她在哪里。

噢天哪。

噢天哪，噢天哪。噢天哪。

她，她，她……呼吸……非常……急、急促。她，她，她，那是什么？呼吸还、还是非、非常快，她的手碰到了什么突出的东西。就像，像……要、要是她能、能够看见就好了，可是这、这么黑。她下面那个扎人的东西到底是、是什么……噢！那已经超、超出了她的承受范围。

她用手捂住眼睛，一股奇怪的热流顺着她的脚和臀部一直爬到她的身上，压缩成一块地板上的小空间，一直升到她的手肘、肩膀、脖子、脸上……就像她在沐浴一样。但她不是在沐浴，而是那股热流爬满了她全身，她必须赶紧坐稳，因为她感到脑袋很沉重，比身体还重。她很不舒服。她的眼前闪烁着遍布房间的漂浮的白色光斑，但她却看不清这个房间。

房间。这不是一个房间。它是一个——一个盒子。一个盒子。一个盒子！她闭上眼睛慢慢地呼吸……吸气呼气，她对自己说，吸气呼气。

那是一个盒子。当他把她放进去时，她从外面看到了。虽然她还没有试，但她很确定自己站不起来。她从外面看到，这里太小了。她摸到的扎人的东西一定是地板或墙壁之类的。她以前从来没有碰过这种地板或墙，但她偶尔会闻到一股熟悉的味道，像是家里的什么东西，女主人更衣室里那个棕色的大橱柜。它的门闻起来有一种味道，和餐厅里闪亮洁白的桌椅非常不同。

哦。当她想到女主人的时候，她的眼睛有些发热。然后她想到了奇普斯的外套，藏在脏兮兮的厨房橱柜下面。还有他的麦片。

她抬起手抚摸着她的头发。

她粉红色的花已经掉在那里了。

然、然后，一只、一只大、大手靠近了她！噢天哪。噢天哪。噢天哪。呼——吸！吸气呼气。吸气呼气。吸气呼气。白色光斑再次靠近了她，在她眼皮底下起起伏伏，然后又沉没回去。

他叫她什么？蒂尔达？蒂尔达是谁？那不是她的名字。如果不是她的名字，他为什么要这样叫她？她张开嘴告诉他：“那不是我的名字！”但是发不出声音来……然后她尖叫道：“奇普斯！奇普斯！但是她不能喊出他的名字。她被一双更大的手捧起来，他们经过走廊时，他做了那件使邦邦的耳朵变红的事情，他说他很抱歉冲她大喊大叫，但他以为他再也见不到她了！“我以为我再也见不到你了！”他一边说着一边走上楼梯，用手指抚摸她的头发。“我不是蒂尔达！”她再次试图尖叫，但喉咙似乎被卡住，只能做出口型。“没关系，蒂尔达。快到了，”他说着，把她放在肩上。“跳到上面来，我怕我会挤到你。”他说，“你总是告诉我，我不知道自己口气有多大。”但“上面”摇晃得厉害。她不得不用手抓住他的胡子，可他的胡子闻起来……不致于很难闻，但不干净，当他走上楼梯，她向下看，走廊变得越来越小，她最后一次试着呼唤奇普斯。

无人回应。

当他们到达台阶顶层的时候，她朝着他们走过的地方看去，注意到墙上有一张小照片。这很奇怪。她不知道为什么，但是……但是她无法停止凝视着它，当他们转向楼梯拐角时，她努力转过头来，好让眼睛仍然能看到它，并且一直凝视着它，直到他们进入一个房间，那幅照片消失不见。

他们走进房间，布兰克妮感到自己平静下来了，但只是稍微放松了一点。也许是因为她一直忙着看照片，或者是因为房间的布置很可爱，虽说不太干净。空气闻起来有股年久发霉的味道。两个低矮的扶手椅上，一对闪闪发亮的粉色垫子靠在一起，白色椅子腿是弯曲的。一面巨大的镜子倚靠在两把椅子之间的墙上，镶在镜框上的鲜花已经蒙尘。透过吊在半空中、布满褶皱的白色帷幔，她几乎可以看到背后的床，其中一边帘子用塑料玫瑰花别了起来。一双毛茸茸的拖鞋，像她自己的衣服，但是用粉红色的猫毛制成，她站在一张白色瘦腿桌子前面，桌上挂着一盏灯。这盏灯盖着玻璃叶子灯罩，发出昏暗的光。如果她没有那么害怕，会认为这个房间虽然有点灰尘，但也是可爱的。“我照你想要的样子布置的。”大胡子说。然后他告诉她，他会把她放进盒子里一分钟，只要一分钟——他只是不想再失去她，哦不，他不忍心再失去她。他的蒂尔达。他可爱的蒂尔达……盒子被关上了。然后响起脚步声，接着门被关上了，在黑暗又扎人的盒子里，她重新整理着思绪，门咔嗒一声打开了。

哦，天哪！哦，天哪，天哪。“我不是……”她正想说，但随着盒子重新打开，她的声音渐渐消弱，只得眨了眨一对毛茸茸的眼睛。

“蒂尔达。”他说，一双大手伸进来，布兰克妮的眼睛看不见了。

7

CHAPTER

金克丝先醒了。她翻过身来看着邦邦，想知道她睁开眼睛的第一句话会是什么。既然她睡了一个好觉，她应该感觉好些了，恢复正常了。金克丝想到马海毛垫子和玫瑰花瓣的那天……那天她也很和善，因为她身体不舒服。起码，她没有大喊大叫。不过要是金克丝没有找到她睡觉的地方，她一定会冲她吼的。一定是昨晚发生的事，让她身体很不舒服，又困极了，只想睡觉。

但她的病情正在好转。这就是为什么她脑袋一侧戴着那个东西回家了。这让她好些了。

她亲爱的邦邦。金克丝看了邦邦一会儿，因为她确信她很快就会起床，开始给她新的一天提出要求。

今天是什么日子，石头日？线日？甚至连金克丝都记不得了。自从邦邦离开后，一切都变得如此混乱。

金克丝伸出手指，如果她戳一下邦邦，她可能会醒来，然后金克丝会问她感觉如何。但这一次，她还是不想让她醒来。她只是想看着她。如果今天金克丝让她再多躺一会儿，她会留下来，那就太好了。她们会亲热地拥抱在一起。

当“拥抱”这个词在她的脑海中回响时，两个小人出现在她脑海中，他们在一个肮脏的地板上躺下来。奇普斯！她记得在厨房里四处寻找一件衣服，然后躺在地板上，然后他那个男主人进来，把她吓跑了……他的男主人比她的女主人个子大得多。他脸上全是毛茸茸的，而且个子高得让金克丝看不到他的头顶。

是的，她想，这一切都不是只发生在她脑子里的事情。

“一个梦，”她脑子里一个声音说。

不。这不是一个梦。

哦，好吧，也许今天他们终于可以亲热地拥抱了。他要是来到院子里，她就立刻出去看他，然后……然后他们会谈论他的男主人。他们甚至可能会笑起来，因为同样的事情也都发生在彼此身上，他们都是被另一个人的主人吓走了。然后她会握住他的手……她喜欢这样。那太好了。也许……邦邦！邦邦醒了！

邦邦像往常一样挺直身体坐起来，看着篮子外的碗——像往常一样——发现它们都是空的，然后从篮子里爬出来。

就像她平时那样。

“现在还很早，邦邦，你为什么不在这儿多待一会儿呢？”

邦邦回头看了看金克丝，一脸困惑，金克丝确信她会说“不”，平常比这还要糟呢，通常她根本不理会她，直接爬出篮子。

“好吧。”她边说边躺回篮子里，偎依在金克丝身边，抱起金克丝的胳膊搭在自己身上。

金克丝张大了嘴，眼睛也睁得大大的，很想尖叫一声，但是为了维持这个搂抱，她忍住了，她眼皮跳得很快。

这是邦邦第一次应她的请求留下来。

就像昨天在外面一样，邦邦走向她，把胳膊伸过去抱住……金克丝闭上嘴巴，眉毛也耷拉下来。

就像昨天一样。

这意味着她仍然很奇怪。

这意味着邦邦还是有点古怪。

她们躺了一会儿，金克丝问：“你不饿吗，邦邦？”

“碗是空的。”

“哦，”金克丝噘起嘴唇，“我们应该踢碗吗？”

邦邦沉默了一会儿。“好吧。”她说，从金克丝的怀里出来，离开篮子。

好吧？就这样？这太愚蠢了。金克丝不该这么说。邦邦本来应该这样说：“好吧，我想我们当中必须有一个人踢碗。”或者说：“先拥抱一下，再去找麦片。你总是改变主意，金克丝。你真是个自私鬼。”

“你为什么会去踢碗呢，邦邦？”她说。然后紧紧闭上双眼。

邦邦停了下来，一条腿已经跨出篮子。“你也可以，如果你想的话……。”

“不！”金克丝睁开了眼睛，“我的意思是，这对你不公平！”

“哦，”邦邦说，“只要做了，由谁来做并不重要。”

有一点像邦邦了。虽然只是一点点。金克丝想了一会儿说：“好吧，我们别这样，等等看哪个主人会起床吧。”哈！那真的，嗯，真的……那会让她大发雷霆的。

“相反，”她脑子里说。

邦邦挠了挠下巴。“我们通常不会那样做。”她瞥了一眼碗，然后又看着金克丝。

是的，这样才更像她。“不，我们会这样做，邦邦。”

“但是，好吧。”邦邦扑通一声倒在篮子里。

金克丝鼓起双颊，然后慢慢把嘴里的空气呼出来。邦邦对她笑了。

现在这样真好。看到邦邦笑起来真是太好了。邦邦很少笑。

“你为什么这么做？”邦邦指了指金克丝的脸颊。

“你不认为，”她说，“你不认为我们应该先抱一会儿，再关心麦片吗？我总是改变主意，因为我是个自私鬼？”

邦邦抱着自己的膝盖。“不，”她说，“我不这么认为。我知道我以前总是那么想，但今天我改变主意了，我不知道为什么。”她张开嘴，轻轻咬了一下自己的膝盖。

噢……金克丝明白她为什么这样想。她理解每天感受都有不同。有时一天里感受也要转变好几次。实际上，有时候邦邦对她和善或者对她很坏的时候，她反而感觉奇怪。但是邦邦……邦邦一直没变过。她离开的时候，一定受到了糟糕的对待。有什么东西改变了她。

“有人对你很坏吗？”金克丝问。

邦邦没有回答。她真的不知道这个问题的答案。她不这么认为，但她脑子里有个声音回答了金克丝的问题。“是的，”那个声音说，“有些很糟糕的事情。”

金克丝有一个念头："也许是因为那件事吧？"

邦邦把自己的手放在耳朵上。她好像忘记了盖着垫子的那天。她脑海中浮现出一个场景：她躺着，女主人和医生站在她面前。"她脾气暴躁吗？"医生问，"这就是她脾气暴躁的原因。"是的！她现在都记起来了，那些话她们肯定说过。

"你说得对，金克丝，"她仍然紧握着耳朵，"我现在记得……这东西能治好我的坏脾气。"

"真的吗？"金克丝盯着那个东西看。它真的能做到吗？"你确定吗？"

"是的，我记得他们的对话，整个过程都在我脑子里。"她一说出口，另一个场景又浮现出来了。一排又一排至少有二十个小人躺在一起，都深受脾气暴躁之苦。

金克丝感到很开心。

那她已经……？

是的，没错，她确实不一样了，而且她至少明白了邦邦改变的原因。邦邦现在变得温和多了，但是……这个改变似乎过于急剧。就好像她已经是一个全新的小人了。这意味着以前那个邦邦消失了，永远找不到了。是吗？这是否意味着邦邦永远改变了？

"你必须永远戴着它吗？"'

邦邦没有回答。

金克丝另一个想法是："如果你把它取下来，会怎么样？我的意思是……你还会像以前一样发脾气吗？"

"我不知道。"邦邦轻声说，然后转过身缩在篮子的角落里，仍然抱着自己的双膝，没有看金克丝。"要想想你已经够幸运了，上个月是乳房缩小……然后是肋骨移除……"这句话在她脑海里盘旋，就像金克丝追着自己的影子跑一样。乳房缩小很难说是件好事，现在一个张开的乳房在她脑海里浮现，像粉红色和黄色的花朵一般……这幅景象是从哪里来的？她甚至从来没有见过一个张开的乳房。这使她确信，如果她病得更厉害，更恐怖的事情有可能发生在她身上……她也确信这一切有可能只是她自己想象出来的，似乎她脑袋里面有另一个小人，比她年纪大，可以回答金克丝的问题，也了解外面的世界，从她内心深处帮助她。

就是这样。

她又开始吮吸膝盖上方那一小块儿皮肤。

这就是她今天要做的事。她会花时间和这个小人在一起，这个小家伙住在她脑子里，她们会一起弄清，被带走后发生在她身上的一切，然后她会有自己的决定。

“你饿了吗，邦邦？”她又变得举止怪异了，金克丝想，“你在吃自己的膝盖。”

邦邦抬起头来。口水沿着她的腿流下来，但直到唾液变凉，她才能感觉到它流到了小腿处。

“今天是什么日子，邦邦？”

邦邦看起来很困惑。“今天？”

“不，我是说，是纸日、羽毛日还是线日？”

“哦……我不记得了。”邦邦说，“我今天真的感觉不太好……”她闭上嘴，然后又张开嘴咬她的膝盖。

金克丝从篮子里爬出来，走向自己的碗。都怪那个该死的耳朵上的钉，把邦邦变成这样，她不喜欢这样。事实上，这是有史以来最可怕的事情。当她想到“有史以来”这个词的时候，踢了一脚她的碗，然后坐在旁边，等待着。

继续等待。

时间已经很晚了，房间里已经非常非常明亮。通常在天色有一点灰暗，还有点冷的时候，她们就能吃到麦片了，即使是星期六也是这样。

她又踢了一脚那个碗，这次坐在碗沿边，面对着厨房门。门关着。她现在很饿。她把大部分的麦片都装进蓝色管子里拿给布兰克妮了。该死的布兰克妮。噢等等，不对，门还没有完全关上。它刚被打开，一道和门框一般粗的黑色阴影立着，证明它开着。金克丝跳了起来。

“邦邦，我要去……”她突然停了下来。实际上她不知道自己要去哪里。她朝篮子走去，嘴型还停在发“走”这个音的形状。她没有上楼，她们不会那样做的。脑袋里有个声音在告诉她，她是在找吃的。但她不可能去找，因为房子里已经没有一点儿食物了。“但这就是你要做的事情。”她脑袋里的声音说。

这真是太傻了！

“是的，”她脑袋里的声音说，“不过你也不能坐着等死吧。”

她看着邦邦待在篮子底部。

羽毛、石头、线、人工草皮、纸和绒毛在她头脑中上下翻滚，就像水喷涌而出从那个……从源头那里。这些都是无用的，一文不值的东西，所有都是。篮子底下没有这些东西会好看得多……

“邦邦，我想找点东西吃，”金克丝说，“虽然我什么也找不到。”她想着邦邦正和一堆羽毛待在一起。“虽然这没什么用。”

邦邦吧唧着嘴。“好吧。”她轻声说，仍然直视着金克丝。她理解金克丝，她明白需要去做一些事情，建造一些东西，收集一些东西。也许她也会这么做。也许会……之前是……

刚出走廊，金克丝就愣住了。她听到一阵轰隆隆的响声。持续时间很长，事实上一直都没有停下来。但是还有另一种奇怪的噪声伴随着它……啪啪啪啪啪啪啪啪啪啪——这个声音速度很快，就像拍手一样。金克丝拍了拍手，只是想确认一下，她的嘴巴露出一个怪异的笑容，当她拍手很快的时候嘴巴就会变成这样。

这个声音是从大房间里传来的，金克丝看见客厅的门好像开着。厨房门竖着一道黑线，大房间的门也紧挨着一道灰线，阳光从里面射出来。她走到那条线旁边，用一只眼睛对着它。是她吗？那是女主人吗？有可能是……她看起来似乎在跑步，是的，那个和掌声一样的噪声就是她的脚掌触击地板发出的……可是她要去哪儿呢？金克丝皱起了脸……她哪里也没去。为什么她在奔跑却哪里也没去呢？

“没有食物的时候，你为什么要寻找食物呢？”她脑子里有个声音说。这是不同的，完全不一样。吃是很重要的，但像这样原地跑步一点也不重要。

女主人面向门口，头发绑在脑后，不停地左右摆动。金克丝摸了摸自己的头发，很想让它也像那样跃动。事实上，也许这就是她不能跑向别的地方的原因。

金克丝努力推门，挤出了一条新的更粗的线。

苏珊抬起头来。

“哦！”她喘着粗气说，“金克丝！你还没吃早饭，是吗？”

金克丝盯着她踩在脚下奔跑的东西。隆隆的响声就是从那里来的。每当她看到那个讨厌的真空吸尘器时，她也有同样的感觉，然后她就会往门口退去。她不喜欢它。一点也不喜欢。

“不要害怕，金克丝。它不会伤害你的。”她伸出一只手碰了一下什么东西，隆隆声就变了，它似乎没有那么生气了。

她的跑步速度渐渐慢下来，金克丝注意到她的胸部和她的头发一样摆动着。她畏缩了，把手放在自己的乳房上。有时候她跑步时也会发生这种情况。这似乎不太好……但是，等等……那是不是意味着她的女主人……和她的身体一样？

金克丝盯着苏珊的胸脯看。她以前从未想过这件事，但这件事她相当肯定。事实上，她知道她们是一样的。是吗？她看着苏珊的手，一只手在她的臀部旁边摆动，另一只手拿着一个瓶子。然后金克丝把手放在自己的胸脯上，托起自己的胸检查了一下。一样的。她们是一样的。

苏珊长呼了一口气，机器停下来，“走吧，我们去看看邦邦怎么样了。”她从那个东西上下来，朝门口走去。

一条腿，两条腿，一条腿，两条腿。嗯。她的腿和金克丝的一样迈开又合拢。事实上，她跟着苏珊穿过大厅，看着她的腿，然后低头看自己的腿，只是为了确认一下。没错，是的，她们一样。但是……她的腿有点奇怪。女主人有一条腿闪着蓝光，另一条腿颜色很暗，跟金克丝的腿不一样。但是话说回来，金克丝不记得以前女主人的腿是那副样子。她敢肯定自己看到过两条不同颜色的腿。一定是这样。

金克丝在厨房门口停了下来。也许她该把自己的腿也换换颜色？

“哦邦邦小姐，你怎么样了？”

邦邦坐着，嘴巴仍然放在膝盖上。她侧过头抬眼看着女主人。

“你饿了吗？所以你们都那样蜷缩在角落里？这就是你吮吸膝盖的原因吗？”

邦邦的手动了一下，似乎要拍手作为回应……但她做不到。因为她太饿了，但这并不是她躲……缩……在角落里的原因，也不是她吮吸膝盖的原因。她很傻，同时问了三个问题，每个问题的答案都不一样。

“蜷缩。”她脑子里有个声音说。

苏珊弯下腰，双手放在膝盖上，等待着答案。

邦邦继续侧着脑袋望着她。

“哦，你真是只不乖的小兔子，对吗？”苏珊转过身去，伸手拿起冰箱上的一包麦片。

金克丝盯着女主人，安哥拉兔子的形象在她脑海里翻滚……真有意思……邦邦可不是一只乖兔子！她笑起来。邦邦不是一只兔子！

她听见有人笑起来，是邦邦。她们看着彼此，同时笑出声来。她们都在笑，邦邦变成了一只生病的兔子！噢真可爱……她们从来也没有同时笑过，一次也没有。

苏珊转过身来。“你刚才笑了吗？她问，“你们笑了，不是吗？我敢肯定你们俩都笑了。”她一只手叉腰。“再来一次。”她歪着下巴说。

邦邦和金克丝张开嘴想发出和笑一样的声音。但什么也发不出来。

“你们可能需要一些笑点……”苏珊两只眼珠往中间挤，伸出舌头。“这样呢？”她故意用大舌头问。

她们皱起脸盯着她。金克丝往后退了一步。

苏珊不再扮鬼脸了，她嘲笑了一下自己，用手擦擦下唇。“那样可能也会吓到我自己，”她说着，转身回到工作台。“我敢肯定听到你们笑了……”她又拿起一盒麦片，弯下腰，把两个碗装满。

嗯，麦片，金克丝想。她看着碗，待在苏珊的脚边，苏珊的脚离她们很近。她今天有不同的脚，不对，不同的鞋子。事实上，她经常换不同的鞋子。今天，那双鞋又大又圆，有趣的绳子交叉在前面……金克丝以前没见过这些。鞋子通常待在楼梯最底层，排成一条长线。也许是她换了她的腿？就像她换鞋子一样……

金克丝看着邦邦。她不再吮吸自己的膝盖，把一条腿跨到篮子外面。

饿，金克丝想。

“来吧，你们俩，把这些吃光。”

她们走到碗旁边，开始跪下来用手捧麦片吃。一两分钟后，金克丝的膝盖有点疼了。她坐回来，开始用手小捧小捧地吃，把麦片嘎吱嘎吱地塞进嘴里。女主人站着，下半身靠着冰箱。手里拿着一个小罐子，用勺舀着吃，就像金克丝用手捧麦片一样，把罐子里面的东西取出来放进嘴巴里。

金克丝看着她做这件事，感觉自己的腿好一些了，她又可以像往常一样吃东西。就在她向前探着身子的时候，邦邦走上前，开始用手抓东西吃。

邦邦停下来看着苏珊。没嚼碎的麦片从她张开的嘴巴顶部掉到舌头上，她盯着那个小小的闪亮的东西在空气中停了一刹那，然后掉进罐子里，哒，哒，哒，它刮着罐子周围，又重新进入等待的嘴巴之中。

那是什么东西？邦邦想，她用手擦了擦自己的腿把麦片碎屑弄掉。她闻了闻自己的手，注意到它们是黄色的。这味道她闻了很久了，每次它把麦片捧起来放进手里就有这种味道。

她回头去看那个闪亮的东西。还有女主人干净的白皮肤的手。

他好像买了很多好东西，苏珊看到窗外哈米什的车驶了过来。可他买了什么？都是些很贵的东西吧。缺心眼的饭桶。她半是微笑，半是生气，想着他走之前给她的飞吻。

四年多了，他都没有这么做了。

他还拍拍自己的脸颊，似乎在说，“我的吻在哪儿呢？”

她喜欢他轻拍自己脸颊的样子。他看起来可爱极了。

她也可以很可爱。

哇，他真的进城去了，那个箱子太大了！可能是寿司。那是她最喜欢的。还有蛋糕，法式的，欧培拉式的，巴黎产的，她自己不会做。如果他买了她会做的东西，她会非常生气的，她一边下楼一边想。她就在他面前吃。因为她很可爱，不去管自己的腰围。她会大口大口都吃光。

跑了一个小时之后，这是她应得的奖励。

苏珊用毛巾拧了一下头发，玻璃咖啡桌上有许多五颜六色的方块，她轻击了其中的一个。那些方块立刻合并在一起，一个女人的脸出现了：“折叠并关闭跑步机”那张脸说。跑步机的底座自动折叠，缩回对面那张墙里。同时一个女人出现在屏幕上，身穿粉色弹力套装，遮住了下面的机器。“很棒——！”，“再来一套下肢运动怎么样？”

“不。”苏珊说。

那个短发女人作出祈祷的手势。“关闭跑步机应用。”她宣布。屏幕重新变回墙壁。

苏珊嗅了嗅空气。他不会知道她用过这个东西，她想，一边往手腕上喷香水，然后伸出胳膊转了一个圈。“苏茜，真的，难道你不觉得你有点敏感吗？什么，什么敏感……”她停止了旋转。她能想到他喜欢什么样的女人，她是为了自己而不是为了哈米什。

当然，要是没有那个飞吻，她早就脱掉这该死的白色牛仔裤，回到床上了。

她跑回楼上的窗户前。

他搬着箱子要去哪？他是要去……隔壁？

哦，原来是卢卡斯太太。卢卡斯太太向她挥手。混蛋，她被发现在偷看了……是的，你好，卢卡斯太太。向她挥挥手……最好能到外面去。

“恐怕我借用了你丈夫。”卢卡斯太太大声说道，苏珊快步走出房子。当哈米什出现在她身边时，她转过身来，手里拿着盒子。“哦，你人真好，”她说，“只要把它放在传送带上就行了，传送带通向厨房的工作台。”

“你确定吗？”哈米什有些勉强，透过眼镜看着她，他一直表现得很体贴，非常乐意再送一程，虽然完全没有这个必要。苏珊偷笑着。

“非常确定，”她朝盒子里看去，“哇，太感谢你了。你真是个好帮手，不是吗？”

苏珊估摸了一下假日肚子的称呼和那个飞吻，还有现在，他帮一个小老太太去购物。“他还算不错嘛。”

“有什么小人的消息吗？”哈米什问，他放下盒子搓搓手。

“没有。”

“发生了什么？”苏珊靠在篱笆上。

“布兰克妮从昨晚就不见了。”

“噢，不会吧！”

卢卡斯太太点了点头。“恐怕是这样……”

“你到处都检查过了吗？”苏珊问。然后觉得自己提了一个愚蠢的问题。

“我把房子翻了个底朝天，”她点点头说，“其实没必要。通常我一喊她她就会来，今天她甚至错过了洗澡。她从不错过洗澡的。”

“你给她洗澡了？她一说出口就有些后悔。哈米什对她摇摇头，问什么不好偏偏问这个，苏珊……

“是的。一周两次。”

“嗯。”苏珊说，巴奇时尚店里那个蝙蝠侠一样的女人在她脑海中逼近，她的翅膀完全张开了。

“我早就提醒，我们应该那样做。”哈米什说，他现在走到了篱笆的另一边，一根手指指着苏珊好像在说：“我没说过吗？早就告诉你了。”

她不理他。“我会在屋里找找她的。有时我看见她在院子里。也许她藏起来了……”她又在说些没用的话。

“哦，真的吗？非常感谢。我担心她会出什么事。”

苏珊记得看见邦邦躺在马海毛垫子上，身上盖着玫瑰花瓣。同样的恐惧充斥着她的心，不是我的邦邦，她想，如果邦邦消失了，那将会是多么可怕……她们任何一个都不能丢。“我当然会帮你找的，”她说，“实际上，如果你不介意的话，我今天晚上过去拜访，看看她是不是回来了。”

卢卡斯太太把双手托在下巴上。“哦，好的！”她说，“谢谢你。”

她的双手扭在一起，互相摩擦，就像一对情人一样。“你看起来很担心。”

“你是心理医生吗”

他扬起眉毛。“是的，没错。”

“我读了一些关于精神病人情况恶化的文章。”

“嗯……嗯。”他把这个词延长成两个音调。

“病情会恶化是正常的吗？”

“呃……当然。这取决于疾病的种类，以及疾病的严重性……”

“是的，但是病人的情况没有被时时监控是正常的吗？”

“你是指什么？’

“不受监管，你知道的，不服用药物，一旦他们离开了自己的设备，病情就会恶化的吧。”

“对一个情况严重的病患置之不理，是不明智的。对于门诊病人来说，照顾他的人，或者经常是家庭成员，可能会定期来看他。”

“你怎么能确定这是一个“情况严重”的病患？”

“呃……”

“我的意思是……一开始被认为‘很轻微’的，有时候会迅速恶化。对吗？”

“嗯……”

“因为我读到一个故事，一个被当局认为是‘情况良好’的人，切断了自己的鼻子。”

“啊，”哈米什也读了同样的故事，“你知道为什么这些故事会成为头条新闻，不是吗？”

“——”

“就像飞机坠毁一样。”

“因为这是极其罕见的。”

“我是这样想的。”他回到椅子上坐了下来，“但是心理健康的问题是，它不像是断臂或者……”他盯着她的脸，搜寻例子。她的头发缠绕在脸上，像卷曲的蕨类植物叶子在秋天枯萎，变成琥珀色。“像一次理发，发型很糟糕。不……”他后悔了。“我收回这句话。”

她笑了。至少他让她笑了。

“一般来说，生理健康的问题和疼痛更容易被发现，也更容易被治愈。精神疾病非常不同，必须把它找出来，即使你认为它消失了，也许它只是在休眠。”他缩回下巴，双手交叉放在肚子上。“今天怎么想起来过来咨询的？”

“但是只要他服用药物，他就应该保持‘理性’，对吧？就像你和我一样？”

“嗯……”他们还在谈论那个切掉鼻子的人吗？“如果他按照他的治疗计划去做，那么这种事情就不应该发生了。”

“但是我们怎么知道他有没有按照计划？”

“嗯，他们会看到的。他们使用设备监测他的大脑和药物的反应。”

“那他为什么……”

哈米什耸耸肩。“就像我说过的，这是非常罕见的事情……”

“她现在在哪里？”

“他们都在餐厅里，看。”

金克丝把鼻子顶在窗户上。她看到一只穿着短袜的脚，脚底压在椅子腿上，在那一天第四次还是第五次了，她想着自己的身体，和女主人不仅仅是相似，而是完全一样的。她抬头看着桌子，他们在吃东西。不是用那些银色的东西，“勺子”，而是用有趣的小棍子，它们张开又合上，像一个长长的鸟嘴。“我们吃的东西和他们不一样，是吗？”

邦邦转过脸面向窗户，然后看着他们握住那两根好玩的小棍子，把一小口食物不偏不倚塞进嘴巴里。她转向金克丝：“是的，我们吃的东西不一样。”

“也许这意味着我们不一样。”

邦邦向前走了一步，直直地看着金克丝的脸。“我们只能吃他们给我们的东西，金克丝。”她的眼睛朝面前的空间迅速扫了一眼，似乎要找到体内那部分的东西，那个东西促使她说出这番话。那是从哪儿来的？她闭上眼睛，勺子在她们身后的黑暗中渐渐变大，慢慢地，勺子头部分裂成黄色的落满点点污渍的手指。当她睁开眼睛，金克丝的脸紧挨着她的鼻子尖儿，她的目光投向那块仍然卡着邦邦耳朵上的垫子。

“哦，”金克丝退回来，摸着自己耳朵的轮廓，然后说道，“但是也没关系，因为麦片也不错，不是吗？”

邦邦想着这件事。麦片大多数时候都不错。但是，他们用小棍子戳的那些东西可能也不错。还有今天早上用勺子舀的东西。也许它们和麦片一样棒……

“麦片？”背后有一个声音响起。

金克丝转过身朝奇普斯冲过去，吻了他的脸颊。“你在这里！”她笑着说，“我一整天都在等你，结果你在这里！”

邦邦看着她对奇普斯的亲吻。这是从什么时候开始的？“你的整个脑袋都红透了。”她对奇普斯说。

奇普斯想了一会儿。“什么？”他问。

金克丝站起身来看着奇普斯的脑袋，笑了起来。“这不重要！”她说，“哦，看！你的衣服已经穿上了！”她向前探着嗅了嗅，然后解开衣服，扭动着身体钻进去。“布兰克妮把它带过来给你的！我知道她会做到的！”

“布兰克妮？”奇普斯看了看金克丝，又低头望着地板，目光移到自己的肩膀，又眺望天空。

“布兰克妮——布兰克妮！”金克丝唱道。

自从他成了一个满口谎话的人，自打昨天他说谎以后，他就躲起来了。布兰克妮会看到他并告诉他，她来的时候他不在那里。“你为什么不在那儿？”他脑袋里有个声音响起……他紧闭双眼。因为……因为……因为他一直在窥视金克丝和她的女主人。

“嘿？”金克丝笑了。“嘿？奇普斯，你藏起来了吗？我还能看见你……”

奇普斯睁开眼睛。上一次金克丝离他这么近，还是在他家里拥抱的时候。他吻了吻她的鼻尖，知道她会喜欢这样的。她确实很开心，咯咯地笑起来，解开了奇普斯衣服的扣子，扣在自己的背上。他很瘦，两个人很容易就钻进了他的衣服。

“我的衣服和布兰克妮的一样。”邦邦说，她伸出一只胳膊，然后伸出另一只，看着大衣上明暗不均的灰色。“等她来的时候你就能看见了。”她确信那要比布兰克妮的好看。她放下胳膊。“但是我今天没看见她，今天是星期六的后一天。她通常会在周六过后的第二天来，因为那个时候她的女主人会去购物。”

奇普斯咳嗽起来，又抬头望着天。

金克丝扣扣子的手停了下来，她刚刚想出了一个好点子。“我们去“外面”看看她吧？”

“不行！”奇普斯喊道。

金克丝和邦邦目瞪口呆地盯着他。

奇普斯越过金克丝的肩膀看着邦邦，然后撩起金克丝的头发对她耳语了几句。“我们亲热的拥抱怎么办？”

金克丝又咯咯笑了起来。“是啊！”金克丝说。

邦邦觉得这一切都很奇怪。非常奇怪。不是令人生气而是……让她感觉到自己也想钻进某个人的衣服里。她隔着外套抱了抱自己。嗯，她从来没有过这种感觉。她看着奇普斯，想知道他是否愿意钻到她的外套里来。或者她钻到他的外套里去。她看着他们彼此拥抱，像厨房里塞满东西的两只袋子。“我到里面去一分钟。”他们甚至不曾注意到她说话。咯咯的笑声在空气中回荡，直到邦邦蹑手蹑脚从真空活板门下面爬过去时，那笑声才被门的拍打声阻隔。

她非常清楚自己要去哪里……但她真的应该那样做吗？确定吗？在她想起了这么多事情之后……现在，当她想要回忆，她的思绪又飘起了羽毛。一连串场景浮现在脑海：女主人用银色的棍子吃东西，不能拍手表达“是”或“不是”。想要说话但是，但是，但是只能做出口型，不能发出声音。肚子饿的时候也吃不到自己的那份早餐。她要做的事情看起来似乎……非常奇怪。

“勺子。压制。依赖。”她脑子里的声音说。那是另一个小人。她脑子里的小人，帮助她理清思路。“压制，”他强调，又说道，“独立。”她确信他是个男人，因为有时她感觉自己看见了他，这是个年长的小人。她确信他年纪比自己大。

笑声从餐厅里传来，同时，她的羽毛般的念头也落了下来。他们阻止她鼓掌。他们不让她用小棍子一口一口地吃饭。他们禁止她用勺子。那为什么现在她仍对他们有需要呢？她现在所有事都心知肚明，为什么她仍然需要他们呢？

“爱。”那个年长的小人说。她绕过门，他们都低头看着她，她看出他们看到她很开心，特别是女主人。

“你在那儿干吗呢？邦邦？”

邦邦解开自己的衣服，让它垂落在地板上。为什么她总是问邦邦她无法用拍手回答的问题呢？她走进隔开两位主人的桌子底下……桌子的形状像挂在她头上的乌云，她透过玻璃望着它们。有他在真是太好了。他总是比女主人好一点。他会让她走来走去，不抱她，也不动她，也无意帮她梳头。他喜欢让她在自己身上找到舒适的地方——他的膝盖、大腿，或肚子——当她发现躺着最舒服的地方，她会踢他，提醒他还有工作，除了这些，他还会开始抚摸她的背。现在，当她走近那只长眠动物，就是他的鞋子时，她意识到她已经控制住了他。不仅仅控制了他，她和他在一起的时候，也控制了自己。她知道自己来去自如，他不会试图从她的头发中摘下麦片，或是检查她耳朵。她拽着他的裤腿想着。

“尊重。”她脑子里有个声音纠正道。

尊重。这是个好词…它的发音里面有“啄食”这个词。这个词的意思可能跟“被啄食”相反……这些词是从哪里来的？一只手落到长眠动物——鞋子——旁边的地板上，等着她坐上来。她照做了。

但是如果他让一切都维持原状的话，何来的尊重呢？早餐总是迟迟不来，也没有勺子。

这只手向上移动，与膝盖齐平，等着她走上来，他的膝头正等着她。她走上去，躺下来，肚皮朝上靠在他一条腿上，她准备好要去踢那只早已在等着她的手。一排手指轻拂过她整个背，指甲轻轻划过她的皮肤，她感觉全身颤抖，丧失了听觉，她闭上眼睛。感觉到最短那根手指刚一离开她腰际，第一根手指就又停在了她左肩。它继续朝下移动，几乎没有碰到她的皮肤，然后抬起来，离开她的左臀，这样第二根手指才能从脖子底部开始，一直到背部的那个关节，她确信有时候能感觉到那是一小截尾巴。它离开了。第三根手指又开始了抚摸。她双臂交叉，把头倚在上面休息，让她的皮肤去感受那一阵阵激动的战栗，而她的耳朵也越来越听不见声音了。

“她喜欢那样……”女主人的声音听起来很遥远，“特别是当你这样做的时候，你必须‘触摸’她。”

“她们都喜欢。不过金克丝有一段时间没来了……”

“哦！”苏珊没拿筷子那双手在脸旁边挥动。“我忘了告诉你！金克丝有个男朋友！”

“哦，真的吗？”

“是的！”满是食物的嘴巴咕哝着。

幸运的金克丝，邦邦想，她想象着背上的手指是奇普斯的。幻想自己翻过身抬头看到他的脸。她对自己皱了皱眉。不行，那样就太奇怪了。她放任那张脸继续变化，现在不是奇普斯的手抚摸她的背，而是金克丝的头发。她想象金克丝躺下来，所有的重量都压在她身上；她的膝盖顶着金克丝双腿弯曲处，脚趾甲顶着金克丝的脚底，温暖的脸颊紧挨着她的脸。

苏珊咽下一口食物，然后说：“那次我半夜起床，发现她篮子里有一个小男孩。”

“不可能！”

“是真的！”

“那邦邦在哪里？”邦邦感觉到自己背上的抚摸停了一秒，然后又继续。

“在医院里。”另一个还是满口食物答道。

“哦，就是那一晚！她可真是没有浪费一点时间，不是吗？”

“还真是。”

“但是他们不能。你知道……”

“我不这么认为。”

“我真的不会感到惊讶。在你说了关于鼓掌和笑声的事情之后。”

“哦，我肯定他们可以做很多事情，我们甚至都不知道。”

邦邦的眼睛睁开了。就是它！这就是问题所在！大人们不知道。他们不知道小人……好吧……他们可以……她又把眼睛紧紧闭上。这一切都是如此令人困惑，因为她甚至不知道自己已经意识到……“我们是人类，”脑子里那个年长的小人说。她的眼睛再次睁开。真的吗？那是什么？他们是……他们是一模一样的吗？只不过小人体型更小。她眨了眨眼睛，不知道为什么，她一直知道这一点，不过……她刚才意识到：为什么会这样呢？她从来没有想过，因为……哦，这很难。

“事实上，”女主人继续说，“我知道你喜欢阴谋论，但是昨天看到店员对邦邦鼓掌的反应后，几乎就像……我该怎么说呢？”

这一切都太难了，因为……因为……邦邦紧紧闭上眼睛。年长的小人朝她的方向吹了个泡泡，里面有自己的影像，邦邦坐在早餐旁边的地板上，看着女主人在用勺子。

苏珊深吸了一口气。“这几乎就像是一种掩饰，这说得通吗？他们不能让小人发展到能用语言交流的水平，不仅仅是因为这不适合‘宠物’的角色，而是……”

宠物。宠物？什么是宠物？年长的小人算吗？那只刻薄的灰猫在邦邦脑袋面前走过，用手朝她挥过去，同时有几百只安哥拉兔子在它身后翻滚。它把死鸟放进嘴巴里然后偷偷溜走了……

“而是因为，我认为他们担心的是，小人们可能会说出来的东西。”

“我肯定他们会先要一些衣服，一张普通的床。也许是一大块牛排和一杯圣埃美隆酒。”

还有一个勺子，邦邦想。

“不，你真傻！我指的是他们在被购买回来前所经历的一切。”

突然间她似乎又闻到了那股瓷砖的气味。那幅画面在她头脑中一个小小的空间里爆炸开，地上满是睡着的小人和粘在她脚底的白色碎片。她的胸膛随着呼吸迅速地上下起伏，闷热使浑身皮肤发黏。

哈米什笑了。“这都是一回事，苏珊。只要他们能够用语言表达自己的生活，不管是过去还是现在——”

“那么它们必须被正视，是的，我知道，哈米什。”她把舌头伸进下嘴唇和下牙之间的空隙里，眼睛眯成一条缝望着他。“我说的是，它们所知道的可能比我们预想的具有更大的破坏力。让它们说话没准会揭露政府的秘密，关于外星人登陆和间谍，还有……”

哈米什抬起眉毛时眼睛几乎要闭上了。“哦，天哪……我们刚刚到了我说的“疯狂临界点”，苏珊。那个点就是——在听一个病人讲一个很合理的故事之后——他们顺嘴说了一些东西，我不得不停下来说：‘啊，你真是疯了，不是吗？’”

“不，但是……”苏珊笑着说，“如果你对他们顺嘴说的那些东西一无所知，那么一切都是有可能的。”

“但是，没疯的人知道什么不该说出来。”

“你昨天不在那儿！你会完全……该死！”她用手捂住嘴。

“什么？”

“我还没有打电话去问候卢卡斯太太。”

“哦，苏珊……你最好现在就打，可怜的卢卡斯太太。”

“你觉得她找到布兰克妮了吗？”

“不知道，希望找到了。”

“也许她回家了。可那样我会听到声音的，不是吗？”

“——”

“我直接给她打电话吗……还是？”

“为什么不呢？这是个好主意。”他的手指停下抚摸邦邦的背部。“我要用这只手吃完饭了，邦邦。”

邦邦抬起头。太奇怪了。通常她想待多久就能待多久。她醒来然后走上那只等待着她的手掌。这是又一次，她在餐厅里没有成功，在他们吃饭的时候一次也没有成功过。一定是因为这个。

“是的，我想我会打电话给她的。我确实检查过花园，看看她是否被困在某个地方或摔倒了之类的。”

“嗯，你得告诉卢卡斯太太。她可能太讲礼貌了，所以没给我们打电话，只是坐在家里……”

“哦，哈米什，别这样！”

那只手朝睡觉的鞋子伸去。

“等她的小……她叫什么名字？”

“布兰克妮。”

邦邦仍然坐在他的手中间，她回头透过玻璃桌面看去。布兰克妮？

“等她的小人回来。你说她可能去哪里……”

布兰克妮失踪了？邦邦跳起来，她站在男主人的手上，鼓掌了两下。四只眼睛透过桌子齐刷刷向她望去。

“她的意思是‘不’。”苏珊说。

哈米什扬起眉毛。“哇！第一次看到这种情况，真的很奇怪。”

“你不想下来吗？”

不！她不想！邦邦再次鼓掌两下。她想知道布兰克妮发生了什么事！

“她不想去。你觉得她会想来一块干酪吗？”

“不，哈米什！她是不被允许这样做的。”

“那又是为什么？”

苏珊想了一会儿。“我不知道……这会让她生病，会吗？”

“我不知道。我猜，如果她以前从未吃过的话……对不起，邦邦。”哈米什说，“我想继续吃完晚饭。并且没办法分给你。”邦邦无声地怒吼着，她凝视着她。离餐厅门最远的角落里露出几缕金克丝卷曲的头发。邦邦从男主人手中跳了出来，跑出餐厅，穿过大房间，爬出了真空活板门。

8

CHAPTER

“布兰克妮不见了！”邦邦猛地冲到外面大叫道。奇普斯把金克丝压在餐厅门沿上，一边啃着她的脸。他们听见邦邦的尖叫，赶紧把对方拉开，看向她。

“你们两个在干什么？”

奇普斯低下头看着自己的脚。

“接吻。”金克丝叉着腰说。

奇普斯回头看了一下金克丝，咧嘴笑了。他喜欢她在邦邦面前手叉腰的样子。他决定和她一样这么做。

邦邦皱了一下脸。“布兰克妮失踪了。”

“什么？”金克丝把手放下来，“她在哪里？

奇普斯搂住自己的胳膊，为自己脑袋里的小小声音感到羞愧，在邦邦告诉他们关于布兰克妮失踪的事时，那个声音在欢呼：“好！”。这是一件多么可怕的事情。真可怕，可怕极了。他是个撒谎的骗子。

“你怎么知道的？”金克丝问。

“他们在谈论这件事。”邦邦指着餐厅的窗户。

“噢。”

奇普斯的肚子感觉怪怪的，她怎么会失踪呢？前几天他才见过她，头发打着卷，咯咯地笑着。现在……

“我最后一次见到她是当我生病回来，我穿着大衣，站在你的‘外面’，说起你。然后你回家了，你还记得吗？”

奇普斯看着邦邦，两颊突然开始发烫。昨晚？昨晚他在厨房碗橱下面的一个袋子里找到了他的外套。昨晚他发现了布兰克妮的玫瑰花。昨晚他告诉金克丝别再找了…他的衣服到处都找不到。昨晚是……是他撒谎的时候。

金克丝看着奇普斯。“你见过她吗？”她用一种能够终结所有拥抱和亲吻的声音问道，“你看见布兰克妮了吗？”

“没有！”奇普斯喊道。“骗子！”他脑子里有个声音大叫道。我不是骗子！我没见过她！“没有！”他又大声喊道，把衣领拉起来遮住脸，眼睛紧紧闭上。“我得走了。”他转身跑开。

金克丝的嘴唇开始颤抖。邦邦注意到了。她走向金克丝，用一只胳膊搂住她。金克丝抬起头，惊讶地发现这是一个全新的邦邦。以前的邦邦浮现在她脑海中，只会抱怨她的耳朵发热，她开心地笑了。金克丝用胳膊擦了擦鼻子，邦邦的手轻轻拥着她的肩膀；她凝视着远处的奇普斯消失在隧道里，他的身影变成一个小小的黑色斑点，她意识到什么东西后，眉毛突然扬了起来。“但是，他已经拿回了衣服，邦邦，”她说，“他一定去过布兰克妮家，他一定见过她！”

“你要去哪儿？”

“我要去追上他。”

“别去！我们……我们不能过去。”

金克丝转过来。“我们可以的，邦邦。我以前做到过。”她转身朝隧道跑去。

“你……你打算对他说什么？”

金克丝停了下来。对。她打算对他说什么？“我只是……”她转过身来，“我只是想知道他是怎么拿到他的衣服的。”

邦邦眨眨眼。“布兰克妮一定是把它放在他家里了。”

“是的，但是……”

“但是什么？”

“她失踪了。”

邦邦两手抓着衣服的边缘。“噢，”她说，“好吧，你知道她发生了什么事吗？”

金克丝思索着。一群蓝色的孔雀在她头脑中漫步，它们的脑袋朝向一边，用一只眼睛看着她，那只眼睛越往喙的方向就越尖，像一只彩色的鱼飞速下潜寻找食物。它们嗖嗖地移动着，一只脚迈在另一只脚前面，粉色花朵从它们的背上掉落地面。“我觉得她是去看奇普斯了。”

“但是他说他没见过……”

“我知道。但我想他说的不是什么……”她皱起眼睛说，“真话。”

邦邦摇摇头。“这太傻了，他为什么要这么做？”

金克丝深吸了一口气。“因为他一直在和布兰克妮接吻。”

邦邦张大嘴巴，然后再次合上。她的眼睛朝着围墙顶端望去，那里的栅栏和她想象中金克丝所说的一样。是的……是的，她想她明白了。事实上，整件事情让她感觉有些不舒服。他真的不应该和布兰克妮接吻的，特别是他还在和金克丝接吻的时候，更不应该这样，还没有告诉她。她想再说些什么，“这让你感觉不舒服吗？”

金克丝朝邦邦走去。她也想说说这件事，“是的。”

“是的，”邦邦表示同意，“你想去那儿看看，他们是不是在接吻吗？”

金克丝努起嘴巴，鼓起两颊吹出一口气。

邦邦笑了起来。

金克丝也咧嘴笑了。“你为什么笑我？”

“你那副样子看起来真逗！”她又咯咯笑了起来。

啊……这番情景还真少见，得让人适应一段时间。不过听到邦邦的笑声真是太好了。她笑起来真可爱。

邦邦的笑声停了，她们对彼此露出微笑。“我真的不想去奇普斯家。”邦邦说。

那群孔雀又出现了。邦邦一笑起来，它们就消失了，现在她提到奇普斯，它们又回来了。金克丝的嘴巴有种奇怪的感觉：又干燥又有点恶心，还有点像亲吻的感觉。她对这个和以前不大一样的邦邦眨眨眼睛，而邦邦还抓着自己衣服的衣领，希望金克丝提出回自己的房子去。“没关系的，邦邦。”她走过来握住她的手，“奇普斯会回来的。他常来我们的‘外面’。”她说出这话的时候，却禁不住问自己：可要是他们真的在接吻怎么办？要是布兰克妮把他的衣服给他，然后开始抱他怎么办？要是他们已经这样有一段时间了，金克丝却一直都不知道怎么办？“布兰克妮不拉大便！”奇普斯重复道，她脑海里又响起这句话。她皱起了眉头。

“你确定吗？金克丝。”

这个问题带来片刻的空白。邦邦从来没问过自己她是否确定，从来也没有，一次也没有过。邦邦没有好起来，邦邦还需要照顾。

“是的，邦邦。没关系的。我们进去吧。”

“我们可以在里面谈，金克丝。我们可以想出来下一步该怎么办。”

“是的，邦邦。我们可以在里面谈。”

“噢！天哪！你还好吗？你为什么盯着我？”

“你睡着了吗”

“嗯？”

“你刚刚一直在睡觉，是吗？”

“现在几点了？”苏珊撑起一只胳膊，看着对面墙上的时钟投影，“是的，我睡着了。”

“所以刚刚是谁发出了那种噪声？”

03:02。“什么噪声？”

“那种……”哈米什闭上眼睛，用一只手搓了搓自己的脸，“那个把我吵醒的声音。”然后反应过来：“是我自己。对吗？”

“你在开玩笑吧？这是你第一次醒来发现自己在打鼾吗？”

“真的是我吗？”

“当然是啦，哈米什。”

“你怎么知道？你也在睡觉。”

“因为你在我刚要睡着的时候就在打鼾。”

“但是那个声音非常大！”

苏珊犹豫了一下，不自然地笑了一下。“每天晚上都是这样。”她把胳膊放在肚子上，扑通一声倒在枕头上，朝窗边的桌子看去。如果你不说，他就不会道歉，现在说完最后那句话又直直地盯着他的话，好像是在有意提醒他道歉似的。有将近五年，他告诉她自己*从来*不会打鼾，要是拐弯抹角地让他道歉，反而会搞砸。

她等待着，知道他仍然撑着身体，因为床还没晃。她知道他在想自己打鼾的事情，因为他以前也遇到过这样的场景，他既是罪人又是受害者，可够他想一阵子的了。

“每一天晚上。”她忍不住说。她几乎是屏住呼吸说的，甚至像是在自言自语。

“唔……”摩擦胡茬的声音依旧能听到。“一定有某种医学上的原因。”床开始摇晃，苏珊感觉到有股力量在拉扯羽绒被。

她的眼睛望着时钟投下的蓝色影子，大脑的注意力却放在了耳朵上。他的呼吸渐渐慢下来。肺部开始摇晃……他睡着了！该死的，他怎么这么快又睡着了！

这种摇晃变成了剧烈震动，她把腿伸出床外，用脚去够拖鞋。混蛋！哈米什把她弄醒了，然后告诉她，他被自己吵醒了，现在他……这就意味着她……

“干什么？”听见她下床的声音，他咕哝了一句。

“去厕所！”她几乎是对他吼出来的，然后大步走向厕所，猛地把浴巾从脚凳上扯下来，裹在身上离开了。

她从楼梯上跳下来，想着自己的眉毛会在生气的时候竖起来，她现在看起来一定非常生气，但是没有一个人看到。是不是有点浪费。她穿过走廊，记起上次夜半醒来，是两天前。她推开厨房门，灯光从一个金黄色和一个深色的球中渗出来，两个球就像盒子中的两颗巧克力。她的眉毛重新变得平直。上帝保佑，多么可爱的灯光，像两块安睡的巧克力……她把门拉上，几乎要关严了。嗯……两天前她看的纪录片，还有一杯机器做的巧克力，那种感觉还不错。她朝客厅走去，朝巧克力泡沫走去。哈！她想出了一个关于巧克力泡沫的情景。那是什么呢……一个沙发，哈米什，以及生活。独自度过的快乐时光——喝着巧克力，看着电视，世界的其他部分处于昏暗的沉睡之中。按着咖啡桌的一角，她选了《微型人类现象》这部纪录片，等着盛有小玻璃杯的机器把巧克力送到她面前。

纪录片在苏珊上次看完的地方暂停了几秒。一位采访者面对着镜头，被采访者坐在背景中，穿着褐色西装，腿翘在另一条腿上。啊对了。克隆。死亡。这就是那个巧克力泡沫的念头被激发起来的地方。

“这将我们带回一个最原初的问题：第一批袖珍小人的丑闻是如何出现的？”

三条标签出现在屏幕底部。“回到主菜单”“重播克隆采访”“袖珍小人丑闻揭秘”。

苏珊咽下一小口巧克力。“第三条。”她对屏幕说道。还是跟着故事的顺序走吧。

“在 2063 年，公司不再用以前的名称进行交易，它发布了一款样品，在整个世界范围内产生了争议，这场论战因何而起？样品是一个微型人类，旨在作为“家庭成员”推向市场，公司把这款小商品描述为“生命和爱的杰出结晶”，引发了全球范围内的激烈讨论……但是每个人挂在嘴边的最大问题是什么？它们是从哪里来的？当时，资深遗传学家马克·赫克托博士太过兴奋，以至于忘了做出解释……

屏幕闪回一段录像，似乎是 21 世纪拍摄的，画面色调非常明亮，阳光下大块斑驳的阴影散落在各处。赫克托博士对着镜头微笑，一位个子稍矮的记者将麦克风凑近博士的嘴。“所以，它们是从哪里来的呢？”记者问。赫克托博士慢慢重复了一遍这个问题，似乎要帮助那些还不知道发生了什么的观众理解这句话。

“它们是从哪里来的呢？”他咧嘴笑道，“这个嘛，和所有伟大的发明一样，来自于试错！它们的出现完全是一个错误！实际上我们正在制造胚胎干细胞，对人类基因的生长指令进行调整，以创造更小的婴儿。这……这种需求，可以说是被国际环境组织官员推动的，他们认为可以创造出一种较小的种族，和这个星球上大量人口产生紧密关联。小型人类的需求更小。这个想法有段时间已经在计划中了，但是因为它涉及到克隆领域，取得进展并不容易。”

“2016 年伊莎贝尔计划开启了对这个领域的研究，几年后由于结果出现大面积失败，研究被终止。2029 年，政府提供给我们的团队大量资金。经历最初几次失败的探索后，细胞开始变成今天的样子。”博士又笑了一下，他合拢双手放在胸前，把头歪向一边。苏珊意识到自己的嘴巴撇下来。这个伪君子……他有多大年纪？他的嘴唇像两片油亮的热狗面包，鼓胀胀地盖在牙齿上。他的脸又圆又胖，她分辨不出他是个动了太多手术的年轻人，还是一个动了太多手术的……老年人。

“你想告诉我们这是一场意外？”采访者问道。

“我开始回答这个问题的时候，就说过所有这些都是一场意外。”

记者点点头。

“这确实是！第一批成功的样品就是今天你眼前的这些。不过，我们最初的任务确实是失败了——”他打开两片热狗面包似的嘴唇继续说道，但却被采访者打断了。

"您能告诉我们为什么说失败了吗？"

"我来告诉你为什么。答案很简单，因为它们太小了。这个体型的族群很难适应我们的环境，还有一个事实，它们无法适应现存人类种族的繁殖方式，我们的目的从来不是制造出一种小型生物。"

"但是你们是怎样拿到市场许可，把它们作为商品出售的？"

"所以我们是怎样把它们作为商品出售的？除此之外还能有什么别的方式处理呢？它们的智力被压抑，也缺少本能反应，这就意味着它们不能独自生存。所以我们让不同的家庭收养它们，这些家庭经受过——现在仍然如此——严格的筛选过程，购买后三到五年内还要接受后续观察。"他飞速地摇了摇头，"呃……收养。"他继续说："尽管购买行为是这中间很重要的一个环节；收养的家庭也需要提供他们的财力证明，同时需要表明他们将持续为小人提供给养，有朝一日小人和它们的寄养家庭将会被视作一场规模最大、前所未有的社会实验。"

记者深呼吸了一口，还想说些什么，但赫克托博士已经转向镜头，满屏幕都是他的香肠嘴和漂亮话。苏珊伸出舌头，做出一个呕吐的表情。"这场社会实验旨在夺回人类所失去的爱，最后，人类需要通过更多的途径获得救赎。"

真恶心，苏珊想，她吹了吹巧克力上浮起的泡沫。哈米什会喜欢这个的。

过去的录像定格住了，屏幕闪回到最早出现的主持人那里。

"非常有力的论述。"他开口说，像通常主持人会做的那样伸出双手，似乎在指挥一个管弦乐队。他继续说道："还有，从表面看，这似乎是一种高效的方法，不仅解决了问题，还对人类做出了积极的贡献。"主持人把双手放在胸前，脸上浮出微笑，"一个真实的、令人欣喜的意外。但是……"他伸出一只手指向天空，"赫克托博士不知道，这些口袋大小的人类背后还隐藏着这样一个事实……"

另一段同样是21世纪色调的录像开始播的。苏珊开始快进，这一次，一个个头发如钢盔、双唇肥厚的新闻广播员从屏幕一端到另一端的影像，用蒙太奇的手法拼贴起来，一个接一个：

"顶尖基因工程学家……"

"基因工程学家在伦敦……"

"伦敦的顶级基因工程团队……"

“受托进行一项任务……”

“这类任务的第一个……”

“授权允许进行……”

“克隆几千个人类……”

“被关闭……”

“停止运行……”

“当局禁止进一步调查……”

“马克·赫克托博士……”

“系主任马克·赫克托博士……”

“用人类胚胎……”

“从‘无父母’库中取得人类胚胎……”

“使用超额供应的胚胎……”

“实验导致大量人类胚胎死亡……”

“临床助手提及畸形……”

“几位员工称部分胎儿超过合法流产期限，随后……”

“还未发现重大生理缺陷……”

“在不太可能的情况下，领养机构……”

“由于拒绝与领养机构比尔布里奇—明克斯公司合作，这引起了人们的注意……”

“政府要求为休眠胚胎寻找父母……”

“自胚胎干细胞研究计划终止以来就处于休眠状态……”

“自胚胎干细胞研究被禁止以来首次出现丑闻……”

“胚胎干细胞研究在2025年被禁止。”

画面又回到之前的主持人。“首次授予进一步研究的许可，”那双指挥家似的手变成了杯状，似乎盛着两只橘子，随着音节轻轻摇晃，“科学家们被特别告知，克隆的定义是‘从单一共同祖先的细胞中繁殖有机体’，被量化为单一细胞到单一祖先；也就是说，不能从单一祖先细胞中制造多个复制样本。”他重新把双手握在一起，“使用人类胚胎进行研究实际上意味着，微型人类现象中的迷你小人不会被归类于‘克隆’，而被认为是人类的合法后代，它们有真正的父母，祖父母，甚至可能有兄弟姐妹。当时的科学家对科学领域这一难以置信的非法突破意见不一。”

屏幕跳转到另一条标注着日期的新闻短片，画面里一位穿西装的男人站在三支话筒前。他的鼻子像被挤扁一般，几乎挨近上唇。“毫无疑问，在胚胎状态把人类缩小意味着基因学的巨大进步，对未来科学发展有着无可估量的影响。”

一名带有苏格兰口音的女士在大会中发言。“我们真正需要再次提出的是最初的辩论，它最终见证了胚胎干细胞研究被废止。在什么阶段，一组细胞应该受到保护人类的同一道德法则的约束？”

一个年轻人穿着条纹衬衫，戴着略呈蓝色的镜片，悠闲地站在盆栽旁边说：“我们不能忘记，这就是我们想要的。任务从来没有规定过，嗯……嗯……创造一个全新种族，我们都知道因为那是毫无意义的；尽管那些特殊人类已经被非自然的手段制造出来，人们还是会生育正常大小的婴儿；不，那样就会完全打败这些借口。赫克特博士所做的是立即实施一项技术，这项技术在实验最后阶段已经被接受，也就是改变孕期女性的胚胎基因。当然，在早期利用孕期女性是不可能的。但是不去研究人类胚胎，尤其是在胚胎供应如此……充足的情况下，会使所有研究受挫，而这是毫无必要的。实际上，放着人类胚胎不去研究而去研究其他细胞，对于这项任务来说，大部分都是风马牛不相及。

一个披着斗篷的老妇人像猫头鹰一样站在街上，两个乐购超市的布画购物袋像变形的翅膀一样从被遮住的胳膊上垂下来。“问题是：他们有父母…他们每个人都有妈妈和爸爸，可父母们从来没想过会生出这些孩子。有些父母现在可能已经八九十岁了。我的意思是，这一切对他们意味着什么？对父母来说呢？他们对这些小人有什么权利吗？”

在一间电视演播室里，六名穿着西装的男女围坐在咖啡桌旁的长椅上。一个人坐在前面，两腿分开。“我们必须知道，这些胚胎是被遗弃的。他们是多余的，不被需要的。事实上，还有相当一部分胚胎是多余的。在这个社会里，父母可以大量生产并冻结这些潜在后代，最终却遗弃它们，必须有人为这些后代的命运负责；必须有人想办法安置这些后代。我的意思是，在坐各位有什么建议？让胚胎处于冻结的状态是最仁慈的事吗？当我们谈论尊重人类生命的时候，这真的是我们的本意吗？他们保持这种状态的唯一原因就是，没有人知道该怎么处理他们。如果比尔布里奇—明克萨斯公司没有向政府申请使用许可，他们就会被完全遗忘。”

“这很复杂，是个棘手的问题，”那个嘴唇和鼻子连在一起的男人第一个发言，“不是没有人想为这些胚胎负责，事实是没人做得到。唯一被授权为这批特殊的胚胎负责的人，就是马克·赫克托博士。父母们已经在表格上签字，声明他们不再需要这批胚胎，实际上已经把它们留给他了。他是最接近收养父母的人，随之而来的是巨大的责任感，就像父母与子女之间的互动，这种责任关系接近于所有权。他选择将这些胚胎用在科学领域，这其中取得的成就是前所未有的，史无前例的！不幸的是，他本应在一开始就坦白自己的意图。这场论战就会消失，转向争论怎样处理这些尘封已久的过期胚胎。”

一个穿着条纹衣服的男人坐在桌旁，顶着一头黏腻的灰发，双手紧扣放在嘴巴前面，他的话音从指缝里蹦出来：“赫克托博士……这个名字将会在接下来的几百年里被人们挂在嘴边。他所做的事情是疯狂的！想想吧：一个科学家，处在他的位置，大大地越界了……把他当成一个理性的人看待，才是开玩笑。他做的事情令世人瞩目，但完全是不负责任的。简直，简直可以说是愚蠢透顶。”

苏珊睁开眼睛，呼出一口气，让自己醒过来。“停！”她说，擦了擦嘴边。她在哪里？噢，还在客厅里。该死！装巧克力的空杯子不知什么时候撒了几滴出来，弄脏了她盖在身上的白色毛毯。苏珊看看四周，哆嗦着站起身。“关掉电视。”

“你去哪儿了？”

“看了会儿电视，”苏珊打了个哈欠说，“纪录片。”

“……”

“微型人类现象那个。”

哈米什没接话。“你还没给卢卡斯太太打电话呢。”

苏珊拍了一下额头。“噢……现在太晚了，不是吗？”

“……”

是啊。当然……不是太晚就是太早。

“你为什么不问问她们有没有看见呢？”他咕哝着低声说。苏珊知道他的眼皮已经合上了。

“谁？”

“邦克丝。”

“布兰克妮？”

“是的。”

“问谁有没有看见她？”

哈米什叹了一口气。“拍手的小家伙们。”

苏珊皱起了眉头。“很多时候我都不明白你在说什么。”

“邦邦和丝丝。”

她在黑暗中笑了起来。去你的吧。不管了。她迈出一只腿要上床。他到底在说些什么？邦邦和丝丝，可能是：邦邦和金克丝。她正想迈出第二条腿却停在那里，那姿势像一个刚刚发现水源的探测杆。两个小人浮现在她脑海里，一边嗅一边抚摸另一个小人的灰色大衣边。和邦邦的大衣一样。她们都是朋友，不是吗？她看见过她们！邦邦，金克丝，还有布兰克妮都在花园里。她朝哈米什的方向望去，被这个新点子弄得很是惊讶。她可以问问邦邦和金克丝呀，说不定她们知道布兰克妮发生了什么。之前怎么没想到呢？

她还是没有迈出那条腿。

两个小甜心在楼下依偎在一起：一个肤色白皙，另一个肤色深一些，她们的肚子一起一伏，向空中吐出小小的“Z”字。现在叫醒她们可不太好……她那只探测水源的腿似乎确认了这一点，然后抬起来放在床上。它似乎在说，我们已经知道那里就是水源，明天就去掘开它。

“周六您在这里吗？和您的小人一起，买了那件灰色的仿兔毛大衣，是您吗？”

“是的，没错！你们把它寄出去了吗？”

“已经寄出去了。如果您不介意的话，我先为这位女士服务，过一会儿再来帮您，可以吗？您可以先看看……”

“好的，没问题。”苏珊四处逛着，像一只大鹅在水里调转方向，慢慢地划水，脖子向不同的方向伸展。商店的另一侧，她瞥了一眼在她之前的那位顾客。一个小人坐在她的大腿上，背对着她。她有着红色的长发，苏珊不确定那头长发是不是已经到她的臀部位置了。一个蹲坐在促销摊位旁边的人吸引了苏珊的注意力。他看着销售助理和她的顾客，手上提着一双紫色的迷你靴子，那位顾客瞥了一眼苏珊，又把靴子举到齐眼高的位置，转过来转过去。

“是，你是对的；绿色很衬她的头发。”那位顾客说。

“让我看看她眼睛的颜色。”

“是蓝色的。”

“啊是的。好的，蓝色其实更好，这一款我们有皇室蓝和海军蓝两种颜色。”

噢，这个销售态度真好！巴奇时尚的那位女士会喜欢所有这些和眼睛颜色相衬的大衣。她伸手摸了一件白色大衣，和邦邦的那件很像，不过颜色不同。那位医生怎么能推荐巴奇时尚呢？完全比不上这里。嗯……也许金克丝会更喜欢那件白色的？会吗？不……不，苏珊会选那件绿色的。绿色配上金克丝淡褐色的眼睛，一定很漂亮。不管怎么样，白色那件肯定会脏得很快，被糟蹋得不成样子。

苏珊听见身后有一阵拍手的噪声，于是转过身来。

“现在，你看见了吗？”在她前面的那位顾客说到，“她说‘不’，她不想要蓝色那件。”

“什么？”销售说。

“她不想要蓝色那件。瞧，洛莉，你想要蓝色那件吗？”

洛莉拍了两下手。

苏珊走近，仔细观察这一幕，从两个小人模特中间的缝隙看过去，提着鞋的顾客站在一架小直升飞机前，朝销售眨了眨眼睛，又看了一眼小小的座舱。

“两下意思是‘不’，你再看，洛莉，你想要绿色那件吗？”

洛莉拍了一下。

“看见了吗？一下代表‘好’，两下代表‘不好’。”

那位态度和蔼的售货员，手里拿着一件海军蓝的大衣放在膝头，身子朝后一仰，双手捂住嘴。“我知道了，”她说，“这是最新一批的小人吗？”

“是的！她是最新一批！”那个女人说，语气似乎在问，你问这个干什么。

对啊，苏珊想，她问这个干什么？

那位态度和蔼的售货员发出一声假笑。

苏珊大踏步朝她们走过去，想告诉她自己在邦邦身上发现了同样的事情！可是邦邦不是最新一批的小人！这位好脾气的售货员可比那个有蝙蝠翅膀的女人乐于助人多了，似乎知道的也更多。也许她会给她们更多信息。

但是这位和蔼的售货员闭上眼睛，一只手推了下自己鼻梁上的眼镜。“这超出我能力范围了。”

苏珊弓身躲在巨大的旋转展示台背后。

“什么？”那个最先挑选衣服的女人说。

“这是‘交流’，”售货员说，“我现在必须叫人来，评估这件事。”她站起身，调出衬衣背上别着的遥控器，按下一个按钮。“您不介意的话，请在这里稍等，最多几分钟。”

女人抱紧自己的小人。“但是这样不好，不是吗？你不是说，这超出了你的能力范围……”

“他们会把她带走的，”售货员说，“我不知道你该，呃……”她吞吞吐吐地说。

女人和小人望着彼此。

“您最好……现在赶紧道别。”她低声说，最后一句几乎是用唇语说出来的。

苏珊惊讶地大张着嘴巴。商店另一边，提着小鞋子的顾客把鞋扔回促销摊位。

“我马上就走，”女人说，“就当从来没有发生过这种事情。这场对话没发生过。”

“您可以走，”态度和蔼的售货员换了一种语调说，“但是这场对话已经被记录下来。自从一周前发现这类交流，我们商店就装了录音软件。就算您现在已经回到家里，也能找到您的。”

“但是我还需要更多时间，思考。”女人把手提包背上肩膀，起身打算离开。大踏步走过商店地板，把小人裹在自己的大衣里面。她走到门口，大门却先一步打开。两个人走进来。女人一时没有动弹。

“早上好。”一位高个子，戴眼镜的女人笑着说。

“我认为你们没有权利就这样把她带走。”

“我完全理解您的担忧，”高个子女人说，脑袋朝后一斜，噘起嘴，似乎在哄一个婴儿。“但她是有——缺——陷的，”她过分字正腔圆了，“为了她的种族利益，她应该被回收而不是继续在这个世界上活动。”

“她没有任何问题。她只是在想要什么东西的时候才拍手。”

高个子女人笑了，冲她左侧的同事挤了一下眼睛。他点点头。“我很抱歉，但是鼓掌被归类为一种交流。”他看起来似乎真的很遗憾。

“小人们被设计出来就禁止发展出交流。这是把她们与人类种族正式区分开的唯一标准。”女人流畅地解释道，从夹克内侧的口袋里掏出一个扁平的银色长方形物体。

“但是，很多动物都会和人类交流！”那个女人说，“狗汪汪叫是为了被放出去，猫喵喵叫是要食物，而猴子，嗯，猴子和人沟通得很好……我听说。”

高个子女人甚至没有眨眼就说：“动物与人类交流有一个‘天花板’，几千年来都是如此。我们知道，动物和人的交流不会发展成任何复杂的智力交流。”她说到“复杂的”时，用手轻推了一下眼镜。

她那位表示非常抱歉的同事说：“现在还不了解小人同人类交流的上限。他们出现的时间太短，尤其是最新一代。”

那个女人看着他们三人，生气得瞪大了眼睛。“这不公平，”她说，“你们设计出了他们，你们设计出他们来增进“家庭的爱”，可是，紧接着，一旦我们开始爱上他们，你就要把他们夺走。”

“噢亲爱的——别难过，”高个子女人说，“一旦你获得收养资格，开始下一次收养的过程会更快的。”

苏珊惊讶地下巴都要掉了。

那位同事打开了一个运载篮的襟翼，把它拿给了那个女人。他嘴上挂着微笑，眼睛却没有笑意。“我们重新调整之后，就很有可能马上把她还给您的。”

那女人眉毛一沉。“真的吗？我被告知……”不知为什么，她没有说下去。也许是为了保护那位和蔼的售货员。“你们只是希望我把她交出来吗？你们可以是任何人，不是吗??”

高个子的女人再次微笑，从口袋里掏出了证件。她的那位真的很抱歉的同事也拿出了证件。“您知道，”他说，“当您签定购买协议时，就默认了这一切。”

苏珊嗤笑了一声。什么鬼。简直是垃圾！她鼓着腮帮子呼出一口气，扬起了眉毛。

“对……所以我必须签字你才能带走她吗？”

“是的，当然。”

“但是我没有签字购买，所以你们允许文件上有两个不同的签名吗？”

高个子女人张嘴想说些什么，又闭上了嘴巴。她向同事示意，同事从背后拿出一个条形码阅读器，把它放在小人面前，然后再放在她的主人面前。

“她说得对。”他说。请问她的合法主人在哪里？

“我是。”

“显然您不是。”

“她是被买来送给我的。是一件礼物。”

“好吧，那买主在哪里？”

她挺直了腰。“我怎么知道。”

“这不应该，”高个子女人说，“如果她被当作礼物送给您，领养证应该被修改过。”

那个女人看起来很困惑。“‘礼物’是象征性的。”

“嗯……”高个女人紧闭双唇，睁大眼睛，“这可能会被视为‘放弃’。”

“我可以向你保证，不是这样。”

“是一位名叫沃尔特·格林的先生。”条形码阅读器念道。看起来很抱歉的同事亲切地向那个女人眨眨眼。“恐怕我们得把他找出来。”

“那现在呢？”她问。

“您可以回家了，”高个子女人说，叹了口气，“我得给您读一篇法律简介，”她说着，把银色长方形物体翻过来，敲了一下它的末端。闪闪发光的字开始从里面滚出来，在读完后就消失了。“请注意，当我们正在寻找主人时，申请小人护照将被拒绝，任何试图隐藏小人的企图将被认定为遗弃。”那位感到抱歉的同事身体前倾，小人尖叫起来，一根大头钉一样的东西夹在了她的耳朵顶部。“这个钉子将监视她和她身边人的动向。她将被隔离一段时间。她不能与其他小人或除您之外的其他人待在一起。任何违反这些指示的行为都将被认定为对比尔布里奇—明克斯公司的故意伤害。现在请吧，”高个子女士说，再次轻敲银色长方形物体的末端，“去享受你们在一起的剩余时光吧。”

那两个人笑了，耸耸肩膀，转身离开了。

那个女人到目前为止一直保持冷静，现在她开始浑身颤抖。

态度亲切的售货员来到她面前，抬起眉毛仿佛在说，你还好吗？

女人点点头。是的。她会没事的。

她们俩都没有说话，都在警惕房间里扭动的隐形龙卷风，它时刻等着记录下不谨慎的言论。

女人用手托着小人的后脑勺，穿过推拉门走了。

苏珊从旋转显示台后面走出来，金克丝的绿色外套仍然拿在手中。

“天哪，我把您忘了！我很抱歉！“这位态度和蔼的售货员说。

她的眼睛失去光泽，变成了暗粉色。“你还好吗？”苏珊问。

“是的，还好。”态度和蔼的售货员深吸一口气，用手背擦了擦脸。

苏珊低下头。“确定吗？”

“是的。”她吸了一口气。“抱歉，这是……本周第三次发生了这种事……”

“听起来很糟糕。”苏珊咬着嘴唇，“这到底有什么关系？拍手的意思我能明白……这是侵略的标志吗？”

售货员看起来很惊讶，足足有一分钟。“是的，”她说。接着又说：“不，不是侵略。是交流。”她凝视着苏珊，“如果你听说这类事情，请一定要上报。”

苏珊眨了一下眼睛，最终她说出：“当然。”

“噢，您找到了！”这位漂亮的售货员似乎尝试着换了一种欢快的声音，她指了指苏珊手上的那件衣服。“您想买它还是……”

“是。是的，麻烦了。我现在付钱。”

回到车里，苏珊想着刚才看到的一切。在巴奇时尚发生那件事情之后，她告诉邦邦，绝对不能在小而美店拍手。邦邦一直很听话，直到她看到那件灰色的外套，她兴奋地举起双手，准备把它们合在一起。苏珊及时抓住了她的手，用自己的大手握住了她的小手。

如果她们的对话在巴奇时尚被录下来了怎么办？

如果她抓住邦邦双手的画面被小而美商店拍下来了怎么办？

“回家。”她对导航说。

汽车启动，从车位掉转头，颠簸了一下之后停下来。苏珊从后视镜里看见方才在她前面的那个女人站在她汽车后面。“停车，”她对导航说，还没等引擎熄灭，她就下了车。

“我很抱歉，你还好吧？”

“是的，”女人说，“嗯，没有，但是……这是另一码事。”

“我知道，”苏珊说，“我刚刚在商店里。我什么都听到了。”

“哦，”那个女人说。她们互相看了一眼，努了努嘴巴，像两个年轻人，绝望地拥吻。“我在那边藏了很久了，”那个女人近乎是苦笑着说，指了指停车位的角落，“我在等他们走。”

苏珊朝她四周望了望。“他们走了吗？”

“走了。我看着他们开车走的。”

她的大衣纽扣中探出来一个小小的褐色脑袋，大头钉在她耳朵上闪着光。她对苏珊微笑着。有那么一刻苏珊很惊讶，不知道为什么。她也对小人微笑着。“她很漂亮。”

“是的。”那个女人低头看着她，“她就是我现在拥有的一切。你也有吗？”

“实际上我有两个。”苏珊绽放出笑颜。

“两个？”那个女人凝视着她的右侧，似乎在找第二个。

踏在混凝土上的脚步声传来，两人都转过身。方才提着鞋子的顾客刚刚从商店里出来，手腕上挂了一个袋子在晃悠。啊，苏珊想，他还是买下了。他朝这边看了看，调转方向，朝她们走去。“你们好。”他停在她们旁边，但是他继续把重心从一只脚移到另一只脚。“我在商店里，我看到了一切，”他对那个女人说，“你也在那儿，不是吗？”

苏珊严肃地说：“是的，我在那里。”

他看着她们的手腕然后朝身后望了望，“我可以给你们发送点消息吗？”

那个女人看着苏珊。“好的，来吧。”苏珊伸出手腕说。他们把手臂放在一起开始传输。

"好吧，那么我也"那个女人说。她用手臂对着他的手臂开始连接。

"考虑一下，"他对着苏珊的皮肤上发光的小点说，"后会有期。"说完便走开了。

回到车里，苏珊对导航说"回家"，然后说"锁门"。当汽车驶离时，苏珊在她的手腕上读到了这个信息："星期一 2116 年 10 月 19 日的会议日志，"她念道。日志？她向下滚动，找到了一个名字，一个地址，一个时间，最后还有一个标识，上面写着"小人拥有者小组"。对啊！这场会值得去，但是……那是今晚。她能去得了吗？她想到二十个女人坐在一间华丽的起居室里的高背椅上。不，实际上，那位提着鞋子的客户看起来真的不适合那个场景。但有趣的是，那位女顾客看起来完全是那种类型。哈！她的小人有什么部位引人注意，是她的眼睛吗？当她微笑时，那双眼睛闪闪发光——哦，就是这样！她的微笑。金克丝和邦邦从来都没有笑过。那样看起来太过于——像人类了。但是……也许她们是可以微笑的。她确定昨天她们笑了……

星期一 2116 年 10 月 13 日的会议日志，她又读了一遍。然后把外套裹在身上，看着前路。

今天有点下雨。不算太大，但是……她已经厌倦了站在外面，加上现在又下雨了。事实上，她今天已经感到厌倦了。哦，好吧，没关系。至少她能从餐厅看到花园。她能看清他是否来了。

自从他离开以后，她就再也没有见过他。也许今天，如果她能的话，她会去奇普斯家。她一想起要看到他的男主人，胸口就有种奇怪的悸动。

今天早上，金克丝先醒过来。当她走进餐厅往窗外看时，外面还很黑。她首先想到的是布兰克妮来到她们的花园，睡在餐厅门口。她很确定布兰克妮会在那里，所以当她到餐厅看不见她时，她很失望。很快她就想到了奇普斯，片刻之后，她意识到自己在等他。

她听到男主人起床的声音。然后她听到前门开了又关。接着她听到邦邦踢她的碗。之后是女主人起来喂邦邦，对她发出一些叽叽喳喳的声音。女主人上楼了，金克丝听见邦邦把麦片嚼得嘎吱嘎吱响。

她朝花园的角落望去，那里是隧道的入口，她希望看到一个穿着衣服的身影出现，正像昨天他消失时一样。

“嗨。”邦邦走到金克丝身边，她的衣服上沾着面包屑。

“你的外套上有面包屑。”金克丝说。

“哦，是吗？”邦邦往下看，捡起面包屑放进嘴里。

金克丝看着她。她真的不知道这是好事还是坏事，无论邦邦发生了什么。过去她总是抱怨邦邦太刻薄，可现在邦邦一切都按照她的要求去做，表现得和蔼可亲，听金克丝的话，可是，嗯，这又不如她想象的那么好。

邦邦坐在她的外套中间，看起来像一个倒挂的蘑菇。“你知道今天是羽毛日，对吧？”

“是吗？”金克丝把整个身体都从窗子边转过来，脸朝着邦邦，“真的吗？”

“你为什么这么兴奋？”

“你要让我去寻找羽毛吗，邦邦？我们现在必须开始吗？”

“嗯……”邦邦一边看着窗子一边考虑着这件事，“这可能是个好主意。你觉得呢？”

金克丝皱起了脸。这样不对劲。邦邦和以前不一样，变得不一样了。“邦邦——”金克丝开口道。

“我明白了——”邦邦和她同时开口说道。

她们盯着对方看了一会儿。

“有一个惊喜给你！”邦邦说。

“哎哟！这是怎么一回事？”

“女主人告诉我她今天要给你买一件外套，就像我的一样！”

金克丝站起身来，凝视着邦邦身后的墙，脑袋里开始下雪，她穿着邦邦的大衣，在雪地里旋转。不！不是邦邦的外套，而是她自己的！

她看了看邦邦的外套，伸手去摸它。“就像你的一样。”她说。

“是的！不过你的是绿色的。”

“绿色的？”

“嗯，”邦邦理着自己的外套，确保它呈扇形，朝四面八方同样平整而顺滑地垂下来，“她问我要不要买一件棕色的，我说不，因为我记得有一次你说过棕色看起来很脏。”然后她问我你是否想要灰色的，我说可以。然后她又想到，说两个灰色的可能会混淆……她又问金克丝会喜欢绿色的吗？我告诉她会的，但是我站起来表现得很兴奋，所以她知道应该买绿色的而不是灰色的。这是个更好的点子。她本来要问你的，但是她以为你去了外面。”

“一件绿色的。”金克丝喘着气，又看着墙壁，在她下着雪的脑袋里，她正穿着一件绿色的毛茸茸的外套旋转。哦，是的，很漂亮。但会是什么绿色呢？人工草皮的绿色，绿盒子的绿色，还是麦片一样的绿色呢——不过麦片几乎都是黄色的，所以可能不是麦片的绿色——或者像奇普斯家的脏盘子那样的绿色？有很多不同类型的绿色。

“绿色很好，不是吗，金克丝？”

“是的。”

“我是这样认为的。我认为我们有不同的颜色更好。我那样想是对的，不是吗？”

“是的，”金克丝对邦邦点点头，“你肯定是对的。”

“我想知道它会是什么样的绿色。”

“我也是在想同样的事情。”金克丝停了下来。“可是邦邦，你怎么告诉她我不想要褐色的？”

“我拍手了。”

“哦，”金克丝说。“鼓掌不是真的在说话，是吗？”

“我不知道。但是我可以通过拍手和她说话。你看，”邦邦拍手一次，“这意味着‘是’，然后拍手两次，这意味着‘不’。

“哦，”金克丝眨着眼睛，“那么，你怎么告诉她‘金克丝不想要棕色外套’呢？”

邦邦把手叉在腰上。“金克丝。她问我你是否想要一件棕色外套，我说不。”她拍手两次。“就这样。”

“哦！”金克丝试了一下，“像这样？”

“是的！”

金克丝想了一会儿，目光在地毯上移动。

“但是……这意味着我们可以和她说话，邦邦！这改变了一切。”

“是的，不是吗？”

金克丝冒出了一个更好的点子，脸上焕发出光彩。我们可以和她谈谈，告诉他们我们什么时候想要什么，什么时候不需要。事实上，我们可以和任何人说话，不是吗，邦邦？我们甚至可以自己去商店！我们可以——”

“不，金克丝，”邦邦打断说，“我们不能和任何人说话。我们不被允许这样做。”

金克丝盯着邦邦，嘴巴还停留在上句话的口型。“为什么？为什么不？不允许？为什么不呢？”

“因为那位女士。”

“什么女士？”

“在商店里。”

“什么？”

邦邦叹了口气。然后解释发生了什么，从她闻到瓷砖味道的那一刻起，到她和布兰克妮一起走进花园的那一刻。她昨天花了整整一个小时把它想明白，现在，现在……她能讲出来了。她告诉了金克丝因为大衣和苏珊对话的故事，她起初是不理解的，但后来她明白了，当她们想要把那件鞋子做的衣服拿走……

“一件用鞋子做的外套？她们以为你喜欢它？”金克丝惊奇地摇摇头。

好吧，这就是她拍手说“不”的原因，然后那位女士说去给她拿衣服，但其实并没有，她告诉她们在原地等待，但是女主人不想等。

当她们回到车里时，女主人说：“我们不能在别人面前拍手，好吗？我们必须得保密，否则，他们可能会把你带走。”

“把你带走？”金克丝喘着气问。

“或者你，”邦邦说，“这就是我们必须小心的原因。”

“但是他们为什么要把我们带走？”

邦邦耸耸肩。她说：“我们不被允许交流。”最后她发现了这个词，店里的女士说的，但她记不起来了。“我们不能像他们一样。”她伸出双腿，看着自己的脚。女主人没有对她说这些话，但她已经明白了。当她说“试图交流”时，她理解了那位女士，小人不是动物，但她们不能被称为人，因为她们被当作宠物饲养。她刚说完“宠物”这个词，邦邦脑袋里就有两只猫从相反的方向跑过来。灰色的，就像曾经追过金克丝的那只。它们耳朵微微下垂，互相闻了闻，然后其中一只抬起手，打了另一只的鼻子。那只猫露出牙齿来。

她重复了这位女士说过的话：不是动物，而是宠物。昨天早上男主人也谈论过宠物。她什么都懂。她不知道为什么，但是昨天她一直为此感到难过。尽管动物们非常好，但是她的一些部分，比如她的小脚趾，或者别的什么，都认为这是错误的。现在这种感觉已经蔓延到她的整个脚。

如果把他们当作宠物养，他们就会被当作动物饲养。

“这就是为什么我们必须团结一致，金克丝。”

“为什么，邦邦？”

“我不知道，”她回答道，“所有这些新的想法都陷入了混乱。”

“因为我们都是一样的。”金克丝说。

邦邦看着她。完全正确！听起来很简单，但正是她想说的。“没错，金克丝。”

金恩斯微笑着。“还有奇普斯。还有布兰克妮。”

“是的。我们所有人。而且……”她开始思考，只是想确定这些想法是否与她的感觉相符。对。是的，她确信是一致的。当她想起在瓷砖气味弥漫的地方所见到的一切，她头上和所有其他小人头上都有一个东西，钱普伤得很厉害，但是他问她是否还好，他能和那些大人说话，其他人也可以说话，用自己的声音——即使是可怕的尖叫，也是可以被听到的，她看到了。想想看，现在她看见了更多大人，而且她看到他们和男主人、女主人是一样的，她确信她没长着猫的脸或鸟的脸，她和他们有同样的脸，只是更小。她继续说：“今天我们不会收集羽毛。也许再也不会……”

金克丝喘着气说。

“因为动物们才这样做，我们不是动物。我们……”窗外，两只蜗牛穿过人工草皮，在啪嗒啪嗒的雨点中摇摇晃晃。它们一个接一个地摔倒在地，闪闪发光的触角伸向空中，它们就那样躺着，任凭雨淋在它们身上。

“是小型的人！”金克丝试着帮邦邦说完这句话。

“不，金克丝。”她仍然盯着那些蜗牛，最后一次确认自己的想法。脑袋里蜷缩着身体的白色小人站着，向她点点头。邦邦深吸了一口气。“我确定我们是人类。”

金克丝以前从未听说过这个词。但当邦邦一说出来，她就明白了。这使她全身发麻，好像空气里长满了刺，扎人的空气让她从地上跳起来。“是的！”她跳起来说：“你是说体型小一点的人类？”

“是的，金克丝。”

“一样……像他们一样？”金克丝指了指天花板，那里传来阵阵歌声和淋浴的响声。

邦邦皱起眉毛。“我想是这样的。”她说。

金克丝看着邦邦大衣下面的腿。然后看看她自己的腿。脑海里浮现一条黑色和一条蓝色的腿。“我们要不要去看看？”她说。

“怎么看？”邦邦说。

“来吧！”她站起身，跳到门口，脚却一下也没有蹭到漂亮的地毯。

她们跑到楼梯的底部，抬头望着楼梯口，楼梯像一张嘴，一级级台阶像一个个大舌头一样蜷缩着。

“我们从来没去过那里，金克丝。”

“但这是因为我们不被允许。”

“可是…我不确定我能不能爬上去。”

“好，但我要去尝试。”金克丝把手放在第一级台阶上，第一级台阶和她肩膀一样高，她爬了上去。把手伸向邦邦。“来吧。这很容易。”邦邦看着自己的手摇摇头，紧紧抓住楼梯地毯上的线，将身体往上拉，双腿抬到两臂之间。

金克丝盯着她，头侧向一边。“继续吗？”她说。

邦邦早已把手伸进那一块地毯中，把腿抬了上去。金克丝在第二级台阶的顶部往上爬。她们就这样，各用各的方法，每爬上一级台阶，歌唱和淋浴的喧闹声就越来越大，直到她们爬上第八或是第九级台阶。邦邦爬上去，转过身来坐在台阶边缘处，双腿悬在外面。随着粗重的呼吸声，她的背部一起一伏。“噢！”她说，“你可以的，”吸一口气，“真的可以，”又吸一口气，“从这上面，”呼吸，“这里。”

金克丝坐在邦邦身边，心想这么说话可真有意思。

“看看那个，”喘气，“我们从来没有，”喘气，“爬过”，喘气，“这么高”。

他们坐着，凝视着经过弯曲的楼梯间还能看到的走廊。然后邦邦站起来。“走吧。”

她们又开始爬了。

当她们爬到顶部时，淋浴的噪声和歌声停止了。

金克丝想，上面的一切都很可爱。到处都是漂亮的地毯，似乎是黄色的地毯，但不是普通的黄色，而是一种跃动的黄色，仿佛有人迅速打开黄色开关，不过当她再次直视地毯和墙壁的时候，它们又都是白色的。

她感觉到有什么东西在她背后轻轻推着她。“邦邦，你为什么离我这么近？”虽然嘴上这么说，但她也能感觉到邦邦在颤抖。“不要害怕。这里很不错，不是吗？”

邦邦的眼睛睁得大大的，她双臂交叠在胸前，手腕无力地垂着，双手蜷曲。

“但是为什么有这样有趣的黄色？”

邦邦朝窗户望去。就像餐厅的窗户，不过是出现在这里！很高的地方！它发出明亮的光，金克丝不得不眯着眼睛看。它看起来像明黄色，但实际上有点，比那种颜色更加闪亮，从这里她可以正常睁着眼睛看。她的眼睛适应了一会儿光线，但适应光线之后……

在她们面前展现的世界似乎是一排排白牙，起初很大，后来慢慢变小，在白牙之间，还有一个旋转的花朵一样的脑袋，制造出闪耀的黄色的光。那里有许多花朵脑袋一样的东西，面向各个方向。有一些转得很快，另一些很慢。那些白牙的后面很远的地方，是很瘦的花朵，一面白墙从地上长出来……高得望不到顶。巨大的树，比她们之前看到的都大，比那些高瘦的花朵还大，它们绿色的头发轻拂着墙壁。邦邦和金克丝像一只大鸟闪避着，就像绿盒子后面那只死鸟一样，从树上掉下来，翅膀仍然张开，它越往下就变得越大，但是它似乎没有继续，只是，待在墙上。然后有什么东西在墙上照出波动的蓝色光束，落向鸟儿着地的地方。那意味着什么？那些光线是什么？

“穿越地表。”邦邦说，盯着墙一样的东西看。

“什么？邦邦。”

“我们新的驱动舰队，可以带你去超过两千个地方。”

“什么？邦邦，你说什么……”最后一句话不可能从金克丝嘴里冒出来。一个影子穿过闪烁的黄色光线，她们躲回到通往另一个房间的门里，是女主人。

“噢。”女主人说，她关掉灯，影子也随之消失。邦邦紧紧抓住金克丝的肘部，金克丝的半边脑袋正贴着门，立刻收回来。“我是对的。”但她说不出话来。而是指了指那个房间，想说：“看，邦邦，快看。”

她俩都朝那边望去。两条长长的腿缩成一小堆叠在地上，然后又变成两条。女主人在弄什么东西。她弯腰走近那一叠东西，把脚穿进去，噢天哪！它坏了！但是她又把另一只脚穿过去，把它提起来，提上膝盖，接着到臀部。她们皱着眉望向那个东西。那是干什么的？它会很暖和吗？不会吧？女主人转身从后面拿出什么东西，侧着身露出一只乳房和肚子。那个东西很长，有两个耳朵，她用它围着自己身体中部，然后转了一圈。两个乳房，她有两个乳房！就像她们一样！然后她似乎在前面把末端扣在一起。她张大嘴巴往下看，“该死。”她说。邦邦和金克丝扭动身体，但没有走开。然后听见，“这次可以，”她把那东西整个转过来，用它的耳朵罩住自己的胸部。

她们盯着她屁股上的不知名东西。她到底在干什么？没关系，邦邦想。她们已经看够了。她现在确信无疑。她们和她完全一样，只是自己更小——但完全一样。邦邦捏了一下金克丝，然后指了指楼梯。

不，金克丝摇了摇头，她想留下来，看着女主人把腿放进一个东西里。

邦邦看了一下金克丝，然后点了点头，好吧，她留下来。金克丝笑了。她们看完这次就会离开，即使她想一直待到最后。但她们会离开，因为邦邦想要离开。

“裤子。”她脑袋里的声音说。

留下来是值得的。虽然她们不能弄清楚为什么她必须穿上裤子，再把它们脱下来，然后换上不同的裤子……金克丝一直想知道他们怎么能改变颜色——原来是因为她有不止一条裤子。

“一条裤子。”她脑袋里的声音说。

一条裤子，她重复着，想着有一天，她也能够改变腿的颜色。

9
CHAPTER

报纸的翻页。这就是笔记本上这篇记录的标题。

一根手指滑到页面的顶部，越过页脚，伸到报纸的里面三分之一厚处，然后整个手张开，啪的一声！那只手把它翻了过去。然后它停了下来，手掌向下，在报纸的中间，只停了片刻，好像在说："我们到了，现在还不错，对吧？"其余的一只手臂长的报纸都软塌塌的，摇摇晃晃地互相倚靠着，就像贾斯珀让人给自己摘虱子，或者给耳后搔痒一样。

德鲁是如此温柔。即使是对报纸。仿佛在分开巨大的蝴蝶翅膀。

这是一个不错的描述。如果德鲁知道沃蒂心里在想什么，稍后会把它写下来，如果被发现的话，就假装是关于别人的。

啊！已经在看后页了。一只手臂可以解放了，它能做什么？那只自由的前臂向上摆动，像长着喙的手轻咬着德鲁的睫毛，如同一只长脖子的鸟。

鸟和蝴蝶，还有金色的狗。他把笔记本忘在哪儿了？大概是厨房吧，昨天做草莓三明治的时候用了上面的菜谱。沃蒂一想到它就皱起眉头，血红色和黄色混在一起，就像在做的手术。

"什么？"德鲁笑道，他看见了沃蒂的鬼脸。

沃蒂审视的目光上下打量着德鲁的脸。"你经常这样吗？这就是它们长得这么长的原因吗？"

德鲁鸟一样的手臂停止了轻啄。“你想知道真相吗？”

沃蒂叹了一口气。“如果真相有意思的话。”

“我在取我的假睫毛。”

“哦。”

“你不感到惊讶吗？”

“为什么要惊讶？你戴上它，自然要取下来。

“你不对我戴假睫毛感到惊讶吗？”

“不，”双臂抱在胸前，“我不认为这是贾斯珀的。”

“什么不是？”

“浴室里的银色小管子。还有CC霜。”

“哈！那是你的CC霜，你知道的。”

“我几乎不用，但我还经常换新的。”

“……”

“我一会儿要去上班了……你知道的。”

德鲁把报纸折起来。“你提醒了我，今天五点我才能回来。”

沃蒂的瞳孔向上翻动，然后又回到德鲁的睫毛上。

“我的鸡蛋呢？”

他们抬起头，看见贾斯珀慢悠悠晃进来，舌头耷拉在外面。伊莎贝尔坐在他的背上，她的双手埋在贾斯珀的皮毛中。“我今天可以吃一整个鸡蛋吗？”

“你可以吃四分之一。”德鲁回答，他的眼睛很大，眉毛舒展开来。

“我是想告诉你，我有鹌鹑蛋。也许她可以吃一个完整的。”

“你听到了吗，伊莎贝尔？”德鲁说，他站起来走向冰箱，“特别的小鸡蛋。”

“鹌鹑是什么？”伊莎贝尔从贾斯珀背部爬到厨房的椅子上。

“一种小型的鸡，”沃蒂说，“来，我给你拿椅子来。”

“动物也有更小的尺寸吗？”

德鲁的眼睛从冰箱门后面看着沃蒂帮伊莎贝尔坐到椅子上。

“鹌鹑，”沃蒂开口，“并不是一种鸡。它是一个不能飞的胖乎乎的小东西，像你一样。”

伊莎贝尔笑了。德鲁噘起嘴，坚定地点了点头，好像在说："回答得不错。"

伊莎贝尔不被允许外出，上学，或与德鲁一起嬉戏，因为她和别人不太一样。相反，她阅读书籍和沃蒂为她写的故事……她还经常看电视。从此，她发现了各种有趣的东西。巨大的黄色小鸟可以说出字母，有小肚子的胖熊不知何故买了一个说话的真空吸尘器——所有东西——还有那两只熊和一条狗，可从未见过它们真实的样子……

她已经能分辨"五颜六色的平面人"和"真正的人"之间的区别。沃蒂告诉她，那些"五颜六色的平面人"被称为"卡通人物"——他们不是真人。

"好吧，那他们又是什么？"

"混合了动物、怪物以及神话中的生物……"

"什么是神话中的生物？"

"你知道，它就像一只独角兽，或者飞马……"

伊莎贝尔皱起脸。"这个词的音节念起来并不容易。看，像这样。"她张开嘴，眼睛睁得很大，以便发出尽量准确的发音。"PE-PA-PIG"。

沃蒂笑了。"不对。PE-GA-SUS是一匹飞马。"

"但那是独角兽。"

"独角兽的头部中间有一个角。"

"还有一对翅膀。"

"不，没有翅膀。"

伊莎贝尔看起来很震惊。"不对，它们有翅膀！"

"不，亲爱的，它们没有。"

"其中一些有。"

"好吧，也许是的，但这并不重要，因为它们是神话。这意味着它们不存在。"

伊莎贝尔歪着脑袋看着沃蒂。"我不太确定，"她说，"我知道这只是卡通，是不真实的。"

"它们根本不存在，甚至不是真的。"沃蒂畏缩了一下。那句话一说出口就后悔了。但伊莎贝尔点了点头。即使是真实的也不存在，她明白了。

"猪也不存在？"她问道。

“又在犯傻了。你知道猪是存在的。”沃蒂把存在两个字咬得特别清楚。她怎么能确定呢？她又没见过真的。

“不。不是那样的。不是两只眼睛长在鼻子上方，还穿衣服那种。”

沃蒂的嘴唇抿在一起。好观点。

“它们还会说话。猪是不会说话的。”

“对，是的……”

“所以那些就像人和动物还有独角兽一样。”

沃蒂叹了口气。“好吧，你知道它们都是由一个真实存在的人画出来，这就意味着关于它们的一切都是构想出来的，都是由某个人的想象决定的。它们嘴里说的，身上穿的，还有所做的一切……”

伊莎贝尔把脸朝沃蒂转过去，眼睛看向右上方。

“真正的猪是真实存在的。就像你一样。”

“确实如此。”

“他们不是被同一个人设计的。”

“不，”沃蒂很开心德鲁被这一个接一个的问题折磨，他得把自己学过的科学都抛到一边，来给她一个简单清晰的回答。

“不，”伊莎贝尔重复道，“我知道是那样不过我只是想确认一下……”

沃蒂继续说：“所以，即使它们有一些看起来像猪或者人，但实际上都是想象出来的——只是真正的人想象的产物。我们把它们叫做‘卡通’，知道了吗？所有想象的都这样统称。”

“每一个都是吗？”

“每一个都是。”

“啊。那太好了。他们都有相同的名字。”她能够想到一些与众不同的东西，她很高兴自己知道了关于“卡通”应该知道的一些东西。

虽然这相当复杂。

有时候，真正的人会和其他生物待在一起，肯定不是卡通。像珀伽索斯、独角兽和美人鱼……虽然美人鱼可以说话。两只马和一只熊迷住了伊莎贝尔。它们能和真正的人类对话，尽管它们是“动物”。但它们不是人的宠物……或者它们是宠物？它们似乎都生活在一起，行为方式都一样。他们能理解所有的人，尽管他们说话的方式不同。其中有些不会说话，一点也不会！他们只是看起来在那个人的耳朵旁说话。其中一个尖叫着——那只像狗的。其中一个说了一口流利的英语，她头上有一个蝴蝶结，穿着一件裙子。奇怪的是，这个节目是以那个不会说话的形象命名的。伊莎贝尔一直认为最漂亮、最重要的就是那个能说话的带蝴蝶结的女孩。但似乎没有人会想到，那个不会说话的才是最重要的。事实上，他们似乎都是特别好的朋友。

最棒的是他们的卧室。那里有三张小床，三个小衣柜，还有许多隧道和阳台，当他们从一个地方走到另一个地方或是藏身之处时，就看不见他们的双腿了。在一个小衣柜里有一些小衣服，这些小衣服本来就非常适合伊莎贝尔穿。女孩睡觉的地方是粉红色，男孩睡觉的地方是蓝色和绿色，墙上有一些小照片……小床头柜……小灯……

在关于“小鸡”的问题结束后，沃蒂去上班了，一直到午饭后，德鲁发现伊莎贝尔把手握成拳头捶着遥控按钮。“你怎么了，脾气暴躁的小家伙？”他用拇指揉着伊莎贝尔的头顶，问道。

“像我一样的其他人在哪里？我从未见过像我这样的。”

德鲁愣住了。“什么，孩子们吗？”

“不！”她看着德鲁，“小人。”

啊。终于来了。这场对话终于来了。但是沃蒂不在！他们应该一起讨论这件事的，他们三个人一起。他们应该在早餐的时候解释这件事，那时候还有机会……噢不……伊莎贝尔在哭。

“我们为沃蒂的笔记本写一首诗可以吗？”

“不。”

“来吧！那我们练习倒立怎么样？或者把巧克力冰一下。”

通常伊莎贝尔会噘起嘴巴，胳膊抱在胸前，德鲁会把她拽进厨房。但是她哭个不停，满是泪水的脸变得通红，在身上那件小裙子的领口上留下了一大块湿漉漉的印迹。“求求你了！”她说，“求你了，德鲁！我真的很伤心，我不知道为什么！”

德鲁的心，仿佛从胸腔中分离，从纠结缠绕的动脉上脱落，扑通一声掉进了胃里。

不能出门的小女孩，依赖电视和狗的陪伴。她不能和其他小人玩。她是如此悲伤，却不知道为什么。德鲁知道为什么。今天是时候说实话了。但伊莎贝尔首先需要安慰。

为此他们准备了有一阵子了。

德鲁从盒子里拿出一张DVD，然后把它放进播放器，跪在伊莎贝尔面前说："现在听我说。"

伊莎贝尔点了点头。

"我要给你看一个关于小人的节目。"

伊莎贝尔喘着气。

"但是！"德鲁举起一只手指头，似乎要把她的兴奋压下去，"这不是真的。他们是演员，你明白吗？"

"明白。"

"这些演员假装是小人。"

"好吧。"她似乎不在乎，她已经越过德鲁的肩膀在往那边看。

德鲁按下播放，然后去打电话给沃蒂。

伊莎贝尔坐了下来，一下午都在看《借东西的小人》系列。当DVD结束时，她按下播放键，重新开始播放，看完第二遍后，她哭了，因为它们不是真的。

"我已经告诉过你。"德鲁说。

"如果他们能和那些大人说话，他们就不必住在老鼠洞里了。"伊莎贝尔哭着说，"我要生活在老鼠洞里吗？"

德鲁叹了口气。"沃蒂现在回来了。我们坐下来谈谈这件事好吗？"

伊莎贝尔往下撇的嘴角立刻上扬了，她像那只黄色小熊一样笑起来——那只和她一样大的对人耳语的小熊，从德鲁的大腿后面突然跳出来。

沃蒂原以为给她买个木偶可以帮助她理解什么是真的，什么不是。但是当她看到木偶没有腿时，她尖叫起来，花了好长时间把木偶的黑鼻子贴在她的耳朵上，她眯起眼睛，试图听见他在说什么。

"你听着，"几天后她终于说，把木偶推到德鲁面前，"他只会和人说话。"

他们对她眨眨眼。“可你是人啊。”

“我不是。”她摇摇头。“我不是一个真正的人。”

“天哪！真对不起，昨晚我忘了过来！”苏珊把电话放在下巴下面，同时扭动着身体从外套的一边钻出来，把装着金克丝大衣的袋子扔到沙发上。饮料机的绿色指示灯向她眨了眨眼。“不喝了。”已经够了。苏珊抬起衬衫上边，低头看着牛仔裤在皮肤上压出来的痕迹。

“别担心，亲爱的……我记得你丈夫为你准备了一些特别的东西。”

她把外套从另一个肩膀上甩开，想说：“他不是我丈夫。”但张口却变成：“哦，真的吗？”

“我在他帮我买的杂货中发现了一些巧克力，心形的，涂着金色的……我不知道是什么……应该是给你的。”

苏珊对着手机微笑了一下，大步走着在休息室里寻找金克丝。“也许是给您准备的？”

“哈！不可能。”老太太笑着说。

苏珊张开嘴想说些重要的事情，但是金色心形巧克力已经挤走了这个重要的想法。该死的。她想说什么来着？是……关于……关于布兰克妮。就是这样。她扫过花园，看过堆肥箱里面……“我确实看过了。”

“我想问——”老太太同时说。然后又说：“对不起。你继续吧，亲爱的。”

“哦。对，嗯……”该死的该死的。又忘了！“你找到布兰克妮了吗？”

“没有，”卢卡斯太太回答，“我想你也没找到吧？”

苏珊把唇形张成“没”的形状，但是这位上了年纪的女士的声音从听筒里传过来，牵动了她的嘴角。她脑海里浮现出一幅老妇人坐在扶手椅上，两脚交叉着，握着电话，望着门和小摇篮的景象。天哪，她昨晚怎么会忘了去她那儿呢？她用空闲的手把头发从脸上拨下来，弯下腰去沙发底下找金克丝。不在这儿。但是她的手腕引起了她的注意，她眨了眨眼。苏珊没有说“不”，而是深吸了一口气，说：“现在还没有什么进展……”她站起来用鼻子轻触发亮的皮肤。日志会议的提醒亮起。

“哦……”她的声音像一个饥肠辘辘的小孩。

"不如我们泡一杯咖啡，然后坐下来聊聊？"

接着是一阵短暂的沉默："恐怕你有事要忙吧。"

"不，真的没有。我想我知道可以向谁询问所有这些问题。肯定是有怪事发生。"

"你真的这样想吗？"

"过来吧，我会告诉你一切。对了，不妨把那些巧克力带过来？"

那个饥饿的小孩突然就变成了一群快乐的孩子，伴随着这位女士的笑声从听筒的每一个小洞里迸发出来。"好吧，虽说我们不知道哈米什是买给谁的，但至少我们可以一起分享。"

她们说再见然后挂了电话。苏珊用空出来那只手查找会议地址。在城市的另一头。她得把她俩都带去。希望卢卡斯太太有空。"金克丝！"她喊道。不，不是在厨房里。在前往餐厅之前，她转过身去扫了一眼大厅。"金克丝！邦邦！"她按下餐厅门旁边的按钮，门滑到天花板上。"金克丝！"她喊道，"邦邦！金克丝！邦邦！"没有回应。她们几乎从没离开过。在卢卡斯太太来之前，她一直想问问她们两个关于布兰克妮的事情……为了咖啡和金色心型巧克力。她转过身，脚摩擦着地毯朝着厨房走了几步。哦，稍晚些再问，又有什么关系呢？当她去橱柜高层拿杯子时，真空活板门发出刮擦声。"是你们两个吗？"她没有回头看，问道。"邦邦？"

拍手声传来一下。

苏珊笑了，听到她的鼓掌，还是有点意外。但是，天哪，他们真的要注意这一点了。"等等，让我把这些拿起来。"也许她应该试着向他们解释商店里发生的事情。她皱起眉头转过身来。

邦邦站着抱紧自己，金克丝坐在地板上，抱着自己的脚踝用脚梳着自己的头发。

"你在做什么，小傻瓜？"苏珊蹲在金克丝面前，"我在客厅给你放了礼物。"

金克丝把她的脚放下，很快跑到邦邦身边，抚摸着她的外套。

"对的，"苏珊笑道，"邦邦，你告诉她了吗？"

拍手一下。

"你真好！告诉金克丝她有礼物，她开心吗？"

拍手一下。

“哦，真是个小甜心。”

金克丝已经拉着苏珊的一根手指向客厅走去。

“好的，好的。但首先……”苏珊的表情严肃起来，“我需要你帮我做一些非常重要的事，你明白吗？”她看了看邦邦，但两人都拍手了，“哦！金克丝！你也能做到吗？”

金克丝眨了眨眼睛。

“邦邦教你的吗？”

拍手一下。

苏珊惊讶地张大了嘴巴。那真是太神奇了。

那个可怕的女技术员的话在她脑子里响了起来。“我们还不知道他们的智力极限。”哈！太对了，他们并不知道。他们实际上互相谈论着生活中发生的新事物，他们彼此传授知识。就像……人类！她又感觉到指尖传来的压力，禁不住笑了。显然，他们还需要学会耐心。“好吧，金克丝。听着，你们知道布兰克妮发生了什么事吗？”

邦邦拍手两次。金克丝只有一次。

苏珊盯着她们看。也许她没问明白。她转向了金克丝：“金克丝，你知道布兰克妮在哪儿吗？”

拍手两下。

“哦，”她为什么第一次说“是”呢？

“你知道布兰克妮失踪了吗？”

她们两人都拍手“是”。

“你们怎么知道的？”

她们对她眨眨眼。邦邦似乎在翻白眼。苏珊又笑了。

“你认为我问的问题很愚蠢吗？这个问题不能用‘是’还是‘不是’回答？”

邦邦慢慢地拍了一次手，非常谨慎。

苏珊咧嘴笑了。邦邦在取笑她。多可爱啊！

“好吧，你知道布兰克妮失踪是因为……”苏珊望着天花板想究竟是什么原因，

“因为她告诉你们她要走了？”

两个小人都拍手两下。

啊哈。不是这个原因。“因为……你们看见她走了？”

两个小人都拍手两下。

“因为……有人告诉你们了？”

邦邦拍手两下。金克丝拍手一下。

“有人告诉过你吗，金克丝？谁告诉你的？”

金克丝走到邦邦身边，抓住她的袖子。

“邦邦告诉你的？”

拍手一下。

“邦邦，谁告诉你的？”

邦邦在翻白眼。

“对，对不起！嗯……谁，不，等等……嗯……”

邦邦走到苏珊身边，把手放在她的鞋子上。

“我告诉过你？”

拍手一下。

“我告诉过你？”

拍手一下。

“噢，”苏珊皱起了眉毛，“真的吗？”

拍手一下。

她的手指又被捏了一下。这次苏珊任由她们带着自己走到客厅，不知道自己是什么时候把布兰克妮的事告诉邦邦的。邦邦跟在后面，看着苏珊从包里拿出那件绿色的衣服，把它抖出来给金克丝。金克丝愣了一会儿，然后把身体蜷缩起来，把胳膊伸进衣袖，扭动手指，缩起脚趾，紧紧闭上眼睛，把嘴唇使劲抿在一起，整个人都在发抖。“你没事吧，金克丝？”就在苏珊话音刚落时，金克丝跳了起来，嘴里发出了音调极高、极细小的尖叫声。苏珊挺直身子，环顾四周，寻找噪声是从哪里来的。

“你刚才尖叫了吗，金克丝？你发出了一点小小的声音吗？”

拍手两下。

“是的，你做到了！不是吗，邦邦？”

拍手一下。

“再做一遍，你能再做一遍吗？”

金克丝张开嘴，站在那里。苏珊张开双唇注视着她。金克丝又一次紧闭双眼，就像之前一样，直到浑身开始颤抖。走廊里门铃响了。金克丝闭上嘴巴，看着走廊。

“哦……你看起来真漂亮，金克丝。”

金克丝朝一个方向旋转，然后又朝另一个方向旋转。

“绿色真是太好看了。”

“我知道，”她皱起脸，牙齿紧紧咬在一起，“我好高兴，邦邦。”

邦邦笑了。“我知道。”

金克丝试着在餐厅门里看自己的后背，她喜欢自己的倒影。哦！她要给奇普斯看看！奇普斯一定会喜欢她穿这件外套的。

“这是邦邦吗？”

“金克丝。邦邦和金克丝。”

“噢，多可爱啊！”卢卡斯太太向她们俩微笑。“但那是……那是我家布兰克妮的外套！她指向邦邦。我的意思是……那看起来像我家布兰克妮的外套。”

“前几天我买的。”苏珊看着邦邦，“你有和布兰克妮一样的外套吗，邦邦？”

拍手一下。

“原来是这样！爱模仿的小猫……”

“这是……这是你刚才说的拍手吗？”

“是的！就是这样。虽然……”苏珊拍了拍鼻子一侧。

“你们真的没见过我的布兰克妮吗？”卢卡斯太太来回看着邦邦又看看金克丝。

邦邦拍手两次。金克丝看着卢卡斯太太，想拍手但是忙着玩外套上的纽扣。

“这意味着‘没有’，是吗？”

苏珊点了点头。恐怕是这样。

金克丝玩纽扣子的手停下来，走到这位女士面前抱了抱她的鞋子，轻轻抚摸它，就像那天抚摸死去的鸟儿。

卢卡斯太太轻声笑了。不再像之前那样盯着她们看。苏珊正想问出了什么问题吗，这时卢卡斯太太对金克丝说：“你是金克丝？对吗？”

金克丝抬起头，拍手一次。

“告诉我，金克丝，你认识另一个小人吗？住在我隔壁的那个小人……他是个瘦小的家伙。”

拍手一次。

“是吗？你能替我问问他吗？你看……”她转向苏珊，“我对他的主人有点不放心。要不是他，我会亲自去那儿。”

金克丝瞥见卢卡斯太太裙边的珠子饰物闪了一下，立刻举起两只手拍了一下。

“哦真的吗？”苏珊把重心挪到另一半屁股上，“我好像没见过他……那家的男主人。”

“他是个大块头，邋里邋遢的家伙，我认为他应该去医生那儿看看。他瘸了，可怜的家伙，你没看见他在车道上跛着脚走路吗？他今天见了你，第二天就会忘记。你看见他的小人有多瘦了吗？”

金克丝想起奇普斯的男主人，穿着他的大靴子追着她一直到真空活板门。

“我在后院见过他一两次，但他总是穿着大衣。”

他的衣服……当金克丝看到他时，他还没有衣服，但后来不知道在哪找到了。

“瘦得可怜。”她深吸了一口气，“我知道这很愚蠢，但在我这个年纪我必须考虑这些事情。我不能……你知道的……贸然离开，也无法对许多事物下决断。”

“这一点也不愚蠢。”

在金克丝的脑海里闪现出一个梦境，所有的图像都是闪烁而无声的。一只孔雀在厨房里游荡，发出喵喵的叫声，就像那只灰猫。它的头发上有一朵花。大靴子出现在它后面，一双大手抓住它的身体，把它拖到空中，孔雀细细的小腿在微微地摆动，想抓住些什么……

这太愚蠢了，怎么会发生这种事呢？就像今天早上她以为布兰克妮睡在餐厅门口一样。这是一个愚蠢的想法。但是……金克丝从奇普斯的真空活板门跑开后，她没有在隧道中遇到布兰克妮。也许她晚些时候会来，等到奇普斯睡着的时候？她想起了前天，奇普斯转过身来，从外面穿过隧道跑掉了，满脸通红，惊慌失措，身上还穿着那件衣服。她转过身看着邦邦。

邦邦皱起了眉。“怎么了？”她的眼睛似乎在问。

“你能帮我吗，小姐？”这些话像羽毛一样从卢卡斯夫人嘴里飘了下来。

金克丝抓住了这一片羽毛，发誓她会保存它们直到……直到把它们转交给奇普斯。拍手一下。

“好姑娘。”卢卡斯太太说。

金克丝转过身来，牵着邦邦的手。一灰一绿穿着小裙子的身影消失在走廊里。

“我……我不是说现在就得去。也不用立刻就走。她们现在就要去吗？”

“我想是的，”苏珊回答，想追上她们喊一句要小心。她咬着嘴唇，看着她们消失在走廊里。

“如果因为你的失误，可能有人陷入危险，你会怎么做？”

“肯定还有比这更重要的……”

“什么意思？”

“答案很明显……如果是这样呢：有人因我的失误陷入危险，什么能阻止我不去救他们？”

“……”

“埃玛？”

“不确定的结果。”

“好。对谁不确定的结果呢？”

她笑了。“这都是假设的，真的。这只是我脑子里突然冒出来的特殊想法……”

看着她，他的眼睛一阵抽痛。他想说，别去管那些了，让它们腐烂吧，那种事情怎么会是你的错呢？他感到自己的胸膛向前挺起，他必须控制自己，让它恢复以前的样子，因为它正像一个蹒跚学步的小孩张开双臂向着空气扑过去，他张开嘴。

“时间到了，”她说。

他看到自己的脚在地板上摆动，并试图瞄准，好让自己每跨出一步时瓷砖的接缝恰好在脚步中心。现在他的脚在那根线上面……踩下去了。现在又抬到了上面，接着踩下去。抬脚。踩下去。抬脚。踩下去。她会在哪里？奇普斯昨天下午回到家，藏在柜子里好久了，他一遍又一遍地听着那个叫他骗子的声音，试图摆脱它，把它从脑袋里摇出来，于是他整个晚上都在一楼走来走去。在盘子、垫子、袋子和盒子上面爬上爬下，喊着布兰克妮的名字。他独自一人在屋里，只能听到自己的叫喊声。

她没有回答。哪里也找不到她。

抬脚。踩下去。抬脚。踩下去。再试试。一楼。抬脚。踩下去……抬脚。一楼。他停止了走动。他到处都得看看。他不得不这样做。在这里找到她跟在别处找到她都一样。嗯，不太一样……他从碗橱里出来，朝楼梯走去。但至少他们可以确定，她不在哪儿。还有……也许他脑子里的声音会停止，或者缓和一点。他爬上第一层楼梯，他一想起上次爬楼梯的情形，把眼睛闭得紧紧的。他记得柔软漂亮的楼梯摩擦着他身体的感觉；他记得那些吸引他向上爬的声音；他在楼梯顶部发现了……不！不！他现在不能想那件事。一定不能。不管怎么样，这些楼梯真够可怕的，有些黏糊糊的，有些凹凸不平。有些铺了地毯，有些没铺。但无一例外闻起来都很糟糕，每次他靠近一块地毯，都会屏住呼吸。他爬到第六级台阶，气喘吁吁地停下来。胃里发出咕咕叫的声音。没有地毯牵着他，还真难爬上这些楼梯。难闻的味道，可怕的地毯……现在他的脚还卡住了。他的肚子又开始咕咕叫。“要是找到布兰克妮，你可以问她要点麦片。”那个声音说。真恶心，他舔了舔嘴唇，这个想法令他感到恶心，但还是帮他维持着爬了几级台阶。

她躺在门前，手臂和铺在床脚的毛茸茸的地毯缠在一起。一个巨大的足印在白色的门上发着光，又变淡了，她的眼睛突然睁大，想看得更清楚，随即又黯淡下来，但一直没有闭上。她耳朵里听到自己嘶嘶响的呼吸声，有时是嘎吱嘎吱抽动的声音在脑袋里回荡。她把埋在腋下的一只手伸出来，吮吸着手指。两滴小小的泪珠在她舌尖上融化。她吮吸着舌头，心想自己的舌头简直比那块满是灰尘的地毯还要干燥。她先是狠狠咬了一下舌头，然后吮吸了一下，血液输送的声音撞击着耳朵。血液在流动，输送停了下来。她吸干血液然后又咬了一下。这一次很疼，眼泪像泡沫一样从眼中升起然后又在湖水一样的表面破灭，从眼眶中溢出来，沿着太阳穴流下来。她用指甲卷起泪珠送进嘴里。

一双毛茸茸的大手把她推回盒子里，“我必须给你拿点水，蒂尔达。”他把身后的卧室门关上离开了。但那是昨天的事了。她离开自己的家后就没喝过一滴水，她离开时，奇普斯的外套还在她的灰色袋子里，她头上别着一朵花。奇普斯为什么没有发现衣服和花呢？也许他压根没看见。她想了一会儿……她把它们放在哪里了？记忆伸手瘦弱无力的手，想要唤醒自己，但另一段记忆却无比丰富，每一个细节都深深印在她脑海里：那双毛茸茸的大手朝她围拢过来，把她举起来凑近自己的脸然后不断地闻她，环绕着她的呼吸声还有那个词“蒂尔达……”她闭上了眼睛。但是现在她愿意给出一切，来换取他的出现，把一个漂亮的盛水的小碗放在她面前，然后用他毛发旺盛的大手爱抚她，嘴里一遍又一遍对她说着“蒂尔达”。

她舔了舔自己的嘴巴。舌头上刚刚咬过的地方仍然在痛。“帮帮我。”她低语道，然后咳嗽起来，慢慢闭上了眼睛。

门口传来一阵奇怪的杂音，回荡在房间里，似乎从一个隧道里传过来，只是为了能让她听到。她把头转向门。她的名字……有人在叫她的名字。“哎……”她用嘶哑的声音说。她又一次听见那个穿过隧道的声音从门口传来。“布兰克妮！”那个声音喊道。

她的手从地毯中挣脱，使劲用肘部撑起身体。“哎……”她想回答，用尽自己所有力气。“我在！”她呜咽着哭了。

“布兰克妮！”那个声音变成了大喊。它听见布兰克妮的声音了吗？“布兰克妮！”它又响起来了，随之而来的还有什么东西撞在门上的“砰”的一声。

“奇普斯。”布兰克妮轻声喊。

10

CHAPTER

“我必须穿过那里？”

“这是去他家的唯一方法。”

邦邦望着那条肮脏的隧道。“你能肯定吗？金克丝。”

金克丝点点头。她看着邦邦咬紧牙齿，闭上眼睛，像是要被放进水里。“没事，邦邦，看，牵着我的手。”

“好吧，金克丝！”那只小小的白皮肤的手慢慢举起在空中摸索着，它的主人还紧闭着双眼。金克丝紧紧握住这双手。

“你不想去的话可以待在这里。”

“我不想和你分开。”

“好。”

邦邦任由自己被这双手牵引，迈出了小小的步伐，虽然比任何时候走得都慢。

“你知道昨天你发现了什么吗？关于布兰克妮？”金克丝用她最亲切的声音说。

“知道。”

“如果你没有发现，那么我们就不会去问奇普斯他是否见过她，也不必这么做。”

她的步伐变大了一点。“真的吗？”

“是的，邦邦，是真的。如果你没有听到可怜的布兰克妮……好吧……我们就不必去找可怜的布兰克妮。”她迈出的步子和平常一样了。“所以我们一旦找到她，她会感谢你的。”

“还有你，金克丝，”邦邦喘着气说，“你是最勇敢的那一个。”

金克丝在黑暗的隧道里露出微笑。“我们快到了。”

“我很害怕，金克丝。”

“没关系。我第一次也很怕。你还有我。”

邦邦深吸了一口气。“对。”

“听我说。奇普斯的房子和我们的房子很不一样。”

“怎么不一样？”

“嗯……它不是很可爱。”

“哦。”

“你不会喜欢的。”

“……”

“我想跟你说，如果布兰克妮在那儿的话，我们得把她带出来。好吗？”

“我会试试的。”

“好的。”金克丝握住邦邦的手，举起来亲了一下她的手背，然后轻轻抚摸了一下刚刚吻过的地方。

“我的脚被什么东西卡住了。”

“真的吗？”

邦邦的手捏得更紧了。“那是什么，金克丝？”

“我来看一下，邦邦，别担心。”她弯下腰来用手指去碰那个东西。

“别碰它！”

金克丝认出她手指间卷曲的东西。是布兰克妮失踪的那天晚上，她把那个东西从蓝色的管子里拔了出来，但是，那是什么？

“我们把它拿到灯光下面去看。”

她们走到奇普斯的“外面”，把身后那个卷曲的东西拿出来，它就像卡在灰猫尾部的长长的毛茸茸的东西一样。邦邦朝四周看了看，然后回到隧道里。

“没关系。抓紧我的外套。”

邦邦向前伸手抓住绿色的毛皮大衣，在她身后抬起眼睛，目光沿着灰色的墙壁，直到看见一个肮脏的窗户，朝下看拐角处满是肮脏的阴影，然后越过金克丝的肩膀，落在金克丝双手抱着的女主人给她的那个小方块上。她几乎把眼皮挤在一起，凑近眯着眼睛看。黑头发，黑脸，透明的嘴唇，但邦邦敢肯定的是："布兰克妮，"她几乎喘不过气来。

金克丝把那个长长的东西绕在手上，翻来覆去查看。一面是一张笑脸，一面是噘起的嘴唇，一面手里拿着一朵花。"它们都是布兰克妮。"她说。

* * *

"我们要点蜡烛了，伊莎贝尔！"

"好的。我马上就到。"她看着一位克延部落女子的照片说。伊莎贝尔凝视着那女人的脖子，一时间，她想象着自己的手臂、腿和腰上缠着金色的线圈，拉伸着自己的身体。她一边读着照片旁边的文字，一边用双手握紧自己的脖子。啊……所以金线圈并没有真正伸展脖子，而是把锁骨向下推，给人一种长脖子的错觉。听起来很痛苦。她把书页翻到世界上最小的人，跳过了它。她在各种书籍和文章中见过他一千次。她甚至给他写过一两次信。第一次是在她十岁左右的时候，她写信给他说，她患有侏儒症，他是她的一位英雄。他真的像照片里看到的那样快乐吗？几个月后，一个包裹寄到了，里面有一串社团和协会的名单，还有世界上最小的人签名的棒球帽。他告诉她，他觉得拥有这个"礼物"非常幸运，而且伊莎贝尔不应该说她"患有"侏儒症，因为拥有一个机能运转正常的身体，这个身体没有好坏之分。她第二次给他写信是为了感谢他的来信，感谢他给她转寄的各种社团的所有联系和地址。还有棒球帽。她告诉他，虽然她真的很喜欢这顶棒球帽，但是它有点大，因为她的头围只有 12 厘米长……事实上，她认为他应该让他知道，她写信给他的唯一原因是因为她比他还小得多，这让她感觉很好，她知道自己在某方面比别人强，他应该担心自己世界最小的地位。德鲁在她把信寄出之前发现了，然后大发雷霆，告诉她那样说很不好，她应该感到羞愧。她被要求擦掉最后三行，换成："我喜欢棒球帽，因为它是蓝色的，我的卧室也是蓝色的。"

“你想让他们来看看你有多小吗？”

“是的！”她尖叫起来。

德鲁对这个答案感到震惊。这封信里唯一真正不友善的话是说他应该担心他的地位。其余的才是真心令人担忧的……德鲁蹲在她面前叹了口气。“我们带你出去兜兜风怎么样？”

这是伊莎贝尔第一次坐汽车出去。这是她第一次在真实的田地里看到真正的母牛，在真正的灌木丛中看到了真正的兔子。那天她大口大口喘着气，甚至现在还记得喘气的瞬间。那一年，沃蒂和德鲁简直不敢相信，他们从未想过要住在乡下；那一年，伊莎贝尔有了一间可以看到牛的新卧室，一只侏儒仓鼠，还有她第一本关于猎奇生物的书。

她又翻了一页。啊，象人，可怜的家伙；她很了解他的故事，这总是引发她一个念头：如果她把自己变成一个猎奇对象，世界就得接受她。事实上，她会出名的！她比世界上最小的男人还要小得多。但这也只能是一个想法。她习惯把这个想法称为巧克力蛋糕。她偶尔会在夜里坐在床上吃这种蛋糕，想着她要住的旅馆，她会对记者说什么，她要穿什么去电视采访，和电影导演谈话……《借东西的小人》会被拍成电影，她会扮演主角……也许，她会发布自己的香水……

她吃完一块蛋糕，就非常小心不再吃另一块了。她会让自己想一些别的事情：最近是如何给猫绝育，她在网上给邦邦和金克丝重新安家的任务，法国棕熊生活在一个小到不可思议的小公园围场里……这些都是重要的事情。名声是如此肤浅的东西……她的笔记本电脑发出哔哔声。哦！两封电子邮件出现在她的收件箱。第一个题为“仍然处于囚禁状态”。附上了一个链接。她点开了链接，看到两只非常伤心的熊脚上被拴了链子。其中一个的头颓颓丧地左右摇摆，从一边到另一边。她瞥了一眼下面的信息：

“请签署这份请愿：结束十八年的痛苦。”

她的眼睛像被烧着了一样，泪水模糊了视线。她以德鲁的名字在请愿书上签名，就像她处理别的事情时一样，然后回到她的收件箱。

“生日快乐，伊兹，来自亚马逊团队。”

伊莎贝尔笑了笑，用手摩擦着颧骨下面的关节，又摸了摸另一个。她今年早些时候在亚马逊开了一个秘密账户，虽然她从来没有买过任何东西（德鲁会疯的），但他们还是给她发了一条生日信息。她，伊莎贝尔·马西克，别名“伊兹”。

“祝你生日快乐！祝你生日快乐！”

伊莎贝尔关掉屏幕上的弹窗，这时贾斯珀跑过来在门口嗅来嗅去；

德鲁拖着脚步朝她走来，手里拿着一块闪闪发光的牛形蛋糕，贾斯珀在蛋糕下面绕着圈跳舞。另外两个人跟在后面：沃蒂和沃蒂的雷吉叔叔。他们是世界上唯一可以托付伊莎贝尔秘密的人。伊莎贝尔站在椅子上，雷吉叔叔什么时候到的？她要是知道的话，早就不看书了。

“生日快乐，亲爱的伊莎贝尔！”

当德鲁说出她的名字时，伊莎贝尔笑了，但是沃蒂和雷吉叔叔却拖长了声音叫她的昵称“鹌鹑”。

祝你生日快乐！

“把她们吹灭！”德鲁喊道。

她向前探着身子，在八次小小的吹气后，吹熄了十七支蜡烛。

* * *

奇普斯抓着白色的地毯，这是他从门缝里唯一能够到的地方。“我能听见你，布兰克妮！”他试图把头往前顶，但门缝太窄。“我会带你出去！”他喊。他趴在地上向后爬，伸长脖子去看门把手。门把手高高挂起，似乎悬在他永远够不到的地方，几乎让他看不清。“我会找到你的！”他朝着门把手喊。环顾四周想找些东西爬上去。一个三条腿的凳子躺在楼梯口和另一个房间之间的门口。他跳起来，跑过去推它。凳面转动了，但凳子腿仍然在原地。为什么？他向凳子腿跑过去把它们往前推。凳子腿移动了，但是凳面一直在原地。他跑回到凳面后把它往前推了一点，然后回去推凳子腿，接着再去推凳面。“我来了，布兰克妮！”他喊道。

“奇普斯！”

奇普斯停下来，竖起耳朵听。是金克丝的声音！“金克丝！”他喊道，从凳子腿中间跳过去，透过栏杆看到金克丝的头顶。她楼梯上了一半。一个灰色的身影紧贴着第二级楼梯的侧边——邦邦！“我在上面这里！来帮我！”

金克丝抬起头来，挥了挥手，张大嘴巴喊。“我们听到你的喊声了。你找到她了，对吗？”

“是的！”当他跑回凳子旁边，扭头大叫。“快点！我不知道他什么时候……我不知道他什么时候……“但他上气不接下气。没说完一整句，就开始推凳子腿了。然后是凳面。接着又是凳子腿。金克丝气喘吁吁地出现在楼梯顶上。她脱下外套，向奇普斯跑过去，一只脚绊了一下。“她在哪儿？”

“在里面！”奇普斯朝那扇紧闭的门点了点头。

金克丝看了看门，然后抬头望着门把手，转了一圈后盯着凳子。她用胳膊搂住离她最近的一条凳子腿，把凳子向后拉。奇普斯抓住了座位，也做了同样的动作。他们努力了半天，才设法把凳子拖动了几英寸，不得不停下来。

“她在哪儿？”邦邦的声音在最后一级楼梯那边响起。

“在第一扇门后面。”

邦邦蹒跚地爬上来，双手撑在膝盖上喘气。她朝门口跑去，把脸紧贴在门上。“布兰克妮？布兰克妮？你能听见我说话吗？”然后说，“她没有回答。你肯定她在那儿吗？”

“我敢肯定。”他把凳子向前拉了一点，奇普斯的声音听起来很疲惫。

“那好。”邦邦说，脱下衣服向他们跑过去，又回头把衣服放在金克丝的衣服上。

邦邦现在在中间，他们三个人合力把凳子往门把手下面推。

“推凳面，”金克丝喘着气说，“去帮他，邦邦。”

邦邦和奇普斯推着凳面，金克丝拉着凳子腿，这个庞然大物终于立起来，又晃了几下才站稳。

“你上去，奇普斯，你是最高的。”金克丝说。

“我推你一下。”邦邦说，她张开双手托住奇普斯的臀部往上推，手托着以免他掉下来。

奇普斯咕哝了一声，沿着凳子腿往上爬，但是他的脚滑了一次，两次，三次。“我们来了，布兰克妮！“他大声喊道，邦邦不得不伸出手捂住耳朵。

“来，让我来帮忙。”金克丝跑到邦邦身边，她们一人托着奇普斯的一边屁股，一起往上推。凳子摇摇欲坠，朝后倒去。

奇普斯发出一声尖叫。

“奇普斯！”

“我没事！”他站了起来，“邦邦，应该你上去，你是最小的。”

邦邦皱着眉头。“好的，”她说，“我从这边上去，这样我才能借助那扇门帮我。”

金克丝推着邦邦，奇普斯推着凳子的那一边。邦邦的脚踩着凳子腿，她的屁股晃荡着，爬到了门上。“我上来了，金克丝。我可以爬到这里来。”

金克丝噘起嘴巴，呼了一口气。“你能够到门把手吗？”她问，朝后退了几步以便看得更清楚。

“可以。”

门被打开了。邦邦推开门，放下门把手。另外两个人从门缝里冲进去，朝一个蜷缩在地上的白色小人走去，小人缠在一块脏地毯上，嘴上沾着红色的污渍。她的眼睛睁着，却没有一点神采。

“布兰克妮！”奇普斯向她脚边跑去，又跑到她的脑袋旁，双手捧着她的脸颊。金克丝跪在她脑袋旁边，摇着她的肩膀。她的眼睛向上抬起，看着金克丝的眼睛。“起来，布兰克妮，你怎么了？”

邦邦从凳子顶部看着布兰克妮通红的嘴唇。钱普和那个被叫作甜心的小人待在那个充满瓷砖味道的地方，从手推车里抬头望向她。“她现在很不好，”邦邦说，“我们得把她带回去。”

“带回去？”金克丝的眉毛耸了起来。她们到底该怎样把她带下楼梯？还要穿过花园？

“不，”布兰克妮用沙哑的嗓音说，另外三个人都盯着她。“水……”她说，“水……”

“水？”

“她渴了，”奇普斯说，“我们最好……”他的声音忽然顿住。

“我们最好什么？”金克丝停下来，听着楼梯上传来的脚步声。咚咚咚……

“快趴到床底下。”奇普斯大声说，抓住了布兰克妮的脚。

金克丝确认了下床的位置，抬起她的肩膀。他们一起把她拉到床底下。邦邦的双手握住凳子边缘，双脚悬吊在肮脏的地毯上方。她只能任由自己掉下来，然后滚到了墙后面。“邦邦！”金克丝喊了一声，从床罩下面偷看。

肮脏的半月形手指尖在门沿处蜷缩着。一只眼睛在灰色的衣服中闪着光，出现在和手齐平的地方。金克丝猛地把床罩拉下来挡在面前，闭上了眼睛。他看见她了吗？没有……不，他不可能看见她的。重重的脚步声踏着地板响起来，恰好停在床前面。她看着奇普斯。奇普斯看着那双踏出巨响的脚投下的阴影，眼睛紧闭在一起，不敢睁开。

“邦邦？”她用嘴巴无声地说。

他摇了摇头，耸耸肩。

金克丝转过身背对着布兰克妮，她的手指上缠绕着金克丝的头发，两颊凹陷进去。奇普斯换了个位置，金克丝抬起头，感到发臭的灼热呼吸环绕在她周围。“我好像找到你的大衣了。”那个呼出热气的的嘴巴说，一双眯成线的粉色眼睛从人工草皮一样的眉毛下面向外张望。

这场会议跟她想象的高背椅围坐的场面相差太远了，是在城西部一座老房子里的地下室举行。橡胶在强化木地板上摩擦留下的划痕纵横交错，从房间一端延伸到另一端；一块镜子覆盖了整个墙面，一条长吧台从中间横贯过去。豆袋沙发在角落里堆成一座小山，人们似乎把那些沙发搬过来坐了。苏珊给自己挑了一个卡其色的，又拿了一个丝绒的给了她的同伴。“嗯，”她皱着眉头说，在老妇人和豆袋沙发之间有些为难，毕竟她大约有一百三十岁了。

“没关系，苏珊。我会想办法的。”

“你要我这里多出来的椅子吗？”声音从苏珊的肩膀上飘向卢卡斯太太。她们转向一位笑容可掬的女士，她下巴上有一颗锥形的痣，指向她的乳沟。她穿着一件灰色的佩斯利印花连衣裙，两只胳膊下分别夹着一把折叠椅。一条长长的项链上面坠着厚厚的木珠，几乎是横在她胸前，挂在她的肚脐上，就像一个熟睡的孩子的腿，手臂紧紧地搂在母亲的脖子上。“我通常会多带一把椅子以防万一。”

“嗯……太好了。”

佩斯利花裙女士把折叠椅打开，使劲一拍，把它拉成一个座位。在她身边，还有更多上了年纪的人在打开折叠椅。苏珊注意到，那个买鞋子的顾客在远处的角落里往一个颈托里吹气。苏珊等着他转身认出她，但他只顾着盯着渐渐涨大的枕垫。拿了豆袋沙发的人已经在椅子前面的地面上坐好。苏珊把她的沙发扔在卢卡斯太太前面，扑通一声坐了上去。

“真希望我也可以这样，”卢卡斯太太轻声笑了起来，她的指关节握住拐杖手柄的时候，凸起了一条条皱纹。

“你现在也可以。”苏珊眨了一下眼睛。

“不……现在我只想过得舒服些。”

“如果你们都坐好了，我们就开始。”一个声音盖过了聚会人们的闹嚷，整个房间安静下来。那个声音听起来很小，苏珊回头看看有多少人在聆听这个声音。喔！至少有五十个，可能有六十个。她正在看的时候，发现还有一双眼睛盯着她。那是一个女人，被苏珊发现后，立刻把目光移开了，伸手用食指和拇指捋了一下狐狸尾巴一样的马尾。这个动作代表紧张，苏珊想。那个女人对盯着她这件事感到很尴尬。

“我们可以开始了吗？”那个声音说。观众低声说可以了。“可能有些人还不知道我的名字，我叫梅雷迪思，我当选了目前我们这个自发隐秘小人组织的主席。呃……我想你们中有不少人不认识我。”她把手拢起来放在眼睛上方，望向房间后面，配合她的话。“一周内会员量似乎涨了一倍！”那只手放下来，搁在腰部。“根据最近发生的事情来看，这绝对是事出有因。”房间里响起了窃窃私语。苏珊朝一边肩膀望去，然后又看看另一边。那个女人还在看着她。和刚才一样，苏珊一看她她就垂下眼睛，然后不好意思地瞥了她一眼，微笑起来。苏珊也回应她一个微笑。

“我想你们有些人对最近发生的事情一定有很多疑问，但是在我试着回答之前，先要把你们作为主人可能经历的问题过一遍。第二十代小人，似乎展现出强大的交流能力。现在，你们可能觉得这很可爱。”苏珊感觉到周围有人在轻声嗤笑。她也在微笑；是的，那很可爱。“很明显，我们已经强烈感受到这些小人有多么聪明。不幸的是，比尔布里奇—明克萨斯公司，如你所知，宁愿将这些事情保密。有人提出，孕育小人出现的中心，可能不是一个令人安心的地方，实际上，也许会有其他把小人带到世界上来的特殊方法。”梅瑞迪思一边说“特殊方法”，一边把手指蜷缩成两个引号。“很明显，该公司不希望，甚至不允许小人和我们进行交流。因此我也将在本届会议结束时给大家一个警告：在任何情况下都不要让你的小人在公共场合与你交流。你应该把这个告诉小人，当然还要向他们解释原因。”梅雷迪思瞥了一眼她左边的一张小桌子，苏珊意识到她正在从玻璃幕上看提示词。

她继续说：“现在，如果你们在公共场合交流被发现，会发生什么呢？就我听说的情况而言，上周一周就有共计三十个小人被比尔布里奇—明克萨斯公司召回。这就是说，他们被所谓的技术人员带走，回来的时候保证问题已经被解决。我刚刚从第一批遇到这种令人担忧的情况的主人那里得到消息，上周一有两个家庭的小人被带走了……是的，就是后面的奥斯本太太：谢谢你来。”奥斯本太太点点头，眼睛里闪着泪光，嘴巴颤抖着。“两个家庭都收到该公司的官方来信，称产品不会退还给他们，因为损坏太大，他们认为无法补救。”她停下来让听众喘口气。我这里有一封电子邮件，谢谢奥斯本太太今天把它转发给我。让我读一下原文：‘你们的小人会在我们的退休中心，在比尔布里奇—明克萨斯总部安享余生。我们为对您造成的痛苦深表理解，但作为专家，请您信任我们关于这个问题的严重性做出的处理。’现在，奥斯本太太，你能告诉我们发生了什么事吗？”

“可以。”那位女士用手背掩着咳嗽了一声，“是的，我在小人商店买运动球的时候，纳诺，我的……”她话说到一半的时候，嘴角就垂下去了。“我的小人，因为想要一个红色的球所以拍了一下手。”苏珊伸长脖子去看奥斯本太太，这几乎与邦邦身上第一次发生的事情一模一样。“我向店员指出，我是说拍手，接着，她就叫来一队人把纳诺带走了。”

“告诉我们对方说了什么。”

“好的，我一开始告诉店员纳诺拍手一次代表‘是’，拍手两次代表‘不是’的时候。她说那是不可能的。”奥斯本太太顿了顿，嘴唇向内抿了一下，手在眼睛旁边扇动。梅雷迪思把脸侧过去点点头。奥斯本太太捏着鼻梁，然后摇了摇头。“对不起，”她说，“我做不到……”她环顾一下脚踝，然后俯下身，用一张纤维纸擦着眼角。“我……我应该刚刚就离开的。”她吸了吸鼻子，“按照法律没人有权把我的小人带走。”

“是的。”苏珊听到自己说。她环顾四周，但没人注意到。其他人点头议论说

“是”或“不是”：是的，没人有权利；不，小人就不该被带走。

“你们不知道会发生什么事。”梅雷迪思摇了摇头。“自从第一起事件以来，处理这些“交流”案件的方式变得有些圆滑，我相信你们很多人都会同意。”房间里响起了嗡嗡声。“我一会儿就谈这个。然而，我想指出奥斯本太太邮件的结尾。那就是：‘我们理解，这会给您带来相当大的损失，希望为您提供替换产品或按购买价格全额退款。如果您有保存足够的付款证明，我们会立即偿付所有附加费用和医疗费用。”很明显，这种声明我们收集到的越多，我们打法庭战的时候就会越有影响力。可能不用我提醒，但是千万不要接受任何哪家公司可能给你的“替换产品”或者“全额退款”。你的接受会被看作一种庭外和解。她垂着下巴，让彩色短发遮住眼帘。“我们已经警告过您，”他们说，“现在那家公司好像已经注意到这种情况，从报告意外发生到团队到达解决的反应时间大大缩短了。这些意外也不只是在巴奇时尚或者小而美这样的零售商店；好像医药中心也报告了几起拍手、手指点击和眨眼这样的交流事件。”

“我们什么时候可以去控告他们？”有人从房间后面喊道。

“嗯，”梅雷迪思说，“时机至关重要。你可以想象，这家公司拥有一切法律上的保护。我们需要更多的人。让一个人闭嘴，向他提供无法拒绝的补偿，甚至威胁他是很容易的。如果我们要更进一步，就需要团结一致。如果你遇到任何有类似困难的人，请你告诉他们关于这里每周两次的会议。”

“如果他们各方面都没有漏洞，我们如何打败他们呢？”

“老实说，我们不太确定。目前，我们已经有退休的律师在比尔布里奇-明克萨斯的旧广告中寻找，看看他们是否违反了哪条规定。这很困难，所以我们要么等着公司出错，要么引起足够大的争议，让他们的顶级秘密“退休中心”受到调查。

“但是必须尽快开始行动。”

“也许吧。但令人担忧的是，所有第二十批制造出来的小人都有沟通能力，一旦比尔布里奇—明克萨斯公司意识到这一点，他们将立即召回所有商品。”房间里有人倒吸一口凉气。“因此，我们需要迅速采取行动，即使只是为了吓唬这家公司。”

“有没有关于小人被偷的报告？”

苏珊侧头看了看声音是从哪里传来的。卢卡斯太太坐着，一只手举在空中，另一只手还放在手杖上。

“被偷了？”

“我的布兰克妮失踪了。我知道这不太可能，但我想既然上这儿来了，就问问吧。”

“她什么时候失踪的？”

“前天……她通常不会这样无故失踪。”

“我们不能完全排除这种情况。会议结束之后请来我这里，这样我就可以记录您的案子。想不到，像您这样的人竟然会挺身而出，这正是我们在寻找的那种失误。这完全是非法的……完全。”

卢卡斯太太把手放下来，握住拐杖，她清澈的眼睛变得焦躁不安，嘴角布满了愁苦。苏珊抬起手拍了拍她的膝盖。这位老妇人被吓了一跳，随即微笑了一下。苏珊也回应她一个微笑，她注意到卢卡斯太太的肩膀后面，那位红发女士正盯着她看。

“我们怎么知道他们不在这里监视我们呢？”有人在后面慢条斯理地喊道。

梅雷德思耸了耸肩膀。“我们不知道。我们无法确定。我能告诉你的就是这些会议没有触犯任何法律。”

“但是我们说的涉及诽谤。”

“这只是推测。”

“关于退休中心和工厂……”

“这是推测！如果他们把地址保密，就没人能知道里面到底是什么样。”即使她这个问题只是修辞意义上的，梅雷迪思还是听了一会儿等待回答，然后她说：“威利斯先生，您能讲讲您和内莫之间的经历吗？”

一位上了年纪的绅士从一堆折叠椅中艰难的穿行，他的头发染成黑色，嘴里不停对经过的人说着“不好意思，请让一下”。到了前面后，他扣好夹克的纽扣，对着一屋子人点点头，把手背在身后站定。

“尼莫已经离开我了，我可以毫无保留地说出一切……这非常令人难过。我们很小心地避开那些技术人员，但是我们的关系是非常特殊的。我会使用一个代码系统，一点也不复杂，所以其实很傻。每到公共场合我就会说“安静”，提醒他不要对我传达任何信息。我们过去时常交流，我把他看作是平等的人。我们有一套精巧的交流方式，几乎可以进行大段大段的深入对话。”威利斯先生凝视着眼前的一片虚空。他晃了一下身体，急促地呼吸了一次，让自己回到这场讲话。“抱歉……我只是，太想念他了。”

梅雷迪思垂下眼睛，点了点头。

“不管怎么样。我会问他一些事情，他用摩斯电码回答我。我们那样沟通持续有几个月——这是一个非常精妙的小系统！在他被带走前，内莫告诉了我很多他的感受。他说，和我在一起使他慢慢觉醒。他第一次来的时候，对自己从何而来、为什么跟我住在一起毫无所知。实际上，有很长一段时间，他相信自己一直住在我楼下的壁橱里。但是渐渐地他的思想开始，好吧，变得更为开阔，如果可以这样形容的话。每当他看着新事物，他的大脑就会告诉他这个事物的名称。他感受到新的触感，就知道那是什么，他闻到新的味道，也知道是什么东西。有一天，我从马厩回到家里，裤子上沾着人工木屑，我把木屑刷掉在走廊里，就去处理生意了，两小时后，我发现他把那些木屑收集起来，放在他的篮子里，然后把它们一片一片拿起来闻，轻轻地放在脸上摩挲。“它闻起来很不一样，”他对我说，“它闻起来很新鲜，好像我们以前就有过这个。”

“谁以前有的？”我问内莫。

“我和其他人，在我以前住的地方。”他看着我，脸上的表情就像一个人，我立刻领会到有某些重要的事情被开启了。“我记得。”

“但是……你当然记得，你以前在那里住了两年！”我说。

“两年？”他很震惊，“真的是两年吗？”

“是的。”我说，“有人告诉我是两年。”

“但是我从来没有意识到，我除了生活在这里，还曾经生活在其他地方。”

“从那时起我才开始怀疑，所有的小人在离开售卖中心前，都曾被注射某种抑制记忆的东西。我让他告诉我他能记起的一切。他告诉我有一个小玻璃罐，和他的篮子差不多大小，高度能让他在里面跳起来。他告诉我他记得自己感觉很热，环顾四周发现他躺在一堆小人身上，所有小人都裸着身体睡着了。他的头发很长，甚至还有胡须。当他穿过玻璃往外看时，除了天花板和白墙什么也看不见。左侧有一扇门，门上是一个圆形的窗户，门前什么也没有。有时候一些影子会投在窗户上，每当这时，他和其他小人就会看着那些影子，甚至和他们讲话。他记得那些影子很和善，但从来也不说话。”

“他告诉我,还有另一番景象时常在他脑海中跳出来：另一个小人有一张扭曲的脸，她被带走了，内莫向她伸出手，但玻璃罐子的盖子是关着的。他看着她尖叫着想回到罐子里，然后一切归于寂静，她的脑袋看向罐子里的各个地方，像是看不到他们。他撞向罐子，可她没反应。管理人员不知对她做了什么，她在他手中扑通一声倒下了，变得毫无知觉。管理人员把她放在推车里推着她走向那扇带有圆形窗户的门，朝左拐出去了。他们消失之前，那个管理人员的影子投在那扇窗户上。内莫盯着那扇门看了很久，才意识到关于那些影子的真相。他和其他小人再也没有和那些影子说过话，每当影子出现，他们就抱在一起。他记得自己被带走的时候，尖叫着想回到罐子里，恐惧着自己在下一秒也被注射那种东西，然后送出门，可是他没有。管理人员带着他穿过罐子前面那扇门，之后他便被剪去头发，脸上的毛发也抹上了某种起泡的东西，疼得他大叫起来。管理人员对着他的脖子打了一针，他再也无法尖叫了，甚至什么声音也发不出。然后就只记得自己在一个房间里醒来，那里不是以前的空间，他看见我在往罐子里看。现在就是最奇怪的部分了。”

那个男人伸出两根手指指向天花板，从左往右看。“他告诉我，他一眼就认出了我，很开心能和我回家。我问他是在哪里认出我的，但他还没能回忆起那部分来。然而，我们在一起的时候，对他那飘忽不定的记忆提出了许多理论和想法，他相信在玻璃罐之前一定还有一个阶段。这个阶段他只能记起它曾经存在过，他对……生活中的许多事物都有认知，数量之多令人惊叹。他会不断地重复，不断地强化它：‘现在我所拥有的是别人的知识，我脑子里有人告诉我以前知道的一切。’直到某一天。”

“我买了一件礼物。给我侄女的一本园艺书，是一本纸书。后来，我发现内莫站在我草本植物园的边上，拿着一片叶子凑近鼻子。“这是薄荷。”他对我说，似乎对此非常满意。

“是的。”我说，没去多想这句话。

“但这不是我脑子里的小人告诉我的。”他说，“我在书里看到的。”

“我对他说的话非常震惊，就回去翻那本打开的书，让他把那一页读给我听。他照做了，用摩斯电码一字一句地解释着段落，我大为惊愕。他问我书都去哪里了——为什么房子里没有别的书？像大部分人一样，我在纸张繁荣时期把我的书全卖了，从那时起我允许他在网上阅读。而那时，就是我们不幸的开始。他开始变得愤怒起来，相信自己就是一个人类，有权和其他人类一样享有交流的权利。”

“上周，那个可怕的公司来了两名代表到我家。他们告诉我，他们在追查诽谤他们公司行为的证据，然后定位到了我的住址。我想告诉他们那个人是我，但他们不相信。他们打开一个愚蠢的仪器，通过定位发现他在我楼下的壁橱里。他们打开门，震惊地发现他笔直而有力地站着，皱着眉头望着他们，眼里全是……全是憎恶。我再次试图说服他们，但他的表情已经说明了一切。“事情很糟，”他用摩斯电码对我说道，“我在网上描述了我所有的回忆，他们很害怕，因为他们知道我说的是真的。”他们看见他开始编码，就把他装在手提箱里带走了，告诉我他们必须把他紧急带回中心。我张口想说这是不人道的，他们不能这样，我听到了摩斯电码从手提箱里传出来的声音——“安静”，内莫发出的词是“安静”。真讽刺，我的警告语竟然在这种情况下出现了。“我还能再看见他吗？”我问。

“我们会尽力的，先生。”这是我得到的回答。然后他们就离开了。

“我在网上到处找他发出过的内容，但是只能推测被公司删除了。”威利斯先生眼睛看着地板，然后把头抬起来面向观众。他拨弄着自己的指尖，眼睛里闪着湿润的光。

梅雷迪思站起来朝他走过去，把手放在他肩上。威利斯看着她的手，“抱歉，我只是……他是我最好的朋友。”他对她说。

她点点头，把脑袋转向在坐的人们。“你可以回答大家的问题吗？”

“是的，当然。”

“谢谢你，威利斯先生。”她回头看看这群人，“我记录了其他这类性质的事件，但人们太害怕了，所以不敢来告诉我们，但威利斯先生今晚为我们做了这一切。我们应该送给他掌声。”

鼓掌声和赞同声填满了整个房间。

特百惠餐盒盖子的缝隙释放出一股蛋糕的味道。苏珊四处望着，想把手撑在腰上，但是改变了主意，把夹克前襟拉下来。她是这里最年轻的，也许吧。除了那个发型很奇特的女人。苏珊寻找着那个吸引她注意力的脸庞……在那里：茶壶旁边的马尾辫，就在卢卡斯太太前面。他们倒茶的时候，她的脑袋低下来看着自己的手，马尾辫就升高了。苏珊注视着。那个女人看起来好像在听卢卡斯太太与梅雷迪思之间的对话。梅雷迪思点点头，把一切都记在纸上。哦纸！哈！苏珊想着梅雷迪思一定把所有的故事都记在纸上，这得用多少纸啊。这些纸到底是哪里来的？她走上前看着那只笔在纸上划下弯曲的痕迹。

“你一定在想，我们都多大岁数了！”穿灰色佩斯利花裙的女士笑了。

“什么？不……不，一点儿也不。”

几个人转过头来微笑着。

“我们确实年纪大了。”一位绅士说，把眼镜往上推了推，他大拇指和食指之间捏着一块红丝绒蛋糕。

“哦……我……”苏珊挣扎着。“不好意思，实际上。老实说，我一直在想我可能是所有人中最小的。”

另一位女士严肃地点了点头，她耳边飘着灰色的卷发。“你确实是。讽刺的是，有一段时间他们——这家糟糕的公司——把目标客户对准老年人，宣传为了给我们一点陪伴。照现在这种情况我们又会孤独终老了！”她苦笑着，“这也许就是他们认为可以赢得这场比赛的原因。”

苏珊对“他们”这个词微笑了。长期以来，人们一直认为把这个词当作概括性的术语，而这个词在政治上是不正确的。她总觉得那很可笑。

“我们确实会无人陪伴。”其他人同意了。

“他们为所欲为，察觉到有富余的老年人口需要陪伴和照顾，但这些都是谎言。这只是利益，就是这样。”

“是的是的。”其他人附和道。

苏珊看了看杯子，想着她自己的曾祖母，她一直住在自己家里直到去世。她小的时候，家人每月去看她一次。曾祖母总是坐在同一张椅子上，她身后有一扇窗，每次她都跟他们说同样的话。她母亲过去常说她“失去心智”，那是多么伤心。苏珊记得她曾经想过，可怜的曾祖母没有别的话可说，她没有听到什么新鲜事，没有人真正跟她说话。“你们能把椅子转过来，让我看看窗外吗？”记得有一天她问过这样的问题。

苏珊看向卢卡斯太太。“你下次开会还会来吗？”她问。

她点点头。“你呢？”卢卡斯太太和一个男人同时问道。然后又为打断彼此而道歉。

“你的小人被带走了吗？”那个戴眼镜的男人问。

“还没有。噢，谢谢你。”苏珊对着给她送来酥饼的卷发女士微笑了一下。“但随时有可能。我们应该按梅雷迪思所说的，团结在一起。”

一圈围坐的人点头称是。

“不，不，亲爱的，我敢肯定。”卢卡斯太太的声音从苏珊的肩上飘过。“那不是我的……是吗？她是金发的！”她笑了。“我知道现在DNA（脱氧核糖核酸）可以做很多事情。你认为你真能帮上忙吗？”

“嗯。”梅雷迪思说，她用镊子把一些东西塞进一个小管子里。“出于多种原因，我们正在收集尽可能多的DNA。且不说会发生些什么，这都是存在的证据。基于您的情况，实际上它可能帮助我们找到布兰克妮。”

“好的。”

梅雷迪思对着卢卡斯太太微笑了一下，转向房间。“好了，大家注意！”她把蓝色试管放在一个茶壶旁边。“星期四，同一时间，同一地点……别忘了，”她伸出一根手指指向天空，“在公共场合不要交流。”

情况不太妙。她必须喘气了。她将嘴唇露出一个小洞，让空气踮着脚尖又钻进来。邦邦被压在门框和墙之间的角落里，她确信自己有一部分露出来了，但他没有看见她。也许她被凳子挡住了。也许他只注意到了开着的门，没有注意到别的东西。真倒霉。现在怎么办？她面前就是房间。奇普斯一直在朝那个方向推动那条三条腿的东西。“凳子。”她脑袋里的那个上了年纪的小人说。对。凳子。谢谢，老小人。那她到底应该做些什么呢？通往隔壁房间的门又出现在她面前。她转向布兰克妮所在的方向，从门铰链的缝隙里偷看了一眼。一个大大的屁股悬在厚实的棕色底座上。他在往床底下看。她深深地吸了一口气，跑进隔壁房间，到了很里面之后才停下来，四处张望。怪异的地毯上落着橘色的花。她在地毯上滑行到停住时，脚后跟感到一阵刺痛。该死。这房间是空的。什么也没有！没地方可以躲。她快步跑到门后面，从门缝朝走廊里看。

“噢，蒂尔达！”她听到奇普斯的男主人从房间里出来，消失在走廊的另一端。她听见了水龙头的声音，男主人再出现时手里多了一个杯子，回到了卧室。“蒂尔达，蒂尔达，蒂尔达……”他每走一步嘴里就念叨一句，还要确保杯里的东西不会溢出来。他在给布兰克妮拿水，这还不错，也许他不是那么讨厌……不过蒂尔达是谁？邦邦观望着。什么也没发生。她坐在地板上，双腿蜷缩在身后。也许他很快就走了，这样大家就可以离开了……

不久，她僵硬的腿开始变痛，她只想挪一挪腿。但是她周围一片寂静，仿佛在等待她发出声音；即使她稍微动一下，他也会听到她的声音。她待在那个位置，眼睛盯着门缝。最终，她的双腿受够了蜷曲和折叠，似乎自己动了。伸展的舒畅从背部延伸到了头顶，这时她听见嘎吱一声。“你们两个必须到楼下去，”他说，“让蒂尔达自己恢复一下。可怜的蒂尔达……她需要休息。”他走出房间，“和你一起下楼。”但他把身后的门关上，还没人来得及下楼。“我得给蒂尔达拿点药……那个东西怎么在这儿？“他用脚把凳子踢到门口，邦邦看着凳子转了一圈。“我在哪儿来着？”他回到房间里然后又折出来。“给蒂尔达拿药，对了。”他砰砰地下了楼，邦邦听见底下传来各种噪声：盘子挪动，门被打开。脚砰的一声跨过地毯，一屁股坐在楼梯上。一杯什么东西被大口大口咽下去，又有一个拉链被拉上。前门被拉开，发出吱吱的声响，又被猛地关上，接着是一片寂静。

邦邦转身跑向楼梯。把地板上的衣服捡起来穿在身上，摇摇晃晃地爬下一级台阶。

11

CHAPTER

她想知道自己以前是否在这里见过她，或者见过但是没有印象了。但是卢卡斯太太已经引起了众人注意，她从手提袋里拿出一个小塑料管时心想。她用上了年纪的声音打听布兰克妮，在埃玛的遐想中，这个粗糙沙哑的声音累积了一百三十年光阴的尘土和蛛网。她身边的女士一定是苏珊·玛丽了，但她也可能只是一个曾孙女，或是看护人……埃玛试图不那么明显地盯着她看，别的不说，房间里至少还有一个年轻人值得一看。她摇了摇管子，看看里面是不是真的有一根头发，把它举到灯下，啊，是的，就在那儿。她张开嘴笑了，笑容顷刻间消失，像跳跃的烟花闪现。埃玛很挣扎，是把头发留在那里还是拿走，最终她决定让它待在最安全的地方，就是和她在一起。不是她需要这个……她有布兰克妮所有的诊断资料……但是她此刻很恐慌，还是把它拿了起来。这东西还是在她手上比较好。毕竟她还有其他的……想到这些她两块肩胛骨中间开始发痒。夜里也会因此惊醒吧。她把试管放进背包，紧紧闭上了眼睛。愚蠢。埃玛你简直是个蠢货。

布兰克妮小时候的形象逐渐清晰，在她脑海里变成鲜明的回忆——坐在玻璃罐子的角落里，她的双腿蜷缩起来，淡蓝色的眼睛盯着虚空，小小的手指覆盖在挨着的脚趾上。她看起来很孤单，似乎满怀忧心，又好像在苦苦思索，还是……还有其他一些埃玛认为她应该有的感觉的投射。埃玛从笔记本里挑选了一个名字；一个轻灵的、梦幻的、孩子气的名字；它是洁白的，柔软的头发像波浪一样卷起，覆盖了小人的耳朵。布兰克妮。一个描述她内里的绝佳方式，埃玛那时这样对自己说，像一个母亲的新生儿被带走，却还不知道自己曾经孕育过她。

埃玛触碰了一下面前空气中悬着的按键，输入一串密码，打开了布兰克妮的档案。老照片的缩略图和其他文件并列呈现，两个小小的蓝色光斑闪耀着，吸引了她的注意——她惊呆了。沿着照片侧面的一篇新闻像一串代码，头条下面赫然显示："英国女人在车祸中丧生。"她又点了一下照片，照片变成了一个 3D 头像，和她的头一样大小。两个女人对视着。"驾驶者丈夫失去一条腿"是新闻的最后一句。

埃玛双手捂住了眼睛，她当初到底在想什么，才会把它送到那里？她从指缝里看着自己的起居室。不久后就可以回答，为什么布兰克妮会失踪；埃玛开始浏览其他的文件。卢卡斯太太在名单上已经一年了，事实上她很富有，而且她的丈夫健康状况不太好，这意味着她符合所有选项，"潜在高端客户"——一个又大又肥的欧元符号。当然，埃玛只是把她看成一个孤独的老太太，就像所有其他孤独的老太太一样，无法抗拒虚拟版的布兰克妮，她被埃玛送给她的 3D 图像和激光动画逗得很开心，埃玛就选了她做目标。

*"如果你认为，这款产品能够让你追思逝去的所爱之人，与他（或她）对话，与之互动，甚至寻找外形上的相似，都是陷入了错误的幻想。"*皮兹威尔博士曾在采访中说，*"想要与爱人团聚的愿望只能是徒劳，一旦捐赠者去世，我们的产品就都会去除任何个性特征。"*这不是实情，否则这种"交流"的麻烦就不会发生，但是概率如此之小……

然后埃玛来了。

他们很容易就能让她闭嘴。她在伦敦孤身一人，除了在自发隐秘小人组织的这群人，哈米什,以及她那一直用她哥哥的名字叫她的父母……

迈克尔不知道从哪儿冒出来敲了敲她的脚踝，埃玛笑着弯腰把他抱起来。也不算完全孤单……如果她出事迈克尔还是会担心的。她让他坐在桌子上，望着他，一双穿着裤子的腿晃荡着。

"怎么了？"她无精打采地探身望着他。

拍手两次。没有。

她想象着她的迈克尔被绑架或锁在某个地方，他会多么害怕，她又会多么害怕……如果她被“处理”了，将会发生什么。尤其是如果她突然被带走。显然此刻只能静观其变，也许他和她都没带走呢？哈！但话又说回来……她回过头来，想了想，又回到了起点：要是他有事，她怎么办？如果她把他弄死了，因为她不小心做了一些傻事，比如踩到他，或者忘记喂他，或者……埃玛深吸了一口气，坐直了。多么荒谬的想法，没有人像那样死去。她对迈克尔微笑。当然了。她叹了口气……一只大鸟从她脑海里俯冲下来，把布兰克妮从危险中拉出来，然后和她一起飞向卢卡斯太太。

“家庭很重要，不是吗？”

拍手一次，是的。然后迈克尔举起一根手指，对准了埃玛。她是他的家人。

她笑了笑。她是他的家人，但是……那是他记忆中的还是他学到的？“如果我被带走你会怎么样呢？”她不由自主地说。

他不再玩纽扣了，瞪着她，眉毛扬起来，大张着嘴。

“不，别担心，”她说，“我只是在犯傻……我们不会再失去彼此了。”

他咧开嘴笑了。眉毛平复下来。迈克尔转身趴着，用膝盖朝前走，然后是双脚。他伸出双臂，摇摇晃晃地张开嘴，傻笑着，然后笨拙地敲了一下桌子上的一只脚。一阵阵闪烁的旋风吹向空中，猛扑进绒毛中打转。他转身向她拍手。

“又来？”

他疯狂地用手指敲她。

“好的，好的，”她说，“我陪你玩儿！’

这些漩涡下降并融合在一起，形成了三个无面小人的闪光轮廓：两个绿色，一个蓝色。他们转身跳到桌子的另一端。迈克尔追赶着他们。

“你得到了很多帮助。”她说，旋转椅子面向一个复古的有机玻璃魔术壁挂。每当搜索者用眼睛盯着它时，拉布拉多犬和骨头就会从它的锯齿形配置中突出来。她有一本书，是父亲告诉她要好好保管的笔记本，藏在它后面，用玻璃纸包裹以保存它的气味，当她想到她的鼻孔充满了沾满墨水的纸张上的泥土味，她眼前就出现了一个小女孩的轮廓，蛋糕卷和黑醋栗果酱的食谱，手写字迹的变化，一堆透明胶带粘起来金色的狗毛，一串名单：邦邦，金克丝，布兰克妮，福拉，莫普，诺特，兰姆……书的味道环绕着她的四肢，渗透进她的手指和脚底，在她脑海里一整橱柜闪闪发光的书升腾而起，和书架上的平面壁挂图书馆一样，曾经用来装饰他们空空如也的角落。*他*转向他的书，带着乳胶手套的双手紧扣着放在大腿上，问她为什么她感觉陷入绝境。她一定还有更多选择。

她揉了揉脑袋，这个新想法从浅滩上升起，穿着橡胶套鞋从其他念头之中穿行而来，身后还拖着一条小船。

*他*告诉她现在还什么也不能做，现在她应该上这条船。

她告诉他已经等了太久了。

*他*告诉她，这条船在夜里也会保护她，她会在早上想起这一切。

她让自己别再去想克隆，失去亲人的家庭消失无踪，倒在那条船里。

*他*告诉她不要担心，她告诉他的一切都是保密的，他不会让她有任何事。

她坐在那条船里，让这句话拂过她的脸庞，吹起她的头发，用温柔的大拇指抚摸她的脸颊。他的小人，金克丝，用一条腿站在玻璃罐子里。她向空中伸出手，这样她的肘部与身体就成了直角，然后摆动臀部。金克丝换了一条腿，像刚刚一样摆动身体，看到这埃玛笑了。她们俩都忘掉了往日的生活，阅读着伊莎贝尔思想中零星的段落，然后开始哭泣，把它们记在预设的台词里。差不多一周前，布兰克妮的名字被提到一刹那她的心脏几乎要停跳。“你记得卢卡斯太太吗？她的邻居发现了布兰克妮……”她以为自己会晕过去。“发现布兰克妮怎么了？”“非常可爱。他们也想领养。”另一个继续说。她呼出一个微笑。“我看一眼档案。”她说。一对年轻的夫妻，有意思……“他们做什么工作？”她问，还没等另一个人回答就找到了答案。

“图书管理员和心理学家。”

“图书管理员？”

销售代表皱起眉头，然后笑起来。“那根本不是一个职业！”

十天后，哈米什·维克斯和苏珊·马莉来面试。“确保争取两个，”苏珊提醒道，“我不想她们分开。”

“为什么？”

她盯着脚尖想。“看着她们俩怎样一起进步会很有意思。”

“两个小人意味着两个交易。”

“我对产品发展更感兴趣，而不是交易……”

“他们整天都在工作，打孤独牌。”

销售代表机械地重复着工作，他们确实这样做了。然后得到了一份完整的报告。埃玛读过了，读的时候想起了笔记本上那些句子。她——苏珊——喜欢烘焙。他——哈米什——喜欢阅读。他们想要一个孩子，但是还不太幸运。他们想有一天搬到城里……“他们看起来相爱吗？”她问。

“当然了！”销售代表的话蹦出来。“好吧……至少她是在爱情中。”

嗯，她想，也许他们符合受众目标。但是……她想见见他们，哪怕是其中一个，只见一面，只为让自己安心，相信自己做出了正确的决定，没有像上次一样搞砸。愚蠢、自私的埃玛。不，不会的，不是全像以前那样。这次绝对不会像上次一样，上次她看准一个家庭时那次。那是最重要的一次。所以三天后，埃玛预约了与哈米什·维克斯博士的会面，去看看他是什么样一个人，但是他们的会面结束时，埃玛自己皱起了眉头。他是个难对付的人。因此，她窃听了他的办公室，并预订了一次后续会面。

然后是下一次。

再下一次。

成功领养之后又多了几次。

现在，她坐在椅子上身体往前倾，重新看着桌面，轻点旋转在空气中的‘Ψ’图标。她浏览了对话记录清单，直到发现一个听过许多次的自己的录音。“你所说的一切都会保密……我永远不会让你出事的，”记录表明她重播了许多次……

在椅子上醒来已经是四小时后了，她刚刚所做的梦的第一句回声就是那句话，在梦里她躺在湖中的一条船上，银色的湖面拍打着哈米什的胶鞋。你所说的一切都会保密……我永远不会让你出事的。她坐直身体，看着图标浮动的地方；迈克尔和他的虚拟朋友抱成一团睡着了，刚好挨着她的手提袋。保密……嗯……她回头看了一眼，用沙哑的嗓音说：“咖啡。”这才是她该做的：她会喝杯咖啡，等待清晨的日常生活，把所有焦虑的蝙蝠和可爱的鸽子关在盒子里。日光可以帮助她做出明智的决定。

她伸出胳膊把机器伸出的玻璃托盘里的咖啡端出来，双手捧住凑近鼻子……他不得不保密吗？他们显然有那样的规定。也有取消保密条款的规定，比如，如果一个病人承认了谋杀或其他事情……但她没有谋杀任何人。无论如何，他说他永远不会让她出事；那当然就意味着，好吧……不过，真的是那样吗？真的吗？只是预约会面然后离开，谁说你要把一切都告诉他了？埃玛放下咖啡，轻轻点击自己的手腕。“哈米什·维克斯先生的电话。”手腕发出声响。

* * *

防护眼镜。没有防护眼镜。这到底关他什么事？如果他是一个学生，卷进一个政府顶级项目，他觉得自己没法工作，因为已经三天没有眼镜了，他真的会向项目经理提起这件事吗？老天，这是一个政府拨款的项目——不！一个联合国基金项目，但他的员工都是为了微薄的津贴工作的学生。他不在乎他们的履历是否亮眼！他甚至不会对他们愚蠢的简历嘘上两声！他需要的是能够一起完成项目的人。“很不幸，”那个学生说，“实验室的防护眼镜必须更新了，从1995年来这些眼镜就没换过；在审查工作中没人提到这一点吗？”他向学生回答说，更新防护眼镜对他来说是个不小的任务。“是的，但是我们不应该同时进行工作吗？我，作为个人来说，在乎我的眼睛……”他说。“没有眼睛，就没有职业未来！”他还说了这句。该死的工作刻板的家伙，他的工作环境到底有什么东西能使他失明——嗯？任何能使他失明的物质都不可能让他与几个胚胎共享的。他是不是担心落在试管上的角度不对？“规则就是规则，”他说，“遵守规则意味着我们的安全。”

他等电梯的时候，一个矮胖的绅士走了过来。一托盘的热饮在他双手间摇晃。他们彼此点头致意。

但是最不能理解的地方在于，“要是我不小心擦了眼睛呢？会弄脏我的眼睛，也会污染试验样品的。”哈！如果你不能管住自己的手，你就不该来做这件事。当然了，也不是所有的人都这么多话。有些人总是瞪大眼睛，一副惊恐的样子。但很明显那些人完全没有竞争力。他们无法独立工作。他忍受这些有多久了？三个月？整整三个月以来都在“用勺子喂这帮人吃饭”；这三个月的每一天他都告诉自己他很确定，他非常确定自己如果摆脱了这群人，他就会有足够的钱去雇一个真正的技术人员。一个有经验和知识储备又细心的人。为了科学进步保持缄默的人。他过去认识许多那样的人。啊，过去……对。好的。电梯来了。实话说，要是有人按了上行键，他就不用等这么久了。他和那位矮胖的先生一起走进了电梯，盯着那人月亮似的发光的脑袋。那个男人则用眼角斜睨，手里的咖啡杯在卡槽中剧烈运动。一切都变得愚蠢又呆板。噗……这真的变成了一个大麻烦。他会提出建议，只是提出建议而已，他们怎么能拒绝呢？也许他会提出一些实习岗位，只是为了让事情好办点。至少显示出他的确是对他们的简历嘘过一声的。毕竟，总要有空间留给人见证这一切。还得有人沏茶。他需要人。的确需要。哦天哪，他在跟谁说话？“抱歉？”

“您是不是……不好意思，您是吗？”

“是的。好吧，我知道我是。”

“我就知道！”

“嗯……好的。”

“我有一种感觉，觉得你就是。实际上我知道你是。”

“为什么你会怀疑呢？难道我有时候会隐形吗？”

雷吉眨了眨眼，看着自己的咖啡，然后又望着眼前这个人。他刚张开嘴巴，但那个人又开口了。

“不好意思。恐怕我今天心情不大好。”他笑了，“您认为我是谁呢？”

“马克·赫克托博士。”雷吉瞥了一眼装着两杯拿铁一杯卡布奇诺的托盘，确保电梯没有让咖啡泼出来，在纵横交错的装饰水果下面淌出一条河流，或是打破那一束肉桂色的阳光。没有。很好。从来不会发生这种事，不过最好还是确认一下。

“那样的话，是的，那肯定是我。”

雷吉抬起头，再次确定。哦，是的！“对。”

“你知道我的工作吗？”

“呃……不知道……”电梯在九楼停下来时剧烈摇晃了一下。雷吉又检查了他的咖啡。“我的意思是……我一直在电视上看见您，但我不知道您是谁。”

“哦？”

“实际上，以前我一个朋友还和您一起工作过。”

“哦，好。”

“嗯，当我说一起工作……”

“一个科学家？”

“是的。”

“有意思。是谁？”

“嗯……德鲁·马利克。”

博士朝右侧抬起头，用舌头发出了啧的一声。

“您还记得他吗？”

“还有点印象。有一阵子了吧？”

“大约有十五年了，我觉得。”

电梯门在五楼开了。“等等我！”有人在走廊里喊。雷吉想用胳膊肘帮他按住电梯，但是够不到，托盘会完全斜过去的。他看着另一只胳膊肘，又抬头看看赫克托博士，他仍看着自己的右边，嘴里发出啧啧的声响。

“马利克。德鲁·马利克。”

他们刚看到一只手出现在面前，电梯门就关上了。

雷吉清了清嗓子。“没错。德鲁·马利克。高个子。头发金黄。瘦瘦的。”

“电梯上行！”一个女声播报道。

“你知道这些年我见过许多人。”

“当然。”

“——”

“我们一分钟前没有下去吗？”

“嗯？”博士朝空中伸出一只手，“他以前是跳舞的？”

“抱歉？”

“德鲁·马利克。如果我没记错的话，他受过古典舞训练。”

“是的，没错！”

电梯门在六楼开了又关，但是没有人进入电梯。“电梯下行。”

“我想了一会儿……有趣的是你记得的细节……但是现在一切都很清楚了。德鲁实际上责任感很强。”

“噢，是的，我知道。”

“所以你是……你在大楼里工作吗？”

“不，我……”

“我觉得我以前见过你。”

“嗯，是的，您可能见过。我就是这个书洗店的老板，就在拐角处。”

“什么？”

“书洗店。图书馆和洗衣房。”

“哦。有新意。”

“是的。名叫‘闪烁和旋转’。您一定看到了吧？我们也做咖啡。”雷吉冲他的盘子点点头。“还有蛋糕。”

赫克托博士翻开笔记本电脑的盖子，用拇指滑动屏幕。中途停过一次舔了下手指，然后意识到这不管用，于是在西服的翻领上擦了擦大拇指然后继续滑动。

“我经常在这里，”雷吉继续说，“你们许多人都在我们家干洗过白大褂。就是那时候我遇上德鲁的。那时候我们还只是一家干洗店……”

“我刚把文件找出来，在这里！啊对……我知道他。我们那时候做的事情和现在做的差不多，实际上。那可能是我的第一个项目，现在我想起来了。”

“噢，是吗？”电梯门在四层开了，“我到了。”

“我也是这层。”博士咧开嘴笑了，眼睛却没有笑意，“我和你一起走。”

“嗯……好的。”

“他们不该离开这块地方，您知道。”

“嗯？”

“白色的工装裤。我们有一队人把那些衣服洗得妥妥当当。”

雷吉迈着轻快的步伐沿着走廊往前走。现在是他掌握了地板，而不是地板掌控他。洗得妥妥当当。哈！这个词让他舔了一下牙齿。“学生的也是？”

“啊，不……说起来，我们不洗学生的外套。”

“因为德鲁那时候还是一个学生。不过，如果当时知道他是学生，带着外套进来，我可能会明智地拒绝他。”

“你肯定会的。”博士把手指伸向空中，“呃……”

“因为谁知道他们白天都在干什么。”博士在他的办公室停下来，打开门。雷吉笑着说了声“谢谢”，然后纳闷他为什么跟着他进来。

“没有什么危险的。”博士想到那个傻瓜和那个该死的防护眼镜，“我们不是那种实验室。”他举起另一只手，把手指并拢在一起，“所以……”

“嗯。”雷吉从桌面看向窗户，又看看门口。那个老家伙显然想聊天。也许他感觉到了上电视的压力。他把咖啡放在桌子上。雷吉曾经听过一个名人向一个完全陌生的人倾诉心声的故事。咖啡再过两分钟左右应该还是热的。“不过，如果他们能在自己的大楼里解决的话，他们不可能来找我。”

“你是这么想的……我在哪里？”博士让自己的指尖在鼻子上停了一会儿，“哦，是的！你能……”

“顺便说一下，我叫雷吉。”

“很高兴认识你。”他深吸了一口气，又试了一次，“你可以……”

“沃蒂的兄弟。德鲁的另一半。”

“哦，我明白了。”他们彼此很了解。他们是一家人。“你见过德鲁，呃，沃蒂，是吗？”

“是的！嗯，不，碰巧是这样。正如我所说，我在书洗店遇见了德鲁。沃蒂也一样。沃蒂和我一起做生意。”

他们互相点点头。

博士又试了一次。“你或许知道，德鲁是否还在失业状态？”

“德鲁又去跳舞了。”

“真的吗？”博士朝脸颊一侧努起嘴巴，就像卡布奇诺放的糖在杯子一侧形成的漩涡。“真让人丢脸。这么优秀的科学家背景。你有他的电话号码吗……”

“你知道，他们组建了一个家庭。”

“是吗？对他们来说是好事！我正在找像德鲁那种有学问的人。一个前雇员可能会违反公司政策，但是鉴于这种情况，一个能直接融入公司，很少或根本没有接受当前培训的人正是我现在需要的。你知道德鲁是否在其他实验室工作吗？”

“我确实知道。他没有。他除了跳舞，什么也没做。”喔！德鲁一定会很激动的！想到这不是因为公司政策，而是因为这位上了电视的博士给德鲁走了后门。“他们几乎是一下就有了伊莎贝尔，决定要给……”天哪，他真的在听！他听进去了每个字！德鲁会感到非常荣幸的！“然后就有了贾斯珀，一条狗。不能忘了还有这个小家伙。”

“那真是太好了。我们现在正在进行的项目就叫伊莎贝尔，你知道吗？以工作命名自己的女儿，我的天哪！我真的必须重新联系他……”

“嗯，如果德鲁有什么特长的话！绝对就是专注。他们自己的女儿就是科学上的突破……”雷吉把手伸进口袋，笑容满面。然后又做了一个表情，好像吃了什么难吃的东西一样。该死。该死！不该提起伊莎贝尔的。他刚刚是不是说出了她的名字？完蛋。是的，他已经说了。两次！真是口无遮拦！还有，还有什么科学突破？哦上帝啊，雷吉，你脑子去哪儿了？

“哦真的吗？你是说一个奇迹？他们是试管受精得到的孩子是吗？”

“嗯……是的……”

“不过这真的不算什么突破。他们通过了新程序的测试了吗？听起来很有趣……”

“我刚刚是说这个项目的成功，还有怎样通过测试，那也让伊莎贝尔成为一个成功。”

“那个项目没有成功。”

“——”

“你确定吗？”

“非常确定。”

“好吧……”见鬼，见鬼，真该死，“我不确定，实际上，也许沃蒂是以我们祖母的名字——伊兹给她取名的。我祖母是科学界的反常案例。一天抽七十根烟，却活到了九十六岁。”

“是的……”

“还有通过测试……”

博士咳嗽了一声，看着自己的脚。

“实话跟你讲，我不知道她前八年的生活。我不想过多打听他们的生育问题……我只知道他们试了好一阵子。”

“八年？他们离开了吗？”

上帝啊。“不，没有……”

“他们一直都在伦敦？”

“对……他们一直都在，没错。”他真的揪住这点不放。

好的。这近乎是固执了。“天啊，你真的想知道，不是吗？”

博士剧烈地呼吸着，思考了一会儿。“不，很抱歉，只是……好吧……我身上也发生了类似的事……”

哦不，就是这样。他要对陌生人倾吐心声了。“哦天哪，我真的很抱歉。”一个人痛苦的时候需要陪伴。“我想说的是……好吧……家庭真的很有意思，不是吗？沃蒂和我一直都想法不太一致。”

“啊！”他坚定地点点头，“我理解。是的，不……非常对。很奇怪，家庭。”

“但是现在已经没有办法改变。”哦不。不想再有心声来对他倾吐了，雷吉把它挡回去，博士意识到了。他止住了后续的话题。

“当然！不能细想。”

“是这样。”雷吉看着自己的脚。

“所以你会给我德鲁的电话吗？”

“什么？噢！是的，我的意思是……我应该给吗？”

“这个嘛……应该应该，除非……”

“抱歉。我问了一个愚蠢的问题。当然没问题。我是说，你又不是一般人，对吧？哈！上帝啊，不会的。”

* * *

她走进办公室。他就在那儿，一副若有所思的样子，用手指擦去桌子上想象出来的东西，只为了找点事做，因为他看见她了。她还没来得及微笑，就在一瞬间对上了他的视线。他把视线移开，擦着桌上。不，不，还没来得及打招呼。当她站在他办公室的门框里时，他终于抬起头来。

“你好，埃玛。”

“你好。”她脸红了，又听到那个说出那些话的声音。那些“我永远不会让你出事”的话。在那之后她真的不知道该怎么办。现在，她甚至连最细微的暗示也不敢有，这种感觉萦绕在她脑袋周围，似乎那里是它们的家。这就像在她的花园里发现了小猫，不知道该怎么处理它们，但总是想和它们玩耍。她知道它们就在那里，就意味着她会照顾它们，当她做其他事情的时候会想到它们，把食物留给他们。日子一天天过去，她越来越有可能收养它们。她缩回肩膀，轻轻地深吸一口气，看着他摘下眼镜，这样她就能看见他的眼睛。

它们现在已经一岁了，那些小猫。

他笑了。开始咨询之前他总会先笑一下。

“这里很暖和。”她说，搓了搓胳膊，仿佛很冷似的。

“噢……要不我打开窗户……我来开……”但他已经转身，到了窗户边，拨弄着一颗按钮。

埃玛张开手，手腕放出一串向上攀缘的记录，像蛛网一样盘绕弯曲。她在膝盖上擦了擦手，又合上记录。

他转身时窗户已经打开了。“坐吧。”他坐下，没问她是不是感觉好点了，或是窗户开得还不够大，需不需要一杯水。她对他微笑着，注意到了这一点，他像往常一样没有看她交叉着的腿。他完全和以前一样，虽然现在一切都改变了。“我永远不会让你出事的。”他说过，现在她在寻找哪怕一丝丝最微小的迹象，来重新证明这句话。目前还没有找到。一切如往常。

“有一阵子没见了。”那个声音说。

“一年了。”

“噢！”他扬起了眉毛。

他没有意识到有这么久。她又笑了，试图让自己看起来不那么失望。也许他在假装没意识到时间流逝。

他们观察着彼此。

他怎么能不知道已经过去一年了呢？哦上帝啊，她可能全弄错了……很明显，什么也没发生。那只是一句措辞拙劣的话。“我不会让你出事的。”不，“我永远不会让你出事的”。“永远”是所有的关键。如果只是“不会”，那句话应该就只在那儿，在他时间表的特殊位置，她在他的办公室里，她付他钱，他不会让她发生任何事情的。但那是“永远”。他说了“永远”……

“今天什么风把你吹来了？”那个声音说。

这次她深吸了一口气，闭上了眼睛。她完全听任自己做出她警告过自己不要做的事。这不是关于他们的，不是那个意思。那不是她今天来的原因，可是她任凭自己被它带着跑。真蠢。多么荒唐，多么不专业。

“埃玛？”

她睁开眼睛。他身子前倾，正看着她。

“你有什么特别想谈的吗？”

“是的。”她艰难说出。

“很好。”

这是咨询中的分歧。她现在可以着手做很多事，或者……或者她可以暂时把它们串起来。她在努力寻找以前的一些问题，它们还在吗？当然，它们还在……上次它们是什么时候走的？“我永远不会让你出事的。”不！是关于……就好像……他的脸变了。实际上，他取下了眼镜，他的眉毛像难过的嘴唇一样悬挂在眼睛上面。这副样子倒没见过。然后她意识到自己盯着他已经太久了，她的脸闷闷不乐地皱在一起，因为她实际上在注视自己内在的想法，但他以为那副表情是冲着他来的，现在……哎呀，他看起来很难过，她让他难过了。她赶紧让自己的脸恢复正常表情。

“你为什么离开这么久？”他说，“这么久才预约下一次咨询。”。

“你看起来……有点伤心。”她没来得及想嘴巴就先说了。

他努力保持面无表情，但这次失败了。五味杂陈的表情都在他的五官之下挣扎，就像袋子里的活鳗鱼一样。他把眼镜重新戴上。

“我想说——”埃玛开口说。

“我很伤心。”他同时说。

她眨眼。“什么？”

“我说，我很伤心。”

就是这样，他已经说过了！他想念她。他想念她了！他们完全有同样的感受。她胸口怦怦直跳，想大口喘气。她已经肯定了。她可以告诉他一切，她可以完全信任他，然后……然后……一个穿着紫色夹克的女人坐在豆袋沙发上，扭着头看她。

埃玛把嘴巴努起，脸偏到另一侧，让自己闭嘴，然后看着墙壁。这样似乎让她好过一点，仿佛一切都在掌控之中。她会犯傻，睁着天真无邪的大眼睛，表现得毫不专业，最后她会离开，世界还是照常运转。

“我可以解释。”那个声音说，她飘忽的眼神闪回到他身上。他深深吸了一口气。“你知道“反移情”是什么吗？”

她摇了摇头。

“在心理治疗中，这个概念是指心理咨询师……就是说，我——”他指着自己的胸膛，“可能在情感上与病人纠缠在一起。当意识到这个事实……”他闭眼了一秒钟然后挠了挠下巴，“我对你有感觉是——是对理解这个空间的动态关系非常关键的——”他摊开手掌朝向“这个空间”，“还有，因此一切说过的和未曾说过的话，最终为什么会被说出，又为什么有些话……没有讲出来。”他对自己的长篇大论笑了一下，把眼镜往上推了推。她对着他笑了。“这是为了你的心理治疗能够取得进展，让你的治疗……顺利。”他把手放在面前的桌上。换了一种温柔的语调补充道：“我难过是因为我觉得自己把你推远了。”

他看着她。

她尽力转移注意好让嘴巴不再颤抖，她的眼睛变得很热。她不会哭的……她不会哭的！她咬紧嘴唇，盯着他的肩膀。

他清了清嗓子，看着桌子。“你是不是有点不舒服。”

她突然发出一声带着哭腔、几乎要破涕而出的笑声，然后吸了一口气。

他把一盒纤维纸推向她。她抽出一张，趁眼泪还没从鼻子上滑下来，轻轻地擦了一下。“让我解释一下什么是移情。与反移情不同，移情指的是患者投射到心理治疗师身上的感觉。”

她回头看着他。他注视着她，仿佛在等待答案，仿佛是他需要拯救，仿佛他随时会哽咽。这个想法让她笑起来。她又咬紧嘴唇。

“看。”他轻敲桌子，“字典，”他说，“这可能对我们有帮助。移情……啊，就是这里。”他在桌子上转动大拇指和食指，好让屏幕转过来让她看到，然后摇动手指，让那些字向上倾斜，“读一下最后的定义。”

她读了一遍。“移情通常表现为对治疗师的性吸引，但也可以表现为许多其他形式，如愤怒、仇恨、不信任、父母化、极端依赖，甚至将治疗师置于上帝或导师地位。”

“你看见了吗？听起来很无害，不是吗？我很喜欢最后一点。”他说。他脸上的肌肉抽搐了一下然后恢复正常表情。“所以，这真的不是心动或迷恋某人，知道吗？也许你把我看作，一位兄长，甚至是父母一样的存在。”他等了片刻，对她眨眨眼睛，“你对这些有什么想法吗？埃玛。”

埃玛用牙齿咬紧双唇，沉思片刻。“你还记得你对我说的最后一句话吗？”

他吸了一口气：“我记得，不过最好澄清一下。”

“你永远不会让我出事的？”

“是的。我记得。”

“你是说真的吗？”

他坐回椅子上。“我很高兴今天我们已经澄清了这一切。我脑子里对这个句子有不同的解释，它是中立的。实际上我漏说的东西更符合事实——比方说，我完全理解你的感受。”

她笑了。

“但是，埃玛，我绝不是那个意思。我不能永远保护你。在这里我们必须认清我们之间的感情，然后为它哀悼。”

她感觉到自己的胃在缠绕和扭曲，挤出她体内的水分，她的腋下湿透了，眼睛也开始泛着泪光。“为什么？”她忍不住问。

“因为，在这里，我们对情感的态度不同，也许是你在日常生活中的表现。在这个层面上，我们必须识别和理解情感，才能帮助你。我们不能总是屈服于它。那就像……”他望天花板上，搜寻合适的比喻。“那就像寻找一个濒危物种，找到它，喂养它，让它繁殖，在很长一段时间里给它温暖，然后有一天把它抓出去吃掉。”她脸上露出笑容，然后她想起自己所有的小猫幼崽，又变得很难过。他继续说，“但那并不意味着你从来不会去想，吃掉它……是什么感觉。我们对此毫无办法，毕竟，我们只是人类。”他在椅子上坐直身体，声音更加坚定地说，“在这个空间里，这些感情可以现身，而不用担心任何压力。我们必须信任彼此，才能维持一定的边界。你可以信任我，我是不会背弃你的信任的，我绝对绝对不会对你做出这种事。想象你所能违背的最严重的道德律法，然后把它乘上一千倍……”他的手在空气中挥舞，比划出一个巨大的数额。

埃玛看着自己的手。他也有同样的感觉——这些都是真的！但是……一切都已经结束了。她曾经为此坠入深深的梦境，可如今现实的帷幕遮住了千万个梦幻的魅影，它们如同幽灵在她的公寓中游荡。如果这些幽灵散尽，她将感到无尽的孤独。失望相互依偎寻找慰藉。她一只手紧紧握住自己的另一只手，想着在不到二十分钟里开始一段感情又匆匆结束，到底是种怎样的感觉。这不可能发生，不是吗？没有什么能真正解释得清……对她来说，这整件事情发生之后，她花了如此多的时间来消化它……

她的脸已经在扭曲，但她不能让这痛苦涌现出来。别去想了，你在浪费时间。她的脑袋快要爆炸，小小的幽灵在屋中晃荡的画面充斥在她脑海中，而房屋的主人还在睡前检查喂水器。卢卡斯太太很快也要有两只幽灵要照顾了……现在几点了？她抬起脑袋看着钟，瞥见他的脑袋也随着她的头倾斜，像一个等待抛出球的拉布拉多犬。时钟仿佛慢动作一般，从 10:28 跳到了 10:29。这不是她来这里的原因。但至少现在她几乎可以确定一件事情：她可以信任他。

她坐着，等待自己的胸膛冷静下来，时间不知怎么就从 10:29 跳到了 10:33。她感到沉默如同一个巨型肥皂泡正在扩大，直到她有足够的信心去戳破它。她直起身子，直视着那双朝她看过来的眼睛。“我可以信任你，对吗？”

他动摇了。“我想……是的。”

她的思绪飞速转动。怎样表述这件事最好呢？“我对我以前的工作……知道的太多了。”

“嗯。”哈米什说，使劲地眨了一下眼睛，头微微一点。

“以及我整个职业生涯中涉及到的生命。”

“当然。”“生命”这个词引起了他的共鸣。他没有问这是什么意思。

“我必须保持，你知道的，保持谨慎。但是我现在面临着一个道德问题，我无法忽视它。我必须有所作为，你知道我的意思吗？”

“可能需要你再解释一下……先继续说吧。”

“我能告诉你的十分有限。”她咽了一下口水，“布兰克妮丢了。”她盯着他，想看看他是否辨认出这个名字。

他皱起眉头。“布兰克妮？”然后说，“我知道那个名字。”

“我可以继续说吗？或者最好别……”

“我觉得你必须说下去。”

“好，但是你必须保密。”

他烦躁地叹了口气。“埃玛，我不能答应你任何事情，除非你告诉我到底是什么问题。如果能保密的话，我当然不会说出去。”

埃玛考虑了一下。“我会没办法再回来。”她说。

“什么？”

“如果这件事泄露出去，我就再也回不来了。我不是在和你开玩笑，这很重要。我要么完全信任你，要么事情到此为止，我会离开这座城市。”

哈米什用鼻子深呼吸了一口气。“你杀人了吗？”

“什么？我的天，当然没有！”她嘲弄地说。

“你偷东西了吗？”

她的脸变得严肃起来。“没有，我保证。”

哈米什郑重地点了下头。“好的，我不会告诉别人的。”他伸出一根手指放在嘴唇上，但他的手指在颤抖，他又把手指缩回来。

埃玛几乎要笑出来了。“谢谢你。”她闭上眼睛，“布兰克妮是卢卡斯太太的小人。”她看着他，每听到一个名字，他的眉毛就扬起来一点。“她丢了两天了。”

“是的。可是你是怎么……”

“她很有可能是被特伦斯·本内特带走了——可以说是你的邻居。”

哈米什的嘴巴惊讶地张大。

“其实，就这些了。这就是我来要告诉你的。”她抿起嘴巴。

“但是……你知道我住在哪里？”

她点点头。

“怎么知道的？”

“我批准了你们收养邦邦和金克丝。”

他慢慢地点点头，听到这些名字从眼前这个人嘴里蹦出来，两个世界也开始重叠，他尽量使自己看起来不那么惊讶。他想着这件事的时候，时针已经从 10:36 跳到了 10:37，他面无表情地盯着她，这是他唯一可以依靠的工具了。她一直以来都了解他。知道他住在哪里，他的邻居……还有苏珊。他的眼皮停止跳动，她的形象在他面前模糊。跟踪，心理治疗师被尾随，被电话骚扰的故事一个接一个重叠起来。“她还是个病人。”他听见大学时讲师的声音说。“你要帮助你的病人。”

“我意识到这令人震惊，但这很重要。”她催促说。

“这就是你跟我预约的原因吗？”

“是的。”

哈米什点点头。“好吧。”他在椅子上坐直身体问道，“他为什么要带走她？”

她把刘海拨到一边，手划过脸颊时她瞥了他一眼。她伤害到他了吗？他们用了一分钟时间互相观察着。埃玛的胃缩成了橡子大小。*她失去了他*。她身体前倾说道：“我真的认为是他带走了她。”

他的眉毛重新恢复到嘴唇一般下垂的形状。“好的……但是你怎么能这么确定……我该怎么指控这位，呃，本内特先生呢？”然后又说，“他有一个小人的，你知道，不是吗？”

“一个什么？”

“一个小男孩小人。”

“噢！对，奇普斯。是的，本内特先生是奇普斯的合法主人。我不置疑这一点。”

他点点头。“是因为奇普斯很奇怪，是吗？”

“是吗？”

“他……好吧……简直瘦得皮包骨头。”

她瞪大眼睛。“你什么意思？”

“完全营养不良。你能看到他的肋骨、髋骨……浑身上下的骨头。我爱人有一次在我们的房子里看见了他。”他提到“爱人”这个词时有些犹疑。

埃玛似乎没有注意到。她弯下腰在包里翻找。“我不知道，我对他的后续发展一点也没有关注……”她展开一张塑料麦片，开始用一只手在上面打字。

“你能不能让人，就是，调查一下？”

“不行，但是你可以，”她边打字边说，“这样很好。”她直直地盯着他：“他虐待奇普斯的事实可以让人把注意力从布兰克妮的问题上转移过去，尤其是，奇普斯被安置在那里和我没有任何关系。我需要你打电话给当局，报告布兰克妮的事情——提到奇普斯和你的邻居——那家公司就更有可能调查他，然后找到布兰克妮。”

“真的吗？”

“是的。你打电话说你是代表卢卡斯太太，因为布兰克妮丢了。提到你很担心她被关在某个地方。如果他们尽职的话，就会带着搜寻设备，定位到她在隔壁。”

“我还是不明白为什么你不能做这件事。”

埃玛把塑料麦片放在腿上。“我很担心以前的雇主们想到我与此事有关。”

“你被解雇了吗？”

“噢天哪，不是的……我离开了。要是被解雇，我反而不能保持沉默。”她前倾身体。“我是真的很信任你。”

哈米什曲起一根手指放在嘴唇上。“如果这是秘密，为什么要说出来？”

她看起来很恐慌。“因为她在那里是我的错。”

“你的错？”

她叹了一口气。“你记不记得我告诉过你，我挑选寄养家庭的事？”

他看到她在提到“挑选”这个词时手指蜷缩了起来。然后她想起了一年前的记忆，仿佛它们是昨天才写下来的。“布兰克妮是他已故的妻子……”

她喉咙咽了一下，什么也没说。

他明白了。她看着他瞪大眼睛思索了一分钟。“所以，邦邦和金克丝是谁？”

天哪，她完全没想到他会问这个。“我不想解释这一切……”

“我的祖父母？苏珊的祖父母？”

“不，当然不是。”她挥挥手安抚他，“她们跟你一点关系也没有，我保证。”

“那我们为什么会领养她们？”

她叹了一口气。“因为你们都很年轻，收入丰厚，我想让她们两个待在一起。”

“她们是谁？”

“听着，哈米什，你才说过我们要互相信任。”

“我说的不是那个意思——”

她打断道：“从你说的来看，我们之间只能有信任这层关系。你说过我可以把一切都告诉你，我相信这一点。”

他低下头看着桌子，努起嘴巴。“你可以，”过了一会儿他说，“你可以完全信任我。”

12
CHAPTER

她只会拍手。那就是最好的方法。实际上，这真的是引起她注意的唯一方法。最终她会想出来的，即使她事先问了很多愚蠢的问题。她一定很担心她们。她们已经离开很久了！邦邦从隧道里过来的时候还是白天。现在她又一个人向后晃了一下，她的胳膊伸出来，这样她就不会撞到两边了。她看到前面有一个出口，是的！家！然后她跑过去。天哪！她到底在哪儿？两个滑稽的球冲到她跟前，弹到她的腿上。她尖叫着捂住嘴，然后弯腰去捡。那股气味使她闭上眼睛，她快速扫过在脑袋旁边的图片。她把它尖尖的皱褶凑近鼻孔。一个男人坐在桌子旁，看着一张上面有滑稽标记的纸张，它的气味和她现在拿着的东西一样。她打开它——这些滑稽的标记是什么？“亲爱的海伦娜……”上面写着。邦邦感觉自己听到“亲爱的”三个字时浑身起了鸡皮疙瘩。听到有个声音耳语着将这个词灌入耳内，耳朵也开始发热。她闭上眼睛搜寻着耳语者的脸。“亲爱的。”她自语道，从心底深吸一口气。“天竺葵。”她脑海里有个声音说。她睁开眼睛。花朵的暗影弯下腰又弹起来，有风将它们舞于一束光下，仿佛置身水中，水随音乐喷涌而出，发出叮咚的声音，不像她自己小口喝水时发出的噪声，也不像奇普斯的男主人开着水龙头时的哗啦哗啦声。水喷进一个大碗里，碗边上有鱼张开嘴在唱歌，有小花从它们口中掉下来，风不时吹拂着碗的顶部，它们会随着一股水流从碗的边缘溢出。

邦邦深吸一口气。这是布兰克妮的家，餐厅的门很不一样，把手上有卷曲的黑色阴影，门前悬挂着一个长长的棕色蜘蛛腿状的物体，在风中发出叮零咚隆的声音。这就是布兰克妮的女主人的住处。那位女士让她们到奇普斯家去。模糊不清的把手和蜘蛛腿后面没有任何光线。没有一扇窗户有光进来，除了喷泉。也许布兰克妮的女主人还在她们家，和她的女主人在一起？邦邦用手抚过"亲爱的"这几个字，然后重新把纸揉皱。金克丝还在等。和布兰克妮一起……她转身向隧道跑去，重新回到里面，屏住呼吸，两颊鼓鼓的都是天竺葵味道的空气。她告诉自己除非到穿过自己房子的真空活板门，否则不能换气。

她确实没有。

她跑回厨房，大口喘着粗气，四处寻找女主人。她张开嘴大喊道："喂！"突然她意识到，如果自己可以喊，那就意味着没人在，然后她走到厨房门口又走到餐厅门口，做了同样的事情。还有那个大房间。她把那团纸和大衣留在楼梯底部，然后爬到楼梯中间开始大喊。没有人听见。"男主人也不在，"她自言自语着，把那团纸捡起来，捡起外套放进篮子里。她会等到有人回家。

* * *

德鲁从报纸中抬起头，伸手从果盘里拿了一个黄色的苹果。小人横坐在桌子上，坐在她的助推器中，已经沉默了一会儿了，德鲁抬头看她，意识到她没在读两肘之间摊开的书，而是张开手托着腮，对着书的封面噘起嘴。"怎么难过起来了？小可怜？"

"金克丝死了。"

德鲁的手落回桌子上，拿着咬了一半的苹果，留下一排发光的齿印。自从伊莎贝尔开始读关于他们的博客，这对棕色小熊的故事就不断成为快乐与痛苦的源泉。她曾央求德鲁允许她向那位博主写信表示支持。"你为什么不让我代你向他们写信呢？或者至少用我的名字……"沃蒂指责德鲁过于偏执，伊莎贝尔总是大发脾气，导致他们无法得出解决办法。现在已经太晚了，苹果酸在德鲁的胃里冒泡。"发生了什么事？"

"不知道。很明显，她死在自己的围场里。"

“哦，伊莎贝尔，我很抱歉。”

“我只是忍不住想邦邦。她现在孤单一人。”

德鲁叹了一口气，切下一片苹果，削掉皮递给伊莎贝尔。

她拿起苹果露出一点微笑。那片苹果在她手里看起来像是一块西瓜。

“我太失望了。想想看，要是我能上火车，坐飞机或者是什么交通工具。我又有那么多医学知识……”

德鲁凝视的目光缓缓在桌面上爬行。“我知道，亲爱的。我为你感到非常骄傲。”

“别在我面前摆出高人一等的样子！”

“我没有！我也为你感到难过而且……而且我不知道该说什么才能让你好一点。”

伊莎贝尔用拇指抚摸着苹果的边缘。“我不是有意要发脾气的。”

“我知道，没关系。”德鲁叹了一口气，想知道说些什么会让她开心起来。可怜的小伊莎贝尔。德鲁想象着那头落单的熊，用鼻子拱着他死去的伴侣，想唤醒她，然后突然间感觉非常困倦，醒来却发现她已经消失了。“动物面对死亡的处理方式要比我们好得多。”

伊莎贝尔用鼻子哼了一声。

“我的意思是，这类事情一直在发生，伊莎贝尔。事实是，即使你出去成为一名兽医，你也会发现你不可能挽救一切。”

伊莎贝尔看起来充满恐惧。“即使我离开这里？你刚说了，是吗？我的学习完全是没有意义的。我永远也不能帮上忙。”

德鲁咽了一下口水。“你当然能！”

伊莎贝尔摇摇头，盯着一片虚空。一个出现过许多次的念头再次浮现在她脑海中。那是这样一幅画面，整个世界被微小的火焰覆盖着，它们很快就熄灭，一小群试图让它们继续燃烧的人已经坚持不住了，她能做的只有看着。她握紧了拳头，用力摩擦着两颊，指关节几乎在脸上留下了一排排红印。在法国某个园区的围场里，两团小小的火焰靠在一起闪烁不定，现在其中一个在勉强支撑着发光。“唉！”她低语道，仿佛在吹灭一支蜡烛，“我永远是无用的。”

“别这样说。”哦天哪。真的没有什么可以让气氛轻松一些吗？啊想起来了！扔在厨房地板上的那个重重的双肩背包，德鲁起身悄悄向厨房走去。“嘿，我从图书馆给你带了一些书！”

伊莎贝尔的眉毛向上舒展开来，但是嘴巴仍然难过地下垂。“真的吗？”

“是的，真的。”

“我回来了！”沃蒂喊道，前门关上了。

“晚上好，沃蒂，”德鲁咧开嘴笑了，从放书包的地板上站起来，现在地板上空了。

头，身体，胳膊和腿在空中升起，似乎它们就属于那里，就像小鸟从地面飞回树上。不！似乎它们是由最轻巧的瓷器制成，瓷器在椅子上被撞得粉碎，整个场景被慢动作回放。是的，这个描述更好。这个比喻沃蒂稍后会记下来。“又给伊莎贝尔拿了一些书吗？”

“是的，”德鲁说，“很好的书。细胞学和血液病学，急救药物，这一本更多是给贾斯珀的，我觉得。”

“哦很棒。”沃蒂从果盘里拿了一串葡萄，“你听见了吗？贾斯珀？”

贾斯珀在它的篮子里躺着，灰色的鼻子和嘴巴搁在交叉的爪子上休息。一听见他的名字，瞳孔立刻就飘到了眼窝上方，尾巴也慢悠悠地扫着地板。

“等等，你还忘了一本，德鲁。”

德鲁很快转过来。“是的，我知道，那一本要送回去了。”但是沃蒂已经在读那本书的书名了。

“动物园和野生动物医学。”沃蒂把书翻过来，看到一只棕熊站在深绿色的草地上。

伊莎贝尔眨了眨眼，抚摸着急救药物的那本书的封面。

德鲁清了清嗓子。“呃，我们有一些不好的新闻，沃蒂，金克丝今天死了。”

沃蒂把书放下，大步朝伊莎贝尔走过去。“噢亲爱的，我很难过。”

“是今天早上发生的事。”

“可怜的老金克丝，你一定悲痛欲绝。”

“确实。但至少他们还有彼此。”她坐回椅子上叹了口气。然后对沃蒂微笑，沃蒂的眼睛充满哀伤，嘴唇下垂着。

“你要知道，尽管这很令人难过，但这应该令你更有动力支持其他人的事业。他们中的大多数，只是因为有追随者，才会继续前进，即使你没有寄钱过去，”沃蒂耸耸肩，“只是知道世界上有同样想法的人，就可以激发更多这样的项目。”

德鲁看着沃蒂吻了伊莎贝尔的头，然后揉了揉她的头发，她几乎在微笑了。沃蒂总是能让她从她固有的情绪中脱身出来。

“还有你知道吗？”沃蒂走到一旁，问道，“如果你有金克丝的DNA，德鲁能把她复活。“

德鲁退避着。这样下去可不好。伊莎贝尔脸上所有小小的阴影与酒窝似乎在躲避一场积雨云，疾速散开了。

“她死了！”她喊道，小小的拳头捶着桌面，“死了！还有那么多活着的生命需要被照顾，你们为什么要浪费时间用你们那些愚蠢的实验创造出我这样的怪胎？”她叫着，指着自己的胸脯。“我是一个畸形儿，一点用也没有。”她坐回来啜泣着，沃蒂弯下身子抱着她，“真正的生命应该放在第一位，”她哭着说，“我不是一条生命。”

德鲁看着伊莎贝尔的头发一缕缕粘在沃蒂的下颌上，然后转身回到厨房，手掌平放在工作台上，尽可能压低声音哭泣，费力地呼吸着。

“你弄错了，亲爱的。德鲁的整个职业生涯都献给了保护真正的生命。你是真正的生命，你是从一个真正的卵子中来的，这个卵子是你的母亲捐献给医院的，你知道我们有多么幸运，在发现你——我们的伊莎贝尔之前，有多少胚胎死去了吗？”

“可你们为什么杀死它们？”

一阵巨大的抽泣声回荡在厨房里。伊莎贝尔看起来惊讶又悲伤。

“没有人杀死它们，德鲁在试着拯救它们。”

“通过使它们变得更小？”

“你必须明白，伊莎贝尔……”

“我本来可以是正常体型的，对吗？”

沃蒂看着桌面，抿起嘴巴。

“你本来不应该来到世上，”厨房里的声音回答说，“你们本来都不该生存下去。

如果我尊重法律，你就应该像其他那些胚胎一样死去了。”

伊莎贝尔望着厨房，德鲁重新出现时，眼睛已经被泪水弄花了。

“你为什么要留下我？”

“我的工作是杀死孩子。”德鲁在说道“杀死”时声音在颤抖，“我必须得做点什么好事。你是第十二批中唯一一个幸存的。我应该观察你的发育情况，两周后终止实验。但是两周后，我做不到。”德鲁扑通一声倒在椅子里，看着窗户。“我记得那些晚上我偷偷溜进实验室，跟你唱歌，陪你说话，早上比任何人到得都早，祈祷监视器不会响。我晚上回到家，整夜想着你，直到天明，直到那一天到来……好吧……那时你已经是我的孩子了，我必须带你回家，现在……”德鲁失声痛哭，“你这么痛苦，我真的很抱歉，伊莎贝尔。我真的下不去手结束你的生命……”

厨房门嘎吱一声响了，他们都抬起头。雷吉舅舅从门边探出脑袋，发现三张脸一个比一个痛苦。“我来得不是时候？”他问。

“呃……”沃蒂本来跪在地板上，现在站起身，伊莎贝尔的头发不再粘着她的脸，一缕缕像意大利面从滤锅中掉下来。“因为，金克丝死了。”

德鲁看着地板，慢慢地点点头。是的，这是最好的回答。

“啊。”雷吉舅舅悄悄绕过门，在身后把门关上，“我担心我来了也不能让你们开心。问题是……我好像犯了一个小错误。”

* * *

星期二。两周后第一天回到工作岗位。噢天哪，她今早必须洗头发。现在几点了？八点四十五？哦不……还有三十分钟用来穿衣服出发。也许她该带个发带，或是戴个帽子。

她翻过身。哈米什已经走了。她躺在他的那一侧，他为她留下的咖啡杯立在她床边的桌子上。她靠过来，把一根手指伸进去蘸了一下，温吞吞的，啊。冷掉了，但她还是得喝。如果他发现她把他做的咖啡倒掉，他就绝不会再做咖啡了。她坐起来大口喝了一口。哦，真恶心。冷冰冰的，他留在这里多久了？也许她该把这一杯倒进厕所里，然后发誓早点起床，把新鲜的咖啡都喝掉，就像她发誓要早点起床跑步四十分钟一样……噢好吧。她把腿伸出床外晃荡着，看着镜子。不算太糟。正是耳朵上方的一点点声音把她吸引了出来。她一直希望能回到工作岗位，就像刚刚度完假的人一样容光焕发。她只要穿一身宽松的运动服，中午吃饭的时间去跑步。

手里端着杯子，她进了浴室，把水温调到三十九度，开始淋浴。天哪噢天哪，把咖啡倒掉；午饭时间跑步。谎言什么时候才会终止？当淋浴收音机提醒她现在是08:54时，她咯咯笑了起来。该死。她还有一大堆事要做，却连一杯像样的咖啡都没喝上。

她皱眉咬着指甲，花洒淋下的水花沿着她的双肩四散开来。噢天哪，有种不好的感觉——究竟是什么？是哈米什吗？不……不，不是哈米什。是因为工作吗？好吧，是……但不是这样。啊！想起来了！卢卡斯太太。她今天一定不能忘了打电话。在那之前她得问问邦邦和金克丝从奇普斯那儿打听来什么消息没有。但这不是不好的感觉，是吗？到底是什么让她产生了不好的感觉？因为她上次忘记给卢卡斯太太打电话了吗，可能是这样……不！因为她昨天开完会后忘了去看看邦邦和金克丝。这才是原因！

苏珊洗完澡穿上衣服，画好眼线扑上腮红。该死。她真的希望今天看起来能漂亮一些。就这样吧。她跑下楼，拍了一下玻璃咖啡桌，对着它大喊了一声“咖啡！”，声音尽可能地大，然后跑下楼去橱柜里翻找她为同事准备的礼物……该死，哈米什！他把这些乱七八糟的盒子堆在她的礼物前面！“哈米什这个笨蛋！”她必须在午饭时间拿出礼物，为了她重要的回归。

她跑到厨房，从冰箱里抓起一支酸奶，扫了一眼那两个碗。真好，碗都是满的。至少哈米什还做了这些事。她回到客厅，抓起玻璃托盘上的咖啡，记起她本来是要做某件事的。啊想起来了！检查小家伙们。她从厨房门旁边探出脑袋，看见邦邦穿着衣服睡得正熟，胳膊搭在另一个突起的东西上，那个东西看起来却不像是金克丝……

苏珊眯起眼睛，也许就是金克丝。

也许金克丝和她的男朋友出去了。

09:13，倒霉。她要来不及在午饭时间拿出她的礼物了。

对。

鞋子。

钥匙。

手机？她看了一眼手腕，调至静音模式。

咖啡。

然后就可以出发了。

醒来。

邦邦的眼睛睁开时，前门正好关上。像一个吻，她想，关门的声音总是听起来像一个吻。她盯着天花板看了一会儿，然后翻了个身。金克丝不在。

该死！

她的衣服压在背下面，胳膊伸展开来……似乎有一个看不见的脑袋正朝她倚靠过去，张大嘴巴要水喝。布兰克妮。哦不，可怜的布兰克妮！她跳起来向走廊跑去，发出一声尖叫，她的嘴里很干，这声尖叫听起来很柔和。她咳嗽后又试了一次。这次好了一些，她能听见自己了。也许他们有一个还在楼上？她爬到楼梯的中部，站在那里大喊。昨天的尖叫让她的嗓子状况变得很糟，但她的声音还是能被听见。她重新爬下来，听有没有淋浴声、脚步声或是勺子在杯中碰撞的声音。

什么也没有。

她来到厨房。两个碗都装满了麦片。一个杯子立在出水的东西旁边，还有两个倒下的酸奶罐，有一个勺子挂在工作台边缘，还有一个……她看看地面。在那里，靠着碗橱一侧，银色的底端指着她，像金克丝睡着时的背一样。哦天哪……他们都出去了。她怎么能那样坠入梦乡！她朝勺子走过去，颠倒的身影在勺子的凸面上映出来，她用双手拿起勺子，跑到篮子旁边，然后抓起衣服。那团纸在下面发出咯吱咯吱的声音，像是醒来了一样。

邦邦披上大衣，舀了一勺麦片。她怎么能一直在睡觉呢？一层麦片从颤抖的勺子中掉在地上，遇到喂水器溅出来的水花就融化了。她看看勺子，又看看喂水器，把一勺麦片猛地丢进去。勺子浮上来，上面凝着一团黄色的东西；至少现在不会掉了，她想，金克丝需要的话还可以吸掉里面的水。“U。”她离开时读道，还是“C”。她停下转身回来。融化了麦片的水在地板上形成了字母。她放下勺子，把手伸进黄色的黏糊糊的东西中去。把勺子捡起来，穿过瓷砖向真空活板门跑过去。

她想象他们都在床底下，又饿又渴。也许布兰克妮，她会……邦邦咽了一下口水。死鸟的形象又出现在她脑海中，死鸟身侧有一块光秃的地方，她把它所有的羽毛都拔了出来。

她穿过奇普斯的“外面”，到了他的真空活板门，里面脏兮兮的，已经成了黑色。倒霉。要是奇普斯的男主人回来了怎么办？想到这里，她踮起脚尖，一声不响地快步走着，听见大靴子和破锣似的呼吸声。她走过厨房，进了门厅。大靴子到了客厅外面。她一动不动站着，闭上了眼睛。

他看见她了吗？

“现在是早上了。我们该去给蒂尔达拿些水吗？”他说。

邦邦睁开眼，看见他张开一只手朝她弯下腰来，那只手布满褶皱，深得像一道道褐色的条纹。

她把勺子尽可能地挥舞着，然后一遍又一遍拍打那只手。那只手靠近时，黄色的黏糊糊的污渍溅在了他手腕上。他笑的时候，嘴里呼出来的空气喷在她脸上，热烘烘的，令人难以忍受。“你还脾气挺大，是吗？”他的手指捏住她，她还在打他的手腕。尽管勺子已经被他从手里拽出来，她听见勺子掉在地毯上，她用手使劲拍着他的拳头。

“来吧。”他站了一会儿。邦邦睁开眼睛看见他一只手盖在另一只手上，发出了奇怪的令人紧张的噪声。“这样不好……我记不起来了，”他说。她仔细瞧着他，他在尝试找到脑中已丢失的记忆。“想起来了！”他朝空中一指，她跳了起来。“我们要去拿水，”他说，踏上第一级台阶，停在那里等待另一只脚踏上这级台阶，然后才开始走上另一级。“为了蒂尔达，你用勺子打我。”他又笑了，松开手指。她把手埋进他的胡子，紧紧抓住，疯狂地环顾四周。她还从没有在楼上处在这么高的位置。她的眼睛掠过墙上高处挂着的一个小方块，如果她不是在这么高的地方，她就不会发现。她盯着那幅画，它是关于……布兰克妮的！她皱起脸。布兰克妮穿得很奇怪，嘴唇的颜色不一样，手指中间有一根细长的东西伸出来。真的是她吗？是的，是的，一定是。她们有同样的眼睛，同样颜色的头发。

水流的声音灌进她耳朵，她转过身来，往浴室里看。厚厚的绿色斑点从墙上长出来，舔舐着天花板，在角落里变成了黑色的污点。三个棕色的手印爬上厕所旁边的墙，厕所是敞开的，大便在外面横冲直撞，就像躺在碗底湿透的石头。浴缸几乎和皮肤一个颜色，浴缸周围有一条厚厚的、烂泥似的线，底部覆盖着一些黑色的斑点。水槽里的水龙头从昨天起就在流水。邦邦屏住呼吸回头看，她穿过楼梯平台朝卧室张望，其他人被困的那个房间门还是关着的。

“水龙头没关。”大胡子咕哝着。她看着水龙头，他想把水龙头关上但是它卡住了。“你先站着，”他说，把她放在浴缸里，她被放进去时边缘的水没过了她，她试着拍手两次，不！不！但他只是站起来，用手再次遮住眼睛。他就那样站了一会儿，然后戳了戳空气。“轻敲！”他转身用力把它关上，看了一会儿，然后转身离开了浴室。

邦邦用力拍打着浴缸的边缘，他终于回过头来，很好，他回头看着她，他的眉毛和金克丝的头发一样厚，他的眼睛是蓝色的，呈细长型。她张开嘴，揉着喉咙，指着卧室和紧闭的门。他们在里面，口渴。

他环顾了一下浴室，然后顺着她指的方向往身后看。“什么？”他眯着眼睛望着她说。他又揉了揉眼睛，发出紧张的声音，就像他在走廊里做的那样。“我不记得了……”他抱怨着说，“蒂尔达！”他说，然后转过身来，从窗台上拿起一个盘子。他把盘子往这边倾斜时，里面粘糊糊的东西掉到水槽里，他试图把水龙头打开，同时用那只大手握住盘子。“为什么关上了？”

邦邦看见他对着水龙头叹了一口气，然后用拳头猛地把它锤开，然后弯下腰把淋浴头也打开。水流冲出来，拍打着浴缸底部，她的双腿开始颤抖，她伸手触碰耳朵。她看着他把盘子装满，转身走了。“不！”她大声喊着，她的声音也被淹没了，水龙头开着的时候没人能听见她说话。她往下看，水已经漫过了她的脚，她扑到浴缸边上，伸出手指想要抓住任何能把指甲挖进去的地方，但是双手沾满了污垢，直直地滑了回来。她在衣服上擦擦手，又试了一次，这一次撞到侧边滑了下来。水已经漫到她的膝盖，每当她试图跳起来，脚掌都会被一层东西吸住。她脱下衣服，让它随水飘浮。她猛地滑向浴缸一侧，重重地捶着浴缸，直到拳头都打不开，底部的黑色碎片漂浮在她的腰上，粘在她的手肘上。她尖叫着，双手举过头顶，眼睛瞟着天花板。浴缸上方悬挂的东西，一个淋浴头，水龙头，一条毛巾，一端有刷毛的细长的东西，她都够不到，似乎它们都在指着她笑，而她……她正要……“淹死。”她脑海里有个声音说。“它们在嘲笑你，而你正在被淹死。”水已经漫到她的耳朵，水下的漩涡轻推着她的腿，她把头朝后仰。就是这样，那只年长的小人告诉她，她会淹死的，现在她随时都会沉下去。天花板出现了大片的黑斑，接着几乎成了一片黑暗，她的目光随即移向那扇门。她想象黑夜再次来临，她一遍又一遍地读着“亲爱的”，在那个天竺葵味道的花园里，神秘幽暗的黑色花朵摇曳着，鱼用水制造音乐，风舔舐着它们头顶的花瓣。“亲爱的。”金克丝对着她的耳朵说，用一个男人的声音。水撞击着她的脚，水面上升，她的脑袋向后仰去，消失在水面下。

13

CHAPTER

“哦天哪，雷吉，你做了什么？”

“我很抱歉。”

“你没有给他我真正的电话吧？”

“恐怕我已经给了。”

“没这么糟吧，真的吗？”

雷吉和沃蒂看着德鲁。“问题是，如果马克·赫克托博士想要什么，他不会善罢甘休的。”

雷吉双手揣进口袋，摇晃着脚后跟。“是的，”他说，“我有这种印象。”

“他一听到……就想要我去他公司？”

沃蒂坐在椅子上，身体前倾，挠着袜子和裤脚之间露出来的皮肤。“你不会接受这份工作的，不是吗？”

“即使我想，那也不能。有点太危险了……对家里的情况来说。”

“好。那就别接受。”

“我不会接受的。”

“那这件事就结束了。”

“好吧……”

“除了到家里来，还有什么方法他能发现伊莎贝尔？”

“没事，我们只要……”一只手逐渐伸向空中，像往常一样转着圈，一朵花的盛开在快进播放，就像在英国广播公司的纪录片中一样，沃迪想。手开花了。“我们只要搬家就是。”

“唉。”沃蒂起身，从果盘里拿了一个苹果，然后走到厨房，又折回到洗手池旁边弯下腰。“你真的说了我们有一个女儿吗？”

“是的。叫伊莎贝尔。”

“对。”

雷吉朝他们摊开两只手。“这样。”他们看着他，“如果他打电话，就让他打。如果没打，就算了。”

“他会打的。”德鲁嘲弄着说，眼睛停在桌子上，但那里早已没有果盘，他转向椅背后面挂着的夹克，在口袋里翻找。

“抱歉给你们造成了困扰。”伊莎贝尔噘着下唇，胳膊抱在胸前。

“别这么说，伊莎贝尔。”

伊莎贝尔的脸垮下来。沃蒂从厨房走过来，把手环绕在她的椅子上。

德鲁在夹克里找了一会儿，起身时手里拿了一个手机。“我不知道为什么以前都没有想到这个——我要换电话。”

“德鲁……”沃蒂的脑袋朝伊莎贝尔斜了一下。德鲁的眉毛扬起来，像一座升起的桥，让伊莎贝尔的表情从下面通过。“我真的很抱歉，亲爱的。”

“没事。”伊莎贝尔抽着鼻子说。

“你当然没有给我们造成负担。只是那个愚蠢的博士，他快把我逼疯了。”

“我知道。”

德鲁拿出手机，屏幕朝下放在桌子上。

“你认为他会来纠缠我，问我要你的新号码吗？”雷吉问，“他知道书洗店在哪里。”

“书洗店？那是哪里——”伊莎贝尔说。

“我懒得换号码了，”德鲁打断说，“他可能会直接找上门来。打电话还算好的。”

雷吉盯着自己的手。“我真的很抱歉，德鲁。”

“事实上，奇怪的是我从来没去过那里。”伊莎贝尔继续说。

沃蒂起身说。“换个话题吧，好吗？来点茶吗？雷吉。”

“你在听我说话吗？”

雷吉看着伊莎贝尔。“什么？伊莎贝尔。”

“我能去和你待一晚吗？”

沃蒂和德鲁转过身来，张大了嘴。“不可能。”德鲁终于说道。

“为什么？”伊莎贝尔示意她想从椅子上下来。雷吉站起来帮助她。“就是这样，毫无疑问……我要和雷吉一起去。”

噢该死。真狡猾。必须想办法掩盖过去。啊，电话已经来了。“你好？”

“德鲁·马利克？”

噢天哪，他真是一点时间也不浪费。“什么事？”德鲁咽了一下口水，“请问是谁？”

“噢，哈，实际上我已经感觉到过去的熟悉感扑面而来了。是我，马克·赫克托。”

德鲁对着天花板有些退缩。坚强些。一定要拒绝他。“马克·赫克托博士？”

“是的，就是我。”

“喔！真没想到。”

“你近来怎么样？”

“呃……我还不错，谢谢你。一切都好。”

“那真是太好了。”

“是的。”

“好，我必须说！”

“哈！”

“对……”

“嗯……”

“有意思吧？”

“哈！当然。”

“很好。”

“啊哈。”

“……”

德鲁的眼睛紧紧闭着。“你呢？近来如何？”

“嗯……我不知道你有没有看看现在科技的最新进展，有吗？”

“呃……没有。其实一点也没有。说实话，我已经对那个没有……那个兴趣了。”

“哦真的吗？”

“是的。”

“哦……噢天哪。真可惜。是有什么特殊原因吗？”

“是啊，哈！”想想，德鲁，想想看，“上帝啊，实际上，我发现了，嗯……宗教。”

电话那端赫克托博士深吸了一口气，似乎不打算吐出来。沉默使空气冷下来，几乎要冻住了。德鲁发出一丝苦涩的笑。这种说不上是笑容的笑在他咬紧牙关时显得极为有趣。突然间，赫克托医生开始笑了。

“好！”他大声说，“要是你知道我经历的这一个星期……只会觉得自己过得更好。哈！天哪！就是这么简单。”

傲慢的混蛋。他一直是个傲慢的混蛋。德鲁还是和他一起笑起来，但忍不住补充道：“我不可能回去的，嗯……你知道，我不是在开玩笑。”

“什么？”

这句“什么”是一个简短的尖叫，把德鲁带回到实验室，为他穿上一件白大褂，给他套上橡胶手套，手里塞进一个写字板夹，脚下的地板也变灰了，充斥着化学制品的味道。“最后一批到期前必须处理掉。”德鲁解释道，“什么？”这是他得到的回复，还有一双发着光的紧盯的眼睛，像露出尖牙的食人鱼要从洞里游出来，吃掉德鲁的脸。

德鲁颤抖着将电话换了一边。“说实话，我关注着你的最新研究。听起来似乎你取得了很大进展。”

“哦真的吗？你关注到了……也不像我想的一样有很大进展，不过……也足够有趣，这就是我打电话的原因。”

“是吗？”德鲁声音有些沙哑，他清了清嗓子。“是吗？”他重复道。

“是的。”他沉默了一秒钟。德鲁想象着他水虎鱼一般的眼睛闪着光，他的大脑在组织下一句话。他开口了。“问题是，我有一些很好的技术人员，也有一些，可以说是，不太好的。我处在一个节点上……好吧……你的记录吸引了我，简单来说，我真的希望和你这样的科学家合作……有经验的。”

有人不介意被霸凌，有人知道怎样闭嘴——哈！他怎么敢，他怎么敢这样打电话来，希望德鲁放下一切，回去做那些可怖的实验：杀掉生命并且保密。德鲁愤怒地张着嘴，对着电话做出生气的口型，但随即冷静下来，变成了一句简短而又坚决的“不”。

“什么？”

德鲁噘着嘴慢慢地呼气。“是的，好吧，我知道自己正处在转折期，但是……但我真的不知道怎么答应你。”

“非常简单。说‘是’就行了。”

“嗯……在一个理想的世界里……”

“去你的理想世界！就让它发生吧。”

德鲁的心脏挠着他的胸膛，像实验室的小白鼠挠着容器的四壁。

“我……呃……这不可能的。”没想到这句话出口声音如此之大。德鲁退缩前又加上一句：“恐怕。”

电话那头传来深深的呼吸声。“你知道这是多大的优待吗？”

噢天哪。德鲁闭上眼睛。“我知道。”

“你知道有多少科学家挤破脑袋想要抢这个机会吗？”

“——”

“嗯？”

“我一点也不怀疑。”

“我觉得你没有意识到，这个时候我的秘书正在起草五封辞退信，五个实习研究员，那些孩子的理想扎根于推动科学发展，造福于我们的星球，以及与他们这个星球的后代，还有我们对地球机制的转化运用，我们一天一天地把我们的想法植入其中，这样我们的孩子们就有了生存下去的动力；所有这些，他们都意识到了，因为他们是科学家，但为了雇用你，我一眨眼就把他们赶走了。”

德鲁缓慢地摇头。“为什么是我？我不是那么出色。要是我没记错的话，我们曾经的团队有十二个优秀的科学家。”

电话那头停顿了一下。德鲁闭上眼睛听着，直到吸气声确认他不再发脾气了。“你是对的。你完全没错。在那之后我们还有更多。”然后是一声长长的叹气，“我很抱歉，我只是……我只是，遇到了一点困难。我会找到合适人的。抱歉我冲你大吼大叫了。”

说道“吼”字的时候他的声音渐渐减弱了，好像有只手从他脸上抹了下来。呵呵！他以前从来没有道过歉……也许他老了之后变成熟了。

“你会找到人的。”

“是的……我只是不敢相信政府给我安排了那么多学生。”电话那端传来低声轻笑的回音。“没用的一群人，不知道自己的屁股和胳膊在哪儿。”

德鲁噘起了嘴，他一直都是为他们着想的。他们不像是大学生……可能是三年级的博士生，有些甚至可能是博士后……他很害怕，这就是问题所在，因为他们依附于大学，大学都重视标准和良好的实验。天哪，这个人错得太离谱了。不过，别再说别的了，他快要挂电话了，他几乎要离开他们的生活了。“你会找到人的。”德鲁重复道。

“嗯，我相信我会……”

“你一定会的。”

他停顿一下，然后问：“你还在跳舞，是吗？”

“呃……”为什么不呢？如果这能让他离开的话。“是的。实际上，我感觉自己都有点儿老了。”

“哈！老了？我现在都有孙子了，在苏格兰。”

“噢……这很棒。”

“是的。离得够远。我努力尽我的一份责任。”

“是的，养孩子很辛苦，不是吗？”

“你有伊莎贝尔，对吗？”

德鲁僵住了。心脏里那只实验室里的小白鼠抬起后腿，胡须也开始抽动。那个名字，从这个人的嘴里说出来，这张嘴曾在完全不同的场景中反反复复说过许多次这个名字。小白鼠冲出盒子，想找到一条出去的路，发出高声、可怖的呼吸，迫使他远离听筒，这样马克·赫克托就不会听见它们。“你知道伊莎贝尔？”

“抱歉，是的！你的朋友告诉我你有一个孩子。”

德鲁呼出一口气……唉！是雷吉。雷吉不会说任何圆场话。他已经说得够多了，愚蠢的家伙。“是的，她刚满十八岁。”

“十八？你真的在十八年前离开了吗？我的天哪。”

“是的！很有意思，这是不是……”

“我绝做不出这种事，为了一个孩子放弃整个职业生涯。不过你的妻子一定很支持你。”

“我的妻子？”

“是的！沃蒂，他们这样叫她吗？”

“是的，但其实是男‘他’。”

“你说什么？”

“沃蒂是我的丈夫。”

“不！”

“什么？”

“真的吗？”

“是的。”

“好吧，谁想出来的？”

“我认为听到这个名字就很明显应该了解事实……”

“哈！你把我弄糊涂了……”他顿了一下。水虎鱼一样的眼睛在飞速射来射去，想要了解洞穴之外的领土。“你知道，有件事情我是从来也弄不明白，就是这种变成同性恋的趋向。”

噢天哪。德鲁拉下肩膀抿起嘴巴。

“从什么时候开始的？这可是一个价值百万美元的问题……哈哈！要是我知道这个问题的答案，那我就是地球上最成功的博士了。”

忍住。不要反击，德鲁。咬紧牙关，可是……“你是基因学的专家。你应该最清楚‘这种趋向’什么时候开始的，”德鲁的嘴似乎不受控制地说出了这句话。

“哦别跟我来这套。你怎么不看看过去呢？现在突然间遍地都是同性恋了。”

德鲁叹了一口气，扑通一声倒在沙发上。“我猜是随大流。”

“哈！当然。你说的对，瞧，你还是有点幽默感的。你知道吗？如果这个项目完全进行起来的话，我们可以找出一种办法让每个人都变成同性恋——这样就会解决人口危机。”

“我得说，你该注意自己的言辞……考虑到你现在的地位。”

“哦上帝啊，我们只是在开玩笑。还有，不管怎么样，也是你先建议可以操控基因的。”

“呃……恐怕不完全是这样。”

“但是说实话，你们这些人应该真正明白的是，我们来到世上是为了生育。你们这种一时兴起是……是反家庭的。我应该猜到，毕竟，你在做舞者。”

“我应该把它纹在脖子背后。这样你就不用猜了。”

“我告诉你一件事情：像我这么优秀的科学家，也无法用两颗精子造一个孩子。”

“……”

“我不能吧？”

“……”

“其他人也不能吧，在这件事上。”

“……”

“对吧，是不是这样？”

“但是我打赌你一定试过。”

“什么？”

到此为止了，这是压死骆驼的最后一根稻草。德鲁往前一坐，一只手举在空中。“你怎么能说我是反家庭的，博士，我从来也没有因为一个孩子放弃我的事业，而你却用一辈子在杀死一个个孩子？”德鲁紧紧闭上眼睛，听着听筒那边蜂鸣的寂静，没有回应。正当他打算用沙哑的嗓音问一句“喂？”，赫克托博士又开口了。

“那你又是什么样的人呢？你大部分的科学生涯都在终止胚胎的生命，不给它们一丝继续繁殖的希望。你才是个名副其实的黑暗天使，德鲁·马利克。”

名副其实的黑暗天使。名副其实的黑暗天使。德鲁的眼睛开始发热，他的拇指停留在红色的挂断按钮上，他的上眼睑寻找下眼睑，这样它们可以在哭泣时抱住彼此。泪水被挤出来，掉在他的膝盖上，一个水痕短暂地存在之后另一颗泪掉下来，洇开另一个水痕，他的眼睑继续拥抱对方来拯救它们。“我有一个孩子。”

“好吧，这个星球上的其他任何一个人也一样，德鲁。你收养她了吗？还是买了她？”

“我不像你。我想做一些好事。”他抽泣着说。

“你让她长大了吗？哈！这可得琢磨琢磨。”

“我想拯救它们！我想让伊莎贝尔项目继续发展下去。我知道一旦它们长成婴儿，它们就会幸免于你的手。它们会受到法律保护……”

“你让她长大了，是吗？你是在告诉我你让她长大了吗？”

“没有，”他呜咽着说，“我、只、是、让、它们、生存。”他啜泣着低下头，把头倚在膝盖上。

“好吧，它们没有。你也和我一样尽责。”

“我曾经对着它们唱歌。对着它们讲故事……”

前门在德鲁身后发出啪嗒一声。“德鲁，我们找到了有史以来最大的黑莓灌木丛！”但他没有注意到。他双膝弯曲坐着，双脚悬空，脚趾着地，感受着一个个小水珠在他大腿上飞溅和蒸发，想象着每次蒸发都是一个小小的白色灵魂……“德鲁，你在跟谁说话？”沃蒂把伊莎贝尔放在地板上，跑过房间。

“它们只是一堆细胞，德鲁。你带走伊莎贝尔的那天就是你毁掉一个真正的生命的那天。”

“挂掉电话，德鲁。挂掉！”

咔嗒一声线断掉了。赫克托医生听了一会儿，然后重拨了纸片上的号码。接电话。他往后一仰躺在椅子上，食指弯曲放在上唇上。怪不得他要离开，精神不稳定的怪胎。这个人到底出了什么毛病？还有他养孩子的那整套东西……医生摇了摇脑袋。真是完全不可救药。什么时候起同性恋都能允许领养，这个世界真是黑白颠倒了。这是说他确实领养了她……他有许多机会把她养大。哈！哈！不……不可能。不是这个娘娘腔。德鲁·马利克的问题就在于，他总是哭哭啼啼的，良心上的负担太重，很明显这么多年来已经把他压垮了。他见过同样的情况也发生在别的人身上，大概有两个吧……有个人直接哭着崩溃了！“我只是想做一点好事！”他喊道。

好吧，我们不都是这样吗，德鲁·马利克？我们都一样……

哈！真的养一个自己的孩子……

但是他真的说了“没有”吗？是的，是的，他确实说了，但是……只是“没有”。不是：“没有，你简直疯了！”或者是：“没有，你怎么会觉得我能做出那样的事？”

只是“没有”。

但是话说回来，这种愚蠢的问题也就真的只能用“没有”回答，不是吗？

马克·赫克托发现自己在平板上打出“伊莎贝尔·马利克”几个字……但是她是姓“马利克”还是……浑蛋。他不知道那一位的名字。他把平板电脑咔嗒一声合上，然后用手指在上面敲着。

只是想做一点好事。只是想让他们生存下去。

噢天哪。种子已经种下了，这会激怒他。如果？如果？他整个职业生涯都建立在创造这样的东西上了？好吧，要是它本来就存在呢？他拿起一个杯垫放在桌子上，把它转过来又放回去，然后起身踱步到窗户前。无论如何，要是他养了自己的小孩，这多半不可能，他们现在也做不了什么。不，不……那会带来太多麻烦，太浪费时间了。谁有时间去无缘无故地拆散别人的家庭呢？还有，这会招来负面新闻，现在他可吃不消这个。真正的问题是，如果德鲁让伊莎贝尔长大了（很有可能他没有），那他是从哪里找来胚胎的？很明显是从实验室。小偷，哈！要是他偷了胚胎去制造，这也不太可能，那时候实验室的胚胎已经被特殊编辑过了……问题是，或许他创造了自己的小孩，不过应该也没有，又或许他偷了实验室的胚胎去做这件事，本身就违反了太多法律，根本不用想，但他要是真偷了，是在编辑过后还是编辑之前呢？这就是问题所在。

赫克托医生摇摇脑袋，轻声笑了出来。德鲁·马利克不会做出这些事的。“这是你的缺点，赫克托，总是想太多。”他走回桌子旁坐下。对，这也无助于他找到另一位科学家！他咔嗒一声打开平板电脑，滑动第二人选的履历。德鲁一定是最佳人选之一，可以说是前三。这可能也是他最后落得如此下场的原因，哈！甚至可能把他变得……“想想事不过三原则，赫克托，”他大声对自己说，“要是你三天后还在想着这件事，那你就太不可救药了。”

* * *

等等……她可以看到。但是她不能呼吸，她的嘴巴让她无法呼吸。这可能吗？她从来也没有把头放进水下过，现在她的鼻子和嘴巴都憋住气了。天花板上的黑色斑点变得模糊，摇晃起来。她使劲把脸朝水面仰，终于冲了出来，她张着嘴巴，大口大口呼吸着新鲜空气。她现在可以呼吸了……还有，她漂起来了。像一个天竺葵花瓣，或者马桶里的大便。她可以看到浴缸的边缘，甚至越过侧边。边缘不再那么高不可攀了。更像是被风舔舐的喷泉；水随时都有可能溢出来。要是她能到侧边，就可以随水流出去。空气在水面形成一个小小的穹顶，然后破裂开，她的衣服躺在水面上。她扭动身体向浴缸边缘游去，她的头发被腋窝夹住。水已经到顶了，只要一阵风她就会被溅出去。她伸出前臂往前一推，一小层波浪溢出来，她也往浴缸边缘靠近了一些。她不断伸手，用腿蹬水，扭动肩膀，手指触碰到了浴缸的边缘，直到她能够把手放在上面，把身体向边缘拽过去。她用力使自己趴在水面上，隔着水望着自己可怜的衣服。"我还活着，"她呼出一口气，"你说过我会被淹死。"

"我告诉我们，我们会被淹死。"年长的小人说。

水从她身上滴下来。邦邦紧紧抓住浴缸的边缘，让脚尽可能垂下来，就像她对待三条腿的凳子那样，然后掉到地毯上，她的脚趾之间是块柔软而有弹性的地毯。她的脚紧紧抓着毯子，同时把头发从眼睛前面拨开来，然后向门口跑过去，穿过门廊往外望。楼梯平台什么也没有，而且……那个房间门开着。她跑过楼梯平台，在富有弹性的湿地毯上踩出吧嗒吧嗒的脚步声；奇普斯的男主人一定把盘子里的大部分水都洒出来了。她到门框处后，先四处张望了一圈。左右看看，然后扫了一眼床罩。金克丝拿着肥皂碟，肥皂碟的边缘抵着她的肚子。

"是邦邦！邦邦，你去哪儿了？"

"卢卡斯太太？"

"是的？"

"我们是比尔布里奇–明克萨斯公司的售后服务技术人员。您的小人被报告失踪了。"

卢卡斯太太张着嘴呆立着。这些人来干什么？而且是在她参加完会议的第二天。她把门往自己的脸前拉。来了两个人，都穿着黑色T恤衫和工装裤。其中一个右肩上缠着又大又长的橡胶线圈，一直到腰上，缠到左手手腕。左手还提着一个巨大的塑料手提箱。他看起来很年轻，非常年轻，如果他的头发长出来的话，那他瘦削的头上会有一头蜷曲的卷发，他什么也没说。这个健谈的人看起来更正式，嗯，他更年长，可以从他开始，除了速记屏幕，他什么都没带。他也戴眼镜。现在没几个人戴眼镜了。也许他是想伪装自己。嗯……她不喜欢那个人。另一个看起来不错，但这一个……不，一点也不友好。

“我们能进来吗？”

“你们不是来带她走的，对吗？”

技术人员们互相打了个招呼。“您为什么这么想？”

“只是……我现在没办法相信别人，请你们原谅。”卢卡斯太太一只手放在臀部，另一只手扶着前额，一张纤维网从她的手指缝里露了出来。门滑回到了她扶着臀部的手肘边缘。“但谁说她失踪了？”

“你的邻居，哈米什·维克斯？”

老太太的脸展开笑颜。“哦，天哪！我没有想到是他啊。”

“是的，他说她失踪了……”那个说话的人看着他的手腕。“12点52分。大约十分钟前。”

“我在想她是不是被偷走了。”她从袖子里拉出一个纤维网纸团，展开擦了擦鼻子。“所以还是不信任。他有提到她可能是被偷走了吗？”

“我们现在还无法得出结论。我们的设备能追踪到20米远的地方，现在想带着设备探寻一下您的房子，您觉得可以吗？”

卢卡斯太太犹豫了一会儿。他们看起来很友好……如果能让布兰克妮回来的话……“是的。好吧，你们要进来吗？”

“如果您不介意的话。”

哦，她多么希望杰瑞在家！她把门拉开，走到一边。“进来吧。”

“我们先从里面开始，然后到后院绕一圈。”

“好的。”卢卡斯太太握紧双手，她的皮肤只有薄薄一层，像她的戒指和指甲一样闪着光。她看着房间。“呃……我可以问一下……”

“什么？”

“这是售后服务的一部分，还是？”

“不会收费的，女士。”

“不。我不是这个意思。我只是很惊讶你们如此重视这个情况。”

“小人丢失是很严重的情况。”健谈的那个人双臂交叉，张大眼睛对着年老的女士点点头。

“喔，当然……我……”

卷发的人开始说话了，同时展开橡胶线圈。“还有她在您照顾期间失踪这件事。”他的声音很轻快，如同唱歌，好像他在解释一些与他无关的事情，“我不是在开玩笑，但你是有一点……”他停止散开线圈，因为他在寻找最佳的表达方式，健谈的那个隔着眼镜看着他。“不是有一点，不如说，“年长”这个词比较合适。可能您只是不再适合照看她了，现在这对您来说有些困难。”

“布拉德利！”健谈的那个说。

布拉德利看着健谈的那个，又看看卢卡斯太太。“抱歉，我不该说这样的话。”

“没关系。”除了他刚刚说的话，他看起来很真诚，着实友善，“你在接受岗位训练，是吗？”

“是的！这只是我的第三周，还有很多要学的。”

“布拉德利，你把仪器连接到扫描仪上就行了。没必要讲这么多，时间一到我们就把它拿上楼。”

他们默默地工作了一会儿。

“我让你们随意去做吧？”

“如您所愿。”说话的人没有抬头。

“那我去泡壶茶，好吗？”

健谈的人抬起头，面无表情地点点头。布拉德利打开他的黑色大箱子。

“那好。”卢卡斯太太转过身去厨房，路上拿起电话听筒。

邦邦捏住鼻子，环顾四周。布兰克妮躺在地板上，双唇紧闭，双手奇怪地扭曲着。奇普斯抱着自己的脚摇晃着，自言自语。邦邦低下头看了看他的手，他的脚趾变成了十根血淋淋的短桩。就在他抽搐的手肘下，一堆大便慢慢地陷了进去。他把手指伸进脚趾中间，嚎叫着。

“他怎么了？”

“你的头发全湿了，邦邦。干脆把水挤进布兰克妮的嘴里吧。”邦邦俯身朝布兰克妮靠过去，把头发扭到张开的嘴上。沾着白色油腻物的舌头拍打着起皮的嘴唇。“你怎么样，金克丝？”

“我没事。他刚给我们拿了水。”她朝肥皂碟点了点头，“不过，没有多少。”

邦邦看了看奇普斯。“他怎么变成这样？”

“他一整晚都在努力爬上去开门。手也那样了。”她对着那堆大便点点头，“他走不了路。他那个的时候我必须得扶着他。”

奇普斯的腿上干了的血渍已经结痂。

“噢奇普斯，都是我的错……”

“我没事，邦邦。我没事，等你的女主人来吧。”他捏了捏脚趾又尖叫一声。

“别捏了，奇普斯。你会让它……”但是她说这话的时候，奇普斯正把手指往嘴里塞，用力的吮吸着，他的眼睛抽动着寻找血迹。

“他又渴又饿，邦邦，”金克丝说，“女主人在哪里？她在楼下吗？”

“我……”邦邦说，“我找不到她。”

“什么？”

“她不在家。”

“哦不，邦邦！我们该怎么办？”

金克丝的脸，本来因为看到她很开心，现在她问起女主人是不是在楼下时，正严肃地看着邦邦，她的脸曾经靠近她的耳朵用一个男人的声音低语着“亲爱的”，使邦邦的耳朵和脖子都像发烧一样。她用自己的手握住金克丝的双手。“听着，金克丝。门开着，我们走吧，好吗？我和你。我们没必要留在这里。门现在就开着。”

“什么？”金克丝的眼睛像真空吸尘器被关上时的红灯一样灭了下去，“不，邦邦！不！我不能丢下他们，我不能。”

邦邦看着地板。她让金克丝的眼睛熄灭了，即使她昨晚睡着了，即使她没有带食物，即使她没有告诉女主人，金克丝的眼睛也为她发光。她又把头发上的水往布兰克妮嘴里挤，然后又对奇普斯做了同样的事。“住手，奇普斯。”她拿起他沾满鲜血的手，重复着那个年长的小人在她脑子里说的话，“你需要你的鲜血才能活下来。”她躺在地板上，旁边是那堆大便，她把头发拧成一股扁平的长条，缠在他的脚上。

“我们该怎么做，邦邦？”

邦邦擦掉一滴沿着她眉毛攀爬的水珠。“我留下了一个记号。”她说。

“一个什么？”金克丝的眼珠转到左边，脑子里转动着想明白这句话，“但你是怎么做到的？”

“用湿麦片，”邦邦说，“我想我可以写字。女主人一定会看到，然后来救我们的。”

“真的吗？邦邦。”

“是的。”邦邦点点头，被头发扯了下脑袋，皱了皱眉。“我把它写在厨房瓷砖上了。”

金克丝飞快地转了一个圈。“她要来了！”她说道，“你听见了吗？奇普斯。女主人要来了！”

“但是……”邦邦说，“我们得等到她发现记号。她可能晚上才发现，可能到很晚也不会来。

金克丝放下盘子，蹲在邦邦前面。“没关系，邦邦。我知道她会看到的，她很快就来。”

邦邦颤抖着深吸了一口气。“我想我们应该去多拿点水来。”她闻了闻自己的头发，然后用手背擦了擦鼻子，“有很多水从浴缸里溢出来。”

金克丝点点头。“我去。”她说。

邦邦尽力唱着歌等她回来，一边唱一边听她的声音有没有问题，她的手掌感觉地面上有大人的脚步造成的起伏。“你没事吧，金克丝？”过了一会儿她喊道。奇普斯摆动着脚趾，从牙齿缝里吸了一大口空气。“感觉没有好一点吗？”她问他。

“真的很重，邦邦！”金克丝喊道。

“嗯……邦邦？”奇普斯说。

“慢慢走，金克丝！尽量不要洒出来！”

“邦邦？”奇普斯又说。

“我走得很慢，但我的胳膊越来越没有力气了。”

“必要的话，把它放下一会儿。”

“邦邦？”

“怎么了，奇普斯？”

“你记得，你说过这都是你的错吗？”

“是的。”

“不是的。”

邦邦抬头看向头顶，那样她可以看到奇普斯斜靠在她身上，整个人都倒过来了，很奇怪。“什么意思？”

“是我的错。”他那倒立的眉毛皱成一个长长的微笑形状，他开始哭起来。

“为什么？”

他吸了吸鼻子，然后咽了下去。“我撒……我撒谎了。”

年长的小人翻译出了“撒谎”的意思，邦邦瞪大了眼睛。“什么样的谎？”

“我知道布兰克妮那晚来过。我看到她的东西在壁橱下面。”他呜咽着说。

“奇普斯在哭吗？”

“别告诉金克丝。”他小声说，“我爱金克丝。”

邦邦的嘴巴抿成一条短短的直线。“好吧。”她说，不知道他是不是，不好还是……别的什么。她把头发从他的脚上解开。失去指甲的脚趾一个一个在她眼前跳出来。奇普斯穿着衣服在花园里的样子；她们问他有没有看见过布兰克妮时他的样子；奇普斯亲吻金克丝；奇普斯亲吻布兰克妮；邦邦亲吻金克丝的样子。“我爱金克丝，”他说，“我爱金克丝。”这个词自己轻声溜进了她耳朵里。她让它成型，跳到她嘴唇上，就像浴缸里的泡沫一样。邦邦也爱她，但却没能救她……邦邦转向奇普斯。“也许我们都不好，”她说，“但我不觉得我们很坏。”她站起身来，走到布兰克妮跟前，布兰克妮仰面躺着，轻声呼吸着，打着呼噜。

奇普斯停止摇晃，用沾满鲜血的拇指擦了擦眼睛。“我从没想过我会听到她打鼾的声音。”

“她饿了。”邦邦说，抓住床罩的底部，寻找着金克丝。

“饿了，谁饿了？”奇普斯抬起头，又开始摇晃起来。

金克丝出现在门口，上半身弯下来，让盘子靠在肚子上。

“我来帮忙！”邦邦喊道，她的声音在房间里回荡。她跑到金克丝跟前，拿住盘子的另一端。

金克丝眨了眨眼，伸出舌头，她集中精力快速往前走，没有把水溅出来。邦邦望着她，“爱”和“亲爱的”这些字眼像雪花一样飘浮在她脑袋周围。

“为什么奇普斯在哭？”

“他没有哭，”邦邦紧张地把肥皂碟放在地上，“只是假装在哭。”

她们听见前门在下面砰的一声关上了，带动卧室门发出呼的一声，也关上了。邦邦转身看着门那边。奇普斯昨晚试图爬出去的地方，留下了一条红褐色的线。

“你觉得是女主人吗？”金克丝说。

邦邦耸耸肩。“我不知道。”

“维克斯先生？”

“是的？”

“很抱歉打扰你，我是卢卡斯。”

“卢卡斯太太？”哈米什刚说完，恰好听到她说“卢卡斯”。“哦，不。他们已经到了吗？”

“技术人员？是的，是的。”

“真的吗？哦，天哪，我正要给你打电话。”

“好吧，我可以告诉你，他们不会逗留太久的。”

“对不起，我应该先给你打电话。我不知道为什么，我突然想到这个主意，我……”

“别误会，我很感激你的关心。”

哈米什深吸了一口气。“我只是想，如果她被锁在某个地方，这将是找到她最快的方法。我一想到这件事就给你打电话，因为……嗯……如果她喝不到水，很可能现在脱水晕迷了。”

“是的，你说得对。谢谢你为我打电话给他们，真是太好了。”

“需要我过来吗？他们有点吓到你了吗？”

“你介意吗？”

“我两分钟就到。”

“非常感谢。”

“你在做什么？”

哈米什跳了起来，转过身来。他的身体一直躲避着苏珊和她的耳朵。她站在那里，一只手放在一条白色毛巾上，毛巾像冰激凌一样在头上拧成一束。她什么时候回来的？“没什么。你什么时候回来的？”

“大约四十分钟前。我……嗯……今天早上没来得及洗澡。你回来干吗？”

“四点之前我没有别的预约。”

苏珊点了点头。“电话里的那个人是谁？”

“卢卡斯太太。”

“哦，对了。”然后说，“她没事吧？”'

“没事，没事……”

她找到布兰克妮了吗？'

呃……不……但是……

“我们都有错。”她的目光一闪而下，戳中他的心脏。

“呸！”哈米什坐在第二级楼梯上。她说她午餐时间回到家，只裹着毛巾。他看到她皮肤苍白，微微一笑，然后才试图严肃起来。

“不要改变话题。”

“现在谁有错了？”

她右手碰了碰左肩——一个盖住胸膛的保护性动作，也是为了从那个笑容中分散注意，现在那个笑容又要出现了。他对她夸张地笑了一下，同时穿着自己的鞋子。她强迫自己噘着嘴，对着前门咧开嘴笑了，舌尖抵在两齿中间。

“你真让我心烦。”

“你应该知道不要和我起冲突。”

“你真聪明，哈米什。要是每个人都能像你一样聪明就好了。你要去哪里？”

"去卢卡斯太太家。她想让我帮她拿点东西。"

"帮她拿点东西？"

哈米什停下来叹了口气。"是的，苏珊，帮她拿点东西。"

"好吧，别生气。"苏珊走向哈米什，哈米什正在绑第二只鞋的鞋带。"如果我的另一半有点英雄气概的话，我很感兴趣。"

"哈！几乎没有。"

"你想让我去吗？"

"什么？不！"

"你确定吗？我只是想见见她。我说过我今天会给她打个电话，就跟……把衣服扔回去一样简单。"

"看在上帝的分儿上，苏珊，你为什么要一直这样？我刚说了'不'。"

苏珊往后退了一步，嘴巴有点抽搐。哦，浑蛋。他为什么要让她难过？

"我是说……这是漫长的一天。我只是想放松一下，老实说，苏珊。我只去五分钟的时间，然后就回来，我们可以继续开会了。"

"开会？"

"吃饭。我是说吃饭。对不起……我有点累。我从牧羊人超市买了些酒。不如我不在的时候你把酒打开？"

"酒？哈米什，我得回去工作了。"

"哦，好吧……我给你拿了些冰激凌。蓝精灵一号。你知道，所有这些电子数字都让你觉得自己像在跳舞。"哈米什上下摆动肩膀，做出跳舞的姿势。

苏珊斜着眼睛。"你很奇怪。"

"好吧！我很奇怪。"

"怪人。"

"我得走了。把酒打开。"

"不！"

"冰激凌。我是说，冰激凌。"

她看着门嗡地打开，他穿过门消失了，阳光射入他的头发，照亮了他头顶上每个毛囊。她用手蒙住脸笑了。脱发现在可以在几天的午餐休息时间内治愈。但只要他没有注意到，她就不会告诉他。对，她还有五分钟。她拿着毛巾跑进起居室，轻敲着玻璃桌面咖啡桌上的一个彩色方块。“折叠并关闭跑步机。”跑步机折叠到墙上时桌子发出声音。“很棒！”粉红色的模型女人滔滔不绝地说，“来一场塑身燃脂操如何？”

“不了，谢谢。”是的。咖啡。衣服。她转身走向厨房——哦，天哪，地板上是什么？难道有人出了事，可能是……她靠得更近了，膝盖弯曲，眉头紧锁，想辨认出来……文字。她蹲下来放下毛巾，用手指描摹出一句话……

“金克丝……有马烦……在奇普斯甲”。

14

CHAPTER

“我简直不敢相信我以前从未来过这里。”

“好吧，伊莎贝尔，它不是世界上最安全的地方。”

“不过，那里有最好的蛋糕。”

“不需要你告诉我。”

“不管怎么说，如果情况真这么糟，他们不会让我来这里的。”

雷吉手托下巴，凝视着茶杯。

“他们不会吗？”

雷吉把下巴往前一推，挠了挠说：“以我对堂弟的了解，沃蒂会对他自己说，你最好待在这里，也别在全是熊和老虎的野外乱跑。”

“别傻了，”伊莎贝尔塞满一口咖啡和核桃仁说，“我不会逃跑的。”

“你会以某种方式发泄火气。”

“那不是真的！”

“我看到了那双闪着光的眼睛。”他用指甲从她下巴上拍下一块褐色的面包屑，然后看着门。

她看见他扭头看过去。“这个地方是谁的主意？你的还是沃蒂的？”

“是这样，沃蒂想在早上卖蛋糕，下午懒洋洋地躺在椅子上，看看书，写东西。我觉得洗衣店要比蛋糕烘焙店省心多了。”

伊莎贝尔点了点头。“流程更少？”

“就是这样。而且，自动洗衣店也可以自己经营，你不必一直待在洗衣房里。‘但我需要写些东西，我需要见人！’”沃蒂过去常说。“我想让他们来这里，因为这是一个很好的地方，写字，画画，懒洋洋地待着……”每天我都会看到一个笔记本，上面有纸杯蛋糕的图纸和菜单计划……我们最终达成了妥协：一家洗衣店和咖啡店，里面还有书。”

“然后沃蒂和德鲁私奔了！”

“然后沃蒂和德鲁私奔了，留下我来做蛋糕，还有‘见人’……”雷吉扭着肩膀，又看了看门。

“我希望你明天带我回去。”伊莎贝尔说。

“那你就吃不到蛋糕了。”

“你不能一直假装商店开门，你以为我不能透过百叶窗看到关店的标志吗？”

“哦，我忘了把它转过来……”

“对，你没有。”她又掰下一块面包屑。“你的客户会去别的地方的。”

“老实说，伊莎贝尔。你想待多久就待多久。”

“谢谢，雷吉。”然后她说，“我只是想好好想想，就一个晚上。”

“……”

“你认为德鲁为什么留我？”

“老实说？”

“……”

“因为你是唯一活着的人。在德鲁和沃蒂在一起之前，德鲁每周都会来这里两三次，谈论在那间实验室工作是多么糟糕。”雷吉朝实验室的方向歪着头，“当然是谨慎地谈。我真的不知道发生了什么。沃蒂成了德鲁的小小知己，把蛋糕和咖啡免费端给他，洗他的实验服。这没有打扰到我。我花了一段时间才弄明白他们相爱了。但我从来没有听过这样的事……‘我不会有孩子的，’德鲁曾经说，‘我杀了这么多孩子，我不配有孩子。’这件事把他从内心深处击溃了，他满脑子都是那些孩子。”雷吉把手伸到面前，“我觉得你是一个意外，伊莎贝尔，德鲁的处境是，必须迅速做出重大决定，而不考虑后果。知道在实验室的整个经历会让人心痛，因为这些孩子都不会存活……你可以理解为什么这是一个顺理成章的决定。”他在空咖啡杯里转着一个勺子。想想看，伊莎贝尔，你会怎么做？”

伊莎贝尔盯着雷吉。“你真的想知道吗？”

“……”

“我会把孩子带到出世，然后把它公之于众。”

雷吉皱起了眉头。“那就意味着坐牢，而孩子，你，就会被带走。”

“这意味着我要为自己的行为负责，让我的宝宝，也就是我，过上正常的生活。”

雷吉没有说话。

“你不认为这是正确的做法吗？”

他深吸了一口气。“伊莎贝尔，我甚至不愿去想，18 年完全的禁闭的生活对一个人意味着什么，但我对你刚才所说的第一反应是，你不应该在你父母面前说这些话。”

“我不认识我真正的父母。”伊莎贝尔看着桌子，轻轻地把一块面包屑扔到身前。

“哦，伊莎贝尔！”雷吉坐回椅子上。

“……”

“德鲁爱你。他们俩都爱你。”

“我知道，”她咕哝着说，“我不应该这么说……只是……”

伊莎贝尔躲到桌子下面，雷吉听到砰砰的声音，转过身来。

两个男人站在那里，鼻子紧贴着玻璃，白色外套挂在手肘上。

“我们关门了！”雷吉喊道，他站起来，竖起衣领，拉着窗户边上的绳子好让百叶窗关上。

“我想他们看见我了，”伊莎贝尔从桌子下面说，“我们该怎么办？”

“不，不……”雷吉咕哝道，眼睛盯着窗户，“他们没有。”

“他们看到了！”

“别担心，伊莎贝尔。把你的蛋糕吃完。”

* * *

苏珊来到了一扇大门前，这扇前门看起来和她家的一模一样，也许更脏一点。她伸出手来敲门，哦，门已经开了。她还是敲了一下。哈米什站在另一边，他的表情从满脸怒容变为惊讶。然后她自顾自地想，她脸上一定也是同样的表情。给她拿点东西，当然。卢卡斯太太一定是不知怎么得到了消息……也许是那个瘦骨嶙峋的小人，奇普斯，在金克丝和布兰克妮在一起的时候去了她家。

她踮着脚尖越过哈米什的肩头张望着，正要开口，但哈米什一言不发地示意她看里面。楼梯底部正在进行更重要的谈话。一位个子很大的人坐在倒数第二级台阶上，他低下头，露出一块秃顶，灰T恤衫的领子是黄色的。他看起来像是在和一个拿着数码板的人说话，那个人蹲在他面前，直到那个黄衣领男人发出一声巨大的呜咽。苏珊颤抖了一下。黄衣领男人慢慢抬起头来，张开的嘴巴想要咽下一声啜泣。他看着她，上下齿间挂着一串唾液。一条清澈的鼻涕从他的鼻子里流了出来。他的睫毛湿湿的粘在一起，两颊泛着光。

“就是那个偷走布兰克妮的人。”有人对她耳语道。苏珊侧头看了看，是哈米什，他面孔严肃得像在工作，但苏珊环顾房间时注意到他轻微皱了一下鼻子。

“布兰克妮在哪里？”

哈米什轻轻地瞥了她一眼，好像他没有听到她说的话，然后朝客厅指了指。另一个年轻人，穿着黑色衣服，在客厅门前来回踱步，对着他的手腕说话。“最好马上过来，真的。那是什么？我不确定这是怎么回事，你比我更有可能知道。我的意思是，他好像……”他降低了声音，“他看起来……不是疯子，而是，该怎么说呢。精神不稳定，就是这样。好吧，她没有死，所以不管你叫不叫他们带警察来，都随你。好吧。”他让路给苏珊过去。“什么？再说一遍……”

除了一把背靠客厅门和窗户的扶手椅外，房间里空无一物，椅子是斑驳的近似驼色的金色。苏珊能看到卢卡斯太太的一只手肘伸出来。“我是苏珊，我不想吓到你让你跑一趟。”

坐在椅子上的人试图转头去看苏珊，椅子周围的阴影随之变了样，但她没能转过来。骆色的椅子太大了。苏珊绕着椅子边缘走过去。“你好。哦，天哪！”

“你好，亲爱的。”

“她没事吧？”

卢卡斯太太抱着布兰克妮。她的颧骨突出呈紫色，眼睛下都是污迹。

“她很虚弱，”老太太低声说，“她吃了点东西。我在等医生来。”

苏珊点点头。“你一定松了一口气。”

“是的。”

苏珊环顾了一下脚踝四周。“显然，金克丝也在这里，你见过她吗？”

“没有，”老太太看上去很担心，“你确定她在这儿吗？”苏珊瞥了一眼身后，然后点了点头。

“哦，天哪，也许她还在楼上。”卢卡斯太太试图站起来。

“不，不……别站起来。和布兰克妮待在一起。”

走廊里传来一声喊叫，苏珊把头转向门口。

她回头看了看卢卡斯太太，互相扬了扬眉。

“他们想把他带到外面去。”卢卡斯太太说。

“哦，”苏珊小声说，“你觉得我可以上楼吗？”

老太太朝走廊看了看，然后对苏珊眨了眨眼。

苏珊坚定地点了点头。“我去看看能不能上楼。”

“好吧。”

大厅里出现了四张新面孔，其中两个人看起来像是保卫人员。哈米什正试图盖过那人的声音，那人不时地吼叫和抽泣着。“看，他显然不太好，我真的认为我们应该给精神科医院打电话。”

“等他上车后，我们会给医院打电话的。”

“是的，但是，他们会给他注射镇静剂让他冷静下来。”

“我们会把他送上车的，你不用担心。有我们已经够了。”

“但他现在精神压力很大！”

两个保卫人员还是继续拉着那个还在抽泣的男人的胳膊。

“不！”哈米什说，“这是不人道的，我必须干预。我打电话给精神科。”

“先生，我们已经控制住情况了。”

但哈米什已经在对他的手腕说话了。

“先生，这个男人是个罪犯。”一个戴眼镜的高个子女人笑着说。苏珊看了看那身黑色制服和她在哈米什面前摇晃的奇怪的遥控装置。也许是她在小而美里看到的那个女人。很难确定…… “警官刚刚告诉您情况已经得到控制了。他们习惯于和这种情况打交道。”

“哈米什也是专业人士。”但似乎没人听到苏珊的话。除了哈米什。

“没关系，苏珊。别管了。”哈米什张开嘴又轻轻地闭上，示意她安静下来。

苏珊没等他做完示意动作就把目光移开了。真烦，还不如让他被戴眼镜的女士训斥一顿。她徘徊在客厅的门前，从一只脚挪到另一只脚，不时回头看那位老太太，以避免她看到那人被拉着哭的样子。卢卡斯太太正靠在她的椅子上，想看看她是否能上楼，继续！她向苏珊点头示意。对，那样不行，她得上楼。“嗯，我能不能……”

医生来到门口，苏珊让到一边，这样他就可以直接去布兰克妮那里了。她咬了咬嘴唇，噢，天哪，现在她不得不听医生说话了，而且很担心。她试图抓住哈米什的眼神，但他站在那里盯着两个保卫，他们把那个人拉了过来。他紧闭双唇，在一个小圈子里踱步，又盯着他看。苏珊喉咙里咽了一下，走到楼梯上。“对不起，请问能让我过去吗？”

保卫人员不再试图使那个男人平静下来，看着她。其中一个人眨了眨眼，摇了摇头，好像她问的话太愚蠢了。“为什么？”戴眼镜的女人问。

“因为上面可能还有两个小人。”

那女人转向那两个穿黑色工装服的男人。“你们发现另外两个了吗？”

他们面面相觑，摇了摇头，然后那个穿着迷彩裤的年轻人说：“但我们只在侦察她的芯片。”他指着客厅说，“上面可能还有其他人。我们不知道，因为我们只在雷达上放了一组芯片数据。”

“好吧，我们可以去看看吗？”苏珊说，“我很确定有两个。”

* * *

“我不知道如果没有你我会怎么做，你知道吗？”德鲁坐在沙发臂上，低下头看着沃蒂，他张着嘴，正把腰果往里扔。每次没成功扔进嘴里，他都会咯咯地笑，一只手在两腿之间或开衫纽扣下寻找像白色小月亮一样的腰果。

“哦，别再这样了……”沃蒂说，手在裤子上擦了擦，然后双手环抱着德鲁的腰。他拉了拉沙发罩。

“什么？”

“又一个悲伤的时刻。”

“但是她被人看见了，沃蒂。”

“我知道，”沃蒂叹了口气，“我知道。”

德鲁捏着沙发罩磨损的一角，朝贾斯珀看去。“它是你送给我的礼物。”

沃蒂惊讶地笑了。“是的。有趣的是，这些年来它成了伊莎贝尔的礼物。”

“沃蒂？”

“是的。”

“它不是任何人的。它是它自己的，有自己的个性。”

“嗯，是的，但是……天哪，你很情绪化，不是吗？’

“我们不能拥有它。”

“嗯，不。父母不能拥有自己的孩子，但他们应该为他们负责。”

“它太老了，它是狗，不是孩子。”

“它是一个朋友。我们让它和我们一起出去，给它吃的。它甚至睡在我们的床上。”

“它没有。”

沃蒂用鼻子哼了一声。“它有过。”

“我不让它上床因为你不喜欢那样。”

“我一打开前门就听见它从床上跳下来。”

“我现在得把它抱下去……”

“啊……这个帮凶。”沃蒂对着贾斯珀说了几句话，贾斯珀从地板上抬起来头，竖起耳朵。“你知道吗，德鲁，只有一个人真的想要自由的时候，你才能给他自由。我想它不会离开的。”

德鲁沉默了一会儿，然后问：“你认为伊莎贝尔会离开吗？”

沃蒂抿起嘴。“别的不说，她可能会很害怕。”

“我觉得她更像一只宠物，而不是贾斯珀。”

“别傻了。”

“至少贾斯珀想留在这里。”

“它当然想在这里。但伊莎贝尔是个例外，亲爱的。你宁愿让她存在并得到保护，也不愿意她从来没出生……”

“是的，我会的。”

“那好吧。”

“我只是觉得……如果我发生了什么事……”

“你不会有事的。”

“我知道，我知道。但只要把一切都说出来——她就不用再藏起来了，是吗？”

沃蒂皱着眉头看着放在咖啡桌边的智能手机。一个愚蠢的时刻，一点内疚感，整个房子都将充斥着新闻，科学家和伊莎贝尔将成为国际新闻。“来吧，不开心的家伙，”沃蒂说，“今天天气真好，别破坏了它。我们去野餐吧。”

“我真的不想去。”

“嗯，伊莎贝尔，贾斯珀和我认为，我们应该进行一次家庭出游。我们去有牛落脚的小溪边。”

德鲁的眉毛弯成了拱形。“有奶牛吗？”

“有。”

“她会喜欢的。”

“我们在摘黑莓的时候，她就嗅出了它们的气味。”

“——”

“德鲁，至少已经三天了。别担心。你真的以为伊莎贝尔能过完一生，而不出任何意外吗？”

德鲁闭上了眼睛，这些字眼萦绕在他耳朵里。伊莎贝尔的一生。伊莎贝尔的一生。伊莎贝尔十八岁。她至少还有六十年的生命要度过。他们都会住在这所房子里吗？那只是一种存在，而不是一种生活，要是他们……好把……还有贾斯珀呢？德鲁的眼睛睁开，落在贾斯珀的白胡须上。她会孤单一人的。

沃蒂拍了一下德鲁的臀部。“那就起来吧，我的胃需要奶昔。”

“好，还有剩余的吗？”德鲁咕哝道。

“希望有！嗯……还有加了一些黑浆果果酱的干酪。”

“你是说汤？”

“不，我是说果酱。”

“如果要命名的话，那应该叫汤。”

“水果酱汁。这是我最后的回答。”

“哈！果酱！”

“那个很好吃，你嫉妒了。”沃蒂靠在沙发上，当德鲁几乎从他腿上摔下来时，他紧张了一下。“是时候行动了。伊莎贝尔！”他喊道，“我们要去野餐！”

* * *

那个男人和那个戴眼镜的女人朝楼梯井望去，然后推开楼梯前缠斗在一起的几个人，跑上去。苏珊紧跟在后面，绕过楼梯平台，跟着一个穿黑色外套的人，他们消失在左边的一个房间里。苏珊在门口停下来，看到一个屁股从床下伸出来。戴眼镜的女人双手背在背后向下看着它。

“来吧，我的宝贝。”那个女人用紧张的声音说。

“她在下面吗？”苏珊大步走到床边，蹲下来。“她很害怕！”

“金克丝，金克丝，是我，亲爱的。”两个小人抓住了她的脚踝，这时那个屁股正在往后缩。“我找到她了！哦，邦邦，你一直在这里吗？”她蹲坐着，两个孩子坐在她前臂上，她看着那个屁股。金克丝向它伸出手。

那个屁股的主人露出了头，接着是一只手臂，然后是一只手。一个皮肤灰白的小家伙，他几乎是透明的，和他手指和脚趾尖上的棕色硬皮形成了可怕的对比。紫色的污迹弄脏了他的下眼睑，他两边耳朵一直到鼻子周围都布满了乌黑的阴影。“这个看起来不太好。”那个男人说。

苏珊想要抓住金克丝，她反抗着。苏珊把她放到了地板上。

戴眼睛的女人用一个枪一样的物体指着奇普斯，发出哔的一声，然后读取她另一只手上拿着的屏幕。“他是属于这个地址的，”她说，“我会把他带到医生那里，他可能会和另一个一起回到中心。”

“什么另一个？”苏珊说，她紧紧抓住邦邦，把金克丝从地板上拽了回来。

“卢卡斯太太的。”那女人用手指在屏幕上滑动。

“布兰克妮？”

“是的。”她看着苏珊，然后看了看自己的同事，“很明显，他是那位先生失去妻子后，女儿送给他的礼物。”

“啊。所谓的陪伴，”那人咕哝着，双膝挺直，把奇普斯拉到眼前，左右转动着，“意料之外。”

那女人的嘴一直歪到左脸颊。苏珊猜想这是一个微笑。她发现苏珊在看着她，于是把半张嘴扭向右脸颊。

“但你们为什么要带走布兰克妮？”金克丝又一次设法爬下苏珊的腿，从地板上被拽了回来。这次苏珊站了起来。

“为了检查她有没有心理创伤。”她说。

“蒂尔达！”那人在下面喊道。

那女人皱了皱眉，然后又恢复了微笑。

“那样的话，我就开车送卢卡斯太太过去，好让她能陪着布兰克妮。”

“你不能那样做。”她笑着说，“但这周卢卡斯太太就能看到布兰克妮回来了。”女人转过身去，苏珊站在她面前。

“但这几天，那位可怜的女士受了惊吓。她很老了。”

“是的，但我必须做最有利于小人的事。这在卢卡斯太太买她时签的合同里有详细的说明。”那女人抬起肩膀，微笑着叹了口气。

“但是如果她回不来怎么办？”

“是什么让你觉得她不会回来？”

“因为她可能会传达一些她不该传达的信息。”苏珊还没来得及思考就说出了这些话。

那个女人看了看她的同事，然后斜着眼睛看着苏珊。那个同事站在那里在平板电脑上填写报告，身体微微摇晃着。奇普斯的脸从一个盖着头罩的小睡袋里露出来，睡袋依偎在那人胸前的一个袋子里。那个男人停止打字，对戴眼镜的女人扬起一只眉毛。“是的。”她的目光突然转向邦邦和金克丝，“第二十批是吗？”

“呃……”苏珊惊慌失措，“我不知道。”

那个女人又拿出那个枪一样的东西，对着两个小人闪了一下，然后站在那里眯着眼睛摇摇头。她翻开屏幕上的封套又读了一遍。“好吧，你想知道的话，他们是第二十批。”她关掉屏幕，直视着苏珊，“你怎么知道这两个藏在楼上？”她的问题像歌声一样唱出来。

苏珊深吸了一口气，站直身体。“我丈夫告诉我布兰克妮在楼上找到了。”她撒谎说。

那个女人又把屏幕上的封套翻了回去，说：“你丈夫……但你实际上没有结婚，不是吗？”

苏珊挺直身子。“你有权力这样说吗？”

“也许没有。我只是不明白你为什么叫他‘丈夫’呢？他并不是你丈夫。”

“我可以问你关于你丈夫或妻子的事吗？”

“我不是和你讨论这个……”

“我真他妈的为他们感到抱歉。”

“注意语言。”那女人的同事咕哝着，一边还在打字。

“对不起，只是我不明白你为什么要把布兰克妮带走。”

“还有奇普斯，”那女人说，瞥了一眼金克丝，然后又看着苏珊，“我们肯定得把奇普斯带走……很可能他不会再回来了。”

邦邦意识到发生了什么事，紧紧地抓住了金克丝的一只手。潮湿的泪痕闪着光，一直挂到金克丝的嘴边，变成了一个颠倒的肾形水珠。那个脸上带着滑稽的黑眼圈的女人，苏珊想她一定是想让金克丝拍手，真傻。金克丝一生中只有一个晚上拍了手；她不知道怎么做……她可能会大喊大叫或挥动手臂，甚至跳舞。但她不会拍手……

“好，好吧……”苏珊呼出了一口气，“这一切只是……”她站在那里点点头，到处望着。

那个女人上下打量了邦邦和金克丝几秒钟，然后转身离开。“我想他们已经把他带到货车上了。”她对栏杆边的同事说，然后走回来，站在门口。

“我去下面找医生。”那位同事看着金克丝，用笔指着她，“你认为她也需要一个疗程吗？”

那个戴眼镜的女人摇了摇头。“她还不错，我们过一周左右再来看她。把那个小男孩带过来。”

那人大步走向门口。金克丝扭动着抓挠着，但苏珊紧紧抓住了她。女人从栏杆上转过身来，跟着那个男人走到楼梯口。

“不！”金克丝喊道，音调如此之高，对准了苏珊的耳朵，逼得她用一根手指塞住耳朵，那声音试图刺穿她耳膜上形成的气泡。她抬头一看，两个技术人员已经站在她面前，盯着金克丝。

那女人吓了一跳，然后重新让眉毛恢复原来的样子，嘴上说着：“恐怕……”

苏珊揉着那只已经听不见的耳朵。“什么？”她转过头用另一只耳朵去听。

“我们必须把她带走。”

邦邦的脑袋里出现了一张桌子的画面，那张桌子似乎是由某种陈旧厚重的东西制成，上面盖着大块纸张，就像在布兰克妮的花园里发现的那张纸一样。这一切都让她觉得似曾相识，好像她以前也担心过会和金克丝分开……突然之间她想哭。她脑袋里的那只手，那双望着桌子的眼睛，挥舞着一个东西，那个东西做出了所有这些有趣的标记，那正是她早先在厨房里找的东西。恐惧从她的心里冒出来，像两只巨大的翅膀从她背上伸出来，沉重地拖在肩上，她以为自己再也站不起来了。他们要把金克丝带走……他们要把她带走。邦邦坐在苏珊怀里。他们不能把她带走。他们不能把她和金克丝分开。她举起双手，重重地拍了两下。

“什么？”那个女人说。

拍手两下！

“你想让我带走金克丝吗？”

拍手两下！

“你想一起去吗？”

拍手一下！

那个女人看着苏珊，苏珊静静地看着，还在揉那只听不见的耳朵。

“我们这周内就将她们还给您。”她说。

* * *

茂密的草地逗得人脚心发痒。沃蒂双脚从一张布满斑点的毯子里伸出来，他试着把“大餐”都摆在上面，但很快意识到没有足够的空间容纳所有人和食物。“我真不敢相信你带了一株天竺葵。”伊莎贝尔笑着说。他们吃着乳蛋饼，喝着苹果酒，贾斯珀一会儿追在牛后面跑，一会儿睡大觉。沃蒂喝他的黑莓果酱时差点吃下一只黄蜂。“你得吃，你不能喝果酱。”后来，他们在小溪中戏水，看谁能把石头扔到得远，用手抓鱼。只有伊莎贝尔抓到了一条。一条看起来像鲑鱼的米诺鱼在她手指间蠕动。天色暗下来，他们收拾回家，拖着装有瓶子和餐具的袋子，袋子发出刀叉碰撞的叮咚声，沃蒂和德鲁戴着用蒲公英和雏菊做成的花冠，伊莎贝尔头上竖着一朵巨大的蒲公英。他们打开野餐剩下来的食物，打算在花园里喝一杯单一麦芽威士忌，然后看看夕阳，隔壁的猫在贾斯珀的前爪之中做了一个窝。“这样很好，”伊莎贝尔裹着一块茶中低声说，“我们明天应该再去一次。”

那天晚上，德鲁梦见有人持枪手冲进房子，把他们和狗从床上拖下来，扔到小溪里，溪水变成了一条河，奶牛观望着，接着涉水进入水流深处，变成了河马，它们争抢着人或狗的碎片。只有伊莎贝尔继续睡在她的床上，她太小了，没有人找到她。德鲁想，她会一个人醒来的。

一部智能手机在咖啡桌上闪着光，屏幕左下角一个小小的来电图标闪烁着。

* * *

他们被安排在这里见面。来这里找她，而且他知道一定会见到她，因为她会同意来这里，这一切真是太奇怪了。

不过，他得快点，可怜的苏珊。他走的时候她躺在沙发上，眼睛一会儿闭着，一会针儿盯着地板。“我很生气，哈米什！”她不停地说，“为什么人们总是挨打？甚至不是政府或独裁者之类的……这些公司的规模和影响力变得如此庞大，所以他们的行为就像是法律。”她看着哈米什，哈米什抚摸着她的头发。“你听见那个女人跟我说话的方式了吗？”

“我不是精神科护士，苏珊……”

“是的，但即使如此，你也知道那个人需要专业的帮助，因为……因为你的工作。”

“我知道他需要专业的帮助，因为我是人，苏珊。你不也这么认为吗？”

苏珊看着拇指，边想边咬了一会儿指甲。“我不是真的在想那个人，我只是想上楼。”

哈米什点了点头。“我得走了。”他说，换了个姿势好站起来。

“真的吗？”

他又点了点头。

“你给卢卡斯太太的女儿打过电话吗？”

他第三次点点头，并不想开口，开启另一轮问题。时钟的指针滴答作响，他要迟到了。

“她来了吗？”

他吻了吻她的头，站起来，回答时他的脑袋离她越来越远。“她和卢卡斯太太的丈夫在医院里，显然他决定选择安乐死。”他把手放进口袋，低下头看着她，“以后她会一直在的。”

“哦，不。不，太糟糕了……卢卡斯太太知道吗？”

他点点头。

“她一定是在绝望的深渊中……你说是吗——”

哈米什打断了她的话，弯腰抚摸着她的脸颊。“我要迟到了，亲爱的。但我保证稍晚些会和你聊这件事的。如果我是你，我会去那里……吃点冰激凌吧。”他穿鞋时从大厅里喊出最后一句话。

苏珊站起来时，在脑海里重复道“亲爱的”。从他嘴里听到这个词可真奇怪。

他会在她难过的时候表现得如此温柔。她用脚摸索着拖鞋然后跑进门厅，就像钥匙在口袋里晃荡了一会儿，然后安静下来。他要去工作了，真是勤奋，然后他会去牧羊人超市，买一篮子的东西，让她开心起来，这样他们整晚都会待在一起，大吃一顿，待在一起。在一起真好。要是有人把他从她身边带走了呢？前门打开时她抓住他的胳膊，踮起脚尖吻了他的下巴。他吻了她一边眉毛然后冲了出去。她看了一分钟，确认他会不会回来。

他没有回来。

他很着急。

他的办公室里没有会面。会面是在牧羊人超市发生的。现在，当他慢慢地驶过所有停着的车，寻找她的时候，他记起他并不知道她开的是什么样的车，笨蛋！他加快了一点速度，寻找一个停车位而不是她的车。在他视线的边缘，他看到一条狐狸尾巴样子的“马尾辫”从一辆白色的旧掀背车上跳下来。他的手指重重地敲了一下方向盘，连带着他身体周围都开始跳动起来，他的手变得僵硬，一看到她的头发就想跑。“停车，”他大声说。也许这就是为什么西班牙舞者有响板，或者拍手，这样他们就可以不断地释放出一点化学物质，使手指不会变得僵硬。导航服从命令，当它倒车时，她直直地向前走着，褶裙在风中舞动，就像一个孩子绕着母亲敏感的腿。他又敲了敲方向盘，然后对自己笑了一下，打开侧门。他下车时想，千万不要说出“西班牙舞者”“弗拉门戈舞者”之类的东西。舞蹈风格不能用民族来定义自己。他把车锁上，跟着她。有时民族甚至不能用民族来定义自己。这种化学物质达到了上限，他的手和脚都感觉很奇怪，似乎不能再移动，只能转着小圈。他向两边伸出手晃了晃，然后拢在嘴边吹了一口气。这真可笑，他为什么要跟着她？他吸进一大口空气然后噗噗的吐出来，“埃玛？”他又叫道。“埃玛！”

她转过身。

他很确定如果现在他动一下，就会摔倒。为什么这和他在办公室里见到她如此不同呢？她看向左右看看，然后朝他走过来。

“因为每次你来到这里，你都幻想着如果你看到她会发生什么。”他的声音在自己的脑海里说，“如果你看到她，你会说什么？当她看到你，你会做什么？你会救起一个孩子，使他不被撞倒，或者帮一个老太太把东西装进车里……你在脑海中与她交谈，在谈话中你会做出一些诙谐的评论，这都是你花了很长时间才想出来的。她大笑，以至于你一遍遍地回放着谈话，把评论再说一遍。她觉得你很迷人。当你抓住她的手和她一起跑去你的车时，她什么也不说。她觉得你高贵。她觉得你值得尊敬，充满渴望地看着你，当你告诉她你不能……这样做不是专业的行为。她吻了你，而你享受这个吻，直到你告诉她你们再也不能相见，这已经太过火了；她如果真的想帮助自己的话，就一定要把她自己的个人发展放在重要的位置。然后你让她从车里出去，你离开，希望她会预约下次会面，在你的幻想里她……”

她就在他面前。

“这就是不同。”他脑子里的声音说，然后快速回想着每一幅他对她曾有的坚不可摧的幻想。

“嗨。”她说。

“你好。”

“怎么了，你怎么那样站着？”

他动弹不了，他想说。但他说出口的是：“情况不太好。我是……我正在想办法告诉你事情进展得不太顺利。”

“你没有那么做？”

“不！不，我做了。”

她深深地点了点头，牙齿咬紧双唇，然后环顾四周。

他读取着她的肢体语言。“我们不能在这儿说话。”他从口袋里拿出钥匙，转身说，“我的车就停在这儿。”

她跟在他后面走了。

* * *

德鲁跌跌撞撞地走出卧室，找到了电话，挥手关上闹钟。蓝色的未接来电框在屏幕上闪烁，号码尚未保存到“联系人”中。德鲁看了两眼，然后眨了眨眼，又看了一眼。是的，是他，他打了三次电话，留了两条信息。德鲁打开了他的收件箱，听了他的留言。

“第一条新消息。昨天晚上七点十四分收到。”

“嗨，我是马克·赫克托，嗯，德鲁，前几天我一直在想我们的谈话，它结束得太突然了。你不介意的话，给我回个电话，我们可以谈谈。我现在在家，嗯……我整晚都在。”

“回拨请按3。”第二条新消息。有人在敲门。“昨天晚上九点十七分收到，”德鲁走进厨房，这时第二条新消息响起。

“是这样，我真的觉得这事很重要，想和你谈谈。我今晚本来想和你谈谈的，但现在有点晚了。”德鲁抓住门把手，把它往下推。“我真的认为我应该向你道歉。今晚不用打给我，我明天再打来试试。或者我直接去拜访？好吧，无论如何……明天聊。再见！”德鲁挂断电话，把门拉开。

“你好，德鲁。”

赫克托站在门口。他的嘴唇看起来很奇怪，整个脸都肿了起来，好像是被钉在鼻子和下巴上，前额也张开了，这就是德鲁在十年中每天都在恐惧着的食人鱼的牙齿和眼睛。

“我的天……你在这里干什么？”德鲁勉强地笑着，呼出一口气。

“这些是送你的。”马克·赫克托拿着一束玫瑰，隔开了他和德鲁。“你不收下吗？”

“这真的没必要的…………已经过去很久了！”德鲁越过博士瞥了一眼车道尽头。一辆深蓝色的车停在那儿。

马克·赫克托跟着德鲁的目光看过去。“我一个人。你不邀请我进来吗？”

德鲁走到外面，转身把门掩住。“当然，但是……找我有什么问题吗？”

“你真的不知道我在这里干什么吗？”

“实际上……”

“因为，以世界上最善意的意愿推测，我认为你不是。”德鲁的眉毛竖了起来。

“你知道我的动机，不是吗？如果我能实现我毕生的梦想，那么带着玫瑰到别人家里来就一点也不疯狂了，不是吗？”

“我真的不知道你在说什么。”

马克·赫克托注意到德鲁站着的姿势，他把睡衣系紧，双臂交叉在胸前，挠了挠鼻尖。

“只要回答我一个问题，我就不再来打扰你。”他用一只手指着天空，“这可能是一个假设。”

“好。”

“你知道一个人养育自己的孩子时会遇到多少麻烦吗？”

德鲁竖起耳朵。“你说什么？”

“我只是想见她，就这样。”

“谁？”

“别这样，德鲁……如果她病了怎么办？她没有出生证明，她没有在这附近的任何一所学校注册……”

“谁？”

“她没有护照。”

“好吧，我想你现在应该回家了。”

“她甚至没有身份证。”

“因为她不存在。”

博士看了看他的鞋子，双手揉了揉脸颊，把嘴唇伸出来。粉红色的牙龈和牙齿不时露出，发出恶意的凶光，投下暗影，令人紧张。“有人看见她了，德鲁。”然后他说，“你觉得我不知道有人在骗我吗？你知道你越过了多少警戒线吗？你见过你曾经的同事和学生吗？”

德鲁咽了下口水。“我很想帮忙，但这让我觉得不舒服。”

“我不会放弃的。你该感到幸运这次是我一个人来。如果我以盗窃罪起诉……”

“盗窃？”

“胚胎。”

“你没有证据！”

“没关系。我可以有其他手段。”

“所以这完全是一场骚扰，是吗？”

“这一次，是的！”

“你在威胁我吗？”

“叫警察啊。”他耸耸肩，又露出牙龈，“叫警察来，看我们谁先被带走。要是你被带走，你就会消失很多很多很多年。你不考虑一下我们合作的可能吗？”

“是的，他会的！”一个声音从门框里传出来。

德鲁的目光扫到了刚刚打开的门下角。“伊莎贝尔，不！”德鲁带着嘘声说。

“我不想你被带走……”

德鲁把门关上。马克·赫克托把脚向前挪了挪，当门重重地关上时，他皱起了眉头。他用肘部把门推开，进了厨房，目光落在另一个男人身上，他一边系着睡衣一边朝这里大步走来。

马克·赫克托垂下了目光。他的嘴大张着。身体蜷缩在膝盖上。“我不相信。”他低声说。

伊莎贝尔在毛茸茸的几缕灰色卷发间偷偷看他，她的胳膊搂着德鲁的脚踝。她说话时，博士弯下腰，直到手肘搁在木地板上。“请别把德鲁带走。”伊莎贝尔说。沃蒂缓缓走到她身后，把她抱到他臂弯里。

“别担心，伊莎贝尔。”他低声说。

“你到底是谁？”伊莎贝尔坐在沃蒂的胳膊上皱着眉头，看着那个穿着细条纹西装的灰发男人。

“哈！”博士大声说道，“完美！真的……又聪明！德鲁，只是……你是怎么……”他想说话，但发不出声音，他的大脑正试图理解眼前这一幕。他感到膝盖正带着他往前凑。“你怎么……”当他的手向她伸过来时，她躲开了。他及时止住了，抖抖手指，好像要摆脱那个驱使他这样做的东西。“对不起。”他说。

“你好。”几乎同一时间，德鲁说道。三张脸都抬起来。德鲁站着，手机贴着耳朵。“是的，我要报警。”

“德鲁，等等……”赫克托博士站了起来，“你在干什么？”

“我要把一切都告诉他们。”他用指尖把捂住自己另一只耳朵，然后转过身去。“是的，喂？我担心我女儿的安全。”

沃蒂闭上眼睛，用另一只手遮住了脸。

马克·赫克托重新站起来。“别这样，德鲁。我这就走。”

德鲁眯着眼睛，电话里一个遥远的电话声音要求他注意通话。

“什么，就这样？”他回答说。

赫克托博士耸耸肩。“我们抓住了对方的要害。”

电话的声音持续着。“没关系，呃……我们找到她了，”德鲁挂断电话前说，“你害怕被调查。”

“不……我害怕完全失去这个机会。”他把目光放在伊莎贝尔身上，“你知道我花了多少年来创造一个像你一样的人吗？”

博士的目光落在伊莎贝尔身上，扫视着她身体的不同部位，伊莎贝尔扑进沃蒂怀里。博士眨了眨眼，把手伸进口袋里。

“如果你有兴趣帮助我……”

“不，我不这么认为。”德鲁大步走向他，博士把手举在空中摆出投降的姿势。

“为什么不呢？”伊莎贝尔厉声说，他们都朝她看去，“你是说我可以为你工作吗？”

赫克托博士的脸上绽开笑颜。“是的，是的！我的意思是，我们当然可以安排一下。”

“伊莎贝尔——”德鲁开始喊。

“我能看看其他科学家吗？”

“当然可以，”博士结巴着说，“但只能是少数几个挑选出来的。”

“把你的名片给我，”她说，无视德鲁的皱眉，“我会考虑这件事的。”

15
CHAPTER

邦邦看着金克丝，她们被放进小盒子里，她只能透过栅栏看。“你是怎么做到的？她说。

金克丝看着她。“什么？”

“你怎么那样说‘不’的？”

金克丝耸耸肩，又伸长脖子朝着打开的车厢门看。

“他会没事的，金克丝。”

金克丝的嘴颤抖着。

“我们很快就会见到他。”

她的头向后仰着，这样她就可以直视邦邦了。“你真的这么认为吗？”

邦邦靠近金克丝，用胳膊搂着她。“我想他们只会让他变得更好。这是件好事，不是吗？”

金克丝想了很久才说：“这是件好事。我知道他情况不太好。”她坐在那里摆弄了几分钟脚趾，仍然想着奇普斯会好起来，问道：“你认为我们会去哪里，邦邦？”

邦邦颤抖了一下，想到要是金克丝一个人去了那个地方，那该会是多么可怕。“别想了，到了再说。”

* * *

伊莎贝尔坐在工作台的边缘，腿上放着一个小干酪蛋糕。沃蒂在她旁边颤抖着，紧咬着牙齿，一边搅拌着奶油，一边透过眼镜凝视着笔记本里的食谱。她把手指绕在小蛋糕上，然后把它放进嘴里，一边吮吸着舌头，一边朝下望着贾斯珀，忽略了沃蒂。“我肯定给了你太多的蛋糕，”他气喘吁吁地说，“也许你不该把它们全吃了。”德鲁从书房里走了进来，隔着眼镜对他们说，如果自首的话，我可能要在牢里待十年。

“但十年是因为克隆！你没有克隆我。”

“对，我没有。但是我修改你的细胞核的时候，就一只脚踏进了克隆的边缘。我们要遵守非常严格的规定。任何编辑过的胚胎都必须毁掉，而我带了一个回家，还把它养大成了一个孩子。他们会把这视为……视为养育一个变异体。对不起，伊莎贝尔。但这就是这些规定存在的原因，就是为了防止这类事。要是我把你放进一个真正的子宫，他们可能还会对我宽容一些，但事实是，你是人造孵化器培育出来的，这整件事情就更加像弗兰肯·斯坦的故事了。”

伊莎贝尔凝视着小干酪蛋糕，想了一会儿。“他不会说出去的，是吗？”

德鲁摘下眼镜。“我担心的不是他，伊莎贝尔。”

“你担心什么？”

“十年没那么长，你知道的。”

沃蒂把碗摔在桌子上，他们一下子跳了起来。沃蒂转向德鲁，露出警告的表情，过去的谈话几乎要溢出来了。如果德鲁这样做，两年还可以接受，五年最多，但是十年？沃蒂盯着他看了一会儿，表情变为一脸茫然。“这是分离，”他说，“我要把它带到外面去。”他走了。

“沃蒂为什么走了？”

“伊莎贝尔，你知道他不好受。”

“我已经不是十岁小孩了。”

德鲁低头盯着他的鞋子。

“没关系，即使我不考虑沃蒂的感受，我也不可能让你进监狱。”

德鲁笑了。“现在不要决定任何事情……”

“那该怎么办？”

“伊莎贝尔，十年的囚徒生涯，与一辈子相比，真的没什么大不了的。想想你能做什么！你可以去兽医学校，你可以交朋友……”

“……”

“你会变得更加独立，你知道吗？沃蒂和我不能永远陪着你……”

“别说了！”伊莎贝尔打断他。“你哪儿也不能去。到此为止。”她把小干酪蛋糕放在她旁边，把脚放在贾斯珀的背上。“我想贾斯珀再也不能承受我跳到他身上的重量了。把我从桌上弄下来，这样我就可以走掉了。”

* * *

一阵叮当声把邦邦吵醒了。她坐了起来，揉揉眼睛，感觉全身随着敲击地面的脚步声上下起伏。她看着仍睡在她旁边的金克丝。脚步声停了下来，她们被放在地上。

“嘿，卡洛。”一个女人的声音说。

“你好，罗茜，”她认出是另一个声音，“还有一个吗？”

“另外两个。”

“交流？”

“是的。”

“有她们的记录吗？”

“都在里面。”

“谢谢。你是要今晚带回去还是现在打卡？”

“你可以留到早上，我不需要它。”

“太好了。带她们去等着，莱恩休息后会来看她们。”

“那我进来？”

“好的。”

邦邦感觉到盒子又在荡来荡去，透过栏杆往外看，地面消失了。

“谢谢。”

“再见。”

他们似乎是站在一堵墙前荡来荡去。一声巨响后墙壁劈成两半，他们径直穿过。邦邦感觉到盒子被抬得更高了，然后又被放在了地面上，然后咔嗒的脚步声走开了，门上的噪声把脚步声关在外面，一切重归寂静。邦邦低头看着金克丝，她应该叫醒她吗？不，不……最好让她好好睡一觉。

邦邦用颤抖的手抱住膝盖。她的眼睛停留在墙上的一条纹路上，这条纹路可能是门的边，尽管她看不到另一条边，因为盒子挡住了它。她想直接靠近栅栏看一看，但她的胳膊不肯离开膝盖。哦，求你醒醒，金克丝，求你醒醒。

过了一会儿，墙上的纹路像第一扇门一样裂开了。她猜得没错。当没有更多的墙可以滑动时，一个影子从墙上滑过，就好像在地板上爬行，然后它消失了，变成了出现在盒子栅栏上的头一样。邦邦想尖叫，但只感觉到自己呼吸很快。除了一扇遮住眼睛的黑色玻璃外，那个脑袋完全是白色的，还有灰色的线条，像她所在的盒子里的栅栏，邦邦后住嘴。

“嗯，”那张嘴透过交叉的线说，“你有点害怕，不是吗？”

邦邦闭上了眼睛。

“好吧，至少你还有朋友陪着。大多数小人都是一个人来的。”

邦邦相信这是真的，如果她必须一个人来，经过在博士那里发生的一切之后，她肯定会死的。她睁开眼睛，那个脑袋还在那儿，等着她……做点什么。“那就更好了，”那个脑袋说，然后似乎去了房间的另一个地方。原来是想让她睁开眼睛，呼……她听到有东西发出叮当声，因为那些东西被拾起又放下，并再次互相撞击，接着那个脑袋又出现了，就像第一次一样突然。

“是的，”他说，“有两种方法可以测试出我现在想测试的内容。我需要你证明你的交流水平。你现在可以忘记你的主人告诉你的所有关于在公共场合不能交流的事情，因为这一切都不重要。你明白吗？”

邦邦看着脚下。

“你看，这就是你该告诉我你是否理解的时候，这是测试你的第一种方法。至于第二种方法，恐怕第二条路很难走。”

她的眼睛猛地向上睁开。盒子的门打开了，一只白色的手拿着一个管子一样的东西进来了，这东西看起来像是金克丝用来装麦片的。这只手把管子放在金克丝睡着的脚底上，把拇指放在另一端，然后按下去。那东西咔嗒一声，金克丝醒了过来，嘴里想尖叫，但什么声音也没发出，她爬到盒子后边的角落，把自己缩到里面，抓着自己的脚揉着。邦邦看着那东西。它闪闪发光，有一个尖刺，当那只手按下按钮时，尖刺从上面跳了出来。邦邦的一只脚保护性地跨过另一只脚。

“对不起，我真的不喜欢这样做，可我必须在半个小时以内离开，这样就快多了……”

邦邦看着坐在角落里瑟瑟发抖的金克丝。她转过头来，嘴唇颤抖着。

“我真的很抱歉。”

“——”

“我保证，这不会对她造成任何伤害。”那个脑袋歪着，这样就能看到盒子后面。“它不会对你造成任何伤害，”脑袋又说道，“嘴唇颤抖；有趣。你能在你主人面前哭吗？”

邦邦瞪大了眼睛。

脑袋向后看了看，然后重复道：“你能在你主人面前哭吗？”

邦邦不知道她说的“主人”是什么意思，但她知道对方想让她拍手。她拍了两下。她只能在金克丝面前哭出来。

“我们已经建立了交流。谢谢。”那个人似乎在敲着什么东西，但是在盒子下面，太远邦邦看不见。“让我们用拍手一次表达“是”和拍手两次表达“不是”来交流。这是你习惯的系统吗？如果是的话，现在拍手一次。”

邦邦拍手一次。

“还有你，呃……”他低头看看他敲击的那个东西，又往回看，“金克丝？”

金克丝的眼睛向上翻来翻去，像湿蜗牛一样闪闪发光。她闭上嘴，吞咽了一下，然后又张开嘴，就那样张着，他不得不再问一遍问题。没有回应。金克丝双腿向一边弯曲，慢慢地揉着脚，瞪着眼睛。

“她能交流吗？”他问邦邦。

邦邦双手举在空中准备拍手，然后犹豫了一下。

“她会吗？”

她又犹豫了一下。

那张面具叹了一口气，又举起那只拿着可怕尖刺的手。她们两个都跳了起来，邦邦越过金克丝跳到盒子后面，拍手，一下，两下，三下，四下，那东西正在向她们逼近。

“这是‘是’还是‘否’？”他问，收回那尖刺。

拍手两下。

“听我说，你们两个在这里是有原因的。”那个身体似乎向后滑动，然后站起来，所以她们能看到的只有一个肚子。“我会离开这个房间一会儿，你们就可以讨论一下。回来后，我会再问你们一个问题。”

他们看着肚子转过去，离开了房间，门猛然打开，然后又关上了。邦邦喉咙里哼了一声，听到了自己的声音——它起作用了。他走了。

“金克丝，听着，你得拍手。”

“我们在哪里？那个可怕的东西是什么？”金克丝的声音颤抖着，眼睛盯着盒子的门。

“金克丝，看着我！看看我，金克丝？”

金克丝的眼睛转向邦邦。

“你得拍手，金克丝。只要你拍手，他就不会用那东西伤害你。”

“但我们不应该拍手……我们不应该拍手，否则我们会被带走。”

“我们已经被带走了，金克丝。这就是我们来这里的原因！”

“但这意味着如果我不拍手，我可能会回家。”

邦邦盯着金克丝。“不，金克丝。他们已经听到你说话了……”

“我不想拍手，邦邦。”

“但是我拍了。我已经拍手了！即使他们送你回家，他们也会留下我。”

金克丝的眼睛猛地一眨。“不，他们不会的，邦邦。别这么说。”

“是的，他们会的！他们会一次又一次地用那个东西戳你……”

“如果他们让我走，我可以回来救你。”

邦邦的眼睛背后形成了一团痛苦的阴云。她把眼睛闭上，想着在奇普斯家里的那一刻，金克丝哭了起来，邦邦拍手只为能跟她在一起。

“邦邦？”金克丝把一只手放在邦邦的手上。

邦邦抬头看着她。“怎么了？”

“我不会……”但她的声音消失在喉咙里。

门猛地再次打开，那个脑袋出现在盒子旁边。“你有时间谈谈吗？”

邦邦看了看金克丝，然后又看了看那个脑袋。她拍手一下。

“很好。金克丝，我再问你一次。你能交流吗？”

金克丝回头盯着那个脑袋，嘴唇紧紧抿在一起。

“金克丝？”

金克丝的胳膊环抱着膝盖。

那个脑袋旁边又出现了拿着尖刺的手。金克丝看着它朝她伸过来。“对不起，我只是需要你合作，金克丝。”他按下按钮，那东西咔嗒一声击中了她的腿，她朝后倒去，又倒向一边，把腿蜷缩到胸前摇晃着。

那个脑袋通过金属网发出一声巨大的叹息，又往下朝他敲击的那个东西看去。一阵嗡嗡声传来。另一个声音响起。

“嗨，莱恩。”

“嗨，杰夫，”那个脑袋说，“我想我遇到了一点状况，到目前为止，第二十批的特征之一是固执吗？”

“这不是第二十批的特征，莱恩。”

那个脑袋又叹了一口气。“我知道了，但是你有遇到过拒绝交流的案例吗？”

“是有几个。没错。”

“扎过之后也不愿意说？”

“这种情况很罕见，但确实是有过的。你遇到了不肯合作的？”

“我不确定是不是，还是说她本来就不能交流。”

“我建议你谨慎……”

“问题是，她是和另一个一起送来的。她们住在一起。”

“真的吗？这倒很罕见。”

“是的……我只是想知道，我可以用针刺另一个，好让这个小人讲话吗？”

“嗯……我查查看，莱恩。虽然我猜测是不可以的。你等一下。”

莱恩的白色脑袋回头朝向盒子，电话那头传来低语和敲击声。邦邦从灰色的网格中辨认出一个友好的笑容。不知为何，这让她的心跳稍微放慢了一点……他为什么穿着这么可怕的衣服呢？她确定要是能在正常情况下看见那张脸，一切都会更好一些。他看看自己的手，把那个可怕的尖刺一样的东西绕着手指转了几圈。

“不，莱恩。不能这样做。”

莱恩点了点头。“不能给合作的那一方带来痛苦，对吗？”

“你说得对。”

“这是不是意味着我不能把它们分开？”

“嗯……目前没有提到情感上的痛苦，所以，我想，你可以。”

“好的。”

“那由你决定。”

“好。谢谢，杰夫。”

咔嗒一声，对话结束了。

“我很快就要走了。金克丝，明天见，我真的需要你合作，好吗？”

金克丝什么也没说。她现在正坐着，双臂紧紧地搂着邦邦。那讨厌的白色脑袋绝不能把她们分开。

那个脑袋似乎在沉思，然后向左看了看，想了一会儿。“邦邦？”脑袋说，回头看了一眼。

邦邦立刻拍手一下。

“今晚我不会把你们分开的。不过，你得对她讲点道理，好吗？”

邦邦举起手来，但没有鼓掌。是的，她已经明白了，但是，不，这样可能不行。

“还有，金克丝？如果你想和邦邦待在同一个盒子里，你真的必须抓紧了。如果你没有任何交流的迹象，我们不会让你回家。”他说到“迹象”和“交流”时摘下手套。“到目前为止，还没有发生过什么意外，通常一到这里，恐怕就是永远。”他从椅子上站起来，拿起他一直在敲击的东西走到墙边，墙发出哔的一声。

“干得好，莱恩8号！”墙说。“明天八点三十七分在R房间见。”

“R房间，”莱恩自言自语道，“再见，你们两个。”他向她们挥了挥手指，然后从轰响的门离开了。

金克丝的胳膊放松了一点，但还是继续抱着邦邦。她把头垂在邦邦的肩上。邦邦张开嘴想说话，但开门声又响起，接着是脚步声，打断了她的话。她感到金克丝的头从肩上抬了起来，就在盒子被悬到空中的时候，转过来抬到了墙上的一个洞里。一进屋，他们又被放在地板上。“下行。”一个声音说，整个房间似乎在移动。

“他们说一周后会通知我，你认为他们会把她还给我吗？”

苏珊咬了咬嘴唇，朝窗户望去。现在似乎是把她的胳膊搂在老太太肩上的好时机。“我真的不确定，”她说，“他们对我说了同样的话。”

“但那会是……”卢卡斯太太的眼睛在房间里转来转去，寻思“那会是什么”。“太可怕了！”她说。“叫他们把她找出来之后，他们又这样把她带走吗？”她双手扣在下巴上，微微摇着头，好像在发抖。

“我每天都给他们打电话，您不用担心。我已经在电话里找到了自发隐秘小人组织的负责人……”

卢卡斯太太的眼睛一亮。“真的吗？她说了什么？”

她记下了发生的一切。她说他们完全有权带走奇普斯……就他们的“沟通规则”而言，他们也“有权”带走邦邦和金克丝。”苏珊把手指蜷缩成引号时，犹豫了一下。“但是，无论如何……我说到哪里了？哦，是的！只要布兰克妮没有任何交流的迹象，他们就不能因为你年龄大了就这样把她带走。不管怎样，这是不行的。”

“所以……这件事还有希望吗？”卢卡斯太太用两手的指尖托住自己的脸颊。

“我每天给他们打电话，一天两次，看看进展如何。”苏珊把交叉的手指举到脸上，轻轻地摇晃了一下。显然她也为这件事困扰着。“你女儿什么时候到这儿来？”

“随时会来。”老太太抬头看了看车道，她女儿的车肯定会出现在那里，“她是从医院过来的……你知道杰里的事吗？”

苏珊抿着嘴唇，点了点头。她一直在想如何提出这个问题。

“我不会接受的。他不能离开我。”

“他可能有点情绪低落……你经常去看他吗？”

“嗯，是的……实际上，我们现在要走了。我已经试着每隔一天去一次了，但是小人失踪了，我不知道他在想什么，当我收到信的时候……”

苏珊想问“什么信？”但她把头歪向一边，点了点头。

“他给我写了一封信，跟我说再见……”她轻声笑道，“回忆往事……你知道，我不会接受的，我把它揉成一团扔到花园里去了。”

“你觉得你能说服他放弃吗？”

“我必须说服！”她耸耸肩，继续说下去，眼睛睁得大大的，“令我惊讶的是，他的身体状况比我想的要好！”

汽车轮胎碾着车道的声音嘎吱作响。“你女儿到了。”

“是的！还有我的孙女。你不留下来见见她们吗？”苏珊犹豫了一下，“不了，如果你不介意的话。下次……”她想了一会儿说，“等卢卡斯先生回来的时候。”

卢卡斯太太笑了。“我会告诉他的。也许这会激励他一点。”

苏珊觉得自己脸红了。她几乎不是任何人活着的动力。卢卡斯太太紧握着她的手。“你是个可爱的女孩。”

“你也是。”

这两个女人面带微笑看着彼此。

“我很快就会再见到你的。”苏珊说，又一次握着她冰冷的手道别。

“好吧，亲爱的。”

苏珊转身走回自己的房子，朝满头灰发的卢卡斯太太点了点头，一边跨过栅栏，一边想着她们会是什么样。她意识到她曾经想象卢卡斯夫人的女儿看起来，嗯，有点像女儿。实际上，苏珊可以当她的重曾孙女。天哪……她绝不会想到她们之间会有这么大的年龄差。她想到了与梅雷迪思的谈话，其中一部分她没有说给卢卡斯太太听：梅雷迪思暗示他们可能因为卢卡斯太太的年龄而带走布兰克妮。“他们有权这么做吗？”苏珊问过。“除非能证明是因为疏忽大意，”梅雷迪思说，“以及让你的小人也被邻居绑架，他们肯定会用这一点来对付她的。”

“被绑架？”

“恐怕他们很擅长扭曲事实。我们会尽量不走那条路。我们怀疑他们正在执行一项任务，不分对象地收集所有的第二十批小人，他们无权这样做。这只是收集足够证据的过程，就像你今天告诉我的那样。”她停顿了一下，说，“我们非常坚定。”

苏珊放下电话，想象着一桌退休律师键入报告的画面，他们斜着眼盯着屏幕，给年轻同事打电话寻求建议，结果被告知他们很忙……她鼓起双颊吹出一口气，这幅很可能会出现的画面淹没了本来应该发生的画面，就像蛇吃掉了野鼠……六天内她会收到邮件，告诉她她的小人不会被还给她。

她走回家的时候，意识到自己的指甲被咬得很厉害，已经流血了。她朝厨房走去，看到哈米什的一条腿从沙发里伸出来，她想知道他是否像往常一样，膝盖上抱着金克丝。

哦，不，他当然没有。

她过去在厨房门口走路必须非常小心，以免撞到可能站在后面的小人，在地板上小心翼翼地走以免踩到她们小小的手或脚。

但是不用了……她现在没必要这样做。

她精洗拇指时瞥了一眼装麦片的碗，在冰箱上找那盒麦片，提醒自己别忘了把她们的碗加满。

哦，天哪，苏珊，快清醒过来。

20 分钟后，哈米什发现她坐在地板上。他手里拿着一个空酒杯站着，看了她一会儿，看她是否在哭。

“你觉得她们会害怕吗？”苏珊问。

哈米什把杯子加满，递给她，然后坐在她旁边的地板上。

“不，这可能有些奇怪，但是……只要她们在一起，她们就不会害怕。”

苏珊把头靠在他的肩上，他从她手里拿过杯子，喝了一小口，又把杯子放了她手里。“你去哪儿了？”

“去见卢卡斯太太。”

他点点头。“她走了？”

“就要走了。”

“你给……你给那家公司打电话了吗？”

“没有，我给自发隐秘小人组织打电话了。”

“什么？”

“是一个地下的‘小人拥有者组织’。”

“他们怎么说？”

他的脸颊向她的额头靠过去，她倚着他的肩膀。他是真的在跟她谈话了，而不是对着她面前的虚空；他不仅仅是在发起谈话，而是想搞清楚发生了什么。但是……但是他和今天的局面脱不开关系。苏珊看着他的脸，她真的不该认为他什么都不在乎。

“苏珊？”他提醒她。

“卢卡斯太太把我到之前发生的一切都告诉你了吗？”

“没有。她真的不能说那么……”

“我们去客厅好吗？我从头说起。”哈米什站起来转过身，向她伸出手，“是的，我们走吧。等等……我把速记板拿上。”

苏珊站起来，他朝走廊走过去时，苏珊在他身后露出微笑。为什么非要等到坏事发生的时候才能看到真正的哈米什呢？她从哈米什留给她的酒杯里啜饮了一小口，拖着脚步从走廊到了客厅。也许他们能挺过去。他们足够年轻，可以被认真对待——这听起来真可怕——而且足够聪明，足够直言不讳，可以适当地挑起这件事。她坐在沙发上发抖，觉得浑身冰冷，直到他坐在她旁边她才好一些。

“好，”哈米什说，掀开透明速记板，“把一切都告诉我。”

16

CHAPTER

“负十二层。开门。”

邦邦用手蒙住脸。她看看金克丝，金克丝也做着同样的动作。

“天哪，真臭。”拿箱子的人说。他们被带到一堵墙前，再一次听到手指在屏幕上轻轻敲击的声音。“最后一次清洁是在早上八点？间隔太长了。”箱子转过来，走进一条很窄的走廊，“我得说点什么。”

邦邦的手还蒙着嘴巴和鼻子，坐在盒子的后面，紧紧靠着金克丝。她透过栏杆看到一张脸，不是一张难看的脸，甚至不是一张大人的脸。她的嘴张开了。是不是……一个小人？她从金克丝的胳膊中挣脱开，膝盖撑着地，爬到盒子的前面。对！是的，而且……真的！当她从左到右看过去，走廊墙上满满有二十多个盒子，经过一个盒子又一个盒子，小人们走到前面，把他们的脸贴在栅栏上，看着邦邦。她扭头以便能更好地看到左边的那些。他们中的一些人笑了……邦邦试着用微笑回应，但她做不到。他们怎么能在房间里微笑？这里还有一个大人。邦邦向右看。金克丝也张开眼睛盯着那边的小人们。她转过身朝着邦邦笑了。

“你怎么能……”她张开嘴巴，但是声音却卡在喉咙里。

盒子被猛地提到空中，经过更多盒子，更多张脸，更多微笑和更多波浪。她们被塞进一个金色卷发的小人和一个看起来像空盒子的东西之间。那个小人让她想起布兰克妮，邦邦紧张地看了“布兰克妮”一眼，这时盒子被转过来，放回到一个插槽中。大人从挂在他肩上的许多黑色方块的带子上解开一个扁平的黑色方块，在另一边肩膀下面打圈，然后他把它夹到盒子的门上，转身走开了。

“嘿，罗茜？是的，我是刘易斯，你好。我今天刚休完两天假回来。你知道还有没有清洁工在附近打扫？没有？这里的臭味太重了……我不知道这个地方一天打扫几次，但肯定不是五次。”

电梯门猛然打开然后又关上，把大人和他的声音关在里面，然后又嗡嗡地回到原地。

邦邦和金克丝看着彼此，又看了看那个夹着的东西，它开始发出哔的一声，然后射出两道闪光红线。金克丝朝盒子后面跑去，邦邦跌了一跤，趴在地板上，但是那两条线穷追不舍，沿着墙壁，穿过地板，直到照见金克丝的肚子。她身体一侧紧贴着盒子，那道细细的光束与那条粗的光束汇合之后，照遍她的全身，又回到了那个夹着的东西之中。

“没事的，邦邦，它不会伤害你。看，它在对你做同样的事情！”

邦邦蒙上眼睛。“它还在吗？它走了吗？”她感觉到金克丝的手放在她背上。

“是的，邦邦。它走了。”

“它一天出现两次。”一个声音从盒子左边传来。邦邦以为旁边那个盒子是空的。“它是用来检查你是不是渴了或者饿了，或者是不是生病了。有时候它认为你生病了，就会有大人为你检查一下。”

“谁在说话？”金克丝说。

“哦！嗯，真是个有趣的问题。你问出这样的问题，一定是第二十批的。”

一声巨响，盒子后面的一个舱口打开了。有黄色的东西发出嘶嘶声倾泄出来，堆得整整齐齐。舱门又关上了。

邦邦斜视着那边。“金克丝，是麦片！”

“我不饿。”金克丝说。

“机器认为你饿了，”那个声音说，“你的身体饿了，尽管你的思想不觉得。”

邦邦坐起来，把脸贴在盒子的栅栏上。“你的意思是……我脑袋里的小人？”

那个声音沉默了一会儿。

“喂？”邦邦问道。

“你可以这么说，是的。”

“我们在哪里？”金克丝走到邦邦旁边，一手握住一根栅栏，双手贴着两颊。她看到前面有一排小人，都站在盒子的前面，回望着她。

“你在中心里面。”其中一个小人说。

“他们告诉我们不能回家……这不是真的，是吗？”邦邦喊道。

“是的，我们什么时候可以回家？”金克丝也问道。

一个声音从远处传来，走廊上至少有十个盒子。“你不会想回家的！”那声音喊道，“你知道了一切之后就不会……”

“但是……我们不能永远待在这里！”金克丝喊道。

“哈！我们也不能！”隔壁的声音说，“而且我们不会……已经五点了吗？”

有人从下方冲上面喊道：“是的。过了四分钟。”

“那么，上来吧，你在等什么？”

“今晚不行，埃德，现在是星期二。”

“现在不是星期二，而是星期一。不管怎样，莫伊拉要到星期五才从雅典回来。我不知道你是不是注意到了，但这就是这个地方臭味难耐的原因……”

“莫伊拉上星期五已经回来了，埃德。今天肯定是星期二。”

“今天是星期二，埃德。”

“百分之百没错。”

“是的，埃德。”

“毫无疑问。”

邦邦和金克丝坐在盒子门前，朝声音的来源望过去，如同看着一只蝴蝶落在家具上。

“噢，”埃德说，“那为什么这么臭呢？”

沉默了几秒钟。邦邦注意到对面小人的脸，本来都很激动，现在都难过地看着埃德的盒子。

“因为瓦伦丁和托尼去布鲁日了，”一个遥远的，尖利的声音说，“这就意味着周末只有卡琳，李和迈克尔留下来。”

“如果一人来一次……是不够的。”

“不！那完全够了。”

“我认为刘易斯应该做点什么。”

“刘易斯不是清洁工！”

“是的，但他总在抱怨气味，为什么不做点什么呢？”

邦邦和金克丝继续看着家具上的蝴蝶。邦邦想，这里真奇怪，每个人都有话要说，但从来没有一下子同时说出来，就像，每个人都轮流说……那低沉的声音又向埃德喊道。一次，两次，然后……

“是什么，莫普？”

“埃德，你在听我们说什么吗？”

“当然。”

“那就告诉我们我们刚才说了什么！”

走廊里一片寂静。

埃德叹了口气。“今天是星期二。莫伊拉来打扫卫生是因为她星期五从雅典度假回来了。”

“哪个星期五？”莫普打断道。

“上个星期五！”埃德又叹了口气，“出现这股气味是因为瓦伦丁和托尼在布鲁日，这意味着卡琳、李和迈克尔是这个周末所有的清洁工。”

“刘易斯呢？”

“刘易斯不是清洁工。”

“但是？”

“但也许他应该停止抱怨，开始打扫。”

对面的脸朝着莫普的方向看，等他回答。莫普说：“太好了。明天我再测试你一次。”然后说：“坚强起来，埃德。”

“坚强起来！”其他人一起喊着，邦邦和金克丝同时缩了起来，瞪大眼睛看着对方。其他人开始鼓掌。金克丝站在那里，双手拍打着，她的嘴张开似乎要咬东西。“金克丝？”邦邦说，“你为什么那副表情？”

掌声停止了，大家都听着邦邦说话。对面的脸都朝向金克丝。“金克丝？那是你的名字吗？”一个留着黑色短发的苍白的小人说。

“是的。”金克丝说。

“你为什么那副表情？”另一个小人说。

“我本来……”金克丝的声音干巴巴的。她咳嗽了起来，然后重新说：“我本来想说点什么。”

“她不明白，”埃德说，“她才刚到，她怎么能明白发生了什么事？你不记得了吗？”他用一种奇怪的声音说“记得”这个词，好像它是一块石头，他想看看能扔多远。“你不记得第一天是什么样子的吗？”

其他人开始咕哝起来，这一次他们同时发出了声音。他们能记得吗？他们能想到那么远的事情吗？是的，是的，他们可以。但是等等……他们确定吗？

“害怕！”一个小人喊道。

“害怕！”至少还有五个小人喊道。

“病了！”又有小人喊了一声。

“我肚子里很奇怪！”

“担心！”

“伤心！”

“不高兴！”

“不确定！”

“生气！”

“他们能记住！”莫普说，大家都沉默了，“但埃德是对的。我们必须努力保存我们的记忆。我们所有人都应该谈谈我们第一次来到这里时的感受。等莫伊拉走了我们就开始。”

“金克丝，”埃德说，“还有金克丝的朋友，很快你就会明白一切。”

鼓掌声多了起来。似乎每个人都同意这个想法。

有一个听起来像是充满了气泡的声音，建议他们问问皮德尔、洛普和奥斯莫，为什么他们下午被带走了整整两个小时。

“情况很严重，”洛普说，“他们开始喂我们两片药了。”

走廊里响起一阵嘶嘶的吸气声。

“他们有没有告诉你为什么？”那个充满气泡的声音问。

洛普的鼻孔嘶嘶地吸气。“最新的临床试验表明，两片药不会对我们的身体造成伤害，但药效会加倍。”

“你把它藏在舌头底下吗？”

“那样不行！他们会检查嘴巴里面的！但幸运的是，他们先检查了皮德尔和奥斯莫的嘴巴。我有时间把其中一片药吸进了鼻孔里。这样算幸运了，因为皮德尔和奥斯莫被送回来后就一直在睡觉。”

走廊里沸腾了。

“这是一个可怕的……”莫普说，然后他的声音顿住了。

电梯门打开的声音传来，几乎可以听到一声呼呼的响声，伴随着一个女人的声音。呼声突然加速变成嘶嘶的尖叫声。

“是的，不管怎样，我告诉他我也有权选择星期五，但他说他不同意，因为托尼和瓦伦丁几个月前就预订了星期五的假期去布鲁日，这意味着我必须提前一天重新预订航班才能回到这里。是的，卡洛知道这件事，但她也是个婊子。哈！别担心，我现在在地下。地下没有录音设备。否则他们就不能互相交谈了……是的，有一个房间是故意这样设置的，就是他们在这之后进入的那个房间……可怜的小宝贝们。他们真是……那个词是什么来着？你知道，用那个词来形容一个人的整个身体似乎，嗯，沮丧，因为他们是如此痛苦……你没注意到我每天都在同一时间打电话给你吗？这是因为我只能在这间屋子里打电话，我想这间屋子是为了应付正在发生的所有事情而设置的。我可以说卡洛是个婊子，莱恩是个卑鄙小人，只要我愿意！真孤单！也许吧。不！孤独！‘孤独’是我一直在寻找的词……是啊，他们都很孤独。”

嘶嘶的尖叫声越来越近了。邦邦和金克丝又透过栅栏张望，看它是从哪里来的。金克丝张开嘴大叫，邦邦用手拍打脸颊，透过指缝往外看。邦邦所见过的最大的真空吸尘器爬过两堵盒子形成的墙之间的地板。它从一边晃到另一边，用它那卑鄙的红眼睛搜寻着，不时伸出奇怪的管子和刷子，去够那些角落里进不去的地方。邦邦凝视着它靠近走廊的尽头，发出一声异样的呼吸声，然后转过身，一路把闪光的地面吸了一遍，直到另一端。

“哦，我忘了告诉你，本杰决定长大后要当会计。对！有意思吧，嘿？我以为你会喜欢的。我对他说，你必须和莱昂姨妈谈谈这件事，我相信她能告诉你怎么做。那是什么？是的，虽然他的阅读水平低于平均年龄，但他的导师告诉我这是正常的发展阶段。想到这件事，我在大约十一岁之前也一样，然后我突然就能顺利阅读了！有些孩子就是这样，不是吗？”

邦邦确信她能听到盒子一个接一个地打开和关闭的声音。她在做什么？她眯起眼睛想看清楚，瞥见了一个红色的形状。它似乎越来越大，越来越近。盒子里一个小人的动作引起了她的注意。那个小人向她挥手想要做什么。

邦邦耸耸肩，她想说什么？

金克丝也注意到了，她拉着邦邦的胳膊，示意她到盒子后面去。啊……这就是那个挥手的小人想让她们做的。但是噪声越来越近了，邦邦想知道那个女人到底在做什么。

“我知道！黄色的问题是，即使你皮肤上有一点点泛红，它也会让你看起来像个草莓。我很清楚，或者你可以选择清爽一点的颜色？什么？谁在乎这不是夏天，你可以尝试让你气色变好一点的，你不必选择橙色。”

突然，两个黑色的百叶窗切断了盒子的末端，只有一线光线可以从中透过来。她们眨了眨眼，百叶窗向他们呜呜作响。她们转身跑向盒子的后面。“不！”邦邦尖叫着，紧紧贴在墙上。就在她感到颤抖的嗡鸣使她肚子发痒的时候，百叶窗打开了，重新被吸进了墙里。她们前面的地板是湿的，闻起来像干净的瓷砖。一张脸出现在盒子后面。棕色的卷发包裹在红色围巾里。那双眼睛似乎覆盖着一抹蓝色。“眼影。”邦邦脑袋里年长的小人说。她们看不见她的嘴巴。

“新来的！”两只眼睛的眼角处都出现了一根短线。一根手指轻敲着他们的方形夹子。“莱昂！我发现两个新的。”她说。眼睛在屏幕上闪烁，然后又转回来。“邦邦和金克丝！你们好！我是莫伊拉。你们会经常看到我的。”有一秒钟两只眼睛挤在一起，好像每个眼睛都在快速地挤出笑容，看不见嘴巴的脑袋转过来，打开了下一个盒子。“天哪，这几天来了这么多人！好吧……很明显，他们不应该交流的，但他们发现了一种交流的方式。不，我的意思是和他们的主人交流，他们可以互相交流。嗯……好……他们会经历一些记忆调整的过程……我想是某种治疗，然后他们会被放进我告诉过你的房间，你知道不允许他们说话的那个房间吗？然后……我不太确定……什么？我现在说话的时候，你是说？是的，我想他们大部分都明白……”

莫伊拉出现在对面的盒子里，她用遥控器指着盒子，黑色的百叶窗移到后面。她打开门，往盒子的地板上喷了点东西，然后又擦去了一些碎片、粪便和脚趾甲，这些东西在门前堆成了一座小山。她用一根吸管把这堆东西吸起来，吸管连在她背上一个亮红色的盒子上。她把门关上，敲了一下夹子，然后在百叶窗重新打开的时候，继续朝下一个盒子走去。

邦邦转过身来看看金克丝是否在看，但她趴着，头靠在胳膊上，眼睛闭着。她环顾四周，地板已经干了。奇怪。家里的瓷砖要花很长时间才能变干。金克丝经常在地板上溜达。但在那之前，有一次某种液体进入了她嘴里，她在篮子里待了三天，浑身都是汗。之后只要地板是湿的，她就藏在植物旁边或是厕所盒子里。邦邦爬到金克丝身边，盯着她看了一两分钟，用手指轻触着地板确认地板已经干了，然后在她身边躺下。她会起床听听莫伊拉走后，其他小人会说些什么。

* * *

可怕的一天来了……他们早就知道它要来了。

伊莎贝尔心里想，至少它是在沉睡中离开的。毕竟，它差不多20岁了。伊莎贝尔知道这样已经非常罕见了，因为……好吧……“那种特殊的种族”能活到这么老，但那并不是一种安慰。她连话都说不出来，即使是在脑海里……狗，拉布拉多，贾斯珀……他趴在自己的爪子上，舌头伸出来，眼睛闭着，那种可怕的景象似乎封闭了一切话语。那天早上，她一看到它在起居室里，她就知道了；它看上去不像平日那样安详，也不像进入了熟睡状态。它看起来就像是死了。

他们没有一个人能够止住脸上悲痛的表情，组织出语言安慰彼此，他们无法不想象着死去的事物占据着这些空间，而这些空间本来应该由言语填满；连沃蒂的笔都在笔记本上划出可怕的字眼：“腐烂”“解体”“衰朽”……他们围绕着它旋转，忽视已经空了的垫子，不去想每晚冰箱打开时，那已经消失的爪子一遍遍刨地板的声音。房间里原先的歌声已由空洞的回声所代替；温暖已被呼啸而过的穿堂风带走。三个人的大脑都在欺骗自己，当他们从前门回来时，会有一颗脑袋从沙发后面跳起来。夜间它瘦瘦的爪子在床上笨拙地跳动，他们坐在厨房椅子上看报的时候，散发着狗狗味道的结实的肉体扫着着他们的腿。他们仿佛截肢患者，挠着失去的发痒的幻肢。

“我应该爱他更多一点的。”伊莎贝尔一个人躺在自己的房间里，低声自语。她知道衰老无药可治，但是更多拥抱、更多嬉戏也许可以让它感觉更年轻。

* * *

苏珊躺在沙发上，胳膊抱住膝盖，一只脚在空中晃荡。一只拖鞋掉到了地板上，另一只挂在她脚指头上。每当她相到，如果房子里有什么牙齿锋利的动物被松开绳子，看到她的脚，会发生什么事，她就会把脚往天花板上伸。不可避免地，像这样的想法会引出另一个，然后再想到更远的地方，她的脚放回原来的位置，她会下意识地再次集中在她腹部平放着的一碗巧克力葡萄干上。

她眯着眼睛看着电视机，电视里的画面似乎比前几次要暗。一定是因为现在是白天，傍晚的阳光和电视机屏幕发出的荧光争相占据整个房间。她可以抬起手拍三下，这样百叶窗就会关上，但这会让装葡萄干的碗晃得很厉害。在过去的十五分钟里她一直在告诉自己，电视机的荧光会战胜太阳光，很快天就会黑了。

穿着褐色套装的两个男人相对坐着，他们中间隔着一个玻璃桌和一罐植物。他们仰坐在椅子上，双腿朝不同方向交叉，肘部跟随着椅子扶手的角度，像两个刚吃完一顿大餐的人。他们轮流说话时，柔弱无力的双手在空中扭动挥舞，甚至连胳膊都懒得动弹来强调自己必须要表达的东西。

“我想很多人都在想，为什么赫克托博士很快谢绝之后，比尔布里奇-明克萨斯就被允许接管公司。”他停顿了一会儿，然后说，“告诉我们伊莎贝尔的情况。”

“嗯，”另一个人回答说，“伊莎贝尔是微型人类现象的第一个成功案例。她同意与赫克托博士合作。”

“等等……她是怎么同意的？她用的是手语，还是——”

“不，不，”另一个人笑着打断了他的话。“他们一起草拟了一份合同，她亲手签了下来。你看，她有和人类完全一样的能力。她会说话和写字。”

“真的吗？”

“嗯。”

采访者靠在一只胳膊上，一边琢磨这件事，一边用食指描着嘴唇的轮廓。“但是这种新的种族被设计出来时，在交流和能力方面就有限制？”

“啊！好吧，这是最大的谜团。没有人知道把她带到世界上的确切过程。这本身就是另一个故事……”

“显然，这是个大丑闻。”

“不。”被采访者咳嗽了一声，交叉着脚踝，“我喜欢用‘故事’这个词。”

他点点头。“当然。”

“不管怎么说，考虑到当时的情况，她甚至成了一个奇迹。显而易见的结论是，她的胚胎在着床之前没有被人为操纵过，这一理论得到了马克·赫克托博士的支持，因为他多年来一直致力于创造一个像她一样的人，但一直未能做到。他倾向于相信伊莎贝尔不太可能是自然的结果，所以他投入了彻底的调查，发现她的胚胎是在细胞核被操纵之前被取走的。”

“所以她真的是一个自然奇迹？”

“没有人真正知道真相……但事实上，他认为她处于非常危险的境地。”

“为什么？”

“嗯，因为赫克托博士，对她后来长成的样子非常痴迷，所以克隆了几个她。”

“他打算怎么安置她们？”

“我们认为他是想从克隆体中储藏卵细胞，来继续他的追求——制造更小的人类种族。他想知道如果他把来自伊莎贝尔的卵细胞和一个完整人类的细胞相结合，会发生什么……他会得到他这么多年来追求的结果吗？我们只能设想，伊莎贝尔死后他失败了，又会把注意力转回到完整人类胚胎上。到那个时候，人口过剩的原始问题似乎就，多少失去了紧迫性。”讲话人的眼珠向下一转，盯着那罐植物盯了一会儿。“但是胚胎丑闻，呃，故事是谨慎保密的……”

“那些克隆体今天仍然存在吗？”

他摇摇头。“不，伊莎贝尔的克隆，很不幸，命中注定活不久。许多到了五六岁没出实验室就死了。”

“所以，过了一段时间后，公司决定从赫克托博士放手的阶段重新开始吗？”

“嗯……是的，但也有人说这不一样。还是领养，但不用大费周章去寻找被领养者。”

“你们能获准做这件事，许多人会觉得很惊讶。”

“如果不这样做，我们早就歇业了。你也知道，世界上没有多余的孩子，当然是我们每个人都乐意看到的。但是完全不再有缺少孩子的情况，这肯定是比尔布里奇–明克萨斯无法预见的。当科学家开始完善技术，而这正是听从赫克托博士的建议，为了掩盖胚胎丑闻而做出的行动，真是够讽刺的了，我们就潜在的合作问题与当局取得了联系。”

“是的！这本身就是一种现象，人们只是没有孩子。”

“十年前，当我们发布第一批模型时，新生儿母亲的平均年龄是 45 岁，我要澄清这是平均年龄；而且 78% 的后代都是独生子女。也就是说，那些严格意义上不是独生子女的人，在他们自己的年龄和最近的兄弟姐妹之间至少相差 20 岁。我们的“微小的爱”计划主要是给孩子们一些爱的对象，这样下一代成年人就不会那么个人主义，也更愿意生育。”

“‘微小的爱’计划的主要意图是这个，讽刺的是，结果有很多老年人被这项计划所吸引，你理解吗？”

“不。”另一个人把本来交叉着的双腿展开，又重新翘着腿。“这是可以预见的。老年人想要并有权得到爱，这是很自然的。尤其是那些独居的人。”

“如果他们不能妥善照顾小人，会从领养家庭或老人那里带走小人吗？”

另一个人把头歪在一边，几乎靠在肩膀上，他望着天花板仿佛在寻找答案。“这种情况很罕见，因为……你要知道，一直以来选择家庭是比尔布里奇–明克萨斯公司的主要业务，所以我想说，我们很擅长这一点。”

“停！”苏珊喊道。“倒回去！播放！”

“如果不能妥善照顾小人，会从领养家庭或老人那里带走小人吗？”

“这种情况很罕见，因为……你要知道，一直以来选择家庭是比尔布里奇–明克萨斯公司的主要业务，所以我想说，我们很擅长这一点。”

嗯，苏珊能把这句话理解为，如果公司选择了一个业主，那是因为该业主被认为是合适和有能力的吗？也许吧。她会记着这个想法，等哈米什回家后告诉他。这可能会有助于卢卡斯太太的案子……但这对邦邦和金克丝没有帮助。“播放。”她说。

“新生命是如何形成的？你能向我们保证没有克隆或人为操纵胚胎吗？”采访者笑了。

“我尽量委婉一点，恐怕我必须要求你不要把这些话跟比尔布里奇-明克萨斯公司的流程联系起来。”

“啊！”另一个人说，他两手都举起来，点着头，“当然，请原谅我。让我重新问一遍这个问题，这样就不会有误解了：与名称已废止的先前公司使用的克隆技术和胚胎操作不同，比尔布里奇–明克萨斯公司与科学家合作，他们发现了一种创造人类细胞的新方法，你愿意详细说明吗？”

哦，天哪，苏珊边把手伸进葡萄干碗里边想，哈米什会喜欢的。

“当然。”他咳嗽着，微微向前倾。苏珊想，他的午餐显然刚吃完，贪婪的混蛋。这些细胞是从供体中提取的，并被诱导进入胚胎状态。然而，在达到这种状态之前，科学家们能够操纵细胞结构，使其与捐赠者的有所不同。因此，结果不能被归为克隆。”

采访者皱起鼻子，停了一秒钟。然后露出微笑继续说。

“有些人会问，为什么从第八批起，每一代模型都是一模一样的，如果它们不是……我的意思是……在名称已废止的公司使用了令人担忧的技术之后，你可以理解人们会得出什么样的完全错误的结论。”

另一个人眯着眼睛。“很好。”他又向后靠在椅子上，“我必须在这里说清楚，随着长大他们自然会变得非常不同，是比尔布里奇—明克萨斯公司操纵他们的外观，使他们看起来都一样。给予他们相同的性别和外貌，仅仅是因为我们试图限制可能随时间影响的行为变量……”

苏珊听见前门滑回来的声音，抬头看。“嗨。”她说。

一个形似哈米什的身影坐在楼梯上，用力解开鞋带。

天哪，气氛又变了。但去他妈的，当他情绪低落的时候，她真的受够了这种痛苦。昨晚他发现她在厨房里哭的时候，还对她很好。他甚至把速记板都拿出来了。

也许她应该从他的书中摘取一页。“怎么了，宝贝儿？”

哈米什把手蒙在脸上，重重地吐了一口气，希望粗重的呼气能把对于埃玛的思绪全带出去。这确实起作用了。但是只要他再度吸气，他脑袋里的空气又会聚集成她的样子。这简直太糟糕了。令人难以忍受。他想工作到最后一个预约访客离开。也试过在车道里坐上二十分钟，现在他又回到了房子里。和苏珊待在一起。可他的大脑却控制不住想的全是埃玛。

“有人在吗？”

他把手指伸进耳朵里。他不应该给她打电话，他知道他不应该给她打电话；事实上，这是他离开房子之前对自己说的最后一句话：“你知道，哈米什，给她打电话会违背你的判断。”显然，他完全失去了策略……现在他走了，把所有的事情都搅乱了，再也没办法回到正轨了。他提前到了办公室，这意味着对苏珊撒谎。他从桑德拉那里拿到了电话号码，让她产生了怀疑，然后他告诉桑德拉，埃玛要来办公室，不应该收她费用——这让她加倍怀疑——然后他跟埃玛也把所有事情都搞砸了。“哈米什，你是个有理智的人！”他听到自己大声地说，尽管他的声音听起来像在水下一样含混不清，因为他的手指仍堵在耳朵里。

苏珊的手在他眼前晃来晃去。他把手指从耳朵里拿出来。

“你是不是用手指堵住耳朵，这样就不用听我说话了？”

“是为了倾听你说话，而不是不听你说话。我的意思是……对不起，苏珊，我今天过得很有趣。我，嗯……”他挠了挠脸颊，然后把手重新放回到两腿之间悬着，他的目光落在他的手上。

苏珊点点头。昨晚他抱着她，拿着速记板，还有那种共犯似的亲密，似乎不再那么明亮和可爱了。不，不。她不会退缩的。她不会让他因为改变而伤心。“没关系。每个人都有难过的时候。”她点点头，脑袋歪向一边，等着从他嘴里听到对她耐心的奖励。噢苏珊，我不是有意要对你发脾气的。然后他会抚摸着她的脸颊说出：我很抱歉，我们一起去好好享受晚餐吧。或者更有可能会说：你今天怎么样？有两个小家伙的消息吗？

哈米什叹了一口气微笑着。“我去洗个澡。”他说，起身走上楼梯。

苏珊的目光跟随着他，她张开嘴想把他叫回来告诉他，好吧……这就是他对她想说的一切了吗？他一定会转过身的……他没有。她合上嘴，眼神在楼梯上游移。她就知道！她就知道他会让自己失望。她坐在他刚坐下的地方，想着他会不会洗完澡后看见她还在这里，他会意识到事情不对，而且很大程度上是因为他。她向前倾身，眼睛靠着双膝，看着眼睑的内侧，只要她一闭上眼睛，就会看到无数彩色的小星星。是只有她能做到还是每个人都能做到？如果是所有人，为什么她从来没有听到任何人谈论过？也许没人费心去看。在这方面，她很特别。当她闭上眼睛看星星时，她不需要太多别的什么。如果其他人意识到她是那种能看到星星的人，那就太好了。

在群星之下，湿淋淋的屋顶在空荡荡的房子上倾斜着，窗户又黑又静，就像死掉的眼睛。当被拴着的狗挣扎着从雨中出来，或者冲空房子喊叫着想进屋去，但屋里已经没有人。苏珊想把狗带着，和它们一起跑到墙边，但今天她发现自己正踩着水坑。她想象着这个小镇和雨点悬挂在一个雪球上，上面布满了星星，星星在顶部弯曲着，直到碰到粉红色的花朵，粉色的花朵铺在下面，直到它们再次发现星星，每个方向都会通向更好的地方，但她却在住宅区的中心闲逛。她看到一只狗在附近的花园里吠叫，她想如果狗的皮毛不那么湿的话，它看起来会胖很多。她喊它，它就走到栅栏边。它的耳朵在湿皮毛的重压下慢慢竖起来。它并没有被系起来，它只是希望有所改变。

洗澡的水声在她耳边响起。她真的应该停止在幻想中迷失自我。停下来，苏珊！这就是向下旋转的螺旋的顶端了，她应该在这里摞起垫子坐上去然后滑下来，但是在底部除了一个完全痛苦的夜晚什么也没有。她的眼睛开始变得很痛。她把头扭向一侧，想着那条可怜的小狗，小狗正对她竖起脑袋，似乎它已经爱上了她；它的尾巴在泥水中托拽。也许她应该养一条那样的小狗。她应该这周去狗狗收容所收养一条狗。但是不行，她不能这样做。那会吓到小人们的……

她正想着那天她打的电话，一只扁平的手滑过她的脸颊。她打电话给小而美商店，想看看他们是否会告诉她公司的地址。但他们没有权利透露这些信息。她打给巴奇时尚，他们也不能。她给医生打了电话。医生对她态度好得多，甚至似乎对她很同情，但遗憾的是，他也不能告诉她公司的地址。“我很绝望。”苏珊说。

“我知道，我明白，”医生回答，“但你不能就这么去。如果你出现在公司门前，他们会想弄清楚你是怎么找到地址的，他们会审问我们。这种事情已经发生过。这可不是什么好事。有人为此失去了工作。”

最后，她自己踮起脚尖从冰箱里拿下一盒麦片。她扫了一眼背面的电话号码，然后马上拨了出去。电话是由比尔布里奇-明克萨斯公司的接待员接的。该死！连他妈的麦片也是他们生产的？

“嗨。我的小人们在这周早些时候被带走了，我想找个人谈谈探访她们的事。”

“恐怕我们不允许探访。”

“这也是别人告诉我的话。你能告诉我这是为什么吗？”

“我们没有义务告诉您我们的地址。”

“但是你们拿走了属于我的东西。”

“您的产品已经召回，女士。如果您阅读了购买条款，您会发现产品召回是我们撤销所有权的一种例外情况。”

“嗯，我已经阅读了协议的条款，但这个‘召回’还没有正式向我确认，正如条款中明确指出的，这应该是需要得到我的确认。”

“您将在七天内收到一封电子邮件。”

“为什么？为什么要七天？写一封电子邮件你怎么能用七天时间？”

“你的小人需要七天的治疗才能生效。我们可以告诉您七天内治疗是否生效。”

“但你不能只给我发一封电子邮件，就把所有这些都讲清楚？”

“召回产品时，您会被告知七天后会收到一封电子邮件。”

“你可不可以至少告诉我，他们情况怎么样？”

“我们照顾的所有小人都处于稳定状态。”

“她们在一起吗？”

“——”

“她们在一起吗？”

“在这个阶段，她们肯定会在同一个空间里等待。”

苏珊喉咙里咽了一下，不愿去想这个阶段之后还有下一个阶段。“但她们之中有一个并没有交流。她只是发出了一种，尖利的噪声。”

“我们非常严肃地对待协议。没有切实证据，我们不会带走您的小人。”

“要是我想上诉呢？”

“您是什么意思？”

“走法律程序。”

“您完全有权把您的购买协议拿给一位律师看。”

苏珊撇了撇嘴。也许她应该直言不讳。当然，任何一个律师都能看出他们所做的完全是出格的。

“听着。根据你在公司的经验，告诉我他们中有没有人能回家？”

讲话那个人停顿了一会儿。“我无权谈论个别案件。”

苏珊用手在脸上擦了擦，擦得特别慢以致面颊生疼。这个女人好像在读剧本。也许她唯一能应付这种可怕事情的方法，就是把她记下的每一句话读出来，她的身体就会变成某种……某种阅读机器，她可以躲在身体的某一处，而她的身体坐着，整天阅读可怕的东西。这是一个很深刻的想法。有多少人这样想过？如果每个人遇到不想做某件事都说：去他妈的，我不会那么做的。世界会变得更好吗？

她试过这种推理路线。“我不明白，”她说，“这不像是我在和一个人打交道。你和其他人一样是人，你怎么能忍受这样不人道的行为？”

电话里有一阵短暂的沉默。“我希望您不要进行人身攻击。”

“但是这样我们就不平等了，”她说，“我是在沙发上用毛巾包着头打电话给你。我打电话给你是因为我有个人问题。我作为一个人感到很难过，事实上我今天没去上班是因为我很难过，我哭了一整天是因为我很难过，你怎么能叫我不要和你从个人层面讲问题？”

又一次沉默。然后她说：“是的，但这不是我个人的错，女士。”

“你有孩子吗？”

“请不要谈论我的孩子。”

“你确实有孩子。”

“我让你不要谈论我的孩子。”

“你看，我没有孩子，但任何人问我，我都会告诉他我确实有孩子。有两个。她们是我能想象的最接近孩子的东西。现在……有人来把她们从我身边带走，原因我真的不知道，现在我不知道她们在哪里，也不知道我是否还会再见到她们。你明白我想说什么了吗？”

“——”

“你觉得这样公平吗？”

“我得让我的主管跟您通话。”

“你知道金字塔是什么吗？好吧，你，像我一样，现在和很多像你一样的人都在底层。如果你让他们都聚集起来，告诉你的主管‘滚开’，那也许会……”

电话发出哔的一声，另一个声音插了进来。“下午好，我是负责的主管。”

“哦，你好。我只是在跟你的……”

“我知道，我听到了。我必须得接电话。我能帮助你吗？”

“是的。我只想知道我什么时候可以去看邦邦和金克丝。”

“她们是……你的小人？”

“是的。”

“恐怕探访是不允许的。我们没有义务告诉你我们的地址。”

“是的。那是你同事告诉我的。你能告诉我什么时候能再见到她们吗？”

“当然。”

苏珊坐在沙发上，电话线另一端传来嘶嘶的声音。她还没有得到答案。

嘶嘶声停止了。

“六天后您将收到一封电子邮件。”

她又一次受挫了。婊子！该死的混蛋！他们怎么能避开这个呢！他们真的都在读同一个剧本。嗯，那跟这个人也可以玩这个游戏。“我可以问你，你有孩子吗？”她问。

“对不起，请问我能过去吗？”哈米什一边问，一边跺着脚走下楼梯，他没有穿衬衫。

苏珊站起来看着他。在向下的通往痛苦夜晚的螺旋的顶端，拿垫子的人告诉她滑下去之前再试一次。

“哈米什，我真的很想和你谈谈。”她把手叉在腰上。

他眨了眨眼。“我能先下去吗？”他说。“我要穿的衬衫在烘干机里。”

该死。她当然得让他去拿他的衬衫。她站在一边让他过去。他对每件事都很有逻辑。他光着上身，需要蔽体，这是合情合理的。她怎么能告诉他不让他拿衬衫？尤其是当他说“请”的时候。然而，她感觉自己想用拳头捶他的肚子，那是多么不必要啊。她咬着小指上的指甲时，脑海中闪过一条标题：“男子因为要求穿衬衫而被对方攻击。”

她朝厨房望去，看到哈米什的影子，他正在整理衬衫的纽扣。“哈米什，请跟我谈谈。我会为你担心，不是吗？”

他的影子移到一边，身形填满了门口。“你知道我遇到问题时会安静下来。”

啊，是的，她想，他当然是。女人需要安慰，男人需要空间。她很久以前就在一本非常古老的书上读过。他仍然可以向她问好，这不会使他的问题变得更糟……不，苏珊！住手！不要拿垫子，不要坐在滑梯上。“这个人需要空间。”拿垫子的人说。

她大步走向他，踮起脚尖，把手放在他的眼睛上，动作很慢，他没有制止她。“哈米什？你能看到星星吗？”

“不能，”他说，“你在干什么？”

“给你一些空间。”她回答。

他笑了。只露出了一点点笑容。

“你真的看不见它们吗？”她说。

“看不见。”他回答，抓住她的手腕，移开她的手。

“哦！现在我看到一个了。”

她咧嘴笑了。这可能是他对她说过的最美好的话了。拿垫子的人向她眨了眨眼，然后用防水布把他的那堆垫子盖上。那悲惨的夜晚现已结束。

哈米什看着她，慢慢地从鼻子里呼出气来。苏珊确信那口气里藏着一句“对不起我没跟你打招呼”。她笑了笑，好像在说“没关系”。

“今天过得怎么样？你看起来好一些了。”说道“好一些”的时候他打了一个哈欠，这个词的音变形了。

“还好吧，”她说，“今天早上我哭了一会儿。然后我给所有我能想到的人打电话，试图找到一个地址……”

“嗯，那会是一个失败的结果。”

“我知道，哈米什，但我不能坐视不理。不管怎样，我今天下午终于找到了公司的电话，而且……”

哈米什打了一个长长的哈欠，突然好像被吸走一般，他的嘴合上了。“他们怎么说的？”

“嗯……实际上我有点粗鲁。但他们让我——”

“等等！”哈米什向她举起手，“我去拿我的速记板。”

* * *

“感觉如何？比正常人小一点。”

她有一千亿亿次看到这副表情了。她们说“小”的时候皱起鼻子，像啮齿动物一样抽搐。

“感觉我很容易被人特殊照顾。”

那女人把她那闪亮的、狗屎色的头发向前一甩，遮住了一个几乎全露在外面的胸部，对着伊莎贝尔笑了笑，她一颗前牙的底部有一颗小小的钻石闪闪发光。“你真的很聪明，不是吗？我是说，你在幕后已经有一段时间了，和其他人一样出色。你有哪方面的资历？兽医学？”

“我们都很聪明。”伊莎贝尔回答。

“是的，但是……你是同类中的第一个，每个人都对你很好奇，你感觉如何？”

“我只想让我爸爸现在回来。”

那女人把嘴歪到一边。“这确实让人难过……你可以去看望他吗？”

“每隔一个星期二。我每天都给他写信。我觉得你们都很高兴有我的存在，他因创造我而受到惩罚是不公平的。我觉得惩罚他创造出我，还不如说我不应该出现。我觉得，当成百上千个像我一样的胚胎被合法摧毁时，惩罚他创造我的行为完全是虚伪的。我觉得惩罚他创造我的行为是为了给每个人树立一个榜样，只要这是合法的，你就可以违背道德。我觉得——”

那女人用两个不同颜色的假指甲堵住耳朵，然后点了点头，打断了伊莎贝尔的话。“你说得对，”她装腔作势地说，“告诉我，你穿芭比裙是真的吗？”

“我觉得当政府资助一个项目来创造像我这样的种族时，他因创造我而受到惩罚是不公平的。”

“真为你爸爸难过，伊莎贝尔。”那女人严肃地点了点头，然后把头发从胸上甩了下来。“这就是为什么今天，在青少年电视台，我们希望更多地关注你，以使其他不同的年轻人能从你的勇气中得到启发。”

伊莎贝尔重新坐回椅子上。“那好吧。”

“那么，今天你对那些可能会对自己的身体感到困扰的孩子说些什么呢？”

“只要身体健康，不会给你带来痛苦，那么你就拥有了一份礼物。”

“哇……很深刻。这就是你对自己身体的感觉吗？”

“我试着去感觉。”伊莎贝尔专注地望着那个女人的胸部，“你对于自己的身体是这样感觉的吗？”

“是啊！”那女人笑了，“你现在不用躲起来了，你觉得高兴吗？”

“嗯……”伊莎贝尔想了一会儿，“如果我能放弃这一切，让我爸爸回来，那么我会毫不犹豫地去做。”

“你当然会的。”那女人又严肃地点点头，然后把嘴角又转了回来，“那么，你从哪里买鞋呢？”

伊莎贝尔转动着眼睛。“我自己做的。”

“可爱极了！每个女孩的梦想。”然后她又问，“你的牙齿呢？”

伊莎贝尔皱着眉头。“它们是我自己的牙齿。”她回答说，好像有什么硬东西掉到了她的舌头上。

“但有一颗刚刚掉到你腿上。”

“别搞笑了，”伊莎贝尔说，她的下排牙齿之间的空隙里掉了一些牙齿，“但它们是我的！”她说，试图把它们捡起来，“它们是我的牙齿！”

那女人盯着她，撇了撇嘴。

伊莎贝尔醒了过来，的贾斯珀。哦不，他不会再在那儿了，是吗？她侧卧着，用拇指和食指一个个检查她的牙齿，眼泪从一只眼睛流进了另一只眼睛里。

17

CHAPTER

她们被金属拨动的响声吵醒了。金克丝凝视着门，那是什么？不可能是……是的！

“你怎么上去的？”她歪着脑袋问。笼门打开了，上面挂着一个瘦小的棕色短发小人。

“我们大部分人都知道如何开锁。”一只手向外舞动，示意她们出来。“我明白了，你们两个从来没有被锁在里面？”

“不。”一个长得很像奇普斯的小人从他肮脏的橱柜的洞里向她挥手。她不再向门口爬，而是看着“奇普斯”，想着他。他在哪里？他也在这里吗？

“我们很幸运，他们把我们关在这样的老式盒子里。如果这些盒子和你在兽医诊所那里的一样，那么我们会被关在里面。那种门是玻璃做的，上面没有锁。它们会自动锁上。”他一边说，一边开始撬开埃德盒子上的锁。金克丝注意到他的脸上有和奇普斯一样的颧骨的阴影。“你去过兽医诊所吗？”他问。

“兽医”是什么？”金克丝问。尽管她很确定自己从未去过那里。

“医生……或者医院，如果你习惯这么讲的话。”

“哦……我没有，但邦邦去过。”

当另一扇门在他手里咔嗒一声打开时，他瞥了一眼邦邦。“你知道我说的那种门吗？”

邦邦点点头。“兽医是动物医生。”她说。

“他们认为我们是动物，邦邦。他们不说，但他们是这么想的，”他一边说，一边摇着头挥手离开，“你在这里会学到很多。”

“她早就知道了。”另一个小人爬上他们的门说。

“埃德，”金克丝自言自语地说，知道他会从下一个盒子里出来。他的脸上有些奇怪的东西，使他的整个身体看起来像是受伤了……“你是埃德吗？”

“是的，”埃德笑着说。他的牙齿是黄色的，中间有短小的棕色竖线。“我会带着你们两个走下去。第一天有点吓人。”

“谢谢，”金克丝说，不知道“吓人”是什么意思。她看着邦邦开始先往下爬，她的嘴巴和眼睛都瞪得大大的，看起来吓坏了，她的头小心地、慢慢地低下来……这就是吓人的意思，邦邦的头消失时她想，可能就意味着可怕。金克丝也开始往下爬了。所有那些小人的脑袋都让金克丝想起石子日那天她们的篮子。邦邦已经爬下了最后一个盒子，她们下面的两个盒子。金克丝抬头看了看。另外两个盒子堆在她们的盒子上面，一排小人的腿和屁股显得越来越大了。她加快速度，电线被压进她脚上的一圈小孔时，她皱起了眉头。

她走到地上，四处寻找邦邦。就在对面的墙边，一大群人围了起来，一句话从人群里冒了出来，飘进了她的耳朵：你好，欢迎，你好，很高兴认识你，很高兴你能来这里……以及：我们会帮助你，你会看到，你会意识到，你会理解，我们必须合作，我们是一个团队，邦邦……

邦邦！金克丝用自己的方式说出了这些词。人群向她转过身来，像抱着的胳膊张开一样，将她重新围了起来。“金克丝！我们会帮助你，你会记住，你会知道这个秘密，你会把它传给……”触碰，抚摸，亲吻，微笑，拥挤……金克丝笑得很厉害，眼皮形成的小缝都快看不见了。当她踮起脚尖，单腿旋转时，他们笑了。她把手伸向空中，双肩夹住两颊，脚后跟离开地面时，他们就模仿她。

“欢迎！”一个低沉的声音说，人群变得越来越安静，直到鸦雀无声。声音的主人出现在他们旁边。这个小人有一头浓密的红头发，像一块块人工草皮竖起来。金克丝想，他的身体也很厚，尤其是在奇普斯很薄的部位，在奇普斯皮肤很暗的地方，他身体的毛发也很重。

“我是莫普，”他说，“我不是领导者，我只是有一张最大的嘴巴。”

其他人笑了。他张开嘴继续说下去，但人群后面传来另一个声音。“他最擅长记东西。”

莫普向声音的方向鞠了一个躬，很高兴有人这么说他。“在这里你会注意到的第一件事就是，当一个人有话要说时，每个人都会倾听。”

“领导者”这个词在金克丝的脑海中被翻译出来，但太难理解了。一个人怎么能领导一群人呢？为什么他们都要照一个人说的做？如果他们想做些别的事情，比如睡觉、跳起来或者……转圈？

“我注意到的第一件事是你用了很多我们不知道的词。”邦邦说。金克丝盯着她，眨着眼睛。

她补充说：“不可能马上就知道。”

另一个声音说：“你没有被你的自我刺激到足够的程度。”又有一个声音说：“你只听从于你的内心的指导。”

“两天之内，”莫普说，“你就会明白，听、说、分享新单词会让你像我们一样说话。”

“是的，”另一个声音说，“一切都是为了交流。我们也有很多东西要向你学习。”

其他人拍手表示同意。然后他们坐在地板上，面对面交叉双腿。“是时候告诉你我们的战斗了。”莫普说。他向大家鞠了一躬，然后踮着脚尖从小人的脑袋间走过，走进了一个空间中。

金克丝坐了下来。邦邦也一样。一次一个，小人们轮流说话。没有人说“安静”或“轮到我了”；他们一次说一句，其他人都坐着听。这意味着轮到他们每个人发言时，谈话会朝着不同的方向进行。“嗯，关于半个小时前我们谈论‘两颗橘色药丸’时奥斯莫说的话……”金克丝和邦邦不知道第一天晚上她们在那里坐了多久，听他们讲述那周发生的事情。“其中一片肯定是灰白色的，奥斯莫。你从实验室回来的时候，你就是这么告诉我们的。莫普也这么说。”

“是的，奥斯莫。一片是白色的，一片是橙色的，”莫普说，“再把故事给我们讲一遍，别出错。”

“他们好像在练习自己的记忆，”金克丝向邦邦低语道。

“他们每天晚上都这样做，”莫普解释说。一般发生在五点之后，除了星期二莫伊拉迟到。他们必须在十一点以前回到盒子里，因为这时一条光带会扫描他们，看他们是否饿了、渴了或生病了。电梯旁边墙上的黑色大面板显示了时钟的时间，他们轮流坐在时钟的前面，确保不会忘记回到盒子里。

“我们现在可以阅读了，”其中一个说。“你在这里待几天之后，就意识到你可以读到黑色方块里所有的东西。”

金克丝的脑袋里翻译出了“阅读”。“邦邦能看写字。”她说。

“我不知道我能，但我确实能。”邦邦补充道。

“你一定是受到过刺激。你的大脑一定已经成长了。”一个小人说。

“当你遇到困难时，你会发现你开始有不同的想法。”

“一切都突然变得清晰起来。”另一个小人说。

“你的引导者成了你的朋友。”埃德说。

其他人鼓掌。

“引导者是谁？是我脑子里的小人吗？”邦邦问道。他们告诉邦邦他们不知道那是谁，但是他们都感觉那是另一个小人，这不可能是他们自己的想法，因为他们在想自己根本不知道的东西！

“很快你就会看到图像了，”其中一个小人说“很快你就会向你的引导者靠近，他会向你展示他的世界。”

“她会告诉你她住在哪里。”

“你会看到他所做的一切，你会感受到他所感受到的一切。”

“有时候这很有挑战性，”埃德说，“就好像你在感受自己的悲伤或是自己的爱。”

“但这是件好事！我们必须一起努力，以免失去它。”莫普说。

“为什么我们会失去它？”金克丝问，“我们才刚开始记忆，为什么会忘记？”

他们说，邦邦和金克丝将在早上被接走。他们说，他们将单独接受询问，以了解她们已经知道的信息。他们说，她们必须假装一点也不知道。

“但我们不了解那么多。”金克丝说。

“不管怎样，那不是在撒谎吗？”邦邦问道。

但是，他们解释说，这是必要的，因为这些人想窃取他们的记忆，没有记忆，他们怎么可能知道真相，没有真相，整个世界都是谎言！

“明天，如果他们给你两片药，你就得照我说的做，”洛普说，“你必须把第二片吸进鼻孔里。”

“你必须照做！”皮德尔叫道，“今天晚上我必须重新学习所有的东西。我觉得我好像是第一次听到这些……这些记忆已经如此模糊。”他摇了摇头，“如此模糊……就像影子。”

大家似乎都在想这有多可怕，都保持着沉默。

“但是如果我们失去了记忆，我们就可以回家了。”金克丝说。

“没人回家，”另一个人说，“家是个谎言。”也许他们的家很干净，到处都是麦片，但他们中许多人的家很糟糕……金克丝想到奇普斯，把下巴放在肩上，吻了一下肩膀。

不管怎样，他们继续说，即使他们有很好的房子，他们能在街上走来走去吗，能和商店里的人交谈吗？不，他们不能。

“我们不能用勺子，”邦邦喊道，“即使我们有同样的身体，我们也不得不用手吃饭！”

大家鼓掌。

“我们有点像宠物，但不应该是那样。”金克丝加入了进来。

“因为我们是一样的。因为我们是人类。”

鼓掌越来越多。他们同意了。他们是人类，但可能是另一种人类。他们中有些小人认为，它们是专门为了与人类一起生活而设计出来的，并扮演着宠物的角色。一听到这个，有些小人就捂住了耳朵。他们说，被设计出来就是为了给更高级别的生物带来娱乐，这太可怕了，在相信这一点之前，他们还得多想想。

“邦邦说我们以前住在商店里。”金克丝说。

他们讨论了一会儿商店。在“大脑发育”之后，这是一种很常见的记忆。这就是为什么“为娱乐而设计”理论如此流行的原因。

“关于我们从哪里来，有一个小人知道一切。”另一个小人解释说，“我们是同一天被带到这里来的，他的名字叫内莫。他告诉我，他知道我们出生在商店，是为娱乐而设计的。”正如小人解释的那样，其他一些小人把手蒙在耳朵上。“他被他的大人当作平等的人对待。他们之间有一套完整的交流系统，他们可以谈论任何事情。他的大人甚至向他解释说他是在商店里购买的他。他知道的太多了，几天前他们把他完全隔离起来。”

“但是他的大人为什么不能把他救回去呢？”

“因为……”更多的小人把手放在耳朵上。因为当我们被购买的时候，我们的大人必须承诺在设计出问题的时候还给公司。”

金克丝和邦邦想了一会儿这意味着什么，然后张大嘴巴，捂住耳朵。

埃德说：“有些东西你们只能听一次，但必须记住。”

“否则我们会怎么样呢？”

“我们最多还有一个星期待在这里。然后我们将被带到静默室。”

“今天早上又有两个被带走了。他们再也无法对抗记忆药物了。”

“这就是我们必须战斗的原因。我们的记忆是唯一的机会……”

“时间到了！”房间里传来一个声音。那是盯着时钟的小人。小人们都站起来了。

“我们现在必须回到盒子里去。”金色卷发的小人说，她让邦邦想起了布兰克妮。

邦邦点了点头，爬回盒子里，仔细想了想哪个盒子是她们的，因为盒子看起来都一样。

“你觉得盒子在哪里？”金克丝一边问，一边跟在邦邦后面爬着。

“我不知道，金克丝。”

“我们还会再见到他们吗？”

金克丝说的是“他们”，但邦邦知道她指的是奇普斯。“会的，”她说，“等他们好一些，我们就会见到他们的，我相信。”

* * *

“我按门铃前再问最后一次。”

伊莎贝尔转动着眼睛。“德鲁，我确定。”

“是真的决定了吗？还是确定？”

“确定，肯定，一定。我们可以进去了吗？”

德鲁按下门铃。伊莎贝尔双手交叉，手腕向肘部方向抬高。她的手经常这样做，可是现在它们不能抚摸那只狗了……那天晚上，她小小世界中的四分之一消失了。后来，她跟着德鲁转了几个小时，像她小时候那样紧紧地抓着他的牛仔裤。当他们建议她再养一只宠物时，她大吵大闹起来；当德鲁说他打算把自己交给政府时，她握紧拳头，肩膀都在颤抖。“你还留着他的名片吗？”有一天，他问道。

“是的。”伊莎贝尔说，没有问他在说谁。

“现在也许是个好时机，看看他是否还想带你去做一份新工作之类的。”

门咔嗒一声开了，他们沿着走廊走向赫克托博士的办公室。记忆中的场景在地板和墙壁上叠加。前同事的影子从晃动着的门中隐现出来。他一直盯着走在他前面的那个小人儿。“我带你去好吗？”他主动提出。她抬头看了他一眼，有那么一会儿他确信她会答应的。但她摇了摇头。

“伊莎贝尔！”赫克托博士从桌子后面站起来，脸上的表情和他第一次见到她时的样子一模一样：好像他饿了，而她是一块肥美的三明治。“还有……德鲁。多么高兴见到你们。”

“晚上好。”他们先后低声说。

赫克托博士坐下。“谢谢你们能来。”他说，很大程度上是对伊莎贝尔说的，他的目光从德鲁身上闪过。他们坐了下来。赫克托用手帕擦擦额头。沉默像他虚假的嘴唇中的压力一样颤动着。“你说有件事想讨论。”

“是的。”她用手指把裙子折成了一道道褶皱，“我想为你工作。”

赫克托博士的眼睛闪闪发光。“好，这是个……好消息。”

德鲁急着说下去。“但我们需要知道你到底要对她做什么。”

“哦……好。你知道的。”

“我不知道。”

“我的目的是利用她……嗯……在她的帮助下，回答关于我的项目的几个问题。”他身体前倾，手臂放在桌子上。

德鲁怒目而视。伊莎贝尔颤抖着。

赫克托博士用凹凸不平的指甲挠了挠一只眼睛的眼袋，继续说："也就是说，她是怎么来的。她是一个幸运的奇迹吗？"当他说"奇迹"时，他的手张开了，"她是不是来自我的实验室？"他垂着下巴，眼睛盯着德鲁。

德鲁什么也没说。

"在这种情况下，她是人类吗？她可能是外星生物。"

"别说这么可笑的话。"德鲁说。

"如果这是不可能的，那它是什么？"

他们都向他眨了眨眼。

"一种可能性。确切地说。我想探索这个独特的年轻女孩诞生的一切可能性，"他挺直了肩膀，"在我做了这么多年的实验工作之后，我，这个领域的主要专家，被一个在他自己实验室里勤奋工作的芭蕾舞演员打败了，这是我能想到的最荒唐的事情。"

博士向后靠在椅子上，眯起眼睛。"在你得到这个结果之前，你带了多少胚胎回家？"

"一个。"

马克·赫克托哼了一声。"不可能。"

"我以为你有'详细的记录'。"

"是的。可记录是你做的，德鲁·马利克。"

"责任不是从我开始的，也不会在我这里结束。"

赫克托博士耸耸肩，眼睛在桌子上晃来晃去。"我知道。我只是很想找出真相——"

"你想探索每一种可能性。"德鲁重复道。

"你需要我为你工作多久？"伊莎贝尔的脸开始抽搐。

德鲁看着她，她试图通过抿起嘴巴来控制自己的嘴唇。

"我不知道！"赫克托博士笑了。"直到我停止呼吸！"伊莎贝尔睁大了眼睛。他咳嗽着，试着用一种更柔和的声音。"我会监测你的生长，你的死亡，你的大脑功能——你的一切。你一生中可能在变化的一切。甚至在你死后。"

“但我会比你活得更久的。”她嘲弄地说道。

“我希望如此，亲爱的，但是死亡也是你存在的一个方面，可能会受到你身体状态的影响。”

伊莎贝尔上唇抽搐。

“对不起，这是事实。”

“我知道，”她设法从喉咙里抖出一个词，“我喜欢事实。我在学医，你知道的。”

“啊，好吧，这很好。”

她点了点头，把双手放在膝盖上。

赫克托博士用他的小指甲挠挠他的前额，然后用力眨了眨眼睛。我想请你参与各种各样的研究。没有侵入性手术，没有你的许可什么也做不了。”

“好的。”伊莎贝尔停顿了很长时间，抬头望着窗外。她眼角瞟到他又多抓了两下额头，她希望德鲁能插进来说点什么。

“我们有一些条件。”德鲁说。

“别以为你现在能说了算。”他脑门中央出现了两条红色的挠痕，“我一直觉得这是我和伊莎贝尔之间的事情。”

德鲁继续说：“只要她和其他员工一样得到报酬，她同意参加这些临床研究。正如您刚才提到的，不会有侵入性或有害的动作——这是第二个条件。第三，她将一直由我或沃蒂陪同。”医生张开嘴，但伊莎贝尔举起手来：“第四，陪同人员也会得到报酬。”

医生摩挲着自己的下巴。“你在家里养大了一个婴儿，德鲁。你所做的是严重违法的。她在世界上的某个地方有亲生父母，他们必须签署同意书才能达成协议，而且……”

“精子和卵细胞是匿名捐赠的，不是吗？”

“嗯……”

“确定吗？”

“在大多数情况下，是的……”

“还有，事实上，在 2025 年，法律已支持我继续发育胚胎的决定。”

“我想你是在抓最后一根救命稻草。”

“我会有十年牢狱生涯，”德鲁说，“我已经研究过了。更重要的是，如果伊莎贝尔发生了什么不好的事情，我会立刻离开的。”

伊莎贝尔的心怦怦地跳动着，喉咙也跟着颤动。也许她不会哭，或者她可能只是昏倒了。她伸出手，示意自己要下来。德鲁用手托住她，将她放在地板上。

“认真考虑一下，好吗？”赫克托博士看着她下来时说，看起来还是一副想吃掉她的样子。

德鲁挺直身子站起来，坚定地点点头。

“那就再见了，”她颤抖着朝门走去，“等等！”赫克托博士喊道。“你需要我带你出去！”他跟着他们沿走廊往外走。

* * *

哈米什刚把杯子放在床头柜上，她就醒了。他坐在床上看着她。

“现在几点了？”

“七点半。你今天要上班吗？”

她用双臂撑起身体。“是的。我觉得我不应该再休息了。”

苏珊揉揉眼睛，身体撑在一只胳膊肘上保持平衡。“你知道吗，我有时候想就这么等着邮件回复或许更好一些。”

“真的吗？”他皱起了脸。

她不再揉眼睛，斜视着他。前一天晚上她提供给他的信息不足，对此他几乎感到失望。他确实问了一些很好的问题比如：他们带走两个小人后有任何交流的示范操作吗？他们意识到金克丝其实不算是真的交流吗？那只是一声尖叫，真的……你确定第一个女人不是机器人吗？不是，哈米什，她确定。但他们还说了别的吗？苏珊。他们说了别的吗？你提出要和别人说话了吗？

“你无法和别的人讲话，哈米什。他们不会让你这么做的。”

“好的。”他关上速记板，把它放在膝盖上。“最好明天再看看他们能说什么。明天也许会换一个人。”

苏珊耸耸肩。“这可能没有用。”然后从脑袋侧边看着哈米什。他盯着一片虚空，然后把凝视的目光快速地扫回到苏珊那只盯着他看的眼睛上。她浑身都在颤抖，想着她多久会这样做一次，而他知道正有人看着他。

“我很累，苏珊，这一次我必须迎头而上。”

他确实做到了。这就是他们的团队精神的终结。在晚上八点五十一分。

他们甚至连晚饭也没吃。

“我今天应该会早点结束，为什么我不试试给他们打个电话呢？”

苏珊耸耸肩。“随你。我不知道这有什么不同。”

“我说过的，可能会换个人接电话。我们也许会得到不一样的回答。”他站起来在她的额头上吻了一下，“那再见。”

“再见。”

苏珊站起来，把咖啡端到厨房，瞥了一眼那些碗。碗是空的，最好把碗加满。她转向冰箱。哦，不。是的，这没有意义。她本来是来拿酸奶的，但现在不怎么想要了。她朝门口走去，瞥了一眼篮子。两天前她们还睡得很安详，现在……她昨天和自己进行了这次谈话，最后她从拿垫子的人那里取走了垫子，这一切都是由她拿酸奶这一事实引发的。她已经从前门探出头来，穿好衣服，准备上班了，但空气中的声音让她想起了雪，想起了去年冬天下雪时，金克丝是怎样跑到外面的，她全身赤裸，双臂伸向天空，张大着嘴，想留住她舌头上的雪花。邦邦把雪滚成一个球带进了屋里。那些天她想不出来她们是如何从外面把东西带进来的——聪明的小东西。她们是独立的。她们再也见不到雪了，她想，然后她把头缩回屋里关上门，给老板打了一个电话，开始对着电话啜泣。

都怪自己早上要拿酸奶，她不能让这件事使她再伤心一次。“她们已经不在了！”她对自己说。“看看那些碗。”拿垫子的人说。她照做了，她看着那些碗告诉自己，从现在开始那些碗就将是空的。“看看厕所盒子。”他说。她也照做了。空的。金克丝没有因为邦邦对她态度不好就躲在那里。“看看篮子。”他说。这是最困难的部分，也是她尽量避免的部分。她们在篮子里的时候最可爱了。她会想念她们抱在一起的样子。她往里一看。除了几片人工草皮还有……那是什么？是不是……她把那一团东西捡起来，展平开始阅读。“亲爱的海伦娜……”

18
CHAPTER

邦邦是先醒过来。她坐起来，寻找篮子的边缘——哦，不对……这里没有篮子。金克丝的头发让她以为自己在家里。“你再也不能回家了，”莫普的声音在她脑中响起。嗯，她还不太确定。

那条有趣的红色线什么时候会跳到她的肚子上？她爬到盒子的尽头。很快，充满了希望。她可以喝一碗水。她挠了挠腋窝，看着对面的盒子。有个脑袋低了下去，然后又抬起来，嘴里满是东西，大口咀嚼着。坚持下去……邦邦快速地扫视着盒子的两边。“你什么时候得到麦片的？”她喊道。

一个小人跪坐着，脸上满是麦片。他看着她，嚼完了嘴里的东西，才回答。“刚刚。你没有吗？”

“没有！”

那个小人晃了晃脚后跟，然后站了起来。“邦邦和金克丝还没吃到东西呢！”他喊道。指甲敲击着栏杆，鼓着脸颊，不停地咬着铁丝。

“这说明你们今天早上就要被带走了。”对面的小人说。

“只要记住我们告诉你的一切。不要告诉他们太多。”

“表现得愚蠢些！”埃德说。

“表现愚蠢的同时要尽量共同行动。”另一个小人说。

“坚强些！”第三个人说。

“坚强些！”他们马上唱喝起来。邦邦想知道他们为什么能够同时说出那些特定的词，然后她又在想自己是怎么知道“特定的词”这种词的。

黑色的百叶窗啪的一声合上，就在她的鼻子前。她尖叫着爬到后面。盒子开始滑动，然后飞快地上升，邦邦的肚子似乎要掉到她的屁股上了。“金克丝”她大叫道。

“我在这儿，邦邦！”金克丝回答道，就在这时动静停止了。

邦邦踉踉跄跄地向前走了两三步。百叶窗重新打开了。她抬起一只手，挡住照进来的光。

“早上好！”一个脑袋出现了。和他们昨天看到的那个白色的头一样，本该长着嘴的地方有几条交错的线。邦邦仔细看了看，想着是否能看到微笑。她能看到。“今天感觉怎么样，很好？”

“……”

“饿吗？”

邦邦立刻拍起手来，然后很快又把手放在背后。是不是表现得过了？她之后得问问其他人。

“饿吗，金克丝？”

金克丝噘起下嘴唇，眨了眨眼。

“现在，金克丝，我们昨天说了什么？如果你现在不和我交流，我就把你送到另一个房间去，离邦邦远远的。”

金克丝把手抬到空中，然后开始在墙上画圈。

莱恩发出声响，好像是在笑。“我花时间好好看了看你们的资料。看起来你被捕是因为突然大声喊叫。”

金克丝画的圆圈变成了一条长长的曲线，顺着盒子的墙壁，爬到了她的头上。

“这让我有点儿困惑，”莱恩说。“我倾向于相信你不知道如何拍手，你喊出‘不’很可能是强烈的情绪引发的。噢！你觉得呢，邦邦？我说的对吗？金克丝是因为太难过了才喊出‘不’的吗？”

一声拍手声。

“你确定吗？因为如果你确定她不会拍手的话，我是一定会把她放到另一个房间里去的。事实上，就是现在。我们别在这儿浪费时间了。”

他把白色的胳膊交叉在胸前。“邦邦，你确定，金克丝不会拍手吗？”

邦邦看了看金克丝。她不再画圈了，现在挨着邦邦。

两声拍手声。不，她不确定。但是来这里之后她从未发出过拍手声……

金克丝站在那儿，把两只手伸到前面，好像她要将一捆羽毛扔向空中似的。邦邦的眼睛发热了。她身体上靠近金克丝那一边的皮肤既舒服又愉快，好像金克丝的头发都在抚摸着她。她想叫她“亲爱的”，亲吻她，然后在她耳边说“爱”这个字眼。但是……“不要让他们知道的太多。”莫普的声音再次响起。她的心沉了下去。金克丝过去拒绝拍手，要是又拍起手来，让他们知道了一些甚至连邦邦都不知道的事——她要保守秘密。

“你吓到我了，”莱恩说，“你们俩都是。”他拍了拍身旁的东西，像昨晚那样。“显然我们能从这两个小人身上学到很多，她们一起待了那么长时间。你为她撒谎了，邦邦，你意识到了吗？”

金克丝拍手两次，那不是谎言！

“噢，太好了，她拍手了！”他说，“看来你的确有话要说，金克丝。那么……”莱恩打开盒子，把她拽了出来。

金克丝想张大嘴尖叫，但是她不能。邦邦跑上前去抓住她的手，让她她回到自己身边。盒子的门关上了，金克丝踢了一脚，门发出嘎嘎声。她的脚趾蜷缩着，然后和腿的其它部分一同消失在空中。“你今天将被我的同事采访，现在，我不想让你担心。你们今晚还会待在同一个盒子里，我保证。”邦邦把脸挤到栅栏中间，看着金克丝在莱恩的手中扭动，她的头发快速掠过，她的手扯着他的塑胶手套。“金克丝，冷静下来。冷静。我们不会把你们分开的，我保证。”她停了下来，双手捂住眼睛。躲起来，邦邦想。她经常这样做，当邦邦对她大声喊叫，让她去收集人工草皮，而她只想躺在盒子里时。邦邦把手掌压在她的下巴上，金克丝的肩不停摇晃。“没事的，金克丝。今晚你会再次看到邦邦，来，跟她挥手告别……再见，邦邦。”

另一个白色肚子从盒子前经过，一个盒子抵在上面。金克丝……邦邦用双手托着她的脸颊。噢，金克丝，你会有大麻烦的。

“现在，邦邦，我要告诉你我今天到底要对你做什么。我们先从这个开始。”他举起一个银色的方形物，“这个小宝贝将会在我问你问题时，监视你的大脑活动，因此我会把它粘在你的头上一会儿。不疼的，我保证。”

邦邦坐了下来，盯着墙上那条打开又合上的线，金克丝就困在里面。他把那个银色的东西粘在她的头上。不疼的。他保证过不会疼的，而且确实不疼。他也保证过今晚她会再见到金克丝的。或许她会的。他关上盒子的门，然后低头看他的记录板。

“你在那儿想什么呢？”

邦邦摇了摇头，然后把手伸到头上。

“不。别碰它。结束后我会把它拿掉的。我刚给你戴上它的时候，你在想什么呢？我碰到你你开心吗？”

两声拍手声。

他看了看记录板，“是的，我明白。你在想金克丝吗？”

邦邦伸出手拍手，莱恩继续说道：“噢，是的，你肯定在想金克丝。这太棒了。”他用白色的手蹭了蹭他白头发的顶端，然后看着她。“我们的确需要调查成对住着的小人儿。”他又往下看了看。“我从没有在一个大脑中看到如此多爱！甚至在一个完整的人脑中都没有！”

邦邦皱着眉，想知道什么是“完整的人”。

她在家里开心吗，莱恩问道，她在家会用拍手的方式和主人沟通吗？她渴吗？她用过互联网吗？她坐过车吗？她去过兽医诊所吗？她有一件外套吗？在她回答时，邦邦想知道她如何回答才不会展现出她知道多少。这真的很难，只有两种方式她能回答：是或否，除了互联网……她真的不知道她是否用过……如果她不知道，那大概是因为她从来没用过……无论如何，她决定讲真话是回答他问题的最好办法。至少他会认为她不知道如何撒谎。

“这里有很多噪声，邦邦……我问你这些问题的时候，你在想别的吗？”

糟糕。他真的能看到她在思考怎么回答问题时的那些东西吗？

“不要担心。今天对你来说是重要的一天，我知道。”他开始问新一轮问题。邦邦试着将注意力集中到他说的内容上，不去思考自己该怎么回答。不过，这并不是很难，因为这次的问题要难得多。她曾生气过，爱过，想过杀人，害怕过，想过抚摸自己双腿之间的部分，焦虑过，伤心过，害羞过吗……这些话她大部分不知道是什么意思，它们在她身上一个接一个翻滚，像一种，一种“感觉”。

“愤怒和难过，对吗？你感受过快乐吗？”

拍手一下。

“噢，这下轻松多了！”莱恩看着她。“你爱过吗？”

邦邦思考了一下然后拍了两下手。

“但是你爱金克丝？嗯……或许你不知道这些词是什么意思。这很正常不过……你确实吓到我了，你比其他小人儿更有直觉。”

她现在还爱着，怎么能说爱过呢？

“你刚刚在想什么？”

邦邦盯着莱恩，手叉着腰。为什么这些大人总问些她没法回答的问题呢？

“那么……你刚刚又在想什么呢？”

白痴。

“好的。让我再问一次有关爱的问题。”

邦邦挺直并鼓起胸膛。这次她会回答是，她确实爱金克丝，即使他会问她“爱过吗”。

“你爱过吗？”

是的。拍手一下。她确实爱金克丝。

“没错。”他盯着她看了一会儿，然后继续问问题。

她驾驶过阿斯顿·马丁跑车吗，在里兹大饭店用过餐吗，读过莎士比亚吗，演奏过大提琴吗，写过诗吗，钓过鱼吗，烤过蛋糕吗，去过苏格兰吗，坐过飞机吗，在乡下生活过吗，在海里游过泳吗，写过故事吗，骑过自行车吗，抚摸过猫吗……

什么玩意儿？莎士比亚到底是什么？“驾驶”又是什么意思？阿斯顿·马丁是什么？不，不，不，不，她拍了两下手又拍了两下手作为回答。她唯一听懂的词就是“猫”，但是“抚摸”？不……完全不懂。又是这样，她唯一对猫做过的事就是朝它扔东西。她回答没有，她从没摸过猫。

“很好，”莱恩说。“但是……你怕猫吗？”

两声拍手声。不，她绝对不怕！

莱恩笑了笑。“我能感觉到你确实认为你不怕。”他回过头去看屏幕，“那写作和烤蛋糕呢？”

邦邦皱了皱眉。什么？

“住在乡下？”

莱恩的眼睛一直盯着他的记录板。“是的，我想并没有。别担心，事情浮出水面后，我们就能摆脱这些问题了。”他看着她。“现在，我们来看看什么浮出了水面。”

邦邦怒视着他。浮出水面，就像她洗澡时那样。他会问她这件事吗？他怎么知道？

她有没有和很多别的小人儿一起醒来过？她认识主人之前，还认识过什么人吗？她和她的主人住在一起之前，她还住在别的什么地方吗？她和主人在一起之前，她是否曾在玻璃盒子里待过？她和她的主人一起去商店之前，去过商店吗？和她的主人在一起之前，她还记得什么吗？

记忆在邦邦的脑中变得模糊。有一段有关想法的记忆变得清晰起来。她在一个玻璃箱里醒来，蜷缩在一堆小人儿之间，他们的肚子快速起伏，就好像他们身体的其他部分都在奔跑似的。她记得天气太热了，水珠儿粘在了出汗的脚上。她记得她告诉金克丝：“别傻了，我们是从一家商店出来的！”然后她记得不能再想这些记忆了。到此为止。这些可能就是她的大脑自己编造出的有趣想法。有的时候是这样的。“别让他们知道的太多！”莫普的声音再次响起。不，她回答道。不，不，不，不。这并不是谎言。事实是她记不得了。她不记得它们是记忆还是想法。这不是谎言，不，不，不，这不是谎言。

“噪声更多了，邦邦。我不确定，我真的不确定。”莱恩的黑色眼睛转向盒子。

你不确定的是什么，莱恩？她想说。你为什么不相信我呢？你要试图告诉我这些想法是记忆的记忆吗？你在试图让我记住这些吗？我觉得你就是在偷我的记忆吧！

莱恩又看向屏幕。“很多的噪声，确实是。”他开始打字，“我猜这些东西就要浮出水面了，但你无法想清楚。我说的对吗？”

邦邦眯起眼睛，咬着她的下嘴唇，手掌紧握着，好像抓着一个球似的。

“我说的对吗？”

拍手两下。她挠挠头。拍手一下。她双手抱着肩，蹲在地上，屁股几乎要碰到脚后跟。他到底想让她说什么？

“你不确定。”那双又长又黑的眼睛盯着她看了一会儿，然后转身走到他身后墙上的一个橱柜前。“很好，可以。我得让这件事继续下去，我觉得你可以吃点东西。自从我把那东西夹在你的头上之后，你的大脑一直在闪现‘饥饿’。”他打开了盒子的门。“今天先给你一颗。”他在她面前放了一块橙色的石头。

邦邦盯着那颗石头。那一定是记忆药丸。洛普告诉她要把第二颗药丸吸到鼻子里，但是这里并没有第二颗药丸！莱恩说过今天他先给她一颗，明天给两颗。明天她一定得把一颗吸到鼻子里。或许她今天应该先练习一下。

“吃吧，”他说，“把它咬碎！很好吃的。”

她捡起药丸，把它放进嘴里。她的嘴里充满了一种她难以辨别的味道。它和麦片不同，麦片完全不是这样的。它的味道如此不同，以至于她都不再想吃麦片了，她只想要更多的药丸。她吮吸着，非常用力。橙子的味道在她的舌头上跳跃，然后延伸到她的脖子，她的肩膀，她的背，她的胸，她的肚子……就像是在寒冷的天气里穿上了她的外套。她颤抖着。嗯。它尝起来像她吃过的最好吃的东西……但是等等。她不应该吃它。它必须得从身体里出来，而且得快。她想到了要把这东西吸进鼻子里的那种咳嗽。天哪，那会很痛吧。也许她可以吃掉这一颗，然后一定把明天的第二颗药丸吸到鼻子里。吃一颗不会那么糟糕吧？

“看不出来你还很享受它！”莱恩笑道。

他的声音让她的舌头不再吮吸，那块橙色的石头越来越小。不。他们不会用这样一种美味的石头赢得这场战争的！她用喉咙后方往上吸药片，同时咳嗽，用手捂住脸，药丸射向她鼻孔的末端。她的眼睛湿润了，她屏住呼吸，另一个咳嗽在她的喉咙后面酝酿着。

莱恩轻轻地瞥了她一眼。“你做了什么？给我看看你的手。”

邦邦张开双手。什么都没有。

莱恩回头看了看屏幕“你为什么会感到痛苦？”

更戏谑的事发生了。就在她憋着咳嗽时，她的头抽搐了一下。

“你噎住了吗？“莱恩皱着眉头，从旁边拿出一根管状物。邦邦睁大了眼睛，是可怕的金属虫！她转身跑向盒子的后面，就在这时那个管状物的一端亮了起来。哦……那只是一盏灯。她停了下来，在它四处搜寻时看着它。

“它不在地上。张开你的嘴。”

邦邦张开她的嘴，莱恩用光照向里面。

“一定是进到错的洞里了。”莱恩关上了灯筒。“你回来的时候喝点儿水。我一直跟他们说我们应该用注射，好避免噎住一类的事，但是有法律……”他不再说下去。“我现在要把你送回去了，明天我会提醒你嚼药丸的，就像你嚼麦片那样。”他把手伸到她头后面，摘下那个金属方形物，关上盒子门，和她告别。“金克丝马上就能和你在一起了。”

百叶窗再次落下，盒子突然转向，然后上升。邦邦一只手抓住盒子的一边，然后把药丸喷到另一只手上。她用手指轻轻按了按她那粘糊糊的手掌，直到盒子到达了走廊后的狭缝中。嗯，或许她能舔舔她的手……就舔一下。

百叶窗在盒子顶部消失了，邦邦看了看自己手里。嗯……她现在要怎么处理它呢？她向上瞥了一眼对面注视着她的面孔，他们被金属栏杆阻隔在后面。

“我把药丸咳到了我的……”她没说完，她把药丸放在拇指和手指之间，这样他们就能看见。但是她的嘴在做口形。她盒子上的百叶窗又一次砰地关上，把她推向后墙。是莫伊拉吗？有人在打扫盒子吗？她把手缩起来，用另一只手盖上。他们肯定不会知道的吧？百叶窗被吸到了墙里。光亮重新填满了盒子。大人的脚步声沿着走廊嗒嗒地传了回来。金克丝躺在盒子的前面。她的眼睛闭着，双手用一种奇怪的方式蜷缩在胸前。她嘴吐泡泡，大腿和小腿上有金属虫的痕迹。

金克丝！邦邦试图尖叫，她滑到金克丝身边，倒在地上。“金克丝！”走廊远处的电梯门打开又关上，她努力克制着自己，呜咽了起来。“他们对你做了什么，金克丝？我可怜的，可怜的金克丝。他们做了什么？”

金克丝的眼睛转向邦邦，她的嘴巴发出声音，但听起来并不像在说话，更像是邦邦搬重物或者早上起床时发出的声音。

“救命！”邦邦喊道。“帮帮我！金克丝病了！”

“她怎么了？”有人喊道。

“她能说话吗？”

“她还醒着吗？”

“她醒着，但她太痛苦了。她好像不能走路……”

就在她回答的时候，两条红色的线从那个黑盒子中出来。“走开！”她喊道。然而，那个红色的线还是落在了金克丝身上，伸出许多腿在她的身上走动，仔细地感受着她手腕上的怪异之处以及她腿上金属虫留下的痕迹。“她病了，你这个可怕的、愚蠢的家伙！”邦邦尖叫道，这时大量的麦片冲出来，在她身后堆成了一堆。那个东西把腿收回到身体里，缩回到那个方形盒子里。邦邦倒在金克丝的身旁，把她奇怪的两只手合在一起，用她拳头的边缘抚摸她的脸颊，那颗药丸还在她手里融化，当金克丝的头发落在她的脸上，邦邦倒吸了一口气，她的脸就像一块冰冷的地毯。金克丝浑身都被水浸透了。邦邦跳起来，用握着药丸的手指关节敲打天花板。“那是在做什么？”她朝着天花板喊道。她跳起来的时候，脚在地板上滑了一下；那地板，那么湿的地板——她们怎么能在上面睡觉呢？她一边想，一边看自己的身后和身前……噢！金克丝用一只胳膊肘支撑着自己，用另一只手擦拭眼睛。

“噢金克丝！”邦邦重又倒在她的身边。“你好点了吗？可以说话吗？”

金克丝费力地眨着眼。“我想是的。”看看了看周围。“我在哪儿？”

“你回到盒子里了，金克丝。和我，邦邦，在一起。”

金克丝沉默了一会儿，张望着四周。“但是在哪儿呢，邦邦？我们在哪儿呢？”

邦邦睁大眼睛，她张开嘴准备告诉金克丝她们在哪儿，但是金克丝是知道她们在哪儿的啊，她知道的。她为什么要再告诉她一次？她早就知道答案的。莫普和洛普拆锁的时候，盒子的门吱吱作响。“这很严重，”洛普一边爬一边说，“你们觉得他们喂了她多少药？”

莫普蹲在金克丝面前。“你怎么样了，金克丝？你还能记得吗？”

金克丝翻了个身，然后把头靠在前臂上休息。“你能摸摸我的头发吗，邦邦？”她问。“我好困。”

“当然了，”邦邦回答道，她抓起金克丝脸上一缕缕湿漉漉的头发，“你想吃些麦片吗？”

“不。只想睡觉。”

“她被喂了药，”埃德摇摇晃晃地走进她们的盒子里。“她一定又拒绝拍手了。”

洛普把手放在了屁股上，然后摇了摇头。

“傻姑娘，”他小声说，“又傻又勇敢的姑娘。”

“不！”邦邦说。“不！她一定拍手了！我那时和她在一起。他们告诉我们如果她不拍手的话，我们就要分开，她应该最终屈服了。”

“好吧，那她现在怎么成了这样呢？”莫普问。

“他们不停地改变规则。”洛普蹲下来，看着他面前。“如果他们不停改变规则的话，我们怎么反抗呢？”

“他们能制定规则，也能改变规则。”皮德尔一边说一边费力地进来。

在邦邦的记忆中，她站在女主人的怀中，看着金克丝尽力挣脱束缚，去找奇普斯，一只巨大的胳膊伸向女主人的耳朵，突然抓住她——刚刚有人朝那只耳朵尖叫过。“不是因为她不拍手，”邦邦说，“是因为她不说话。”

其他的小人儿都盯着她。

“什么”的声音在整个走廊响起来，直到莫普问“她怎么做到在他们面前说话的？”才让他们安静下来。

“不，”邦邦说。“我只见过……”她停下来开始回忆：笑声，绿色外套，在女主人怀里。“我只见过三次。那算不上是说话，只是噪声。有一次只是笑，我甚至试着和她一起笑了。”

洛普站了起来，四个小人儿先是盯着邦邦看，又盯着睡在邦邦大腿上的金克丝看。

“她感情太丰富了，”一个邦邦之前从未听过的声音传过来，“你知道，感情是连接身体和大脑的。人类的身体通过交流联系在一起，它需要说话和倾听，情感交流……”这个声音沙沙地低声说。“我听说一只熊特别伤心，然后它的身体就死了。感情需要交流，否则身体会受不了。”这个声音又低声响起。

然后停顿了一下。没有人拍手，甚至没有人移动。四个小人儿站在邦邦面前，皱着眉，每个人都把手指放在嘴唇上。那个声音继续到。“一个人如果只需要考虑自己的身体，他可能会犯这样的错误；但当他要对那么多人负责时，就不会犯这样的错误。”

邦邦凝视着盒子的前面，然后看着洛普和皮德尔，沉默了很久之后，她确定那沙哑的声音已经停止说话。他们的眼球再次转回到金克丝身上，邦邦问：“那是谁？”一个小女孩走进她的脑海，把手放在她的头上，转了一圈，笑了起来。邦邦脑袋里的小人儿也笑了起来，用一种她无法辨别的声音，然后转向邦邦，她的身体生出了白发，苍白且满是皱纹，然后从一个类似奇普斯的身体变成了像她那样的身体。她抬起手，伸向那个声音。

剩下的人站着，抬着头，喃喃自语，嘴唇里发着刚刚说的那些声音，他们的嘴做出单词的口形……熊、感情、难过……他们正在记忆刚刚说过的话。或许她也在做着相同的事情？但是她刚刚说了一些有关金克丝的事情。她说金克丝能说话是因为她感情丰富。她是什么意思？邦邦的眼睛再次看向盒子前面。“我能见见你吗？”她朝着打开的盒子门喊道。

“能！”过了一会儿那个声音回答道，听起来很开心。“但是差五分就十一点了。”

“时间到了！”守钟人喊道。

“莫伊拉走后过来找我。”

莫普、洛普、皮德尔相互看着。“她是什么意思？”一个人说。“我不知道，”另一个说。他们走回门口，爬下盒子，两个两个地跳过金属栏杆。

“我要把他们锁进去！”埃德叫道！

“谁在说话，刚刚？”邦邦问。

“那是温迪”，埃德回答道，“她是我见过的唯一一个第八批。”

“第八批？”

“嗯哼，”他一边点头一边锁上盒子门，“她知道很多事情，但她不喜欢说话，”他透过金属栏杆说，“她一直和我们说，没有意义”他靠得更近，声音低了下来。“你知道吗？我想她是对的。”他笑着躲回他的盒子里。

邦邦低头看着金克丝，抚摸着她的双颊，然后把头从腿上移到地板上。“温迪，”她不停念着。她躺在金克丝前面，这样一来，百叶窗就不会击中她，也不会把她吵醒。

一个巨大的棕色东西在她脑袋中走来走去，它太大了不可能是猫，有四条腿，也不可能是鸟。白色的光点从它嘴角两侧露出，它扭动了一下鼻子，然后撞在另一个棕色的毛茸茸的肚子上……一只熊，她的小人说，她的向导。用她的名字，她想，那只熊的名字叫邦邦，她想到这里时，眼睛湿润，眼泪溢了出来。在她的脑中，一只手拿起了一支笔，写下一个字母。一个字母，一个字母……莱恩问过她有关字母的事情吗？她确信他问过。她确信这是他早些时候问她的愚蠢问题之一。她根本不知道该怎么回答，尽管他问过她两次，只是为了确认。“他们还没有显露出来，”他说，“今天我只给你一颗药。”然后……糟了！邦邦张开她的手。药丸几乎不见了。她把剩下的东西蹭到盒子的地板上。她想，莫伊拉的那台烂机器可能会把它清理干净，不知道当黑百叶窗落下时，她的手是否是橙色的。

莫伊拉一边说话一边沿着走廊往上走，然后又往下走，当电梯门在她身后关上时，她笑了起来。她一走，盒子就咔嗒咔嗒地打开，小人的腿和脚都落到地板上。

“我应该跟金克丝待在这儿，”邦邦从盒子里探出身子往下看时说，“她还在睡觉。”

“为什么不让她睡觉呢？”一个让她想起布兰克妮的女孩儿叫道。

“我昨晚离开了皮德尔。”奥斯莫说。

“我们有话要说。”莫普说。

“你还过来见我吗？”那个滑稽的声音说。

温迪！邦邦想。温迪的声音把她拉到了盒子边，好像外面有她真正想要的东西一样，像是饥饿时的麦片或是线日的一堆线。为什么会是这样的呢？也许是因为这个声音太奇怪了。也许是因为邦邦想要看到它的脸，这奇怪而又沙哑的声音。也许可能是因为……她又想到了那个白色长满皱纹的小人儿。因为他们之前见过对方。

“我来了，温迪。”邦邦弯下腰，对金克丝耳语说她晚点回来。金克丝把胳膊压在张开的嘴上睡觉。邦邦亲了亲她的鼻子，然后开始沿着盒子往下爬。她的肚子把她往上拉，直到喉咙里开始灼烧。“我晚些时候会回到她身边，晚些时候再回到她身边……”她一边喘气一边说道，身体费力地挂在金属栏杆上。

到底部的时候，她尽量安静地喘着气。对话早已开始了。这一次，那个让邦邦想起布兰克妮的金色小人，站在中间和另一个有着黑色短发和瓷白色肌肤的小人介绍话题。那个瓷白色的小人注意到了邦邦，在另一个小人讲话时一直注视着她。

“首先，我们得回忆一下到现在为止经历过的所有事来保存我们的记忆，”那个看起来像布兰克妮的小人说。所有人都鼓掌以示赞同。“然后我们就会继续新的话题。当邦邦和金克丝准备好时，讨论一下她们今天遭受了什么，当然得等金克丝能说话时。”

大家又鼓起掌来。

“邦邦不知道要往哪走，福拉，我能带着她吗？”那个瓷白色的小人儿说。

那个长得像布兰克妮的小人儿，福拉，把头转向邦邦，然后点头。“可以，我这边马上就结束了。”

那个瓷白色的小人儿走过一个个肩膀，跨过一条条腿，在她朝邦邦走去时，把膝盖抬得很高。当她很靠近时，邦邦注意到她的耳朵跟自己的不一样，它们尖尖的头顶上的。

“我是兰姆，”她说，同时笑着伸出手，“温迪的盒子就在最末端。”

邦邦看着这只手，然后才决定用自己的手去握住它。“我是邦邦，”她的目光没有从兰姆的耳朵上移开。

“我知道你是。”兰姆笑着说。

“你……我的意思是……你的耳朵，嗯……”

“我的耳朵？”兰姆拉着邦邦的手，带她沿着走廊走。

“是的，我不是说……我就是觉得它们很可爱。”

“我的女主人在我被培育成长时选择了这个设计。”

邦邦想了一分钟，然后皱起了她的眉。“什么？”

兰姆笑了起来。“听起来很可怕，不是吗？”

“但是他们能……那样做吗？”

“有钱的人可以。”兰姆跳过瓷砖上的裂缝，就像金克丝在家中厨房里那样。“我是说，非常有钱的人。但很快所有人都可以做到了。”

被培育成长。这些词在邦邦的脑中重复着。被培育，被培育。她唯一一次听到“成长”这个词是女主人让男主人成长，或者女主人会对他们说跳进植物盆栽时要小心。“它不会成长了！”她会这么说。这不是真的，那个植物比刚种的时候更大了。这是因为它总是在生长，即使女主人担心它不会长大了。邦邦不再能够到它的叶子了，即使她踮起脚尖也不行。如果她也长大了，那是否意味着她过去比现在还小呢？

兰姆看着她。“快到啦。”

邦邦刚准备问一个问题，突然停住了。然后又决定要问。“我会成长吗，你呢？”

“这个，”兰姆说，“这只是一个观点。我只知道我成长了，因为女主人过去常说她是如何改变我可爱的耳朵的。”她说这话时，就像她真的相信她的耳朵很可爱。“或许这类事你该问温迪，她对于我们是怎么来到这里的有很多想法。”兰姆压低了她的声音。“但她得有心情说这些。”她又换回了正常音量。“我们到了……”他们停下，转向地平面上的一个盒子。“你好，温迪！”兰姆叫道。

“你好，兰姆，”那个沙哑的声音响起，温迪从盒子尽头的黑暗中走了出来。她的目光落到了邦邦身上，然后她眯着眼睛看了她一分钟。

兰姆开始摘掉温迪门上的锁。

邦邦也眯起眼睛看向金属门另一边的那个小人，然后伸出手抓住门。她的胸口跳得如此厉害，以至于她的嘴完全讲不出话，鼻子里发出很大的嘶嘶声。

那个白色的满脸皱纹的小人儿用一只绿眼睛和一只棕色的眼睛盯着她看，她脸上满是棕色的线条，让邦邦想起她自己的篮子来。“是你！”邦邦说，“我一直在……我一直在想着你！”

兰姆转过头去看邦邦，她的眉头皱了起来，嘴巴也歪着。

温迪把头倒在一边微笑着。“是吗？”

“你之前在医生那里！”

那个沙哑的声音笑了起来。“我好多年都没看过医生了。”

邦邦没笑出来。“你去过的！那绝对是你！”

“那肯定是我的一个姐妹，”她说，“我们长得完全一样。”

门开了，兰姆向后退去。“我现在就回去，”她说，“你今晚应该出来跟大家一起。”她看着温迪轻轻敲了敲脑袋。“对你的记忆有好处。”

温迪对兰姆的邀请置之不理，她轻轻笑了笑。“我怎么会忘呢？我永远都不会忘的。”她伸出手，在面前摆了摆。“我就是记忆。”

兰姆握住了温迪的手，捏了一下，然后转向邦邦。“看见了吗？她总是说这样的事情，关于记忆、情感、熊，但她不会告诉我们她是什么意思。”

“我一直在和你说，没有意义的，兰姆。”温迪伸出手，卷起了兰姆耳前的一缕黑色短发。“它们真漂亮，”她说，“就像一个仙女，或者一个精灵……或者其他传说里的东西。”

兰姆笑容满面。“我完全不知道那是什么意思。如果你不打算告诉我的话，我最好先回去了。我正在帮福拉确定今天下午的主题。”

温迪摩挲了下兰姆的手。“那你就走吧。”

兰姆笑了一下，然后走回了小人儿群中。

邦邦转过去说再见，当她回头看兰姆时，那个小黑脑袋已经消失在走廊的远处了。她刚刚一直在盯着温迪吗？她转向那个坐在盒子边上，双腿悬荡在地板上方的老小人儿。

“你为什么说你就是记忆呢？”

温迪轻轻拍了拍她旁边的位置。“因为我就是。”

“但是你记不住你去了医生那里。”邦邦一边坐下，一边问道。

“那不是我，亲爱的。那可能是我的姐妹。我是一个第八批，你知道的。我们长得完全一样。”

“亲爱的”这个词爬到了邦邦背后，抚摸着她的肩膀。“完全一样吗？”

“是的。”

邦邦想知道拥有一个姐妹是什么样的。金克丝睡着的景象在她脑海里一闪一闪，像是一个电视屏幕。她的大脑是在哪里找到“电视屏幕”这个词的？她想，她看到一个棕色头发的小女孩在一张正方形的东西——一台电视机前哭泣，诉说着自己想见到像她一样的人……可是她自己根本没有这么说过！她说的话和邦邦看着她时的感受并不相配。手指揉了揉眼睛，那双从她的脑袋里往外看的眼睛，邦邦意识到那双眼睛不是她的，那悲伤也不是她的。就像他们说过的那样：她感受到了她的小人的感受。她闭上眼睛，尽量看向身体内部，但是那个图像消失了。“我刚刚看到些东西。”

温迪点了点头。“记忆。”她说道，仿佛这是世上最无聊的东西。

“我对于脑中的这些图像十分困惑，”邦邦说，她想握住温迪的手然后把它放在膝盖上。然而，她交叉着脚踝，晃动着双腿，让脚后跟在盒子里轻踏。她摇着头。”我确定我看见的是你。我记得非常清楚，因为看到你，我不想从医生那里离开。刚刚听到你的声音让我想跑到你的盒子里来。”

“嗯，”温迪点点头说，就像其他人不停和她说话锻炼她的记忆那样，他们不相信她所说的——记忆没有意义。“你能来见我真是太好了，亲爱的。”她说。

“亲爱的。”邦邦说，“亲爱的”这个词从后面给了她另一个拥抱。

温迪直起身来，朝着邦邦眨眼。“你从哪儿听说的这个词呢？”

“是我读到的，”她说，“这是我最喜欢的词。”

“噢。”温迪的背再次垂了下来，“阅读很好。”

“你能阅读吗？”邦邦问。

“能。”温迪回答说。

“很有趣，因为我读到了那个词，它让我感到如此的……嗯……我真的不知道怎么形容。不过，那感觉很强烈。”她把腿高高地抬起来，看着脚趾甲。“金克丝不能阅读，但她能在大人面前发出噪声。”

“她一定是个非常有感情的小人儿。”温迪把她的头支在手上。

邦邦注意到她的手上满是凹凸不平的绿线。她看了看自己的手背，然后又把目光移回温迪身上。呼吸声在她的耳朵里嘶嘶作响，但不是她头外侧的耳朵……是她在呼吸吗？

她快速地吸气然后呼气，她意识到耳朵里的呼吸还在自己继续着，缓慢地吸气呼气，吸气呼气。那不是她的呼吸声，那是她脑中小人的呼吸声。她注视着温迪，把注意力集中在她身上。悲伤拉动了邦邦的眼皮。“那只熊叫做邦邦，”邦邦说，“像我一样。”

温迪眯着眼睛，竖起头去听刚刚听到的内容。“你说什么？”

“邦邦，”她重复道，“那只熊叫做邦邦。”

温迪的眉毛把她的眼睛挤成了细缝，她深呼吸时鼻孔张得很大。“你是怎么知道的？”

“我不知道，”邦邦说，“不过，我说的是对的，不是吗？”

“……”

“告诉我，温迪，他的名字是邦邦，不是吗？另一只熊……另一只熊的名字是金克丝，对不对？那只熊死了，独自离开了邦邦。”

“……”

“你为什么不帮我呢？你为什么不告诉我这一切意味着什么呢？”

温迪把她的肩膀耸到了耳朵上。“因为没有意义，邦邦。”

“那是为什么呢？”

“你永远无法打败他们。”温迪的眼睛扫视着她面前所有的盒子，仿佛她说的话是那么明显，随处可见。“我在这里已经六天了，一开始，我把知道的一切都告诉他们。这无济于事。他们一个接一个地被带到另一间房间，第二天，另一个满怀希望的小人又会出现在他们的盒子里。”她直视着邦邦，“你知道另一间房间是什么样的吗？这个房间之后的那个？我的姐妹们知道。她们待在那里，一直盯着墙壁，直到他们的大脑腐烂。”她说这话时，把一只胳膊慢慢移向地板，指着它。“当我闭上眼睛时，她们给我讲述；当我睡觉时，她们给我展示；她们每晚都求我和她们说话，直到她们忘记如何说话。第八批的记忆力很强大，但她们尽量让这些记忆消散，就像是水里的麦片那样。”她转过身来面向邦邦，嘴巴直挺挺的，像是一把梳子。“遗忘是痛苦的。尤其是当你能感觉到它发生的时候。你，第二十批，是没有希望的。为什么你如此努力地保护那些会从你身上被带走的东西呢？你应该放过自己，邦邦。你们所有人都应该放过自己。”她朝着走廊的另一端做了个手势，朝着那些本应该放过自己，但却重复着他们来到这里后发生的一切，每天下午和晚上都是这样的小人们。“他们是对的，那些大人。我们不该交流。我们不该刺激大脑。我们活着，不该试图去找寻真相……”她耸耸肩，“没有意义。”她重复道。

邦邦听着，她耳朵里的呼吸声变得如此响亮，她不得不靠得更近才能听到。那颗仿佛不是她的心脏跳得如此之快，甚至都要替代她的心脏了，它在寻求帮助，否则有可能会爆炸。悲伤拉动她眼皮，向上推着她的眉毛，向下拉着她的嘴唇。她的手因一股不来自于自己的力量颤抖着，以一种她的力量无法做到的方式敲击着盒子。没有意义的！那些图像一次次地播放着，一个接一个地闪烁着，画面上是她从未见过的大人，他们在一张带斑点的毯子上笑着，围着一张桌子大喊大叫，桌子中央是一碗绿色的石头。每张图像上都有那个棕色头发的小女孩，还有一只动物，看起来像猫，但比猫更大更黄，站在她的旁边，后面或者下面……邦邦感觉头的顶端被拉了回去，那些不是来自她的话从她的嘴里冒出来飘向空中。“总有意义的，伊莎贝尔！”她喊道。

温迪倒吸了一口气。“你叫我什么？”

“伊莎贝尔，”邦邦说，“我叫你伊莎贝尔，因为那是你的名字。”

“你是怎么知道的？”

邦邦的胸跳得如此剧烈，以至于她都觉得自己生病了。她想起了玻璃罐里那些本应该好好的小人。她的眼睛开始疼痛，眼泪流出来，滑落到鼻子上。“我不知道！”她说，“帮帮我，温迪！帮我想起来！”

温迪尽可能快地站起来，她的脚找寻着地板，她的后背向前弯曲，她用颤抖的、带绿条纹的手抓住盒子的一侧，当她的身体落到脚踝上时，她鼓起了双颊。她蹒跚地走向邦邦，搂着她。“没关系，我会告诉你的，”邦邦啜泣的时候她说道，“那只熊叫做邦邦，他的配偶叫金克丝。”她用虚弱的拥抱着邦邦的身体。“我叫伊莎贝尔，”她说，“我和我的姐妹们都叫伊莎贝尔。”

就像是脏脏的月亮，他想。他把手伸出来，盯着黑色的指甲尖。他的目光又落到他胸部下面那个突出来的肿块。就像是屁股，他想。就像是一个又大又黑的屁股，但是他的脚挡在他面前。他打了个嗝，低下了头。那些黑色的指甲是他和金克丝以及布兰克妮在床下试图逃跑时留下的。新长出的指甲不是黑色的。他从没用新长出的指甲抓过任何东西，它们还不够强壮。他把手抬到眼前。昨天的这个时候，如果他好好想一想，他可能已经吃掉那些没用的新指甲了。他一定会把他的牙放到指甲上面，然后吃掉那些黑色的东西。一条光线从粘在盒子前面的黑色东西中飞了出来。哦不……他把头靠在一边。不要再照了。不要……光线在他的身上移动。他抬起手捂住嘴，但是光线还是抓住了它然后缠住了他的手。“求求你，不要再，不要——”一道光使他的嘴保持着“再”这个字的口形。

一根管子嗡嗡地穿过光线的中心进入他的嘴里。奇普斯不停扭动翻滚着，尽量拱起他的背，把头往后顶。他身上的光更强了。那个管子不停地在他的舌头和喉咙里扭动，他感到恶心。噪声开始了，像是紧闭着的耳朵听到的低沉的嗡嗡声。他常用手指在耳朵里制造这种嗡嗡声。这样他就不会感到饿了。但是现在……他的眼睛充满泪水，可能是他的肚子让它们满含泪水；他那结实的像屁股一样的肚子越来越大，把所有的水都挤出来，以便为管子里嗡嗡作响的东西腾出更多的空间。他扭动着身体，但事情还在继续；他开始呻吟，但事情仍在继续；他用鼻子深吸了一口气，看见他的肚子胀得超过了下巴……

事情仍在继续。

19
CHAPTER

噢，天哪，这些人在等谁？肯定不是他吧？他们肯定是在朝着他那个方向喊。看看别处吧，就看看别处吧。

“这边。把它放到你的头上，德鲁。遮住你的脸。小心台阶……这里，抓着我的手。”

“好的。”就跟着蒂姆走。蒂姆不会让他们把你撕成碎片的。蒂姆刚把你从监狱接出来。

“非法培育者！非法培育者！”

“你是同性恋，不是上帝！”

要不是有二十来个人朝他大喊，德鲁可能就笑出来了。噢，天哪。沃蒂和伊莎贝尔去哪了？集中注意力，德鲁，就想想他们，他们见到你肯定会很高兴。然后你们会一起回家，吃一顿美餐。

“闭嘴吧，你们这些家伙！你们没看出来他头脑不太正常吗？”

对那个刚刚叫二十个人闭嘴的男人表示尊敬，但是该怎么理解刚刚那句话呢？蒂姆对它的理解更加……优雅。“精神痛苦”永远会被当作是“头脑不正常”。沃蒂会笑的，他一定会笑的。上帝啊，到底有多少级台阶？

“快到了，德鲁，小心你脚下。”

夹克从他的头上滑下来，照相机在他面前闪光。三名记者拿着好几个麦克风出现。其中一名记者尖叫起来，因为她被另外两名记者挤倒了。“自由是什么感觉，德鲁？你认为你过去做的是对的吗？”但是德鲁没有回答，他凝视着那排打扮成芭蕾舞演员的男人和女人，他们面带微笑，红唇都快咧到耳边了。他们向德鲁竖起了中指。

德鲁强迫自己的眼睛闭上。他不再跳舞了。这是多么可怕的一件事。

“非法培育者！非法培育者！”

“你认为同性恋夫妻有权养育自己的小孩吗？”

“你认为我们会看到路边的商店出售婴儿培育套装来帮助同性恋夫妻做父母吗？”

德鲁笑的时候，蒂姆把外套拉回他的头上。婴儿培育套装！他们是怎么想出这些的？他想起了蒂姆在法庭上说的话：“我们应该问问自己，为什么一个吸毒成瘾，不希望怀孕的青少年能被允许养育自己的孩子，而一个在可能比子宫更安全的环境中创造人类儿童的基因工程师却要终止他的养育？他想拯救生命，让我提醒你们。如果他是一个不能生孩子的女人，人们会不会更容易接受？当然我们不能用他不是个女人的事实来反驳他吧？”蒂姆很聪明。沃蒂也很聪明，他和聪明的蒂姆去了同一所大学。

“正义已经实现，德鲁！我们爱伊莎贝尔！”

“我们为伊莎贝尔感谢你，德鲁！”

德鲁把一个纽扣移到在了他的眼睛上，往外偷看。一群圆润的女人面带微笑站在那里，就像是陷在马铃薯里的大拇指甲，他们的孩子坐在她们的身上，用拇指和食指比出心形。他们穿着中间带有伊莎贝尔图片的上衣，就像芭比娃娃一样。哈！伊莎贝尔真是下了大功夫。他们的旁边有一块标语牌。“德鲁·马利克让同性恋父母不被社会接受。”德鲁又看了看另一边。天哪，天哪，人们真的是这么想的吗？

在他的左手边，男人和女人站成一排，双手做出祈祷的姿势。一个接一个，他们在德鲁经过时鞠躬。“我们反堕胎的兄弟，”他们说，“谢谢你。”然后有一枝花从他的外套下面伸过来。德鲁抬起衣服的一角，去看给他花的那张脸。“她是个奇迹，”一位身穿黑色衬衫连衣裙，留着灰色短发的漂亮女士说。“你创造了奇迹，做得好。”他拿过花，眼球感到刺痛，然后变得模糊。那位女士伸出手放在他身上，却被更多朝他挤过来的记者推开了，他们不停拍照，还试图把麦克风塞进他的外套下面。“你为什么哭了，马利克先生？你后悔了吗？你后悔你做过的事了？对吗？你为什么事情感到后悔吗，马利克先生？你怎么不回答呢，马利克先生？”突然，有一股力量把德鲁的头按下，然后推到一辆汽车里。蒂姆在他的后面爬了进来，把门关上，然后是一片沉默。

德鲁把外套从头上拉下来。泪水滑落到他的下巴上。他揉了揉眼睛，看向前排的座位。

“哈喽，亲爱的。”沃蒂的瞳孔闪闪发光。德鲁吸了下鼻子，他的嘴巴扭成一条歪歪扭扭的线，金色的头向前弯去，仿佛他是一个影子，沃蒂做着同样的动作，他们的额头碰到一起，沃蒂用他的手托住德鲁的下巴。德鲁把他的手放在沃蒂的脸上，然后开始亲吻他的脸，直到他们那两条歪歪扭扭的线碰到一起，他们就坐在那里哭泣。外面，照相机在闪光，人群敲打着窗户。

“伊莎贝尔去哪了？”德鲁一边问，一边揉搓着眼皮。

“谁？”

“伊莎贝尔，她在哪？”

“什么？”

地面在他身下起伏，把他水平的身体弹起又弹回——等一下，水平的？黑暗在他眼前翻滚，窗帘在最右端床柱那头射出一道光，那在黑暗中笔直挺立的柱子就像是海里的一根肌肉柱。

“在床上，有人希望。”沃蒂停顿了一下。“你在做梦吗？你在喘气。”

德鲁把两根手指压在颈静脉上。“真是一个生动的梦。”

沃蒂翻了个身，用一只胳膊搂着德鲁的腰，“噩梦吗？”

“没关系，”德鲁打呵欠说，“现在结束了。”

* * *

他们一起走回人群，走得很慢，因为温迪走不动路。她让邦邦想起了布兰克妮的女主人，同时，她又想布兰克妮现在会在哪儿呢。许多人转头盯着温迪，当她站在人群后面时。主讲人正在回忆海丝特和诺特，这两个小人儿那天早上刚被送到另一间的房间。邦邦离开了他们，然后爬回了自己的盒子。“金克丝！”她发出嘶嘶声，同时把头探向边缘。金克丝之前躺的地方是空的。邦邦向后看去，只见她弯着腰，把脸埋进麦片中，她的牙齿和呼吸声发出贪婪的声音。“金克丝！”她又喊道，“我们在开会。一场很重要的会。”

金克丝坐了回去，看着邦邦，直到她的嘴巴停下来，“他们对我太残酷了，邦邦。”

“我知道，”邦邦点了点头，“我看到你腿上的印记了。”她爬进盒子，走向金克丝，她的胳膊又摆成了拥抱自己的姿势，“我们需要和其他所有人讨论这件事，他们想知道发生了什么。”

金克丝点了点头，然后站起来，在大腿上蹭了蹭手，即使她并没有用手吃麦片。“我们下去吧。”

当她们到达人群时，邦邦小声说她们得和温迪坐在一起。“温迪是谁？”金克丝小声地问。

当她朝温迪的方向看去时，邦邦感到那种跳动而又摇晃的感觉回来了。“我的小人认识她。”

金克丝皱起她的脸。这都是什么啊？邦邦没有小人吧，她有吗？如果有人是邦邦的小人的话，那就是她，金克丝，她是这个意思吗？这样称呼“金克丝”的方式有点儿怪。但是她最近确实学到了一些新词，比如……亲爱的。

金克丝停了下来，她努力地盯着坐在邦邦旁边的小人儿，她有着白色的头发，一只手就像鸟的脚一样伸到空中，召唤她过去。金克丝走向她，好像被从后面推过去似的。她向下打量着温迪，目光穿过她的脚踝，从她的屁股看向地面。温迪侧脸注视着她，而没有面向人群和中间的主讲人，金克丝自己坐下，这样一来她就能面对着温迪。她继续盯着她。

邦邦的眼睛睁大了，她想到了一些很久以前的事情。天，她可能会很奇怪。她为什么会这么奇怪呢？“金克丝。”她开口说。金克丝没有注意到。她向前靠去，用胳膊搂住温迪，温迪喊了一声“嘿！”，笑了笑，然后她把头靠在金克丝的头上，闭上了眼。邦邦看向了别处。多尴尬啊，她想。但是之后邦邦也想这么做了。尽管她之前一直都不敢。有趣的金克丝，从不害怕去拥抱或亲吻。邦邦回头看向她们，她看到金克丝正在哭，她的头仍然藏在温迪的头下面，强烈而无声的哭泣让她的身体开始颤抖。温迪的手伸向金克丝的头发，这样她就能在金克丝哭的时候抚摸她。

“他们给你记忆药丸了吗，邦邦？”糟糕，他们问了她一个问题！邦邦快速把头转向发言人，但是那里并没有发言人，福拉已经走入了人群中。

“嗯……是的！”邦邦回答说，“然后我把它吸到了我的鼻子里，就像洛普那样。”

“他们问了你什么问题？”

她把那些事和问题告诉了他们。一些问题非常奇怪，她不知道为什么自己会被问这些问题，但她还是尽可能诚实地回答了这些问题。事实上，她确信当她的脑子想说谎时，莱恩能够看出来，因此除了那些问题的答案，她尽量什么都不想。“我透露太多了吗？”

“没有，”洛普叫道，“我觉得，你记不住的东西和我们一样多。”

“我同意，”另一个人叫道，“我不知道我为什么会有那些记忆，但我肯定拥有它们。”

“噢。”邦邦垂下头，用手指摸着她的足背。

一只手放在了她的胳膊上。

“你不需要费太大的劲儿去回忆，”温迪低声说，“我会帮你的。”

“金克丝！”福拉喊道，“告诉我们你今天遭受了什么。”

金克丝把头从温迪的肩上抬起。闪耀的水线把她的眼角、鼻孔和上唇连在了一起。她大声地吸气，准备开口说话，但是莫普的声音插了进来。

“他们给你记忆药丸了吗？”

“是的，”金克丝粗声说，“三颗药丸。”人们倒吸了一口气。

“他们三次试图让我吞下药丸。我尽量把它们吸到我的鼻子里，但是那太疼了，我把每个药丸都吐到了地上。”

“你把它们吐到了地上？”

“是的。”

“你没被罚吗？”

金克丝说她被金属虫打了好多次，她差点吐出来。她被惩罚不只是因为她不肯吞下药丸，还因为她不说话。他们好像不理解她不会说话，只能发出噪声，她也不知道为什么会是这样的。这让他们十分生气！她也不想回答他们愚蠢的问题……

“你为什么一直在说‘他们’？”

他们有两个人。开始只有一个人，但当他问第一个问题问了三次而她没有回答，即使他用金属虫扎她也没用时，他就叫来了另一个男人。“你觉得她能听懂吗？”他说。“我之前从没遇见过这样的，她看起来有点蠢。”那个新来的人回答说她最终在莱恩那里拍手了，他们必须要有耐心，用一切手段让她说话。

“你不害怕他们对你做的事情吗？”

那两个大人一起交谈时，显然他们觉得她听得懂。“装傻是第二十批的一个特点吗？”一个人笑道。

“我确定不是的。”另一个人回答道。

金克丝很快意识到金属虫是他们被允许对她实施的唯一一种处罚形式。甚至连那都是被限制的。第二个大人会数她被扎的次数，会说“你只能再打六下”“你只能再打五下”。她一意识到他们在谈论金属虫，就让他们扎她，直到次数都用完。到最后，第一个大人对她十分生气，想再扎她一次，但是第二个大人阻止了他。“你能想象吗？”他说。“你能想象用一个六根针的喷射器扎一个人类来让他开口说话吗？在我的字典里，这就叫做“酷刑”。然而我们却用这些把戏对待受相同法律保护的生物。”

“那么，我们应该怎么对她呢？”第一个大人问。

他们盯着她看了一会儿，思考着这个问题。金克丝躺在地上，抱着她的双腿。她的眼睛在流泪，但她在脑中却觉得自己做得很好，觉得自己是多么坚强。直到，第一个大人又开始说话。

“我们只需要把她和群体分开。”他说。

另一个人摇了摇头。“不，”他说，“剩下的小人一看到她的腿，就会放弃他们想过的任何可能不配合的想法。”

另一个人得意地笑了笑。“尽管我实在为她感到难过。我确定她就是傻。”

“她的大脑模式显示某处区域有亮光。”

“她的大脑模式表明她很痛苦。”

“给她一剂镇定剂，”第二个大人说，“用量大一点。事实上，把它当成一种止痛药，她睡过去就好了。”

“你确定吗？”第一个大人说。

“必须的……一定要把她的时间移到明天的午餐时间。那时候疼痛就不在她的系统里了。”

其余的小人儿听着，张开了嘴。这就是全部吗？被那只金属虫刺多疼啊？他们能和金克丝一样勇敢，承受所有的痛苦吗？他们真的没有强迫她服下药丸吗？如果他们没有强迫她服下药丸，他们怎么消除她的记忆呢？他们都能做到！他们都能像金克丝那样做，然后他们都能保留自己的记忆！之后，等他们的大脑变强大了，他们就能想出办法离开这里！

金克丝紧闭双唇，挠着瓷砖的裂缝。

“告诉我们那到底有多疼，金克丝。我们能忍受那种痛苦吗？”莫普问。

“问题是，”金克丝回答说，“他们给我让我睡觉的药之前对我说，到了明天，我就会住在另一间房间里。”她又看了看瓷砖上的裂缝，“他们要把我带走，作为我不说话的惩罚。”

一片沉默。小人们的眼睛黯淡了下来，盯着地板。

邦邦的嘴舒展开来，又缩成无法说出话来的形状。金克丝要去另一个房间了吗？另一个房间？她的头低垂在金克丝的大腿上，默默地挤出眼泪，然后颤抖着呼出长长的一口气。

“不要担心，邦邦，”金克丝说，“我们可以几天见一次面，或者……”

她的声音听起来像是从厨房里传出来的，而邦邦好像埋在一个大房间里的垫子下面。邦邦从金克丝的大腿向上盯着温迪。他们才刚刚找到对方，现在就又要被分开了。

“你看起来好些了，伙计！”

一张电线嘴。如果做不出口形，它怎么能讲话呢？

奇普斯让自己跪在地上，然后拖着膝盖走到盒子的前端。麦片形状的东西涌了出来，然后又缩进一个朦胧的框架里，那个框架在他的眼睛周围卷曲着。麦片……没有麦片了。他停下来往前靠，吐出一滩黄色呕吐物。

“哦，天哪，伙计。我猜你还不习惯这个，对吧？”

他抬头看了看那张电线嘴，然后将手背从脸上擦过。那个金属的东西嗡嗡作响，他的目光跳到它上面。那个光线弹出来，然后开始在他的肚子上跳舞。别再来了，拜托了……他把手捂在嘴上。

“好了，足够了。”

一个巨大的白色手指碰了碰那个金属东西，然后那条光线就消失了。

“他已经受够了。”

奇普斯盯着那张电线嘴，他拖着膝盖，穿过呕吐物爬向它。他会亲它。他会拥抱它。他现在安全了，它会让他安全的……

他停了下来。有东西咬了他的屁股，然后那个麦片形状的东西又开始在他面前跳舞。

“我们需要你睡一小会儿，伙计。只有这样我们才能向你的女性朋友展示你。”那张电线嘴笑起来。“我们先把你清理干净，别担心。”

莫伊拉又在5点钟回来了。每个人都蹲在他们的盒子边上，用他们的眼睛看着她。她会是明天唯一一个能够进出这间房间的人。明天，金克丝将离开的一天……他们观察着，看看莫伊拉是否会看向盒子里。他们听着她谈论儿子的对话，她儿子不再想当会计了，他想当一名面包师。他们在她打扫过后倒在盒子的地面上，闻着剩下的滑溜溜的化学物质，把它轻揩起来，然后把指尖搓在一起。在地面盒了里的小人注视着那个巨大的真空吸尘器，还有它那长长的，可以轻松吸起以来一两个小人，并把他们卷到里面的鼻子。他们因那巨大的红色肚子而发抖，想知道它为什么会有那么多的尖叫和喘息。

莫伊拉刚一走，刘易斯就回来了。刘易斯！当然！他的头甚至都没有第四排盒子高……他比莫伊拉小多了，也更瘦。许多目光在他身上闪烁，不一会儿这些目光又回到了打开的电梯上。笑容在鼻子下面舒展开来。

刘易斯往一个盒子里放了什么，过去诺特和海斯特的盒子就在那里。一个新的小人透过栏杆向外看。当他的盒子进入金克丝的视线时，她注意到他棕色的头发卷曲在眉毛上。

那天晚上他们欢迎新来的小人，塔夫，金克丝喜欢看他的眼睛在每个人拥抱亲吻他之时鼓起来，他们第一天来的时候也被用同样的方式拥抱亲吻过。他们让他坐下，然后给他解释一切，从他们的练习开始，然后增加那之后一切新加的东西。他们开始谈论一项计划。挠着头，鼓起脸颊，把下巴磕在手上。

“我们就是太小了。”一个小人说。

“什么都不管用，”皮德尔说，“根本没有意义。”

“总会有意义的！”人群的后方传来一个沙哑的声音，“现在能轮到我发言了吗？”温迪问。“因为我确定当我把一切都告诉你们之后，你们将会想出另一个计划，”她说，朝着邦邦眨眼，“一个更好的计划。”

* * *

30 支蜡烛在一个冰激凌卷上发光，乳白色的液体缓慢流到一个长长的印着马德拉斯格纹的盘子上。

“这对于冰激凌来说太热了，”沃蒂说，“它要都流出来了。快点，伊莎贝尔，把你的蜡烛吹灭。”

“等一下。我正在想愿望。”

一片水果从融化的蛋糕上掉了下去，沃蒂叹了口气。

伊莎贝尔终于吹灭了蜡烛，他们两个人鼓起了掌。

“实话说，”沃蒂拿起那个粉色的蛋糕盘子，“它还能吃吗？”

他们坐在花园里，过去在美好的夜晚他们经常这样，每个人都在郁金香杯里倒着香槟，就像 20 世纪 40 年代的电影明星，穿着丝绸的长袍，在卧室里晃来晃去。他们像往常一样，为老贾斯珀干杯，老贾斯珀被埋在花园里他们最喜欢的开着野花的地方。

“可怜的老贾斯珀。”德鲁叹息道。

“他就是个老男孩。”沃蒂说。伊莎贝尔凝视着他，想起沃蒂在他们找到贾斯珀之后，把自己锁在房间里好几个小时。他只是一个老男孩，她那时就很想告诉他。

“世上最受喜爱的狗，永远都是。”

“我要为他敬一杯。”沃蒂跟德鲁碰杯。

“我不知道你们俩怎么能对这样的事情如此放松。”

“他也是我们的狗，伊莎贝尔。”沃蒂嘶哑地说，香槟酒的气泡卡在他的喉咙里。

“他是沃蒂给我的第一件礼物。”

“真的吗？”

“嗯嗯。”德鲁点了点头。

“我更想为未来的一年喝一杯……好吧……为贾斯珀祈祷。毕竟，他不是很能喝酒，不是吗？”

德鲁和沃蒂花了一分钟思考这个问题。

“伊莎贝尔可能是对的。”沃蒂说。“致来年！”

“致来年！”另外两个人说道。

“希望我不会频繁地被叫到实验室。我到目前为止都很幸运。”

德鲁和沃蒂在香槟酒杯之上互相看着对方。

* * *

温迪早早就起了床，在第一次打扫进行之前。当她准备叫醒其他人时，她注意到有几个人已经醒了，在黑色金属盒旁边等着光线射出来，发现他们饥饿的肚子。昨天晚上，他们回到盒子里，吃光了所有的麦片，比平时早得多。他们想确定光线能发现他们的肚子是空的，然后每个小人都能得到最大量的麦片，好完成接下来的任务。之后他们又回到地面上，一次一次又一次地讨论着那个计划……应该被带到另一间房间的小人，包括洛普和奥斯莫，催促其他人在了解计划之后不停地重复这项计划。每个人都有他们自己的部分，并且每部分都要完美地同步进行。

“我们很幸运能有这么多人，”温迪说，“否则我们的计划就没法施行了。”

剩下的小人儿都鼓起掌。他们很幸运能有这么多人。这个计划一定能行。

温迪抬头看了看时钟。07:28。那些光线两分钟之后将会进来。莫伊拉十二分钟后将会到达。她总是在他们吃完饭的时候过来，因为这时候他们已经在他们的盒子后方了，黑色的百叶窗不会撞到他们。他们听到她在打扫时对所有和她讲话的人解释这件事。温迪感觉每个人都很喜欢莫伊拉，尽管没人说出来。

没人喜欢刘易斯。

她想到这个的时候，光线从金属盒中向她射过来。她从没得到过特别多麦片。她理解自己衰老的身体不需要和年轻的小人儿一样多的麦片，他们在盒子里爬上爬下。她唯一一次收到适量的麦片是在第一天，其他人帮她把盒子从第五排移到了她可以更容易进出的地面上。之后，她就坐在她的新盒子里喘气，而他们则换到了更高的方格那里。

“你们确定没人会注意到吗？”

“当然不会，”他们说，“你不记得，我们上周也做了同样的事吗？”

他们把她和另一个已经被移到其它房间的姐妹弄混了。麦片在盒子后面堆积坍塌。她的肚子感到很空虚，但她一口都吃不下。

现在，她等着那个光线弹回黑箱子，听那些麦片落到她盒子后面的声音。有一次盒子里堆满麦片时，走廊里充满的不是通常的咀嚼声和沙沙声，空气变得十分安静，以至于他们能听到头上的电梯在每一层停下的声音。莫伊拉在路上了。

在接下来的九分钟里，空气仍保持着安静。没有被呼吸或者动作所推动，静置的空气在不同肚子周围环绕着，把它们推进去，然后又钻进脸颊的凹陷处，让嘴巴张开，然后又把它们晾干。它拒绝从腋下扑过去，让汗珠堆积起来，它跳进耳朵，从耳膜上弹下来，使它们在一排排等待着的脑袋里砰砰作响，所有的脑袋都挤在盒子栏杆之间。新的手握着栏杆，新的眼睛望着走廊的电梯，新的能量充斥在脑袋的空间里，这些脑袋曾对执行计划感到怀疑。这个计划行得通！这个计划行得通，因为这不再是小人与大人的作战，而是，正如温迪昨晚告诉他们的，这是人类与人类的作战。

“准备好了吗？”温迪听到电梯轰鸣而下时问到。小人儿们的脚快速移动到盒子后面麦片堆积的地方，这时百叶窗落下了，莫伊拉从第一个盒子开始，让她的真空吸尘器在她前面快速移动，就像一个主人在公园里解开了狗的狗链。

当第一扇百叶窗打开时，温迪听到零散的麦片被撞到地上，然后又被刮起来。它们之后就会被卷成柔软潮湿的球，很快被埋在盒子的另一端，这样莫伊拉就不会注意到她干净的地板被弄得多么乱。莫伊拉不会注意到的。

“这里是 7:30，你那里是几点呢？我知道，我知道我每次都会问你，你不回答就是了。顺便说，你应该在这个点上休息一下。瓦伦丁怎么样了，她会带你去吃早餐吗？还在睡觉吗？好吧！我六点出发。是的，六点。我现在在间隔班，因为有些人抛下我不管。哦，她听到了，是吗？让她接电话，这样我就可以说早上好了。懒骨头。”

温迪知道她的盒子将会是最后被检查的盒子之一，因为莫伊拉的习惯是从另一侧开始然后回到她这边。谢天谢地，她在另一边……她在地上乱摸然后挣扎着再次起来之前,莫伊拉就已经离开了走廊。

不然莫伊拉就会抓住她。

温迪站着等待她的两小把麦片。百叶窗拉上时，她趴到了地板上，把她的一小把麦片卷成球。她再次起来之时，剩下的化学药品都干了。

“我只能做两个。”她喊道，在莫伊拉和她的真空吸尘器回到电梯很久之后。

“没关系的，温迪，”福拉喊道，“你觉得它们管用吗？”

“我们应该尝一个！”奥斯莫说。

“不！那是毒药！”

但是奥斯莫已经在一个黏糊糊的球上咬了一口，破口大骂：“呸！真糟糕！”

走廊上响起了噼啪的掌声，然后渐渐消失了，大家在等刘易斯的同时，重复着计划的下一个部分。

20

CHAPTER

金克丝和邦邦前一天晚上很早就睡觉了。在其他人一遍又一遍地重复着计划时，她们俩希望时间没有很晚，这样他们就可以享受拥抱而不会感到困倦。

现在金克丝从一个盒子爬到另一个盒子，爬进一些盒子里去拥抱，然后停下来向其他盒子挥手。邦邦一声不响地躺在她们的盒子后面，每当她回来看她的时候，就起来蜷缩在金克丝身边。

“没关系的，邦邦。我们将在今天下午见面，然后我们就能永远在一起了！”

邦邦皱了皱眉头，她的目光落到金克丝身上时，她的嘴唇挤成了山脊和阴影。百叶窗关上时，邦邦倒在她的身上，把她的双臂搭在她的肩上，把手插到了她的头发里。

“让它成功吧，邦邦。让这个计划成功吧，”金克丝在拥抱的时候说，“那时你就能过来救我了。”

“我会的！”邦邦哭着说，她告诉自己百叶窗拉上的时候，她不会放开金克丝的。如果他们能做的最坏的事就是用金属虫扎她，那他们可以想怎么扎她就怎么扎她，只要她能和金克丝待在一起……百叶窗开始往上升了。一条紫色的光带进入到盒子中抓住了邦邦，这样她就没法动弹了。两个手指伸进盒子中，移开了邦邦的胳膊，就像从金克丝肩上抖掉灰尘那么轻松。邦邦的头被固定在一个角度。她用余光盯着金克丝。她也被锁在一个紫色的光带里，然后被拉出了盒子，她的双臂伸出，朝着邦邦的方向。盒子门关上了，然后光带解除了。邦邦跑到盒子最前面，摔坐在地上，嘴里喊着金克丝的名字。

* * *

“接电话，接电话！”她小声念叨着。实验室又一次叫她过去，可是家里没有人陪她……又是这样。几分钟以后，她挂断电话。他们今天甚至连个便条都没留。“起床然后过去。”她对自己说，边说边戳她手机键盘上的数字。

他们知道她会担心，这就是为什么他们总会留个便条。或者起码接电话。

或许他们在电影院？她把手机拿出去室外又打了一遍。沃蒂的手机是由一家反智能电话公司设计的。伊莎贝尔一直是他们的粉丝——智能手机让人和人之间都疏远了。当他们好不容易给她买了一个定制的迷你手机时，她激动不已。它大约有一个完整的人类拇指大小。这放在她耳朵上仍然是个庞然大物，但她不能要求沃蒂把它送回去……尤其是德鲁觉得她用这个的时候本身就要冒一点儿险。“这样的东西是能被追踪到的。”他说。沃蒂在那之后就安静了一点，每次伊莎贝尔发送短信的时候，他都会不安地盯着那个东西。大多数时候，她都会把它放在腰包里，来显得不那么笨拙。现在，她皱着眉头看着那只光亮的黑色手机躺在她的腰包里。他们知道她很担心……但他们为什么要这么做呢？她再次按下‘呼叫’按钮，等待着，一边跺着脚一边透过窗户凝视天空。照这么下去，她永远都等不到了。她甚至不再想着咆哮了。她只想知道……

“喂？”

“德鲁？”

“喂，懒骨头，终于从你的坑里出来了，是吗？”

“你到底在哪儿？”

“噢，伊莎贝尔……你没有看到便条吗？”

“没有！你在哪儿？”

“我们在之前告诉过你的有机采摘营地。”

“你们的手机呢？”

“我的在车上。我刚刚在草地上找到沃蒂的。”

“要它们有什么用，如果你们从不……”

“对不起，亲爱的。”

伊莎贝尔在电话里噘起了嘴。

“你想要什么吗，伊莎贝尔？你想让沃蒂去接你吗？”

“不……我都要忘了我为什么打电话了，我被叫去实验室了。”

“又一次吗？”

“是的。大概是他们想开始新一轮的实验。”

德鲁停顿了一下，然后说：“为什么？”

“我不知道，有些新产品他们想让我去‘试验’。”

德鲁皱起脸，目光越过几排草莓，看向沃蒂。

“你不会一个人去的，对吗？”

“嗯，是的……我一接到通知就在给你们打电话。”

“我在路上了。”

“不，德鲁，太晚了。他们已经派车过来了。”

“别自己去，伊莎贝尔，拜托你。”

“我会没事的。我不害怕，老实说。”

“好吧……无论如何我都会过去的。”

“不用！”

“是的，女士。我是认真的。”

伊莎贝尔沉默了一会儿，然后说：“好吧。要是沃蒂能和我一起就好了。我认为你去见赫克托并不是一件好事。”

“我不担心他。他现在差不多马上就要七十了——”

“我得走了，”她打断说，“我还没洗澡。答应我你会在外面等着？”

电话断线了。德鲁的脸颊碰到了他的手机。赫克托到底想从她身上得到什么？他从一排草莓上抬起身来，看着沃蒂进入一株伸展的番茄科植物的深处，他的脸皱起来，就好像他感受到了那些肉质的球体。他们两个都不会变得更年轻了。他想知道沃蒂是否会看过来，并注意到发生了一些事情。‘他想从她身上得到什么？’他对着手机的顶部说，现在手机就放在他的嘴唇上，他的眼睛一眨也不眨，目光在那几排草莓上游移，撅着他的屁股。

“我已经告诉你无数次了，不要把手机放在嘴上。”沃蒂站在他面前，一手拿着园艺手套，一手拿着一篮西红柿。“那边发生了什么事？”他朝德鲁点了点头。

“伊莎贝尔被叫到实验室去了。”

沃蒂发出嘘声。“总是这么着急通知。”

德鲁耸耸肩。“你会开车送我们去吗？”

“当然。”沃蒂点了点头，摘下他的园艺手套。

* * *

又是他们。他们今天计划对她做什么呢？金属虫，可能是。好吧，好吧……他们能做的最坏的事也就是把她放进另一间房间了。那恰恰就是他们将要做的……

金克丝感觉她的胃凹陷了进去，就好像有人戳了它似的。那项计划能帮助她转移注意力，嗯，她的余生，事实上，这才是问题。要是计划实施顺利，她剩下的生活就会和起初一样美好。他们会来营救她，然后他们全部乘电梯到顶层并逃离大楼。她吹了口气，然后用手托着脸颊。这个计划有几个问题。他们都不知道如何让电梯运行；事实上，他们中的大多数人到了电梯后才会知道电梯是什么。即使他们设法让它移动了，他们也不知道如何找到另一间房间，或是出口——这多么愚蠢！并且刘易斯可能会携带着什么，比如莫伊拉那种会说话的东西，这样他就能在紧急情况给别人打电话。金克丝感觉到她的肩膀缩起来了，并且她的脸还肿着。

“你今天准备回答我们，还是不呢？”

“你听到第一个问题了吗？”

金克丝让自己的瞳孔朝着他们目光的方向漂浮着，然后开始咬她的手指。

一只手伸了进来，然后往她头的后面夹了某种东西。“让我们看看这里在发生什么，怎么样？”

“你记得在和你的主人住在一起之前你住在哪里吗？”

“……”

"好吧。你曾经用语言和你的主人交流过吗？"

金克丝坐在地板上然后用双手捏她的一只脚。这很容易，对她来说最坏的事马上就要发生了，他们期望她做什么呢？

"你有一个叫做奇普斯的朋友吗？"

她的眼睛突然抬起来。

"啊！你看到了吗？"一个人说。

"那没什么。你过来看看她的大脑活动！"

"爱？"

"噢，是的。重大时刻。"

"你在和奇普斯相爱吗？"

金克丝怒视着那个对着屏幕里看到的东西大叫的人。"我觉得我们把她惹恼了！"她叫道。

"你想见奇普斯吗？"

金克丝交叉起双臂，皱着眉头，几乎意识不到自己跳了起来，大步走到了盒子的前面。

"那么，你想吗？你唯一需要做的就是这么说。"

也许她应该拍手。他们只会一直缠着她，直到她这么做；这并不是毫无意义，这可能是她最后一次能看到她的奇普斯。她当然应该拍手。不管她是否拍手，她的未来都是一样的，但如果她真的拍手，至少她能看到她的奇普斯。

"或许她不相信我们。你最好展示给她看。"

一道方形的墙在他们两个白色的脑袋后面发光。他们站到一旁好让她看见。他就像一扇，那种，黑色的窗户部分填充着一些橙色的光。这让金克丝想起了女主人经常用来加热东西的那个东西。在中间，一个小人儿睡在横档上。金克丝眯起眼睛。它似乎比奇普斯胖些。他闭着的眼睛睡着了，皮肤是白色的，没有紫色的斑点。它安静且平静地躺着，不焦虑也不恐慌。但在她注意到这些不同之前，她就已经确定那是她的奇普斯。当她身上的毛发竖起时，她的胳膊也跟着举起来，她的眼睛似乎越过了阻碍她视野的盒子边框，在那个带着有趣灯光的玻璃上打了个洞，悬浮在奇普斯之上。

"你想摸摸他吗？你想给他个拥抱吗？"

当金克丝的眼睛移到奇普斯身上时，她感觉自己的眼睛被挤压了。泪水从她的眼睛和鼻子里涌出，她的手臂抱在自己的肩膀上。她的脚趾开始发热，就像她不小心尿到了自己的脚上，并且这样的感觉没有从她的脚上退去，相反，它似乎充溢上她的脚踝和腿部，她的脚移动不了，这让她感觉越发生气，因为她不想让这种感觉从盒子里的腿上跑出去，通过空气传到她的奇普斯那里。她让这种感觉充满在她的肚子，胸膛和胳膊，或许她可以用它们飞向奇普斯。她没有。那种感觉变得更加愤怒了，一直升到她的喉咙，当她张开嘴时，她举起手，再次把两只手撞到一起。

“好吧。”其中一个男人说道，同时他把那扇窗户关上。奇普斯消失了。金克丝抬头看着那两个男人。他们会做什么呢？他们会把他放出来吗？或者他们会带她去他那里吗？

盒子的门打开了，一只握着管子的手伸了进来。那只手按了一下管子的末端，金属虫就开始咬她的肚子。在她试图爬走时，金属虫又被按在了她的大腿上，最后一次在她的肩胛骨上。

“这就是你隐瞒我们的下场。”一个人说。

“有什么意义呢？我们知道你会拍手，就像我们知道你会说话。”另一个人说。

“我从没在他们中见过像你这样抗拒的。”

“甚至从她的大脑信号中都能感受到！”

“噢，我能从她的大脑信号看出她不只这么简单。”

“是的，但她显然像个演员。”

金克丝听到他们在说话，但是没去听他们说了什么，她不知道先尝试让身体的哪部分好受些。她肚子上的皮肤是如此的柔软，她确定金属虫直接咬到了她的内脏，并且还咬了她腿上昨天的伤口。她用一只手捂住嘴，尽量不吐出来。肚子的疼痛让她把两只手放下来，捂在上面，摔倒在地，哭了起来。这两个技术人员谈论着他们如何解决这样的行为，他们基本上已经确定了一项‘特殊服务’索赔。为什么这两个精神病没有一开始就被莱恩剔除呢？他们之前从未见过那样的事。她显然是有缺陷的……金克丝想象着自己把胳膊从手臂上拽下来，像是外套袖子那样，像摘帽子那样摘下她的头，把她的腿拉起来然后从腿上拽下来，就好像它们是裤子。

“你为什么要扎她的肚子？”

“我不知道……她在挣扎然后……我就只能扎我能扎到的地方。”

“然后是肩膀？天哪！不要扎腿以上的部位！”

“对不起，就像我说的她在……她试图要躲开。”他停顿了一会儿，“我们现在怎么做？”

“我们要给她洗个热水澡，然后把它送到那间安静小屋去。”

“不问问题了吗？”

“不问问题了。”他摇了摇头然后转了过去，“结论是她只在72小时之内拍了两次手，她是不会说话的。”

金克丝想象自己蜷缩在胸腔的骨头下面，离开了她的耳朵，她的眼睛，和她肚子上被咬的地方。她又想到了那个计划。这是唯一能让这一切远离的事情……

“嗯……你把他带出来了吗？”

“没有，怎么了？”

“那个盒子是空的。”

* * *

一、二、三、四然后……一、二。四块竖着的，两块横着的。在伊莎贝尔还是个胚胎的时候，德鲁每天早上都会跑过来看她。出于某种原因，他的腿总是不够快。他会数实验室楼上的窗户；一、二、三、四,四块竖着的；一、二，两块横着的；让他的脑子做些事情，在等着他的腿缓慢地把他带到伊莎贝尔窗户的另一侧。

现在，在车上，他又开始数了，同样的感受涌上了他的胸膛，就好像有人把一个脚踏泵安在了他的心脏上。那么多秒钟会在不同的班次之间流失；要是他错过了其中一秒，因为它只需要一秒钟，死亡就会赶过来，趁周围没人吓走它之时，把他的小胚胎抢走。他感受到胳膊下的汗珠，它的身体还记着跑步时的感觉：清晨伦敦的味道，废气，油炸早餐，香水以及难闻的汽车尾气，在他鼻孔周围盘旋。一、二、三、四然后……一、二。

沃蒂的腿朝着汽车走来。那是沃蒂的腿吗？德鲁看了看上面的身子，确实是。并且，他抱着伊莎贝尔！这很不寻常。他这几天不经常接她……他下了车招手。没有人向他挥手。

“发生了什么事？”

伊莎贝尔在哭泣。他跑向她。“发生了什么，伊莎贝尔？”

“没事，”沃蒂说，“我们上车吧。”

“告诉我。发生了什么？”

“上车，德鲁。”

“为什么？我绝对会把他打倒，沃蒂！他做了什么？”

“这正是我让你上车的原因。”沃蒂把伊莎贝尔放到了前面的乘客座位上，然后把德鲁推进车后面的座位。“小心你的手指。”他在关门之前说。

* * *

一点钟的时候，他们都为他准备好了。这是一件需要等待的事情，因为他可能在任何时候过来。每扇盒子门都靠在锁上，但没有真的关上。每个麦片球都被运到了地面中间的 12 个盒子里；6 个在一边，6 个在另一边。嘴唇很快地动着，做出不同单词的口形以记忆每个人的角色，一遍又一遍。不时有人会喊出一个问题：“是我站在兰姆的肩膀上还是兰姆站在我的肩膀上呢？”然后马上会有回复：“你，然后是兰姆，然后是福拉，然后是邦邦，因为邦邦是最小的。”

“我，然后是兰姆，然后是福拉，然后是邦邦，因为邦邦是最小的……”低声的回音传来。

三点钟的时候，温迪听到电梯的声音，并且从它接近的声音中得知它已经经过了上面的房间。它有的时候会停在那里，然后再来到它们这层。“我觉得是刘易斯，”她说，“但是先别行动，有可能只是莫伊拉。”

电梯门开了。可能是莫伊拉的第一个信号——那个真空吸尘器，并没有像平时那样很快地出来。是的，证明这是刘易斯。

刘易斯走出电梯，检查着它是否正常打开。这些地下走廊令人毛骨悚然。他想确定在他安顿小人的时候，电梯不会故障或者突然去了另一层。对于一个成功的一流公司来说，这个地下通道的设计非常糟糕，几乎是原始的。他一点也不信任它，他总是给电梯编程，让它带他去必须停下的楼层，在下面待的时间越短越好。他检查盒子的数量，好确定他下周或者什么时候把新的小人，威迪尔，放在哪里。她真的特别可爱，他一边想一边迈出进入走廊的第一步；甚至有些性感。他可能之后还会再想想她，当然是和真人一样大的样子。为什么这下面这么安静？天，他们有时会很奇怪。呀！好可怕。至少这里的空气闻起来好些了。

他听到了一声噪声，一扇盒子门打开了。这声音简单而又寻常，以至于直到所有的盒子门都打开，小人儿们爬上他的肩膀和头，拉着他的腿，试图把他撞倒的时候，他才意识到他本不该听到这样的声音。他举起胳膊，小人儿们挂在上面，在他的手腕上绕了一圈，他试图开启手腕抬到嘴边寻求帮助：到底发生了什么？他的眼睛被蒙上，他的鼻子被捏紧，他倒吸了一口气，某个东西被扔到了他的嘴里。汗水、奶酪和浓醋的味道溶进了他的舌头。他张开嘴想把它吐出去，然而更多的被扔了进来，这次灼烧着他的舌头和口腔。一只只小手拽着他的裤子和袖子。当他再次尝试把手举到空中，放到嘴的面前时，几个小人吊在了他的胳膊上。他的脚趾被向上推起，脚后跟摇晃了起来。他张开嘴喊，却有更多的东西都落在里面。他又想吐口水好让更多的空气进来，更多的东西被扔了进去然后推到他舌头的后方。小手们捏着他的鼻子，紧紧地，让刘易斯吞下去。一个个小身体撞在他的小腿上；他摇摇晃晃，然后摔在了地上。喘着气，他摇着头使他那被捏紧的鼻子松开，它起作用了，他深吸了一口气，之后，他的鼻子里被塞满了醋味的奶酪。他发出嘶嘶声，喉咙紧缩，嘴巴想吐。他的眼睛仍然被小人锋利的指甲紧紧地蒙着。

二十分钟后，每个小人都确信刘易斯不会再很快地起来了。事实上，十分钟过去的时候他们就这么觉得了，但他们不敢告诉彼此。因此，他们把手背在屁股上，站在他的腹部，肚子和大腿上，等着每个小人都完成。他们中有两个人想把威迪尔从她的盒子中放出来，示意她应该和他们一起走。

洛普跳进走廊的中央，把手放在空中。其他人马上跟着他走进了电梯，寻找按钮应该在哪里。嗯……外面有一个按钮，那么里面的按钮应该在哪呢？福拉意识到他们必须要按外面那个按钮才能让电梯关上门。她朝兰姆和邦邦招了招手，然后她们跟着她到了外面。他们摇摇晃晃，把脚趾扎进其他小人儿的屁股和背部。福拉不停地滑倒，所以皮德尔代替了她的位置，然后邦邦爬上了这座晃动的塔的顶端。邦邦伸出手，用指甲的最尖端按下了按钮，然后她倒向了电梯里，那里等着的小人儿抓住了她。皮德尔和兰姆快速地穿过了正在关闭的电梯门。“我们……”她喘息道，“成功了……”皮德尔倒吸了一口气。其他人欢呼，然后电梯里告知他们正在下行的录音声让他们安静了下来。

“这是正确的方向吗？”一个小人儿问。

“不知道。”另一个说。

“我们要去到另一间房间吗？”

“不。不，我们去不了，因为另一间房间在我们的走廊之上。”

“是吗？”

“我确定它在下面。难道莫伊拉没说过它在下面吗？”

“我们肯定在去那里。”

“只有一个按钮，”邦邦说，“而且它没说是去哪的。”

“或许我们要一直下去才能再上来？”另一个小人说。

“好吧，那我们应该会在某个点路过另一间房间。”

是的，他们同意，他们会在某个点找到另一间房间……同时他们计划着谁将在下一层出去按按钮。

“如果是另一间房间的话，我们得营救剩下的小人。”温迪说。

“我觉得不是。”另一个小人说。

“但如果是呢？”

“如果金克丝不在这儿怎么办？”邦邦说，“我们必须要回来找她。”

“现在无论如何我们都救不了其他小人儿，要是莫伊拉正让电梯返回怎么办？电梯就会抛下我们离开，”莫普说，“我们的首要任务是离开这里。”

“对其他人来说，这也是最好的……”

“如果计划失败，我们对他们就没用了，最终我们都会陷入困境。”

“如果我们自由了，我们就能帮助他们。”

“但是……我们必须要找到金克丝！”邦邦凝视着一张张脸。每双眼睛都看着地面、墙壁或天花板。兰姆搂着她。

“想一想，邦邦。如果我们被困住了，就对他们毫无用处了。”

邦邦想了想。如果她让他们停下来搜查房间，电梯就离开了，把他们留在那里，那将是她的错，计划将会失败……她对金克丝发过誓，她会让计划成功的。她伸出一只手扶着兰姆，好让自己镇定下来，她呼吸得十分快，她的胸部感到很热。‘我们会回来的，不是吗？’邦邦说，“下去的路很长，但我们一定会回来。”

“电梯门马上就要打开了，我会出去按按钮，”莫普说，“福拉，兰姆，邦邦，你们爬到我的肩膀上。”

他们点了点头，然后爬到了莫普身上。

他们等待着，眼睛看向电梯门。

“开门。”电梯说。

电梯门沙沙地打开时，他们的手捂着脸，牙齿咬着嘴唇，外面安静得像是要把三个小人儿推回电梯里似的。

他们摇摇晃晃地走到昏暗的走廊里。邦邦感觉自己被摇晃得太远的时候叫了一声。这很有趣；她怎么能在另一间房间发出声音呢？显然这并不是另一间房间。这就意味着金克丝并不在这里！谢天谢地……这里又黑又可怕；如果回到电梯的时候，知道她被困在这个又黑又可怕的地方，那就太糟了。

“好阴沉。”她头脑中的小人说。是的，她同意；阴沉。幸好没什么人住在这下面。

她伸手去按按钮。一张脸在最近的盒子里看着她。那张脸的一边比另一边大很多，脸颊和前额上满是黑色的头发。它抬起一只胳膊向邦邦挥手，但是胳膊的末端并没有手。邦邦盯着她。

“快点，邦邦。”福拉喊道。

邦邦按下按钮，然后被扔回了电梯里。剩下的小人儿抓住她，把她的脚放在了地上。她转过头去看那个没有手的生物，但是电梯门已经在他们身后关上了。

“电梯上行，”电梯说。

“所以，那就是另一间房间，我们原本将会在那里度过接下来的几个月。”莫普说。

“那不是另一间房间，”邦邦说，“你不记得福拉说的吗？另一间房间应该是安静的。”

其他小人皱了皱眉。“那它应该在哪儿？”

邦邦耸了耸肩。“我不知道，”然后说，“如果我们不在另一间房间停下怎么办？那我们怎么知道它在哪？”

“它一定在我们走廊上面。”一个小人说。

“一定是！”另一个人说。

邦邦摇了摇头。“我真的认为我们一停在那里就该去救他们。”

“但我们的首要任务是出去！”

“我们不会停在那儿，”温迪说，“刘易斯下来的时候没停在那里。”

邦邦皱了皱眉。“那我们怎么回去救剩下的那些小人呢？”

“我们会藏在一个地方。就像我们计划的那样。”

“但是……”邦邦挠了挠头发，“你们不觉得有人会发现我们不在了吗？”

“别慌张，邦邦，”奥斯莫说。“只希望莫伊拉不会往盒子里看，就这样。”

“胡说，这太危险了。”

“她从不往盒子里看。”

“那威迪尔怎么办？”

“她从不往盒子里看！”

“但是威迪尔的盒子在地面上，”邦邦说。

电梯里一片沉默。

“刘易斯也在地面上！”邦邦喊，“这个计划完全是胡扯！”

洛普走过来把他的手放在邦邦的肩上，兰姆则把手滑到了她的腰部。

“邦邦，”洛普说，“我们没法为了剩下的小人回来。”

“什么？”

“你自己也说了，邦邦。如果我们藏在某个地方然后想办法再回来，计划就行不通了。”

“大人们会寻找我们的。”兰姆说。

邦邦盯着她眼前的空间。“谎言，”小人在她的头脑里说，“他们说谎了。”她的目光聚焦在温迪身上，温迪环顾四周，试图弄清楚大家是否知道这件事。之前开会太累了，她在邦邦和金克丝还在商量之前就上床睡觉了。

“这个计划无论如何也行不通！”她用沙哑的声音喊道，“电梯停下来的时候，你们认为我们会去哪里？你们认为他们会让我们离开大楼吗？”

“我们最好的机会是如果我们跑得很快，”洛普回答说，“在有人意识到我们走了之前……”

“但我们答应过她！”邦邦喊道，她的拳头紧握，她的嘴角下垂。

其他的小人儿向她眨眼。“这绝对不行。”福拉抚摸着邦邦的前臂说。

“开门。”电梯说。

“但是她在等着我们……”邦邦呜咽着说，“她将独自一人，她将……”

当日光充满电梯时，邦邦闭上了嘴。一条走廊在他们面前打开。它又白又空旷。在不到十米远的地方，玻璃门关着，外面是灰色的天空。远处墙壁上的窗户有些模糊，它后面的东西都换了位置。

莫普试着发出声音。起作用了。没有人听到他们。

他们别无选择，邦邦想，她试图迈出脚步但却无法移动她的腿，就好像金克丝抓着她的一个脚踝，就像她过去在家里那样。“回来再睡一会儿吧，邦邦。”她会说。邦邦闭上了眼睛，她一找到女主人就会回来接她。和她一起。

洛普和莫普示意他们走出电梯。邦邦感觉到了温迪的手。

奇普斯醒过来。橙色的光扫过天花板。有东西在掐他的肚子。

“那真是好把戏。我很惊讶她竟然能认出他。”

奇普斯坐下。两个大人的后背在黑色的玻璃后闪着白光。他靠得更近了，但是，哎呦……他肚子上是什么？哎呦！又在他的大腿上。

大人的动作使他的目光重回到了窗户上。他们的后背分开了。一个胳膊肘从长发中伸出，一只手抓着一个小肚子。金克丝！他跳向窗户。他的金克丝！他挥手，但她仍被裹在头发里。他朝她喊：“金克丝！”但他的声音不管用。他举起手拍打窗户，但是，哎呦！他的肚子。他朝它瞥了一眼，然后又回头看向她。她的头发被推到了后面，他能看到她的嘴唇。它颤抖着，上面的鼻涕发着光。当他的眼睛看到她肚子上的手和她大腿上的一圈洞时，他的耳朵感觉很热。他大腿同样的位置抽痛着，他向下看了看，什么都没有。一只胳膊被举起，一根金属管猛扑到了金克丝的肩膀后面。她颤抖的嘴张开，然后向前倒去。他的肩膀也感到刺痛；他回头去看谁咬了它——没人，那里没有人！他耳朵的热气滚向了他的脖子和胳膊。他按着玻璃，他的目光在他的手和金克丝之间来回转换。那颤抖而无声的哭泣……他永远不会忘记那颤抖而无声的哭泣。他朝着玻璃窗撞去，胸部的一处撞击把他的肚子反弹回来。他转过身，大步走到盒子的另一边，按着墙的底部，再去举起墙的顶端，然后把脸皱起来，整个身体都靠在墙上。

一条白线沿着墙底打开了。奇普斯停了下来，眼睛跟随着它，沿着底部到角落里，最后穿过顶部。他推得更用力了，那条线变得更粗了。他向后撇了一眼黑色的窗户，跑到角落里，把他的肚子挤进去，穿过了那条白线。

* * *

小茶杯在茶碟里摇晃着，在雷吉把它放到桌上时。

“给你，伊莎贝尔。”

“谢谢，雷吉。”她闻了闻。

“可怜的伊莎贝尔。我给你拿些巧克力蛋糕怎么样？今天早上刚做的。”

伊莎贝尔摇了摇头。“不了，谢谢。”

“一切都好吗？”雷吉看着一张张下垂的嘴。

“嘘，雷吉，”沃蒂回答说，“没有什么是我们不能解决的。”

雷吉朝着沃蒂眨了眨眼。理解了。他提了提裤子上的腰带，走回柜台。

伊莎贝尔深吸了一口气，坐了回去。“她真是太完美了。你知道，和我完全一样。”她傻笑着说。“我从没意识到我看起来是那样的，直到我看到……我自己。我想你可以这么说。”

“这是一种报复。”德鲁没带着任何语调说出这些词，眼神空洞。

“你建议我们怎么做？”

“我们要揭发他。”

把赫克托拖下水也会暴露德鲁的。“听着，伊莎贝尔，你对你所看到的有绝对把握吗？”

伊莎贝尔翻了个白眼，红色略过了沃蒂的脖子，布满他的脸颊。

“好吧，亲爱的。你当然确定。我错了……”

“她就在那里，在镜子的另一边。像一个映像。当有人把她抱起带走的时候，她朝我咧嘴笑了笑。”

“谁把她带走了？”德鲁问。

伊莎贝尔耸了耸肩。

“他们看见你了吗？”

“我觉得是的。”

“关于这一切，还有人对你说了什么吗？”沃蒂打断说。

“没有。只是……没有，什么都没有。”

“嗯，”德鲁说，“我只是不能理解他为什么想要它……要是他做的不止一个怎么办？在做出更多之前，他必须停下来。”

伊莎贝尔把手掌拍在桌上。“你们俩做你们想做的。我会试着和她谈谈。”

德鲁的眼睛朝她眨了眨。“谁？”

“那个克隆人。我想再见见她。”

沃蒂张开了嘴，但是德鲁说。“你真的不能，伊莎贝尔……”

“为什么不能？”

“因为……你觉得他们允许吗？”

“如果我说我已经见过她了，他们可能会。”

“伊莎贝尔，我完全理解你的感受……”沃蒂说。

“你怎么能理解？”

“因为我把你养大了！”

“……”

“事实上，无论你期待什么……她永远不会成为你的朋友。”

“那么，她会怎么样呢？他不能告诉任何人关于她的事。她会坐在盒子里然后腐烂。”她在座位上不停倒换双脚。“那不是生活。”

“实验室里的其他人会照顾她的。”

“但是我能帮她！”

沃蒂摇了摇他的头。“我真的觉得你不该参与其中。”

“任何事都可能在她身上出错，伊莎贝尔。她不是人类，不是真正的人。”德鲁坐回座椅，看着他的手像垂死的啮齿动物一样在桌子上抽搐。“她只是把你的一些细胞拼凑在一起的可怜东西。她过几个月就死了，伊莎贝尔，也有可能是过几年……我不会让你经历这一切的，我不会。”他将目光从手上抬起。

“伊莎贝尔！”德鲁站起来，环顾四周。“你看见她去哪儿了吗？”

“没有，”沃蒂说，他紧紧抓着桌子盯着那下面。“我刚刚在听你说话。”

“伊莎贝尔！”德鲁喊起来，“伊莎贝尔！伊莎贝尔！”

“发生了什么？”雷吉说。

他们三个搜查了洗衣房，俯身在洗衣机上，窥视着书之间的空隙。

“你觉得她到外面去了吗？”雷吉说。

“我怎么知道……她可能就是藏得很好，”沃蒂一边说，一边在成堆的奶酪烤饼后面检查着。

德鲁用手和膝盖支撑着站起来。“我打赌我知道她去了哪。”

沃蒂读懂了他的心思。“伊莎贝尔，如果你在那儿的话，德鲁马上就要为了你搜街了。你真的想让他那么做吗？”

三个人弯下腰竖起了耳朵。德鲁站起来摇了摇头。三秒钟后，他走了。

21
CHAPTER

金克丝以前从未洗过澡。她唯一玩过的水就是瓷砖上的水，那还让她生病了。但这种冒着热气的水在她的头顶和周围形成了一块块的云。她张开嘴去咬。什么都没有。什么都没尝到。

大人们已经离开她至少十分钟了。当她用脚趾轻弹水发出声音时，她想到了这一点。他们对她好只是因为他们伤害了她。当他们不能再伤害她时，就不会再好了……她向前俯身，在水面上扇动睫毛，发出啪嗒和叮当的声音。这可能是她最后一次洗澡了。而且这只是第一次。她不想再也不能洗澡了……

“金克丝。”

金克丝把她的头转向另一边。“什么？”

“过来！”

奇普斯！“奇普斯，是你吗，奇普斯？”

“是的。”

她从浴池中站起来然后转了一圈。“我看不到你。”

“为什么？”他说。

她皱了皱眼睛。

一个脑袋从一个白色砖头一样的东西后面冒了出来。金克丝趟着水走出浴池，啪嗒啪嗒地走了过去。

“快点，金克丝！”他在她把手搂在他的肚子上时嘶嘶地说，“我们必须得走了。”

“真的是你吗？”她的眼睛朝着他的肚子眨了眨。他把双手放在屁股上，然后把肚子挺了起来。

“你的胳膊……”她说，捏着他胳膊的上半部分，“我的手指摸不到。”

“还有我的脸，看看我的脸多胖。”

她笑了。“你嘴周围都是硬皮！”

皱着眉头，他把嘴唇收了进去。

“没关系的。”她踮起脚尖亲了他一下。

他握住她的手。“我们趴到地上等着门打开。”

他转身跑去，但金克丝没有动。他停了下来。“来呀，金克丝。”

“没用的，奇普斯，他们很快就会回来的……”

他皱了皱眉。“我们得尝试……”

“没有意义。”

“但是我们还能做什么呢？”

金克丝明白，做那些没有任何意义的事情。像是收集石头或者……在没有食物的时候寻找食物。她深深吸了一口气直到肚子的底部，然后点点头。“好吧。”

奇普斯先行。“把你的脚放在突出来的地方。那是我爬上去的时候放脚的地方。”

“我不敢相信你真的在这里，奇普斯！”

“你得跳到底部，但我会抓住你的。”

“好的。”

在底部，奇普斯把她放下来。简单得很，她想，因为有他的新胳膊。她环顾四周，把他拉进他们爬下来的东西和一个高高的篮子之间的缝隙里。“我们就”，他喘着气，“在这里等着。”喘气。

他把鼻子放在她的耳朵上面，用双臂搂住她的肩膀。“让我们永远在一起。”

金克丝的脸颊上都是她的眼睛里挤出来的湿漉漉的泪光。“但他们会抓住我们的……”

“不……不要这么说。”奇普斯张开他的眼睛。“我们可以假装。就在我们在这里的时候……像一个谎言，但是个好谎言……”

金克丝想了一会儿。“一个愿望。”她吸了一下鼻子。

“我们会有一个很好的篮子。”他说，把她的头发拉到两边，形成了两个长长的耳朵。

“它闻起来会很香。”金克丝说。

“并且我们会有很好的外套。”

她向下看了看然后把手放在了他的肚子上。

“然后我们每天都会填饱你的肚子，你想要多少麦片就有多少。”

她感觉她的盒子变得清晰了。“奇普斯。”她用嘴唇做出这个口形，弯下膝盖，把头发披在脸上。她不愿去看她在哪里。这一切都是新的，这种新意味着时间把她推向了一个新生活。她不想要。她想回去，回去一点点，然后待在那儿。在篮子和他们爬下来的东西之间的空隙里，她和奇普斯，然后再次向前走，走向好闻的篮子，外套和麦片……

他们在那个空隙里等待一条线的出现，门打开了。两个白色的大人通过了它。

“他们走到洗衣篮后面去了。我知道他会出来的。”

奇普斯看了看金克丝，然后睁大了眼睛。他突然把头转向门。

“我们应该直接出去。”

金克丝抓着奇普斯的手，从篮子的后面向外窥视。

“算了吧……让他们拥抱一下也没什么坏处。”

“就因为你扎了她三次？”

奇普斯轻轻拍了拍金克丝的肩膀，然后指着门让她走。她用另一只手摸着他的脸颊，然后亲了亲。他们转身就跑，在接近门的地方，他们牵着的手分开了。

“他们在那儿！”

“关上门。”

门合上了。金克丝跑在前面，回头看了一眼奇普斯。“快走。”他小声说。

“她就要穿过去了。”

“她走不远的。”

“我希望没有其他人看见她……”

她滑过缝隙，然后朝着一株植物跑去，那株植物有许多弯向地面的树枝。很好，或许她可以爬上树枝然后藏在叶子后面。它会保护他们，就像家里的吸尘器到处乱窜时保护他们的那株植物。她转过身来。

金克丝停下了脚步。

她的膝盖摇摇晃晃，然后她摔倒在地。

门已经关上了，一道白光仍在她上面闪着。它迷失在白色的手指后面，那些手指尽力把它拉得更宽，然后连续不断，一直到她的奇普斯。他的头被卷进白光里，他的左臂伸向她。他的身体卡在那条线里。

“哦天。”

“我们会因此被解雇吗？”

“不会。但如果他死了，就会有一大推表格要走流程。”

“特伦斯！”

金克丝的眼睛模糊了，里面充满了泪水。她双手交叠放在嘴上。

“他刚刚是说‘特伦斯’吗？”

“他们都会那么做在他们将要……”

“愚蠢的门……好了，就这样。”

“特伦斯。”

四只手扑了过来，抓住了身体的每一端。一条红线升起，到了奇普斯的被撑得凸出的肚子上。

“我已经控制了他……你去抓她，好吗？”

拳头猛击着盒子门。金克丝把自己的脸深深埋在那条没有被咬的腿下面。邦邦之前告诉过她，关于名字的事情。她在医生那里听到过……其他的小人都说过一个名字，在他们死之前，她说。邦邦听到奇普斯的死讯后会说什么呢？她想到了她的“外面”，她的奇普斯，邦邦和布兰克妮，他们每天都见面。就算他们真的回到了家，如果他们不能再见到奇普斯，她怎么会开心呢？眼泪从她的腿上滑落然后汇聚到了她的脚上。她将会和那些有关她的“外面”的可爱想法待在一起……奇普斯将活在她的脑中，她不想开始适应周围的环境。她把眼皮挤在一起，用手捂住耳朵。

她想，邦邦和其他人会在她把这个地方变成回忆之前救她出去，然后他们会带上奇普斯，让他睡在比这个地方好得多的地方。也许她可以和他在一起，拥抱他，和他说话，抚摸他的肚子……

撞击仍在继续。

金克丝再次把自己的记忆从身体中剥离出来，爬到了她的胸骨下面。当她和那两个白色的塑料男人在一起时，这很管用。或许现在它也能挡住这撞击声。

她像那样坐了很久，直到她开始想知道剩下的人什么时候过来，她是否应该确保自己能够走路，以便为营救做好准备。她的肚子折了起来并且开始冒泡。奇普斯也许永远不会得救了。她抽了抽鼻子。但是她想让他从这里出去。

撞击声现在更大了。似乎被撞的不止一个门。稍微看一下谁在发出这些声音也没关系。尤其是他们也将被救出。

金克丝睁开眼睛，走到盒子前面，透过栏杆偷窥。撞击声停止了。她看了看她前面的盒子，然后看了看上面的和再上面的，又看了她面前盒子两侧的那些盒子。她摇了摇头，又盯着看。她的腿里灌满了洗澡水，太热了，她想把水踢出去，热水也灌进了她的肚子，她想打开肚子的按钮，把水泼在地板上，但是她没有按钮。水填满了她的胳膊，把她的手挤成了拳头，然后向上穿过了脖子，十分用力地拽着她的头发，以至于她的头猛地往后仰，她的手指插进嘴里，抓着她的喉咙捏了起来："不！"她尖叫道，"不！"

许多脸盯着她，在她一次次重复那个词的时候睁大了眼睛。

"希望只能寄托在你们身上了！"她朝着那些脸喊道。这些脸都来自之前的房间。这些脸现在被四个或五个地挤成一小团，他们被迫在同样狭小的盒子里安静地活着。洛普、莫普、兰姆、奥斯莫和她的邦邦。她的邦邦在一个不同的盒子里；那个盒子离地板很高，在右边很远的地方，金克丝几乎看不见她。"邦邦！"她一边喊一边敲打着面前的玻璃门，"邦邦，把我从这里救出去！"她摸索着门来到一个通风孔前，把嘴凑到了上面。"我们都出不去了吗？"

邦邦摇了摇头，指着挂在她盒子锁上的一个巨大的金色的东西。"挂锁。"金克丝在脑中说，在她意识到这是什么之后，她又哭了起来。

"但是我们不能永远待在这里！发生了什么？你们在做什么？"

那些脸盯着她，眼睛一眨不眨。

“告诉我！莫普……告诉我发生了什么！”

莫普指了指他的嘴，然后摇了摇头。

金克丝看着一个个盒子，张着嘴喘气。那些她从没见过的小人坐着摇摆，或者怪异地扭着身体，咬着他们的手。

金克丝把一只手放在喉咙上。“我能说话！”她为了确认大声说话，“我能说话，不是吗？你们都能听到我说话吗？”

一排排的小人儿点了点头。

当金克丝把指尖放在喉咙上，想着她的声音时，沉默了一会儿。“这意味着我可以和他们说话？你们认为这意味着我可以吗？”

那些头又点了点。

她的眼睛掠过他们……她尽力上上下下地看着走廊的远处。但是她能和谁说话呢？“但是我能和谁说话呢？”她大喊道。

其他人耸了耸肩，除了一个正在撞他玻璃盒子的小人。她看了看他，塔夫特，然后看着他指了指电梯后面，用一只手的大拇指和小指抵着耳朵和嘴巴，在他的盒子里走来走去。他盒子里另外两个小人不再吃手，停下来看着他。他动了动嘴唇，好像他在和手指说话似的。“我不明白，”金克丝摇了摇头，“你在扮演谁？”

莫伊拉还没来得及走出电梯，她的真空吸尘器就沿着走廊飞快地移动。她咯咯地笑了起来。有趣的小东西。事实上，有时候她真的很高兴它在身边，尽管它不是活的。尤其是可怜的刘易斯经历了今天下午这件事之后；哎呀！谁会想到呢？他们完全把他打倒了，像那样在地上撞他的头……他差点就噎死了。让她最害怕的是这其中的想法，坦白来说。这都是预谋好的。在她打扫之后在消毒液里卷麦片……他们怎么能想到这点呢？好在她只用过醋。她永远忘不了刘易斯从地下室走廊打来的视频电话，他看着屏幕，嘴角和头发上都是黄色的硬皮。她咯咯笑了。有时候他真的是一坨屎。有趣的是，她确信他们意识到了这一点，这就是他们选他的原因，虽然同样也很可能选她……哈哈，那些黄色的粘物在他的鼻孔周围变成了渣！可怜的小家伙们。要是她也被困在地下，还被迫服用记忆抑制剂，她也会发怒的。可怜的，可怜的小东西。最糟糕的事情是，他们几乎成功了！如果她早知道他们在计划，她就会告诉他们：你们只能用你们的芯片和指纹才能打开玻璃门。他们真的应该在某个地方等着直到有人打开门；但那样的话他们也会被那个人看见了。从一开始就注定了。可怜的，可怜的小东西。

“莫伊拉？”

莫伊拉猛地一扭头。真空吸尘器都弹开了——或许有东西卡在了里面？有时它吱吱作响……

“莫伊——拉”

她转了一圈。那绝对是她的名字，但是……那里没有人。只有那些可怜的小家伙站着咀嚼，口水流在地上。一个小人抵着她的门站着，嘴唇压在气孔里。她旁边的小人儿背对着玻璃，坐着摇晃。

“莫伊拉！我在这里，看这里！”

她的眼睛转回那个站起来的小人。张大了嘴巴。

“是的，我。”金克丝说，站在那里揉着她的喉咙，想知道莫伊拉是否真的能听到她的声音。“你好？”

莫伊拉关掉了吸尘器，朝盒子里眨了眨眼。“你好？”她尝试着，离那个小人更近，她自己的声音在玻璃门上反弹，传遍了整个走廊。她回头看了看电梯，然后走到她身后，再次把吸尘器打开。“你在说话吗？怎么……你怎么能说话？”

“呃……我不知道，”金克丝回答说，“但我今天才发现。”

“见鬼！你说得真好！你像我一样讲英语！你是怎么一天就学会的？”

金克丝想了一会儿什么是“英语”。嗯……

“我每天都说话，但从不在大人面前说话……”她睁大了眼睛，“你真的能听到我吗？感觉有点像在做梦。”

“哈！你不早说！”莫伊拉笑着，尽可能安静地笑着，“是的，是的。我能听见你。你用的那个词是什么？大型人类？”

“大——型——人——类”金克丝认真地发着音，“你不知道这个词吗？”

莫伊拉伸出双唇，摇了摇头。“不。我们没有说这个词。我猜它就像小型人类的反面一样，不过是大型人类。”她自己重复这个词的时候又笑了笑。“大型人类。”

那么，“哦糟了！”她转过身按下刚刚清扫的屋子里的黑色金属方块。百叶窗滑了上去，四个小人儿盯着她，他们的瞳孔像舷窗一样。“对不起，小家伙们，”她说，“等一下，他们不能说话吗？”她转回金克丝的方向。

“不能……只有我，我觉得。”

“那太神奇了！”在说“神奇”的时候莫伊拉的眼睛睁得大大的。

“我需要你的帮助。”金克丝说。

“你的肚子怎么了？”

金克丝看了看她的肚子，感觉眼睛又变模糊了。“是他们做的。”她抽着鼻子。

莫伊拉捂着她的嘴倒吸了一口气。“疼吗？”

金克丝点了点头。“并且他们……然后他们……”

“他们怎么了？”

“他们杀了奇普斯。”

“谁是奇普斯？”

“奇普斯是……”抽鼻子，“我的……亲爱的。”

她托着脸颊，她的胸在她急促呼吸时跳动着。“他们把他关在一扇门里。”

“谁把他关在门里了？这里的家伙吗？”

点头。

“噢，那太糟了。”

莫伊拉的目光在金克丝身上闪烁着，她动了动嘴但不知道要说什么。她没听说有人死……可能那些像刘易斯一样的人掩盖了这件事，但是，即使是这样……“我还没听说有人死了。也许他会没事的……”

金克丝摇了摇头。“他在他们面前说了些什么。他说‘特伦斯’。”

莫伊拉的眉毛凹进了她的额头。“我听说过这种事……”

金克丝抽了下鼻子。“真的吗？”

“我很肯定，是的……”

“但是他说话了！”

褶皱加深了。“可你也在说话！”莫伊拉摇了摇头，目光落到金克丝的脚下，又回到她嘴边，那张说话的嘴。见鬼。金克丝真的很像莫伊拉。一模一样只是小得多，很显然。

金克丝的眼睛发亮。“我在说话！”她抬头看了看其他人。埃德朝她点了点头，竖起了眉毛。

莫伊拉跟随着她的目光。埃德的脖子僵住了。

“这是不是意味着他可能没事？”

莫伊拉向她眨了眨眼。“就像我说过的，我肯定会听说的。我一天都待在这里。”她的眼睛眯起，靠近盒子。“我真希望有办法帮你们所有人离开这里……”

“这就是我叫你的原因。”金克丝用她的手掌心擦了擦眼睛下面。“请帮帮我们吧。这里太令人讨厌了。”

“噢，小可怜……”莫伊拉叹了口气，把头靠在玻璃上。“我只是不知道我能做什么。他们是家大公司，而且……我这有个孩子，还有……”她的声音逐渐减小，她们互相看了一会儿，她的头还靠在栏杆上。过了一会儿，她挺直身子，擦了擦鼻子。“他们会被这一切吓坏的。你想让我做什么？”

金克丝把嘴噘到脸的一边，目光从莫伊拉的嘴巴延伸到耳朵上。

“你能让我用用你那个能说话的东西吗？”

“我的什么？”

“那个你在另一个房间对着讲话的东西，在你清扫的时候。”

莫伊拉意识到了她在说什么，她指了指天花板。“他们会听到你的，”她小声说，“哦不，那不是我，”她眨眼示意，“我没有会说话的东西。”又眨了眨眼。

金克丝皱起了脸。“是你的……”在莫伊拉把手指再次放到嘴唇上时降低了声音。“有。”她低语着，想知道为什么这部分对话比其他的更有趣。

“你想让我给谁打电话？”莫伊拉小声说。

金克丝张开嘴然后又闭上。这是她不太确定的一点。“能帮忙的人？”

“能帮忙的人……”莫伊拉重复道，一边想着谁能帮忙，一边抬起眼睛看着侧面。

“我的那个女人或许可以？”

“你的什么？”

“我的那个女人。”

“那是什么？”

“和我一起住的大型人类，那个女人。”

“哦，好吧。”她的眼睛闪烁着，“好像有些词是不同的说法。你有她的号码吗？”

“她的什么？”

“你女主人的号码？”

金克丝眨了眨眼。

“那她的地址呢？”

“……”

“她的名字？”

“那个女人。”

“噢，我懂了。那是她的名字？”

“是的。”

“那她的姓呢？”

“我不知道，莫伊拉。我真的不知道。”

莫伊拉笑了。听到这个小人说她的名字真是太有趣了。这种感觉似乎十分私密，就像如果她的宠物猫叫她的名字，甚至她的牙医也这么叫，而不是说“克罗夫特夫人”。如果他叫莫伊拉的话，她会在他把手放进她的嘴里时感觉好一点。这有点像握手，或者说：“我不是在和别人说话，而是你。”莫伊拉想了想，然后轻弹了一下夹在金克丝盒子上的黑箱子。“在这里！”她皱了皱眉。“苏珊·马利，它响过铃吗？”

“……”

“没有吗？”

“什么是铃？”

“噢，我的意思是我觉得你的女主人其实叫苏珊。”

金克丝想了想。

“我在家里听过这个词，但我从不知道它是什么意思。”

“好吧，那就是它的意思！”

“苏珊。”

莫伊拉按了下手腕，然后那个发光的东西闪烁起来。

金克丝看着她的手腕扭上去，想着现在既然能和女主人通话了，她还能做什么。

“你能把邦邦放进我的盒子里吗？”

“什么？”

“她就在上面。”

莫伊拉转过身去。邦邦正朝下盯着她。“噢对！你们两个前几天一起来的，不是吗？”

金克丝点了点头。“她是我的另一个亲爱的。”她的脸又皱了起来，水从眼睛里流出来。

莫伊拉看着两个盒子。“你们为什么被分开了？”

金克丝耸了耸肩。

“我没有权限打开这些盒子，很抱歉……”

“好吧……没……”抽了下鼻子，“关系”。

“不要哭。”

金克丝屏住呼吸，点了点头，直到她忍不住再次抽泣。

“这太糟了。你知道吗？别担心……”她降低了声音，“我会处理好一切的。”她把手放在玻璃门上，“只要你坚强，好吗？”

“好的。”金克丝看了看那只巨大的手。“坚强。”她说。

“你确定吗？”

莫伊拉点了点头。

金克丝看着莫伊拉走回电梯，直到她不再能看到她。电梯门关上的时候，她对面和旁边的盒子都在大声拍手，她确信莫伊拉会转身再回来。金克丝把手攥成拳头——她的脸看起来一定很红，她想，她尽力朝着其他人微笑，满脑子都希望莫伊拉能找到她的女主人。

苏珊试着工作，她花了三个小时在办公桌前假装自己没哭，最后还是被她的主管莉迪娅送回了家。她曾在图书馆的桌前读一本书，在那里每排座位的最后都有一个看管的人，以确保每个读者都戴着手套，鼻子和嘴上都戴着面具。那本书太悲伤了，看管的人很友好地问她，要不戴上递给她的护目镜，要不等她感觉好些再回来看。她戴上了护目镜。但是大概十分钟之后，书上的字因为镜片里积聚的眼泪变得又大又模糊。她决定只好下次再过来。她又去了四次，才把那本书剩下的三十九页读完。她已经不记得因为文字而悲伤的感觉了，直到今天。今天她坐在厨房的地板上读完了那封信的内容，她的眼泪洒满了那张纸，那张被卢卡斯太太亲手揉皱的纸。卢卡斯太太不愿意相信它。多么浪费墨水，浪费纸张，浪费文字啊。她把它扔到花园里是浪费。它应该得到尊重，多么浪费时间啊，她一定这么想。

读一封信，让泪水融化墨水，放大然后弄脏每个字，是多么浪费啊。他一生都在完善每个“s”的弧线和每个“l”的回路，这会成为它们最终的演出。多么浪费啊，苏珊想，这场演出给谁看呢？与他相连的生命。或许这就是她把它扔开的原因，因为有了这封“浪费”的信，她的生命也将被“浪费”。

“所有的爱，”苏珊哭着说，“真是浪费。”

那些文字重复着，一次又一次，在她的眼前重新书写。也许这就是卢卡斯太太扔掉信的原因，她不能忍受再把信读给自己了。但是他那么写是因为他将要死了吗？或许他在他们的生活中一直是个“吝啬鬼”，只是碰到了那些他能说的可爱的事情，储存在他脑子里一个满是灰尘的部分。或许这才是她把信扔出去的原因。不……不，她哪个都不相信。那封信有很多张，似乎把每个词都用上了，像一个被粉刷了很多次的老房子。虽然只是一座普通的房子。只是简单的语言。但是锁在那所房子里的岁月的魅力似乎改变了它……”每次我们去圣艾夫斯吃冰激凌，我们都很开心。我们过去常说，那是我们两个人的地方。不要一个人回去，好吗？”当这些文字再一次读出来的时候，她的眼泪又涌了出来……

她回到家坐在楼梯上重读那封信。每隔一段时间，她都会起床从窗户往外看，看看隔壁的房子有没有卢卡斯太太回来的迹象。苏珊只要一看到她出现在车道上拖着脚走着，就一定会跑到外面，用胳膊搂住她。可怜的卢卡斯太太。可怜的卢卡斯太太。

她抓起电话。她要再试一次。不是为了邦邦和金克丝，而是为了卢卡斯太太。

“比尔布里奇-明克萨斯总部，接待处，有什么需要帮您的吗？”

“你好。我朋友的小人被偷了……”

“等一下，女士，是谁偷的？”

“你们，而且……”

“她不会被偷的，女士，她需要被带回来检查是有原因的。”

“她没有表现出任何交流的迹象，只是因为她的主人已经一百三十岁了。”

“您是主人吗？”

苏珊假笑了一下。“不，所以我说‘我朋友的小人被偷了’。”

“我只是需要核实一下。如果你不是合法主人的话，我不能和你讨论这个情况。”

“那个主人目前正试着说服她丈夫放弃安乐死。”

“——”

“当她回到家时，在那所房子里会感觉十分孤独。”苏珊哽咽道。“所以……，”抽鼻子，“既然……”抽鼻子，“她的小人没有表现出任何交流的迹象……”抽鼻子，“我希望你能告诉我……”抽鼻子，“你们计划什么时候把她送回来。”

“抱歉，”另一端缓缓地说，“我不能和你讨论这个情况。”

“那么，你们能为客户做些什么呢？”抽鼻子，“在过去的三天里，我从你们那里得到的只是，不，不，不……你们的存在有什么意义？”

电话线里传出一声长长的叹息。“我有个女儿，”女人说，“我一个人抚养。”她说。“我需要这份工作。有五分之一的可能性这个电话会在今晚被重听，如果是这样，我会收到书面警告。我处在监控里，只能告诉你我不能给你提供任何消息，因为我无权获取它。如果我知晓。我也希望我能告诉你，”她叹息道，“对不起，我是认真的。”

苏珊的嘴唇颤抖着。“谢谢你。这是三天来我听到的唯一有人性的回复。”

她不能责怪那位女士。事实上，那位女士让她明白，之前接电话的所有女士都是相同的情况。或许要是她们读了这封信的话，一切就会改变了，那会让她们意识到与等待着她们的事情相比，目前的处境是多么可笑……或者跟和她们生命相连的人相比。如果是哈米什她会怎么做？因为这一定会发生的，他们中的一个会先走，然后就会是那样了吗？多么浪费。生命如此短暂，即使他们还有一百年，也不应该彼此发脾气。

她还在想她或哈米什会不会有谁先走，这时电话又响了。她接起来，睁大眼睛，用手把眼睛周围的泪水挥干。“喂？”

“喂，你是苏珊吗？”

“请讲。”

“呃……你好。你不认识我但是……我答应了某个‘人’会给你打电话。”

苏珊的嘴撇到一边。“哦，真的吗？”

“我知道我最终会被发现，而且可能会因此丢了工作但是……”

苏珊坐直了身子。“你是什么意思？”一定是不到两分钟前和她讲话的那个女士。“不……不，别丢了工作。我就等电子邮件吧！”

“什么？”

“我不想让你丢掉工作。你要先考虑你的女儿。问题出在公司，不是你。”

前门开了，哈米什走了进来。苏珊对着哈米什皱了皱眉头，她本来是要对着电话另一端的人皱眉的。她站了起来好让他坐在楼梯上脱鞋。

“我没有女儿！”

“你刚刚和我说你有一个女儿，不是吗？”

“嗯……我想你以为我是别人。”

“你不是比尔布里奇-明克萨斯的女士。”

电话里沉默了一会儿。“你怎么知道的？”

“因为我刚刚和你说过话。”在他们上楼梯的时候，她对着哈米什的裤子说。

“不……那不是我……”

“真的吗？那是谁？”

“金克丝。”那个声音说。

“什么？”

“金克丝让我给你打电话。她需要你帮忙离开这里。”

“金克丝？什么……我的金克丝？”

哈米什转过来，快速下了四级台阶。

“是的！”

“她告诉你什么了？她拍手了吗？”她的声音又开始颤抖。

“没有，她没有拍手。她直接说话了！她让我帮忙然后……我必须要把信息带到，即使我会丢掉工作。”

“她什么？你刚刚说她说话了？”

哈米什一次性跳下两级台阶，然后把一只耳朵凑到电话上。

“是的！”

“你在开玩笑吗？”

“不！她让我给你打电话，说你就会过来救她。你得知道，他们那间房间里有录音装置。一旦有人意识到她会说话，我不知道她会遭遇什么。他们不想让她拍手，更别说说话了。而且她说得很好，就像你我一样。我以前从来没见过。从来，从来，从来……”

“可是没有人告诉我们地址，我们甚至不知道怎么去那里，”哈米什插嘴说，“喂？你好？”电话断线了。

苏珊张大了嘴。“你吓着她了！给来电的号码打电话！”她说道，同时摸着手腕准备照说的做。“给来电的号码打电话！”

“快快快……”

铃声开始在她的手腕里响起。

“喂？”她说，转向哈米什，把她的手指放在嘴唇上。

“抱歉，我是莫伊拉，刚刚那位女士。那位男士的声音吓到了我，我没有意识到我在和两个人说话。”

“我知道。我刚刚让他离开了。”

“他也会来吗？”

“噢……在哪里呢，具体？我们不知道去哪，没人愿意给我们地址。”

“这不奇怪。事实上，这就是我为什么说会丢掉工作的原因，我也很可能会被带上法庭。如果公司逃脱掉法律处罚，我也必须得换个地方。我会完全失业……”

“噢天哪，好吧……不，我不知道。不，你不能这么做。”

“我希望公司不会逃脱处罚。我决定冒这个险，因为这里发生的事情真令人恶心，你知道吗？今天有个小人跟我说话。她告诉我她和她的朋友不想再坐牢了，只是因为他们试着拍了手，这多愚蠢？我觉得我必须这么做。这看起来奇怪吗？”

“这令人敬佩，”苏珊说，“你真是好人。”

“在八十九号见我。”

“八十九号？哇，就在那儿吗？”

“是的。我会把具体的地址传到这个号码上，可以吗？”

“八十九号很……你知道，我这么说很可疑而且……我不是对你无礼但是，你可以，你知道……不要对任何人说是我告诉你的吗？”

“啊……我懂了。”电话里沉默了一会儿，正当苏珊准备说什么的时候，另一头突然说：“带上一些人！而且，尽量多带一些。”

“人，为什么？”

“越多的人看到越好。你能做到吗？你能带些人过来吗？”

苏珊的目光掠过大厅。“我不知道从哪儿去找……”一张皱巴巴的纸躺在台阶底部。灰白色的头像气球一样上下移动着，他们在苏珊的脑中啜饮着茶。“我想我可以。”她说。

“你能九点到那里吗？”

她看了看哈米什。他点了点头。“能。但是我们怎么进去呢？我们能……我的意思是……你们会让我们进去吗？”

“这个交给我吧。”

他们挂断电话，苏珊扫描手腕找到了梅雷迪思的电话号码，打通了，然后在厨房、大厅和客厅之间踱步，告诉她到底发生了什么事。她能把其他人聚到一起吗？她能让他们九点之前到吗？苏珊会把那个地址传呼给她。是的，她非常确定她能信任那个人，她听起来非常可信……可是真的吗？如果这一个骗局？但是谁会那样做呢？嗯，如果他们都一起来的话，肯定可以。这是不是骗局并不重要，它值得一试。是的，她确实意识到他们都很老了。是的，她一开始有自己的预想。不！她确定她不会把他们排成一排，把他们推进集体坟墓！噢，是的，公司似乎确实想让他们离开，但大规模谋杀？嗯，是的，她的原话是“带很多人过来”。是的，八十九号非常可疑。不，她从没听说过一个会说话的小人。苏珊捏了捏鼻梁，走到厨房去找哈米什。然后回到大厅。空的。再看看起居室，也许他到外面了？好吧，如果梅雷迪思不想把其他人置于危险中，她自己就没有一点疑虑吗？那怕一点点？她会不会发信息看其他人是怎么想的？他们必须在一小时内离开。没有多少时间，没有。哈米什到底在哪里？苏珊打开餐厅的门——奇怪的是门是关上的……她往里看，哈米什站在窗户旁，他的手腕靠近嘴唇。他转过身来，睁大眼睛看着她，像是吓得不轻：“对不起，梅雷迪思。”她大步走向他，“怎么了？”

“我……哦，嗯……没什么，”他对她说，“是的，是的，是苏珊。”他对着手腕说。

“电话那头是谁？”

他忽略了她的问题，显然是在听另一个人说话。然后他问：“苏珊，你刚才在和谁说话？”

“梅雷迪思。哈米什，她认为我们不应该相信这个电话。”“梅雷迪思不相信这个电话，”他对着手腕重复道。“哈米什，你在和谁……”苏珊问，他伸出一根手指堵在她嘴前。

“苏珊，那是谁打来的电话？”

“梅雷迪思。”

“不！”他说，带着她以前从未听过的甜甜的笑。“我是说那个打电话说金克丝的女士！”

“哦！”苏珊闭上眼睛回想，然后又睁开。“莫伊拉！是莫伊拉！”她说。

哈米什听到另一头对他说的话时深深点头。“好的。我会告诉梅雷迪思这不是一个骗局，埃玛·霍华兹马上就会打电话跟她确认。”

“好吧，”苏珊对声音变得高亢而尖刻的梅雷迪思重复了这句话，“这改变了现状，在一定程度上，”她说，“我会等她的电话的。”

苏珊挂断电话，然后用手机的一端敲了敲牙齿。埃玛·霍华兹。她看着哈米什，他在做奇怪的事情，比如把手放到头后面站着，胳膊肘放在空中。他的脸颊上浮现红晕，眼神跳动着。她转身离开，想要做一些重要的事情，比如给别人打电话，但是发现自己在一个小圆圈里走着，直到她再次看着他。现在他的手指在椅背的边缘上前后滑动。她皱了皱眉头。她从来没见过他和别人交流，除了卢卡斯太太，但那是不同的，她是他们的邻居；这个新的人来自哈米什的世界……她笑了笑，他如此努力地听她说话，以至于他的虹膜像罐子里的蜻蜓一样飞来飞去。这就是他和其他人在一起时的样子吗？他们在一起的时间太久，久到她已经完全忘记了。

“挂了吧。”他对着手腕说，然后走向了门。

“那是谁？”

他变回正常的表情看着她，摇着头对她说。“呃……埃玛。我的一个客户。她过去在比尔布里奇–明克萨斯工作，所以，她认识莫伊拉。”

“真的吗？这也……太巧了。”

“嗯……”哈米什想要解释，然后改变了主意，“她 20 分钟后就到。她会帮我们的。”

22

CHAPTER

苏珊让埃玛坐在前座。从那里，她能注意到，每次埃玛转过头去对哈米什说话，她的嘴唇都在颤抖，不仅仅是嘴唇的部分，连下巴的一部分，和上面鼻子的一部分也在颤抖。她的丘比特之弓在哪里，苏珊想，她想知道丘比特瞄准弓箭时是否会晃动，然后在头脑中构想出小天使最可爱的画面，小天使从云层中探出头来，闭上一只眼睛，伸出舌头来，试图集中注意力不晃动。

苏珊决定问她一个问题。“你离开那家公司已经很久了吗？”

埃玛转过身来看着后座。苏珊看到她整个脸都在颤抖。“呃……准确地说，就在你们收养邦邦和金克丝不久之后。”

苏珊扬起了眉毛。“哦对！哈米什告诉过你关于她们的事，是吗？”

埃玛在座位上扭动了一下，“还有比那更多的——”

“呃，你不必告诉她。”哈米什打断了她的话。

“告不告诉苏珊有什么用呢？现在也回不去了，真的。”

苏珊对埃玛笑了笑，感激她叫她“苏珊”而不是“她”。

“我现在和莫伊拉的处境是相同的。”她挥舞着手，手镯叮当作响，仿佛表示她周围的空间，她同样的处境。“我可能会遇到很多麻烦，所以我不必再保守秘密了。”她看着哈米什。“维克斯博士一直都是我的知己，在过去的两年中……噢……我认识他的原因是因为我在调查他，事实上。”

哈米什又发出了一声甜甜的笑。听到他笑，埃玛也笑了起来。苏珊看着他们俩，决定她最好也这么做。

“我选择让你们俩成为邦邦和金克丝的家人。”

苏珊让她的嘴张得很大。

“我需要一个符合具体标准的家庭。最好是一对夫妇，这样家里就有更多的眼睛盯在小人身上，这个家庭也会有更多的钱。”她抬头看着车顶，同时用手指数着，“最好是年轻的，我不想让她们比家人活得更长然后……最后一点是什么？哦对，最好没有孩子，我不想让她们的胳膊被孩子们拽下来。”

“没有孩子？但是“微小的爱”计划的设立意义就是让孩子关心除自己之外的东西。”苏珊把手指缩成拳头，她什么时候形成了这种把提取别人话语中的点当作反馈的习惯了？

“你看了那部纪录片。”

点头。

埃玛深吸了一口气。“这家公司充满了谎言，你简直不敢相信。你们现在接触的只是所有事情的表面。他们的律师是伦敦收入最高的律师……我们到哪儿了？”她说，看着哈米什，“啊是的。哈米什将会是第一个告诉你小孩子是怎么对待比他们小的东西的人。”

“我吗？”

“我希望如此，”她回复道，“他们通常想伤害它或者喜爱它。我的意思是像喜欢玩偶一样的喜爱。”

“我以为还有售后回访？”

“有。那部分不是谎言。我们一些检查员的报告看了会使你畏缩。但是，那些小人被带走过吗？一次。那在我生命中仅发生过一次。密歇根州咬脚趾的小人，还记得他吗？”

“可是报道说他过去总是咬脚趾。”

埃玛摇了摇头。“他被绑在扫帚柄上，躺在地上，孩子们轮流拿着它，把冰激凌放在他的生殖器上，然后让猫舔掉它。你能想象猫的舌头舔它们的感觉吗？最终，他俯下身子，用力咬了他们其中一个人的脚趾头。他被带走了，因为家人认为他对孩子很危险。随后，新闻到处都是，公司不得不证明他是一个例外，他超越了他的反侵略特征。

“那存在吗？反侵略的东西？”

“有些措施能使他们比，一个正常人，更平静……”

“但他们有能力超越它？”

“没错！痛苦就是痛苦，在一天结束的时候，只能忍受这么久。自发地侵略和绝望地止痛是有区别的。”

“我知道！所有这些防止“沟通”的破事，是因为他们担心小人会告诉我们一些不妥的事情，不是吗？”

“苏珊已经磨练自己的小阴谋理论好一阵子了，”哈米什说，“实际上，我想她可能猜到了什么。”

苏珊把头歪向一边，他真的这样想吗？他从来没对她说过……

“我完全同意她的说法。”埃玛说，坚定地点着头。

“可以说，他们之所以表现得愚蠢，部分原因在于记忆抑制物。”

“真的吗？”

“嗯，嗯。”埃玛的手腕开始嘟嘟作响。“是梅雷迪思。”电话接起来之前她说。

“喂？你到底在哪？哦对……你们是结伴而行吗？”

苏珊一下楼就认出了埃玛。她端坐在沙发上，在大腿上紧紧抓着她的包。然后她站起来，靠在咖啡桌上和苏珊握手，向前弯腰时，她的“狐狸尾巴”在她头的后侧快速摇动着。

“我是在会上认识你的，不是吗？”

“是的。你这周在那里，对吗？”

“没错。”

苏珊搓着双手。通常这种情况下的台词是：“哈米什已经告诉了我关于你的一切。”但是他没有。所以她听到自己说：“哈米什没有告诉我任何关于你的事情。”她咯咯地笑着，埃玛也咯咯地笑着。“显然，他必须使你们的关系保持‘嘘——嘘’。”她又咯咯地笑了。埃玛没有笑。哈米什的脸僵硬地笑了笑。最后，埃玛咯咯地笑了，苏珊也加入了进来，为了表示礼貌，不过她原以为她会使哈米什尴尬。她扭了扭手。刚才那句话真蠢。“你成功和梅雷迪思通话了吗？”她叽叽喳喳地说着，希望能掩盖她上一句话。

“是的！我们说话的时候，她正想办法把大家聚集起来。莫伊拉一直在那家公司工作，自从……我都记不得了。她在那儿已经好多年了。”

苏珊表现出一副严肃的样子。“她真的会因此失去工作吗？”

埃玛点点头。“是的，”她低声说，“恐怕是这样……但我并不惊讶。金克丝能说话的事实令人难以置信。这真的是我们一直等待他们能够做到的事……”她寻找着那个词，在她面前张开又合上手，“证明他们是平等的，如果你愿意的话。”

“平等？”

“他们是人类，苏珊。他们和我们有相同的能力。唯一的区别就是他们很小，不能和我们说话。”她站着向后倾，向上望去查看时间，橙色的光照在她的脸上。“开车要两个小时，我们应该能到达……”

“当然可以，当然可以。”哈米什站起来，穿上外套，“我们该走了。”

* * *

“我来接伊莎贝尔。”他对着大楼门前的对讲机说。

“哦……”一个刺耳的声音说，“我知道，嗯……恐怕伊莎贝尔已经走了。”

“我想她又回来了。”

“……”

“喂？”

“是的，我只是核对一下。不……没有人带她进来。”

“噢。”德鲁把手塞进口袋，转了一个圈，然后再次按下对讲机上的按钮。

“是吗？”

“你确定她不在那里吗？”就在他讲完这句话的时候，一个戴着帽子的年轻人走到门口，把背包换到另一个肩膀上，把拇指伸进指纹识别盒里。他推开了门，咔嗒一声响。

“对不起，如果我……你介意吗？”

“哦，嗯……”

“我来接伊莎贝尔，我有点急。”

那个年轻人一听到伊莎贝尔的名字就笑了。“当然，”他说，“你不是常接她的那个人，是吗？”

“是。”德鲁说，他跟着年轻人穿过门，眼睛扫视着房间。那里一直黑得吓人，一直都是。他注意到，自从他和伊莎贝尔一起来看赫克托以来，亚麻油地毡已经变了颜色，然后他跳上了楼梯，那楼梯在大厅里就像是悬在张开的、有消毒剂味道的嘴里的舌头。

在顶部，一张小椅子放在一个金属跑道上——是伊莎贝尔的楼梯，他想，她一定会上来的。德鲁闯进了通往接待处的大门，就像他过去一直做的那样。它没有移动。他试了试把手，然后敲了敲朝着门的一侧打开的长方形窗户；金属丝嵌在玻璃内部形成了看不见的方形。

一位身穿白色外套的金发女郎透过眼镜向他皱了皱眉头，然后表示她想查看他的通行证。

他耸耸肩膀，表示没有通行证。

她的嘴嘟囔着，走开了。

那个让他进来的年轻人已经爬上楼梯了。“对不起，”德鲁说，“她对我说了些什么，但我听不见——你介意吗？”

那人停下来看着他。“并不会，”他说，“如果你愿意，我去和我祖父核对一下。稍等一下。”他转过身去，然后又回来。“对不起，我应该说是哪位呢……”

“马克·赫克托是你的祖父吗？”

另一个人点点头。“是的。”

“告诉他是德鲁。”

年轻人又点点头，然后从门里消失了。可怜的孩子。不能因为他恰当地工作而责备他。他追溯着新亚麻油地毡里的大理石线条，一直到伊莎贝尔的升降机。她现在可能正在那里要求看克隆人。傻姑娘。他们绝不会允许她同它说话……呃，她……当然，她会是幸运的，如果他们放了她！他以前从来没有撞过门，他能做到吗？或许在沃蒂的帮助下。沃蒂……他摸了摸夹克，把手伸进内兜拿出手机。正当他的手指合上电话时，有东西敲了敲窗户。德鲁抬起头。

* * *

此刻，在车里，哈米什有一种奇怪的感觉，他变成了多妻的丈夫。每次他向旁边看时，他都确信自己的腋窝湿了一点。当苏珊的声音从后座传来时，汗水会突然变冷，他的胸部会缩小一点。就好像她是第一任妻子，他希望她能让他和新的、第二任新妻子单独待在一起。不一定非得有特殊情况，只是为了他能和她在一起，成为受人尊敬的哈米什，通过传递信息改变一切而拯救这一天的哈米什。"对不起，"在苏珊跳下楼梯之前，他终于说了出来，"我不应该……你知道的。"

"我认为这是不可避免的。"她结结巴巴地说，低头看着沙发，然后把屁股挪到沙发的边缘。

"'完全是不允许的'这才是我应该使用的词句。"

"这就是它不可避免的一部分原因。"

"我本不该给你打电话的。"

她的眼睛到处看着，除了没有看向他。"我想很高兴你这么做了。"

他把手伸进口袋，看着地板。

"不管怎样，"她接着说，"我离开之前会打电话给你。"

"你打算离开？"

她的眼睛盯着他看了一秒。她吸了一口气正要回答。

苏珊来了。两个世界突然到了同一个房间里。

哈米什脑子里的守护神闭上眼睛，咬紧了牙，在哈米什想到苏珊说的话时，就只有那句"嘘——嘘"。这是不对的，他无法思考。"埃玛，你有莫伊拉的号码吗？我们可以打电话告诉她我们快到了。"

"不，我从没有莫伊拉的号码。"

"你不是很了解她吗？"苏珊又尖声说道。

自从她把目光投向埃玛之后，苏珊就戴上了她的"喜欢我"徽章。哈米什想象着她在问这样一个问题时是如何把她的头伸向一边；她的眼睛睁得那么大，就好像另一个人说出了最有趣的事……这是他的错。这当然是他的错……他们不怎么和其他人在一起，以至于他都忘记了她和他们交流的方式。除了卢卡斯太太，但她不同，她不是威胁。苏珊在卢卡斯太太身边要自然得多。

“我们不被允许太多地了解彼此。”埃玛再次转向右边回答苏珊，“只有在职业层面上。我们都被植入了微芯片，从开始在比尔布里奇-明克萨斯工作的那天起。他们想做，一种同事网络。讽刺的是，这是为了阻止我们建立联系。”

“天哪，真的吗？”苏珊倒吸了一口气，好像这是别人说过的最可怕的话似的。

哈米什把一只胳膊肘放在窗台上，用手指抵住嘴唇。别想了，他对自己说。别这么爱分析别人了。苏珊只是想要一个朋友……

“是的，真的。所有的口头交流都被记录下来并加以监控，以检查我们没有诽谤公司。哇，谈论这件事感觉真奇怪！”

埃玛干得很出色。对苏珊很有耐心……回答她的所有问题……哦，停下来，哈米什！停下来！

哈米什双手放在方向盘上，凝视着前方。“嗯，埃玛？”

“怎么了？”然后她惊叹道，“哇，他们真是争分夺秒，是吗？”

“谁？”苏珊向前探了探身子，眯着眼睛透过窗户。大约三十个灰白色的头在车灯下闪闪发光。“他们在路中间干什么？”

“这不是路，这是通往市中心的车道。”

哈米什皱起了头。“不可能，我们在这条路上已经走了好几英里了。我们穿过一大片工业区，现在还穿过树林。”

“我一直和你说，你别驶离这条路，公司拥有这条路。中心的入口就在这些树林的另一边。”

“不可能。”

“不可能吗？”

“是的。”

“不可能吗？”

“是的！”

“您已经到达目的地了。”导航发出声响。

埃玛给他一个“我告诉过你”的表情。哈米什傻笑了一下。

苏珊注意到了那个“我告诉过你”的表情，也注意到了那个傻笑。她也听着他们争吵，这是否是正确的道路。她不仅注意到了，而且觉得很熟悉。当苏珊告诉他“他错了”时，他从来没有笑过。苏珊叹了口气，有时候是发怒，有时候……有时候什么都没有。她把眼睛眯成一道狭缝，然后她面前的这对情侣就成了带有老式屏幕的老电影中的一个场景。他们像是里面的角色，苏珊心想，她把目光移开，向窗外望去。“差十分九点。”她说着走下车，来到那群发光的人头中间。她听到另外两扇门砰的一声关上，感到些许宽慰，因为他们没有在车里逗留。

“梅雷迪思！”她喊道。

“苏珊！”梅雷迪思小跑过来。其他人听到苏珊的名字都聚集起来。“会发生什么事？你认为我们能把他们带出来吗？”

“我不确定，”苏珊说，“但最重要的是你们看着我们进去。”

“我们也应该进去吗？”

“我不太清楚那位女士的计划。”苏珊避开了她的名字，虽然她并不知道为什么，“她对我说的就是带人来，越多越好。”

“你的小人会说话是真的吗？”有一个人说，苏珊认出她就是那个在会上把多余的椅子递给卢卡斯太太的女士。

“我是这么被告知的。”苏珊微笑道。

“我们到底在这里做什么？你认为我们得进去吗？”

“好的，大家。”埃玛的声音从苏珊身后传出，当他们把迷茫的脸转向她时，白色脑袋后面的眩光消失了。“我现在可以告诉你们，很遗憾，你们不能进去。你们的任务是观察，拍照，记录我们进入大楼，无论如何。当我的同事到达时，我们会一起走进中心。今晚是没有计划的，但是，从某种程度上说，它已经酝酿好几个星期了。这不是越狱，可能任何小人都不会出来，但如果你们都尽力确保这件事不会从历史中被抹去，那么我们就更有可能打败公司，并有希望把你们爱的人带回来。”

“很好。这正是我想说的。”一个苏珊熟悉的声音靠近说。当她转过身去看是谁时，她发现哈米什正用一种奇怪的眼神盯着埃玛……就像是那时候他们在老板家喝开胃酒，然后老板展示了比哈米什的藏书更丰富的藏书。目瞪口呆，这可能就是那个词，她想。转头看着一旁的树。

一个身穿红色蓬松夹克的女人从一株很低的树叶后面大步走出来，左右扫视了一下，然后又扫视了一下身后。“埃玛，”她伸出胳膊说，“你在这里干什么？”

“莫伊拉！”埃玛握住她的双手。

“我们真的要这么做。”

莫伊拉撇着嘴。“我不能去，”她说，“我只是想让她进去，告诉她去哪里。我儿子和我妹妹还在车里。”她把头歪向车子的位置，“她一进去我们就走了。”

埃玛点点头。“我一点也不怪你。”然后说，“我还能进去，对吧？”

“我不确定，”莫伊拉说，“你的拇指还在吗？”

埃玛笑了。“是的！但也许他们更新了一些东西，或者……”莫伊拉摇了摇头。“不。仍然用绳子和胶带绑在一起。他们除了律师什么都不想花钱。”她眯起眼睛，“你的芯片呢？”

“有的。”埃玛在口袋里翻来翻去，“我认为它可能会派上用场。”

“那我们就不该说话了，你知道的，”她笑道，“我待会儿就把我的取出来。”

埃玛做了个笑脸。“我做到了。还不错……”

“是的，我非常期待。”她转向苏珊。“你准备好了吗？”

“我真的不介意去……”哈米什插嘴说。

“不，”苏珊说，把哈米什锁在一个僵硬的眼神中，“金克丝求我了。”

哈米什转动眼睛，正要说话时，莫伊拉插了进来。

“她确实这么做了。特别要求我请她的女人……显然那是她对你的称呼。”莫伊拉转身走开时，在空中挥舞着一个手指。“跟我们到门口，大家！”她喊道。“拍照，录像。做任何你能做的事。”

人群沙沙地低声说话。拉链拉开，旧数码产品发出呼呼声和哔哔声，闪着光。

哈米什抓住苏珊的胳膊肘。“你确定你不要我去吗？”

苏珊把他的手臂拿开。“我会没事的。”她说。她的眼睛注意到了她手腕上发光的手表。“也许我们应该记录下自己进去的情况？”

“好主意。”埃玛回答道，她轻触手腕，直到它发出荧光绿色的光芒。

一群人一起走到了门口，直到自发隐秘小人组织成员停下来在那里等待。只有莫伊拉、埃玛和苏珊爬过大门，穿过了前院。

“好的，”走到大楼的玻璃门前时莫伊拉说，“苏珊，如果因为某种原因埃玛不能过去，你看到接待处后面的那扇门了吗？”

苏珊透过玻璃门往昏暗的接待处望去。“差不多，是的。”

“你需要按的按钮是电梯右边的棕色按钮。到地下室的每一层都会停。门第一次打开，会通向一条空荡荡的走廊。第二次开门时，你会在一个房间里，那是小人们第一次去到的地方，而第三次开门是沉默房间，金克丝就在那里。”

“好的，好的。”苏珊用勉强张开的嘴说，她确信如果嘴张得再大些，她的心就会从嘴里滚出来。

“安全吸尘器还在那里吗？”埃玛问。

莫伊拉点点头。“是的。而且他们还有另一个。”

“糟糕。有两个？”

“它们应该不会找你麻烦，因为你有芯片。它们可能不太喜欢苏珊。”莫伊拉耸耸肩。“但无论如何，他们还在后面的房间里。你应该有足够的时间下楼，去找金克丝，然后再上来。”

“如果我们没能上来呢？”苏珊说。

莫伊拉边想边噘着嘴唇。“速度快点，好吗？”

“好吧。”苏珊点点头。

* * *

“她不在这里。”马克·赫克托打开门，对着德鲁擦了擦额头。

德鲁眯眼看了一会儿。他脸上绷紧的皮肤拉紧了眼睑，露出浓密的眼白。他有一根拐杖。“我不相信你。”他说着，侧过身去，从门缝里闯了进去。

“哦不，你不要！”马克·赫克托伸出手去抓德鲁的袖子，德鲁蜷缩着身子，大步走下走廊。布局丝毫没有改变，他知道这些房间，就好像是他建造的一样。“伊莎贝尔！”他朝着一个门道喊道，然后继续沿着走廊走去，推开门，弄得一堆堆纸散开，让那些穿着白大褂蹒跚地走在走廊上的人惊讶不已，灰白的头发从发网中扎了出来。有些面孔他似乎认得出来，有些面孔完全不认知，除了那个让他进来的年轻人之外，每个人看起来都很老。“伊莎贝尔！”他从每个门口喊道，“伊莎贝尔！”

“她不在这里。”赫克托说。

“伊莎贝尔！”德鲁一边推开门一边喊道。一个秃顶的实验室技术员吓了一跳，赶紧抓住他手里的东西。“她一定在这里的什么地方。”

“不，德鲁……不在那儿！”

德鲁回头看了看马克·赫克托，然后打开了一扇他不应该打开的门。没有都什么。空房间。真奇怪，他为什么不让他进来呢？然后他记得，这个房间能通向另一个房间。他穿过空荡荡的空间，在右手最远的角落打开了第二扇门。“伊莎贝——”他停下来。她在那里。在眼睛的高度，就在他前面，在某种玻璃盒子里。她转过身来，感觉到门上的光照在她裸露的背上，然后懒洋洋地眯着眼睛看着德鲁。他们一定给了她注射了某种东西……德鲁在她身后伸手把灯打开，这时赫克托的拐杖敲着来到了前面的房间。

“出去。”他喊道。

德鲁喘着气。当灯光照亮了她们的箱子时，一整排伊莎贝尔转向了他。他的目光游离地望着另一排，以及上面的一排。然后到了房间的另一端，更多的小伊莎贝尔光着身子站在那里，她们的脸贴在玻璃门上，她们的目光反射着日光灯泡，而不是真正的伊莎贝尔眼中闪烁的火花。

德鲁看着马克·赫克托，手仍然捂着嘴，眼睛睁得大大的。他摇了摇头。“为什么？”

“哈！”医生喘着气说。在所有的问题中……

“除去任何别的东西，为什么要冒这么大的风险？这会毁了你的。”

博士的眼睛突然看回德鲁的眼睛，他脸上的每一条皱纹都舒展了，就好像每个细胞里的每一滴水都结了冰，然后扩展了他的皮肤。不。他完全被误解了……他不可能投入所有的努力，给整个团队洗脑，工作了这么多年，冒着整个职业生涯的危险，让一个小破同性恋，如此坚定地告诉他，这会毁了他的。“这不会，”赫克托博士回答说，在他说“不”时敲了一下他的拐杖，“这使我完整。”

德鲁犹豫了。这个男人疯了。

“要是我出了什么事，你肯定无法安然无恙地从这里出去。”赫克托嘴角两边随着每个嘶嘶声起了泡沫。

“这与我无关。”

“我帮了你一个大忙，德鲁 · 马利克，你知道的。你是这一切的根源。”他把拐杖举到四十五度的位置，暗示着德鲁要负责的那些摇摇晃晃的东西。

“你不能用那个和……和克隆相比！你违反了，嗯，一切！看看她们。”德鲁在他周围做手势。“她们从现在开始就注定要这么生活了吗？还是说他们并不会活很久……你到底打算对她们做什么？”

“她们是拯救人类的种族原型。”

“这太不人道了……”

“就像把伊莎贝尔囚禁起来？那个可怜的女孩除了几个同性恋和一条死狗什么都没有——”

“她在哪里？”德鲁喊道，“她在哪儿？你把她藏在这些盒子里了吗？”

“没有！”

“那么她在哪？”德鲁从一个盒子跳到另一个盒子。“伊莎贝尔？伊莎贝尔？”那些困倦的眼睛看向他。

赫克托耳叹了口气。“德鲁？”他友好地说道。

德鲁蹲下来扫视着地面的盒子。

“德鲁？”

“……”

“德鲁，这很重要，你最后一次见到她是什么时候？”

德鲁向上看着，保持着脚上的平衡，他的眼睛搜寻着记忆。他上次见到她是什么时候？“不要假装关心她……我现在可以告诉你，她再也不会和你一起工作了。”

哦，他在他之前变好了，赫克托博士想。他不聪明吗？他皱起眉头，举起一只手掌。“德鲁，她不在这里。她大约一小时前离开了，你的沃蒂过来接的她。”

“……”

“我知道你认为我是个反派，但我很喜欢伊莎贝尔。”

“……”

“你为什么不回家？她一定会在某个时间回去的。”

“她真的不在这里，是吗？”德鲁回应道，把手伸进口袋里。“6个未接电话，”当电话开始闪烁时他说。

“这就是我试图说的——”德鲁举起手，赫克托博士把舌头放在牙齿中间。

“喂？沃蒂？”

“你在实验室里吗？”

“嗯嗯。我觉得她不在这儿。”

“她不在！她等着我离开然后让雷吉带她回家。”

德鲁的眉毛跳了起来。“她什么？”

“是的。小女士。”然后说，“你还好吗？”

“我不相信。”

“我把车停在外面，如果你想出来的话。”

“沃蒂，我见到了她们……”德鲁越过肩膀瞥向“她们”，然后越过马克·赫克托，冲出了房间。

* * *

“准备好了吗？”莫伊拉把苏珊拉到门前的传感器下面，等着它扫描自己的头。一个小舱口在他们面前打开了，里面有一个黑盒子。莫伊拉把拇指放在它上面。门嗖地一声打开，苏珊感到自己被推了进去，在它们嗖地关上之前，把她锁在白噪声内。苏珊屏住呼吸，环顾四周。但是什么都没发生。她透过门看着埃玛把芯片举到传感器前，希望自己不用一个人下去，或者更糟。如果埃玛引起了警报，她就会被困在那里。自发隐秘小人组织收集他们已经进去的证据时，相机在远处闪烁着。万一她们再也出不来了……莫伊拉的话在苏珊的脑中回荡。

门又嗖地响了一声，埃玛走了进来。

“哦，我安心多了。”苏珊小声说。

“我觉得它认出我是前职员。”

“那是什么意思？”

“我不知道，但那是用可怕的红字显示的。”

“也许只是为了以防你不知道。”

“一定是这样的。”

她们回头看了看莫伊拉，她慢跑着回到门口，走向她的新生活。

她们穿过接待区来到电梯，两个人都把闪光的绿色手腕伸向外面。

“你觉得这里有激光吗？”电梯门关上了，苏珊问道。

“激光？”埃玛笑了。

“什么，就像一百年前拍的那些老电影一样？不……他们有一种叫做“波纹”的技术，但是由于我们被呼叫了，应该不会启动它。”

“不过我们得快点，对吧？”

“是的。”苏珊开始说话时，尖锐的响声在她耳朵周围振动，“那是你的电话吗？”但并不是响声与沉默交替进行的电话铃声，像长长的尖叫声一样持续着。

“该死。”埃玛的眼睛飞快地从电梯的天花板上掠过。“我们被探测到了。”

“波纹？”

“不，作为前职员。我猜系统只是间歇了一小段时间不理会然后……”

苏珊用手指捂住耳朵——那响声真的很刺耳。“我们现在不能回去了。”

埃玛摇了摇头。”大约十分钟后会有人到场。”

“时间不够。”

门在第一条走廊前打开了。苏珊看了看埃玛。“这里通常是空的。”她咬紧牙关，门又关上了。“那里以前是他们检查用的房间。他们会重新设定电梯的程序，这样电梯只会下去一层，检查人员就不必再去下面的楼层了。”

电梯嗡嗡地降到了下一层。警报逐渐减弱了。

“好的。我们在这里。我认为我们应该带着金克丝去负三层。最后一层。”

苏珊看着埃玛。“只有金克丝？”

“是的。她就是那个会说话的。”

“其他人呢？”

“我们不能全部带走。”

“也许两三个？”

埃玛想了一秒钟。“该死的。我们尽可能地多抓几个。”

“是的！”苏珊看到打开的门时僵住了，然后她捂住了自己的嘴。五个盒子一个叠一个地摆在她面前。里面的小人儿坐着摇晃或者抽搐。一个用他的额头撞着玻璃门。“哦我的天哪，”她说，“他们怎么了？”

“我们得快点。”埃玛大步走过苏珊，走进走廊，“该死，”她转身回到电梯里时说。

“怎么了？”苏珊问道，仍在往走廊里走。埃玛抓住她的手，把她拽了回来。一个生硬地发出沉闷声的高大物体进入到她周围的视野。

“该死！”她说，跳回了电梯。

“苏珊！”门关上时一个声音尖叫道。

苏珊猛地把头转向门，“你听到了吗？”

“一定是金克丝。”埃玛喘着气，眼睛睁得大大的。

“真不敢相信，那是我的金克丝，”苏珊说，仍面对着声音传来的方向，“但是现在呢？”

“完全没头绪，”埃玛盯着电梯壁说，“他们一定把她接在了录音机上，所以他们中的一个人下来检查了。”她看着苏珊，“他们对这样的事情感到很困惑。那个东西可能一直待在那儿，直到早上有人来处理它，你知道，看守着她……即使她显然哪儿也去不了。”

“会吗？”

“他们现在会追我们的。”

“哦。”苏珊想了一会儿，“但他们没有电梯就抓不住我们？”

埃玛摇了摇头。

“我们只能把电梯卡在底层了。”

“你说的对。我们就这么做吧。”然后又说，“你知道怎么卡住电梯吗？”

苏珊盯着埃玛，她的两条大腿颤抖着，她的呼吸在她的喉咙上搔痒。带颜色的斑点一直漂浮在她的眼前。哦上帝，保持住，心脏……如果她的腿开始晃动，听力开始减弱，她就会在这儿晕过去，很可能尿裤子。她无精打采地靠在电梯壁上，重复着这个问题：她知道怎么卡住电梯吗？整个事情似乎都如此荒谬，她的嘴再也不能保持严肃的形状了。她突然大笑起来，一滴唾沫从嘴里飞了出来，她的双腿弯曲着，整个腹部都充满了笑声。埃玛也在做同样的事。抱着她的肚子，向前弯曲，直到她蜷缩在地上。

她们笑出了所有的笑声，像咳嗽发作时没什么可咳的了，也没什么可做的，除了一边试着呼吸一边扫视对方青白的脸。苏珊把手放在她的脸颊上，怀疑她是否看起来像埃玛一样苍白。“为什么电梯在楼层之间运行要花那么长时间？”她问道。

“因为我们要去的地方是很深的地下。听，我们现在根本听不到警报了。”

苏珊慢慢地吸气，同时在空气中搜寻着声波。“听不到。”她摇了摇头，“但为什么这么深呢？”

“这是小人们退休的地方。”

“退休中心？在这儿吗？”

“是的。”

电梯停住了，门开始打开。苏珊站起身来，走进一条灯光昏暗的走廊，那里有白色的墙壁和深绿色的地毯。几条过道从走廊分出来；她的目光被一个盒子吸引住了，那个盒子就在隔壁过道里面。一张脸透过栏杆望着她，韧带从耳朵和脖子上的薄薄的皮肤中显露出来。没有脸颊遮住牙齿，口水从露出的牙龈上流出来，流到下巴和肩膀上。它的左眼完全暴露在外，干涸结痂，头上没有头发，而是一簇簇的绒毛，这些绒毛从光亮的粉色皮肤上长出来，像小鸟身上的羽毛。

在下面的盒子里，一个小家伙把自己推起来一半。它的身体一边很大，大到不能在盒子里直立伸展；另一边是金克丝或者邦邦那么大。它的这边朝她走来，另一半身子拖着跟在后面。半个脑袋趴在肩膀上，无法在低天花板盒子里抬起；一只眼睛挣扎着眨眼，因为大半个脑袋的重量拽着眼睑。它看着她，舔着牙齿，它的一只大脚由于缺乏运动变得臃肿，有些皮肤裂开了，还流着清澈的液体。“你好，伙计，”她微笑着敲着墙，“你这可怜的家伙。”

电梯在他们后面的走廊里嘟嘟作响。苏珊跑过去阻止它上去。埃玛已经在那儿了。

“有人让它上去。”埃玛说，徘徊在电梯门之间。

苏珊看了看那个一半一半的小人所在的盒子。“我有个主意。”

五分钟后，她咕哝着，咆哮着，咔嗒咔嗒地把铰链从门上取下来。里面的小人儿探出大半张脸，噘起嘴唇，开始叫起来。

苏珊跳起来，又转了个圈，更多的小人儿加入了。她把手指伸进耳朵里，对着埃玛咧嘴笑了笑，埃玛站在电梯门之间看着她，双手按着每一扇门，以防它们合上。

“哎哟，对不起，”她慢跑着回到电梯前，喊道，“我们还需要几个人，”她说，“让电梯一直开着。”

“对，”埃玛说，“我们不缺的就是盒子。”

苏珊转过身去拿另一个。那个一半一半的小人儿拖着脚从盒子里出来。她蹲在它面前，告诉自己那是人类；当然不是“它”，他是“他”。“我的名字叫苏珊，”她说，“很高兴见到你。”她伸出手。他试着抬起他的大胳膊但那太重了，所以他把他的小手给了她，在她握手时笑了一下。

“他刚刚朝我笑了！”苏珊向埃玛喊道。

“他们中的大多数在这里都没有受到压制。没有必要。不管怎么说，他们的大脑可能已经死了。”

苏珊看着盒子的墙壁，它们使走廊变得如此之长，以至于两端都陷入黑暗，几乎看不见了。“他们的余生。”她对自己说。

她们两个轮流嘟囔着，又把三个他们的盒子拉过来，新放出来的四个小人跟着她们在电梯里前前后后地走。“这不是合适的解决办法。我们必须得盯着它，”埃玛把手放在腰间说道。“我们现在做什么？”

五双眼睛朝她眨着。有一个，脸上满是毛发，没有手而是假肢，另一个的腿从腹股沟到膝盖都粘在一起，他们挤着坐在苏珊的脚上，然后相互抱着，一起坐下来。他们看起来真甜，埃玛想，不知道他们多久没有拥抱了。

“怎么会有人把他们留在这儿被遗忘呢？”苏珊说。

“他们是公司的秘密。每当实验室出现问题时……噢，正如你所见……”埃玛朝着苏珊的脚点了点头，感觉至少有三对耳朵向她倾斜着。

“但是他们太多了。”

"别忘了，他们来自世界各地。发达国家。"

"真的吗？"

"嗯嗯，公司总部。"

"他们为什么不……"苏珊用手做了一个切脖子的手势。

"M-U-R-D-E-R（谋杀）"埃玛拼出了这个单词。"他们是人，记住。那将会进入一个全新级别的恶行。"

"这根本不是活着。"苏珊环顾四周，看了一会儿，然后又看回她的膝盖上，这时那个一半一半的小人儿拖着脚走过来，把头靠在她的膝盖上。"我知道我们必须做点什么。"

"什么？"

苏珊举起胳膊，眼睛轻扫了一下手腕。"上传视频。"

埃玛用手拍了拍额头。"是的！但是我们应该快点。"

"对。"

"加上评论，别忘了解释一下我们在这里做什么。"

"当然。然后给出地址！"

我的名字，他用眨动的眼睛想着；盒子外面的黄色灯光暗淡下来。睫毛被一起塞进了眼皮的裂缝中。睫毛，塞进，眼皮……他是怎么想到这些词的？玻璃飞溅，喷射出的光滴咬着他的脸然后挂在上面。多幸运那没有伤害到他的眼睛。他转向她，没有方向盘来压她的腿，她睡在那里，脸朝下，闭着眼睛，像弯弯的蝎子。一只壁虱爬上她的脸颊，朝着左边的颧骨，像唇线的一个点。

我感觉不到我的腿。

她的头发从头上散开，好像被风吹平了似的，成了个白色的大气球。

我感觉不到我的腿。

先生，我们要试着把你从车里带出来。

眼睛再次睁开。昏暗的灯光。咆哮和金属被从金属中拧出。呼喊和女人的声音。女人。女人使用适当的语法和世俗词汇。

闭上眼睛。

我感觉不到我的腿。

我们要把你从车里抬出来，先生。

死了？你什么意思，死了？在这个时代没有人死亡！

我们救不了你的腿。我们的公司里有四条符合你尺寸的腿——伦敦的公司——你想保留相同颜色的体毛吗？

但是人们不能就这样死去——把她带回来！给她些东西，你们的银行里肯定有东西能救她。一颗心？你有心吗？

那是六个月前，先生。你在她的葬礼上……

这不是我的腿……这个更短。我妻子在哪里？告诉我妻子这不是我的腿……

她十四个月前就去世了，先生。

我装饰了她的房间。白色的蕾丝和一条狗狗地毯。但并不是真的狗。她太喜欢动物了，你不喜欢吗？她在哪？她之前就在这里……

她已经去世两年了，先生。

我们应该给他吃药吗？

我不想吃药……

把药给他。你可以回家，先生。你女儿有礼物给你。娜丁，你知道娜丁吗？她有个礼物给你。

礼物。来自我的女儿。

我会爱他的。他会是我最好的朋友。我现在有那么多剩余的爱，以至于……哦，你知道前几天我妻子发生了什么事吗？

那是三年前，先生。

睁开眼睛。那些女人在干什么？这么吵……

我的名字。

他向左看。小人们沿着走廊拖着脚步走过他的盒子。你看到金克丝了吗？他想呼喊。他眯着眼睛。没有金属丝在他的视线中交错——门不见了！

这是我的名字。

他抱着肚子，跪在地上，抓住盒子的一侧把自己往上拉。

当我是一个全人类的时候，泰伦斯是我的名字。

* * *

“他做了大概三十个。我不能……我想不通；她们全是伊莎贝尔。”

“该死的，德鲁，你确定吗？”

“沃蒂，我看到了她们全部。一屋子都是。”

“她们跟伊莎贝尔一模一样？”

“是的……嗯，她们是她的克隆人，所以你也能说她们是她。”

“但是……他要她们做什么呢？”

德鲁看着柳叶落在汽车，想到了赫克托博士的嘴唇，都是凸出的、虚伪的样子。“显然，他们是拯救人类的种族。”

“但是她们怎么可能呢？她们不会长出肿块吗……最终变形而死？”

“就是这样。”德鲁把胳膊肘放在汽车窗户的底座上，用一根手指勾在嘴唇上，“我想他还在玩弄胚胎。”

“你是说，他将会用某种方式，把克隆人和胚胎混在一起？”

德鲁耸耸肩。“他可能会。他可能已经这么做了。”

“疯子。”沃蒂咬着脸颊内侧，用手指敲着方向盘，“伊莎贝尔不能再回去了。”

“天，不能……”

“她只见过一个……我们应该告诉她什么？”

“唉……不知道。这会让她痛苦的。”

“嗯，”沃蒂点了点头，他把指示灯打亮，眼睛检查着右边的后视镜，“也许我们可以保密。”他放慢车速，开始向右拐。

* * *

苏珊走近一个盒子。里面站着一个秃顶的小人儿，身上有很多肿块，当他走到盒子的前面时，他用手抬着屁股上长出来的一大块东西。他举起胳膊时，她畏缩了，一块红色的肿块露了出来，肿块压在胳膊和身体之间的地方都被感染了。一块凸出的皮肤像贝雷帽一样长在他的一只眼睛上。她手腕的光照在他身上，然后她扭动盒子的锁，把他抱到了地上。她把手腕对准最上面的一排，那里至少有十个盒子。许多眼睛反射出光芒，然后又闭上或者移开了视线。天哪，这些生物最后一次看到光明是什么时候？甚至最后一次站在是什么时候地面上？

贝雷帽的盒子旁边，一个有着一头红色直发的漂亮的小人坐在地板上，用手抓着自己的脚，把身子摆到背部，又从背部摇回屁股。她看到苏珊时笑了，苏珊的手腕正对着她。“正如我之前所说，我们的地下室至少有半公里。没有一丝自然光……”

接下来的十分钟，两个女人大步缓慢地穿过走廊，她们的手腕录入了所有肿胀的眼睛、烧伤的疤痕、失去的肢体、融合的手指、棒状的脚、两个头、疣状肿块和多毛的生长。埃玛拍摄了一排排年长的，像石佛一样神态镇定的老小人，他们乳白色的眼睛在白发后失焦。那些年轻面孔的小人，跳起来盯着闪闪发光的手腕看，门一打开他们就爬出了盒子。一排排新获释的小人像尾巴一样在埃玛身后摇摆。他们大多数都跟着她，有些还待在盒子里，习惯了窄小的空间，不想出来。当埃玛举起手臂拍摄自己时，他们都畏缩了。“没关系，”她对他们说道，然后收回胳膊，盯着她的手腕，录入着公司的地址。“我们现在被困在这里了。”她说着，同时也听到苏珊说了同样的话。

“你完成了吗？”苏珊出现在她面前，一排小人儿蹒跚地跟在后面，“看我找到谁了！”她转过身去，好让埃玛看清坐在她肩膀上的那个小人儿，她的手指伸进苏珊的头发里，紧紧靠着她的下巴。

“布兰克妮！”埃玛叫道。

布兰克妮向下凝视着埃玛，然后又向前倾，探头去看苏珊脚边蹦蹦跳跳的小人儿。

“哎呀！”苏珊抓住了她。“她很软，”她说着，把从肩上掉到屁股上的布兰克妮移了上去，“但是她看起来比我上次见到她时好多了。”

埃玛凝视着布兰吉妮的每一只眼睛，捏了捏她手背的皮肤，检查她的胳膊和腿……苏珊真的不知道她在找什么。“他们可能给了她一些使大脑麻木的东西。”

布兰克妮把头耷拉在苏珊的帽子上。

“你想带走她吗？”苏珊伸出手臂。

“不。”埃玛用一根手指抚摸着布兰克妮的脸。

“她没事，我就放心了。”

“如果她在这下面，就意味着他们永远不会让她回去，不是吗？”

“就是这个意思。”埃玛双手放在腰上，傻笑着，“我想我知道为什么。他们断定她是他已故的妻子。”

苏珊眯着眼睛。“什么？”

“布兰克妮来自他已故妻子的身体细胞。”

“谁已故的妻子？”

“特伦斯·班尼特。”

苏珊睁大了眼睛。

“这就是他带走她的原因，”埃玛继续说，“这就是他们不能把她还给卢卡斯太太的原因。”

“因为他会再次带走她的。”

“或者其他人意识到然后把它公之于众。”一些声响传来。埃玛抬头看去。几个小人从打开的盒子里拖着脚朝他们走来。他们中的一些人牵着手。一个跛着脚，用胳膊搂着他的肚子。或者是“她的”。埃玛看不清楚……“我不敢确定他们会不会让他现在回家——本内特先生——经过这一切之后。我问过哈米什关于精神科医院病人的情况，但是……”她交叉着胳膊，“我的意思是，维克斯医生……他说这要依情况而定。”

“但这是件多么愚蠢的事啊。让邻居领养她已故妻子额外创造的后代。”苏珊停下来，向里抿起嘴唇。“这取决于你吗？”

“是的，”埃玛说，“是我的错。”她的心脏开始刺痛，“她在这里的事实意味着他们知道这是我的错……”

那么邦邦和金克丝是谁呢？苏珊想问，她的眼睛掠过埃玛的脸。然而，她说道：“这肯定是一场意外……”

“你不认为他会被允许回家吗？”

这个问题在空中盘旋，刺穿了他们的低音调。两个女人开始抬起头来看。

“你听到了吗？”苏珊问。

埃玛迈出一步，环顾四周。“你好？”

“因为他还没有坏到要被永远带走的地步。”那个跛脚的小人儿蹒跚地向她们走来。“他就是病了，真的。”

“你是……”埃玛开始说。

“金克丝的男朋友？”苏珊补充说。

“金克丝！”他喊道。“她在哪里？”

苏珊朝着天花板点了点头。“楼上。我们稍后会去救她。”

“真的吗？”他喘息着。“什么时候？噢……”他用双臂搂住肚子。

埃玛朝他弯下腰。“你怎么了？”

他皱起脸，然后慢慢地呼气。“我不太记得了……”

“但是你看起来比我上次见到你时好多了，”苏珊说，“你在这儿的时候发生过这种事吗？”

“是的。今天早上。”

“他们可能给了他记忆抑制剂。”埃玛盯着他的双眼，然后坐了下来，托着她的脸颊。“我真不敢相信他在说话。”

“我认为他们没有，”奇普斯说，“我的记忆好多了。我能记住比之前都多的事。”

“所以他们也不打算把奇普斯还给他的主人？”苏珊皱了皱眉头，“如果他在这下面的话，我是说。”

“我的主人。”奇普斯笑道，然后又紧抓着他的肚子。

埃玛畏缩了，然后把手指交叉在一起。“你一离开这儿，我们就给你找个新家。”

“你可以和我住在一起。”苏珊点点头说。

奇普斯闭上他的眼睛。“他是个好人，而且他爱我。他就是病了。”他嘶哑地对她们说。

“可是他总是忘了喂你。”

“他在你给金克丝外套之前就把外套给我了。”

苏珊咬了下嘴唇。

“还有邦邦。她总是很冷……”

“你是对的，奇普斯，你绝对是对的。”

“他只带走了布兰克妮，因为他爱她。这也不是坏事，不是吗？”

“不是。”两个女人一起说。

“要是没有他我也不会在这儿。他给了我生命。我很高兴活着，即使有时我有点饿。”

埃玛皱了皱眉头。“你是什么意思？”

奇普斯睁开一只眼睛，盯着埃玛。“你知道我来自哪儿，不是吗？我听见你谈论布兰克妮……”

“我的同事负责你。我跟你的文件一点关系也没有。”埃玛的脸皱了起来，“天哪，别告诉我你是他儿子什么的……你是吗？”

“我就是他。”奇普斯退缩了。

苏珊犹豫了。“他的儿子，真的吗？”

“不……我就是他。”

埃玛伸出手，像那样坐了一会儿，她张开嘴，露出愁容。

“不可能。”她交叉着双臂。

“他们那么做了吗？”苏珊问。

埃玛突然站了起来。“显然，他们现在在从活人身上获取。天哪，他们怎么才能停止？”

“不……我想他们一定……”奇普斯开始说。

“一定什么？”埃玛叫道。

奇普斯朝她眨了眨眼，然后转身在地板上呕吐。两个小人儿拖着脚走到他跟前，轮流抚他的背。苏珊从口袋里拿出一张纤维纸，向前探身给他擦了擦嘴。“我们可以以后再谈。别担心……”

“我的记忆都回来了。我是他，我真的是他。”

“好吧，没关系，”埃玛平静地说。“我就是不能理解……”

电梯又哔哔作响。“我们最好处理一下这里，”苏珊举起手腕，“在他们下来找我们之前。”

苏珊把她戴的围巾折起来，把奇普丝引到上面。他低着身子进去，弯腰时往后缩了一下。

“你说得对，”埃玛边说边走到电梯边检查门。她停下来扶着太阳穴。“我真不敢相信……”

她们把视频上传到她们能想到的每个社交网站上，然后又传到每个新闻网站和每个政客那里，传给了通讯列表上的每一个人，让他们把它传播开；把它展示在评论栏里，并在讨论论坛上张贴链接。每过两三分钟，电梯就会叫一次，因为安全吸尘器叫它回到顶部，然后两个女人会往上看，确保盒子门没有滑开或者压碎，然后目光再回到她们的手腕上。

“我们还能把视频发到哪里呢？”

苏珊的手腕发出紫光。“糟了，是哈米什……他们一定还在外面。我们在这儿多久了？”她轻触了下屏幕。埃玛微笑着把目光移开。

“嗨。是的，我们很好。对不起，谁在让电梯上去？我知道，哈米什，但是我们现在还没决定要做什么。是的，当然，稍等。”她把胳膊伸向埃玛，“他想和你说话。”

埃玛用她的手腕碰了下苏珊的，然后把胳膊抬到了耳边，“谁在叫电梯上去？”

“保安部门。”哈米什的声音低沉而严肃，“我应该给警察打电话吗？”

“警察？不……为什么？他们能做什么？”

“苏珊刚刚告诉我你们俩都挺好的。我知道你可能这么说是让她保持冷静……”

“我们很好。我们组成了一个很好的队伍。”埃玛看了看苏珊，“哈米什，你看到视频了吗？”

“是的，太可怕了。我们说话的时候每个人都站在这里看。”

“告诉他们我们需要它向病毒一样传播开。”

“我想他们正在这么做。”

埃玛对着电话里笑。“如果大家开始回家，不要一个人在外面逛，好吗？”她的目光落到了苏珊身上，在她说“好吗”的时候。苏珊把头歪向一边盯着她看，同时咬着拇指周围的皮肤，就好像她迷失在电影里一样。

“你觉得你们还要在下面待多久？”

“我们有些不确定那些安全吸尘器；如果他们是真人的话，我们就可能要被他们带走了。”她看了看苏珊，“对吗？”

苏珊眨了眨眼，就好像有人在一个很好的场景中打扰了她。她点了点头，然后又起身去检查电梯。

“哈米什，你听到我刚刚说的了吗？”埃玛用手指堵着耳朵，因为她听到很多声音在同时讲话。

“先生，我得请您挂断电话。”

“为什么？”

“这里发生的是私人事件。我不能冒风险让你把看到的事情和外面的人说——”

电话断线了。

“哈米什？”

“还在占线。”苏珊坐下来，朝着手腕点了点头。“怎么了？”

接下来她们用了十分钟打开盒子。然后她们清理了电梯门，和小人都挤了进去。两个小人用胳膊做了个升降机，把那个腿部从膝盖开始就粘在一起的小人抬了上去。剩下的小人在电梯里给他们腾出了空间。奇普斯躺在苏珊用胳膊搭的摇篮里，他的眼睛盯着布兰克妮，布兰克妮在她的肩膀上盯着他。

“我们不能在下一层停，对吗？”

埃玛咬了咬脸颊的内侧。“我们必须得回来。”

“但是我们需要金克丝讲述她的故事……”

“我想我们已经说了一大堆了。”

电梯门开了。“不，不……我们不从这里出去，”苏珊在电梯门前摊开四肢，像牛一样高的一群小人涌进了沉默房间里。她想向邦邦和金克丝大喊，告诉她们她会回来找她们的，但是电梯门关上了，之后他们全部挤到了白色接待区的瓷砖上。

六个人站在那里等他们，他们双腿放松，双手背后。他们告诉他们，他们将以诽谤罪起诉，警察已经介入——警车在外面等着——小人们是比尔布里奇-明克萨斯公司的财产，除非法律另有裁决。

“他们不是任何人的财产，”苏珊咬紧牙关啐了一口唾沫，“他们是人，”她说，然后问站在她面前的每个人，他们的主人是谁，之后停下来把奇普斯换到另一只胳膊上，把布兰克妮放下来到腰上。难道他们不认为一旦发现这些人是如何被压迫的，法律就会“另有裁决”吗？

埃玛站着，盯着前方，什么也没说。

* * *

他们死亡的时候，会把身体捐献给医疗研究。还有他们全部的器官。德鲁的器官并没有很多是可以再利用的——不知是什么插入了沃蒂车的副驾驶座，让德鲁的内脏充满了汤，不，稀果酱……沃蒂会把它写成“稀果酱”。

她用铅笔的一端擦去“汤”，然后把它替换成“稀果酱”。

沃蒂的遗体还算完整。除了他的大脑；他的头撞上了德鲁的头，然后向后撞到了窗户上……或者朝着相反的方向。伊莎贝尔只记得有人告诉她，是德鲁头上的重击夺去了他的性命。

难以想象，伊莎贝尔想。他们不能确信德鲁杀死了沃蒂，是吗？“大概吧，”马克·赫克托告诉她。“大概吧。”

她用克隆的眼睛看着他；或者那种眼睛只能看清他们头脑内部的人的样子，因为她世界的四分之三都被外部吸走了。

“我知道你上次来实验室时看到了什么，”他对她说，“好吧……她也看到了你。事实上，她想见你。”他告诉她，而车祸发生甚至还不到一周。

伊莎贝尔坐在那里，把她的嘴唇贴在沃蒂的笔记本上，她的目光漂浮在黑色曲别针凸出的螺旋上，在他巨大的空桌子的纹理中几乎看不到它。“那好吧。”她透过书说。

马克·赫克托笑了，朝着书点了点头。“你怎么不继续在里面写呢？”

“……”

他降低了音量。“问题是，伊莎贝尔，如果有人发现了她，那么……你知道，你家里的任何人……嗯……你知道她并不完全合法。”

“我的家庭？”

“是的，我很抱歉。这么说很愚蠢……路上有个小洗衣店。我这么想对不对……”

“我明白了，我会闭上嘴的。”

赫克托博士叹了口气。“我知道你会的。”

* * *

他们被带着穿过前院时，斜视着前院和拿着闪光相机等待的人群。嘈杂声吸引来了比她们离开时更大的人群。带着发光麦克风的手腕被推到了她们的下巴处。自发隐秘小人组织的成员举起塑料杯试图把红丝绒饼干递给他们。“做得好！”他们笑道，把手伸向在凹凸不平的水泥地上绊倒的小人儿们。“他们有些属于自发隐秘小人组织的成员”，苏珊叫道，然后又纠正自己。“我的意思是，和自发隐秘小人组织的成员住在一起。我们必须要改掉‘隐秘’了，”她笑着把奇普斯递给梅雷迪思，之后一只手把她的头按进了一辆车里。哈米什的脸出现在对面的窗户上，鼻子里呼出的气在上面留下两个蒸汽点。他什么也没说。他们互相凝视着，直到汽车开走。苏珊尽量不去在意他的眼睛一直盯着埃玛，当记者把麦克风对准她时，埃玛从座位上滑了下去。

“停车！”苏珊喊道，他们停了下来。

“让我给他点信息吧！”

“什么？”一个女警察说，“不行”。

“我们还没有被逮捕，开门！”埃玛咯咯地笑着，她的下巴挤进了胸里。

“你们认为私闯不是犯罪吗？”

“我们有通行资格，”她说，“如果我们是可以逮捕的，你早就逮捕我们了。”她把每个音节都说得很重。苏珊把头转过去，笑得两颊肿胀。

“好吧。”

门开了。“拿着这个，”苏珊说，她解开外套，把布兰克妮从腰部拉出来，“我的意思是，把她……把她带给卢卡斯太太。”

“我会的，”哈米什说，仍然看着埃玛，然后用他几乎惊慌的眼光迅速扫了苏珊一眼；见鬼，他的眼睛不自觉地停留在埃玛身上，自动地跳向她，像溺水的人抓浮标一样看向她的脸。浮标移开了，她看了看她的膝盖。愚蠢，该死的眼睛；它们又停留了。这次他盯着苏珊看。“我会的。”他重复道。车门关上了，他们透过窗户互相凝视着；苏珊目不转睛地死盯着对方，好像她刚刚抓住自己的伴侣和另一个女人在一起。

* * *

“你认为他们会再见面吗？”伊莎贝尔用食指的指甲刮去变质面包上的白斑。

“谁？”雷吉说。

“沃蒂和德鲁。”

雷吉屏住呼吸，目不转睛地看着她。

“就像在天堂一样。”

“我从不相信天堂……”

“或者转世，那么……”

雷吉双唇紧闭，直直地坐在椅子上。“你知道，伊莎贝尔，”他用粘着生面团的指甲在桌子上画了一个圆圈说，“你在这里永远有个家，和我在一起。你为什么不留下来？”他差点补充道：这正是他们想要的。然而，他说：“那将是一种快乐。”

“不，”伊莎贝尔回答，“不过我不会走很远的。”她把头扭向实验室的方向，“我们都不会走很远的。”

雷吉皱起眉头……我们？他想问。她一直都不太正常……嗯……自从那次事故以来。

“我觉得我会把它写成一个请求——你知道的——在笔记本上。当我走后，无论谁找到它，都可能在足够遥远的将来把他们带回来。”在她想到这点时，她的瞳孔移到了右边，“我还要补充一点，他们再也不会被分开了。”

“好吧，伊莎贝尔。”雷吉的嘴巴做成了几个单词的形状，然后叹了一口气，“你记得我会一直在这里。”

在她离开之后，雷吉见过她两次，也许三次。他尝试联系她，但她从没接过他的电话；偶尔发一封电子邮件……他对她的新家庭，那些克隆人有了一点新想法，自从那次在咖啡店，最后一天她们在一起吃蛋糕……她终于有了一些朋友，他心里想。也许她高兴了，终于。她开心就好。

伊莎贝尔信守诺言，闭上了嘴，主要是因为她爱她们。她给她们所有人起了名字，教她们如何读、写、说……她在笔记本上写了关于他们的故事，邦邦、莫普、福拉、兰姆、金克丝……所有人。每次她们做完任何手术回来，她都会拥抱她们，当他们被带走时，她视而不见。她之所以视而不见是因为马克·赫克托带走了绑在笔记本封底上的那一小撮狗毛，让她最好的朋友活了过来。她之所以视而不见是因为他是她认识的唯一一个有勇气把她家里的其他人带回来的人，就像他把她的新家庭带到世界上一样。她曾经告诉他，她每个父亲身体上都有部位是克隆的，在之后的生活中，她想知道是否可能把他们剩余的部分都补齐……他什么也没说……那总比“不能”要好。那意味着也许他会的，在未来的某一天。

来自金克丝的话

我可以从苏珊汽车的后座上看到他。他经常在这里，看起来和之前完全一样。他总像是在找人……有时候，当他在寻找的时候，他看见我，朝我挥手。我也朝他挥手。我不确定苏珊是否在这里见过他；我有一种感觉就是我们来到这个特定的地方，就是为了看看我们能不能见到他。虽然最主要的原因是卢卡斯太太喜欢这里的食物；杰里过去常常和我们一起过来，在他……好吧……活着的时候。那真的很有趣，事实上，我的记忆开始重新浮现，我和他设法追溯到了 1998 年；我认识他最好的朋友的一个堂兄弟的妹妹。她是一家剧院的舞蹈演员，我们跟着芭蕾舞团巡演的时候在那里当过志愿者。

我喜欢记住自己是名芭蕾舞者。这是我生命中需要努力思考的部分。我喜欢那段做自己身体的主人的记忆，让身体看起来会飞。我仍然试着像以前那样跳舞，但是我的新身体不允许。邦邦也喜欢这些回忆，虽然她自己的脑海中并不那么清晰。她记得她以前很喜欢我当舞蹈演员，但是……只是不太清楚，真的。交谈的作用很大，我称之为“练习记忆”，留在我的脑海里的总是那些练习得很好的部分。那时练得好，现在也练得好……通过谈话，散步，很有趣；问别人一些有关，嗯，事情的事情，我成功触发了很多的回忆，我一记起有关邦邦的事，就立马告诉她。这就是邦邦稍有点落后的原因。她现在还不太能说话。现在我们中的许多人能说话，也有许多人不能说话，嗯，她是不能说话的。其他批次也很挣扎。他们说，我们这批“有缺陷”，如果不是的话，就不会有“产品召回”，不会有人知道真相。

邦邦肯定是第二十批。我知道她的声音就在那儿，因为我们一起笑过，我们三个，然后苏珊和我大约花了一个小时试图让她再次笑……但是我真的应该知道得更清楚些。这不是第一次就能自动完成的事情，它必须伴随情感的洗礼，伴随一些必须说的东西。她理解。她给我讲了医院里那些即将死在她面前的小人。我们认为他们的情绪是如此强烈，以至于他们能够大声喊出最后的想法。也许是呼唤他们真正爱的人，或者甚至是他们是“全人类”时自己的名字，就像奇普斯那样。谁知道……

邦邦非常关注真实的东西，实际的东西。能够洞察我们的过去让我明白她一直是那样的！她，嗯，他，他过去是个反应很快的人，当他想到我是科学家时说这很奇怪。当有问题时，他喜欢找解决方案；他需要钱，所以他开了书洗店；当有人伤心时，他喜欢逗他们笑，当有人饿时，他喜欢给他们蛋糕。这都非常实际。这就是为什么她不能把感情集中起来说话。似乎她头脑里的小声音，他，总是在告诉她：“究竟是为什么你会处于这样的状态呢？”她笑了，啊……那太好了。听到邦邦笑总是很美妙的。

我没有告诉她这个，但是从我所看到的，有一件事可能会让她处于这样的状态：如果有什么可怕的事发生在我身上。当然，我们都不想……但是苏珊和我考虑向她假装……嗯……我身上发生了一件可怕的事情，但这是个愚蠢的主意。“冒险的赌注，”卢卡斯太太这样说，她的眼睛像她一样严肃。“另外，你们会毁掉小邦邦的。”

我们都不想。

当我还是一个“全人类”的时候，我是非常不同的。不管大脑怎么说，我总是希望超越我的极限。我会用我的整个身体来表达我的感受，就像是一个盒子，所有的情感都会像小鸟一样从栏杆中逃出来。我好像在用那些过世的孩子的剩余精力跳舞。那是被完全指控时的我。那时，我的身体告诉我的大脑，唯一的办法，唯一的办法是把胚胎带回家。不管怎样，我就是这么记得的。

然后还有另一个人——一个小女孩。很显然，这就是我们很小的原因。她的记忆对我来说更难捕捉，就像成千上万的飞舞的羽毛。但是……当我们有很多人时，有更多的手去抓住他们，有时我们会同时跳起来去抓住同一个人。有时候，记忆不是文字或图片，而是悲伤或愤怒，我们会生气！但不是和彼此生气，而是和这个世界。邦邦比我更擅长捕捉这些羽毛。她经常去看温迪，就是为了让他谈谈他们对那个小女孩的回忆——*伊莎贝尔*。我发现很难见到温迪而不想拥抱她。我和邦邦谈过这件事，她说我爱温迪，就好像她是我的父母或孩子一样。我想她是对的。她第一次这么说时，我就立刻同意了。

这和我对奇普斯的爱不同……

我告诉杰里，我们应该会拿他的细胞，把他做成一个小人儿。那样的话，他和卢卡斯太太就能一直相爱，直到她死去；然后我们会对她做相同的事。我们会写张纸条，塞到他们死去的手里，要求他们永远不要再分开。

就像伊莎贝尔对我们做的那样。

杰里笑了，卢卡斯太太也笑了。

苏珊没有……邦邦也没有。很奇怪，但邦邦花了很长时间担心死亡。有的时候她说事情在过去更简单，那时候她不知道很多，也没有很多可失去的。我知道她为什么担心死亡……她担心会再次失去我，担心会永远失去我。她有关于车祸的回忆。我一点儿也不记得了；我想我的大脑已经把它完全阻断了。但她做到了。我告诉她，我们只需要把它全部写下来，这样当我们离开的时候，其他人就能看到我们的故事；毕竟，我们只是一个个体生活的故事。没有别的了……杰里死后，我哭了又哭；卢卡斯太太搂着我说："我真高兴他先回家。否则结局就全错了。"

我们能写。我们或许可以，甚至在我们有记忆之前，但没有人给我们一支笔。现在没有那么多人有笔这种东西。邦邦一直在写。她说她记得自己在写字，那是她让鸟儿离开盒子的方式。其他人也能写字。我们都喜欢阅读，我们总是分享我们所读到的信息，有时有人会说："我以前读过！"当他们还没有；好吧，这次不是……

"你需要我和你一起去吗，苏珊？"

"是的。给我两分钟，好吗？"

能去商店真是太好了。当我开始和他们谈话时，人们仍然很奇怪地看着我，但整个丑闻就是这么大的一个故事，以至于……好吧……我只是觉得需要一点时间来适应，就这样。过了一阵子，当我们走进商店开始要买葡萄的时候，人们甚至不再眨眼。

嗯，葡萄。我可以永远吃葡萄。我不能决定是更喜欢葡萄还是蛋挞。有一次我试过两样一起吃。非常好，比麦片还好。呸！邦邦和我讨厌麦片。但是奇普斯仍然每天吃……

大多数人都认识苏珊。他们经常问新中心进展如何；她收养了很多吗……她总是给出同样的答案：仍然有很多人在寻找一个美好的家。一个不错的家，我们必须规定。我们遇到过一些古怪的人，他们想带一些退休的小人回家。“你不要这么挑剔，金克丝。”在我拜访了一位潜在的领养者后，她笑着对我说。但我不是在挑剔。是邦邦暗中告诉我的。她总能发现那些讨厌的人……

与之前不同，合同是在小人和新的大人之间签订的；小人可以选择和谁住在一起，也可以选择是否离开。或者他们可以选择住在中心。他们中的一些永远找不到家，可怜的小家伙。这是一个悲哀的事实，但是只是因为他们太丑了，或者受过创伤。通常是这样那样的原因……

啊哈！那就是她为什么想独处两分钟的原因！她见过他，也去和他谈过话。苏珊，我们经历这个多少次了？哦好吧，她看起来好像在保持冷静。也许分开一年对她有好处。也许他们可以再次成为朋友。如果他经常来看我们，那就太好了……我们有时确实想念他……但是，我们的确有了一个新人，他每天都占据越来越多的空间。

原来“奇普斯”（薯片）对他来说真的是个好名字……那是他最喜欢的食物之一；之一……我们共用一个闻起来很像蛋挞的有着阳光颜色的篮子。他一直在说话，用很长的词语让我闭上眼睛，集中精力回忆它们的意思。回忆。那是奇普斯的词语。不是很长，但是一个我通常不会说的词……他记得他过去生活的一切，嗯，他现在的生活。他有时去拜访他的老主人，给他读书，或者让他想起往事。“把他自己还给他。”奇普斯会说。我今天把奇普斯和邦邦留在家里了。我在尝试让他们彼此相爱。我觉得很有效；我经常看到他们拥抱，有一次我回家发现他们在接吻。邦邦告诉我她喜欢奇普斯，但是奇普斯还有点不确定……大人们认为我们试图建立这种“三角”关系有点奇怪，我是这么称呼它的。但我们三个都认为这是个好主意，远没有我们中的一个被忽视那么复杂。

“你来了吗，金克丝？”

“你让我等几分钟的。”

“——。”

“不管怎么说，你刚刚在和哈米什说话。”

“我知道。”

“怎么了？”

“我不知道……就是还感觉有些奇怪。”

“我知道会的。”

“我不能完全忽视他，对吗？”

“不能。他有说关于……”

“关于埃玛？他也没有她的消息。”

“嗯，我希望她没事。”

“我也是。”

“那么来吧，夫人……你收到卢卡斯太太的单子了吗？”

“收到了。”

“有人在入口旁发芭蕾舞课程的传单。”

“真的吗？你能发一份到你的‘手腕’上吗？”

“当然！”

我们还有很多事要做。战斗还没有结束。很难说我们会活多久，会老得多快。我见到温迪时只有 11 岁。我有时会想到这些，不知道我什么时候会老去，生命什么时候会结束；只是因为我们是最后一批，二十批。当我们开始死亡时，我们的族群就结束了。我希望，我们的族群会持续下去，尽管实现这一点似乎相当复杂。奇普斯给我讲了一个女人的故事，她是第一个用男朋友的肋骨做成的。我说，其实我不是很想制作一个这样的孩子。“为什么不呢？”他说，“我来自一条截肢的腿。”

他是对的。他确实是。而且他很完美，就像葡萄和蛋挞。

我们中的一些人自愿参加了一项试验，看看我们是否有生育的可能性。试验还没有获得批准，我们不知道是否会通过。我们学到的最重要的东西，从我们的经历和集体记忆中，就是让别人听到我们的声音，因为，嗯，我们是一个种族。我们有权让这个种族延续。

如今是一场新的战斗。

结　局

“真有趣，你竟然带个孩子来见我，还是在今天。”毛茸茸的卷发闪着银色的光泽。

她的视线落在赫克托孙子的膝盖上，白色脸庞变得模糊。那种白就像后面的墙壁一样，唯一能区分出它是一颗头的细节是那条红色的狐狸尾巴，在小女孩转过身来跟她爸爸低声说话时，那条红色的发辫出奇的扎眼。

“她一直想见你。并且……”

“最好是就在我死之前，因为，嗯，我就要死了。孩子们真是大嘴巴。”伊莎贝尔眯着眼睛看。“我一直想要见到一个孩子。真遗憾我不能真正地见到她。”

那个孩子向前探了探身子，离伊莎贝尔足够近，好让她看到她粉色的眼睛湿润得闪闪发光。一个奇怪形状的东西放到了她大腿边，眼睛随着一声吸气又变得模糊起来。

“这是什么？”伊莎贝尔问道，用指尖逗弄着那个毛绒绒的东西。

“金克丝。”一个孩子的声音说。

“这是她的一只泰迪熊——”

“她怎么知道金克丝的？”伊莎贝尔打断说。

“我把她带回来了，”那个小女孩儿说，“给你。”

“但是她怎么……”伊莎贝尔说，然后又停顿了，她柔弱的眼睛在颤抖，“我的笔记本在我旁边吗？”

“是的。”赫克托的孙子说。

“我希望她能拥有它。”

“哦，但她才三岁……”

“赫克托会等她长大再给她。我希望她能拥有它。”她又试着眯着眼睛看那个女孩。“埃玛，对吗？”

“是的。”小女孩说。

“埃玛，我想让你拿着这个。你会照看它吗？”

那条“狐狸尾巴”深深地点了点头。

“好姑娘，”伊莎贝尔说，“谢谢。”

致　谢

首先，我不可思议的导师斯嘉丽·托马斯，我从你那里学到了一切。非常感谢你无数次地阅读原稿，并且完全信任我。要是没有你，《我的宠物是个人》这本书几年前就被抛弃了。

非常感谢珍妮·帕罗特以及Oneworld团队，特别是保罗·纳什，坦森·谢尔顿和夏洛特·诺曼，与他们一起工作非常愉快。

纪尧姆·马尔恰斯，感谢你多年来对我的信任和鼓励。没有你的支持，我无法完成这本书。

伊莎贝尔·卡贝扎·埃里克森·希尔，我记得我坐在普瓦捷站的一家咖啡馆，告诉你我想写一本关于小人的书。“大胆写吧。”你说。嗯，我做到了。谢谢你喜欢我的想法。感谢你和肖恩·希尔对我不断的支持，并且不停缠着我给你们寄一份书稿。

非常感谢伊姆里奇·克拉科尼克，感谢你无限的热情以及关于“如何安排奇普斯”的建议。

十分感谢肯特大学为初出茅庐的作家提供这么好的学习框架。特别要感谢英语学院可爱的团队，大卫·弗拉菲德，当然还有斯嘉丽·托马斯。